THOMAS ROSENBOOM

Neue Zeiten

THOMAS ROSENBOOM

Neue Zeiten

Roman

Aus dem Niederländischen von
Marlene Müller-Haas

Deutsche Verlags-Anstalt
München

Der Verlag dankt der Stiftung für die Produktion und Übersetzung niederländischer Literatur für die Förderung dieser Übersetzung.

INHALT

PROLOG

Elim

Wo wir herkamen, war das Erdreich naß. Wir fuhren aus, baggerten vom Prahm aus, fuhren zurück, den Torf zum Trocknen auszubreiten. Aber weil jeder das tat, wurde das Wasser immer tiefer, die Arbeit immer schwerer; Vater bekam den Baggerbügel kaum noch zurück in den Kahn. Die Nachbarn zogen weg, einer nach dem anderen; bei uns war es Opa, der es zuerst sagte: »Hier ist für uns kein Bleiben.«

Ich hörte es vom dunklen Alkoven aus. Gerade aus dem Schlaf geschreckt, stellte ich mich noch stiller als meine schlafenden Schwestern neben mir. Durch den Spalt zwischen den Vorhängen sah ich die Köpfe von Vater, Mutter und Opa um die Lampe. Gedämpft sprachen sie weiter, kaum zu verstehen durch den Wind um die Hütte, den Zug im Schornstein oder den Schnee, der vom Dach rutschte. Sobald sich eines der Mädchen seufzend drehte, schwiegen sie jählings, mitunter so lange, daß ich kaum noch die Luft anhalten konnte. Nachdem die Lampe endlich gelöscht war, lag ich noch hellwach. Wo konnten wir hin? Mein Opa war ein Mann, der las, er brachte den Kindern der Armensiedlung Schreiben, Erdkunde und Geschichte bei – was hatte er mir je über uns, über das Moor oder das Torfstechen erzählt?

Niemand ging freiwillig ins Moor, es verschlug einen dorthin. Man fiel aus einem anderen Leben dort hinein, wie ein abgebrochener Zweig, und die Zweige nahmen nach und nach dieselbe Farbe an, glichen allmählich den anderen Zweigen, die schon früher hineingefallen waren, bis alle aussahen wie das Moor und sie am Ende auch dieses Merkmal verloren und selbst zu Moor wurden. Mein Opa sagte, uns sei es ebenso ergangen. Er lebte noch nach Thora und Tradition, war früher selbst Mohel, sprich Beschneider, gewesen, irgendwo in der Medine, und nur er hielt unseren Namen Benjamin noch in Ehren; aber uns, die anderen, nannte man damals schon längst Bennemin; unser Name war mit dem Glauben nach so vielen Jahren und so vielem Graben abgewetzt und stumpf geworden wie unsere Torfspaten. Über all das sprach Opa mit erbittertem Groll. Alle Entbehrungen schrieb er dem Moorleben zu, setzte es mit Sklaverei gleich – und im selben Moment, als ich es ihn in meiner Erinnerung wieder sagen hörte, wußte ich auch, in welche Richtung wir ziehen würden.

Sklaven waren wir an Bord des Torfabbaus, unsere Spaten waren die Riemen, und mit jedem Schlag durch das Moor schoben wir es hin zu den Städten im Westen, uns selbst aber genau entgegengesetzt. So sah man dann, auf zahllosen rudernden Spaten, eine gewaltige Galeere mitten durchs Ödland fahren, immer tiefer ins Moor hinein – dort war die Abbaugrenze, die sich allmählich, in vollendeter Gegenbewegung zur Abfuhr, mit allen Torfstechern zusammen über die schon abgetorften Flächen hin langsam gen Osten vorschob. Aber auch dort war alles schon abgebaut, der Darg abgefahren, der Boden verkauft. Dann zogen die Torfstecher erneut weiter, Sippe für Sippe, auf der Suche nach neuer Arbeit in einem neuen Moor. Das ging seit Jahrhunderten so, aber ich war erst zehn, für mich war es das erste Mal. Was durften wir erhoffen, was stand uns bevor? Schwitzend hielt ich im Dunkel Ausschau nach der Galeere, ob wir noch an Bord wären oder vielleicht doch hatten abmustern können.

Am nächsten Abend lag ich vorn im Alkoven. Sobald meine Schwestern schliefen, begann wieder das heimliche Beraten um die Lampe. Opa entfaltete auf dem Tisch eine Karte, zog mit dem Finger die Abbaugrenze nach und wies dann auf den Ort, den er ausgesucht hatte: Hoogeveen. Als Torfstecher konnten wir nicht im Ort wohnen, aber das Moorland dahinter erlaubte freie Ansiedlung nach dem alten Brauch des Feuer- und Rauchhaltens. Was das zu bedeuten hatte, las er aus einem kleinen Almanach vor: »Wenn in der Nacht irgendwo auf dem Felde eine Hütte gebaut wird und vor Sonnenaufgang Feuer und Rauch im Schornstein ist, dann gibt es rechtens keine Möglichkeit mehr, den Erbauer noch von diesem Ort zu vertreiben.«

Vater sagte, daß er verstehe, schüttelte dann aber den Kopf, er wagte unter dieser Bedingung nicht den Aufbruch. Mit all unserer Habe in den Prahm geladen würden wir dorthin ziehen, aber was tun, wenn uns einer das Bauen verwehrte, wenn wir, gleich aus welchem Grund, nicht beizeiten Feuer hätten? Dann gäbe es keinen Weg zurück.

»Aber immer noch einen nach vorn, Pet«, sagte Opa, und er wiederholte, daß hier für uns kein Bleiben sei: Das Wasser werde zu tief, die Arbeit zu schwer, der Ertrag zu gering im Verhältnis zur Miete für die Kate... aber dort wohnte man frei! Dort stachen sie trocken! Dort konnte Vater noch Jahre weitermachen! »Und dann übernimmt es Klein Pet von dir...«

Beim Hören meines Namens zog ich mich unwillkürlich zurück. Trotzdem konnte ich noch sehen, wie Vater ergeben nickte: Wir würden gehen. Es beunruhigte mich ungemein, daß Vater, der noch nie etwas gewagt hatte, sich nun auf das Wagnis des Feuer- und Rauchhaltens einließ, aber noch weitaus beunruhigender war das beruhigende Lächeln, mit dem ihn Opa am Ende dazu gebracht hatte. Offenbar gab es keine Wahl, und über ein anderes Leben als das Leben im Moor wurde nicht einmal gesprochen. Niedergeschmettert preßte ich mein Gesicht ins Kissen. Jede Hoffnung auf Abmustern war trügerisch gewesen, im Gegenteil, meine Mutmaßungen von gestern nacht stellten sich als nur allzu wahr heraus: Wir mußten der Abbaugrenze hinterher, mußten sie einholen und uns ganz an die Spitze setzen, dort, wo gerade die neuen Felder angestochen wurden und wir am längsten würden graben können.

Seither sprachen die Großen Abend für Abend davon, und reglos neben meinen Schwestern belauschte ich alles; das war nicht richtig, aber ich konnte es schon nicht mehr lassen. Meist begann es ganz gelassen, dann loderten Hoffnung und Erwartungen auf, erstickten aber schnell wieder, sobald das eine, das dunkle Wort fiel: Feuer- und Rauchhalten. Das Herz, das sich dann am meisten verkrampfte, war sicherlich meins, denn nur ich wußte, wieviel von dem benötigten Glück durch all mein heimliches Lauern und Lauschen schon verspielt war. Was ich hörte, verschwieg ich selbst meinen Schwestern, aus Furcht, sie würden fürderhin auch wach bleiben und unser Lauschen würde entdeckt.

Mit der Schneeschmelze kam der Regen. Inzwischen war der Aufbruch auf Mitte März angesetzt, gleich nach dem Winter, kurz vor der neuen Kampagne, und eines Abends kam Vater spät von einem Besuch nach Hause. Er war fröhlich, hatte zwei Onkel bereit gefunden, sich dem Aufbruch anzuschließen. Alsbald würden sie zu dritt das Gelände erkunden; vielleicht konnten sie dort schon vorab ein wenig Baumaterial sammeln und verstecken, damit sie es in der Nacht des Feuer- und Rauchhaltens nicht mehr zu suchen brauchten.

Einige Tage darauf war Vater in aller Frühe aufgebrochen, zu Verwandten, sagte Mutter. Als er anderntags im Dunkeln heimkam, in Gesellschaft der beiden Onkel, berichteten sie so erregt, daß Mutter und Opa ständig warnend auf den Alkoven wiesen. Diesmal konnte ich trotz des Rauschens jedes Wort verstehen: Großvaters Berichte hatten sich allesamt bewahrheitet; hinter Hoogeveen, noch hinter den letzten Häusern, lag tatsächlich ein Brachfeld, das in dieser Kampagne angeschnitten werden sollte; am anderen Ufer galt freie Ansiedlung, und am Ende einer bereits gezogenen Querwieke hatten sie auf dem Hochmoor eine gut geeignete, trockene Sandkuppe gefunden. Am Wasser standen allerdings schon einige Katen, der Grund, weshalb wir nicht einfach mit dem Kahn zum Bauplatz fahren konnten, sondern uns von hinten anschleichen mußten, zuerst über eine große Abgrabung und dann noch über ein Heidefeld – sicher, dort war das Wohnen frei, aber die Torfgesellschaften suchten solche Ansiedlungen durch Wächter auf dem Feld zu verhindern, und auch die bereits ansässigen Feldler könnten uns verraten, denn jede Hand mehr für die Arbeit bedeutete niedrigeren Lohn; es galt also, auf dem letzten Stück möglichst ungesehen zu bleiben.

Während die fünf Erwachsenen noch weiter redeten, schloß ich die Augen. Was, wenn Pfadjungen das Baumaterial gestohlen hätten und wir im Dunkeln kein anderes finden könnten? Was, wenn wir schon vor Dunkelheit von dem neuen Platz verjagt wären? Unsere Ansiedlung wäre bestenfalls geduldet; ohne erworbenes Recht ruhte unsere Hoffnung nur auf altem Brauch – *wir hatten für nichts bezahlt.*

Am nächsten Morgen wurde uns Kindern dann der bevorstehende Umzug angekündigt. Vater selbst nahm es auf sich, ging in die Hocke, um in den Gesichtern der Kleinen seine Freude gespiegelt zu sehen. Matt von Sorge und Sünde, zitternd vor Schlafmangel, gelang es mir kaum noch, einen Funken Überraschung zu zeigen, aber auch dieses Vortäuschen war doch wieder nötig, um all das Vorherige zu verhehlen. Den restlichen Tag half ich beim Putzen und Packen. Für meine Sachen stand ein Sack in der Kartoffelscheune.

So ging die letzte Woche dahin. Der Mietvertrag wurde gekündigt, die Nachbarn kamen zum Abschiednehmen, dankten Opa mit Geschenken für den Unterricht in Schreiben, Erdkunde und Geschichte. Opa, die vielen Blumen und Blüten dort vor Augen, die Weide, den Buchweizen, dann die Heide, flocht einen Bienenkorb aus Stroh. Ich schlief gar nicht mehr, grübelte nur noch, wie sich die von mir vergrämte Vorsehung für das Vorhaben der Erwachsenen zurückgewinnen ließe. Aber was konnte ich opfern? Ich besaß nichts außer meiner kindlichen Unschuld. Ratlos wälzte ich mich hin und her, bis ich plötzlich erkannte, daß ich auch dieser entsagen könnte – einem ersten Erschrecken folgte Erleichterung, dann, endlich, der Schlaf.

Am Vorabend des Aufbruchs trat ich vor Großvater hin. »Opa, soll ich auf der Fahrt dein Kästchen hüten?«

Noch sehe ich sein erstauntes Gesicht vor mir, aber sogleich begann er zu strahlen. Es gab nur ein Kästchen im Haus, das keiner näheren Bezeichnung bedurfte, und ohne ein weiteres Wort ging er zu seiner Ecke, um es zu holen. Ich hatte sein Lächeln prompt erwidert, und ich strahlte noch immer, als er mir kurz darauf das Mohelkästchen aushändigte. Es war unser weitaus kostbarster Besitz, nicht einmal mit der Geige vergleichbar, und außerdem von unantastbarer Heiligkeit. Obwohl ich es nur ein einziges Mal offen gesehen hatte, schwebte mir sein Inhalt noch deutlich vor Augen, die Beschneidungsinstrumente, der silberne Kidduschbecher und im Deckel das Beschneidungsbüchlein, gehalten vom seidenen Kreuzband, alles auf dunkelrotem Samt.

»Ich bringe es gleich zu meinem Sack!« rief ich voll Eifer. »Ich wickle es in Segeltuch, damit es schön trocken bleibt!«

Als ich aus der Kartoffelscheune zurückkam, nahm mich Opa an der Tür beiseite. In einem Ton, den ich nicht an ihm kannte, fast, als spräche er zu einem Gleichen, einem Freund, erzählte er, daß er, als er so alt war wie ich heute, schon für die Bar-Mizwa übte; wollte ich nicht auch Hebräisch lernen? Um dann später die Gesetzesrolle emporheben und der

Gemeinde zeigen zu dürfen – das sei doch schließlich der Wunsch eines jeden jungen Mannes?

Ich senkte den Kopf, scheinbar geehrt und ergriffen, stieß dann im Innersten ein unbändiges Nein! aus. Das war meine erste Anzahlung an die Götter, und schon brannte ich darauf, morgen auch gänzlich meine Seele gegen Segen für das Feuer- und Rauchhalten zu verpfänden. An diesem Abend, dem letzten im Alkoven, hörte ich Opa noch fröhlich mit Mutter zanken; er bestand darauf, die Schuhe anzubehalten, wie einst das Volk in Ägypten und wie er es an Ostern zu tun pflegte. Vater scherzte, daß das Interesse seines Enkels das alte Feuer wohl wieder auflodern lasse.

Es war noch dunkel, als wir am nächsten Morgen unsere letzte Habe einluden. Der Mast wurde gesetzt, die Enten schnatterten im Korb, und unversehens waren auch die beiden Onkel da. Wir stiegen ein, ein Segel flappte, nun noch wenden, wir hatten abgelegt! Hinten im Osten graute der Morgen. Dort wollten wir hin, dort mußten wir morgen früh genau zur selben Zeit Feuer und Rauch im Schornstein haben, den es jetzt noch nicht gab.

Vater hielt das Ruder, ich saß irgendwo mittschiffs, zwischen dem Entenkorb, den fahlen Ballen und der Schubkarre. Ganz vorn thronte Opa mit der Karte auf dem neuen Bienenkorb. Es beunruhigte mich sehr, daß er für heute den Zylinder aufgesetzt hatte. Die wehenden Schläfenlocken machten seine Erscheinung noch kauziger – wo wir herkamen, war man es gewohnt, aber würden andere, Fremde, sich nicht daran stoßen? Leute wie wir trugen Mützen.

Es wurde hell, ein gleichförmig grauer Tag mit stetem, starkem Wind brach an. Leicht glitt der Kahn durch den Kanal ins offenere Wasser. Tief hingekauert sah ich das Schilf über dem Bootsrand vorbeigleiten, eintönig wie das Summen von Mutter und den Mädchen. In meiner Hosentasche hatte ich eine Schachtel Zündhölzer. Ob die Großen wohl daran gedacht hatten, für das Feuer- und Rauchmachen ein paar trockene Torfsoden mitzunehmen? Ich hätte nicht fragen können, ohne mein Lauschen zu verraten.

In den Moortümpeln waren die ersten schon beim Torfbaggern. Der Anblick des überladenen Prahms unter Segel, Bild für den Aufbruch ohne Wiederkehr, brachte die Männer dazu, sich kurz aufzurichten und zu winken; wegen der Entfernung wußten wir beim Zurückwinken manchmal nicht, ob nach Freunden oder Fremden. Kurz darauf fuhren wir die Belter Wijde hinauf. Je weiter die Ufer voneinander wichen, um so mehr frischte der Wind auf, bauschte sich das Segel höher, nahm die Fahrt des Kahns noch zu. Ich hörte das Wasser am Bug rauschen und war noch nie so weit von zu Hause weggewesen.

»Wie gefällt es dir?« rief mir Opa zu.

Mir gelang ein Lachen, ich nickte eifrig und rief zurück: »Ein herrlicher Tag… ein Festtag… ich weiß nicht… wie Ostern!«

Gegen Mittag ließen wir das Sumpfland hinter uns und bogen in einen Kanal ein, wo wir schleusen mußten. Hinter der Schleuse erstreckte sich zwischen hohen Uferrändern schnurgerade der Wasserweg. Der Wind hatte sich gelegt, die Onkel zogen uns, im Joch hängend, über den Treidelpfad. Ohne das Rauschen des Wassers und das Killen des Segels entstand auf einmal eine seltsame Stille, nur ab und zu von Opa unterbrochen, wenn dieser, von der Karte aufblickend, auf einen Kirchturm zeigte und den Namen des Dorfes rief.

Nirgendwo mehr offenes Wasser, nur noch Land, mehr als ich je zuvor gesehen hatte, zuerst Grünland, dann kahle, braune Torffelder; wir hatten die Abbaugrenze erreicht. Als Opa begann, den trockenen Abbau zu erklären, sah ich schräg vor uns eine dicke Rauchdecke auf der Ebene lasten.

»Ja, dort wird wieder ein neues Feld abgebrannt! Das wird auch wieder trocken abgebaut! Arbeit mehr als genug, gute Arbeit, bessere Arbeit, nie mehr baggern aus dem Prahm!«

Erst als wir den beißenden Qualm unmittelbar neben uns hatten, tauchten die Moorbrenner auf, einer nach dem anderen, immer mehr, rußgeschwärzte Männer, die lange Stangen neben sich hielten, mit Eisenkörben voll glühendem Torf am Ende. Schulter an Schulter schritten sie durch die schwarzen Nebel, ständig den Boden bestreichend, als wollten sie ihn mit Feuer füttern. Ängstlich beobachtete ich alles, aber eine Stunde später war mir noch viel banger zumute.

Ich schreckte aus einem Schlummer auf, weil sich etwas verändert hatte; wir fuhren nicht mehr. Von oben schaute eine Schar Kinder zu uns herab. Man hörte unterdrücktes Kichern, ein Pfadjunge kickte Sand ins Boot, den Onkeln wurde der Durchgang verwehrt. Am Uferwall reihte sich Hütte an Hütte mit Wäsche dazwischen. Keiner sagte ein Wort, bis Opa plötzlich so tat, als fiele ihm etwas ein. Er stand auf, spielte, die Knaben seien vom Zoll, er selber ein Pastor, und nachdem er dem Größten auch noch eine Münze in die Hand gedrückt hatte, durften wir passieren. Sobald wir wieder in Bewegung waren, neigte er sich mit einem Augenzwinkern zu mir. »Reisen heißt Zoll zahlen«, lächelte er wie ein echter Weltmann, und es war, als gäbe es für ihn kein Moor mehr, als sähe er die alte Zeit, in der er Hühnerhändler war, in meiner Zukunft aufscheinen. Natürlich lächelte ich zurück – ja, um mir diese Freude, diese getäuschte Erwartung, diese ganze knabenhafte Fröhlichkeit und unverdiente Aufmerksamkeit dennoch gefallen zu lassen; das war eine erneute Anzahlung, ein kleiner Vorschuß auf die große Summe, die ich noch in petto hatte!

Hinter dem Dorf wurde das Land allmählich wieder grüner, wir hatten die Abbaugrenze eingeholt, weit konnte es nicht mehr sein.

»Noch eine kleine Weile!« sagte Opa, wies auf die Karte, und dann wandte er sich an mich: »Wir fahren weiter, bis wir ganz an der Spitze liegen … andere sind vor uns gegangen, aber wir gehen weiter!«

Nach zwei Dörfern war es soweit. Opa stand auf, warf einen letzten Blick auf die Karte und zeigte dann mit einer ausladenden Armbewegung auf den nächsten Kirchturm.

»Hoogeveen!«

Dieser so oft abends bei der Lampe geflüsterte Name war zum Namen unserer Hoffnung geworden, und wir erhoben uns allesamt, um Ausschau zu halten. Die Turmspitze glänzte in einem späten Sonnenstrahl, der restliche Ort blieb noch unsichtbar hinter der Gaze der kahlen Bäume. Und wenn schon, genaugenommen würden wir doch nicht im Ortskern wohnen, wir mußten das Dorf hinter uns lassen. Nun hörten die Kinder zum ersten Mal, daß es das neue Haus noch nicht gab, sondern heute nacht von uns gebaut werden müßte, auf einer trockenen Sandkuppe, mit dem dort bereits versteckten Material; aber weil es immer Menschen gebe, die lieber keine neuen Nachbarn bekamen, würden wir erst heute nacht damit anfangen, damit uns keiner beobachten könnte – mehr wurde zum Feuer- und Rauchhalten nicht gesagt, dennoch begann eine meiner Schwestern zu weinen.

Wir nahmen einen Seitenkanal, und in weitem Bogen ging es um den Ort. Als Opa ankündigte, von jetzt an müßten wir unbemerkt bleiben, verstummten alle. Das Dorf umrundeten wir in ebenso großem Abstand wie zuvor den Ort. Auch dieses Dorf hatte noch eine Kirche, mit einem vergoldeten Torfspaten als Windfahne. Eine weitere Stunde ging es an Weidenbüschen und Birkenbäumen vorbei, dann lief der Kahn mit einem saugenden Geräusch im Morast auf, und wir lagen still. Es war das Ende des Grabens. Lachend erzählte Vater, daß er schon einmal hier gewesen sei. Von diesem zuvor ausgesuchten Versteck aus gehe es zu Fuß weiter, aber zuerst müßten wir hier, nahezu unsichtbar unter den tiefhängenden Zweigen, die Nacht abwarten – aber gerade die Unsichtbarkeit mache unser Vorhaben sichtbar;

bei einer Entdeckung wären wir wehrlos; wir hätten für nichts bezahlt.

Die Onkel kletterten an Bord, jeder bekam einen Pfannkuchen, und das Warten begann, nicht nur auf die Dunkelheit, sondern darauf, daß auch der letzte vom Abendplausch heimgekehrt sei und alle schliefen: Es war ein Warten um der größtmöglichen Sicherheit willen, aber inzwischen lief die verfügbare Bauzeit ab und wurde die Gefahr entsprechend größer, daß wir zu spät fertig wären mit Hütte und Feuer. Bis ins Mark ausgekühlt und erstarrt, konnte ich mich kaum noch bewegen, aber stillsitzen ging auch nicht.

Wie verlassen das Gebiet auch gewirkt hatte, bei Einbruch der Dunkelheit leuchteten in der Ferne zwischen den Stämmen doch noch einige Fenster auf. Wir hatten Decken über uns gezogen. Meine Schwestern schliefen, der Wind hatte sich ganz gelegt, und als auch das Wispern der Erwachsenen verstummte, war es nahezu still. Aber auf einmal, ohne Anlaß, begannen die Enten im Korb zu schnattern. Der ohrenbetäubende Lärm ließ uns, solange er anhielt und auch noch danach, den Atem stocken, bis Opa uns mit seiner reichen Erfahrung beruhigte: Solch scheue Vögel zu hören, werde, falls es denn einer bemerke, uns nicht verraten, sondern sei ganz im Gegenteil ein Zeichen, daß hier weit und breit keine Menschen wären.

Erst nachdem es völlig finster war, brach jäh der Mond durch, und es wurde ein wenig heller. Immer näher scharrten Tiere um den Kahn, raschelte es im dürren Laub. Mitten im Grübeln übermannte mich, durchzogen von Kälte und Kummer, am Ende doch noch der Schlaf. Konnten wir nicht längst entdeckt sein, hatte uns nicht den ganzen Nachmittag hinter den Sträuchern ein unterdrücktes Kichern begleitet, hatten die Pfadjungen den Durchgang nur wegen des köstlichen Anblicks einer in der Nacht vergeblich bauenden Familie so flott freigegeben und schoben ihre Vorfreude so lange wie möglich auf, bis zu dem Moment, in dem wir das Feuer entzünden wollten und uns die Vertreibung am härtesten treffe? Wir könnten uns dann auf nichts berufen, es war nicht bezahlt.

Als ich aus dem Schlaf aufschreckte, wurde schon ausgeladen. Nirgendwo mehr ein erleuchtetes Fenster. Ich kletterte an Land, bekam meinen Sack auf den Rücken gebunden, den Entenkorb vor die Brust. Meine Schwestern waren bereits ebenso bepackt, die Männer auch. Aus Vaters Ranzen ragten die Spatenstiele, darunter schaukelte der Kessel. Noch während die allerletzte Last verteilt wurde, stellten wir uns zum Abmarsch auf, Vater und die Onkel vorneweg, weil sie den Weg kannten, dann Mutter mit der vollen Schubkarre, dann die Mädchen, dann Opa und ich am Ende. So viel besaßen wir, wir konnten es kaum tragen.

Schweigend folgten wir dem Pfad durchs Gebüsch. Bei jedem Schritt stieß der Rand des Mohelkästchens an meine Schulterblätter. Das schwache Mondlicht schwebte in einem engen Kreis mit uns, gleich hinter dem Astwerk hing das unendliche Dunkel. Bald hörte der Bewuchs auf, und wir kamen zum Rand einer uferlosen, pechschwarzen Ebene, wie ein unbewegtes Meer. Dort jenseits mußten wir hin, dort lag, noch unsichtbar, das Hochmoor, unser Ziel – nur ein schmaler, roher Bohlensteg wies vom Ende des Pfads in die Richtung, verflüchtigte sich im Dunkel.

Unwillkürlich hatten wir uns enger zusammengedrängt, fröstelnd, bis Vater als erster den Steg betrat. Einer nach dem anderen folgten wir ihm, und so zog sich die Reihe wiederum auseinander, so setzten wir uns nach Raupenart erneut in Bewegung und verließen unsere Deckung für den großen Durchzug. Gedämpft polterten die Holzschuhe auf den Bohlen, ich konnte nicht hören, ob einer uns folgte. Nach einer Viertelstunde deutete Opa seitwärts auf einen Haufen wüst verdrehter, weißer Wurzeln, kahl und bleich wie Knochen.

»Föhrenholz«, sagte er und verlangsamte den Schritt, jedoch ohne einen Blick über die Schulter. »Nie vergangen, fossile Stubben, herrliches Brennholz, deshalb von den Torfstechern dort aufgeschüttet.«

Beim Stillstehen überfiel mich die Furcht, das Gleichgewicht zu verlieren, ich überlegte, wie tief man wohl ohne Trippen ins triefnasse Moor sinkt, aber da ging es schon weiter. Ich wandte die Augen nicht mehr vom Geigenkasten auf Opas Rücken, sah den struppigen Rand des noch nicht angeschnittenen Hochmoors erst im letzten Moment, und als ich es dann nach einem kurzen Anstieg auch tatsächlich betrat, war es, als setze ich meinen Fuß auf eine Küste.

Ein neuer Pfad, wer weiß, auch derselbe, führte uns jenseits des Heideackers. Bei jedem Knick sprang der Mond zu einem anderen Loch zwischen den Wolken, nach dem letzten fiel der Boden leicht ab zu einer Wieke, die genau dort endete, wo wir standen. Noch ein kleines Stück nach rechts durch ein Birkenwäldchen, da war die Sandkuppe, da stand die Kiefer, unter der das Material versteckt war. Es lag noch da, und alsbald begann das Bauen. Ich stellte meinen Sack hinter eine Birke, ließ die Enten heraus in den Graben und blickte seitwärts über das Wasser in die Ferne. Dort irgendwo im Dunkeln mußten Katen stehen. Ich rannte zurück. In einiger Entfernung stach einer der Onkel schon Soden aus; der andere brachte sie mit der Schubkarre zu der Stelle, die Vater anwies. Die Mädchen mußten für den Bettzwillich Heide schneiden, ich griff zum Spaten und begann ebenfalls wie besessen Soden zu stechen – zum Dachdecken, um Mauern aufzuschichten!

Unter flimmerndem Schweigen ging die Arbeit voran. Mitunter ertönte ein Fluch oder ein Seufzer, aber es kam keine Antwort; dafür war keine Zeit, es wurde nicht einmal bemerkt, die Hast schlug jedes Gefühl nieder, wie früher ein Wolkenbruch die Wellen des Moorwassers platt schlagen konnte, wie stark der Sturm auch sein mochte.

Der Mond verschwand, es wurde noch dunkler, noch zwei Stunden bis Sonnenaufgang. Erneut machte ich mich auf die Suche nach Zweigen; als ich zurückkam, stand schon hüfthoch ein Sodenwall im Geviert; sie richteten gerade das Gebinde auf! Ich ließ das Reisigbündel fallen, packte die Schubkarre und holte noch mehr Soden. Anweisungen bekam ich nicht, keiner achtete noch auf uns Kinder, zu wichtig war die Arbeit, die Eile zu groß – mit einem Mal war da ein Horizont, es begann zu tagen ...

Fallend, kriechend und ziehend mühte ich mich weiter mit der Schubkarre, aber wie sehr ich mich auch erschöpfte, mein eigentlicher Anteil am Gelingen ging mir keinen Moment aus dem Sinn. Die Dachsparren wurden zusammengebunden, ein Onkel saß oben und nahm die Soden an, die ich und die anderen ihm reichten. Vater warf sie einfach hoch. Das Dach wurde gedeckt, darunter war es jetzt schon richtig drinnen, und als ich sah, wie Opa in einer Ecke eine Sode aus dem Sack holte, war meine Zeit gekommen. Ich schlich zu meinem Sack hinter den Birken, für eigenes Feuer und Rauch, für mein Sühnefeuer.

Meine Hände waren klatschnaß vom Schweiß, kaum konnte ich das glatte Kästchen halten. Ich stellte es zwischen meine Knie auf den Boden und öffnete es. Das silberne Gerät glänzte im Morgenrot, so hell war es schon, aber mir ging es um das Mohelbuch im Deckel. Ich zog es unter dem Kreuzband hervor und drückte es an die Brust. Alle von Opa durchgeführten Beschneidungen waren darin mit Namen und Tag verzeichnet. Meine war vermutlich die letzte, denn im Moor verlangte niemand mehr seine Dienste. Ich seufzte und spähte schluckend zur Hütte, nun ein dunkler Buckel zwischen den Stämmen. Draußen war keiner mehr zu sehen, alle waren sie drinnen, beim Feuermachen. Es mußte schnell gehen, denn falls nun einer käme, wären wir doch noch zu spät. Plötzlich gehetzt, zog ich die Zündhölzer aus dem Hosensack, und im

Nu hatte ich Feuer in der einen Hand und hob mit der anderen das kleine Buch an einer Ecke hoch. Es klappte auf, ein gefaltetes Blatt rutschte heraus. Im Schein der Flamme las ich das oberste Wort, ein Wort in Majuskeln: URKUNDE.

Natürlich, Opas Mohelurkunde, ich hatte sie noch nie zuvor gesehen, es war mehr, als ich hatte erhoffen können! Mein Mund wurde trocken, meine Schläfen hämmerten, aber da hatte ich das Papier schon zerknüllt und angezündet, schon hob ich das Büchlein zum zweiten Mal an der Ecke hoch und hielt es über die brennende Urkunde, so lange, bis die Flammen mir um die Finger züngelten und ich es in die taunasse Heide werfen mußte. Nach dem Verlöschen des Feuers legte ich noch vor dem Verschließen des Kästchens einen großen Kiesel in den Kidduschbecher, damit es bei der Aushändigung an Opa etwa ebenso schwer wäre wie zuvor – denn warum mich schonen, warum die Strafe sogleich über mich ergehen lassen, ohne zuerst unter der Drohung zu leiden?

So wenig wie zuvor mein Weggehen wurde nun meine Rückkehr bemerkt. Schweigend standen alle im Kreis, über dem ein Rauchloch freigelassen war, nur Vater kauerte auf der Erde. Er hielt eine brennende Kerze an die Sode in der Mitte, die Flamme durchdrang gerade die haarige Hülle, und kaum sah ich die Glut, da fühlte ich sie auch schon dankbar durch meine Seele ziehen: Meine Unschuld war gebilligt, die Schuld würde ich später schon büßen, mit endlosem unbesoldetem Unterrichten – ganz gleich wer nun aus den Sträuchern käme, er könnte uns nur noch begrüßen.

Der Kreis weitete sich ein wenig. Vater blies noch weiter in die Glut. Zuerst kam der Rauch, dann das Feuer. Atemlos blickten wir nach oben, sahen, wie der dicke Rauch langsam aufstieg und sich durch die blaue Öffnung hinauskräuselte, sich dort entfaltete und ausbreitete wie eine soeben gehißte Fahne – wahrlich, wir waren angekommen.

Wie wundersam friedlich und üblich wirkte nicht alles, als wir nach dem Trocknen der Tränen ins Freie traten. Jemand hatte den Bienenkorb an einen Ast gehängt, die Enten gründelten im Wasser, am Horizont stieg die Sonne in goldenem Glanz empor. Weiter hinten am anderen Ufer sah man nun auch eine weitere Kate. Ein Mann kam heraus, ein Nachbar, er winkte.

Während wir so über die Wieke schauten, zog Opa ein kleines Buch hervor. Unermeßlich alt klang er mit einem Mal: »Dann kamen sie nach Elim, und dort waren zwölf Wasserquellen und siebzig Palmbäume; und sie lagerten dort am Wasser.« Die Mädchen mußten sich auf das selbstgeschnittene Heidekraut legen, ich in der Wieke den Kessel füllen. So, mit den Kindern im Bett und alsbald Kaffee für die Nachbarn, sollte es wirken, als wohnten wir hier seit langem. Uns war das Feuer- und Rauchhalten weit besser geglückt als gedacht – aber noch verbarg ich das Kästchen hinter dem Rücken, und mit strahlendem Gesicht trat ich vor Opa.

»Sieh nur, ganz trocken!«

KAPITEL 1

Die zwölf Apostel

Hoogeveen war eigentlich ein Kanal mit einem Häuserstreifen an beiden Ufern. Nachdem sich die Abbaugrenze darüber hinweggeschoben hatte, blieb ein wenig Wohlstand und Betriebsamkeit zurück, gerade genug, um 1870 den Anschluß ans Eisenbahnnetz zu rechtfertigen. Einer Extrakurve in der Strecke hatte man den Ort allerdings nicht für wert befunden, der Grund, weshalb der Bahnhof schließlich eine halbe Stunde Fußweg vor dem Ortskern lag.

Das Nordende des Ortes wurde von der Torfstreufabrik »Die Industrie« begrenzt, die mit ihrem hohen Schornstein und der englischen Dampfmaschine vielleicht am besten den Fortschritt verkörperte. Von dort aus nach Süden am Kanal entlang waren die größten Gebäude zunächst die Rosenschule Gratama, mit einer Dianafigur im Tor, dann die Kirche, daneben der Krankensaal Korremorre, danach Hotel Thomas, nebst Fuhrbetrieb, um die Gäste vom Bahnhof abzuholen, dort gleich anschließend die Apotheke »Die zwölf Apostel« von Christof Anijs und dann, noch ein Stück weiter, aber nun jenseits des Kanals, das Rathaus. Nach fünf Kilometern endete die Ortschaft schließlich beim Kreuz, wo sich der Kanal mit einem Querkanal schnitt. Dort in der Nähe lag Doktor Fekko Koerts Amshoffs Landsitz Dalwijk; der Opgaande-Kanal verlief in die andere Richtung zum Dorf und weiter zur Armensiedlung Elim. An der Kanalkreuzung war der Ort am belebtesten; auf den Brücken standen immer Leute, um das Gewimmel von Booten und Karren zu beobachten.

Doktor Amshoff und Apotheker Anijs, der erste fast siebzig, der andere gut sechzig – auf diesen beiden ruhte also die Gesundheitsfürsorge von Hoogeveen. Neben seiner Praxis hatte Amshoff noch, besoldet von der Gemeinde, das Amt des Armenarztes und Aufsehers über den Krankensaal inne. Darüber hinaus nutzte er Dalwijk als Privatklinik für gutbetuchte Damen von auswärts, die er barfuß über den taunassen Rasen gehen ließ, sie kalten Wassergüssen und anderen Reformbehandlungen unterzog – Maison de Santé. Anders als die einfachen Landärzte hatte Junker Amshoff eine Universitätsausbildung genossen, etwas, das es damals, als Anijs nach den alten Vorschriften sein Zeugnis erwarb, für die Pharmazie überhaupt noch nicht gab. Dennoch lag der medizinische und allgemeinwissenschaftliche Mittelpunkt Hoogeveens nicht beim Arzt, sondern in der altehrwürdigen Apotheke von Christof Anijs.

Mit seinen Spalierlinden vor dem Haus und den hohen Sprossenfenstern machte die »Zwölf Apostel« schon von außen einen vornehmen Eindruck. Nach dem Eintreten sah sich der Besucher durch das imposante Repositorium gleich rechts hinter der Ladentheke noch bestätigt, das, mit Hunderten grüner und brauner Standgläser bestückt, bis zur Decke reichte. Inmitten all der Gläser befand sich, auf Augenhöhe, eine verschließbare Lade mit der Aufschrift »Venena«, hinter der in versiegelten Flaschen die Gifte aufbewahrt wurden. Altmodische Apothekerkuriositäten wie Mohnkapseln oder ein ausgestopftes Äffchen gab es hier nicht; die Einrichtung bestand aus nichts als der Erkenntnis Nützlichem, einer kleinen Librairie voll Attestbüchern, der Batavischen Pharmakopöe und einer Flora, einem eigenen Schränkchen für Sedativa und darauf einem Topf Blutegel, an der Wand natürlich dem Zeugnis und ansonsten, neben der Kasse, einem Mörser, einer Waage und einem Porzellantintenfaß in Form eines phrenologischen Kopfes. Rechts neben der Stellwand war die Tür zum Zimmer, wo man aß und saß, gegenüber die Tür zum Salon, und die Tür in der Rückwand führte zum eigentlichen Hort der Apotheke. Dort hing ein kleines weißes Emailleschild mit der Aufschrift »Laboratorium«, das Ornament darüber zeigte eine sich windende Schlange; in dem niedrigen Anbau hinter dieser Tür hatte der große Rezeptiertisch seinen Platz. Dort kochte Anijs seine Säfte, dort schüttelte er die Kolben über den Gasbrennern – dieses Rezeptieren war ein Chemistrieren, manchmal noch spät, beim Schein der Karbidlampe, und wer davon einen Blick erhaschen konnte, blieb unwillkürlich stehen, um ihn zu beobachten.

Niemand konnte sich die Apotheke vorstellen, ohne zugleich an den Apotheker zu denken, beide verkörperten gleichsam in gleicher Weise die Pharmazie an sich, aber diese Ebenbürtigkeit hatte es nicht immer so gegeben. Wo die »Zwölf Apostel« seit Generationen die Achtung der Kunden genoß, da hatte Anijs als einfacher Assistent aus Assen nur in Kost und Logis angefangen. Überaus begierig hatte er sich gleichwohl an dem damaligen Apotheker aufgerichtet, einem Witmann mit zwei Töchtern, der mit den vornehmsten Bürgern der Stadt freundschaftlich verkehrte, klassisch gebildet war und zwischen all seinen lateinischen Sentenzen etwa auch fallenlassen konnte, daß Goethes »Faust« in der Übersetzung von Ten Kate ganz gewiß noch ein wenig gewonnen habe. Derart geistig angeregt, erhielt Anijs sein Zeugnis mit Glanz, aber noch wies nichts darauf hin, daß er die Apotheke je würde übernehmen können, bis die jüngere Tochter nach Groningen zog und der Apotheker erkrankte – von da an lachte ihm das Glück, und alles ging schnell: Der Alte stimmte der Heirat mit der ihm verbliebenen Tochter

Martha zu, er starb, und bevor er sich versah, war Anijs der neue Apotheker.

Wie hoch auch über seinen Stand und seine Bildung verheiratet, vermochte er doch die anfänglichen Bedenken gegen seine Nachfolge rasch zu überwinden. Er arbeitete hart, stellte dieselben Arzneien her wie sein hochlöblicher Vorgänger und hatte diesem sogar noch voraus, daß er einfacher im Umgang war, vor allem gegenüber den Dienstboten und Armen. Allmählich erwarb er sich allgemeines Vertrauen, immer mehr brachte er sich auch außerhalb der Apotheke zur Geltung: Zur Rattenbekämpfung gab er Rat und Gift, er stellte das Silvesterfeuerwerk her, und auf seinen Hinweis begoß man zur Beseitigung der Fliegenplage die Abfallberge mit in Milch gelöster Nieswurz. Neben alldem entwickelte er sich zur treibenden Kraft des Vereinslebens und der Wohltätigkeit; er übernahm zahlreiche Vorstandsposten und erwies sich als begnadeter Festredner. Die alljährlichen Abende des Vereins für Volksunterhaltung erhielten unter seiner Leitung illustre Namen wie Bal Champêtre oder Café Chantant; er spielte kleine Rollen in den Stücken, in denen er für die Laienbühne Mimesis Regie führte; er begann weiße Westen zu tragen und wurde, kurz gesagt, eine markante Gestalt, schwungvoll, weltläufig, ja, *künstlerisch*, wie man es in Hoogeveen zwar nicht kannte, aber angesichts des Geheimnisvollen seines Berufs ganz natürlich fand.

Unangreifbar thronte er so hinter der Theke der »Zwölf Apostel«. Mit der größten Selbstverständlichkeit spickte er seine Unterhaltung immer reichlicher mit lateinischen Sprüchen, mit dem zustimmenden Füllwort »bene bene« und den mythologischen Namen, an die er sich von seinem verblichenen Schwiegervater erinnerte, und wenn er sich damit auch auf dünnes Eis wagte, so konnte er doch nie darin einbrechen, da dieses auf dem trockenen Boden der Verständnislosigkeit der anderen lag. Nur Martha, die im Kabinett jedes

Wort mithörte, begann sich daran, wie auch an seinem vertraulichen Benehmen, zu stören. »Du bist doch kein Friseur!«

In der Tat gab er sich weiterhin den Einfachen gegenüber einfach, vor allem gegenüber den Katenbewohnern vom Feld, der Armensiedlung noch hinter dem Dorf. Einen Hirten, der wegen Schafräude kam, hieß er auf einen Hocker sitzen und selbst das Quecksilber mit Petroleum vermischen; andere, eingeschüchtert von der Umgebung, beruhigte er mit Scherzen, und im großen und ganzen dauerten ihn die Armen mehr als den Armenarzt, wobei er es vor allem darauf anlegte, sie zu beruhigen, denn: Wem nichts fehlte, der mußte sich keine Sorgen machen, und hatte einer doch einmal etwas, dann war es um so wichtiger, daß er sich beruhigte. Abgeschreckt von Amshoffs barschem, herrischem Auftreten, wandten sich die Leute mit ihren Beschwerden immer öfter direkt an ihn, ohne zuerst den Arzt aufzusuchen. Anijs stellte dann selbst die Diagnose, verschrieb eine Arznei und verabreichte sie auf der Stelle, meist eines der Sedativa aus dem Schränkchen. Gelegentlich verkaufte er auch unter dem Etikett »Vinum Rubrum Gallicum« tonischen, verstärkten französischen Rotwein und stellte nach dem Buch »Abrahamy's Rezepturen« seines Vorgängers Theriac-Pillen her. Von fix und fertig verpackten Fabrikaten, den sogenannten Specialités, die unter Markennamen verkauft wurden, hielt er nicht viel, aber die Entwicklung war nicht aufzuhalten; einmal pro Quartal schaukelte ein Wagen von Großhandel Brocades & Stheeman von Meppel nach Hoogeveen, hochbeladen mit Schachteln Hoffmannstropfen, Emser Pastillen und Chinaöl.

Es konnte nicht ausbleiben, daß das unbefugte Diagnostizieren des Apothekers Amshoff zu Ohren kam. Die weiteren Berichte steigerten seinen Ärger zu Wut. In der »Zwölf Apostel« wurde nun angeblich auch schon ärztlich behandelt, Einspritzungen in die Ohren, ein altes Halsgeschwür sollte mit einem selbstgemachten, in eine Sublimatlösung getauchten Scharpiepinsel bestrichen worden sein, und angeblich sollte der Apotheker kurz davor sein, den ersten Abszeß zu öffnen. Gereizt drohte Amshoff mit dem Standesgericht. Anijs, inzwischen Mitglied im Gemeinderat, konterte mit einem Brief an Bürgermeister und Gemeinderäte, in denen er den Armenarzt der erbärmlichen Nachlässigkeit und Unwillen in bezug auf die Feldler bezichtigte, und forderte zum Einbehalt des Solds auf. Die Sache wirbelte viel Staub auf, aber weder von der Untersuchung noch von einer Entlassung wurde je etwas gehört.

Mit dem Verstreichen der Jahre schlug Anijs immer tiefere Wurzeln im Leben von Hoogeveen: Er gab dem Rosenzüchter Gratama Düngehinweise, produzierte für das nahe gelegene Hotel Thomas mit einem Patentfilter Mineralwasser, erwarb das Feuerwehrzeugnis, stellte für »Die Industrie« die Schmierölmischung zur Wartung der Dampfmaschine her, und der erste Satz seiner Rede bei der feierlichen Inbetriebnahme kam besonders gut an: »Wie Venus aus dem Meer auftauchte, so ist unsere ›Industrie‹ aus dem Moor emporgestiegen.« Dennoch konnte man nicht sagen, daß er Freunde hatte – für den Mittelstand war er zu hoch aufgestiegen, während ihm der Kreis der Honoratioren verschlossen blieb, oder besser gesagt, sich allmählich verschlossen hatte.

Anfangs wurden Marthas Empfangsabende noch von den alten Gästen ihres Vaters besucht, vom damaligen Bürgermeister, von Pastor Festenhout und Doktor Amshoff, allesamt mit Gattin. Aber der Bürgermeister starb, und sein Nachfolger war der junge Jurist Pottinga, dann legte sich Anijs mit Amshoff an, und nicht viel später erklärte er Pastor Festenhout, er sei nicht mehr gläubig, seine Wissenschaft ließe ihm dazu keinen Raum mehr, obwohl er doch weiter bei ihm Kirchgänger bliebe, denn er wolle sich nicht mit seiner Bildung brüsten, sich nicht den anderen Menschen entfremden. Damit war auch der letzte der alten Freunde für die Empfangsabende verprellt, und es wurde still im Hause Anijs, um so mehr, da sie auch kaum Verwandte hatten, Martha nur ihre Schwester in Groningen, Anijs einen Vetter in Amsterdam, den Geigenbauer Walter Vedder, und ansonsten noch einen vermutlich längst verstorbenen Onkel in Amerika.

Der Salon mit dem Mahagoni-Eßtisch wurde nicht mehr benutzt, das Silberbesteck blieb in der Schublade – Anijs störte es nicht, er hatte auch ohne den Mediziner, den Juristen und den Theologen genug Abendbeschäftigungen, und er wollte auch von keiner Kränkung hören: Trotz der akademischen Titel der anderen hielt er sich schließlich doch für den einzigen Ausübenden der praktischen Wissenschaft am Orte.

Martha dagegen beklagte es sehr, und als ihre Ehe zudem kinderlos blieb, bekam ihre Enttäuschung über ihr Leben einen bitteren Beigeschmack. Anfangs hatten sie noch besonders liebe Worte gewechselt, um sich gegenseitig über die Leere zu trösten, dann konnten sie das nicht mehr aufbringen, und Anijs stellte einen Naschtisch in den Laden, damit Martha doch noch Kinder zu sehen bekäme. Er lehrte ein paar Knaben, mit der Bestimmungstabelle seiner Flora umzugehen; begeistert ließen sie sich nach Steinbrech oder Schafgarbe schicken, und wenn sie dann mit den gefundenen Wegrainpflanzen zurückkamen, nahm er sie, um die Spannung zu steigern, höchst feierlich als »Simplicia« entgegen, und Martha bezahlte sie anschließend mit Lakritze. Allen Kindern gab sie gern, aber am liebsten war ihr doch der kleine Pet, der blonde Sohn von Pet Bennemin, dem unbesoldeten Lehrer der Armensiedlung.

Es veränderte sich nicht mehr viel, selbst der Unfriede zwischen Anijs und Amshoff köchelte auf demselben Niveau weiter. Nur wenige Worte hatten sie gewechselt, als vor drei Jahren, 1885, das aufgrund des Gesetzes zur Verhütung und Bekämpfung von Infektionskrankheiten seitens der Gemeinde angekaufte Arbeiterdoppelhaus als Krankensaal Korremorre eingeweiht wurde. Auf Anijs' Anweisung hin waren alle Wände antiseptisch mit Kreosot gereinigt und anschließend geweißelt worden; Amshoff hatte einen Arztkittel aufgehängt und war wieder gegangen. Er trug die Verantwortung, aber solange keine ansteckenden Krankheiten ausbrachen, mußte er für dieses neue Amt nichts tun.

Anijs war jetzt ein wohlbeleibter Mann, abgeklärt in einer Würde, die von einem erworbenen Status zum Wesensmerkmal ausgereift war. Sein rundes Gesicht glänzte wie eine von Berührungen vieler Hände fettig gewordene Kugel am unteren Treppenpfosten, und wo Amshoff seit Beginn der Kontroverse seinen Einsatz immer mehr auf sein Maison de Santé beschränkt hatte, da konsultierte und diagnostizierte Anijs noch ebenso freimütig wie zuvor. Die alte Sache hatte seinem Ruf keineswegs geschadet, im Gegenteil: Wenn er abends gelegentlich, im grellen Licht der Karbidlampe, bei offener Tür für die Allgemeinheit chemistrierte, blieben womöglich noch mehr Bummler als früher stehen, um ihm dabei zuzusehen. Sich in all dem Licht, den Blicken und dem Gewicht seiner Wissenschaft badend, während er mit den weiten Gesten des Organisten die Kolben erhitzte, träumte er bisweilen davon, eines Tages ein Photoatelier zu eröffnen, trotz seines Alters, der Kosten und seiner Unkenntnis der Chemikalien – als erster am Ort! Dann war das elektrische Licht einer Bunsenbatterie auch nicht mehr fern – das erste elektrische Licht!

Übrigens gab es noch eine zweite Apotheke in Hoogeveen, ungefähr beim Kreuz: »Das Einhorn« des verblichenen van der Wal, die jedoch beim Publikum nie dasselbe Vertrauen gefunden hatte wie Anijs' »Zwölf Apostel«; die es immer schwer mit ihm hatte aufnehmen können, und in der Gesundheitsfürsorge eigentlich keine vergleichbare Rolle spielte.

Van der Wals Witwe war gleich nach der Beerdigung weggezogen, worauf bei der »Einhorn«-Apotheke, bis zur stillschweigenden Wiedereröffnung letzte Woche, ein Jahr lang die Fensterläden geschlossen blieben. Ein neuer Apotheker hatte sich zwar schon vor längerer Zeit vorgestellt, aber danach hatte ihn Anijs nicht mehr gesehen. Seit ein paar Tagen löste dieses Fernbleiben bei ihm eine zunehmende Unruhe aus: Warum erzählte ihm niemand etwas über die neue »Einhorn«-Apotheke? Warum kam der junge Kollege nicht zum besseren Kennenlernen vorbei?

»NEIN, TUT MIR LEID, eine Fruchtbarkeitsmedizin kann ich dir nicht geben.«

Das Klappern der Stricknadeln im Kabinett hatte ausgesetzt, und einen Moment hörte Anijs nur noch sein Blut rauschen. In der Apotheke waren keine weiteren Kunden, nur Johanna Bennemin.

Mit hängendem Kopf blieb sie einfach vor dem Ladentisch stehen. Sie schien nicht zu begreifen, daß er ihre Bitte abgelehnt hatte, und wiederholte ihre Frage. Auf seine neuerliche Weigerung hin begann sie zu nicken, drehte sich schließlich um, lief hinaus und huschte am Fenster vorbei davon.

Fruchtbarkeitsmedizin für ein lediges Mädchen; die Frage war selbst für Verwunderung einfach zu befremdlich gewesen und mußte Martha peinlich berührt haben; zudem kam die Enttäuschung, daß Klein Pet seine Schwester nicht begleitet hatte. Über dem Naschtisch summte eine Fliege, im Stall von Hotel Thomas stampfte ein Pferd. Gefaßt schloß Anijs die Augen.

»Fruchtbarkeitsmedizin ... wie alt ist das Kind denn eigentlich?«

Marthas scharfe Stimme traf ihn doch unerwartet. Sich ermannend, schob er die Zwischentür weiter auf. Wie immer saß sie am Fenster, die Füße auf dem Schemel, im Winter auf einer Kieke. Ihre Miene war noch verschlossener als sonst, weckte aber wegen ihrer Kinderlosigkeit nun doch inniges Mitleid.

»Aber ich habe ihr doch nichts gegeben?« verteidigte er sich gekränkt.

Erst jetzt sah sie ihn direkt an, höhnisch. »Du hast ihr nichts gegeben, sagst du? Du hast ihr nichts gegeben?« Fast schien sie in Lachen auszubrechen. »Chris, so etwas gibt es nicht! Sonst gib mir doch etwas davon ...«

Er ertrug ihren Hohn, solange der Ausbruch dauerte. Es war das einzige, was er tun konnte, und auch als sie dann bitter begann, sich über eine Lebensversicherung auszulassen, ging er doch noch nicht gleich: Sie wollte so gern eine Police, ihm schien die Prämie aber zu hoch.

Zurück in der Apotheke, bei geschlossener Zwischentür, sah Anijs wieder Johannas bleiches Gesicht vor sich, die grauen Augen wie zwei Eisenmurmeln auf einer Waage, dann nahmen seine Gedanken wieder ihren gewohnten Lauf; es war doch nichts verändert, nichts geschehen. Langsam regte sich in ihm wieder die alte Unruhe. Was hielt den neuen Kollegen von einem Antrittsbesuch ab? Er erinnerte sich an Halink als stillen, fast schüchternen jungen Mann, aber woher nun dieser Stolz? Oder war er zu sehr damit beschäftigt, seinen Kunden vom Photographieren zu erzählen? Gerade die Schüchternsten griffen nach solchen Dingen, um die Gunst des unwissenden Publikums zu gewinnen – vielleicht war er tatsächlich gerade dabei, ein Photostudio einzurichten, und deshalb hatte es noch keiner gewagt, ihm vom neuen »Einhorn« zu erzählen ...

Anijs wischte sich den Schweiß von der Stirn. Es war fünf Uhr, die Magd trug die Rezepte aus, heute würde nichts mehr geschehen. Plötzlich entschlossen zog er seinen Kamm aus der Brusttasche und beugte sich zu dem spiegelnden Glas vor dem Zeugnis an der Wand. Wäre es nicht eine freundliche Geste, wenn er selbst kurz vorbeiginge, um sein Interesse zu zeigen? Er kämmte sich den Schnurrbart, fand sich distinguiert aussehend, und griff zum Hut – der junge Kerl hatte sicher schon das eine oder andere über ihn gehört und wagte es womöglich nicht, ihn bei seinen vielfältigen Tätigkeiten zu stören; es war wirklich so ein abwartender Typ!

Klingelnd fiel die Tür hinter ihm zu. Im Vorbeigehen nickte er zu Martha hinter dem Fenster, dann blickte er nur noch unverwandt vor sich hin. Die nachsommerliche Hitze hing wie ein Schleier über dem Kanal, draußen war fast niemand unterwegs, die Brücken vom Kreuz verflüchtigten sich in der Ferne. Johanna war nicht mehr zu sehen, bestimmt hatte sie den hinteren Fußweg zum Opgaande-Kanal genommen.

Zielstrebig eilte er über den Uferweg, wie sonst zu einer Versammlung oder einem Kranken. Wie Dicke das so tun, hing er ein bißchen nach hinten als Gegengewicht zum Bauch, der dadurch noch kecker vorragte, aber doch nicht so geschwellt wie sonst. Was führte Halink im Schilde? Wer ihn sah, grüßte ihn freimütig, da eine Frau in der Tür, dort ein Torfschiffer an Deck; wie gewohnt winkte er zurück, ohne den Schritt zu verlangsamen, ja immer in Eile, wenn auch nie so nervös wie jetzt: Worauf war Halink aus?

Immer wieder blitzte zwischen zwei Häusern das Hinterland durch, schon hatte er das Rathaus hinter sich, da zeichnete sich plötzlich das weiße Gefüge der Brücken über dem Kanalkreuz ganz scharf vor dem stechenden Licht ab. Als er im nächsten Augenblick auch das Ladenschild mit dem goldenen Einhorn hängen sah, blieb er schnaufend stehen. Mit dem großen, weißen Taschentuch wischte er sich, wie ein Opernsänger, abermals den Schweiß von der Stirn, dann ging es wieder weiter, nun aber langsamer, bedächtiger.

So nah beim Kreuz war es belebter. Auf der Brücke über dem Hauptkanal standen drei alte Frauen. Auch hier zog seine ebenso auffallende wie vertraute Gestalt die Aufmerksamkeit auf sich, aber er merkte es nicht mehr, nichts drang mehr zu ihm durch, er brauchte all seine Kraft, um noch voranzukommen durch die dicke Luft, die ihm beim Einatmen in der Kehle klebte. Die »Einhorn«-Apotheke lag fast an der Ecke. Er ging die letzten Schritte, drehte sich zur Auslage um – und atmete auf.

Kein Photoapparat, nicht einmal ein Mikroskop, es hatte sich gar nichts verändert, hinter der Scheibe standen noch dieselben Verpackungen und Flakons, wie sie der gute van der Wal einst hineingestellt hatte. Mit einem Seufzer der Erleichterung ließ er die Augen langsam nach oben wandern, über den verschossenen Samt und weiter über die halbhohe Milchglastrennwand zwischen der Vitrine und dem dunklen Raum dahinter, dann sah er über dem Rand Halink direkt ins Gesicht. Nach einer Schrecksekunde atmete er wieder auf, noch tiefer: Ach, der Ärmste, wie ein Krämer ohne Kundschaft starrte der neue Kollege hinaus! Trotzdem gelang ihm ein Lächeln, und er winkte ihn herein. Nun entspannten sich auch seine verkrampften Sinne, und wie frische Luft strömte die hinausgeschobene Umgebung in das aufgehobene Vakuum seines Gemüts. Dort hinten am Rathaus quietschte der Pumpenschwengel, das laue Kanalwasser roch nach Fisch, auf der nahen Brücke reckten drei Frauen eifrig die Hälse nach dem Schauspiel des alten Apothekers, der bei dem jungen vorbeischaute. Lachend winkte Anijs zu ihnen hoch, dann öffnete er die Tür. Selbst das Schild »Haben Sie nichts vergessen?« hing noch auf der Rückseite!

Tatsächlich waren keine weiteren Kunden im Laden. Statt ihm entgegenzugehen, hatte sich Halink zur Kasse zurückgezogen, neben der noch immer van der Wals alte Waage stand. Sogleich spürte Anijs wieder die Reserviertheit ihrer ersten

Begegnung, zur Zeit der Übergabe, aber er erkannte vielmehr das vertraute Dämmerlicht und den kühlen Duft nach Tee und Sämischleder. Noch während sie sich über dem Ladentisch die Hand schüttelten, sah er, daß sich im »Einhorn« auch innen nichts verändert hatte: Aber verflixt, hatte der junge Spund denn gar keinen Ehrgeiz? Wußte er nicht, wie schnell die Wissenschaft in der sich gerade entfaltenden Zeit voraneilte?

Man hatte Höflichkeiten gewechselt, Halink hatte seine junge Ehefrau gerufen, um sie vorzustellen, dann standen sie sich wieder allein gegenüber: Anijs und Halink, der größere, mit regelmäßigem, aber unauffälligem Gesicht. Anijs fragte nach seiner Ausbildung; freundlich, knapp und in akzentfreiem Niederländisch berichtete Halink, er habe sie in Groningen genossen und sei dort auch eine Weile als Provisor tätig gewesen sei.

»Ach, Groningen, eine herrliche Stadt ... das Theater!« rief Anijs im Ton eines echten Weltmanns, und während er sich zu ihm hinbeugte, vertraute er dem anderen an, ebenfalls von anderswoher zu stammen, aus einer größeren Stadt, nämlich aus Assen, mit dem Zug ganz nah, wie eigentlich auch Groningen oder sogar Amsterdam: Theoretisch könne eine starke Bunsenbatterie, hier aufs Gleis gesetzt, wegen der elektrostatischen Leitung in Paris eine Glühlampe zum Brennen bringen!

»Aber aufgepaßt, hier ist nicht Groningen«, senkte er nun die Stimme, »hier gibt es noch viele Vorurteile, stellen Sie sich auf ein überwiegend einfaches Publikum ein. Natürlich sind Sie schon unserem Doktor Amshoff begegnet. Nun, Sie werden merken, er verschreibt noch eine Menge altmodischer Kochsäfte. Ein guter Rat: Machen Sie Ihre Säfte und Tinkturen nicht zu dünn; je dicker und dunkler, desto kräftiger, meint man hier. Fangen Sie auch immer einen Schwatz an: *März trocken, viel Roggen* – solche Sachen, so gewinnen

Sie das Vertrauen der Leute! Der dümmste Torfstecher aus der Armensiedlung, der sich kaum traut, den Mund aufzumachen, läßt sich durch einen Scherz doch beruhigen! Sie wissen, daß wir hinter dem Dorf noch eine Armensiedlung in der Gemeinde haben?«

Aufmerksam, mit ernstem Lächeln, verschränkte Halink die Arme, offensichtlich bänglich, ihm ins Wort zu fallen, da nun das Gespräch zur Sache kam. Dennoch sprach Anijs nicht gleich weiter – wieder rann ihm der Schweiß in den Nacken, wieder griff er zum Taschentuch, und während er sich den Hals trockentupfte, huschte sein Blick wieder verstohlen umher. Das ganze alte Sortiment an Bürsten, Arabischem Kraftmehl, Seifen und Schwämmen füllte noch die Regale; noch immer glich »Das Einhorn« mehr einer Drogerie als einer Apotheke! Die Arbeitsküche würde sich sehr gut für chemische Experimente eignen, aber die Voliere des verblichenen van der Wal war noch immer durch die offene Tür zu sehen …

Völlig beruhigt legte Anijs nun seinen Hut auf den Ladentisch. Mit dem Finger zeichnete er die Lage von Ortskern, Dorf und Armensiedlung zueinander, schätzte den größten Abstand auf anderthalb Stunden Fußweg und erklärte, daß die Armensiedlung einfach das Feld heiße, weil es am Rand eines Heidefelds lag, und die dortigen Bewohner deshalb die Feldler oder Feldgänger. Auch über die sich noch immer verschiebende Abbaugrenze berichtete er und daß die Feldler darunter am meisten zu leiden hätten.

»Meiner Meinung nach, werter Kollege, muß sich unsere Sorge daher vor allem auch auf sie ausdehnen. Leider scheint unser alter Amshoff darüber anders zu denken, denn obwohl er eine Besoldung als Armenarzt bezieht und seinerzeit hinten in seinen Landauer ein Bett hat einbauen lassen, damit er sich nachts schlafend zum Feld fahren lassen kann, läßt er sich doch nie dort blicken. Weil sich die Feldarmen auch nicht zu ihm wagen, wenden sie sich oft direkt an mich, und künftig bestimmt auch an Sie. Ist es dann falsch, wenn ich selbst die Diagnose stelle und die Mittel verordne? Soll man denn diese Menschen einfach ihrem Schicksal überlassen? Darüber habe ich mit Amshoff heftigen Streit gehabt...«

Halink, noch immer reglos hinter der Kasse, räusperte sich, aber noch bevor er etwas sagen konnte, erlöste ihn Anijs mit einer gewissen Handbewegung aus der Bredouille: »Nein, nein, sagen Sie nichts! Ich habe Ihnen nur eine Seite der Sache dargestellt, und Ihre persönliche Meinung geht mich nichts an – ich erzähle es Ihnen nur, weil Sie es doch hören werden!«

Halink nickte, verlagerte sein Gewicht auf das andere Bein und schwieg weiter. Im Laden war es so still, daß Anijs keinen Zweifel mehr hatte, daß ihr erstes Kind erst noch geboren werden mußte.

»Aber jetzt wollen Sie sicher mehr über Hoogeveen wissen«, fuhr er nach einem tiefen Seufzer fort. »Man muß vorausschicken, daß hier alles vom Moor bestimmt wird – wer das nicht begreift, begreift nichts, weder die Geschichte noch den Volkscharakter oder die Nosogonie. Aber wie könnte es auch anders sein, bei einem so divergierenden und in vielerlei Hinsicht schwierigen Gebiet... War es nicht Tacitus, der sagte: Moor ist Land, das man nicht begehen, und Wasser, das man nicht befahren kann? Man denke nur an unsere häufigsten Leiden, Gicht im Winter und rissige Finger während der Kampagne: Beides gewiß völlig tellurisch! Aber Sie müssen nicht glauben, wir hätten dem Moor nichts weiter als unsere Krankheiten zu verdanken, es hat auch eine moderne Industrie gebracht. Kraft und Traktion? Besichtigen Sie doch einmal die Torfstreufabrik ›Die Industrie‹ – eine einzige Dampfmaschine treibt drei Pressen, einen Filter und einen Elevator! Ebenfalls dem Moor haben wir hier auch eine, im Gegensatz zu den Geestdörfern, auffallend heterogene

Bevölkerung zu verdanken, von allerorten wie die Schaumkrone auf der Woge der Abbaugrenze mitgetragen: Das ist eine Qualität, die Hoogeveen mit einer Stadt wie Amsterdam teilt, mit einem Staat wie Amerika! Aber das Schönste an einem kleinen Ort wie diesem ist für mich persönlich doch das reiche Vereinsleben… da werden Sie noch Augen machen!«

Das Geräusch, das Halink jetzt von sich gab, klang erstaunt und fragend zugleich; bereitwillig führte ihn Anijs, bildlich gesprochen, am Arm mit sich zu allen Vereinen Hoogeveens, zu den Wohltätigkeitsvereinen, den gemeinnützigen Vereinen und schließlich den Kunstvereinen, dem Spielmannszug Valerius und der Laienbühne Mimesis. Wo es zutraf, nannte er sich als Vorsitzenden, und bei der Laienbühne fügte er hinzu, meist übernehme er die Regie und außerdem auch ab und zu eine kleine Rolle: Das Publikum finde es natürlich köstlich, einen Apotheker, der einfach mitspiele. Mit gutmütigem Selbstspott meinte er sogar und klopfte dabei auf den Bauch, daß über seinen Falstaff noch immer gelegentlich gewitzelt werde.

»Doch, doch, man kann mich ruhig einen bunten Vogel nennen«, gab er leutselig zu, »aber mit diesen Späßen stärkt man doch die Volksgesundheit? *Mens sana in corpore sano*! Unter diesem Motto bin ich auch Vorsitzender des Vereins für Volksvergnügen, kurz VfV. Gewiß, der Name klingt wenig anspruchvoll, aber das Niveau wird Sie noch staunen lassen. Wir veranstalten historische Umzüge und jeden Sommer ein großes Fest, manchmal im Freien, manchmal im Zelt. Fragen Sie nur einmal jemand nach dem Bal Champêtre oder dem Café Chantant! Ach, dieses Künstlerische, dieses Freisinnige… das ist etwas, das hat man oder man hat es nicht… In Amsterdam wohnt ein Vetter von mir, ein Geigenbauer, der sitzt dort mitten unter dem fröhlichen Musikantenvölkchen. Nun, meinen Segen hat er, *hodie mihi, cras tibi*, oder nein: *carpe diem*! Ich sagte Ihnen doch schon, daß mein Horizont über Hoogeveen hinausreicht? Und dann habe ich auch noch ferne Verwandte in Amerika – was sagen Sie dazu, ist das ferne Verwandtschaft oder nicht? Haha! Sehen Sie, mit solchen Späßen beruhigen Sie die Leute …!«

Zum erstenmal lachte Halink jetzt lauthals: Er hatte Sinn für Humor! Aber gleich schlug er die Augen wieder nieder, noch schüchterner als zuvor. Nein, er war bestimmt keiner von denen, die sich wichtigtuerisch mit allerlei Neuigkeiten in den Vordergrund zu drängen suchten, Anijs mochte ihn, und auf einmal stellte er sich vor, wie es wäre, wenn der neue Kollege einmal mit seiner Gattin am Abend vorbeikäme, ja, er freute sich auf die Geselligkeit, vor allem auch für Martha: Der Salon würde in Kerzenlicht baden, die Vorhänge offenbleiben, jeder dürfte sehen, daß sie Besuch hatten! Inzwischen konnte er seine vorherige Unruhe nicht mehr begreifen: Wie hatte er sich nur sorgen können und worüber eigentlich?

»Mal sehen, ich glaube, daß ich jetzt nur noch den Verein gegen Bettelei vergessen habe. Wie kann man das öffentliche Laster besser bekämpfen als durch Arbeitsbeschaffung? *Labor improbus vincit*, sagen die alten Lateiner. Der Schuppen ist hinter der Waage, werfen Sie ruhig mal einen Blick hinein. Wenn man die armen Teufel dort Besen binden oder Stühle flechten sieht, dann muß man wahrlich kein Sozialist sein, damit einem warm ums Herz wird … Nein, nein, antworten Sie nicht, über Politik werden wir später noch reden, wenn wir erst einmal zusammen einen heben! Wohl kann ich noch darauf hinweisen, daß Sie, dank unserer höchst lobenswerten Gesundheitskommission, hinsichtlich der Finanzen zu den Feldarmen kulant sein können; bleibt eine Rechnung unbezahlt, dann wird sie nachträglich aus deren Kasse beglichen. Muß ich noch ergänzen, wer der Sekretär dieser Kommission ist? Haha! Sie merken schon, wir können uns nicht aus dem Weg gehen, aber warum sollten wir auch? Als freisinnige Menschen werden wir sicher noch viele Gespräche führen. Pharmazie, Philanthropie, Philosophie: Da haben Sie den Dreifuß, an dem dieser bauchige Kessel über dem Feuer seiner Ideale hängt!«

Abwechselnd beugte er sich vertraulich vor oder richtete sich im Redefluß wieder auf. Wie er sprach, wiederum mit mildem Selbstspott, immer blumiger, auch ständig latinisierend, energisch und leise zugleich, energisch für die Ehefrau im Hinterzimmer, leise, um nicht aufdringlich zu wirken – offenbar hatte er seine volle Rednergabe wiedergefunden. Dennoch beugte er sich gleich darauf wieder über den Ladentisch, noch tiefer, auf die Ellenbogen gestützt.

»Nun ja, Freisinnigkeit ist schon richtig«, philosophierte er väterlich weiter, »aber das heißt nicht, daß bei mir in der Apotheke alles möglich wäre. Am liebsten setze ich meine Arzneien für das neue Leben ein, möglicherweise, weil meiner Frau und mir nie Kindersegen beschieden war, vielleicht auch, weil wir Pharmazeuten doch meist im Schlagschatten des *memento mori* unsere Arbeit tun, einerlei: Sehr gern verabreiche ich, wenn die Brustwarzen zu tief liegen, Saughütchen und später dann bitteren Salbei, um das Kleine wieder abzustillen, aber wenn mich eine junge Frau um eine Fruchtbarkeitsmedizin bittet, wie es erst heute mittag der Fall gewesen ist, dann wird eine Grenze überschritten. Nur die Natur oder, wenn Sie so wollen, der Herrgott sollen über solche Dinge entscheiden, der Apotheker darf sich da nicht einmischen – das ist zumindest meine Ansicht. Nein, nein, sagen Sie nichts, bilden Sie sich Ihre eigene Meinung... Vielleicht ist sie ja auch hier gewesen, nachdem sie sich bei mir einen Korb geholt hat? Ein Mädchen vom Feld, Johanna Bennemin, etwa zwanzig Jahre alt, blaß, mit auffallend grauen Augen? Ihren Vater werden Sie zweifellos noch kennenlernen, er ist dort der einzige Gebildete, ein Torfstecher, aber zugleich der Lehrer für die Kinder, auch der einzige, der nicht mehr in einer Hütte wohnt, sondern sich schließlich ein Steinhaus gebaut hat mit einer Hochstube und allem Drum und Dran.«

Nach den letzten Mitteilungen nickte Halink interessiert, tat aber, als habe er die Frage nach Johanna schon vergessen, und ließ sich nichts anmerken. Eine kleine Weile betrachtete ihn Anijs noch von unten her mit verdrehtem Hals, dann streckte er die Arme und richtete sich wieder auf.

»Sie sagen nichts, vortrefflich, Sie schweigen!« sagte er strahlend. »Sehr gut, diese Deontologie gefällt mir! Sind wir Apotheker nicht ebenso an den Eid des Hippokrates gebunden wie die hohen Herren der Heilkunst? Aber lassen Sie sich nicht reinlegen, wenn Ihnen demnächst der umgekehrte Fall vorliegt: Dann möchten sie abtreibenden Siebenbaum; sie sehen Sie zaudern, und dann sagen sie: Es ist für die Ziege. Wissen Sie, was ich darauf antworte? Wenn es für die Ziege ist, geh zum Tierarzt! Zu alldem werden Sie sich Ihre eigenen Ansichten entwickeln müssen, denken Sie in Ruhe darüber nach, sprechen Sie mit Ihrer Frau darüber und denken Sie nicht, mich ließe blinder Glaubenseifer so sprechen – unter uns gesagt: Dem Glauben habe ich schon längst abgeschworen, auch wenn Sie mich noch als Kirchgänger sehen, aber angesichts eines öffentlich demonstrierten Atheismus, der allzuoft wie ein seidener Foulard nur zum Prunken getragen wird, könnte in meinem Fall zudem noch unbeabsichtigt der Eindruck entstehen, es seien gewisse wissenschaftliche Argumente gegen die Religion gefunden worden – obwohl die Theologie gar keine Wissenschaft ist, auch wenn unser guter Festenhout dafür noch so eifrig an der Hochschule studiert hat! Übrigens möchte ich mit meinen Freimütigkeiten sicher keinerlei Anspruch auf Ihre persönliche religiöse Überzeugung erheben, darüber werden wir uns demnächst sicher einmal unterhalten, Sie haben jetzt viel zu viel zu tun, und ich stehe hier nur herum und halte Sie von der Arbeit ab…«

Als ob er Anstalten machte, zog er seinen Hut zu sich her. Noch immer war niemand gekommen, obwohl er Halink schon mit verschränkten Armen angetroffen hatte.

»Der Nachmittag ist immer still, auch bei mir«, sagte er beruhigend. »Machen Sie sich keine Sorgen, Amshoff schickt die Kranken rund ums Kreuz hierher, die vom Norden sind für mich, und der Rest wird sich zeigen – so ist das hier immer gutgegangen! Es ist eine Sache des langsamen Aufbaus, auch ich habe am Anfang gewisse Widerstände und Vorurteile überwinden müssen. Wenn Sie möchten, können wir gemeinsam bei Brocades & Stheeman in Meppel einkaufen; das habe ich auch mit Ihrem Vorgänger van der Wal so gehalten, und es bringt dann einen hübschen Rabatt – Sie verstehen, was ich meine? Wenn Ihre Vorräte aufgebraucht sind, kommen Sie doch mit Ihrer Bestelliste zu mir. Und bedenken Sie auch einmal, wie alt ich bin! Letztes Jahr, an meinem sechzigsten, bin ich schon aus dem Gemeinderat zurückgetreten, und auch als Apotheker habe ich nicht das ewige Leben – und dann werden Sie meine Position übernehmen, dann sind Sie der erste Apotheker am Platze, dann werden Sie vielleicht sogar ein Photostudio eröffnen… nicht zum Zeitvertreib, sondern mit einer wissenschaftlichen Absicht, um zeitlich versetzte Serienaufnahmen zu machen und zu analysieren… nach dem Vorbild des Amerikaners Muybridge! Ist es nicht verblüffend, daß erst durch ihn definitiv ermittelt wurde, daß ein trabendes Pferd zu einem bestimmten Zeitpunkt alle vier Hufe gleichzeitig vom Boden hebt – obwohl sich doch der Trab schon jahrhundertelang, *ad oculos*, dem bloßen Auge gezeigt hat! Wir sehen den Trab, können aber die Frage, was wir sehen, ob das Pferd vom Boden abhebt, nicht beantworten: Wir sind sehenden Auges blind!«

Wie ergeben lächelnd ihm der junge Mann noch immer gegenüberstand, sogar ohne sich anmerken zu lassen, ob er ihn verstand oder nicht (vielleicht konnte er gar nicht philosophieren)! Um ihm für die Zukunft Mut zu machen, hätte er ihm am liebsten kräftig auf die Schulter geschlagen oder väterlich durchgeschüttelt, aber es mußte alsbald bei einem Händedruck bleiben. Unschlüssig klopfte er noch kurz an van der Wals alte Waage. Nie war diese Waage wissenschaftlich genutzt worden, lediglich zum Tütenfüllen.

»Erstklassige Waage«, lobte er, obwohl sein Gemüt vor Mitleid fast überfloß, »sehr viel genauer als die von Frau Justitia im Kreisgericht, nicht wahr? Aber sind wir Pharmazeuten denn nicht viel mehr Wissenschaftler als die Juristen, selbst wenn diese eine Universitätsurkunde besitzen? Bürgermeister Pottinga ist ein guter Mann, kann auch sehr nett über die Drenther Volkskunde erzählen, aber sein Wissen steht natürlich völlig jenseits der ruhmreichen, sich beständig beschleunigenden Tradition des Experiments. Über Pastor Festenhout brauchen wir kein Wort mehr zu verlieren. Nein, hier am Ort sehe ich nur Doktor Amshoff mit uns am Thron der Minerva liegen, hinsichtlich seiner Ausbildung vielleicht eine Stufe höher, aber das Verhältnis hat sich schon längst verkehrt, denn wo wir forschend die praktische Wissenschaft weiterhin ausüben, tut so ein Arzt doch eigentlich nichts anderes, als sich den ganzen Tag die Klagen seiner Patienten anzuhören, worauf er den Namen der Krankheit dazu suchte – um am Ende die entsprechende Medikation doch dem Pharmazeuten anheimzustellen! Ach, so ein Amshoff, mit seinen Kaltwassergüssen und der Reform! Im Grunde fürchtet er sich vor der *materia medica*; aus Angst, er könne jemand mit seinen Rezepten umbringen, verschreibt er am liebsten nur Schlafmittel – das werden Sie schon noch merken –, aber dennoch beansprucht er für sich allein das Recht der Diagnose …! Wo sind die guten alten Zeiten eines Hippokrates, eines Avicenna geblieben, als die Verschreibung und Zubereitung der Heilmittel noch in einer Hand lagen? Ich meine: Wenn wir sie uns zum Maßstab nehmen, stehen wir dann als diagnostizierende Pharmazeuten nicht den berühmten Ärzten der Antike näher als einem Mann wie Amshoff, selbst wenn er hundertmal an der Universität studiert hat? Diagnostizieren, werter Kollege, das ist *primo* observieren, *secundo* inquirieren und drittens dezidieren. Aber Achtung: Sie schauen zuerst, was einem fehlt, dann fragen Sie etwa, ob es am meisten weh tut, wenn er steht oder wenn er liegt, und dann, ich meine *in dubio,* verabreichen Sie ein Beruhigungsmittel – denken Sie etwa, Amshoff täte etwas anderes? Fast möchte ich sagen: zum Glück für seine Patienten nicht!«

Zum zweiten Mal lachte Halink kurz auf. Der wohltuende Beifall, endlich, befriedigte Anijs und brachte ihm wieder Ruhe; so stark war er nun in seiner Überlegenheit, daß er sich einige Bescheidenheit erlauben konnte, ohne sie noch zu gefährden, und nach einem kurzen Stillschweigen schlußfolgerte er, daß Apothekersein in Hoogeveen ganz sicher nicht schwierig sei.

»Man muß doch auch kein Kapitän zur See sein, um hier durch den Hauptkanal zu fahren? Was die Beruhigungsmittel angeht, müssen Sie sich einmal meine Sedativa-Sammlung ansehen. Unter dem Etikett *Vinum Rubrum Gallicum* verabreiche ich ab und an Rotwein, dreimal täglich einen Löffel – *mundus vult decipi,* nicht wahr? Aber den Theriac stelle ich selbst her, nach ›Abrahamys Rezepturen‹ mit viel Opium. Wenn Sie möchten, können Sie auch meine anderen Bücher einsehen… und dabei dann meine Frau kennenlernen, wirklich eine echte Dame!«

Halink nickte, wieder unbewegt wie zuvor, aber Anijs hatte sein Lachen gesehen und konnte sich den jungen Mann als einen sehr angenehmen Gast vorstellen, nicht nur mit Humor, sondern auch mit einem klaren, kritischen Urteil über den Ärztestand.

Als er dann tatsächlich zum Hut griff, ergoß sich in ihm ein wundersames Gefühl der Freundschaft.

»Ich muß nun wirklich gehen«, sagte er, auf einmal besorgt, die Bekanntschaft durch allzulanges Bleiben noch nachträglich zu verpatzen. »Schauen Sie doch einmal zu einem Abendplausch vorbei, mit Ihrer Gattin ... Ich freue mich sehr, einen jungen, tüchtigen Kollegen wie Sie bekommen zu haben, dann muß ich hier nicht mehr alles ganz allein tun. Sie können sich nicht vorstellen, wieviel Chemie ein solch kleiner Ort doch benötigt, von besonderen Festlikören bis zu Feuerwerk, und, bei allem Respekt, aber Ihr Vorgänger hat darin nicht gerade brilliert! Nun gut, das Leben hier wird Ihnen gewiß gefallen, auch außerhalb der Apotheke: In jedem Verein sind neue Vorstandsmitglieder willkommen, auch tätige Mitglieder; ich höre von Ihnen. Vielleicht hat Ihre Gattin Lust, bei Dorcas für die Armen zu stricken? Meine Frau weiß alles darüber ...«

Gemächlich wandte er sich halb um und warf noch einen letzten Blick um sich. Das ausgestopfte Äffchen war verschwunden, aber der Schrank mit den Sägefischzähnen und dem Straußenei stand noch da, und an derselben Stelle, wo immer das alte Zeugnis von van der Wal gehangen hatte –, sogar dort hing im selben schattigen Winkel nun ein Rahmen mit zweifellos Halinks Zeugnis, direkt über einem Bord mit beidseits je einem Siruptopf. Gerührt ging er dorthin, den Hut auf dem Rücken, aber auf halbem Wege blieb er bei einem Hocker stehen. Da lag eine Zeitschrift, er nahm sie in die Hand, es war ein Fachblatt, von dem er noch nie gehört hatte.

»Schau, schau, sehr gut, Sie wollen auf der Höhe bleiben, die Wissenschaft eilt voran«, lobte er, aber plötzlich rann ihm ein kalter Schauder über den Rücken. Er legte die Zeitschrift zurück, sah Halink reglos und riesig hinter dem Ladentisch aufragen und tat dann gehetzt die letzten Schritte auf das

Zeugnis zu. In die Stille hinein ertönte das Rattern einer Kutsche, die auf dem Uferweg näher kam.

Sein Kinn reichte knapp bis über das Brett. Mit aller Macht reckte er sein Gesicht in die dicke Luft zwischen den Siruptöpfen. Sein Schatten fiel auf das spiegelnde Glas, der Text dahinter wurde sichtbar, und während das Rattern mächtig anschwoll, buchstabierte er den schwarz-goldenen Stempel, der nicht nur das Zeugnis krönte, sondern auch dessen Empfänger: *Doctor Pharmaceuticus*. Es war eine Promotionsurkunde.

Im selben Augenblick, in dem diese Tatsache Anijs wie ein Kinnhaken traf, hörte draußen jäh das ohrenbetäubend gewordene Dröhnen auf, vor der Tür hielt eine Kutsche. Abwesend starrte er so auf die Urkunde, nunmehr ohne jegliches Erstaunen. Wieso sollte der junge Kollege nicht an der Universität studiert haben? Er hatte seinen Brief vor gut dreißig Jahren erworben, vor der Kreiskommission für Medizinalaufsicht zu Assen, aber mit der Gesetzesänderung von 1865, sieben Jahre später, war die Pharmazieausbildung zu einem akademischen Studium aufgewertet worden – er hatte es gewußt, aber nie mehr daran gedacht, weil es in Hoogeveen keine Rolle spielte. Die Medizinalaufsicht gab es vermutlich nicht mehr. Während er an dem Brett Halt suchte, zerbröselte seine erste Einschätzung Halinks wie feuchter Fondant; strahlend stieg jener erneuert aus den silbernen Kügelchen empor – sein Grad war sein Name geworden, sein Titel sein Wesen, seine Apotheke eine Fakultät!

Als er sich doch endlich von dem spiegelnden Glas losriß, kostete ihn das soviel Kraft, daß sein Gesicht beinahe wie abgerissene Haut auf dem Brett zu haften schien, schlaff und dünn wie das feinste Sämischleder. Betäubt vor Schmerz, wandte er sich durch das seimige Zwielicht noch einmal nach Halink um.

»Sie haben viel von van der Wal übernommen«, stieß er heiser heraus. »Haben Sie vielleicht auch seine Bücher übernommen?«

Es war eine Frage wider besseres Wissen, so daß er schon selbst verneinend den Kopf schüttelte, bevor Halink es tat, schweigend, lächelnd und wie immer mit verschränkten Armen, nur jetzt noch hünenhafter hinter der Ladentheke.

»Ich habe eigene Bücher«, hörte er schließlich.

Anijs nickte, daß er verstehe, drückte sich mit einer Aufmerksamkeit, als sei es das letzte, was ihm im Leben noch zu tun bliebe, den Hut auf den Kopf und stieß die Tür auf. Genau gleichzeitig wurde sie jedoch von der anderen Seite geöffnet, und mangels Widerstand stolperte Anijs so unerwartet auf die Straße, daß es den drei Frauen auf der Brücke vorkam, als sei er mit einem Hüftschwung hinausbefördert worden. Vor der Apotheke stand ein glänzender Landauer; die schwarze Gestalt, an der er vorbeigestürzt war, mußte Amshoff gewesen sein.

KAPITEL 2

Geigenbau Vedder

Seit Jahr und Tag wohnte Vedder am Texelschekaai, dort, wo sich Amsterdam in der Y-Bucht herrlich öffnete. Von seinem Haus aus hatte er immer ungehindert auf den Hafen sehen können, wo es von kommenden und ausfahrenden Fangschiffen wimmelte, auf die Landungsbrücken im Wasser mit der Neuen Stadtherberge und dem Seerechtskontor, den zahllosen Masten, Mühlen und Kränen, die wie unentwirrbare Wanten in den Himmel ragten. Es war ein schmales, hohes Haus, mit der Geigenbauwerkstatt gleich an der Straße und darüber den übrigen Zimmern, jedes nur ein Fenster breit. Als leidenschaftlicher Fischliebhaber, so einer, für den es noch Ehrensache war, das frische Seefleisch sachkundig zu prüfen und auszuwählen, beobachtete er das Anliefern am liebsten von seiner Küche aus ganz unter dem Dach, dorthin verlegt, damit der Trangeruch durch die Luke im Flachdach gut abziehen konnte. Aufs Fensterbrett gelehnt, genoß er dann, auch nachts, den wunderbar weiten Blick, wenn zur Hauptzeit das Y in seiner ganzen Breite von Kwakken aus Volendam wimmelte, von Bottern von Marken und sogar Krabbenfischern aus Harderwijk. Dazwischen schwärmten noch die kleinen Jollen der einheimischen Wiederverkäufer aus dem Jordaan, die im gelben Schein der Laternen ihre Gebote schrieen. Nach der Einigung zogen sie dann den Spund aus der Bünn und ließen die Jolle mit dem salzigen Y-Wasser halbvollaufen, in dem die umgeladenen Krabben lebendig blieben, solange man sie in Bewegung hielt. Das war die Arbeit der Schunkler, die auf der Rückfahrt zum Jordaan, breitbeinig auf einer Querplanke stehend, die Jolle unablässig schwanken ließen, und bisweilen fing Vedder am offenen Fenster gar noch ein paar Töne von ihren Schunkelliedern auf.

Aber all das gab es nicht mehr. Zuerst waren die Harderwijker ausgeblieben wegen der Oranje-Schleusen und dem Brack- und danach Süßwerden des Wassers, dann mußte auch noch die Hafenfront verschwinden, weil ausgerechnet dort, nach endlosem Hin und Her der hohen Obrigkeit, der neue Bahnhof errichtet werden sollte. Begleitet von einem Strom von Protesten, wurde die ganze schwankende, hölzerne Pfahlwelt abgerissen, in der seichten Y-Bucht wurden drei künstliche Inseln aufgeschüttet, und dann begann das Bauen. Wenn Vedder heute aus dem Fenster schaute, sah er kein Wasser, keine Schiffe und Stege mehr, nur noch den Hauptbahnhof: schräg rechts vom weiträumigen Vorplatz das Hauptgebäude, links davon die riesige Überdachung und noch weiter links den erhöhten Bahndamm, den nur noch die Masten und Schornsteine der großen Überseedampfer am neuen Pier überragten. Bauabnahme für das Hauptgebäude war schon vor vier Jahren gewesen, 1884, aber am Innenausbau wurde noch immer gearbeitet, und darüber hinaus hatte man wegen einer Versackung die Überdachung erneut ausschreiben müssen. Nach dieser und allen früheren Verzögerungen wußte niemand mehr, wann der Bahnhof eigentlich eröffnet werden sollte. In der Zwischenzeit war es dem Gemeinderat aber durchaus gelungen, den Texelschekaai zu Ehren des Mannes, der sich zum Wohle der Stadt so außerordentlich um die Schiffahrt verdient gemacht hatte, in Prins Hendrikkade umzubenennen.

Übrigens war das Geschäft, das Vedder dort betrieb, nicht immer eine Lutherie gewesen. Früher, als er noch verheiratet war, hatte er dort Schränke gebaut, aber als die Ehe kinderlos blieb, die Frau ihn verließ und für eine zweite Ehe disqualifizierte, indem sie von einem anderen sehr wohl schwanger wurde, erachtete er sich, nunmehr ohne Privatleben, in seiner erwiesenen Unfruchtbarkeit als so schwerelos, daß ihn der Auftrieb ganz von selbst nach oben schob, mit einer Abdrift Richtung öffentliches Leben: Er verzehrte sich nach Höherem, verlegte sich auf den edlen Geigenbau und war nach langen Lehrjahren soweit, »Geigenbau Vedder« auf sein Schaufenster schreiben zu können. Gleichzeitig begann er, nach dem Vorbild von Pseudonymisten wie Vitruvius und E. Nigma, die öffentlichen Bauvorhaben in allerlei Leserbriefen zu kritisieren, anfangs noch unterzeichnet mit »ein wohlmeinender Mitbürger«, später unter dem Pseudonym »Veritas«.

Seine Themen suchte er entsprechend seinem Hang zur Öffentlichkeit. So wie er gerne durch die Stadt wanderte, an den neuen Luxushotels vorbei, wo das höchst private Leben der Reichen in gewissem Sinne öffentlich wurde, vorbei an einer durch den Abriß des angrenzenden Grundstücks freigelegten Innenwand mit allerlei verschieden tapezierten Flächen, mit den Kacheln über einer verschwundenen Anrichte und der Zickzackspur einer Treppe, auf die er sinnend starren konnte, oder wie er sich gerne in einer Menschenmenge drängte, genauso gern wollte er auch gegen den Städtebau und die Hotels schreiben. Aber was konnte er gegen ein Hotel vorbringen? Ihm fehlte das baufachliche Wissen eines Mannes wie E. Nigma, wie er sich auch in seinem Beruf dem in Cremona ausgebildeten Smolenaars unterlegen fühlte. Aber warum sollte er überhaupt gegen die Gebäude als Bauwerk schreiben? Viel wichtiger war doch, wo sie standen; eine Stadt war doch keine statische Ansammlung von Gebäuden, sondern ein dynamischer Organismus, eine arbeitende Maschine, deren Verständnis und Beurteilung grundlegend zu kurz griff, wenn diese allein mit dem Aussehen der einzelnen Bauteile begründet wurde. Seine Kritik mußte nicht an der Architektur der Bauten ansetzen, sondern an ihrem Standort beziehungsweise an der Verkehrsführung und an der Stadtentwicklung im allgemeinen!

Beim Nachdenken über sein Spezialgebiet ging Vedder plötzlich auch der Zusammenhang zwischen dem Aufkommen der Luxushotels und dem des Eisenbahnwesens auf, wodurch ja ein Publikum wohlsituierter Vergnügungsreisender entstanden war, das es zuvor nicht gegeben hatte: Deshalb lag das Amstel Hotel so weit vor der Innenstadt, so nah beim Rhijnspoor-Bahnhof! Aus demselben verkehrsplanerischen Grund hatte man auch das American Hotel am Leidseplein gebaut – weil man damals noch erwartete, daß der Hauptbahnhof dorthin käme! Seine Beiträge folgten nun in immer schnellerem Tempo: Heftig zog Veritas gegen den Bau des Hauptbahnhofs an der offenen Hafenfront vom Leder; dem American Hotel, das auf den falschen Standort spekuliert hatte, wurde eine schwere Zukunft prophezeit; noch hatte das Amstel Hotel die günstigere Lage, aber nach der Eröffnung des Hauptbahnhofs, drohte Veritas, sei es damit vorbei. Für den Massentransport zwischen der westlichen Stadterweiterung und den Arbeitsplätzen in der Innenstadt, einer Entfernung, zu weit, um sie noch zu Fuß zu bewältigen, plädierte Veritas für eine völlig neue Verkehrsader, dafür, die Rozengracht aufzuschütten. Der Anschluß der Westradialen an den Dam ginge zwar leider zu Lasten der vorhandenen Gebäude, aber für den unvermeidlichen Abriß und die damit verbundenen Folgekosten zeigte Veritas einen Weg auf: »An die Amsterdamer Omnibusgesellschaft könnte eine Konzession zur Verlegung von Straßenbahnschienen in der Westradialen vergeben werden, deren Ertrag dann gleichzeitig zur Finanzierung der notwendigen, und nötigenfalls per Gesetz zu erzwingenden, Enteignungen eingesetzt werden könnte.« Es war seine erfolgreichste Glosse, wenige Jahre darauf wurde die Westradiale tatsächlich im Gemeinderat besprochen, aber da wußte niemand mehr, daß Veritas als erster darüber geschrieben hatte.

Seine musikalische Entwicklung hielt in dieser Zeit Schritt mit der als Pseudonymist. Er hatte als kleiner Handwerker angefangen, von der Höhe eines Smolenaars aus kaum erkennbar, aber er studierte Kataloge, abonnierte die Musikzeitschrift »Caecilia« und lernte, beim Namen Wagner sarkastisch zu grinsen. Nachdem er in der Lage war, Land und Alter der Violinen zu erkennen, stieg er auch in den Instrumentenhandel ein, wobei es ihm sogar, auf einer Auktion, gelang, sich für hundert Gulden einer Syde-Violine aus dem siebzehnten Jahrhundert zu bemächtigen – das Instrument hatte kein Etikett, besaß aber alle typischen Kennzeichen. Aber nun stellte sich heraus, wie er doch an dem niedrigen Anfangsniveau festhing, dem er im Grunde längst entwachsen war: Seine Kunden, noch immer größtenteils Tanzlehrer und Spielleute aus Sälen wie dem Tivoli und dem Girlitz, gaben nie mehr als hundert Gulden für eine Geige aus, obwohl das alte Instrument an die dreitausend wert sein mochte. Am Ende konnte er es nur noch Smolenaars anbieten, aber der stritt lachend ab, daß es eine Syde wäre, so daß er die Geige schließlich wieder für hundert Gulden hatte verkaufen müssen. Übrigens wurde auch seine weitere Entfaltung in puncto Geigenneubau kupiert, vergleichbar der im Handel, einerlei, wieviel er von Mensur und Inklination verstand. Ein guter Musiker macht das Instrument gut, aber seine Geigen wurden schlecht bespielt und erreichten in den Händen seiner Kunden nie den Ton, den sie in der Anlage womöglich besaßen.

So blieb er der Autodidakt mit dito Kundschaft, während Smolenaars den Absatz der ausgebildeten Musiker bediente und in Vedder keineswegs einen Konkurrenten, womöglich nicht einmal einen Kollegen sah. Im größeren Rahmen wurde, mit der zunehmenden Professionalisierung der Tonkunst, diese Kluft noch tiefer. Vorläufiger Höhepunkt dieser jüngsten Entwicklung war die Errichtung des brandneuen Konzerthauses, noch hinter dem Reichsmuseum, vor der Stadt in den Weiden gelegen, sowie die Gründung des Konzerthausorchesters. Vedder hatte das Haus noch nie von innen gesehen, aber was er über das neue Orchester hörte, nagte an ihm: Angeblich bestand es ausschließlich aus geschulten Berufsmusikern, die täglich probten, und es konnte gar nicht anders sein, das Musikleben mußte einfach an diesem neuen Maßstab zerbrechen, an dem Riß, der schon durch die Gründung des Wagner-Vereins und des Konservatoriums verursacht worden war. Mit scheelen Blicken sah Vedder zu, wie sich der bessere Teil durch Aufstieg von ihm trennte, während er im Bodensatz zurückblieb, aus dem er sich doch all die Jahre hochzuarbeiten gemüht hatte – er war wie eine Aktie, die nach trägem, zähem, mühsamem Kursanstieg durch eine viel höhere Inflation dennoch im Wert gefallen war. Verbittert war er letztes Frühjahr der feierlichen Eröffnung des Konzerthauses ferngeblieben. Am Tag danach, am 12. April 1888, prangerte E. Nigma den neoklassizistischen Entwurf an, und Veritas bemängelte den exzentrischen Standort als »mutwillig die Götter versuchend«.

So stand sein Leben, beim Schreiben, Streiten und Streben, im Zeichen des Imperativs, in völligem Einklang mit seinem leidenschaftlichen Temperament und Erscheinungsbild. Er schwitzte schnell, war stark behaart, selbst auf den Händen, und hatte eine kräftige, gedrungene Gestalt. Trotz seiner sechzig Jahre war sein Bart noch pechschwarz, glänzten seine Lippen frisch unter dem Schnurrbart und blitzten seine grünen Augen ungebrochen hell in dem roten Gesicht.

Übrigens war doch noch ein Kind in sein Leben gekommen: Ein Kunde aus dem Diakoniewaisenhaus erzählte ihm einmal von einem Findelkind, Vedder wußte eine Pflegefamilie, und so kam das Kind zu dem braven Kellner Rossaert, der mit seiner Frau ganz in der Nähe im dritten Hasselaerssteeg einen kinderlosen Haushalt führte. Bis zum sechzehnten Geburtstag würde die Diakonie das Kostgeld bezahlen, und so lange würde man Theo im Glauben lassen, die Rossaerts wären seine echten Eltern. Dennoch war es Vedder, der sich peinlich genau mit seiner Erziehung beschäftigte, den heranwachsenden Jungen überallhin mitnahm und sich schließlich wie ein Vater für ihn fühlte. Der Junge war nun beinahe sechzehn. Er sollte heute abend zum Essen kommen.

DURCH DEN FISCHGERUCH schien es ihm drinnen noch wärmer und voller. Der Lärm wurde vom Schlußgong übertönt. Es war vorbei, plötzlich in Eile drängten alle zu einem Stand, auch Vedder.

»Ausnehmen?« fragte der Mann, als Vedder auf eine fette, frische Makrele zeigte.

Er nickte, bat sich aus: »Leber drin lassen.«

Mit dem stillen Lächeln, an dem ein Kenner den anderen erkennt, setzte der Mann das Messer an; um ihm nicht auf die Finger zu sehen, drehte sich Vedder um. Von hinten spürte er die Kante des Fischstands, von vorn die an ihm entlangreibenden Leiber, und tief befriedigt blickte er philosophisch zu den kreisenden Störchen unter dem hölzernen Dachstuhl.

Es schienen allerdings mehr als sonst zu sein, vielleicht weil der Fisch in der Hitze schon eine ganze Weile durch die offenen Dachluken ausdünstete. Von dem Geruch angelockt, ließen sich die Vögel auf der Dachrinne nieder, steckten die Köpfe in die Halle, gewöhnten sich an den Lärm – und stießen sich ab, hinein ins Paradies. Doch in dem Gedränge waren die Fische unerreichbar, die Luken zu schmal, um flügelschlagend wieder hinauszukönnen, und mangels sicherer Rastplätze konnten sie nur noch hoch oben ihre weiten Kreise ziehen, an den Dachluken entlang, in denen schon wieder neue Störche saßen, bis sie schließlich vor Erschöpfung, im Krampf oder schon tot, zwischen die Fische und die Leute fielen.

Wie sie so dichtgedrängt standen, mußten ihre braunen Mützen von oben wie die Schuppen eines riesigen Rochens aussehen, der knapp über dem Boden in reglosem Schweben die Fischhalle zur Gänze ausfüllte und sich nur an dem äußersten, bereits durchscheinenden Rand mit feinen, beweglichen Finnen an den Wänden entlangtastete – kurzum, es war ein herrliches Gedränge, und seufzend ließ Vedder den Blick über die Köpfe schweifen. Überall wurden lachend Fischbrocken als Köder hochgeworfen; dort gegenüber streifte ein Storch mit dem Flügel einen Pfeiler und stürzte trudelnd ab; ein anderer verkrampfte sich einfach in der Luft und kam wie ein kaputter Regenschirm herunter. Im übrigen konnte Vedder keinerlei Unterschied zwischen den Vögeln erkennen, die gerade erst hereingekommen waren und denen, die wohl schon bald herunterfallen mußten, aber letztendlich war es auch ganz gleich, ob sie nach Aas suchten, nach einem Fleck zum Ausruhen oder nach einem Ausgang – denn schließlich war ja alles gleich vergeblich, und die Störche wollten offenbar auch gar nicht mehr fressen, ruhen oder flüchten. So gleichmäßig kreisten sie unter dem Dachstuhl, daß es schien, als wollten sie nur noch, gleichsam als lebendige Federfächer, bis zu ihrem letzten Fall den Fischgeruch vertreiben, der sie so fatal angelockt hatte. Seltsam: Wenn ein hochgeworfener Fisch in die Nähe eines Storchs kam, stieß dieser im Kreisen doch zu, obwohl sein Flug eigentlich schon ein Todeskampf war – das hatte etwas Menschliches, fand Vedder.

»Bitte sehr.«

Er nahm den in eine Zeitung gewickelten Fisch entgegen, drängelte sich damit nach draußen und wurde kurz von der tiefstehenden Sonne geblendet. Als er wieder sehen konnte, stand einer der Fischbeschauer direkt vor ihm, ein alter Kunde, einen Finger zweideutig und zum Zeichen des Einvernehmens an die Wange gelegt.

»Noch immer nur Fisch?«

Vedder verstand die Anspielung nicht, lachte aber bereits und verzog wegen des Gegenlichts sein Gesicht noch, als er schon die Straße hinunterging. Um das Fett nicht herauszudrücken, trug er den Fisch in beiden Händen vor der Brust, wie ein Geschenk.

Die Bürostuben schlossen, Theo konnte schon da sein. Stark transpirierend hastete er auf dem Damrak auf die gewaltige Baustelle des Bahnhofs zu. Am Ende, beim Eckhaus mit dem Türmchen, bog er nach links in die Prins Hendrikkade ein. Trotz des Schattens sah er auf Anhieb, daß Theo nicht vor der Tür stand. Vielleicht war er schon im Haus, er hatte ja einen Schlüssel.

Das erste Gebäude nach dem Eckhaus war ein Gasthof, mit dessen Wirt er im Unfrieden lebte, dann kam die Schneiderei von Nachbar Carstens, ein niedriges Häuschen mit nur einem Stockwerk, daneben sein eigenes Haus mit der hohen Brandmauer, schließlich die Schenke des anderen Nachbarn, mit dem er ebenfalls im Unfrieden lebte. Ohne einen Blick zur Seite passierte er den Gasthof, blieb aber vor der offenen Tür der Schneiderei stehen.

Der alte Carstens saß auf dem Tisch direkt am Fenster, wie immer umgeben von Scheren, Kreiden und Brillen, um den Hals ein Maßband und den Mund voller Stecknadeln, die ihn keineswegs am Sprechen hinderten, was ihm das Ansehen einer unermeßlichen, wenn auch fruchtlosen fachlichen Meisterschaft verlieh: die Konfektion kam auf, sein Sehvermögen ging zurück. Hinter ihm schimmerten die Singer-Nähmaschine, die Stoffballen, die so, wie sie hier übereinanderhingen, dem Kulissenmeer im Theater glichen, und die Schneiderpuppe aus Eisendraht. War sich ein Kunde unschlüssig über den Stoff, warf man ihn darüber, und der bestellte Anzug nahm bereits ein wenig Form an. Aber heutzutage kaufte jedermann neue Kleidung von der Stange im Laden, und man mußte zugeben, Carstens wendete fast nur noch Mäntel, ersetzte Krägen und erledigte andere Flickarbeiten. Seine Frau lag oben mit einem kranken Bein im Bett.

»Ich muß gleich weiter, Theo kommt!« rief Vedder in den dunklen Raum hinein. »Wie geht es deiner Frau?«

Carstens' schmerzliches Lächeln besagte, daß er die Anteilnahme zu schätzen wüßte, sich das Bein aber nicht gebessert hätte.

Hilflos hob Vedder die Schultern und lief die wenigen Schritte am Fenster seiner Werkstatt vorbei zur Tür. Im Schaufenster, genauer gesagt auf der Fensterbank, lagen ein paar Hohleisen, eine Schublehre und ein Geigenhals, darüber erhoben sich als Dekoration auch noch zwei nach Degenart gekreuzte Bogen. Außerdem hing neben der Tür ein schmiedeeisernes Ladenschild in Form eines F-Lochs, womit gerade der immaterielle Teil der symbolisierten Geige materiell gemacht und jede umgebende Materie weggelassen wurde – ein Materialnegativ, das einem Dollarzeichen noch am ähnlichsten war. Noch halbblind von der Sonne, bückte er sich suchend zum Türgriff und wurde in dem Moment rücklings von einer lauten Männerstimme angesprochen.

»Are you Mister Vedder?«

Noch ohne Farben unterscheiden zu können, sah er einen Herrn mit einem merkwürdigen Hutmodell, alles in Schwarzweiß, und dazu ein Glänzen, das von einer Brokatweste stammen mußte.

»Are you Mister Vedder?« tönte es erneut, und um deutlich zu machen, was er meinte, oder zumindest seine Vermutung zu rechtfertigen, zeigte der ungefähr vierzigjährige Fremde mehrmals abwechselnd auf ihn und die Buchstaben auf dem Schaufenster: »Geigenbau Vedder«.

Der Mann sprach Englisch, aber so, als hätte er sich eine Auster in den Mund gegossen; Vedder erkannte die Sprache, ohne sie zu beherrschen, aber unter dem Druck der flatternden Hand erkühnte er sich doch, in ihr zu antworten.

»Yes, I am Vedder ...«

»I am Vedder too ...!« teilte daraufhin der Herr mit und begann zu Vedders Verwunderung gewaltig zu lachen, lüftete erfreut den Hut und blendete ihn fast noch einmal mit seinem strahlenden Gebiß.

»Oh yes, I am Vedder too!« bestätigte der Herr erneut, sah ihn strahlend an und präzisierte plötzlich, während er nun noch die Hand ausstreckte: »Al Vedder, dein Vetter aus Amerika!«

Nach der unvermuteten Vorstellung, auf das ebenso unerwartete und entwaffnend kindliche »dein« folgend, ließ Vedder verblüfft den Arm sinken. Seine Hand stieß an den Türknauf, er drehte ihn und spürte beim Versuch, sie aufzuschieben, daß die Tür abgeschlossen war: Theo war noch nicht da. Eine dumpfe Ruhe kam über ihn, seine Unruhe wich der Neugier, aber nun zeigte sich der Herr in großer Eile: Er müsse in sein Hotel; sein Gepäck sei bereits vorausgeschickt; er selbst noch keine Stunde zuvor mit dem Ozeandampfer aus New York hinter dem Bahnhof angekommen; jemand habe ihm erzählt, daß ein Verwandter hier irgendwo einen Laden hätte, er habe sich nur kurz vorstellen wollen – aber aus Geschäftsgründen werde er mindestens ein paar Monate, möglicherweise länger als ein Jahr in Holland bleiben müssen.

»Ich werde dich also bestimmt noch mal besuchen!« schloß er quasi drohend und brach, nachdem er kurz mit seiner beweglichen Hand zählend auf Vedders Brust gezeigt hatte, wiederum in polterndes Lachen aus, lüftete zugleich zum Abschied den Hut und trat einen Schritt zurück.

»Bitte, noch eine Frage, bevor Sie gehen!« beschwor ihn Vedder, mit Nachdruck das Lachen unterbrechend. »Wo logieren Sie?«

»Wo ich logiere?« wiederholte Al die Frage, plötzlich sehr ernst, sogar höchst erstaunt. »Wo ich logiere? Well, I am American … so I stay in the American Hotel! Haha!«

Wie eine Rakete ging alle Kritik an der Lage des American Hotel in Vedder hoch, in eine Vielzahl von Argumenten explodierend, die er alle zugleich herauspressen wollte – nie im Leben würde ein Bahnhof an den Leidseplein kommen, man hatte sich verspekuliert! –, aber Vetter Al, schon wieder in lautes Gelächter ausgebrochen, hatte bereits kehrtgemacht und drückte seinen Hut hinten auf den Kopf. Verdutzt sah ihn Vedder mit wehenden Rockschößen um die Ecke verschwinden, und er hörte ihn noch lachen, als er schon den Schlüssel ins Schloß steckte.

Im Haus war es kühler und dunkler. Der schmale Raum lag nach Norden, und wegen des Lichtes hatte Vedder seinen Arbeitstisch wie Carstens gleich an der Fensterbank. Links an der Wand stand ein altes Kanapee, darüber hingen die Geigen an der Schnecke an einer Wäscheleine, Schulter an Schulter nach hinten ins Halbdunkel wegeilend, die meisten ohne Steg, Saiten und Wirbelkasten, viele noch ohne Lack, kahl und weiß wie gerupfte Hühner beim Geflügelhändler. Rechts an der Wand hingen nacheinander das Wandbord mit den Gerätschaften sowie dem Wetzstahl, mit dem er jeden Morgen schon in der Schürze seine Beitel und Ziehklingen wetzte wie ein Metzger seine Messer, dann ein paar Pferdeschwänze zum Behaaren der Bögen, und schließlich, fast an der Treppe nach oben, ein Stadtplan, auf dem mit roter Tinte die noch immer nicht realisierte Westradiale eingezeichnet war. Der dunkle hintere Teil diente Vedder als

Büro: Am Rauchtisch mit ein paar Sesseln konnte er mit Kunden sitzen; dort stand sein Bücherschrank, die Kasse und die Geldkassette, als Nettigkeit lag dort auch die Viertelgeige, die er einst für Theo geschnitzt hatte, und im Winter verbreitete der schwarze Kanonenofen dort eine angenehme Wärme. An der hinteren Wand hing ein Waschtisch mit Anrichte, auf der er die Leime und Lacke erhitzte, und der Raum zwischen Büro und Werkbank schließlich war mit Stapeln Stammholzscheiben, die teilweise schon in Winkel geschnitten waren, gefüllt.

Er schloß die Tür hinter sich und hörte sofort die Fliegen in den Fallen summen. Er baute sie selbst und stellte sie in seinem alljährlich im Juli wieder aufflammenden Kampf gegen die Fliegen überall auf, die, wenn sie in den nassen Lack gerieten, unglaublichen Schaden anrichten konnten. Früher hatte er sich dabei gelegentlich von Theo helfen lassen; dann dachten sie sich allerlei Systeme aus, manche aus Papier, andere mit Gläsern und Schüsseln und mit Zuckerwasser oder Sirup als Köder. Er hängte seine Mütze an die Garderobe, auf der auch noch eine karierte Reisemütze und ein Falthut lagen, und polterte über den Dielenboden nach hinten. Nach einem letzten Blick auf das weiße Geviert der Auslage stieg er die Treppe hinauf.

Zuerst kam die Tür zum selten benutzten Wohnzimmer, darüber die zum Schlafzimmer, darüber die zur Küche im obersten Stock. Hier war es heller als unten, vor allem, nachdem er mit dem Pickhaken die Dachluke über dem Herd geöffnet hatte. Er erhitzte Öl, legte die Makrele hinein und stellte sich ans Fenster. Genau gegenüber, direkt über dem Westflügel des Bahnhofs, ragte der riesige Schornstein eines Ozeandampfers empor; sicher das Schiff von Vetter Al, das dort am neuen Pier vertäut lag; er hatte ihn nicht mehr nach seiner Arbeit fragen können, aber er mußte anständig verdienen, sonst würde er nicht im American Hotel wohnen, das mit seinem Gasmotorlift, dem Belvedere und dem neuen Billardsaal gewiß zu den ersten Grandhotels am Platze gehörte – nur seine Lage war falsch!

Nun war der Fisch auf beiden Seiten gebraten. Zum Warmhalten legte Vedder einen Deckel auf die Pfanne und darüber noch ein Handtuch, dann stellte er sich wieder ans Fenster. Die nicht sichtbaren Innenarbeiten drüben im Bahnhof gingen ihm auf die Nerven; der Bau aus frischem rosa Backstein war fertig und dennoch unvollendet, manchmal standen auch plötzlich wieder Gerüste davor. Was hatte er früher von hier aus nicht alles sehen können, die Schiffe, das Wasser, die Landebrücken – gereizt ließ er seinen Blick nach unten wandern und näher herangleiten, über den Bahnhofsvorplatz zur neuen Anlage schräg unter ihm, jenseits der Straße. Dort stand ein Limonadenausschank, und vor ein paar Jahren hatte die Stadtverwaltung, kurz nach der Aufschüttung, auch eine Büste von Prinz Hendrik aufgestellt, mit dem Gesicht zum Y und zum dankbaren Flaggensalut der von ihm so geförderten Schiffahrt – aber heutzutage konnte man von der Anlage aus gar keine Schiffe mehr sehen, der Bahnhof stand davor, der Bahndamm behinderte den Ausblick, bald würde der Prinz wie ein Kind die Züge anstaunen – ungeachtet der Qualitäten der Büste an sich war auch hier der Standort entscheidend; warum nur wollte man nicht auf ihn hören?

»Die Stadtverwaltung…!« stieß er heraus, während sich der Himmel rot färbte, und es war, als liege alles, was in der Stadt schiefging, in diesem einen Wort.

Später saß er am Küchentisch. Es begann zu dämmern, Theo war noch nicht da, vielleicht kam er gar nicht oder, wie letztes Mal, nur auf einen Sprung, viel zu spät, nur um Geld zu leihen. Dennoch schossen ihm die Erinnerungen an frühere Zeiten wieder wohlig ein, wie allein schon beim Gedanken an das Kind die Milch in die Mutterbrust:

– die Bilder aus Sägemehl und Spänen, die Theo als Knirps auf dem Werkstattboden gelegt hatte,
– ihre endlosen Streifzüge durch das Riedland, wo sie Salamander fingen, die sie am späten Nachmittag, in der Fischhalle, den Störchen in der Luft zuwarfen,
– die Münzsammlung, bei der er Theo geholfen hatte, indem er ihn für eine Münze den Seesack eines ausländischen Matrosen hatte tragen lassen,
– und wie sie später dann über einer Zeitung geschmunzelt hatten, als Theo lesen konnte und er ihm von Veritas erzählte, der gerade ein Spottgedicht auf die pedantischen, von Stadtbaumeister W. H. Springer gezeichneten Schmucksäulen auf der neuen Schleuse Hogesluis geschrieben hatte: »Nicht jede Nadel weist wie ein Finger/auf die Unsterblichkeit von Springer«;
– sie hatten Sarah Bernhardt auf dem Balkon des Doelen Hotels gesehen, und wenn im Amstel Hotel ein Industriemagnat wie Rockefeller eintraf, der Schah von Persien oder eine russische Prinzessin, die zu dem berühmten Masseur Mezger zur Behandlung kam, dann standen sie in der gaffenden Menge, um das herrliche Gefühl von Reichtum und Ruhm zu erleben, das unabhängig von Sinnesorganen direkt aufs Nervensystem wirkte, als reine Erregung;
– und dann, donnerstags abends ihre Spaziergänge am American Hotel vorbei, wenn dort Architectura eine Sitzung hatte, die Baumeistergilde, von deren Mitgliedern Vedder bereits einige vom Sehen kannte und die gewiß umgekehrt ebenfalls bereits von Veritas gehört hatten;
– oder auch, am Ende, ihre inkognito Handelsmissionen zu den besseren Konzertsälen wie Felix Meritis und dem Parksaal, in die sie, als Musiker getarnt, durch den Künstlereingang eindrangen, ohne daß man sie daran gehindert hätte, er im Frack und mit drei, vier Geigenkästen unter dem Arm, Theo als sein Assistent ebenfalls in Schwarz und mit zusam-

mengeklapptem Notenständer. Dann öffnete er in der Garderobe, während Theo den Ständer aufstellte, die Geigenkästen und begann, ohne daß einer bemerkt hätte, daß er nicht zum Orchester gehörte, die Instrumente vorzuführen. Erst wenn er einem seine Violine in die Hand drückte, den Klang rühmte, den Preis viel zu niedrig nannte, stellte sich der Schwindel heraus, und was für einen Spaß hatten sie dann gehabt, gemeinsam, aber auch mit den Herren Musikern, denn in diesen Sälen und Orchestern gab es, zweifellos anders als heute im Konzerthaus, noch richtige Spaßvögel, oft ebenfalls Bekannte, die lachend die Kärtchen annahmen, die er Theo anschließend verteilen ließ – seltsam, daß der Junge beim letzten Mal zum Abort verschwunden war und schon zu Hause den Notenständer nicht recht hatte nehmen wollen: Er wurde verlegen, das war das Alter, er mußte ihn bald wieder einmal mitnehmen, vielleicht hatte er Lust aufs Konzerthaus, mal sehen, ob sich dort mit derselben Masche hineinkommen ließ...

Zum Fenster hin starrend, fiel ihm wieder ein, wie er Theo letztes Jahr zum Geburtstag in die Wild West Show mitgenommen hatte. Nächsten Monat würde er sechzehn, und Rossaert sollte ihm die Wahrheit über seine Geburt erzählen; dann könnte Theo seine Fürsorge voll und ganz schätzen – ohne seine Vermittlung würde er als Stadtwaise jetzt womöglich gar in einer Moorkolonie in Drenthe hocken. Ach ja, er war doch immer wie ein Vater für ihn gewesen, er hatte sich sogar für seine Schulbildung eingesetzt, aber auf der Höheren Bürgerschule hatte der Junge keinen Eifer gezeigt, so daß er jetzt als Bürobote bei einer Handelsfirma arbeitete.

Ein kalter Abendwind strich aus der Dachluke über seinen Rücken, ihn fröstelte, und nach der Wehmut über die verschwundene Aussicht, dann seiner Aufregung wegen der Standorte verließ ihn nun auch, ganz so, als wäre sie plötzlich aufgebraucht, die Ergriffenheit durch die Erinnerungen. Sein Lächeln vereiste, er fühlte nichts mehr, nicht den Zug, nur noch die Einsamkeit eines Menschen, der wider besseres Wissen mit dem Essen auf jemand wartet. Er krümmte sich über den Tisch, zog die fettgetränkte Zeitung, in die der Fisch eingewickelt gewesen war, zu sich her und begann im letzten Licht zu lesen, geistesabwesend, sich der Uhrzeit und der Tatsache verschließend, daß Theo nicht mehr käme. Er schlug eine Seite um, beugte sich über eine andere Spalte, aber da verwandelte sich etwas an ihm, Spannung jagte durch seinen gekrümmten Körper. Ohne weitere Bewegung blieb er so sitzen, bis sein Kopf zu zittern anfing und er sich ruckartig leicht aufrichtete – wie ein Toter, der zum Leben erwacht.

Es war die Zeitung von heute, der Artikel stand links unten auf der Lokalseite und berichtete über den bevorstehenden Bau eines neuen Grandhotels gegenüber dem Hauptbahnhof, Ecke Damrak und Prins Hendrikkade: »Das AG Hotelunternehmen Victoria Hotel, gegründet anno 1883 mit einem Gesellschaftskapital von einer Million Gulden, wird, nach Angaben des Gründers, Baumeisters und derzeitigen Direktors Johann F. Henkenhaf, dafür fünf Häuser am Damrak und fünf weitere Häuser an der Prins Hendrikkade ankaufen, insbesondere das Eckhaus, bekannt als das Haus mit dem Türmchen.«

Während sich in ihm eine Macht aufbaute, deren Herkunft er noch nicht kannte, öffnete Vedder die Hand, nicht als Stütze für seinen hämmernden Schädel, sondern um an den ausgestreckten Fingern abzuzählen: fünf Häuser von der Ecke aus, insbesondere das Eckhaus mit dem Türmchen, das waren von dort aus noch vier – das erste war der Gasthof, danach kam Carstens, dann er selbst, und sogar die Schenke neben ihm sollte noch angekauft werden… ja, wahrhaftig, die ganze Ecke mußte weg, und er steckte mit drin ... er steckte in dem Projekt wie ein Steinchen im Schuh ... der voraneilende Athlet würde wohl anhalten müssen und seinen mächtigen, titanischen Leib beugen, zu ihm hin, einem winzigen Steinchen, während die kostbare, alles entscheidende Zeit verstrich ... fünf Jahre waren bereits vergangen ...

Draußen wurde es dunkel, aber in seinem Geist begann ein grelles Licht zu gleißen, und auf einmal erinnerte er sich wieder an die Worte des Fischbeschauers: »Noch immer nur Fisch?« Er hatte auf die Abfindungssumme angespielt, auf alle Herrlichkeiten und Braten, die er sich dann würde erlauben können – jetzt verstand er es auch! Ob Carstens es wohl schon wußte? Er mußte mit Carstens reden!

Soviel Hast machte sich in ihm frei, daß er sich sekundenlang nicht bewegen konnte, dann schüttelte er alle Benommenheit ab und rannte, die aufgerollte Zeitung wie eine Fackel in der Hand, aus der Küche und wieder die Treppe hinab. Er eilte durch die Werkstatt nach vorn, faßte nach der Tür, sah aber einen Brief auf der Matte. Er hob ihn auf, hielt ihn gegen das Licht und schluckte trocken: Der Umschlag hatte zwar keine Briefmarke, aber einen Absender, mußte also gerade eben von einem privaten Boten zugestellt worden sein ... von der AG Hotelunternehmen Victoria Hotel ...! Sein Kopf pochte und glühte, er konnte mit der Neuigkeit nicht mehr allein sein und trat, noch ohne den Brief zu öffnen, damit aus dem Haus.

Carstens saß nicht mehr unten, aber die Tür stand noch auf. Auch hier lag ein Brief auf der Matte. Er las ihn auf, als er hineinging, in die dunkle Schneiderei und die Treppe hinaufstieg. Droben saß Carstens bei einer Kerze am Rand des Bettschranks. Reglos starrte er nach dem Getöse aus dem Treppenhaus und seine Frau neben ihm in den Kissen ebenso.

»Wir sind in der Zeitung!« rief Vedder. »Wißt ihr es schon?«

Die beiden alten Leute atmeten wieder auf, daß nur er es war, warfen sich einen Blick zu und schüttelten den Kopf.

»Alles hier muß weg«, erläuterte Vedder atemlos, »für ein großes Hotel.« Er schlug die Zeitung auf der Decke auf, drückte Carstens den Brief in die Hand und riß seinen eigenen auf. »Da schaut, dort in der Ecke steht es! Die AG hat mir übrigens schon geschrieben, ich glaube, euch auch… erst mal lesen!«

Er drehte sich mit dem Brief zur Kerze und las in sehr ebenmäßiger Handschrift:

> Amsterdam, den 15. September 1888
>
> Sehr geehrter Herr W. Vedder,
> außerordentlich bedauern wir die vorzeitige Publizität hinsichtlich unseres Projektes, da wir Sie gern persönlich über die bevorstehenden Veränderungen Ihrer Umgebung in Kenntnis gesetzt hätten, die Sie nun möglicherweise dem fraglichen Artikel entnommen haben. Um Ihnen einige nähere Erläuterungen geben zu können, bittet höflich, Ihnen heute abend halb neun seine Aufwartung machen zu dürfen, und zeichnet
>
> Friedrich Ebert,
> Kompagnon des Herrn J. F. Henkenhaf,
> Direktor AG Hotelunternehmen Victoria Hotel.

Es war Viertel vor acht; in einer Dreiviertelstunde kam Ebert! Überwältigt konnte Vedder den Blick nicht vom Papier reißen: Diese Leute sprachen von einem Hotel, aber sie bauten ein Viertel. Carstens' Brief erwies sich als wörtlich gleich, bis auf den Anfang und den Tag der Visite: Ihn wollte Ebert morgen um halb neun aufsuchen.

»Wir müssen also hier weg?« ertönte endlich Carstens' Stimme.

Vedder fühlte allmählich seinen Widerspruchsgeist zurückkehren. »Müssen? Müssen?« sprach er abwehrend, obwohl auch er soeben zum ersten Mal richtig über die Schlußfolgerung nachdachte und noch nicht wußte, ob er über das Bevorstehende erfreut, beunruhigt oder empört sein sollte. »Keine Sorge, liebe Freunde, wir müssen nichts! Wenn wir es so entscheiden, bleiben wir doch einfach in unseren Häusern wohnen!«

»Aber … aber …«

»Was aber? Glaubst du, sie könnten uns einfach enteignen? Keinesfalls! Das Gesetz zur Enteignung im öffentlichen Interesse kann nur geltend gemacht werden, wenn es das öffentliche Interesse erfordert, hier jedoch handelt es sich um ein Privatunternehmen, wie groß es auch sein mag, mit nichts als rein privaten Interessen …«

Mit weit aufgerissenen Augen blickte das betagte Ehepaar zu ihm auf, sie begriffen nichts, nicht, was geschehen würde, nicht das Enteignungsgesetz und noch weniger, weshalb er darüber Bescheid wissen konnte – nie hatte er ihnen gesagt, daß er Veritas war, nur Theo war eingeweiht.

»Aber ich muß jetzt gehen, sonst steht Ebert gleich vor verschlossener Tür!« rief er, zu aufgeregt, um es noch länger in dem stickigen Zimmer aushalten zu können. »Obwohl, warum denn eigentlich? Ich bin doch nicht verpflichtet, nachher zu Hause zu sein? Er will mich sprechen, nicht ich ihn – so ist es doch. Weshalb bittet so einer nicht darum, in ein paar Tagen vorsprechen zu können, dann könnte ich es noch berücksichtigen … das ist wieder lupenrein die Arroganz dieser Geldmänner … die denken: Ach, diese kleinen Handwerker, die stecken wir so in die Tasche, das machen wir noch auf den letzten Drücker – deshalb haben wir die ganze Zeit noch nichts gehört, obwohl es die AG schon fünf Jahre gibt! Nun, um so besser für uns: Wir haben keine Eile, sie anscheinend wohl! Ich kann mir sogar vorstellen, daß sie schon mit den anderen gesprochen haben, der Schankwirt neben mir wird es mir bestimmt nicht erzählen und der Gastwirt neben euch auch nicht... Vielleicht haben sie sogar schon angebissen und denken, daß sie schlau gewesen sind... Aber bei Geschäften geht es nicht darum, wer zuerst, sondern wer zuletzt einschlägt: Der hat den besten Preis!«

Beim Aussprechen des letzten Wortes fröstelte es ihn plötzlich am ganzen Leib. An welchen Preis mußte er eigentlich denken? Mitnichten mußte er, wie es die Nachbarn in ihrer gierigen Unerfahrenheit womöglich schon getan hatten, gleich den erstgenannten Preis akzeptieren, wie hoch er vielleicht auch sein mochte; der Preis war erst noch ein Angebot, ein Vorschlag, ein Eröffnungszug, eine Runde im Wettkampf, in dem das alte Ehepaar übrigens nur wenig Paroli würde bieten können.

Als ob Carstens dies nun auch selbst erkannte, seiner Frau jedoch Halt geben wollte, faßte er fest ihre Hand, aber sie hatte sich schon ganz auf Vedder als Stütze verlassen, und während sie den Blick zwischen ihm und ihrem Mann hin- und herwandern ließ, sagte sie: »Laß den Nachbarn doch auch in unserem Namen sprechen...«

Carstens nickte, daß es gut wäre.

»Ausgezeichnet!« rief Vedder. »Dann können sie uns auch nicht gegeneinander ausspielen...! Weißt du was, Carstens, komm doch gleich mit dazu! Dann braucht Ebert morgen nicht mehr eigens herzukommen! Siehst du, so nimmt man das Heft in die Hand! Und nochmals: Sie können uns nicht enteignen, nur herauskaufen, indem sie uns einen Preis bieten, den wir erst einmal akzeptieren müssen... Wir müssen doch nicht weg! Wir wohnen doch gut hier? Haha! Und gerade für euch zwei, Carstens, ist ein guter Preis wichtig: Die Konfektion! Deine schlechten Augen! Das Bein ...! Eure Zukunft ist gesichert!«

Frau Carstens legte ihre freie Hand auf die ihres Mannes, und ohne noch sprechen zu können, sahen sich die beiden an. Gerade als Vedder seine Hand erneut auf ihre Hände legen wollte, begann die Uhr acht zu schlagen, und ihn hielt nichts mehr.

»Ich gehe schon voraus, alles vorbereiten… Ebert ist auf dem Weg, das Spiel beginnt!«

KAPITEL 3

Neue Füße

Zermalmt, mit weichen Knien wankte Anijs zurück über die Uferstraße – wie sehr glich er doch mit all seiner Würde und Korpulenz, aber ohne Urkunde, dem Koloß des Altertums: Der Glanz kam vom Gold, aber die Füße waren von Lehm. Aber dem studierten Halink gegenüber würde er nicht einmal mehr diesen Vergleich wagen; mit jedem Schritt hallte in ihm sein leichtfertiges Latein hohl und höhnisch nach.

Er warf einen Blick zurück; Amshoffs Kutsche stand noch in nächster Nähe; wegen des weißen Lichts kam er kaum voran; nie war ihm der Abstand zwischen dem »Einhorn« und seiner eigenen Apotheke so unendlich lang gewesen. Geblendet, ohne den Gruß der Leute am Wegrand zu erwidern, geschweige sie zu sehen, bewegte er sich wieder voran – geblendet von Halinks silbernem Lächeln, das nicht aufhörte, ihm wie ein Spiegel entgegenzugleißen, der Spiegel, von dem alle angetragene Fürsprache, Freundschaft, Rabatte und Rezepte hochnäsig zu ihm zurückgeprallt waren; und dann, wie er Halink auch noch in bezug auf die Wissenschaft beruhigt hatte, indem er von allen Titelträgern am Ort ausgerechnet Amshoff herabsetzte, denselben Amshoff, der nun dort zu Besuch war und sich lang und breit erzählen ließ, wie er sich zu der Doktorurkunde gereckt hatte – dann, als er bei der »Zwölf Apostel« ankam, war sein eigener Brief zu einer Bewilligung, noch weniger, einer Bescheinigung, nein, nicht einmal das geschrumpft: nach heutigen Maßstäben besaß er keinerlei Qualifikation mehr, heutzutage mußte man eine Urkunde haben.

Er ging nicht in seine Apotheke, er wurde hineingespült von der Flutwelle der Veränderungen, die ihn eingeholt hatte, hochgehoben, auf der er das letzte Stück schwerelos mitgetrieben war. Stumpf rappelte er sich auf aus der Gischt; in der Türöffnung zum Kabinett stand Martha; sie sah ihn an, wo er gewesen sei und hob fragend die Brauen. Es roch nach Blumenkohl.

»Ein sehr freundlicher, normaler junger Mann«, ermannte er sich. »Vielleicht kein Hochflieger, denn im ›Einhorn‹ ist alles noch beim Alten, aber er hat jedenfalls seine Promotionsurkunde, auch wenn die seit dem Gesetz von 1865 natürlich alle haben. Nun ja, ein wenig mehr Ehrgeiz würde so einem jungen Kollegen nicht übel anstehen, aber das kann noch kommen, er wird sich bestimmt noch entwickeln… eines Tages wird er hier doch die Fackel von mir übernehmen müssen… Ich habe ihn eingeladen, einmal mit Gattin zum Essen zu uns zu kommen, dann kannst du ihn selbst kennenlernen…«

Die Magd kam mit den Schüsseln aus der Küche; nach dem Essen blieb Martha im Kabinett, während Anijs in der Apotheke noch etwas tun wollte. Er schloß die Zwischentür hinter sich, und schlagartig befiel ihn ein Gefühl der Einsamkeit, obwohl sich die Umstände überhaupt nicht geändert hatten – aber an einer anderen Stelle fanden sich andere Menschen in einem neuen Gefüge. Hatte Halink etwa auch schon Umgang mit Bürgermeister Pottinga, mit Pastor Festenhout? Vermutlich würde sich dieser Cercle über den Neuzugang freuen. Und Amshoff, stand er nun in väterlich-philosophischer Beziehung zu Halink, war er wohl bei ihm zum Essen geblieben und sprachen sie sich womöglich gerade nach Studentenart mit »Kommilitone« an, während sie über einen Artikel aus der Pharmaziezeitschrift diskutierten, über das Spiel der Moleküle? Aber erst, nachdem sie sich ausgeschüttet hatten über seine Ehrabschneiderei von heute nachmittag und darüber, wie er sich zu der Urkunde hingereckt hatte …

Mit einem Schaudern zerriß er das kalte Vlies, das sich um ihn gewickelt hatte. Es begann zu dämmern, aus dem Kabinett klapperten ganz leise Marthas Stricknadeln, dunkel glänzte sein Zeugnis an der Wand. Dieses Zeugnis konnte dort nicht hängenbleiben, es taugte nicht mehr, wie sehr sich auch alle Zeugnisse glichen – Hoogeveen war einfach zu klein für zwei verschiedene Urkunden für eine einzige Kapazität, beim Publikum könnte das nichts als Verwirrung stiften, und dann würde das neue, moderne und höherwertige Dokument doch den Vorrang bekommen. Aber ein leerer Fleck an der Wand war noch auffälliger als sein andersartiges Zeugnis, er mußte statt dessen etwas anderes dorthin hängen, ein anderes Zeugnis, sein Brandmeisterzeugnis, das ebenfalls hinter Glas gerahmt war und noch irgendwo im Labor herumstand. Er wußte schon die Antwort, falls einer verwundert darauf zeigen würde: »Ach ja, bei den meisten Apothekern prangt der Apothekerbrief an der Wand, aber ich wollte so den Spritzenmeistern zeigen, daß der Apotheker auch noch stolz ist auf sein Brandmeisterzeugnis!«

Er blickte durch das hohe Sprossenfenster hinaus. Die Uferstraße lag verlassen da. Plötzlich gehetzt trat er vor sein Zeugnis, nahm den Rahmen vom Nagel und verschwand damit ins Labor. Gleich darauf kam er mit einem anderen Rahmen wieder zum Vorschein, und just als er ihn an den Nagel hängte, zerriß das Schellen der Klingel ohrenbetäubend die Stille. Mit einem Ruck drehte er sich um. Auf der Schwelle stand Pet Bennemin mit seinem Sohn Klein Pet. Selbst in der Dämmerung war das Haar des Jungen noch milchweiß. Sein erster Schreck legte sich, wich der Freude über diesen Besuch vom Feld, aber als er zur Tür ging, um zu öffnen, verging ihm auch die: die beiden winkten nicht; Bennemin hatte seine Geige bei sich; es war etwas nicht in Ordnung. Zudem welch ein Zufall, daß Tochter Johanna heute mittag noch um eine Fruchtbarkeitsmedizin gekommen war, aber im Namen des Hippokrates hatte er über diesen Besuch zu schweigen.

»Sie haben doch einen Vetter, der in Geigen handelt?« fragte Bennemin gleich von der Schwelle aus. Er ging grußlos weiter und schleuderte den Geigenkasten mit einem harten Schlag auf den Ladentisch. »Nun, diese Geige ist zu verkaufen.«

Bestürzt folgte ihm Anijs auf den Fersen. Wie alle Feldler war Bennemin vom mageren Essen auch mager von Statur. Von hinten wirkte er wie ein Knabe, aber als er sich umdrehte, sah er mit seinen tiefen Falten auf einmal viel älter aus als seine vierzig Jahre.

»Ich dachte, Ihr Vetter könnte vielleicht diese Geige verkaufen«, fuhr der Mann bitter fort, »aber wenn dem nicht so ist, gehen wir gleich wieder …«

So verstört, wie er dreinschaute, und so ungeniert er sich benahm, in nichts erkannte Anijs den bedächtigen, gar gesitteten Schreiblehrer vom Feld – wie kam er eigentlich dazu, seine geliebte Geige verkaufen zu wollen? Er hatte sie von seinem Großvater geerbt, zusammen mit einem Beschneidungskästchen, damit waren sie seinerzeit unter Feuer- und Rauchhalten angekommen – er kannte die Geschichte, wie er wohl seinerseits auch einmal von seinem Vetter in Amsterdam erzählt hatte.

»Nun warte doch, Bennemin!« versuchte ihn Anijs mit erhobener Stimme zu beruhigen. »Über meinen Vetter Vedder reden wir gleich, jetzt setzt du dich erst einmal ruhig hin, du bist ganz außer dir und so voller Groll gegen mich! Wirklich, ich bin dir wohlgesinnt, das weißt du doch!«

Er legte Bennemin die Hände auf die Schultern, und während er ihn auf einen Hocker setzen ließ, spürte er den ganzen grobknochigen Körper durch die Filzjoppe hindurch zittern. Was war in den Mann gefahren, daß er am liebsten seine Geige auf der Theke zertrümmern wollte?

»Na also, so ist es besser«, fuhr er beruhigend fort, als sich Bennemin folgsam niedergelassen hatte, und einen Moment wußte er nicht, was jetzt weiter mit Klein Pet zu tun wäre, denn Martha würde nach all dem Gehörten wohl nicht mehr aus dem Kabinett herauskommen, obwohl der Knabe so treu neben seinem Vater stand, die Hände auf dem Rücken, mit hängendem Kopf, daß er ihn auch nicht gut zu ihr schicken konnte. »So, und nun noch kurz Licht machen, und natürlich einen süßen Mund für den jungen Herrn...«

Er zündete einen Docht an, gab Klein Pet ein paar Lakritzschnecken vom Naschtisch und setzte sich dann endlich auch selbst, auf die Wartebank, genau gegenüber Bennemin. »So, und nun mußt du mir einmal genau erzählen, warum du die Geige verkaufen willst.«

Bennemin holte tief Luft, schüttelte den Kopf und konnte eine Weile nichts sagen. »Johanna!« stieß er dann heraus, worauf er seine Geschichte begann.

Es war ein rauher, bröckliger und alles andere als vollständiger Bericht; Anijs ergänzte ihn sich durch Bürgermeister Pottingas Volkskunde; beide Stoffe reagierten heftig miteinander, und nach ein wenig Schütteln und Bewegen über der Flamme seiner Vorstellungskraft war dies der Niederschlag, der sich am Ende als Begreifen in ihm festsetzte:

– Gut zwei Jahre schon verkehrte Tochter Johanna, mit Zustimmung der Eltern, mit einem zwanzigjährigen jungen Mann namens Sieger vom Feld. Nach altem Brauch durfte Sieger, um schon zuvor die Fruchtbarkeit der beabsichtigten Ehe zu prüfen und festzustellen, wiederum seit geraumer Zeit und mit elterlicher Billigung, allwöchentlich zur Probe-

nacht kommen. Jeden Samstagabend, sobald die Familie im Bett lag, stieg er durchs Fenster der Hochstube ein, um dort bis zum Morgengrauen bei Johanna zu liegen;
– als jedoch das Fensterln folgenlos blieb und Johanna einfach nicht schwanger wurde, verlor Sieger die Achtung und wurde unverschämt zu ihr. Um nicht selbst von seinen Freunden verlacht zu werden, machte er Johanna immer offener zur Zielscheibe des Spotts, wobei er das Spotten zunächst sich vorbehielt, es aber später auch seinen Freunden erlaubte und, noch schlimmer, den Pfadjungen, jüngeren Knaben, die zwar schon die Aufregung um das Geschlechtliche kannten, jedoch noch nicht aus eigener Erfahrung;
– eine nächste Stufe der Demütigung trat ein, als Sieger eines Tages nicht mehr durchs Fenster kletterte, sondern schon früher einfach hereinspaziert kam, als die Familie am Abend noch um die Lampe saß. Fast ohne seinen Schritt zu mäßigen, taub gegenüber dem Einspruch der Eltern oder der Anwesenheit von Klein Pet, zerrte er Johanna dann mit nach hinten. Unerträglich war die Furcht zuvor, wenn er nicht gleich anklopfte, sondern erst mit seinen Freunden eine lange Stunde unter dem Vordach neben dem Haus stand, lachte und trank, denen er dann bald auch den Vorhang aufziehen würde, damit sie durch das kleine Fenster beobachten konnten, wie ihn Johanna in der Hochstube empfing, in ihrem Schoß;
– das letzte Mal waren sie am hellichten Tag gekommen. Das war gestern. Länger als sonst hatten sie beim Haus gelungert. Bennemin hörte, daß sie betrunken waren, und um Gewalttätigkeiten zu verhindern, mußte er doch öffnen, als dann endlich geklopft wurde. Wo sich Sieger sonst immer grinsend noch einmal zu seinen Freunden umdrehte, bevor er ihnen die Tür vor der Nase zuschlug, da nahm er sie jetzt mit hinein. Um den latenten Krawall noch abzuwenden, fragte die Mutter, was die Herren nehmen möchten, aber Sieger

beugte sich schon über den Tisch, hinter dem Johanna und Klein Pet voll Entsetzen saßen. Nachdem er sie so ein paar Augenblicke aus nächster Nähe gemustert hatte, die Hände auf den Tisch gestützt, mit hochgezogenen Schultern, richtete er sich wieder auf und verkündete lauthals im Kreis, daß ein Schuß in einen dürren Schoß doch eigentlich nicht mehr Geschlechtsverkehr genannt werden könne und ihr die Verborgenheit des Bettes nicht länger gebühre. Die Freunde klatschten und johlten, von draußen kamen auf den Lärm hin von allen Seiten Kinder herbeigelaufen, die Mutter ging mit verzweifelter Freundlichkeit mit Genever herum, einer zog ein Messer, ein anderer drückte Bennemin die Geige in die Hand. Nun reichte Sieger Johanna die Hand, scheinbar überaus höflich, als bitte er sie zum Tanz, aber kaum nahm sie die, da zog er sie mit Gewalt hoch, schürzte ihre Röcke auf, und dann, unter stürmischer Heiterkeit, beschlug er sie, an der Wand stehend, während die Köpfe der vor dem Fenster hochhüpfenden Kinder immer wieder gleich springenden Bällen über der Fensterbank auftauchten; während Klein Pet auf seine Faust biß; während die Mutter unablässig die Gläser nachschenkte und Bennemin, gezwungen, zu all dem aufzuspielen, wie irre dasaß und geigte, immer lauter und schneller, um das Wimmern und Winseln nicht mehr zu hören, die Zeit zu beschleunigen und nichts mehr zu fühlen. Nach dem Abspritzen hatte Sieger auch ein Glas genommen und nach einem Zug leer aufs Tablett zurückgestellt. »Danke, Frau Bennemin, nun habt ihr selbst gesehen, daß ich wirklich alles versuche!«

Bennemin war verstummt und krampfte die Hände in seine Mütze, als wolle er alle Tränen aus seiner Seele wringen. Anijs konnte nichts tun, als ergriffen einen hilflosen Atemzug auszustoßen. Klein Pet starrte noch immer auf seine Schuhe – ausgeschlossen, daß er zu diesem Gang aufgefordert war, er mußte aus eigenem Antrieb mitgekommen sein, um seinen Vater von Verzweiflungstaten abzuhalten, mit seinen kurzen Beinen ständig ein Stück zurückfallend, dann wieder ein Stück rennend, aber dennoch völlig vergebens, ohne auch nur bemerkt zu werden … und dann, was hatte Johanna nicht ausstehen müssen: Wie gern würde er ihr nun doch noch eine Fruchtbarkeitsarznei verabreichen wollen, aber es gab keine, Halink konnte sie auch nicht geben …

»Sie dürfen ruhig lachen, wirklich!« brach Bennemin übergangslos mit heiserer Stimme die Stille.

Verwirrt schrak Anijs aus seinem Mitfühlen auf: »Was sagst du da, Bennemin?«

»Sie kennen doch sicher die Redensart? Wenn ein Jude weint, lachen die anderen.«

»Aber Bennemin … dir merkt man doch gar nichts an?« sagte er in beruhigendem Ton. »Ich meine, dein Großvater, aber du … du bist doch von diesem Glauben abgefallen? Nun, ich bin auch von meinem Glauben abgefallen! Wir sind genau gleich, Bennemin, es ist nur eine Tatsache, daß ihr dort im Moor völlig am falschen Platz seid … Mein Gott, daß die Volkskraft schon so in Verfall geraten ist … ihr seid schon unter dem schlechten Stern des Feuer- und Rauchhaltens angekommen, es war nicht bezahlt, und jetzt … und jetzt …«

Bennemin ließ den Unterkiefer hängen, Klein Pet hob den Kopf ein wenig, um nach oben zu sehen, aber Anijs bemerkte es nicht mehr, mit einer feurigen Glut in den Augen starrte er aus dem Fenster. Das so nahe Leid von Wehrlosen, der an ihn gerichtete Appell, das alles bewegte ihn zu Erbarmen, und entrückt, als spräche er nur mehr zu sich, sagte er: »Ja, ihr müßt dort weg, und wenn sich keiner um euch kümmert, dann werde ich es sein …«

Eine entschiedene Kraft strömte in ihm aus, etwas Großes wollte er wagen, es war, als hätte sein Wirken ein neues Fundament bekommen; er stand auf neuen Füßen.

Ein wenig später, er hatte noch versprochen, postwendend an seinen Vetter zu schreiben, ließ er die beiden hinaus. Sie verschwanden rasch zwischen den Häusern zum Fußweg dahinter, dann war die dunkle Uferstraße völlig leer. Er schloß die Tür und konnte die Geige kaum noch ins Labor schleppen, so schwer war sie durch den Bericht geworden. Als er alsbald wieder herauskam, stand Martha stocksteif in dem erleuchteten Rechteck der Seitentür, mit verzerrtem Gesicht, er wußte nicht, wegen Johanna, Klein Pet oder wegen dem, was sie aus seinem Mund gehört hatte.

»Ich habe Bennemin meine Hilfe angeboten«, erklärte er, »und die zu bieten, darein setze ich nun meine Ehre; in Zeiten der Not geht die Philanthropie noch über die Pharmazie, das ist zumindest meine Philosophie!«

Mit vor der Brust gekreuzten Armen trat Martha in die Apotheke. »Chris, du hast dem Mann keine Hilfe angeboten, du hast in ihm Erwartungen geweckt... obwohl ohne Police nicht einmal unser eigenes Leben gesichert ist!«

Schnaubend warf sie noch einen Blick auf das Brandmeisterzeugnis, dann eilte sie in den Gang, und Anijs hörte sie die Treppe zum Schlafzimmer hinaufgehen. Es war erst halb zehn.

»Ich muß noch kurz einen Brief schreiben!« rief er ihr nach. »An meinen Vetter in Amsterdam... ich werde ihn wegen der Geige einladen!«

KAPITEL 4

Hotel Victoria

Taumelnd vor Hast stürzte Vedder aus Carstens' Haus; irgendwo erklang noch der letzte Glockenschlag von acht Uhr; schwitzend öffnete er nebenan seine Tür. Eine halbe Stunde noch, bis Ebert kommen würde: Was tun und wo ihn empfangen?

Er zündete die Gaslampe in der Auslage an, ging durch die Werkstatt nach hinten, machte auch Licht im Büro. Er stellte sein silbernes Likörservice auf den Rauchtisch, schob vier Sessel dazu, weil Theo noch kommen könnte, und begann gedankenverloren abzustauben, die Kasse, den Kanonenofen, den Sparbrenner, auf dem er Kaffee kochte, das Likörservice und den Rauchtisch – aber er mußte sich noch umkleiden und etwas essen! Droben in der Küche wartete ein Fisch!

Als er kurz darauf wieder nach unten kam, erfüllte ihn nur noch ein Gedanke: Er würde *verhandeln*. Statt der Hausjacke trug er nun eine Weste, er hatte einen sauberen Kragen umgelegt, und seine Lippen glänzten vom Fett. Er stellte die Gläser und Tassen bereit, begann die auch zu polieren, dann hörte er Carstens an die Scheibe klopfen. Sofort schoß er ihm entgegen; er mußte ihn beruhigen, würde ihn auch gleich in den Verhandlungen vertreten, sogar zu schüchtern, um ungebeten einzutreten, war Carstens wirklich kein Widerpart für die Gegenpartei. Just als er die Tür aufzog, sah er auf die Uhr: fünf vor halb neun.

»Nur zu, geh durch, nach hinten, wir nehmen das Büro«, trieb er den alten Schneider kribblig vor sich her. »Wir machen doch Geschäfte? Geschäfte macht man im Büro!«

Carstens ließ sich seufzend in einen Sessel sinken; Vedder schlug das Staubtuch neben sich aus und setzte sich an den Rauchtisch ihm gegenüber.

»Nicht so zag, Carstens, keine Sorge!« fuhr er mit lauter Stimme fort. »Natürlich weiß ich auch nicht, was heute abend geschehen wird, aber wir können dabei nur verdienen... sonst lassen wir uns doch nicht darauf ein? Vor uns liegt kein Problem, sondern eine Chance, du solltest dich also freuen: dein Alter ist gesichert, du wirst dich in ein Stift einkaufen können, und laß doch Mezger einmal nach dem Bein deiner Frau sehen! Mich überrascht es übrigens nicht, daß hier ein Hotel gebaut wird... eigentlich war es zu erwarten... Weshalb? Der neue Bahnhof! Dort kommen bald die Gäste heraus: Was liegt also näher, als hier ein Hotel zu bauen? Der Standort, Carstens, die Lage in bezug zum...!«

Vedder unterbrach sich; ein Fahrzeug näherte sich; mit offenem Mund erduldete er das anschwellende Geräusch; es war eine Mietkutsche, die ganz gemächlich vorbeifuhr.

»... der Standort in bezug auf den Verkehr, das ist auch hier wieder der ausschlaggebende Faktor gewesen, und ich werde mich nicht scheuen, Herrn Ebert diesbezüglich zu gratulieren... wir müssen doch nicht als Feinde am Tisch sitzen? Vorläufig will uns Ebert einfach nur über die Planungen in Kenntnis setzen – nun, wir werden mit Interesse lauschen!«

Während Vedder dergestalt weitersprach, sah er erneut auf die Uhr. Es war fünf nach halb neun. Der Laternenanzünder kam vorbei, ein paar Knaben sammelten sich um den Limonadenausschank in der Anlage gegenüber. Gerade als er ansetzte, er werde nicht den ganzen Abend zuwarten, ertönte erneut ein Geratter, und er unterbrach sich wieder. Wieder schwoll das Geräusch wie ein Trommelwirbel an, verstummte aber diesmal auf dem Höhepunkt ebenso plötzlich. Vor dem Schaufenster stand ein Kabriolett mit offenem Verdeck. Ein Wagenschlag knallte, sekundenlang blieb es völlig still, dann schrillte die Glocke ohrenbetäubend durch die Werkstatt. Vedder erschauerte wie unter einem eisigen Windstoß und bekam keine Luft mehr.

»Tadellos pünktlich«, brach es endlich aus seiner Erstarrung. Er stand auf, sah, daß Carstens es ihm nachtun wollte, und winkte ihn mit heftigen Armbewegungen zurück: »Nein, nein, bleib sitzen ... du brauchst nichts zu tun ... !«

Steifbeinig stakste er nach vorn. Hinter dem Türfenster stand eine schlanke, hochgewachsene Gestalt, die mit jedem Schritt näher immer länger wurde, schließlich noch größer als er selbst. Er hüstelte, blickte bei den letzten Schritten vor sich auf den Boden und öffnete.

»Herr Ebert?« nahm er an, das unwillkürliche Begrüßungslächeln angespannt unterdrückend.

Der Besucher entblößte sein Haupt und nickte. Auch jetzt, nachdem sich sein Gesicht nicht mehr unter dem Schatten des Hutes verbarg, waren die Augen gleichsam noch unsichtbar, als seien sie aus Glas und sähen nicht selbst. »Herr Vedder, Sie haben meinen kleinen Brief gefunden? Sie können Zeit für mich erübrigen?«

Überrumpelt vom äußerst höflichen, fast nervösen Ton Eberts, wie auch von dem Frack, den dieser sich anzuziehen bequemt hatte, machte Vedder eine einladende Handbewegung, worauf sich der junge Herr, der nicht älter als dreißig sein konnte, noch kurz seinem prächtigen Gespann zuwandte, dessen Schimmel von einem Kutscher in Livree gelenkt wurden, der sicher im Dienst der AG Hotelunternehmen Victoria Hotel stand. »Höchstens eine Stunde.«

Der Frack galt nicht ihm, begriff Vedder nun, Ebert mußte noch woandershin, zu einem Souper oder ins Konzerthaus – aber sei's drum, die Höflichkeit hielt an, auch wieder, als

Ebert nun mit einem Bückling eintrat, den Hut auf dem Rücken, eine Ledermappe unter dem Arm. Vedder roch eine frische, säuerliche Lotion; mit den Absätzen knallend ging er nach hinten vor, am Werkzeugbord, den Pferdeschwänzen und dem Stadtplan mit der Westradialen vorbei, schon von der Lampe über dem Rauchtisch beleuchtet. Halb aus dem Sessel erhoben, sah ihnen Carstens entgegen.

»Das hier ist Herr Carstens aus Nummer 47«, stellte Vedder ihn vor. »Sie wollten ihm morgen Ihre Aufwartung machen, aber das ist nicht mehr nötig angesichts der Tatsache, daß er schon heute abend hierbleiben wird und ich darüber hinaus die Ehre habe, ihn bei den Verhandlungen vertreten zu dürfen.«

Während sich die beiden die Hand schüttelten, ging Vedder plötzlich auf, daß er dies bisher versäumt hatte, und auch, daß es nun dafür zu spät war. Und außerdem: Hatte er nicht zu schnell von den Verhandlungen angefangen?

»Nehmen Sie Platz, setzen Sie sich«, faßte er sich und deutete auf einen der Sessel. »Kaffee? Mit einem Likörchen? Ausgezeichnet! Und dann werden wir uns kennenlernen... zuerst ein wenig kennenlernen!«

Sie saßen, es war eingeschenkt, und Vedder zwang sich nicht nur zur Ruhe, sondern auch zum Schweigen: Ebert war zuerst am Zug! Der Kaffeedampf kräuselte sich empor, und in der Stille hörte man auf einmal die Fliegen in den Fallen summen. Ob Ebert es auch hörte?

Verstohlen betrachtete ihn Vedder genauer. Der junge Mann hatte ein schmales, blasses Gesicht mit dünnen Lippen, war glattrasiert und hatte etwas von einem Dandy: Sein schwarzes, in der Mitte gescheiteltes Haar glänzte von Pomade; seine Hände, sicher selten ohne Glacés der frischen Luft ausgesetzt, waren weiß, glatt und schlank wie Schleie; eine breite, broschierte Krawatte füllte das Dreieck über seiner Weste. Aber anders als der landläufige Dandy wirkte

Ebert geradezu bescheiden, obwohl doch gerade er wirklich über die Macht und die Mittel verfügte, die andere Dandys nur vorzugeben suchten. Seinen Zylinder hatte er schräg hinter sich auf die Kasse gelegt; der Hut war ein Adjutant; so schien es, als wären sie zu zweit.

Carstens scharrte mit den Füßen, draußen jagte der Kutscher die herbeigeströmten Kinder vom Coupé fort, Vedder wartete mit verschränkten Armen, daß Ebert zuerst sprach. Wie dieser sich nun, stocksteif im Sessel, verstohlen umsah, schien er tatsächlich auf der Suche nach einer Konversation; die Höflichkeit erforderte es geradezu, daß er das Gespräch eröffnete, dieselbe Höflichkeit freilich, die ihn zugleich daran hinderte – es stand nun ganz außer Zweifel, daß er eine vortreffliche Erziehung genossen hatte und über geschliffene Manieren verfügte... das war allerdings noch kein Grund, ihn zu unterschätzen!

Endlich brach Ebert das Schweigen. »Die Westradiale, über die derzeit im Gemeinderat gesprochen wird?« fragte er mit einem Kopfnicken zum Stadtplan an der Wand.

Vedder lächelte, nannte es das Interesse eines Laien und schlug verlegen die Augen nieder, ohne noch zu ergänzen, daß er als erster über diese Radiale geschrieben hatte, daß er Veritas sei – ach, könnte ihn Theo nun sehen!

Eine Weile fixierte Ebert nickend den Stadtplan, dann nahm er seine Ledermappe auf den Schoß, räusperte sich und schien nach dem Bekanntmachen auf ein anderes Thema übergehen zu wollen.

»Mit Ihrer Erlaubnis, meine Herren, würde ich nun gern zur Sache kommen«, setzte er ein, und plötzlich beschleunigend, mit dem vollen Einsatz und der verblüffenden Gewandtheit seiner geübten Manieren, setzte er zu einem kurzen Monolog an, in dem er nacheinander die vorzeitige Veröffentlichung von heute morgen bedauerte, die Hoffnung aussprach, daß man dadurch nicht allzusehr überfallen worden sei, die Katasterüberprüfung erwähnte und die beiden Herren bei dem beabsichtigten Hotelbau als gesetzliche und alleinige Eigentümer der Nummern 46 und 47 als die Hauptbetroffenen bezeichnete. »Es ist also nicht mehr als eine Selbstverständlichkeit, daß mich Herr Direktor Henkenhaf beauftragt hat, mit Ihnen Kontakt aufzunehmen, Sie seiner Hochachtung zu versichern und Ihnen natürlich diese Entwurfsskizze zu überreichen, damit Sie diese zumindest zur Kenntnis nehmen können, bevor sie demnächst in einer Fachzeitschrift veröffentlicht wird. Wir stehen am Anfang einer bedeutsamen Geschäftsverbindung, bei der wir davon ausgehen, daß deren Ertrag für Sie ebenso befriedigend sein wird wie für uns.«

Erst nachdem Ebert länger in einem Zug gesprochen hatte, hörte Vedder in seiner Stimme einen Anflug von Deutsch, der eher zu sauer tendierte als zu salzig oder süß – der Sozius klang, wie er beim Eintreten gerochen hatte und wie er sich nun auch bewegte, denn er überreichte nun mit geflissentlicher Zuvorkommenheit die Zeichnungen aus seiner Mappe. Sich vorbeugend, legte Vedder sein Blatt auf den Rauchtisch, und sogleich jagte ihm abgebildete Großartigkeit einen Schauder über den Rücken.

Als naturgetreue Darstellung bot der Entwurf gleichsam einen Blick in die Zukunft. Das jetzt noch ungebaute Bauwerk war schräg von vorn gegeben, wodurch nicht nur seine vollendete Symmetrie besonders betont zu werden schien, sondern auch die imposante Größe, die das wirkliche Format weit übertraf und eher einen neuen Maßstab, eine neue Dimension oder Ordnung darstellte. Kurz gesagt bestand das Hotel aus einem monumentalen Eckturm, am Scharnierpunkt gelegen, wo jetzt noch das Haus mit dem Türmchen stand, dort setzten zwei identische Flügel an, einer parallel zum Damrak und der andere parallel zur Prins Hendrikkade, de facto bis einschließlich der benachbarten Schenke. Das hier so winzige Nachbarhaus erkannte Vedder sofort, wie auch die Anlage, die Staße und alles andere – ja, das war zweifelsohne der Ort, an dem er wohnte, nur ohne sein Haus; kurz schwindelte ihn, als blicke er in einen Spiegel, der zwar das Zimmer um ihn wiedergab, aber nicht sein Gesicht, dann beugte er sich noch weiter vor. Er hatte keine Ahnung, ob das Hotel barock oder klassizistisch war, darin war er nicht beschlagen, aber es hatte wirklich alles, Pfeiler und Kapitelle, Konsolen und Giebelfelder, wie das auch heißen mochte, was man sich nur wünschen konnte – es würde nicht einmal einem Mann wie E. Nigma leichtfallen, dagegen anzuschreiben …

»Gefällt Ihnen der Entwurf?« zog ihn Ebert mit dünner, scharfer Stimme in die Gegenwart zurück.

Langsam löste sich Vedder von der Zeichnung; wie Carstens hob er das vor Erregung glühende Gesicht zu Ebert empor.

»In der Figur oben auf dem Eckturm haben Sie Atlas erkannt«, fuhr Ebert unbeirrt fort. »Ich kann noch ergänzen, daß die Himmelskugel auf seinen Schultern abends elektrisch erleuchtet sein wird – kurzum, Sie müssen an ein sehr exklusives Hotel denken, höchst exklusiv …«

»Sehr exklusiv …«, wiederholte Vedder, während auf seinem Gesicht ein glückseliges Lachen durchbrach und er lautlos hechelte, »aber … aber … trotzdem noch öffentlich?«

»Natürlich, es bleibt ein Hotel …«

Einen Moment noch sah Vedder den anderen inbrünstig an, nicht mehr zum Sprechen imstande, erstickt vom Einvernehmen und einem zu großen Wort in der Kehle. »Ein Luxushotel … am richtigen Standort!« preßte er heraus, und während Veritas aus ihm wie Schweiß ausbrach, erklärte er ohne Umschweife, daß die Gäste dann ja aus dem neuen Bahnhof kämen, daß das American Hotel sich mit dem Leidseplein verspekuliert hätte und daß sogar das Amstel

Hotel, am Rhijnspoor-Bahnhof jetzt noch in günstiger Lage, es dem Victoria Hotel gegenüber noch schwer haben würde. »Herr Carstens, was dünkt Sie?«

»Ein vortrefflicher Standort«, sagte Carstens.

Vedder spreizte die Finger und wandte sich wieder Ebert zu; dem Selbstverständlichen konnte er nichts mehr hinzufügen, es nur noch abschließen: »De facto konnte man darauf warten, daß hier ein Hotel gebaut würde, es ist nicht mehr als logisch – und selbst wenn wir demnächst in den Verhandlungen Gegner sein werden, meinte ich dennoch, Ihnen dieses Kompliment nicht vorenthalten zu dürfen.«

Ernsthaft antwortete Ebert mit einem Gegenkompliment: »Sie haben tiefer über die moderne Frage des Grandhotel nachgedacht als viele in unserem Sektor Beschäftigte.«

»Ach, sehen Sie es einfach wieder als das Interesse eines Laien...«

»Dennoch muß ich Ihnen voll und ganz zustimmen«, beharrte Ebert. »Der Zusammenhang zwischen dem Aufkommen der Eisenbahn und den Grandhotels ist unverkennbar, und damit ist dann eigentlich auch schon enthüllt, an welchen Bautermin wir denken: Wir streben an, in etwa zur selben Zeit eröffnen zu können wie der Hauptbahnhof – dies scheint unmöglich, zumal das Hauptgebäude bereits vor vier Jahren übergeben wurde, wir jedoch noch am Anfang stehen, aber unseren Informationen zufolge wird man wohl noch ein Jahr mit den Bahnsteigen beschäftigt sein, mit den Weichen, der Telegrapheneinrichtung, den Tunnels, der Ausgestaltung der Innenräume, insonderheit des königlichen Wartesaals, dem umfangreichen Skulpturenprogramm und so weiter und so fort – während der Herr Henkenhaf mit dem Kurhaus Hotel bereits bewiesen hat, daß er sehr schnell bauen kann...«

Das Kurhaus, Henkenhaf hatte das berühmte Kurhaus gebaut! Gischtend ergoß sich das Begreifen in Vedder, beide

Namen verbanden sich zu einem Titel, einer Krone, einer Aureole, aus der nicht nur Henkenhaf höher aufstieg, sondern auch sein Gesandter Ebert, mit dem er hier ganz einfach am Tisch saß – nie zuvor hatte ihn das Aroma der Macht und des Ruhmes so tief durchzogen; hatte er dieses Parfüm in der Menge vor dem Amstel Hotel bloß einatmen können, nun schien er gar einen ganzen Schwall davon aufgenommen zu haben, und ihm war, als werde sein Nervensystem nicht mehr von der Aufregung gereizt, sondern von reiner Freude. Er öffnete den Mund, suchte einen Satz, wo er am liebsten hätte singen wollen – und hörte dann die Ladentür klingelnd zufallen: Es war jemand hereingekommen. Während das Geräusch sich nähernder Schritte ertönte, blickte er atemlos über die Schulter. Schon erkannte er die schmächtige Gestalt, die aus dem Dunkel trat; es war Theo; am Rand des Lichtkreises blieb er stehen.

»Sieh einer an, noch mehr Besuch!« rief er aus, erfüllt von einer wieder neuen Freude. »Junge, gib doch Herrn Ebert die Hand und setz dich zu uns, ich habe schon einen Sessel für dich bereitgestellt …!«

Wie ein schwarzer Schattenriß zeichnete sich Theo vor dem Licht im Laden ab. Er war langschädlig, wie Ebert, hatte tiefliegende Augen und dunkles, glattes Haar, und man konnte gerade noch erkennen, daß er seine Bürouniform anhatte. Diese Uniform trug er von allen Kleidern am liebsten; er war in letzter Zeit sehr auf Kleidung bedacht, knappe, dunkle, gepflegte Kleidung, Kleidung, die er sich nicht leisten konnte, denen seine Uniform aber noch am meisten ähnelte. Sparsamkeitshalber hatte man ihm allerdings verboten, sie außerhalb der Arbeitszeit zu tragen – Vedder begriff, daß er noch nicht zu Hause gewesen war, daß er noch essen mußte, aber auch, aus seiner Reglosigkeit, daß er sich nicht in die Gesellschaft begeben wollte.

»Herr Ebert, das ist Theo Rossaert aus der Gasse gleich hinter uns«, stellte er ihn auf die Entfernung vor, wobei er den Arm nach Theo ausstreckte, aber die Augen wieder Ebert zuwandte. »Er kommt zum Essen, er ißt fast jede Woche hier... Ach ja, ich bin wie ein Vater für den Jungen... aber jetzt ist er verlegen...«

»Das macht nichts, ich wollte gerade gehen!« beeilte sich Ebert die unbehagliche Situation zu entschärfen, und um seinen Worten Nachdruck zu verleihen, nahm er seinen Hut von der Kasse. »Ich habe Ihre Zeit schon mehr als genug in Anspruch genommen; mit Ihrer Zustimmung werden wir der Bekanntschaft in Bälde eine mehr geschäftliche Fortsetzung geben, ich habe bereits angedeutet, daß die Zeit für uns allmählich drängt...«

Wie strikt Ebert Anstalten machte, sah Vedder nur ungern, und zugleich fühlte er Theos Augen seitlich auf seiner Wange brennen. Gut, das eigentliche Verhandeln würde also später vor sich gehen, aber das hinderte ihn doch nicht, nun schon einen freundschaftlichen Puff auszuteilen? Es wäre ein erstes Kräftemessen, vergleichbar dem versäumten Händedruck...

»Natürlich, für Sie drängt die Zeit«, sagte er, »niemand hat es ja eiliger als der Wettkampfathlet auf dem Weg zur Ziellinie – und dennoch muß er kurz anhalten und sich bücken, sobald ihm ein Steinchen in den Schuh kommt, ich meine: die AG Hotelunternehmen wurde schon 1883 gegründet, und nun kommen Sie fünf Jahre später und erzählen uns, Sie hätten Eile? Nun gut, wir haben gar keine Eile, wir haben im Gegenteil alle Zeit der Welt... schließlich wohnen wir hier zu unserer vollen Zufriedenheit, nicht wahr, Herr Carstens?«

Nur das Summen der Fliegen war noch zu hören. Carstens wagte kein Wort mehr zu sagen, Theo hielt ebenfalls den Atem an, und in der rauschenden Stille klapperte auf einmal der Briefkasten. Mit unbeteiligtem Lächeln streichelte Ebert indessen seinen Hut, ohne ein weiteres Wort, es machte den Eindruck, als warte er erst noch Carstens' Zug ab.

»Was Zeit braucht, wird Zeit bekommen, da stimme ich Ihnen voll und ganz zu«, gab er dann mühelos dem Druck nach, geschmeidig wie der Stoff seines Fracks, »aber haben Sie dann auch Verständnis, daß ich unmöglich früher zu Ihnen kommen konnte. Zuerst mußte Gewißheit über die tatsächliche Durchführungsmöglichkeit der Baumaßnahme bestehen, und die Direktion ist alles andere als untätig gewesen, sondern war von Stund an damit beschäftigt, eine Lösung für alle möglichen Probleme zu suchen, für finanzielle Probleme, technische Probleme ...«

»Womöglich gar politische Probleme, auf jeden Fall rechtliche Probleme«, legte Vedder prompt einen obendrauf. »Vielleicht ist der Herr sogar selbst Jurist? Ich bin keiner, auch wenn ich einen Vetter habe, der Apotheker in Hoogeveen ist, und noch einen amerikanischen Vetter, der momentan im American Hotel wohnt, sowieso eine Logis erster Güte, so daß es mich nicht wundern würde... aber das spielt nun keine Rolle, ich will nur sagen, daß doch noch ein kleines juristisches Problem vor Ihnen liegt, und zwar, daß es noch immer verboten ist, ohne weiteres fremder Leute Häuser abzureißen. Sie werden unsere Häuser also zuerst einmal erwerben müssen, in freien Verhandlungen!«

Ebert nahm seine Mappe wieder auf den Schoß, lächelte fast melancholisch und sagte: »Unser Angebot wird Ihnen gefallen.«

»Ihr Angebot?« tat Vedder höchst erstaunt – einen so friedfertigen und verbindlichen Herrn so unverhohlen zu reizen, das erregte ihn, machte ihn schwindeln, er konnte es schon nicht mehr lassen, und erneut stieg ihm die Wut zu Kopfe. »Sie sprechen von Ihrem Angebot? Dachten Sie, wir würden über Ihr Angebot reden? Mir dünkt, daß unser Preis um einiges wichtiger ist!« Er verschränkte die Arme fest über der

Brust, lehnte sich zurück und zwinkerte Theo zu; der Junge begriff natürlich nicht, daß es nur ein Spiel war, kein Duell, sondern nur ein Duett, er befürchtete das Schlimmste, genau wie der arme Carstens!

Erst jetzt schien Ebert durch den Goldpanzer seiner Manieren etwas zu spüren, der Ton war zu unverschämt geworden, nun, ohne ein Lächeln, blickte er von der Mappe auf. »Wie Sie möchten, aber am allerwichtigsten bleibt natürlich der Betrag, den wir am Ende vereinbaren«, sagte er und maß den anderen mit forschendem Blick.

Strahlend sah Vedder zurück, er stand in hellen Flammen. »Aber, nehmen Sie mir das jetzt nicht übel, was könnte der Unterschied zwischen diesem Betrag und unserer Forderung sein?« tat er noch viel erstaunter. »Ich sehe wirklich nicht, wie Sie uns zwingen könnten, davon abzugehen, denn Sie können sich keineswegs auf das Enteignungsgesetz im öffentlichen Interesse berufen, wie öffentlich Ihr Hotel auch sein mag! Wieso ich das weiß? Sehen Sie es einfach wieder als das Interesse eines Laien!«

Ebert antwortete nicht mehr, richtete sich in voller Größe auf – und sogleich, in einem totalen Umschlag, kehrte alles wieder zu den Ausgangsverhältnissen zurück, als sei all das spielerische Piesacken gar nicht gewesen; mit seiner wiedergewonnenen Überlegenheit hatte Ebert es mit einem Wisch weggefegt, mit seiner hochgewachsenen Gestalt und seinen gewichtigen Eigenschaften und vor allem, weil er von Henkenhaf kam und das Hotelkapital vertrat.

Alle standen, Ebert verabschiedete sich von Carstens, vergewisserte sich noch einmal, daß er morgen nicht noch einmal kommen mußte, und wandte sich dann mit ausgestreckter Hand zu Vedder, ihm für das Kennenlernen dankend. »In Kürze werden wir diesem eine geschäftliche Fortführung geben. Ich kann heute nicht mehr sagen, aber freuen Sie sich, Ihre Häuser haben durch die Entwicklungen einen höheren als den rein materiell bestimmten Wert bekommen: Sie können sie als Papiergeld sehen, gedeckt durch unser Interesse – das will ich keineswegs verhehlen; ich gratuliere Ihnen dazu.«

Aller Schaum hatte sich in Vedder niedergeschlagen, noch verblüfft über die eigene Nüchternheit, beglückwünschte er umgekehrt Ebert zu dem Hotel. »Und dabei denke ich nicht an den Luxus, wie hoch das Niveau dort auch sein mag, denn darin wird das Amstel Hotel immer mit Ihnen gleichziehen, sondern an die Lage...«

Im nächsten Moment folgte er Ebert nach vorn. Als er auch Theo noch die Hand gab, fiel ihm plötzlich eine gewisse Ähnlichkeit zwischen den beiden auf, eine Ähnlichkeit im Gegensatz: Beide waren von schlankem Wuchs, blaß, und sorgfältig gekleidet, aber die Mode, in der sich Ebert bewegte, war für Theo eine Kutsche, die er nur vorbeifahren sah und der er zwar nachlief, jedoch ohne je in ihr zu sitzen – sie verhielten sich zueinander wie der Frack zur Bürouniform.

»Geh schon mal nach oben, dort steht noch ein wenig Fisch«, flüsterte er dem Jungen im Vorübergehen zu und erhob gleich wieder die Stimme, damit Ebert ihn hören könnte, rühmte die Wechselwirkung von Hotel und Bahnhof, machte sich über die Konkurrenz lustig. »Ich sehe schon Kutschen vom Amstel und vom American am Ausgang stehen, aber welcher von der Bahnfahrt ermüdete Reisende wird diesen Dienst nutzen, wenn er wenige Schritte fern die imposante Fassade des neuen Victoria Hotels erblickt?«

Wie ein Butler mit einem silbernen Tablett folgte er Ebert in einem fort argumentierend zur Tür, aber dieser schien die angepriesenen Herrlichkeiten nicht mehr zu schätzen und ging unbeirrt weiter nach vorn bis zur Werkbank. »Wie interessant übrigens, daß Sie Geigenbauer sind«, wandte er sich schließlich ihm zu. »Das ist uns neu, bei der Handelskammer sind Sie als Schreiner registriert. Ich sah es schon beim Hereinkommen, wollte aber nicht gleich mit der Tür ins Haus fallen... Ja, sehen Sie, ich spiele ebenfalls...«

Machte Ebert Anspielungen auf seine Herkunft vom Schreinerfach und darauf, daß er nicht wie Smolenaars in Cremona ausgebildet war? Wie eine Flamme lohte in Vedder das Mißtrauen auf, aber es erlosch auch gleich wieder unter dem nun schlicht wehmütigen Lächeln des jungen Mannes, als könne er nicht mehr spielen – es war übrigens auch keine Zeit mehr, noch an irgend etwas zu denken, denn Ebert öffnete die Tür, und mit einem Mal beschleunigte sich alles.

Es nieselte, der Kutscher hatte das Verdeck geschlossen, und ohne ein weiteres Wort stieg Ebert in das Coupé. Gleichzeitig sauste von hinten ein dunkler Schatten an Vedder vorbei hinaus, es war Theo, er sah ihn gerade noch hinter dem Wagen verschwinden. Die Federn knarrten, die Peitsche knallte, und unter dem Klang scharrender Hufe setzte sich das Gespann in Bewegung. Theo kam nicht mehr hervor, er mußte drinnen sitzen, und verblüfft sah Vedder der sich entfernenden Kutsche nach, die in voller Fahrt und mit schwankender Laterne an der Gabeldeichsel um die Ecke bog. Die Straße war menschenleer, der Limonadenausschank gegenüber geschlossen, und langsam senkte sich, noch während er reglos in der Türöffnung stand, die Leere der nassen, stillen Straße auf ihn herab, dann die des jähen Aufbruchs, ohne Ebert nunmehr fühlte er die Leere auch in seinem Herzen: Theo war nicht zum Essen gekommen, er hatte nur wieder Geld leihen wollen.

Erst nach wenigen Augenblicken vermochte sich Vedder aus dem eisigen Vlies seiner Betäubung loszureißen. Ganz sachte schloß er die Tür, noch so matt, daß er ganz von selbst nach unten blickte, und erst da sah er den Brief, der mit der Abendpost gekommen war. Er las ihn im Licht der Auslage; es war ein Schreiben aus Hoogeveen; sein Vetter Anijs hatte eine möglicherweise wertvolle Geige im Haus, bot ihm diese in Kommission an und lud ihn zu einer Schätzung ein – gleich morgen würde er ihm zurückschreiben, vielleicht schon nächste Woche dorthin reisen: Die Aussicht, seinen Vetter zu sprechen, erfreute ihn ungemein, auch wenn er ihn seit Kindesbeinen nicht mehr gesehen hatte und sich seiner kaum noch erinnern konnte – es würde, irgendwie, zu einem Gespräch kommen, und was hatte er nicht alles zu berichten!

Schäumend strömte seine Kraft in ihn zurück, die ganze Enttäuschung von eben löste sich in ihr auf, denn was war normaler, als daß sich ein fast Sechzehnjähriger zu einer Fahrt im Sportcoupé einladen ließ? Vor Freude ließ er Luft tief in seine Lungen strömen, wie seltsam: Er war ein anderer Mensch geworden, einer, aus dem das Geld sprach; und außerdem, daß sich neben dem Victoria Hotel auch noch seine beiden Vettern bei ihm gemeldet hatten – aber am seltsamsten war doch, daß sich all dies an einem einzigen Tag ereignet hatte …

Lachend wandte er sich ab von der Tür. Hinten im Licht stand Carstens neben seinem Sessel und wartete.

KAPITEL 5

Amsterdam – Hoogeveen

Neben der Torfstreufabrik »Die Industrie«, der Rosenschule Gratama oder auch der Dampfmühle Robaard konnte sich die Wirtschaft Hoogeveens auch der, im Holzwald zwischen dem Ort und dem Bahnhof gelegenen, florierenden Ferkelzucht van Velzels rühmen. Seit und dank dem Anschluß an die Bahnlinie exportierte die Firma auch nach London, etwas, womit sich Anijs normalerweise sicherlich gebrüstet hätte, aber wie anders war ihm nun zumute: In Kürze mußte er mit Vetter Vedder durch den Sudeldunst.

Breitbeinig, die eine Hand auf dem Rücken und in der anderen eine Zigarre, wartete er am Rande des Bahnsteigs. Hoogeveen war von hier aus nicht mehr zu sehen, nur der rauchende Fabrikschornstein überragte noch den halbkahlen Waldsaum. Vor ihm bog, begleitet von Telegraphenmasten, das Gleis in die Landschaft ab, hinter ihm fegte der Bahnhofsvorsteher das dürre Laub von der Plattform – sonst war niemand da, hörte man keinerlei Geräusch als das gelegentliche Grunzen der Schweine aus der Mastanlage. Es war ein lichter, windstiller Herbsttag.

Beim Warten dachte er abwechselnd an Halinks Urkunde, die ihn wie ein Dolch ins Herz stach, an die Pein, die Johanna hatte ertragen müssen, und an das Versprechen, das er Benemin angeblich nach dessen Bericht gegeben hatte, auch wenn er sich daran eigentlich nur schattenhaft in Form von

Marthas anschließender Rüge erinnerte: »Du hast nicht Hilfe angeboten, sondern Erwartungen geweckt, obwohl nicht einmal wir selbst eine Police haben.« Wenn Vedder doch wenigstens die Geige in Kommission nähme und anschließend verkaufen könnte, das wäre doch schon etwas für diese Leute …

Ein leises Fauchen weckte ihn aus seinem Sinnieren. Ganz fern näherte sich unter einer weißen Rauchwolke der Zug. Es war schon nach eins, und noch immer fegte der Bahnhofsvorsteher dort an der Treppe das Laub zusammen. Was gab es für den Mann nur zu sehen?

Ärgerlich schnippte Anijs den Zigarrenstummel weg, plötzlich verlegen über seine Situation: Wie sollte er hernach bloß den Vetter begrüßen? Er konnte sich nicht einmal an sein Aussehen erinnern, ihm fehlte jeder Anknüpfungspunkt, er war zu nichts mehr fähig als einer Anrede; kein Wort des Willkommens quoll ihm auf die Lippen, das felsenfeste Vertrauen des geborenen Festredners, des Mannes, der seinerzeit, bei der Eröffnung dieses selben Bahnhofs hier, als Vorsitzender des Empfangskomitees mit Verve eine Ansprache an den Ehrengast Prinz Hendrik gehalten hätte, wenn sich Seine Königliche Hoheit nicht in letzter Minute hätte entschuldigen müssen – er hatte es nicht mehr, Halinks Urkunde hatte es unterhöhlt, und wie sollte es anders sein, als daß Amshoff es ebenfalls wußte.

Unter lautem Getöse schob sich die Lokomotive vorbei, während der Rauch, der sich weit oben so schneeweiß entfaltete, nun unten dick und dunkelbraun aus dem Schlot quoll, und kam ein wenig weiter, quietschend und eingehüllt in verbrauchten Dampf, zum Stehen. Anijs fand es wunderlich anzusehen, wie dort nach all der vergeudeten Kraft nur ein einziger Reisender ausstieg, ein Mann etwa seines Alters mit einer karierten Reisemütze, und auch ohne vorheriges Bild erkannte er auf Anhieb den Vetter. Er selbst blieb noch unbemerkt, denn gleich nach dem Aussteigen wandte sich Vedder wieder zum Zug zurück und hob seine freie Hand, sicher zu jemandem, mit dem er auf der Reise Bekanntschaft geschlossen hatte. Auf Kosten von gleich viel Kraft, wie er beim Anhalten schon verloren hatte, setzte sich der Zug wieder in Bewegung, eine schwarze Rußwolke schlug sich auf dem Bahnsteig nieder, und nach kurzer, aber völliger Verdunklung kam Vedder zum zweitenmal zum Vorschein, diesmal nicht aus dem Zug, sondern aus der sich lichtenden Wolke; nun nicht mehr mit Getöse, sondern im Gegenteil mit dem Einsetzen der Stille. Erst jetzt nahm er die neue Umgebung in Augenschein; er erblickte die einzige Person, die auf dem Bahnsteig stand und wartete, bemerkte zugleich, daß er ebenfalls der einzige ausgestiegene Reisende war – und kam lachend angelaufen...

Mit jedem Schritt sah Anijs seinen Vetter größer werden, am Ende noch ein wenig größer als sich selbst; mit jedem Schritt stachen auch dessen äußere Merkmale mehr ins Auge: das pechschwarze Haar, die roten Wangen und hellen, grünen Augen. Unwillkürlich tat er alles spiegelgleich zu ihm: Er ging ihm entgegen, begann zu lachen und breitete die Arme aus. Nach der Umarmung sah Vedder ihn wohlgelaunt an, als hätte er die Welt gewaltig genasführt, indem er hier kurzerhand ausstieg, obwohl er doch in Amsterdam eingestiegen war! Mit noch nachträglichem Vergnügen berichtete er, sich die ganze Fahrt überaus gut mit einem Mitreisenden unterhalten zu haben, einem Landvermesser, der noch weiter mußte, nach Groningen...

»Ach, Groningen, eine herrliche Stadt... das Theater!« brach es endlich aus Anijs heraus, aber sogleich fiel ihm Vedder ins Wort, indem er einen Finger hob, horchend, oder eher, als fiele ihm nun etwas ein, das er zuerst noch erledigen mußte. Er nahm die Reisemütze ab, zog eine schwarze Scheibe aus der Brusttasche, die er mit einem Knuff in die Mitte auswölbte wie einen Lampion, und plötzlich war es eine Melone.

»Der Klapphut von Gibus!« rief Vedder. »So eine karierte Mütze, das ist eine Reisemütze, die ist nur für unterwegs, ich meine: Einmal an Ort und Stelle, ist man doch nicht mehr unterwegs? Man ist nicht unterwegs, aber man ist auch nicht zu Hause – frag mich nicht, wie es genau ist, aber jetzt habe ich jedenfalls keinerlei Grund mehr, keinen Hut zu tragen!«

»*Bene bene*«, lobte Anijs überrumpelt, und um seinen Vetter nochmals, aber nun als Herrn zu begrüßen, tippte er kurz an den Rand seiner eigenen Melone, worauf er eine weitausladende Geste machte und sie sich Richtung Treppe begaben. »Mein Vetter aus Amsterdam«, ließ er im Vorübergehen beiläufig zum Stationsmeister fallen, und es war, als revanchiere er sich allein durch das Nennen dieses ungeheuren Namens gänzlich für das pausenlose, wehrlos wartende Beobachtetwerden.

Von dem verlassenen kleinen Wagenplatz unten vor dem Bahnhof aus sah man nicht einmal mehr den Schlot der »Industrie«, nichts als die nassen Stämme des jungen und doch schon niederdrückenden Nutzwalds, dünn, gerade und gleichmäßig. Die absolute Schäbigkeit von alldem legte sich Anijs mit einem Mal sehr aufs Gemüt, und gerade erst seiner Verlegenheit wegen der Situation entkommen, fühlte er nun, noch viel beklommener, Verlegenheit wegen sich selbst, mochte er auch Apotheker sein und sein Vetter, als Geigenbauer, ein Handwerker – das Moor zog ihn hinab, er versank in der zurückgebliebenen Armut der Torfstecher, die Vedder nur aus der Zeitung kannte; wie Torf für ihn auch nur etwas war, das man in den Ofen steckte. Hätte er ihn wenigstens mit der Kutsche von Hotel Thomas abgeholt!

Unmittelbar vor ihnen erstreckte sich die Steinstraße nach Hoogeveen, aber Anijs hatte sich vorgenommen, den Fußweg durch den Holzwald zu nehmen, da ein Amsterdamer die Natur sicher zu würdigen wußte – und wie benommen, nicht mehr imstande, noch vom ursprünglichen Plan abzuweichen, wies er schräg über den Vorplatz zum Anfang des Wegs, zu betäubt vor Scham, um sich noch mit voller Schärfe vorstellen zu können, welche Wirkung all diese Bäume, und alsdann, wenn sie vorbeikämen, der Güllegestank der Schweinezucht und zu allem Überfluß noch der allgegenwärtige Torf auf das Gemüt eines Menschen aus der Amsterdamer Musikwelt haben könnten. »Dort entlang.«

Unversehens erwies sich der Fußweg als eine Spur zu schmal für sie beide, um nebeneinander gehen zu können; nach einem schiefen Grinsen marschierte Anijs mannhaft voran, wie ein kleiner Junge, der einen älteren zu sich nach Hause eingeladen hat. Umsehen, ob man ihm auch wirklich folgte, war nicht nötig, denn dicht hinter sich hörte er nun den saugenden Schritt Vedders im sumpfigen Moorboden, unmöglich zu sagen, ob beim Aufsetzen des Schuhs oder erst beim Hochziehen. Mit mattem Lächeln schritt er voran, nur noch getrieben von dem aufrichtigen Wunsch zu provozieren, damit er hinterrücks verlacht würde – das war doch unausweichlich? Geschah das nicht schon überall, von einem Halink, einem Amshoff?

»Es ist nicht weit«, beruhigte er mit heiterem Fatalismus. »Der Bahnhof liegt einfach verkehrt.«

»Hier auch schon? In Amsterdam ist es nicht anders!«

Nach einigen Kehren stieg einem allmählich der Güllegeruch in die Nase, zunächst leicht, dann stark, und zuletzt krümmte sich Anijs, als müsse er gegen einen Sturmwind ankämpfen. Seitwärts schimmerten van Velzels Stallungen zwischen den Stämmen durch, viel näher, als wenn sie die Steinstraße genommen hätten.

»Eine florierende Ferkelzucht«, erklärte Anijs munter und glatt zugleich. »Sie exportieren nach London.«

»Wen wundert's? Ein vortrefflicher Standort, so nah am Bahnhof! In Amsterdam wird um solche Lagen gekämpft!«

Noch eine Biegung, der Baumbestand hörte auf und dahinter zeigte sich dann, nach frei sich erstreckenden Weiden, endlich der Ort, wenn auch von seiner unansehnlichsten, der Hinterseite, mit der langen, niedrigen, ihnen zugewandten Häuserzeile. Höher als alles andere, aber doch viel weniger schroff als es vom Bahnsteig aus gewirkt hatte, ragte am linken Ende der Schornstein der Streufabrik empor wie der hochgebogene Rand der geschlossenen Ortschaft.

»Torf.« Das Wort flog aus seiner Kehle wie ein Propf aus einer verstopften Pfeife, gefolgt von einer Flut trüben Bodensatzes; hart und jäh hatte es Anijs ausgestoßen, aber da nun das Geständnis endgültig zu strömen begann, konnte er es auch nicht mehr eindämmen. »Torf!« wiederholte er, noch lauter, während er mit bebendem Arm beharrlich auf den Schlot in der Ferne zeigte, »die Torfstreufabrik ›Die Industrie‹, mit drei Pressen, einem Filter und einem Elevator!«

»Torfstreu ... sehr gut! Wenn der Brennstoff abgetan hat, muß man sich eben anderswie rationalisieren!«

Durch den Nachhall seiner eigenen Stimme im Hohlraum der Scham hatte er keine der Erwiderungen auch nur gehört, allein Vedders letztes Wort drang wegen seiner wissenschaftlichen Schärfe nun doch noch zu ihm durch. Aufhorchend blieb er stehen, die Schritte hinter ihm verstummten ebenfalls, und in dieser Stille bekam er nachträglich noch Zugriff auf Vedders frühere Worte, die sich wie dünner Dunst auf seinem kühlen Begreifen niederschlugen und zu klarem Wasser kondensierten. Er schlürfte es auf; es schmeckte süß, nicht bitter; es war Beifall gewesen, nicht Hohn: Gar dreimal hatte er auf die zurückgebliebenen Bedingungen hingewiesen; ebensooft hatte Vedder eine entlastende Erklärung zur Hand, hatte er ihn völlig freigesprochen; als anderer Mensch drehte sich Anijs langsam zu ihm um.

Vedder hatte die vermeintliche Ruhepause bereits genutzt, um sich mit einem großen roten Taschentuch das heftig schwitzende Gesicht abzuwischen. Um auch unter den Kragen zu kommen, verrenkte er den Kopf nach allen Seiten, nach rechts und nach links, nach vorn und nach hinten, so daß Anijs ihn ungestört erneut betrachten konnte. Wie anders erschien er ihm plötzlich: kein herablassender Städter mehr, sondern ein Vetter, kein ferner Verwandter, sondern ein alter Bekannter. Nach zunächst zu hohem und dann zu tiefem Anpeilen hatte er Vedder nun voll im Visier und sah ihn zum erstenmal, wie er wirklich war: ein gutherziger, wenn auch temperamentvoller, starker Mann, der zwar mit den Händen arbeiten mochte, dem jedoch eine gewisse Bildung sicherlich nicht abgesprochen werden konnte, auch wenn die klassischen Sprachen gewiß nicht darunter fielen – sowohl seine Bemerkung zum Standort der Ferkelzucht wie auch die zur Rationalisierung des Torfs war völlig zutreffend gewesen!

Vedder steckte sein Taschentuch ein und sah ihn lachend an. In dem Augenblick erkannte Anijs die Freundschaft, ohne sie je zuvor gekannt zu haben, in etwa vergleichbar und ebenso ungereimt, wie er Vedder auf dem Bahnhof sofort erkannt hatte, ohne vorherige Erinnerung. Eine heiße Wärme stieg in ihm auf, er erschauerte und erkannte zugleich, daß er etwas tun mußte, daß nun er am Zuge war, daß er so nicht stehenbleiben konnte. Unsicher, aber zugleich aus einem tiefempfundenen, inneren Antrieb heraus, wie ein junger Vogel, der zum ersten Mal mit den Flügeln flattert, begann er die Handlungen der Freundschaft zu verrichten: Ohne nachzudenken, bot er eine Zigarre an und gab Feuer, das Vedder aus der Schale seiner Hände aufsog.

»Martha freut sich auf deine Bekanntschaft«, sagte er einfach.

Sie traten aus dem Waldsaum, und sofort war es heller; Schulter an Schulter wanderten sie weiter über den zu einer Wagenspur verdoppelten Pfad zwischen den Weiden durch, und sich immer mehr wiederfindend, wunderte sich Anijs, wie selbstverständlich es zwischen zwei Freunden zuging, wenn der eine zu Besuch kam und der andere ihn abgeholt hatte. Ungezwungen erzählte er von der aufrückenden Abbaugrenze, anschließend auch ein wenig über die abgegebene Geige, doch der eigentliche Anlaß für Vedders Kommen, und wieder legte sein inniges Mitgefühl mit den Bennemins ein Pflaster gerade auf die schmerzhafteste Stelle, wo ihn Halinks Urkunde getroffen hatte wie eine Kugel, genau auf das Einschlagloch, die leere Stelle seines eigenen, deklassierten und abgehängten Apothekerzeugnisses.

Die Wiesen gingen in Gemüsegärten über; sie liefen zwischen zwei Häusern durch; sie standen in Hoogeveen. Majestätisch ragte »Die Industrie« über den enttäuschenden Eindruck von unterwegs empor, denn aus der Nähe wirkte der schwarzversengte Schornstein jetzt sogar noch höher als zuvor vom Bahnsteig aus. Nicht ohne Stolz warf Anijs einen steilen Blick nach oben, an dem voll und ganz wiederhergestellten, wenn auch durch die Verkürzung nun keilförmigen Schlot hinauf, der mächtig rauchend für Hoogeveens neue Zeit stand, und ein inniges Gefühl der Verwandtschaft durchfuhr ihn: Hatte nicht auch er eine keilförmige Gestalt, war nicht auch er ganz in Schwarz, stand nicht auch er da und rauchte tüchtig, und hatte nicht auch er immer die Zukunft von Technik und Wissenschaft verkörpert? Sich mehr und mehr wiederfindend, verlor Anijs die letzte Scham wegen seines Lebens auf dem Lande, dessen Erdverbundenheit er im Gegenteil doch nur bekennen und betonen wollte, und während er einen alten Drang in sich aufwallen fühlte, wies er Vedder auf die Rosenschule Gratama jenseits des Kanals hin. Auf der Figur neben dem Portal klebten verdorrte Blätter.

»Diana, die Göttin der Jagd... Ich gebe dort Düngehinweise! Einmal schreibe ich Hühnermist vor, das nächste Mal Pferdeäpfel... *Natura naturata*!«

Sie bogen nach rechts ab, und im Gleichschritt ging es weiter am seidenglatten Wasser entlang, jetzt mit den Absätzen auf dem Pflaster der Uferstraße klappernd; Anijs den Bauch, Vedder die Brust vorgereckt, zwei rauchende Herrn mit Melone, wie Kessel einer Maschine, ein Paar, unterwegs zum gemeinsamen Ziel. Wo sie passierten, regte es sich hinter den Fenstern; ohne einen Blick zur Seite ließ sich Anijs das Aufsehen gefallen, jeder durfte sehen, daß er einen Freund abgeholt hatte; wie sollten zwei Männer, die rauchend nebeneinander gingen, denn nicht Freunde sein? Alte Männer waren sie, frisch befreundet, aber die Wirklichkeit kehrte sich unter den Umständen rasch um: Immer jünger fühlte sich Anijs, als absorbiere die Freundschaft seine Lebensjahre und werde dadurch entsprechend älter, und in ihr erschien all das Fremde schon überaus alltäglich, obwohl gerade dieses Alltägliche dabei das allerfremdeste war! Anijs stieß eine große Rauchwolke aus und hoffte, daß Martha am Fenster säße, wenn sie herankamen.

Am anderen Ufer trat die Apotheke allmählich hinter dem weit größeren Hotel Thomas hervor. Genau gegenüber, bei der Fußgängerbrücke, blieben die beiden stehen. Martha hatte sie bereits erblickt und winkte; Anijs winkte zurück und winkte immer weiter, aber noch ohne hinüberzugehen, sein Winken wurde ein Mahnen zur Geduld, eine Bitte um Aufschub, ein Haltezeichen: Zuerst mußte das Haus noch beurteilt werden, hatte er sich zuvor nicht auch beurteilen lassen? Gleich darauf standen sie nebeneinander wie zwei Kunstfreunde vor einem Bild, das Gewicht auf den Fersen, die Arme verschränkt, ein Bein locker vor sich. Ohne den Blick vom Haus zu wenden, neigte Anijs den Kopf ein wenig zu Vedder hin, als wolle er sich persönlich vergewissern, daß auch von dessen Blickwinkel aus nichts zu beanstanden wäre an dem Frontispiz, das die Dachgaube zierte, an der kupfernen Hoflaterne neben der Tür oder den beiden Spalierlinden vor dem Aufgang, die den vornehmen Anstrich des Ganzen noch verstärkten. Die weiße Kugel von Marthas Rüschenhaube war nicht mehr zu sehen.

»Die Apotheke ›Die zwölf Apostel‹«, sagte er, und nach seiner bewährten Bemerkung über die Störung des strengen Gleichgewichts der Vorderfront durch den rückwärtigen Anbau, erwies er sich wieder als genügend zu sich gekommen, um mit seinem festen Repertoire loszulegen, dessen Auftakt diese Erklärung war: »Von vorn symmetrisch, von hinten nicht, ein romantisches Gemüt mit einem klassischen Äußeren: Das Haus ist ein Selbstporträt!« Aber sofort sah er auch, wie klein es doch eigentlich war, zwar mit einer schönen Dachgaube, jedoch ohne Obergeschoß, wodurch die rieselnde Akazie im Garten hinter dem Haus den Dachstuhl weit überragte, und um Vedder diese schmerzliche Tatsache wie ein Ei in die Hand zu legen, ergänzte er mit an Hingabe grenzendem Vertrauen, einem feinen Schmunzeln und einem genießerischen Blick zur Seite: »Wenn das Hotel nicht daneben stünde, würde es natürlich ein wenig größer wirken …«

»Es gibt mehr Häuser, die von einem Hotel verdrängt werden, das kommt auch in Amsterdam vor!«

Trotz der kraftvollen, knappen Antwort hatte Vedder nichts kaputtgemacht! Nun erst bemerkte Anijs die Erregung, in der sich jener all die Zeit schon befand: Sein allzu bereitwilliges, ständiges Zustimmen konnte nicht allein mit der Freude über eine Bekanntschaft oder der Neugier auf eine Geige erklärt werden, es übertraf diese Spannung bei weitem, er selbst strömte von etwas über, deshalb hatte er auch bei keinem der angetragenen Themen zustechen wollen, ihm brannte ein eigenes Thema auf der Zunge, das er allerdings bis zum rechten Moment demnächst hatte aufheben wollen, bis auch Martha dabei wäre – natürlich, er hatte recht!

Sie gingen die kleine Brücke hinauf, aber schon nach wenigen Schritten hielt Vedder wieder inne, mit einem brüsken

Ruck nach rechts spähend. Völlig unbewegt spiegelte sich das Wasser ohne weitere Überbrückungen fort bis zum Kreuz in der Ferne. Das Gerüst der Brücken dort war gerade noch erkennbar, das Ladenschild vom »Einhorn« gerade nicht mehr. »Warum eine so lange Strecke ohne Brücken?« polterte er mit einer Empörung heraus, die seiner Begeisterung nicht entgegengesetzt, sondern, im Gegenteil, Ausdruck und Teil davon war und auch nahtlos in diese überging: »Ich würde eine weitere Brücke fordern! Sieh nur, welchen Riesenumweg jeder machen muß, während ich dort hinten gar vier Brücken beisammen sehe!«

Anstandshalber blickte Anijs mit Vedder einen Augenblick nachdenklich über den langen, leeren Kanal: Das Jahr war schon zu weit vorangeschritten, als daß noch Torf abgefahren würde; für die Schiffer freilich war es noch zu früh fürs Winterlager – es lagen kaum Schiffe am Uferweg. »In der Tat, vier Brücken«, zählte er mit mildem Lächeln. »Nun, damit wollen wir uns begnügen, denn bevor hier …«

»Die Stadtverwaltung! Ha! Ich höre es schon! Es ist doch überall dasselbe!«

Wie süß schmeckte ihm dieser barsche, beinah bittere Beifall wieder, Anijs blieb nichts, als zu beschwichtigen: »Jaja, stimmt schon, obwohl wir den vieren dort doch zugestehen müssen, daß sie sich an einer Kreuzung von Kanälen befinden. – Übrigens liegt dort auch die zweite, unlängst von einem jungen Kollegen wiedereröffnete Apotheke von Hoogeveen …«

»Genau! So ein junger Spund, der alles besser weiß!«

Ganz unversehens war ihm das Thema aus den Fingern geglitten, zerbrechlich nachklirrend in der gereckten Stille wie eine Nadel auf dünnem Eis, aber erneut war ihm Vedder prompt und ohne Bedenken entgegengekommen, wodurch sich sein begütigendes Gemüt noch zu Versöhnlichkeit ausweitete. »Komm, komm, er wird es schon lernen, wir waren ja auch einmal jung«, übertraf er sich noch, und ihm war, als reibe er sich ohne Schmerz, nur mit einem angenehmen Kribbeln, über die Brust, dort, wo er zuvor nicht die geringste Berührung ertragen konnte, so nah seinem verwundeten Herzen. Befremdet kratzte er immer weiter, immer fester, um zu sehen, ob es doch wieder weh täte: »Eines Tages wird ein junger, gut ausgebildeter Pharmazeut doch meinen Platz hier als erster Apotheker übernehmen müssen, und ob das nun dieser oder vielleicht ein anderer, besser geeigneter Kollege wird, sicher ist, daß sich bis dahin vieles ändern wird – man denke nur an die Photographie, die Allopathie, die Homöopathie, die Chemie der flüchtigen Stoffe! Die Wissenschaft entwickelt sich so schnell ...«

»Und erst der Geigenbau! Ja, schön, so eine alte Fiedel, mit prächtigem Klang – aber wenn sie dann von Wagners Tuben, den immer größeren Ensembles, vom modernen Flügel völlig überstimmt wird, was hat man dann noch davon im Konzerthaus? Die Mensur ist zu klein!«

Die Zigarrenstummel wurden ins Wasser geschnippt, und kräftig im Gleichschritt marschierend, legten sie die letzten Meter über die Brücke zurück. Ebenso willig, wie sie sich zuvor hatte wegwinken lassen, war Martha wieder in der Türöffnung aufgetaucht, keineswegs verstimmt oder um ihren natürlichen Stolz gebracht, sondern im Gegenteil so strahlend, daß Anijs in ihr seine wiedergewonnene Jugend gespiegelt sah.

Als wolle er ihr Vedder enthüllen, so trat er bei der Vorstellung beiseite, aber dann benahm sich jener wie ein altes Bijouteriedöschen, aus dem nach dem Öffnen unversehens der Staub von Jahrhunderten aufwirbelt: Vedder zog den Hut, schlug damit eine wilde, verwickelte Figur durch die Luft, eine Art Ziersignatur, und erstarrte dann in einem tiefen Diener reglos auf der Treppe. Während ihm das Blut auf den Wangen glühte, suchte Anijs Marthas Augen, aber ohne jede Spur von Spott oder auch nur Verwunderung in ihrem Lächeln sah sie von der Schwelle auf Vedder herab, und erst nachdem sie ihn mit einem eleganten Hofknicks aus seiner Pose entließ, begriff Anijs ihr Feingefühl und erlebte wieder die Vorzüge ihrer vortrefflichen Erziehung: Vedders possierliche Verbeugung war nicht mutwillige Übertreibung gewesen, sie rührte von Deprivation – er hatte ja keine Frau, der Umgang mit diesem Geschlecht war ihm fremd geworden, seine Höflichkeit eckig. Als er mit feuerrotem Kopf hochkam, fühlte Anijs, wie sich Freundschaft noch vertiefen konnte, wenn sie sich mit innigem Mitleid mischte.

»Nur zu, sie beißt nicht!« spornte er ihn zum Eintreten an, und mit einem beruhigenden Löwenlachen folgte er ihm in die Apotheke, wo der Geruch von Wildbret den der Arzneien verdrängte. Mit dem Aufhängen der Hüte legten sie die letzte Förmlichkeit ab und sprachen sich vertraulich mit Vornamen an.

»Chris, wenn ihr die Geige noch vor dem Essen taxieren wollt, mußt du dich beeilen«, sagte Martha.

»Laß Walter sich doch zuerst in aller Ruhe umsehen«, strahlte Anijs.

Vedder zeigte sich außerordentlich beeindruckt von dem hohen Repositorium und dem Skelett, deutete aber fragend auf das Brandmeisterzeugnis an der Wand. Bei der Erklärung, die Anijs zwar schon seit einer Woche präpariert hatte, nun aber zum ersten Mal wirklich erprobte, schlug sein Erstaunen rasch in Beifall um, worauf Martha ging, um die Magd in der Küche zu beaufsichtigen, Vedder zuvorkommend nach der Geige fragte und Anijs ihm, noch lachend, ins Labor voranging, wo der Kasten in dieselbe Ecke geräumt war wie sein Apothekerzeugnis.

Hier war es kühler und ruhiger als in der Apotheke, und wegen des dürren Laubs der Akazie auf den Oberlichtern auch ein wenig dunkler. Kaum hatte Anijs die Tür hinter sich zugezogen, da überfiel ihn ein tiefer Ernst, denn was, wenn womöglich die Mensur falsch war und Vedder sich weigerte, die Geige in Kommission zu nehmen? Er hatte sich Bennemin gegenüber für den Verkauf verbürgt, und bei dem Gedanken, daß ihn schon dieses Versprechen in Verlegenheit bringen könnte, tat sich das andere, unendlich viel weitergehende Versprechen gegenüber Bennemin wie ein Abgrund vor ihm auf. Schaudernd legte er den Geigenkasten auf den Rezeptiertisch und trat einen Schritt zurück; ebenfalls gespannt nahm Vedder seinen Platz ein, zu besetzt von seiner Aufgabe, um noch ein Auge für die Gasbrenner, Chemikalien oder Kupfermörser zu haben: Nun war er an der Reihe. Trocken schnappte das Schloß, der Deckel sprang auf.

Die Taxation ging langsamer vonstatten, als Anijs erwartet hatte, Schritt für Schritt. Vedder war mit der Geige ans Fenster getreten. Unablässig murmelte er Fachbegriffe, zweifellos zum Beweis seines Sachverstands, aber zugleich auch, um sich so seinerseits der Freundschaft würdig zu erweisen – aber er hätte sich, im Gegenlicht nur noch ein ferner, in sich selbst verlorener Schattenriß, dieser blutjungen Freundschaft nicht radikaler entziehen können als jetzt, durch die derart akkurate Ausübung seines Berufes. Ohne einen Ton von sich zu geben, beobachtete ihn Anijs unentwegt über den Tisch hinweg, wobei er zunehmend versuchte, sein Schweigen als ein Zeichen der Hochachtung zu vermitteln; so sehr hatten sich inzwischen die Rollen schon verkehrt, so einsam und fern war Vedder da bei der Arbeit, um seine Ehre kämpfend, wenngleich auch in einer Entourage von Wissenschaft, was schon von vornherein diese Ehre zu überschatten schien, eingebettet zudem, als äußerster Schale, in die ihm bereits ebenso verschlossene Welt des Ehestands, mit dazu noch dem Glanz von Marthas besserer Geburt. Einstweilen war an seinem Sachverstand beziehungsweise dem baldigen Ergebnis kein Zweifel mehr möglich, und Anijs konnte nur noch auf einen so außerordentlichen Preis hoffen, damit sein Versprechen gegenüber den Bennemins, was es auch genau beinhalten mochte, in gewissem Sinne nichtig würde, gelöscht oder gar, angesichts seiner Vermittlung, eingelöst... Davon hörte man doch öfter einmal: von einer bei Juden gefundenen Stradivari?

»Modell Stradivari, roter, weicher Lack, schwache Inklination, Signatur fehlt...«

Bald schien Vedder, auf der Suche nach Gattung und Herkunft, murmelnd die Fragen einer Bestimmungstabelle abzuarbeiten, dann wieder schien er schon den Text für den Auktionskatalog zu diktieren und drehte dabei unablässig die Violine, wobei er durch kräftigen Daumendruck ständig auch die Stärke und Biegsamkeit der Decke prüfte, bis er schließlich die Saiten spannte, den Bogen aus dem Deckel nahm und das Stadium der Klanguntersuchung einsetzte. Wo Anijs erwartet hatte, daß dies die größte Sorgfalt und Genauigkeit erforderte, schien sie in Wahrheit nur der Bestätigung bereits gewonnener Einsichten und Erkenntnisse zu dienen, womöglich sogar des bereits gefällten Urteils, denn ohne das Instrument richtig zu stimmen, strich Vedder einfach ein paar Noten an und legte dann den Bogen rasch wieder weg. Händeringend sah Anijs, wie er die Geige noch ein paarmal routiniert kreiseln ließ und sich dann seufzend für den definitiven Befund vom Fenster abwandte: Die Schnecke war in einem völlig anderen Stil als die F-Löcher oder die Adern, jeder Teil stammte von einer anderen Hand, und zwar nicht von Geigenbauern, sondern von Bauern, »... gleichsam eine Winterarbeit, wenn der Boden gefroren ist und ein anderer Bauer mit dem Hohlmeißel einen Holzschuh bearbeitet... Kurzum: eine kleine Manufaktur aus Böhmen, etwa hundert Jahre alt.«

Während er alle Hoffnung auf ein außerordentliches oder auch nur mittelmäßiges Ergebnis fahren ließ, fragte Anijs, kleinlaut, als betreffe die Entlarvung nicht nur die Geige, sondern auch ihn selbst: »Ja, schön, aber hast du etwas davon, ist die Mensur nicht zu klein, ich meine: Nimmst du sie in Kommission, und welchen Preis stellst du dir vor?«

»Nun, mal versuchen. Hundert Gulden würde ich sagen, hundert Gulden als Einstieg – obwohl man sich natürlich für dasselbe Geld viel besser ein neues Instrument zulegen könnte – wenn es der gegenwärtige Snobismus zuließe!«

Anijs hörte schon nicht mehr zu. Noch immer rang er die Hände, aber jetzt vor Erleichterung. »Hundert Gulden!« lachte er. »Hundert Gulden!« Gut, es ist natürlich keine Stradivari, aber doch hundert Gulden für die Leute, in ihrer Lage… Wer bin ich, daß ich es ihnen sagen darf?« Auf einmal schien ihm etwas einzufallen, denn als Vedder die Violine in den Kasten zurücklegte, stellte er sich dicht neben ihn und bat ihn verhalten um eine Notiz, ein paar Worte auf Papier, etwas, das als Beleg dienen könnte, am liebsten eigentlich einen offiziellen Firmenbeleg, auch wenn dieser dann mit der Post geschickt werden mußte. »Nimm es mir nicht krumm, Walter!« brach er bei Vedders erstem Nicken schon wieder fröhlich in allerlei Versicherungen aus, daß seine Bitte nichts mit mangelndem Vertrauen zu tun hätte. »Nur damit ich demnächst nicht mit einem bloßen Versprechen ankomme, sondern den Leuten auch etwas in die Hand geben kann!«

Alles war gut und klar, und im plötzlichen Erkennen ihrer Vereinzelung blickten sie einander an: Erst vor einer Stunde waren sie wie junge Männer rauchend nebeneinander gelaufen, nun waren sie Knaben, und als Martha im nächsten Moment an die Tür klopfte, gar Kinder. Unmittelbar bevor sie das Labor verließen, zeigte Anijs noch auf die spiegelnde Glasplatte, die durch das Wegnehmen des Geigenkastens in der Ecke ans Licht gekommen war: »Schau dort, mein Apothekerzeugnis, siehst du?«

ER HATTE VEDDER den Weg nach hinten gezeigt, kehrte in die Apotheke zurück und sah Martha gerade aus dem Salon nebenan treten.

»Hundert Gulden!« teilte er ihr mit lauter Stimme mit, damit sich Vedder auf dem Abort noch einmal von der Aufrichtigkeit seiner Genugtuung überzeugen konnte, aber umgehend flüsterte er ihr auch rasendschnell seine erste, vorläufige Diagnose ins Ohr: Natur und Temperament Vedders seien rein sanguinisch; demgemäß Anlage zu hohem Blutdruck; kurzum mehr Hand als Hirn. »Aber das Herz hat er auf dem rechten Fleck«, fügte er mit medizinischer Präzision noch hinzu, dann hallten Vedders schwere Schuhe im Gang, und Martha eilte hüstelnd weiter zur Küche – wie schnell und mühelos ging ihnen nicht alles von der Hand, obwohl sie doch so gut wie nie Besuch bekamen! »Hundert Gulden, Martha!« rief er ihr nach, als Vedder wieder um die Ecke kam. »Hundert Gulden für die Leute, in ihrer Lage!«

Kopfschüttelnd ging er Vedder in den Salon voran, jener nie benutzte Raum kam ihm um so fremder vor, als er sah, wie anheimelnd er war: Im Kamin prasselte ein frisch entzündetes Feuer, die Kerzen brannten, und der Tisch war mit weißem Damast gedeckt, mit dem geerbten Service und den wie Bischofsmützen gefalteten Servietten. Der abstrakt wirkende Wasserfilter aus Kristall in der Mitte glich einer normalen Karaffe wie H_2O Wasser, funkelte aber ebenso festlich wie die blitzblank polierten Weingläser, das Silber und die bereits gastfrei geöffnete Flasche auf dem Kamin. Daß das Mädchen mit diesem Stil wenig Erfahrung hatte und sicherlich noch einiger Anleitung bedurfte, bewies die hohe Stimme, die sich weit weg erhob; dennoch gesellte sich wenig später die Gastgeberin breit lachend zu den beiden Herrn, welche die Wohlerzogenheit walten ließen, sie stehend zu erwarten. Man setzte sich; Martha klingelte mit der

Tischglocke; als die Suppe aufgetragen war, fragte sie Vedder, ob er angenehm wohne, dort in Amsterdam.

»Ob ich angenehm wohne? Ob ich angenehm wohne?«

Nicht weniger als zweimal wiederholte Vedder gereizt die Frage, mit der Martha das Gespräch in Gang gebracht hatte, worauf er kurz die Luft anhielt, auf der Stelle stampfend wie eine Lokomotive unter Dampf, und prompt begriff Anijs, daß bereits der erste Schuß ein Volltreffer war, mitten ins Thema, von dem Vedder in der Tat, wie draußen schon erahnt, übersprudelte; daher hatte Vedder bislang auch nichts anderes angeschnitten, er hatte all seine Kraft benötigt, dieses eine quälende Thema bis jetzt aufzuschieben, bis zum richtigen Moment, den Vedder seit seiner Ankunft schon brennend herbeigesehnt haben mußte, immer beklommener, als müsse er unter Wasser dorthin schwimmen; fast berstend auftauchend, hatte er sich mit der zweimal wiederholten Frage die Lungen noch berstendvoller gepumpt, aber nun hatte endlich das unermeßlich tiefe, wonnevolle Ausatmen begonnen, das herrliche Ausströmen des übervollen Gemüts: »Ich wohne hervorragend – das heißt, zur Zeit noch …«

Bis in jede Einzelheit legte Vedder seine Erfahrungen mit der AG Hotelunternehmen Victoria Hotel dar, unfähig, auch nur ein Detail auszulassen, so frisch war das alles erst vorgefallen, so tiefgreifend waren womöglich die Folgen. Wie entrüstet er seine Stimme auch gelegentlich grollen ließ, auf die Arroganz der Geldmänner schimpfend, es war klar, daß er sich der immensen Möglichkeiten seiner Position voll bewußt war. Einmal ließ er sich schwer zurücksinken, als sei er durch seinen Kontakt zum Konsortium auch selbst zum Geldmann geworden, dann wieder neigte er sich ob seines ungewissen Schicksals tief nach vorn und glich so einem tragischen Helden, der einem ebenso unergründlichen wie übermächtigen Feind entgegengeht. Regelmäßig fiel der Name Ebert und auch der eines Waisenjungen aus der Nachbarschaft, des fünfzehnjährigen Theo, dessen Erziehung ihm sehr am Herzen zu liegen schien: »Du hättest das Gesicht von diesem Ebert sehen müssen, als ich ihm sagte, daß es demnächst nicht um sein Angebot geht, sondern um meinen Preis...! Haha, das hatte er von einem einfachen Handwerker wie mir nicht erwartet! Theo fand es natürlich herrlich, wie sich dieser feine Herr eine Abfuhr holte! Ja, doch, er war auch dabei... das Wichtigste ist, daß er demnächst etwas aus den Verhandlungen lernt!«

Herzlich müde, da er nunmehr nichts mehr mußte, als sich über all das Gute zu freuen, das ihm heute zuteil geworden, die Freundschaft, die Valvation der Violine und nun wieder das sichtbare Vergnügen Marthas an dem Gast und der Geschichte, spürte Anijs keinerlei Neigung mehr, sich aufzuplustern; er beschränkte sich gern aufs Zuhören, wobei er das Geschenk des Besuchs neben sich dankbar näher diagnostizierte: Vedder aß gut, transpirierte leicht und hatte einen scharfen Blick weit über die Grenzen seines Fachs hinaus.

Die Teller waren leer, Martha klingelte erneut, nun kurz und heftig, um so wenig wie möglich zu stören. Die Magd trug das Fleisch auf, die Schüsseln, und so stur und störrisch sie sich gewöhnlich gab, vor allem nach einer Rüge, nun machte sie, jedesmal wenn sie Vedder bediente oder er auch nur kurz zu ihr hinsah, einen Knicks nach dem anderen – es überraschte Anijs schon nicht mehr, und während Martha die Magd zur Eile mahnte, schenkte er die Gläser zum ersten Trinkspruch voll: »*Victoria!*«

Wie ausführlich der Bericht auch war, er war doch einmal zu Ende, aber Vedder umkreiste die Sache weiter in großen Bögen – so wollte er, im schlimmsten Falle, sollte man ihm bis zum Ende die vollständige Genugtuung verweigern, nicht zögern, als Veritas die öffentliche Meinung auf seine Seite zu ziehen. »Ihr habt noch nichts von meinem Pseudonym gewußt?«

Hatte der nahende Kampf Martha schon vor Erregung erröten lassen, jetzt wollte sie wieder alles über den Pseudonymismus und die daran Beteiligten in der Hauptstadt wissen, von »einem wohlmeinenden Mitbürger« bis zu einem Mann wie E. Nigma, in dessen Wirkungskreis sich Vedder ein bescheidenes Plätzchen zuwies, da er natürlich bei weitem nicht die architektonischen Kenntnisse eines E. Nigma besaß – aber sollte man die Gebäude und die öffentlichen Arbeiten nicht in erster Linie vom Verkehrsfaktor her anprangern? Die neuen Pseudonyme, die Martha begeistert erfand, erachtete er Stück für Stück als brauchbar, Ad Fundum, D. Profundis, A. Propos und J. Accuse; es wurde gelacht, und Anijs empfand das wehmütige Glück eines Menschen, der an der von ihm ausgelösten Geselligkeit keinen Anteil mehr hat, ungefähr wie damals, als er mit dem VfV einen Concours hippique organisiert hatte und alle sich so vergnügten, daß keiner mehr von dem still zusehenden Apotheker auf der Tribüne Notiz nahm …

»Dieser Ebert ist mir übrigens ein feiner Herr, das glaubt man gar nicht! Er verglich mein Haus mit Papiergeld, gedeckt durch den künftigen Verkauf!«

Ja, Anijs war nun wahrlich zumute, als laufe vor seinen Augen ein Pferdespiel ab, denn gleich nach dem rasanten Renngalopp über die lange Gerade der Ausgelassenheit zog Martha jäh die Zügel an und brachte Vedder kurzerhand zum Stehen, nur durch eine leichte Berührung seines Unterarms mit ihrer Hand, und voltigierte ihn geradezu auf das Hindernis der Beunruhigung zu. Schlagartig war der Trab zur Dressur geworden, und gebannt sah Anijs sie zum Sprung ansetzen, ganz langsam, aufs äußerste gesammelt, um Zeit zu gewinnen für die erschreckende Erkenntnis, die sich in ihr vollends Bahn brach.

»Walter, der Mann, das ist Mephisto …«, flüsterte sie in einem Ton, bei dem man gewöhnlich kreidebleich wird,

»Mephisto hat das Papiergeld erfunden, gedeckt durch künftig zu fördernde Bodenschätze... du weißt schon, Goethe, ›Faust‹, nimm's mir nicht übel, daß ich plötzlich daran denken muß, mein Vater selig hat stets und ständig in dem Buch gelesen, aber versprich mir eines: Nimm dich in acht vor dem Mann, denn wenn der Teufel auf eine Seele lauert, kommt er daher als Engel des Lichts...«

Vedder blähte sich noch weiter auf, da er eine Frau vor der Stärke seines Gegners schaudern sah: Er schnaubte durch die Nase und schüttelte den Kopf wie ein sich aufbäumendes Pferd. »Sie wollen alles haben, auch das Haus des Nachbarn, mit dem werde ich in den Verhandlungen an einem Strick ziehen müssen«, legte er noch nach. »Am wichtigsten ist, daß sie uns nicht gegeneinander ausspielen...«

»Und daß Theo etwas daraus lernt«, schwenkte Martha schon wieder zum nächsten Hindernis, Vedder unverzüglich die Zügel gebend, um zu beschleunigen: »Fünfzehn Jahre – er wird sicher schon ein richtiger Herr?«

Es war wärmer geworden, der Wein blühte in den Gläsern, und behaglich ließ sich Anijs vom wechselnden Ton und Thema wiegen. Noch immer hielt er Vedder für einen ausgesprochenen Mann der Tat, nicht beseelt, sondern besessen von seinen stark empfundenen Absichten und Affekten, jemand, für den sogar Denken noch Tun war, seine Gedanken wie Erde mit einem Spaten umstechend, zu geblendet vom Nahen, um noch seine ferneren Absichten zu sehen, kurzum, ein Mann, der zwar tun, aber nicht lassen konnte – aber nun, welche Freude, welch reiche Empfindung, zu bemerken, daß sich hinter all dieser explosiven Kraft auch noch eine Anlage zur Melancholie verbarg, denn nach einer anfänglichen heftigen Bestätigung (»Wie wahr! Wie wahr!«) senkte Vedder, getragen von Marthas stillem Lächeln, die Stimme und wunderte sich, wie kurz es doch erst her schien, daß er an der Werkbank gesessen und Theo mit Spänen Bilder auf dem Boden gelegt hatte; überallhin gingen sie gemeinsam, zum Panorama von Konstantinopel, zu Dioramen, Georamen, Kosmoramen und Pleoramen, später auch in allerlei Konzertsäle, aber heutzutage mußte ja alles Amerika sein, und er wollte, »jaja, ein richtiger Junge, wirklich, wenn es nur wild, grell oder auffallend ist – Eberts Coupé fand er natürlich auch fabelhaft!, nur noch mit in die Wildwestshows von Tom Mix und Buffalo Bill.« Plötzlich schwieg er, biß sich auf die Lippe, als begreife er, daß auch dies wiederum Vergangenheit war. »Jetzt ist er natürlich wieder ein bißchen älter…«

»Und vielleicht auch ein bißchen ruhiger«, fuhr Martha in tastendem Ton unerwartet energisch fort. »Er sucht jetzt eher den Umgang mit Freunden als mit einem, der wie ein Vater für ihn ist, das ist eben das Alter…«

Schlagartig zum Stehen gebracht, starrte Vedder sie verblüfft an, er konnte nicht begreifen, woher sie das wußte. Wie war es bewegend, wie er hilflos auf eine neue Wendung wartete, fast erschütternd fand Anijs, daß Martha, der nie Kindersegen beschert gewesen, vor Vedder dennoch eine so vortreffliche Probe der Kinderkunde zu geben wußte.

»Aber bald«, fuhr sie fort, ihn noch mit fester Hand auf der Stelle haltend, »bald ist er wieder ein wenig älter und wird dann erkennen, wer immer wie ein Vater für ihn war, und wenn er dann im späteren Leben auch einen anderen Weg wählt als du, wird er in gewissem Sinne doch in deine Fußstapfen treten wollen – und ein eigenes Pseudonym annehmen…!«

Als würde er aufgepumpt, richtete sich Vedder Schlag für Schlag auf, mit strahlendem Gesicht, obwohl die Augen noch feucht waren. »Aber genauso ist es, er wird ja ständig älter, nächste Woche wird er sechzehn!« rief er, sich abwendend, weil er nun den Raum dazubekam. »Und wenn er dann die Wahrheit über seine Herkunft zu hören bekommt, was doch einmal sein muß, dann wird er nicht nur begreifen, daß sein Pflegevater nicht sein natürlicher Vater ist, sondern endlich auch, wieviel er mir zu verdanken hat! Ohne meine Vermittlung wäre er als Stadtwaise vielleicht sogar irgendwo hier in einer Moorkolonie gelandet!«

Sowenig sie sich von Vedders Tränen aus dem Takt hatte bringen lassen, ließ sich Martha nun von seiner Begeisterung mitreißen und nahm ihn jetzt, noch kunstvoller als zuvor, ohne die Zügel anzuziehen, sondern nur, indem sie ihr Gewicht nach hinten verlagerte und dabei ernst und unter tiefem Seufzen den Kopf schüttelte, aus dem wilden Galopp zurück und stellte ihn wieder an den Balken: »Jetzt noch nicht, Walter, gib ihm noch ein Jahr… Mein Gott, so etwas hören zu müssen… der arme Junge!«

Wenig später hatte Martha das Problem der Lebensversicherung angeschnitten. Der wirbelnde Hufschlag, mit dem Vedder darauf zustob, drang nur noch wie Regenrauschen zu Anijs durch, so sehr benebelte ihn das herrliche Beisammensein, dessen Einmaligkeit ihm jedoch jäh auch schmerzlich ins Herz schnitt. Wie Martha es genoß, verspielt von Thema zu Thema trabend, im herrlichen Besitz der wiedergewonnenen Fähigkeiten ihrer Jugend: Wie schade war es doch, daß sie nicht öfter Gäste bekamen. War ein Besuch Halinks wirklich ausgeschlossen? Die Einladung war doch erst vor einer Woche ergangen und damals freundlich aufgenommen worden? Ach, wenn er doch jetzt nur zufällig mit seiner jungen Ehefrau am Fenster vorbeispaziert käme, dann könnte er mit eigenen Augen sehen, wie hier Gäste empfangen wurden und welch eine Dame Martha war – aber das hatte er ihm doch auch gesagt? Ja, das hatte er ihm gesagt, letzte Woche im »Einhorn« , nachdem er ihn zuerst beruhigt hatte, indem er erst einmal über alle Ortsbewohner mit Doktorhut richtig hergezogen war; natürlich hatte Halink daraufhin gerade in diesem Kreis, angefangen bei Amshoff, nach dem Anlaß für dieses unerhörte Benehmen gefragt, worauf die einmütige Entrüstung über die zugetragene Lästerrede herzerwärmend gewesen war, man sich über die unmöglich gewordene Einladung vor Lachen ausgeschüttet hatte und das Angebot, die Bekanntschaft doch einmal an einem Abend mit dem vollzähligen Kreis noch zu vertiefen, nicht lange auf sich warten hatte lassen – aber die gewünschte Erklärung vermochte keiner zu geben, denn hatte der alte Apotheker nicht auch ebenfalls…

»Aber was machst du denn für ein Gesicht, Chris, ich hatte dir doch schon unterwegs erzählt, daß um solche Standorte gekämpft wird und daß auch andere Häuser von einem Hotel verdrängt werden? Ich hatte dir das alles schon einmal erzählt, aber du hattest es noch nicht verstanden! Haha!«

Gänzlich freigelassen, hatte sich Vedder nun voll zu ihm umgedreht. Anijs schreckte auf, jedoch ohne etwas sagen zu können; seine Kehle war noch wie zugeschnürt und Vedder war auch schon wieder weiter.

»Was so ein Ebert genau studiert hat, da steigt man nicht dahinter, aber ich denke, er ist ein Jurist. Na, wenn das nicht paßt. Wenn es hernach ans Geldanlegen geht, kann ich einen Anwalt gut gebrauchen! Mir schwebt Öl vor, eine solide Spekulation, denn das läßt sich nicht mehr aufhalten, was übrigens nicht nur der Entdeckung des Öls zu verdanken ist, sondern genausosehr den modernen Schraubendampfern, denn wie sollten sonst all die Fässer Sumatra Petroleum oder die Tonnen Standard Oil zu uns kommen? Und da hast du ihn wieder, den Verkehrsfaktor! Wie auch immer, die Börse bleibt ein wechselhaftes Spiel, fest steht nur, daß es mit dem Torf zu Ende geht, in Amsterdam heizt so gut wie keiner mehr damit, ich auch nicht! Die Leute von der Geige sind dort im Moor wirklich am falschen Platz, und sicher nicht nur wegen der aufrückenden Abbaugrenze, denn selbst wenn es noch Torf im Überfluß gäbe, man zieht nun mal das

Öl aus Amerika vor! Aber Moment, mir fällt etwas ein, das ich eigentlich schon die ganze Zeit erzählen wollte: Letzte Woche hat mich unser amerikanischer Vetter besucht... Al Vedder! Aus beruflichen Gründen muß er mindestens ein paar Monate in Holland bleiben!«

Direkt nach den mörderisch erstickenden Erinnerungen an Halink fühlte Anijs sein Herz erneut zusammenzucken, diesmal wegen der bedrohlichen Prophezeiungen über den Niedergang des Torfes, mit verheerenden Folgen, zuvorderst natürlich für die Bennemins und die anderen Feldgänger, aber nach der Ausbreitung ebensosehr auch für ihn und sogar für den Ort, denn warum sollte Hoogeveen, aufgestiegen mit dem Moor, nicht auch wieder mit ihm untergehen; hatte sein Schwiegervater selig nicht schon immer gesagt, *denn alles, was entsteht, ist wert, daß es zu Grunde geht*; und wo sich dann noch niederlassen, als Apotheker, in seinem Alter, mit seinem Zeugnis? Nach Atem ringend, löste er den Kragen, tupfte sich mit der Serviette die Stirn und kehrte dann, ernüchtert von der Pein seiner Gedanken, die keine Untätigkeit mehr zuließen, völlig klar und tatbereit in die Gegenwart zurück, wo ihn Martha, bemerkend, daß er wieder bei sich war, mit einem freundlichen Nicken begrüßte und Vedders letzte Bemerkung noch unbeantwortet auf ihn wartete – aber wie viele Züge hatte er in dieser Geselligkeit inzwischen wohl versäumt? Was wähnte er sich, ein Freund zu sein, wenn er sich nicht einmal der Freundschaft wegen ermannen konnte und den Saal seiner Seele zu unaufgeräumt ließ, als daß er dort seinen Freund empfangen könnte; was gab er, wenn er sich nicht selbst gab, weder einen Blick auf seine Eigenschaften noch einen Beweis seines Könnens – war denn noch Zeit, konnte er Vedder noch etwas zeigen, das seiner Zuneigung wert wäre, was zumindest als Eindruck von einem Mann im Gedächtnis bliebe, der sich doch immer strebend weiter bemühte?

»Na so was, Besuch von unserem amerikanischen Vetter«, arbeitete er sich mit Macht aus seiner Wehmut, der Wärme und den Nebeln des Weins, »... und was ist das denn für eine Arbeit, für die dieser Al so lange in Holland bleiben muß?«

Vedder wußte es nicht, hatte vergessen, danach zu fragen, »... aber er verdient gut damit! Wieso ich das weiß? Er wohnt im American Hotel, einem der führenden Hotels von Amsterdam, obwohl man sich natürlich fragen kann, wie lange noch, womit ich keineswegs das Niveau seiner luxuriösen Ausstattung meine, sondern lediglich seine Lage in bezug auf den neuen Bahnhof... Und da ist wieder der Verkehrsfaktor!«

Wie Anijs nun geduldig abwartete, bis Vedder ausgeredet hatte, nicht mehr abwesend, sondern im Gegenteil aufmerksam, mit ruhiger Überlegenheit: Die Gesprächsführung war bereits in seine Hand übergegangen, und das Thema des Vetters wiederaufnehmend, begann er, wie beim Kopfrechnen, ihren Verwandtschaftsgrad zueinander zu bestimmen: Wenn Vetter Al etwa vierzig war, wie Vedder schätzte, also eine Generation jünger als sie beide, dann konnte er nicht der Sohn, sondern mußte bereits der Enkel ihres Onkels sein, der, wiederum just eine Generation älter als sie, im Jahr 1846 als Assistent von Pastor van Raalte an der Spitze der ersten Gruppe streng reformierter Auswanderer nach Amerika aufgebrochen war, die der aufsehenerregende Pastor damals von Rotterdam aus in die neue Welt geführt hatte, um dort Zion wiederzugründen – also alles zu der Zeit, als sie knapp zwanzig waren; und wie von selbst begannen sie noch mehr Einzelheiten dieser Frage ihrer Jugendjahre aufzurühren, Anijs, als Mann des Geistes, am eifrigsten, aber rasch lösten sich auch Vedders Erinnerungen, und es war, als würden sie beide, wieder Knaben, ein jeder mit der Hand in einer schlammigen Pfütze, nach einer hineingefallenen Münze wühlen, wobei der Wert dieses wonnigen, gemeinsamen Wühlens den der Münze längst übertraf...

»*The Southerner* hieß das Schiff, mit einem Male fällt es mir wieder ein...«, sagte Anijs, mit halb zugekniffenen Augen, als blende ihn Licht auf dem Meer oder silberner Nebel.

»Der Vater von Al hat es in Amerika offenbar auch ziemlich weit gebracht, also kann es durchaus sein, daß ein Vedder einen großen Wurf macht, die Geschichte schließt es nicht aus.«

Keiner aß mehr, das Klirren des Bestecks auf den Tellern hatte aufgehört, und während ihn Martha noch mehr als zuvor anstrahlte, als habe er sich mit Vedder zum Freund, und nun auch noch mit dem amerikanischen Vetter, *vermehrt*, und als ob sie sich darüber freute, spähte Anijs weiterhin scharf über die spiegelnde Oberfläche der Vergangenheit, aus deren Tiefen ein Wrackstück nach dem anderen aufgetrieben wurde und sich mit den anderen zum Bild des Seelenverkäufers zusammenfügte, wie er nach einer rauhen, siebenwöchigen Seereise mit mehreren Sterbefällen an Bord unter lautem Psalmengesang wohlbehalten in New York einlief, wo die Entbehrungen erst auf sie warteten, äugte er scharf aus nach Schwaden von früher, nicht Nebelschwaden, sondern im Gegenteil nach Löchern im Nebel, durch die sich noch allerlei Szenen und Gestalten zeigten, er wußte nicht, ob aus der Zeitung oder der Familienüberlieferung. »In Sichtweite des Hafens verstarb, wohlgemut im Herrn, die Frau des jungen Zimmermanns Jan Kolvoord, worauf sich dieser singend aufs Deck niederwarf, um den Herrn zu preisen, solche Sachen, solche Leute...«

»›Die Abgeschiedenen‹, nicht wahr? Jaja, die armen Kleinbauern, die Wasser nicht in Wein, wohl aber ihre materielle Unterlegenheit in geistige Überlegenheit zu verwandeln wußten, und natürlich, wie immer in solchen Fällen, durch Rückkehr zur strengsten Orthodoxie!«

»Ach, was soll man sagen? Sie meinten, das WORT würde nicht richtig geschnitten, weshalb die Gemeinde Steine statt

Brot bekam – übrigens eine stark auf Drenthe begrenzte Angelegenheit, ähnlich wie die Doleanzbewegung hier, die sich in nichts von der herkömmlichen ›Abscheidung‹ unterscheidet und sich daher sehr wohl hätte anschließen können – aber anscheinend macht doch jeder lieber seinen eigenen Laden auf…«

Vedder lachte laut, Martha schlug in fröhlichem Entsetzen die Hand vor den Mund, und draußen ging jemand vorbei, aber Anijs bemerkte nichts von alldem: Plötzlich hatte der Ernst wieder Oberhand über ihn gewonnen; er fühlte, wie sich die Bewegung des ganzen Nachmittags und der ganzen Woche schon wieder in ihm ergoß, und faßte sich wieder, fuhr in der, vor allem für seine Person, ungewohnten Ironie wieder fort: »Dennoch verdient ein Mann wie van Raalte Besseres als unseren Spott, denn was, wenn die soziale Frage schon damals ebenso auf den Nägeln brannte wie heute und er sich als einziger der Armen erbarmte?«

Jetzt, wo sich das Gespräch nun doch darum drehte, ging es auch bis zum Ende weiter: Anijs fragte nach der Verpauperung des Fabrikproletariats in den Städten; Vedder hatte vom hoffnungslosen Protest der Torfstecher gegen das Trucksystem und dem menschenunwürdigen Leben in den Plaggenhütten gelesen: »Tragen sie dort wirklich Mützen aus Holz? Und sich dann vorzustellen, daß Theo ohne mein Eingreifen wahrscheinlich auch im Moor gelandet wäre…«

»Das spielt sich natürlich vor dem Hintergrund der Agrarkrise ab«, philosophierte Anijs vertraulich, und hinter der Hand setzte er hinzu: »Das amerikanische Getreide…!«

»Was ist mit dem amerikanischen Getreide? Das hat es doch schon immer gegeben? Heute kommt es nur per Schraubendampfer zu uns, das ist der einzige Unterschied: der Verkehrsfaktor – auch hier wieder!«

Vor dem Hintergrund der eigentlichen Ursachen und ihrer bittersten Folgen blieb die soziale Frage ein gleichermaßen schwieriges wie schmerzliches Thema, so daß Martha schnell abräumen ließ und sich, um selbst den Kaffee zu kochen, mit der Magd in die Küche zurückzog, worauf die Herren das Thema noch spitzfindiger diskutierten und geradewegs zum Sozialismus übergingen: Überall in Amsterdam gärte es, wohingegen den Arbeitern im Moor oft noch die elementarste Propaganda fehlte, obwohl auch hier die Bewegung vorrückte, und es wurde sogar gemunkelt, daß man einigen Pastoren nicht mehr trauen könne. – Nicht mehr trauen? Nun, nicht alles ließ sich schließlich billigen, wie wichtig es auch war, gewisse Mißstände … aber um nun gleich die politische Macht erobern zu wollen zur Enteignung der Produktionsmittel …

Während sie so weiterredeten, ganz gemächlich, zum erstenmal im Ton der älteren, welterfahrenen, weltweisen Herren, die sie waren, nicht mehr wie junge Männer, Knaben oder Kinder, bezog Anijs in seine Diagnose auch das frei werdende Terrain des sozialen Gewissens ein: In seiner Abneigung gegen die bestehende Ordnung stand Vedder dem Sozialismus nahe, aber da er sich als selbständiger Handwerker erst kaum über die Massen erhoben hatte, wäre es in seinem Fall doch allzu schade, diesen Vorsprung durch Anschluß an diese Volksbewegung aufzugeben – sie war, außer natürlich für das Volk selbst, eher etwas für Leute, die sich, was diesen Unterschied anging, keinerlei Sorgen zu machen brauchten, kurz gesagt, für die Aristokratie, die, als Beweis dieser Sorglosigkeit, so gern grobe Reden im Mund führten – ja, genau wie Amshoff!

»Die Utopisten würden den Anarchosyndikalisten am liebsten den Hals umdrehen«, teilte Vedder mit.

»Trotzdem wird nicht jeder Possibilist gleichzeitig auch ein Parlamentarist sein«, relativierte Anijs. »Zigarre?« Ein greller Kopfschmerz ließ ihn beim Gedanken an Amshoff zusammenzucken, aber er präsentierte sich schon wieder mit einem

Lächeln, beteiligte sich rege am Gespräch und riet zwischendurch noch Vedder, vom Nachbarn eine Verhandlungsvollmacht zu verlangen, damit sie das Kapital nicht gegeneinander ausspielen könne und gezwungen wäre, ein und dasselbe Angebot zu machen; gewiß, der Preis war wichtiger, wie bereits erwähnt, aber ein willkürlicher Betrag ließe sich schwerlich begründen, so daß es am besten wäre, beides zu koppeln und den Preis zu ermitteln, indem er das Angebot beispielsweise mit dem Faktor anderthalb malnahm und den anderen den Vortritt ließ, sie hatten doch ein Problem, sie wollten doch so unbedingt verhandeln?

Vedder nickte, begierig, überwältigt, aber auf einmal auch bang vor dem, was er auf sich zukommen sah. »Ja, gut und schön... aber woher weißt du das?«

Zur Erklärung seiner Versiertheit in Geschäften begann Anijs seine vielen Vorstandsposten aufzuzählen; es wäre auch nicht anständig, sein Licht noch länger unter den Scheffel zu stellen, Vedder hatte das Recht, ihn in all seinen Qualitäten kennenzulernen, zu lange schon hatte er sich der näheren Bekanntschaft entzogen: deshalb war er ihm doch noch nachträglich, fast verspätet, in aller Eile mit seinem Rat zuvorgekommen. »Aber im Stadtrat bin ich nicht«, wies er am Ende der Aufzählung einen womöglich aufkommenden Gedanken mit entschiedener Bescheidenheit zurück, »das heißt: seit meinem Sechzigsten *nicht mehr* – einmal müssen wir die Fackel doch weitergeben...«

»Im Stadtrat...!« stammelte Vedder, und ihm war anzusehen, daß er sich dies bei weitem nicht hatte vorstellen können. »Aber dann hättest du die Brücke hier vor dem Haus eins, zwei, drei bauen lassen können; die ganze Zeit hattest du die Verwaltung in der Hand...«

Sie hatten ihre Servietten abgelegt, rauchten, und in einer unablässigen Bewegung um die Voliere des Sozialismus zählten sie die absonderlichsten Arten auf, Revisionisten, Tribunalisten und Praxisten, bis Schritte ertönten und Martha mit dem Kaffee eintrat. So hastig unterbrach Anijs, ertappt, seinen Satz, daß ihm ein neuer Stich durch den Kopf blitzte, ihn erleuchtend, während er fieberhaft zum letzten Thema zurückkehrte, das Martha noch behagt hatte.

»Gut, man kann, rein theologisch argumentiert, über einen van Raalte sagen, was man will, aber er hat auf jeden Fall soziales Gewissen bewiesen!« rief er aus, und mit leiserer, fast brechender Stimme fuhr er fort: »Das gleiche gilt in gewissem Sinne auch für mich: Auch in meinem Beruf, in einer Gemeinde wie dieser, ist ein soziales Gewissen vielleicht noch viel wichtiger als die reine Chemie oder das richtige Zeugnis… Es geht doch um die wahre Menschenliebe.«

»Aber die hat Chris zur Genüge!« schallte Marthas Stimme resolut von der Schwelle her. »Um einiges mehr als Amshoff, unser Armenarzt, mit dem er daher auch ständig in Unfrieden lebt.«

Wie einen hohen, dunklen Schirm sah Anijs sie in seinem Augenwinkel näher kommen, schräg von oben; ihm war, als stieße ein riesiger Raubvogel auf ihn herab, aber er wehrte sich nicht, gab sich ihm, ganz im Gegenteil, glückselig hin, während ihm erneut das heiße Wasser seines bewegten Gemüts in die Augen schoß, von innen her gegen die Lider wogte und ihm die Ohren klingen ließ.

Noch tiefer neigte sich Martha über ihn, sie stellte die Kaffeekanne ab, und während Anijs sich fühlte, als werde er gemessen, gestempelt und herausgewunken, endete sie: »Man muß sich nur ansehen, was er diesen Leuten versprochen hat, und dabei ist nicht einmal unser eigenes Leben versichert…«

Anijs nickte, konnte nichts weiter tun als nicken, immer tiefer nickte er, so daß ihm das glucksende Wasser langsam aus den Augenhöhlen sickerte, aber es lief nicht über, es blieb vor den Pupillen stehen wie Linsen, wodurch er plötzlich Bennemin, Johanna und das ganze Feld mit einer neuen Klarheit wahrnahm, in einer glosenden Glut, die bald auch in seinem Innern auflohte und ihn zu großen Taten ermutigte. »O ja, gewiß nehme ich mich der Menschen an«, sagte er, »daher werde ich sie auch aufsuchen, mit Arznei für jeden von ihnen, selbst wenn eine offene Auseinandersetzung mit Amshoff dann unvermeidlich wird...« Einen Augenblick starrte er grübelnd zum Fenster, als wären die Worte seinem Verstehen vorangegangen und als überlese er sie im Geiste noch einmal, dann erklärte er in feierlichem Ton: »Eine ›Allgemeine Behandlung‹ für alle Bewohner des Felds, dazu habe ich mich nun als Sekretär der Gesundheitskommission verpflichtet.«

KAPITEL 6

Angebot und Preis

Am Tag nach seiner Rückkehr aus Hoogeveen hatte Vedder seinem Vetter die verlangte Quittung zugeschickt; alsdann begann das Warten auf Ebert. Es währte nur wenige Tage, bis jener, doch noch gut zwei Wochen nach der ersten Begegnung, folgende kurze Notiz besorgen ließ: »Erbitte, heute abend neun Uhr, meine Aufwartung machen zu dürfen.« Hatte sich Vedder in dem lähmenden Abwarten nicht einmal an die von Anijs angeratene Vollmacht setzen können, nun strömte er plötzlich vor Tatkraft über und fiel, mit Feder und Papier in der Hand, im nächsten Augenblick beim Nachbarn Carstens ins Haus. Am späten Nachmittag, aber noch vor dem Abendessen, klopfte er bei Rossaert im Hasselaerssteeg, gleich dort hinter der Ecke, an die Tür: »Schickt doch Theo, sobald er aus dem Büro kommt, gleich zu mir; sagt ihm, daß Ebert auch kommt!«

UM HALB NEUN wurde es dunkel; um zehn vor neun stand der Kaffee bereit; fünf Minuten später kam Carstens, der zwar heute nachmittag gern die Vollmacht unterschrieben hatte, aber bei der ersten wirklichen Verhandlung doch noch dabei sein wollte. Die Bennemin-Geige prangte in der gasbeleuchteten Auslage; ganz hinten im Laden standen vier Sessel um den Rauchtisch; auf ihm lag die Vollmacht in duplo: alles war für die Verhandlung bereit, nur Theo fehlte noch.

»Nur zu, wir gehen wieder ins Büro«, trieb Vedder den alten Schneider kribblig vor sich her. »Ebert ist kein Feind, aber wir müssen doch auch nicht wie Freunde in der guten Stube sitzen?«

Schnaufend ließ sich Carstens in einen der Sessel sinken, wobei er sich eine hoffnungsvolle, fast schelmische Bemerkung über die kurze Zeitspanne, knapp zwei Wochen, erlaubte, die seit dem ersten Besuch Eberts bisher erst vergangen war: »Meine Frau schließt daraus auf Zeitnot, was die Position der Gegenpartei nur schwächen kann ...«

»Gewiß, gewiß, sie hat recht, genauso ist es, Carstens, vor allem wenn man bedenkt, daß wir ja gerade alle Zeit haben!« stimmte ihm Vedder zu, mit einer Lebhaftigkeit, die an eine gereizte, aber nicht besorgniserregende Nervenverfassung grenzte, zweifellos unabhängig von irgendeiner Ursache, wie zum Beispiel überkochende Milch schon mehr mit der unkörperlichen Luft gemein hat als mit der Flüssigkeit, aus der sie eben erst aufstieg. »Aber vergiß nicht, Carstens, du mußt nichts sagen, ich ergreife das Wort, nein, zuerst lassen wir Ebert reden, er will schließlich etwas, wir haben doch kein Problem, uns geht es doch gut?«

Obwohl die verabredete Zeit noch nicht gekommen war, echauffierte sich Vedder beim Warten dennoch mehr und mehr: Hatte Ebert denn genaugenommen um Empfang gebeten, hatte er nicht vielmehr sein Kommen in allerletzter Sekunde einfach angekündigt? Und warum mußte es immer abends sein, hatte Ebert tagsüber Wichtigeres zu tun? Vor Aufregung sprach Vedder ohne Punkt und Komma, einmal in beleidigtem, dann wieder streitlustigem, aber in immer lauterem Ton: »Er kann froh sein, wenn er uns gleich zu Hause antrifft, wir hätten doch auch zum Beispiel – ja, wir hätten sehr gut verreist sein können! Warum sollten Menschen wie wir denn nicht verreisen dürfen? Erst vor ein paar Tagen habe ich noch geschäftehalber im Zug gesessen!«

Plötzlich schlug es neun; die beiden Männer sahen sich reglos an und starrten dann durch das Halbdunkel der Werkstatt nach vorn, bis Vedder aufging, daß viel weniger Zeit vergangen war, als es den Anschein hatte, und er in beschwichtigendes Lachen ausbrach: Ebert konnte noch so gut wie rechtzeitig eintreffen. »Ruhig Blut, Carstens, uns kann nichts passieren, für uns geht es immer gut aus, egal was sie uns vorschlagen; denn dann akzeptieren wir doch einfach nicht!« schwatzte er wieder weiter, all seine zuvor präparierten Erwägungen wie Gymnastikübungen kurz vor der Kür wiederholend, ohne noch zu wissen, welche von Anijs stammten und welche auf seinem Mist gewachsen waren. »Was sie brauchen, können sie nur von uns bekommen, also bestimmen wir die Spielregeln, was sage ich: den Preis… Haha! Was macht das Bein deiner Frau? Nur die besten Ärzte hinzuziehen, Carstens! Laß Mezger einmal danach sehen, du bist jetzt ein vermögender Mann, vergiß das nicht, oder hast du gedacht, daß das Hotel vor ein paar kleinen Leuten wie uns noch zurückweichen wird?«

Wie schnell Vedder auch sprach, es wurde kein hallender Ton, durch die gemessenen Worte ähnelte es mehr dem Ticken einer Uhr als einer klingenden Orgelpfeife. In dieser Leere blieb Vedder kaum anderes übrig, als dann eben schon ihre beiden Tassen zu füllen, selbst wenn es dann gleich so aussähe, als säßen sie hier schon die ganze Zeit brav und warteten – oder wäre der Eindruck vielleicht noch stärker, wenn Ebert sie gleich auf dem trockenen sitzend antraf?

»Kaffee, Carstens?« fragte er endlich nach einem heiseren Hüsteln – aber genau da ertönte Hufeklappern, gefolgt vom Rattern einer Kutsche über das Kopfsteinpflaster, immer lauter, bis das ohrenbetäubende Getöse jählings verstummte und ein Fahrzeug vor dem Schaufenster hielt.

Wie gelähmt wartete Vedder auf das Klingeln der Glocke, dann stand er auf, nun eisig ruhig. »Bis gleich…«, warf er Carstens zu, ohne den Blick noch von der schlanken, hochgewachsenen Gestalt abzuwenden, die vor der Auslage aufgetaucht war; gebannt von der immer größer werdenden Figur des Herrn mit Hut, bewegte er sich darauf zu, willenlos wie ein Kaninchen in grellem Licht, mit den Händen vor dem Gesicht durch das Halbdunkel tastend, als hinge es voller Spinnweben; er öffnete die Tür, streckte die Hand aus, aber plötzlich stand da auch Theo schräg daneben, und so locker in der Hüfte eingeknickt, so unbeteiligt und selbstverständlich, daß er nicht aus dem Hasselaerssteeg, sondern ebenfalls aus dem, wegen des Herbstes jetzt geschlossenen, Coupé zu kommen schien – Vedder stieß ein verblüfftes Lachen aus, beteiligte sich erleichtert an den wechselseitigen Begrüßungen und merkte, daß der Bann gebrochen war.

»Treten Sie ein, meine Herren, kommen Sie doch weiter!« ging er den beiden nach hinten voran; sogar ein kleiner Scherz gelang ihm bereits, ja auch an Theo gewandt, und unter vergnügtem Händereiben beobachtete er nun wieder die Carstens' erwiesenen Höflichkeiten. Diesmal trug Ebert keinen Frack, sondern einen hellgrauen Anzug, er hatte also keine weiteren Verpflichtungen und den ganzen Abend für die Verhandlungen vorgesehen – aber die Ledermappe unter dem Arm und sein verbindliches Benehmen waren nicht anders als beim letzten Mal. »Nehmen Sie Platz, meine Herren – Kaffee?«

Jeder saß auf demselben Sessel wie gehabt, Theo auf dem schon damals für ihn bereitgestellten gegenüber Vedder. Carstens stellte als letzter seine ausgetrunkene Tasse auf den Rauchtisch zurück. In die Stille hinein räusperte sich Ebert, klopfte auf die Mappe, die er, ebenfalls wie beim letzten Mal, auf dem Schoß hielt und aus der er zwei Blätter holte.

»Hier sind einige Zahlen, die vielleicht demnächst bei der

Festsetzung des Preises nützlich sein werden«, erläuterte er, wieder mit seinem leicht ans Deutsche grenzenden Akzent, der an einen frischen, säuerlichen Geruch erinnerte.

Das Blatt enthielt eine Taxierung der Wohnungen Prins Hendrikkade Nummer 46 und 47, unterschieden nach dem jeweiligen Schätzwert vor der Festlegung des neuen Bahnhofsstandorts und danach, und zwar zehntausend beziehungsweise fünfzehntausend Gulden, beglaubigt von einem vereidigten Makler. Als Begründung für den letzten Betrag war eine mehrere Jahre alte Anzeige beigeheftet, in der eines der Abrißhäuser um die Ecke am Damrak für diese Summe zum Kauf angeboten worden war. Ebert setzte die preissteigernde Wirkung, die der Bau des Bahnhofs mit sich brachte, mit der Differenz von fünftausend Gulden gleich und bekannte in aller Offenheit, daß den Hotelplänen ein vergleichbarer Effekt zugeschrieben werden müsse, was sich schon am Vorgehen und den Motiven des neuen Besitzers gezeigt habe, der die Baulichkeiten nicht zur Nutzung, sondern als reines Spekulationsobjekt gekauft habe, mit keiner anderen Absicht, als es zu gegebener Zeit mit der bereits erwähnten Gewinnspanne dem Hotelunternehmen Victoria Hotel weiterzuverkaufen: Diese Zeit war nun gekommen, und der Verhandlungspreis, von dem diese Person ausging, lag bei rund zwanzigtausend Gulden. Der Grund, weshalb der Herr Henkenhaf gemeint hatte, den Bewohnern aus freien Stücken behilflich sein zu müssen, lag in dem Gedanken, daß sie nicht um die kommenden Verwicklungen gebeten hatten und auf dem betreffenden Gebiet möglicherweise auch nicht alle gleichermaßen fachkundig wären – »Er läßt Sie grüßen.«

Wie strikt neutral die Darlegung auch war, beim erstgenannten Betrag von zehntausend Gulden mußte Vedder schon schlucken, bei fünfzehntausend schwindelte ihn einen Moment, und bei den zwanzigtausend begann ein warmes Glücksgefühl durch den Kopf zu brausen: In all seinen Vorstellungen war es bisher um nichts anderes gegangen, als den bitter zu erkämpfenden Aufschlag auf die unveränderliche, altbekannte Basis von zehntausend – welche Einfalt, schon jetzt lagen sie, wenn er es richtig verstand, beim Doppelten! Während Carstens, wie zuvor vereinbart, beim Hören der Beträge nicht mit der Wimper zuckte und auch Theo nicht aufhörte, unverwandt seine Schuhe zu betrachten, beherrschte sich Vedder mit knapper Not: Ein Schauder rann ihm über den Rücken, und schulterzuckend bemerkte er erst jetzt die unerhörte Gefälligkeit der Gegenpartei wie auch das eingetretene Schweigen.

»Bitte überbringen Sie Herrn Henkenhaf unseren Dank für diese höchst gebührend geschätzten Informationen, aus denen ich ableite, daß auch unsere Forderung bei zwanzigtausend liegen sollte«, sprach er, nachdem er das Papier auf den Tisch gelegt hatte und sich wieder in seinem Sessel zurücklehnte. »Aber darf ich nun fragen, ob Sie diesen Betrag tatsächlich auch diesem Spekulanten geboten haben?«

Alle Gefälligkeiten der Gegenseite so rundheraus mit einer impertinenten Frage zu beantworten, brachte Vedders Blut in Wallung: Hatte er Ebert wütend gemacht, den Bären durch die Gitterstäbe mit einem Stock in den Pelz gepiekt? Aber was hatte er zu befürchten, wo Ebert doch sicher in den Käfig seines Auftrags eingesperrt war, nämlich, die Eigentümer von 46 und 47 zum Verkauf zu bewegen? Dabei wurde er selbst ebenfalls gepiekt, von Theos und Carstens' erwartungsvollen Blicken, die von links und von rechts wie Scheinwerfer auf ihn strahlten: Carstens' Frau hatte gleich von Anfang an ihr Los in seine Hände legen wollen, während Theo um seine Identität als Veritas wußte und daher mit mindestens ebensoviel Widerspruch, Widerstand und Widerworten rechnete wie sonst über den Standort.

Mit niedergeschlagenen Augen begann Ebert tatsächlich den Kopf zu schütteln, ganz leicht, um anzudeuten, wie peinlich ihm die Frage war, sogar zu peinlich, um offen die Antwort zu verweigern.

»Was haben Sie diesem Spekulanten geboten?« wiederholte Vedder, noch lauter, jetzt rundheraus grob – das Spiel lief! Sie hatten angefangen! Sogleich überfiel ihn die Einsamkeit des Duellanten, wenn sich die Sekundanten hinter die Abzäunung zurückzogen und er und sein Gegner allein in der Arena zurückblieben, sich noch abtastend, sehr gelassen und respektvoll, aber unter dem bösen Omen des unvermeidlichen Kampfes, der Niederlage und auch des Blutes von einem von ihnen.

Mit gequältem Lächeln hörte Ebert nicht auf, den Kopf zu schütteln, er konnte die Frage nicht beantworten, wollte auch nicht unhöflich sein und flehte um Nachsicht.

»Waren es wirklich zwanzigtausend?« beharrte Vedder unbarmherzig. »Oder sind Sie noch nicht soweit, und ist zwanzigtausend der Endpreis, den Sie bis zuletzt aufheben müssen? Warum sagen Sie nichts, Herr Ebert? Ich versuche nur zu begreifen, warum Sie uns die ganze Geschichte aufgetischt haben, war es etwa nur, um uns Sand in die Augen zu streuen? Es fällt Ihnen leicht, Süßholz zu raspeln, aber ich dachte, Sie wollten verhandeln ...«

Als müßte er einen Felsbrocken nach oben rollen, so schwer fiel es ihm, von seinen Ungebührlichkeiten zur offenen Kränkung überzugehen, aber nun war also der erste Schlag ausgeteilt. Da er nicht wußte, wie hart er getroffen hatte, nur, daß es still blieb und Ebert sich nicht mehr bewegte, beugte sich Vedder besorgt über ihn, errötend, während seine Haut unter den noch eindringlicheren Blicken Theos und Carstens' wie eine Rüstung golden erglühte. Genau da sah Ebert hoch.

»Nehmen Sie es mir nicht übel«, sagte er, »aber die Vertraulichkeit, die unsererseits auch für dieses Gespräch gilt, verbietet es mir, Mitteilungen über unsere Verhandlungen mit Dritten zu machen.«

Der Blickwechsel währte so kurz, Vedder hatte sich so schnell davon gelöst wie eine Hand vom glühenden Ofen: Schon kam er wieder zu sich, fand zu seinen Spitzen zurück und begann übertrieben zu nicken, zuerst nachdenklich, dann verständnisvoll und schließlich mit voller Zustimmung. »Ja richtig, natürlich, die Vertraulichkeit... also dürfen Sie mir anschließend auch nicht sagen, welche Vereinbarung Sie mit Herrn Carstens getroffen haben oder umgekehrt ihm nicht, was Sie mit mir besprochen haben...«

Den Kopf wie eine leicht flatternde Fahne bedächtig in alle Richtungen drehend, bestätigte Ebert die Richtigkeit dieser Einschätzung, nahm sie entgegen und reichte sie als Friedenspfeife zurück: »Ja, nein, in der Tat nicht...«

»Aber Sie könnten es auch gar nicht, lieber Herr Ebert...« Vedder machte eine Kunstpause, bis seine tiefe, drohende Stimme Ebert aufblicken ließ, dann ließ er sein Lächeln wie im Schauspiel vor ihm zu einer Grimasse zerbröckeln und fuhr fort: »Schlagen Sie sich diese Sperenzchen lieber gleich aus dem Kopf, ich habe hier nämlich meinerseits ebenfalls ein Dokument für Sie, eine Vollmacht, abgefaßt auf Anraten und nach Anweisungen meines Vetters, nicht des Vetters aus Amerika, der im American Hotel wohnt, sondern des Pharmazeuten... Ja doch, das ist für Sie, Sie können es ruhig mitnehmen, es ist eine Kopie...«

Das Papier wurde übergeben, Ebert las es, während Vedder ihn dabei fixierte, schräg von unten, mit den Ellbogen auf den Knien, und sein Gesicht die Verwandlung vom Lächeln zur Grimasse vollendete, indem es wieder in ein neues Lächeln aufbrach, so stark fühlte er sich in der schlagartig dankbar empfundenen Unterstützung durch Anijs, denn wo Ebert von dem großen Henkenhaf gedeckt wurde, da wußte er nun ebenfalls einen hinter sich, einen unsichtbaren Verwandten, an den er vertraulich mit Vornamen dachte, auch der einzige, der ihn je Walter genannt hatte.

»Nun, was halten Sie davon?« fragte er und lehnte sich mit noch erfreuterem Lachen befriedigt zurück, als Ebert die Vollmacht gleichsam anerkannte und akzeptierte, indem er sie ohne ein weiteres Wort in seine Aktenmappe legte. »Herr Carstens hier setzt den Wert seines Hauses dem meinen gleich, er überträgt mir seine Verhandlungsvollmacht und läßt sich dabei ausschließlich noch von mir vertreten... Sie sollten also nicht mehr versuchen, uns gegeneinander auszuspielen! Kannst du auch folgen, Theo? Weil der Herr Ebert von jetzt an nur noch mit mir zu tun hat, wird er es vergessen müssen, Carstens dies zu erzählen und mir jenes... alles dank der Vollmacht! Herr Ebert, Sie gestatten doch, daß ich Theo ein paar Erläuterungen gebe? Dann lernt er dabei doch noch etwas, deshalb habe ich ihn auch herkommen lassen, ich bin wie ein Vater für den Jungen! Aber wie still Sie plötzlich sind, denken Sie mit Schrecken daran, Herrn Henkenhaf die Vollmacht vorlegen zu müssen? Aber Sie können doch nichts dafür? Hahaha! Noch Kaffee? Carstens, du auch?«

Mit unverhohlenem Stirnrunzeln suchte Ebert Carstens' Blick, wie um sich zu vergewissern, daß dieser noch immer der Vollmacht zustimmte, aber der alte Schneider scharrte unbehaglich mit den Füßen auf dem Boden und wagte bei den offenen Feindseligkeiten gar nicht mehr aufzusehen. Theo hatte sich eine Zigarette angezündet und hielt sich ebenfalls weiterhin lieber abseits; zu schade, daß er nicht ein wenig früher gekommen war, wenn er ihm zuvor die Taktik hätte erklären können, könnte der Junge jetzt selbst mitdenken – das war doch etwas ganz anderes, als eine Schachpartie zu beobachten, ohne das Spiel zu begreifen! Während er mit der Kaffeekanne über dem Tisch rundum nachgoß, zwinkerte ihm Vedder beruhigend zu, dann richtete er sich zu einem erneuten Angriff an Ebert.

»Wissen Sie übrigens, was mich allmählich fürchterlich ärgert? Sie haben noch nicht einmal gefragt, ob wir überhaupt verkaufen möchten! Sie scheinen nicht zu begreifen, daß Ihr ganzer Hotelplan, wenn wir dabei nicht mitziehen, gleich in den Papierkorb wandert... Was würde Herr Henkenhaf wohl davon halten, ganz zu schweigen von den Aktionären? Und wenn Sie mir hier ständig einfach ins Haus schneien, ohne daß wir haben mitteilen können, ob es uns gelegen kommt oder nicht, ohne sich, wie es sich gehört, zu verabreden, ohne daß Sie sich legitimieren oder uns auch nur eine Adresse geben: Mein Herr, wissen Sie, was Sie da tun? Das ist Pfusch!«

Wie herrlich, welches Entzücken, welch unwahrscheinlicher Genuß war es, so loszuwettern, gerade gegen die wohlerzogenste Person, der er je begegnet war: Jaja, jetzt kam er richtig aus sich heraus, die Streitanlässe stiegen ihm einer nach dem anderen in den Kopf und überschlugen sich wie in seinen besten Momenten beim Pseudonymisieren – aber er durfte seinen Gegner nicht unterschätzen, er mußte sich vorsehen, sich zügeln, um nicht ins Messer zu laufen, denn auch wenn es Ebert über sich ergehen ließ wie ein Stier, der mit zehn Speeren im Rücken dasteht und langmütig noch den elften abwartet und die Mordlust der Menschen nicht begreift, in Wirklichkeit war er scharf wie seine Bügelfalte, spitz wie seine Schuhkappen...

»Nehmen Sie es mir nicht übel... ich wollte Sie nicht unnötig lange warten lassen...«

Mit diesem unerhörten Ausbruch soeben war die erste Runde auch jählings beendet, Eberts gemurmelte Entschuldigungen gehörten schon nicht mehr dazu. Man trank Kaffee, und kerzengerade, mit verschränkten Armen, erwartete Vedder die Wiederaufnahme, mit einem Mal matt, obwohl die eigentlichen Verhandlungen erst noch bevorstanden, aber auch aufgewühlt, weil sie nun nicht mehr lange ausbleiben konnten. Trotzdem zwang er sich zu schweigen, er brauchte doch nichts zu tun? Es lief genauso, wie Anijs es prophezeit hatte: Er hatte alle Zeit, Ebert mußte erst mit einem Angebot kommen, dann würde er wohl mit Anijs' Formel seinen Preis berechnen...

So schnell wie die erste Runde vergangen war, so quälend lang dauerte es bis zum Beginn der zweiten. Carstens hatte, auf eine entsprechende Frage Eberts hin, begonnen, umständlich die Aussicht vor der Bahnhofserweiterung zu beschreiben, brach aber abrupt ab, ohne anderen ersichtlichen Grund, als daß Ebert seine leere Tasse auf den Tisch zurückstellte und sich räusperte. Er wirkte aufrichtig verlegen, als er darum bat, endlich zur Sache kommen zu dürfen und, dennoch unerwartet, freiheraus nach dem Preis fragte.

»Es gibt keinen Preis, wir warten auf Ihr Angebot.«

»Sehr gern, aber erlauben Sie mir, daß ich mich zuvor noch näher erkläre: Ein niedriges Einstiegsgebot erfordert ein langwieriges Handeln und Feilschen, um zu einem Preis zu kommen, der dem Marktwert nahekommt; sollte ich also nicht lieber gleich den Betrag nennen, auch, weil wir, wegen der Taxierung, doch eigentlich schon wissen, in welcher Größenordnung der Kaufpreis wird liegen müssen?«

Der Marktwert und der schließliche Kaufpreis, und aus dem Stand heraus so plötzlich darüber sprechen – Vedder fühlte durch die Beschleunigung das Blut aus seinem Kopf weichen, und um nicht das Gleichgewicht zu verlieren, klammerten sich seine Hände an den Sessel. Peilte Ebert nun die zwanzigtausend an oder war das doch nur der Ausgangspreis dieses Spekulanten gewesen? Aber mußte er dann von mehr oder im Gegenteil von weniger ausgehen? Fieberhaft versuchte er Anijs' Berechnung durchzuführen, aber er wußte nicht, welchen Betrag mit anderthalb zu multiplizieren – es gab auch noch kein Angebot!

»Ein Angebot«, wiederholte er ungerührt.

»Zwanzig«, sagte Ebert.

»Fünfzig.«

Eine Antwort blieb aus, es war schon vorbei. Die Stille dehnte sich atemlos wie die Zeitspanne zwischen dem Schrei und dem ausbleibenden Echo. Angebot und Forderung waren aufeinandergeprallt, ohne zu einem neuen, leichteren Zusammenstoß zurückzuhüpfen; die plötzlich eingetretene Unbeweglichkeit entsprach der eines zu Boden gefallenen Eies, nur begann jetzt ein Auseinanderklaffen zwischen dem erwarteten und dem tatsächlichen Ablauf; Figur und Schatten wichen auseinander, verdoppelten sich, waren nicht länger die innig verschmolzenen Seiten einer Messerklinge; der Augenblick öffnete sich wie eine Schere, und schlitternd stürzte Vedder in den gähnenden Abgrund...

»Aus exakt demselben Grunde also, weshalb ich Ihnen die Taxierung zur Verfügung gestellt habe, meinte ich auch, Sie nicht zu langen Verhandlungen zwingen zu dürfen und Ihnen sofort und ohne Umstände ein reelles Angebot unterbreiten zu müssen: Die Gesellschaft wünscht gewiß keinen Vorteil aus einer eventuellen geschäftlichen Unerfahrenheit der Eigentümer zu ziehen: Der Herr Henkenhaf hat mich ausdrücklich beauftragt, voll mit offenen Karten zu spielen!«

Der Schwindel hatte nur kurz gedauert, alles war noch gleich bis auf die Haltung Eberts, der in einem offenkundigen Versuch, die entstandene Distanz zu verringern, sich nun seinerseits vertraulich nach vorn neigte, um sein Angebot nochmals näher zu erläutern. Wieder zu sich kommend, erkannte Vedder sofort seinen Irrtum: Nach Anijs' Formel hätte er nicht fünfzig, sondern etwa dreißig fordern müssen – er lag zwanzig zu hoch! Das Ausbleiben jeglicher Sanktion oder selbst einer Korrektur ließ die prompt in ihm aufgeflammte Scham rasch wieder in sich zusammenfallen. An ihre Stelle trat eine neue Ausgelassenheit, durch die sorgsame Erklärung rasch zur waghalsigen Glut entfacht, ja gar einem Gefühl der Freiheit: Warum sollte er denn nicht fordern dürfen, was er wollte, es war doch sein Haus?

»Schließlich und endlich liegt es ja auch in unserem Interesse, wenn die Bewohner völlig zufriedengestellt werden und sich die öffentliche Meinung bald mit dem Hotel zufriedengibt«, schloß Ebert, »... und dabei beanspruchen wir auch nicht unnötig Ihre Zeit.«

»Oh, aber wir haben wirklich Zeit genug!« rief Vedder nach einem kurzen, lautlosen Lachen. »Wie kommen Sie auf die Idee, wir hätten Eile? Der einzige, der hier Eile hat, sind Sie! Natürlich, es ist ja auch schon soviel Zeit verlorengegangen mit all den juristischen und finanziellen Problemen, die zuerst gelöst werden mußten, wie Sie bereits das letzte Mal erwähnten, wir verstehen das sehr gut – und ach, die kleinen Leute in den Häusern, das wird schon werden, denen werden bereits beim erstbesten Betrag über zehntausend Gulden die Sinne schwinden, die würden schon froh sein, daß sie einem so prächtigen Hotel Platz machen durften, dann meinten sie, sie trügen auch etwas dazu bei! Ja, wissen Sie noch, wie hocherfreut Sie uns die Entwurfsskizzen zeigten und es wagten, uns zu fragen, ob wir sie schön fänden? Bester Herr Ebert, Sie können mir glauben, es ist uns einerlei, ob es schön wird oder nicht, denn für uns bedeutet Ihre Entwurfsskizze nicht den Aufbau eines Hotels, sondern den Abriß unseres Heims! Aber bevor es soweit kommt, werden Sie wohl doch erst mit uns verhandeln müssen, sonst werden auch wir noch zum finanziellen und juristischen Problem ...«

Nicht mehr den anderen mit eigenen Worten, sondern sich selbst im Namen des anderen zu beleidigen: das war eine noch unmöglichere Unverschämtheit, eine Finte, zu der Ebert nichts einfiel, als abwehrend die Hände zu heben, flehend den Kopf zu schütteln und die unschuldigen Handflächen zu zeigen: »Ich wollte nur zu einem baldigen Konsens kommen ...«

»Bald? Baldig? Fangen Sie schon wieder damit an?« schlug Vedder quer durch die Deckung; die Runde war noch nicht zu Ende, aber jählings wähnte er sich auch anderswo, in einem neuen Tempo, als glitten ihm die Zügel seiner Selbstbeherrschung durch die schwitzenden Hände und er verfiele in Galopp. »Der Herr Henkenhaf mag wohl Eile haben, aber wir haben gar keine Eile! Carstens, haben wir Eile? Sie sehen, Herr Carstens hat auch keine Eile! Wir haben alle Zeit! Wir stehen doch am Anfang einer bedeutsamen Geschäftsverbindung? Das waren Ihre eigenen Worte! Ich verstehe wirklich nicht, warum Sie so große Eile haben! Und was Sie die ganze Zeit mit reellem Preis meinen, verstehe ich auch nicht, bester Herr, es gibt nur einen reellen Preis, und das ist mein Preis…, oder kennen Sie noch eine andere Adresse, bei der Sie bekommen können, was der Herr Henkenhaf Ihnen zu kaufen aufgetragen hat? Haha! Ein Preis, Herr Ebert, das ist die Summe, die ein Käufer akzeptieren muß, weil er das begehrte Gut anderswo nicht bekommen kann… Aber in diesem Fall gibt es kein anderswo, wegen der Lage! Carstens, was seufzt du so schwer? Du glaubst doch nicht etwa, daß jetzt das ganze Hotelunternehmen abgeblasen wird, bloß weil wir uns nicht sofort darauf eingelassen haben? Theo! Theo! Siehst du, daß Herr Ebert in der Falle sitzt? Und zwar, weil ich nicht einfach etwas daherschwatze, sondern von Wissen und Macht ausgehe, was auch genau den Unterschied zwischen einem beginnenden Pseudonymisten wie ›einem wohlmeinenden Mitbürger‹ und einem Mann wie E. Nigma ausmacht! Aber vielleicht sieht Herr Ebert in mir auch so einen kleinen Mann, der nie Latein gelernt hat und trotzdem unter einem lateinischen Namen operiert; er weiß, daß wir nie einen Betrag wie zwanzigtausend Gulden zur Verfügung hatten, und lacht nun, weil wir ihn zurückweisen, aber das Lachen wird ihm noch vergehen…«

Der Galopp war zur Jagd geworden, einem Treiben und Sturm, und als es still wurde, wirkte Ebert völlig zermürbt. Widerstandslos saß er auf dem Sessel, ermattet und entmutigt, wieder mit der Falte auf der Stirn, als habe er alles überaus gut verstanden.

Schweißtriefend, ebenfalls erschöpft und benommen, schmunzelte ihn Vedder aus der anderen Ecke an: Jeder Schlag war tatsächlich ausgeteilt, jeder Satz tatsächlich so gesprochen, noch stärker: Derart über Ebert zu sprechen, einfach in dessen Beisein, schien ihn fast *ausgezogen* zu haben, wobei zur Erregung auch noch die Erkenntnis kam, daß er durch den Hinweis auf den Pseudonymismus ja eigentlich schon beim Pseudonymisieren war, und er hatte nicht wie sonst, unter Pseudonym und Geheimhaltung des wahren Namens, sondern im Gegenteil, gerade als Vedder verschwiegen, Veritas zu sein – eine Tatsache, aus der Ebert gewiß einen Vorteil hätte ziehen können, und sei es nur, weil er ihn nicht unterschätzen würde – nur schade, daß Theo es nicht gewagt hatte, seine dreisten Anspielungen auf ihr geteiltes Geheimnis, seinen Gleitflug hart an der Wahrheit entlang, mit irgendeinem Zeichen des Einvernehmens zu beantworten, und selbst, als er ihn beim Namen rief, hatte er weiterhin beharrlich auf den Tisch gestarrt!

Keiner sagte ein Wort, und während das Zimmer auf der eben noch so aufgewühlten See wundervoll nachzuwogen schien, ließ sich Vedder zurücksinken, um die errungene Überlegenheit besser verdauen zu können, erst noch in hellem Entzücken, später still befriedigt von beidem, von Freude wie Wut; wie er die Daumen in seine Westentaschen hakte und mit den Fingern sachte auf dem Bauch trommelte, glich er ganz dem stolzgeschwellten Oberon aus der Komödie, und als er Ebert nach dem Hut greifen sah, freute er sich sogar über dessen Flucht, bis sein Triumph in Schreck umschlug, darauf in Reue, dann in Unrast: Wie konnte er sich jetzt schon so satt der Ruhe hingeben! Und hatte er sich nicht zu sehr gehenlassen? Sie mußten weiter verhandeln, sich besser kennenlernen!

»Noch Kaffee?« rief er. »Vielleicht ein Likörchen? Kommen Sie, laßt uns noch ein bißchen verhandeln, legen Sie doch noch nach!«

Schon halb stehend, blickte ihn Ebert leer an.

»Zwanzig.«

»Fünfzig… Wir müssen uns doch nicht beim ersten Mal einigen?«

Ebert drängte nicht länger. Zu voller Länge aufgerichtet, verbeugte er sich knapp in die Runde, worauf er Carstens, den er vorläufig wohl nicht mehr sehen würde, auch noch die Hand schüttelte. Zufrieden mit dieser Anerkennung der Vollmacht, folgte ihm Vedder auf dem Fuße nach vorn, am Stadtplan mit der Westradialen vorbei, an den Pferdeschwänzen und dem Werkzeugbord bis zur Tür, wo sich Ebert, mit Mappe und Hut unter dem Arm, ihm noch einmal zuwandte.

»Ihre Überlegungen hinsichtlich des Preises waren interessant, erlauben Sie mir, daß ich Ihnen darauf in Form einer Parabel antworte.«

So dicht standen sie im Gaslicht der Auslage beisammen, daß Vedder Eberts Lippen glänzen sah, sein Mundwasser riechen, seinen Atem auf seinem Gesicht spüren konnte. Draußen regnete es, und der Kutscher schlief zusammengekauert auf dem Bock, und durch das Trommeln des Regens hätte es Vedder beinahe nicht bemerkt, daß Theo ebenfalls nach vorn gekommen war und unmittelbar hinter ihm stand und mithörte.

Die Geschichte handelte von einem verstorbenen Großvater, den seine Familie im Garten hinter dem Haus aufgebahrt hatte. Er lag noch nicht lange da, als der Fluß, der am Garten vorüberströmte, unerwartet über die Ufer trat, den Leichnam mit sich führte und ein Stück weiter in einem anderen Hintergarten wieder ablegte. Der furchtbare Verlust verursachte ringsherum große Aufregung, der schaurige

Fund ein Stück stromabwärts nicht minder, und so währte es nicht lange, bis sich die trauernde Familie mit dem Finder des Leichnams in Verbindung setzte. Überzeugt vom Wert seines Fundes, wollte ihn jener jedoch nicht ohne Entlohnung hergeben. Die Empörung der Hinterbliebenen war groß, die Leiche begann sich zu zersetzen, aber man konnte sich auf keinen Preis einigen.

Nun war gerade ein Weiser auf Durchreise in der Stadt, und beide Parteien beschlossen, unabhängig voneinander, ihn um Rat zu fragen. Der Finder des Leichnams wurde zuerst vorgelassen. Der Weise ließ sich den Fall erläutern, hörte von rechtmäßigem Eigentum und billigem Preis und versank in tiefes Nachdenken. Schließlich sprach er: Ihr könnt bei eurer Forderung bleiben, denn was die Käufer möchten, können sie nirgendwo anders bekommen als bei euch. Sie werden euren Preis bezahlen.

Danach wurde die trauernde Familie vorgelassen. Erneut wurde der Fall erläutert, man erklärte, daß der Tote ihnen auf immer und ewig gehöre, und empörte sich über den geforderten Preis; wiederum versank der Weise in tiefes Nachdenken. Schließlich sprach er: Ihr braucht für den Leichnam nicht mehr zu bezahlen, als ihr dafür geben wollt, denn der jetzige Besitzer kann ihn an keinen anderen verkaufen als an euch, da ihn außer euch keiner haben will: Er wird euren Preis akzeptieren müssen.

Das Gurgeln im Regenrohr schien mit einem Male lauter zu werden. Ohne ein weiteres Wort nickte Ebert zum Abschied, griff nach der Klinke, da schien ihm auf einmal etwas einzufallen. »Ach ja, bitte noch einen Augenblick«, sagte er, worauf er, plötzlich sehr schnell, hinausging, etwas aus der Kutsche holte und damit wieder eintrat. Es war ein Geigenkasten, und mit zaghaftem Lächeln bekannte er, selbst auch zu spielen, als Liebhaber, aber in letzter Zeit höre er immer ein leises Geräusch, womöglich ein winziges, kristallisiertes

Leimbröckchen, das in einem Hohlraum mitschwinge, ganz leise, aber doch unverkennbar und überaus störend. »Und als ich beim letzten Mal Ihre Werkstatt sah, hoffte ich schon, daß Sie mir helfen könnten. Dem Etikett in der Geige nach wurde sie im Jahr 1692 von einem Willem van der Syde gebaut, warten Sie, vielleicht möchten Sie kurz einen Blick darauf werfen …«

Überrumpelt von der unerwarteten Wendung, überrascht auch wegen des ihm wohlbekannten Namens des Geigenbauers, sah Vedder, wie Ebert den Kasten auf die Werkbank legte, und als er ihn öffnete, war es, als habe er mit seiner Parabel nicht nur die hoch aufgepeitschten Wogen besänftigt, sondern lasse zudem noch auf dem unbewegten Wasserspiegel etwas treiben, etwas noch viel zarteres als ein papierner Hut …

Als sei der Kasten mit lauter Licht gefüllt, so leuchtete Vedders Antlitz beim Anblick des antiken Instruments auf, dem weitaus wertvollsten, das er je im Laden gehabt hatte. Die Authentizität konnte nicht bezweifelt werden, er erkannte mit einem Blick die Merkmale der Syde-Violine, die er einstmals auf einer Auktion erstanden, aber in Ermangelung eines passenden Kunden zu Smolenaars hatte bringen müssen.

»Probieren Sie …«, ermunterte ihn Ebert.

Wie Carstens noch dort hinten, hinter der dunklen Werkstatt, im erleuchteten Büro saß: wie unendlich fern schien ihm das auf einmal, nun, wo er wieder als Geigenbauer gefordert war. Ein Schauder überlief Vedders Rücken, und schlagartig fand er wieder zu seiner alten Form; mit dem servilen Eifer des Gewerbetreibenden, vermengt mit dem Ernst des Fachmanns, nahm er Geige und Bogen, spannte die Saiten und brachte einen Ton hervor. Der Klang war tief und dunkel, es dauerte eine Weile, bis er in dem samtigen Flor das Geräusch vernahm, von dem Ebert gesprochen hatte, aber dann hörte er es auch sehr klar, die Resonanz, sie klang wie ein Rauschen, und nickend wie ein Arzt, der an der schmerzenden Stelle tatsächlich etwas ertastet hat, legte er ehrerbietig Instrument und Bogen zurück. Sobald er jedoch sah, wie sich Ebert zu ihm bückte und wiederum wortlos nach der Türklinke griff, da brach sich in ihm eine jähe Bestürzung Bahn.

»Warten Sie, nicht so eilig, Sie bekommen noch ein Reçu!« rief er, sich hastig nach Feder und Papier abklopfend. »Ohne Quittung kein Regreßanspruch! Ich schätze Ihr Vertrauen, bestehe jedoch auf einem Reçu! Wir stehen in geschäftlicher Verbindung! Ebert sicher mit einem t? Darf ich auch fragen, wo Sie wohnen?«

Ebert wischte alles Gesagte beiseite, aber die letzte Frage war zu direkt, um unbeantwortet bleiben zu können: »Bei einem Freund.«

Die Antwort war persönlicher und zugleich nichtssagender, als es eine Adresse gewesen wäre, aber Vedder hatte keine Zeit mehr zum Wundern, er wagte auch keine Pausen mehr aufkommen zu lassen. »Ausgezeichnet, bitte, nur einen Moment, der Quittungsblock liegt neben der Kasse …«, flehte er, ging schon nach hinten und streckte dabei die Hände beschwörend zu Ebert hin. Er stieß gegen Theo, machte kehrt und hastete nach hinten weiter, aber noch bevor er bei Carstens war, fiel die Ladentür klingelnd zu, und niemand war mehr zu sehen. Nach vorn zurückhastend, schien er kaum voranzukommen. Man hörte Hufklappern und das Knarren einer sich entfernenden Kutsche. Gerade als er hinausstolperte, wurde das Geräusch noch lauter, aber dann verstummte es doch schlagartig, und er hörte nur noch den Regen. Kein Mensch war unterwegs, nur Prinz Hendriks Büste schimmerte in einiger Entfernung in der Anlage; unmöglich zu sagen, ob Theo mit in der Kutsche verschwunden war oder in der Gasse.

KAPITEL 7

Der Kalte Freier

Erst gegen fünf konnte er schließen. Er schickte die Magd mit den Rezepten aus, rief Martha im Kabinett zu, er mache sich auf seine Patientenrunde, und trat aus dem Haus.

Das Reçu war heute mittag eingetroffen, noch keine Woche nach Vedders Besuch, etwa drei Wochen nach Bennemins Bericht. In seiner Ungeduld war ihm das Warten lang geworden, aber jetzt, wo er mit dem Umschlag in der Brusttasche über die Uferstraße hastete, war ihm, als habe er Vedder soeben erst zum Bahnhof gebracht und wandere von dort aus gleich weiter zum Feld, ja, ihm war sogar, als ob er Bennemin und Klein Pet *nachlaufe*.

Es hatte aufgehört zu regnen, aber das Wetter blieb wechselhaft, und es wehte ein heftiger Wind. Mit der Hand am Hut lief er, gekrümmt und ohne etwas zu sehen, weiter auf die Brücke zu, bis er sich auf der Höhe des »Einhorn« instinktiv knapp davor wußte. Seit dem Besuch bei Halink, vor drei Wochen, hatte er diesen Ort peinlich gemieden, aber nun beherrschte er sich nicht und wandte sich unwillkürlich hin zum Fenster. Wie damals standen auch jetzt wieder drei Frauen auf der Brücke und beobachteten Arm in Arm, wie der alte Apotheker bei dem neuen ins Schaufenster schaute.

Nichts schien verändert. Anijs atmete erleichtert auf, aber dann sah er den alten Holzkasten auf dem Samt, zunächst noch im vorherrschenden Braun der restlichen Auslage versunken, doch einmal bemerkt, schnellte er wie ein Boxhandschuh daraus hervor.

Es war eine Kamera. Noch schwindlig von dem Schlag, zog er den Hut tiefer in die Stirn und äugte über die halbhohe Milchglastrennwand des Schaufensters hinweg in den dunklen Raum dahinter. Dort war niemand, kein Halink und auch kein Kunde. Matt glänzte in dem spärlichen Licht die Urkunde an der Wand. Eben wollte er weitergehen, da regte sich etwas, ganz hinten. Eine Tür ging auf, ein alter, hochgewachsener Herr trat aus der Beiküche: Doktor Amshoff, gefolgt von Halink.

Wie von einem erneuten Kinnhaken getroffen, flog sein Kopf eine halbe Drehung zur Seite, Richtung Kreuz. In diesem Augenblick spürte er von der anderen Seite eine Hand auf der Schulter. Neben ihm stand Bürgermeister Pottinga, der schon erraten hatte, was sein Interesse weckte, und lachend zu dem alten Kasten hin nickte, die Brauen bestätigend hochgezogen.

»Man höre und staune, ein Original! Die vielgerühmte Camera obscura von Bayard, von unserem Halink auf einer Auktion in Paris ersteigert!« Pottinga hörte auf zu nicken, sah ihn an, und Gesicht und Stimme mäßigend, setzte er noch, vertraulicher, fast schon hinter der Hand, hinzu: »Natürlich ein Spielzeug, aber – drinnen hat er eine Kodak aus Amerika!«

Erneut wurde ihm auf die Schulter geklopft, jetzt zum Abschied, wenn nicht gar als Aufmunterung, und während er Pottinga hinter sich kehrtmachen sah, hörte er ihn noch sagen: »Ja, nein, man sollte ihn nicht unterschätzen, unseren Halink, und sicher nicht am Bridgetisch! Haha! Guten Tag!« Noch bevor er über die andere Schulter schauen konnte, fiel die Tür des »Einhorn« bimmelnd zu und war Pottinga bereits im Haus.

Noch krummer als zuvor legte Anijs die letzten Schritte bis zum Kreuz zurück, wo er ohne einen Blick auf die Frauen auf der Brücke links um die Ecke bog; die Vorstellung, daß Pottinga vermutlich gerade den beiden anderen Herren lang und breit erzählte, wie er ihn vor dem Schaufenster angetroffen hatte, mit der Nase auf der Scheibe, zur Kamera gebeugt, lastete auf ihm wie ein kaum noch zu schleppendes Gepäck – »Bei meiner Treu, ich schwöre es, vor zwei Sekunden stand er noch da, ich weiß auch nicht, wo er geblieben ist!«

Der Feldweg war voller Pfützen, in der frühen Dämmerung spiegelschwarz. Nun blies der Wind direkt von hinten, und da er gen Osten ging, schien es auf einmal noch dunkler. Rechterhand lief der Kanal, linkerhand tröpfelten die letzten Häuser nach, Gehöft um Gehöft mit bellenden Kettenhunden. Im Hinterland wechselten kleine Parzellen Schlagwald und Weideland, jeweils getrennt durch die alten Wieken und Grenzschloten mit Stegen darüber. Alles war schon seit Jahren abgegraben, Torfstecher wohnten hier nicht mehr, auch nicht im Dorf, nur noch ein Stück weiter auf dem Feld, bar jeglicher Fürsorge. Dankbar für das Vorrecht, dort hundert Gulden in Aussicht stellen zu dürfen, preßte Anijs das Reçu an seine Brust. Gewiß, man sah ihn dort auch nicht allzu häufig, genausowenig wie den Pastor oder die Polizei, aber doch noch viel häufiger als Doktor Amshoff, obwohl der einen Gemeindesold als Armenarzt bezog, gerade auch für die Feldler! Amshoff würde sich allenfalls über einen Feldgänger beugen, wenn er wegen Epidemiegefahr ins Korremorre aufgenommen wäre, aber seit der Einrichtung des Krankensaals aufgrund des Seuchenschutzgesetzes war keinerlei ansteckende Krankheit mehr ausgebrochen, so daß ihm sogar diese Mühe erspart geblieben war und er nur noch seinen weißen Arztkittel hatte aufhängen müssen!

Die Wellen rollten schwer, mitunter prallte ein Prahm an den Steg, und unter jedem Windstoß neigte sich zischelnd das Schilf nieder. Mit dem Wind wie eine Hand im Rücken ließ Anijs die letzten Häuser hinter sich. Wie schwach gerade eben noch, erst angeschlagen wegen der Kamera, dann geschrumpft unter Pottingas Schulterklopfen und schließlich noch weiter zermalmt durch das Ausschließen, spürte er im Empfinden des eigenen Tuns und Strebens allmählich seine Kräfte zurückkehren, anfangs noch wie ein bitterer Ball im Magen, aber beim Gehen, beim Schlängeln zwischen den Pfützen durch und in dem unablässigen Auf- und Abschwanken löste er sich allmählich auf, und sein Gemüt wurde milder gestimmt. So seltsam war es doch nicht, wenn sich ein Bürgermeister aufrichtig über das erste Photo in seiner Gemeinde freute? Auch das Quälbild der nun im »Einhorn« versammelten drei Promovierten verflüchtigte sich allmählich beim Hin und Her seiner Schritte. Was konnten sie denn mehr tun, als sich nach Studentenart mit *Kommilitone* ansprechen, während der eine den anderen knipste? Wenn sie sich dort auch tagsüber treffen wollten, abgesehen vom Bridgetisch: fabelhaft, *soit*, um so besser, *similia similibus curantur*! Nur brauchte der junge Kollege nun nicht mehr mit seiner Bestelliste bei ihm anzukommen, er hatte lange genug gewartet, morgen würde er Brocades & Stheeman seine eigene Bestellung schicken …

Beim Wolfsbos raumte der Kanal mit einem schwachen Knick nach Südosten, worauf er schnurgerade zum Dorf weiterführte. Nach einer halben Stunde begann sich der Kirchturm vor dem dunklen Himmel abzuzeichnen. Der vergoldete Torfspaten, der ihn als Windfahne krönte, zeigte wie ein Finger zitternd Richtung Feld, eine weitere halbe Stunde hinter dem Dorf. Der Anblick war eine Mahnung, und so stark erlebte Anijs nun seine endgültige Aufgabe und Bestimmung, daß ihn alle anderen Grillen verließen und er nur noch an das baldige Aushändigen der Quittung denken konnte. »Mensur, Manufaktur, Verhandlungsbasis hundert Gulden, Besitzer Herr P. Bennemin, die Kommission verpflichtet zu keinerlei Garantie hinsichtlich des Verkaufs« – jedes Wort darauf kam ihm in den Sinn, vor allem die letzte Klausel: »Provision 0 Prozent (in Worten null zu hundert)«. Ohne daß es eigens ausgemacht war, hatte es der gute Walter so aufgenommen, und nichts weiter, keinen Gruß, kein beigelegtes Briefchen, nichts als der Name, zugleich Firmenname Vedder, so sachlich, so männlich, mit dem ganzen Ernst des Fachmanns, an den er sich gewandt hatte. Sein eigener Name wurde gar nicht erwähnt, de facto blieb er auch ganz unbeteiligt. Dennoch war die Quittung der einzige greifbare Beweis seiner Vermittlung, weshalb er die gute Nachricht von der angenommenen Kommission und den hundert Gulden auch nicht früher hatte überbringen wollen, wie schwer ihm das Warten auch gefallen war: auf daß ihn niemand loser Versprechen beschuldigen könne. Als er seinen Schritt noch beschleunigte, war ihm nun nicht mehr nur, als gehe er hinter Klein Pet und Bennemin her, sondern auch, als *hole* er sie *ein, gehe neben ihnen*.

Die ersten Häuser verhakten sich zögernd ineinander, ebenso tröpfchenweise, wie der Ort aufgehört hatte. Die Straße blieb unbefestigt und voller Kuhlen, auch nachdem das Tröpfeln der Häuser schon zu einem durchgängigen Strahl geworden war. Gepflastert war nur um die Kirche im Dorfkern, wo auch die beiden letzten verbliebenen Torfgesellschaften ihre Läden hatten und der Kanal sich nach rechts verzweigte. Obwohl hinter den meisten Fenstern Licht brannte, wirkte das Dorf so ausgestorben, daß Anijs nicht wußte, ob er so besonders auffiel oder vielleicht gerade dadurch völlig unbemerkt blieb. Er überquerte die Brücke, sah die Hebamme Kiestra noch mit dem Krämer Ochies von der Groninger reden und spürte unter den Füßen den Boden wieder weich werden. So tröpfelnd, wie die Bebauung angefangen hatte, so schlagartig hörte sie jenseits der Kirche auf, als hielte sogar sie lieber Abstand zum Feld und kehre ihm den Rücken zu, während sie dem Dorf die Hand reichte. Schon nach drei, vier bellenden Hunden kam er zum allerletzten Gebäude, der Lagerhalle der »AG Fabrik für Holzwaren Hoogeveen«. Dort drinnen wurde noch gearbeitet, das Geräusch der Stimmen und Sägen ließ ihn kurz nachdenklich innehalten: Wäre so etwas nicht auch im Feld möglich? Er mußte Wessels Boer, den Gründer, einmal darauf ansprechen! Womöglich konnte man auf diese Weise die Feldler aus dem Torfbau herausholen und im Holz anstellen – wer beschuldigte ihn loser Versprechen?

In südlicher Richtung bog der Feldweg aus dem Dorf heraus. Nun lag der Kanal linkerhand, mit dunklen Moorbänken dahinter, während rechts die untergehende Sonne noch einmal flammend durch die Wolken brach. Der Überbringer guter Nachrichten ist ein glücklicher Mann, aber nunmehr, ohne jegliche Behausung zwischen ihm und dem Feld, fühlte Anijs die übernommene Fürsorge wie einen Helm um seinen Kopf klemmen. Von der einen zur nächsten Wieke glänzte das Wasser zwischen den schmalen, schwarzen Setzfeldern, und mit einem Mal erinnerte er sich wieder an Pottingas Bericht, was passieren konnte, wenn die Probenächte nicht zur Schwangerschaft führten: Was würde er alsbald zu sehen bekommen? Hätte er womöglich doch eine Fruchtbarkeitsmedizin verabreichen müssen? Was hatte Johanna nicht schon alles ertragen müssen, daß Bennemin keine Geige mehr im Haus dulden wollte? Wie eine Flamme loderte die stets schwelende Vorstellung, die er sich davon gemacht hatte, wieder in ihm auf – aber welche Elemente waren wahr und welche hatte seine Einbildungskraft womöglich Bennemins Bericht hinzugefügt?

Die Faust auf die Brust gepreßt, balancierte er zwischen

Hell und Dunkel weiter auf dem Pfad, bis das erste Licht von den Moorbänken her durch das Weidengebüsch drang. Erst nach einem kurzen Schwächeanfall fand er wieder Tritt, dennoch erschrocken über die ungeahnte Nähe, genauer, die Gegenwart der Feldgänger, obwohl er nur zu gut wußte, daß sie dort wohnten, wo es keine Bürgerfamilie aushielte: auf den sumpfigen Setzfeldern zwischen dem Moorwasser der Wieken. Noch mehr kleine Lichter blitzten nun auf, blinzelten ihm zu, aber sobald er sie fixierte, verschwanden sie gleich wieder hinter einem Stamm – war er bemerkt, hatten sie ihn schon gesehen?

War ihm die Umgebung bis zum Dorf bekannt gewesen, von dort hatte er die Wieken zählen müssen, um zu wissen, wie weit er war. Die zwölfte war die letzte und trug den Namen Elim; dort, ganz hinten, wohnte Bennemin. Nach einem letzten Blick auf die Sonne, die von unten her mit weißen, wilden Zungen gierig an den violetten Wolken leckte, bog Anijs nach links über die Brücke ab und wanderte in die Dunkelheit hinein, langsamer und mit einer gewissen Scheu, als befinde er sich nicht mehr auf öffentlichem Straßenland, sondern sei irgendwo eingetreten, ohne daß man ihn bisher bemerkt hatte.

Der Feldweg war zu einer Furche geworden; hier benutzte man zumeist Schubkarren. Während sich linkerhand das letzte Setzfeld an der Wieke entlang nach hinten erstreckte, hatte das Gelände jenseits des Pfades einen völlig anderen Charakter angenommen. Dort lag das Moor noch unberührt, und gerade den Rand dieses leicht abschüssigen, höher gelegenen, trockeneren Heideackers, aber doch in Wassernähe, hatte man seit alters zum Wohnen genutzt. Später war man auch dazu übergegangen, das abgetorfte Moor gegenüber zu besiedeln, den ganzen ausgestreckten, fast gestreiften Irrgarten aus Setzfeldern, auf denen Anijs bereits ein paar Lichter gesehen hatte, durch zahllose Stege über die Gewässer miteinander verbunden und alle fünfzig Meter mit einer Krampe durch wiederum dieselben Stege an den Pfad genagelt, hier über Elim. Diese ganze Ansammlung von Hütten zusammen nannte man derzeit das Feld.

Bald sah Anijs, wie sich die erste Kate abzeichnete, hoch auf dem struppigen Rand des Ödlands. Weshalb dort nie Torf gegraben worden war, wußte keiner; nun lohnte es nicht mehr.

»Psst! Da kommt einer! Da kommt einer!«

So ging es sonst immer; so selten war hier Besuch von anderswo, daß sich die Kinder die Neuigkeit aufgeregt zuriefen, während sie ungesehen durch das hohe Silbergras am Wegrain ein Stück mitrannten; so erinnerte es Anijs auch vom letzten Mal: Die ganze, endlose Wieke entlang war ihm dieser Ruf um den Kopf geschwebt, immer derselbe Ruf, bloß jedesmal aus anderem Mund, wie das Bellen der Wachhunde von Hof zu Hof oder auch wie ein Mückenschwarm beim Spaziergang an einem Sommerabend, immerzu andere Mücken, aber immer derselbe Schwarm – doch nun blieb es still. Waren die Kinder drinnen, war Bennemin vielleicht gerade beim Schreibunterricht?

In unregelmäßigem Abstand voneinander und vom Pfad schlängelten sich die Katen wie eine Kette über den Heiderand. Inzwischen hatten zwar die meisten Fensterzargen, und hinter einigen Fenstern saß ein Mann und strickte bei einem Dochtlicht, aber keiner winkte ihm. Mit der Zeit schien es Anijs, als sei er nicht nur irgendwo eingedrungen, sondern das Gebäude, durch das er irrte, sei zudem, bis auf einen einsamen Schatten, der ihn unbeachtet ließ, auch noch verlassen. Die Geräusche von draußen waren kaum noch zu vernehmen, er war schon so tief ins Feld vorgedrungen, daß der Wind nur noch hoch über ihm durch die Lüfte heulte, nicht mehr um seinen Kopf, und nirgendwo hörte man einen Hund bellen, dafür war das Leben hier zu arm. In dieser

Stille nun bemerkte er den Moorgeruch, zum ersten Mal; er schnupperte erneut, und ganz deutlich roch er den unverkennbaren Sumpfgeruch, den sauren Brodem, der von unten her aus dem Boden dünstete und dann von oben her vom ebenfalls nun erst bemerkten, lastenden Bann des Feuer- und Rauchhaltens zusammengepreßt wurde: Niemand hatte hier je bezahlt, noch immer sah man nirgendwo Steinhäuser oder auch nur einen gemauerten Brunnen – plötzlich in Atemnot, hakte er einen Finger hinter den Kragen: Zwar hatte er hier schon früher die Volkskraft stetig abnehmen sehen, nun schien ihm gar, als seien die äußeren Umstände nach innen geschlagen und habe sich die nie aufgehobene Vorläufigkeit des Abwartens und der Duldung zum Charakterzug entwickelt, zur Willenserweichung, zur erstickenden Gleichgültigkeit, die wie eine Decke auf jedem lag und unter der die Unkraft schließlich freies Spiel bekommen sollte.

Gedankenverloren sah er sie erst zuallerletzt, die zwei Knirpse, die am Wegrand hockten und schweigend nach Würmern und Schnecken für das Federvieh suchten – aber sie sahen ihn noch später, als er sich schon freundlich und mit einer Münze in der Hand zu ihnen bückte, immer tiefer, bis er sich den Kopf an dem völlig unbeteiligten, gläsernen Blick stieß, mit dem ihn der erste Knirps plötzlich anstierte. Die krankhaft vortretenden Augen des zweiten ließen ihn zurückzucken, und während sein Lächeln noch mehr zur schmerzlichen Grimasse gefror, vermochte er ihnen erst nach kurzer Verwirrung den Cent zuzustecken – aber die Knirpse stierten schon wieder nach unten. War denn nun die Volkskraft schon so verkümmert, daß sich nicht einmal mehr die Kinder wundern oder begeistern konnten?

»Ich komme wieder«, sprach er und riß sich von dem abgestumpften Paar los, als sei er ein Pflaster und sie die Wunde, und er wußte nach einem beklommenen Blick rundherum wieder: Hier war das Feld, hier lebten die Torfgräber tagaus, tagein von Roggen, aufgegeben, ohne Fürsorge oder Medizin – Amshoff saß bei Halink! Zitternd vor Wut und Mitgefühl, setzte er seinen Weg fort, während der ausgefranste Rand mit den Umrissen der Katen darauf in Schulterhöhe vorüberglitt, da und dort eine Föhre und gelegentlich eine einsame Ziege am Pflock.

Bennemins Haus, das einzige aus Stein hier, kam erst ins Blickfeld, nachdem er die vorletzte Kate schon hinter sich gelassen hatte. Es stand noch ein wenig höher als die anderen, auf der Sandkuppe fast am Ende der Wieke, und hob sich mit der angrenzenden Kartoffelscheune und der alten Föhre auf dem hinteren Hof vor dem Himmel ab. Ein helles Licht schien durchs Seitenfenster, und in der vollen Überzeugung, daß sie gewiß zu Hause wären, preßte Anijs seine Hand auf die Brusttasche, als wolle er sich nochmals des Vorrechts vergewissern, hundert Gulden in Aussicht stellen zu dürfen. Eben wollte er schneller ausschreiten, als ihm von jenseits des Hauses eine merkwürdige Gesellschaft entgegenkam. Man hörte unterdrücktes Lachen, einer schlug einen Wirbel auf der Blechtrommel, und unwillkürlich verbarg sich Anijs ein wenig abseits hinter einem Baum im Birkenwäldchen. Hatten sie ihn schon gesehen?

Mühsam kam der Trupp heran, sie führten etwas Schweres mit sich, einen in Weiß gehüllten Körper, eine liegende Gestalt, die offenbar nicht selbst gehen konnte und ab und zu aufgerichtet wurde: Dann wurde an ihrem Aufzug gezupft und war wieder dieses unterdrückte Lachen zu hören, weniger fröhlich, als vielmehr erregt, dann ging es wieder weiter, nun schon beinah am Haus vorbei.

Woher kamen diese lärmenden Leute, wo doch wenig weiter lauter Leere lag? Und wenn sie schon von den Moorbänken kamen, weshalb dann der Umweg über den Kopf der Wieke und nicht über den Steg davor und den Pfad an den Katen entlang? Es war offenkundig, daß sie etwas Geheimes im Schilde führten, aber auch, daß sie, offenbar unangreifbar, die Deckung der Heimlichkeit eigentlich schon nicht mehr benötigten und bei ihrem heimlichen Tun sogar die Trommel schlagen konnten, ohne daß jemand einzugreifen wagte, etwa so, wie Sieger von einem gewissen Moment an unverfroren durch die Haustür zur Probenacht gekommen war.

Noch enger schmiegte sich Anijs an den Stamm. Genau vor dem Haus wurde nun die weiße Gestalt erneut aufgerichtet und umständlich zurechtgezupft, worauf es jedoch nicht mehr weiterging, sondern mit der Faust auf die Tür getrommelt wurde – er mußte sie gar nicht passieren lassen, natürlich, sie wollten zu Bennemin: Seit einem Jahr schon wollten sie zu Bennemin! Getrieben von einem kribbelnden Drang nach vorn, verließ er sein Versteck und preschte, ohne nachzudenken, von Baum zu Baum durch das finstere Birkengehölz herbei; schon betrat er seitwärts den Hof und preßte, die sich wegschiebende Kartoffelscheune im Augenwinkel, mit einem Mal äußerst bedachtsam, sein Gesicht ans Seitenfenster. Das Trommeln mußte für die drin im Haus schrecklich gewesen sein.

Eine ganz gewöhnliche Familie am Abend beisammen, jeder in seine Beschäftigung vertieft, Vater Bennemin und Johanna strickend beim Ofen, während die Mutter das Essen zubereitete und Klein Pet ihr dabei half – aber das Bild war verzerrt; keiner regte sich; alle saßen mit dem Gesicht Richtung Tür gedreht. Flackernd zitterte der helle Schein des brennenden Kienspans in der kleinen Stube; riesig wirkte der rußschwarze Rauchfang darüber; der blöde Lubber war auch da.

Erneut wurde geklopft. In Entsetzen warf man sich Blicke zu. Unendlich langsam nickte Frau Bennemin zu ihrem Mann, er solle öffnen, aber da flog schon die Tür von selbst auf. Um nicht noch entdeckt zu werden, zog Anijs unwillkürlich sein Gesicht ein wenig vom Fenster und dem qualmenden Docht auf der Fensterbank zurück, den Blick wie festgenagelt auf den sechs, sieben Burschen um die weiße Gestalt in der Türöffnung – aber nun verlangte Johanna seine Aufmerksamkeit.

Sich schwebend erhebend, mit dem wachsbleichen Gesicht zur Tür und hinter sich in einem Halbkreis Vater, Mutter, Klein Pet und Lubber, wirkte sie wie eine Alkovenfigur. Als unverkennbare Zielscheibe des bevorstehenden Geschehens war sie mit einem Mal zum Dreh- und Angelpunkt geworden und starrte wehrlos zu dem hämmernden Eindringen der Einbrecher, der Bilderstürmer, die ihrerseits ein eigenes Bildnis als Mittelpunkt mit sich führten, die weiße Gestalt, eine Puppe, wie sich nun herausstellte, ein dicker Weidenstamm im Arztkittel, mit einem gefüllten Kissenbezug als Kopf, zwei schwarzen Knopfaugen, einem Strohhut und einer Pfeife im Mund – es war der Kalte Freier.

Gekrümmt vor Mitgefühl, erlitt Anijs alle volkskundlichen Aspekte dieses Brauches mit, der wie ein Feuerpfeil in ihm losgegangen war. Also hatte sich Sieger am Ende doch, wegen erwiesener Unfruchtbarkeit, von Johanna getrennt, und nun mußte sie die Puppe heiraten, die ihn vertrat; eine Schandhochzeit fand statt, heute abend wurde Johanna endgültig als Frau abgeschrieben und zu lebenslänglicher Ehelosigkeit verurteilt; das Fest war ein Urteil.

Ein erneuter Wirbel auf der Blechtrommel schallte sehr klar durch das dünne Glas. Vier Knaben waren dabei, den Fuß des Rauhbaums über die Schwelle zu stemmen, worauf andere ihn bis knapp vor Johanna wriggten, in die Senkrechte kippten und hinstellten. Der Kalte Freier ragte ein wenig über sie hinaus. Einer der Knaben strich noch eine Falte aus dem Arztkittel, zweifelsohne Amshoffs, aus dem Korremorre entwendet, und kroch rückwärts zu den anderen zurück, wo er sich erhob und seine Körpergröße verriet, daß er höchstens zehn, zwölf Jahre zählen konnte: Es war ein

Pfadjunge, es waren auch andere Pfadjungen dabei, plötzlich standen überall Pfadjungen in dem Haufen, und noch mehr als die Jungkerle im Hintergrund strahlten sie vor Aufregung, fiebernd nach Zustimmung für ihren Tatendrang.

Eine schale Übelkeit zwang Anijs, das Antlitz abzuwenden, und beim Versuch, sich für einen Moment in unbeladenen Nebensächlichkeiten zu verlieren, starrte er zwischen Haus und Kartoffelscheune in den offenen Abendhimmel. Der schwarze Ball an der Ecke des Vorsprungs mußte der Bienenkorb sein, bereits für den Winter vom Feld heimgeholt – gelegentlich hatte er davon Wachs gekauft, für seine Pflaster, aber auch zur Unterstützung; noch näher bei ihm stand in der Seitenwand ein Fenster einen Spaltbreit auf – dort mußte Sieger eingestiegen sein, bis er sich für die Haustür entschied. Welcher der Burschen war eigentlich Sieger? Willenlos wandte sich Anijs wieder zum Fenster.

Das Zimmer wirkte jetzt leerer, nur Johanna und der Kalte Freier standen sich noch in der Mitte gegenüber, ein Brautpaar, umringt von den beiden Familien, seine der ihren nun spiegelbildlich gegenüber. Anijs erkannte Sieger sofort, nicht nur an der Pfeife, die auch der Puppe aus dem Mund hing, sondern auch an dem feisten Grinsen, mit dem er sich in seiner wichtigen Rolle des Abweisenden sonnte und an der zentralen Stellung zwischen seinen Freunden, die heute abend alles ihm zu verdanken hatten.

Das Trommeln hörte auf.

»Das Gedicht! Das Gedicht!«

Vier Pfadjungen traten aus dem großen Kreis vor. Reglos lauschte Johanna, was die Knaben nun mit schriller Stimme vortrugen. Selbst schräg von hinten erkannte Anijs an ihrer sich aufblähenden Wange, daß sie dabei mit höchster Selbstbeherrschung lächelte. Vater Bennemin, in seinen Stuhl zurückgesunken, konnte nur noch mit offenem Mund zusehen, wie auch seine Frau, Klein Pet und Lubber.

Wirst dies Bildnis du anschauen
Sollst du dies alsbald bedauern
Sieger wird eine andre trauen
Und du wirst hintangesetzt

Hämmernd wie ein Abzählreim wurde es heruntergerattert, im Viertelschlag von der Blechtrommel begleitet und mit einer Schärfe, als sei jede Silbe ein Hieb. Aber es ging noch weiter, die Zeremonie konnte, wie das Triebwerk eines Automaten, nur in einer Richtung ablaufen, nämlich bis zu den allerletzten Zacken des Zahnrads, was bedeutete, daß die ausgediente Jungfer den Herren für die erwiesene Aufmerksamkeit zu danken uns, sie dann zu fragen hatte, ob sie vielleicht etwas zu sich nehmen möchten – und wie ein Automat brachte Johanna auch das Danksagen hinter sich, mit zusammengepreßten Händen und leichtem Kopfnicken in die Runde. Obwohl Anijs alles scharf sah, konnte er Johanna nicht verstehen, aber als die ordentliche Kreisaufstellung, blitzartig, als würde mit dem Stock auf einen Bienenkorb geschlagen, in Tumult und Lärm auseinanderspritzte, wußte er, daß nun auch der Alkohol ausgeschenkt worden war.

So hitzig es drinnen zuging, so eisig war die kalte Hand, mit der dieser unaufhaltsame Ablauf ihm nun ans Herz griff. Nein, dieser Brauch war nicht mehr durch Einmischung abzuwenden, geschweige denn durch Widerstand, und wie benommen Bennemin auf seinem Stuhl saß, bodenlos tief im Abgrund versunken zwischen dem, was ihm die, die er noch lesen gelehrt hatte, meist pro deo, vorschrieben zu tun oder zu lassen – bei diesem Anblick wurden auch ihm die Knie weich, und er mußte sich an der Wand stützen.

Mitunter kam Johanna ganz nah mit Fleischklößen vorbei, während ein Witzbold, durch die Zähne pfeifend, den Rauhbaum in der Mitte mit ihr herumschwenkte und ihre Mutter aus dem Krug nachschenkte. Ohne auch nur hinzusehen, hielt ihr Sieger sein leeres Glas hin, völlig achtlos, aber als Anijs' Blick darauf fiel, konnte er nicht mehr wegsehen: Das Bild kannte er bereits, er hatte es schon einmal gesehen, in einem anderen Medium, in seinem Traumgesicht nach Bennemins Bericht – immer hatte er dieses Element seiner Phantasie zugeschrieben, da ja in diesem Haus kein Genever zu erwarten war, aber da es sich nun als real herausstellte, konnte das andere, noch viel unglaublichere Element der öffentlichen Paarung, im Busen der Familie, mit dem Rücken zur Wand, sich dann nicht ebenfalls wirklich zugetragen haben?

Wieder ein Trommelwirbel, ein Ratserlaß.

»Musik! Musik! Die Geige! Die Geige!«

Hätte Bennemin die Geige nicht weggegeben, dann hätte er nun aufspielen müssen. Es dauerte eine Weile, bevor die benebelten Hirne das Fehlen des Instruments begriffen. Schon hatte man Bennemin vom Stuhl hochgezerrt, ließ ihn dann wieder zurückfallen und klatschte statt dessen in die Hände, während auch der Trommler wieder lustig den Takt mitschlug.

»Tanzen! Tanzen!«

Der Ball begann, und Johanna mußte ihn eröffnen. In scheuer Umarmung stand sie mit dem Kalten Freier inmitten des neugeformten Kreises. Unter brüllendem Gelächter schob sie einer der Jungkerle näher hin zum Rauhbaum, ein anderer verhinderte, daß er umfiel, und preßte den Stamm von der anderen Seite her unablässig gegen sie, und dann drehte sich Johanna, von vorn und von hinten zwischen zwei verhärteten Körpern eingeklemmt, unwirklich verlangsamt im Kreis, einschüchternd in ihrer Schande, während ihr ein Pfadjunge, auf dem Boden mitkriechend, unter die Röcke schaute und Lubber am Rand nur mühsam von den anderen Pfadjungen im Zaum gehalten wurde.

Anijs konnte es nicht länger ansehen, aber auch nicht gehen; aus Pietät hielt er die Augen gesenkt und nestelte dabei, in Ohnmacht die Hände ringend, nervös an der Quittung: Wie jämmerlich war hier nicht das Salz und der Samen in die Sünde gestreut – alle waren krank, aber Amshoff saß bei Halink; die Seele erlosch, schon geschwächt ohne Gesittung – und nirgendwo Medizin! Sein Schädel begann zu hämmern, und wie Blut stieg ihm die Formulierung in den Kopf, die er Vedder gegenüber noch ausgesprochen und in der Luft hatte verwehen lassen, die er aber jetzt, bindend und unauslöschlich, in seine Seele niederschrieb: Es wird eine »Allgemeine Behandlung« geben …

Ein Stuhl fiel um, Gelächter, Poltern. Schwer schnaufend näherte Anijs sein Gesicht wieder dem Fenster, tausendmal stärker vom Licht angezogen, als daß ihn die Gefahr der Entdeckung noch abstieß. Sein Atem beschlug das Glas, er wischte den Hauch weg und sah Johanna, noch immerzu tanzend, schaukelnd, in doppelter Umarmung, unendlich langsam aus der Drehung zu ihm herwirbeln. Glatt glänzte ihr Gesicht wie Eisen, viel zu hart und zu leer zum Weinen, mit halb geschlossenen Augen. Anijs konnte sich nicht mehr davon lösen, und plötzlich sah sie ihm mitten ins Gesicht.

Alles stand still, stockte, setzte sausend einen Schlag aus – bis die Stille wieder aufatmete, der Tumult wieder nach draußen schlug und Johanna weiterwirbelte, während sich Lubber im Griff der Pfadjungen wand und Frau Bennemin völlig benommen weiter nachschenkte, so die Unzucht flambierend, die sie eigentlich löschen wollte.

»Hundert Gulden!«

Obwohl ihn Johanna schon nicht mehr ansah, lehnte Anijs noch immer mit der Stirn am Glas, ohne jede Vorstellung, wie er vom Zimmer aus gewirkt haben mußte, die Quittung unwillkürlich knapp neben seinen Kopf emporgereckt.

So leer und still war ihr Blick über ihn hinweggeglitten, ohne jedes Verwundern, aber auch ohne Erkennen, schattengleich, daß er nicht mehr wußte, ob er den Betrag nun geflüstert hatte oder nur gedacht, und als er gerade noch sah, wie sie, nun schon fast vorübergewirbelt, entrückt die Augen verdrehte, war ihm, als könne er das Geräusch hören: wie von zwei runden Kugeln in einer Waagschale.

KAPITEL 8

Ein Mann wie E. Nigma

Wie sehr besetzte ihn doch das Hotel seit dem ersten Zeitungsbericht, er konnte sich das Leben davor schon nicht mehr vorstellen.

Fünfzigtausend Gulden, er besaß fünfzigtausend Gulden, schon jetzt, in Papiergeld, sein Haus verkörperte fünfhundert Scheine von hundert Gulden, deren Nominalwert durch den Bedarf des Victoria an der Katasterparzelle, den es einmal einnehmen sollte, banksicher gedeckt war, der Wert an sich allerdings war nicht höher als der von fünfzig Papierblättern: der Abriß stand bevor; das Betriebsvermögen lag in der Vergangenheit, der Nominalwert in der Zukunft – kurzum, die Aussicht auf ein Leben im Ruhestand hielt ihn in einem ruhelosen Erregungszustand. Wo blieb Ebert?

WELCHE WONNE, die Bennemin-Violine zum Verkauf und nun noch die Syde-Violine zur Reparatur: Gleich am nächsten Morgen nahm er sie sich vor. Er lockerte die Saiten, ließ den Steg auf die Werkbank gleiten und nahm den Saitenhalter ab. Je größer die Wölbung in Decke und Boden durch den nachlassenden Druck wurde, desto mehr lockerte sich der dazwischen eingepaßte Stimmstock. Durch Erfahrung gewitzt, wartete er, bis er ihn fallen hörte, dann war die nackte Violine für den Eingriff fertig. Draußen ging ein Schornsteinfeger vorbei; vom Bahnhof her tönte ganz leise das Rufen der Arbeiter.

Der Rumpf mußte trocken geöffnet werden. Er klemmte die Kiefer aufeinander, steckte ein stumpfes Messer zwischen Zarge und Decke, dort, wo der Leim am dünnsten war, und biß für das Folgende die Zähne noch fester zusammen: Je schneller er schnitt, um so geringer der Schaden, es sei denn, er bliebe im Holz hängen. Ein lautes, schabendes Geräusch, der spröde Knochenleim bröckelte ab; erneut hineinstechen und wieder hebeln – beim viertenmal war er einmal herum, ohne Schramme, die Zarge mußte makellos gerade geschnitten sein. Heftig schwitzend auf einmal, mit der abgelösten Decke in der einen Hand und dem Stimmstock in der anderen, beugte er sich gleich darauf über das Innere der jahrhundertealten Violine auf seinem Schoß.

Auch die berühmte van der Syde hatte sich nicht der üblichen Kombination von Fichte für die Decke und Ahorn für den Boden entziehen können, aber der Ahorn war wenigstens ungewöhnlich schön geflammt. Geschützt vor Lack und Licht, war das alte Holz nie verbleicht und weiß geblieben wie Pobacken in einer Hose. Das Etikett verriet in blaßvioletter Tinte »Syde fecit t' Amsterdam A.D. 1692«. Die Spuren vertrockneten Leims bewiesen, die Violine war bereits viele Male offen gewesen, denn überall sah man Spuren früherer Reparaturen, größere und kleinere, frühere und spätere, Reifchen, Futter, Adern, allesamt wieder genauso alltäglich wie die Fichte und der Ahorn; ja wahrhaftig, das Gewöhnliche dieser außergewöhnlichen Violine war wohl das Außergewöhnlichste – aber wo steckte das Rasseln, das Rascheln, das Rauschen?

Mit dem Knöchel klopfte er ein paarmal auf die Decke: nichts. Dann blies er den Staub aus dem Rumpf und klopfte ihn auch rundherum ab: wieder nichts. Offenbar trat die Resonanz ausschließlich beim Anstreichen einer Saite auf;

er müßte jedesmal nach dem Beseitigen einer möglichen Ursache die Geige wieder zusammenbauen und die Saiten aufziehen, um die Probe aufs Exempel machen zu können.

Wie Kompressen lagen die feuchten Baumwolltücher auf der Haftfläche von Decke und Zarge. Nach einigen Stunden wischte er die letzten Leimreste weg. Womöglich hatte sich einst, beim Aushärten, allmählich irgendwo ein Hohlraum mit einem winzigen Leimkristall darin gebildet; wenn er nun die Violine mit neuem, warmem Leim zusammensetzte, würde sich das Problem vielleicht schon als behoben herausstellen – vielleicht aber auch nicht. Vielleicht war es auch schon beseitigt, wenn er den Staub wegblies oder auf das Holz klopfte – ein unwiderstehlicher Drang, die Decke wieder anzuleimen, um sich Gewißheit zu verschaffen, überwältigte ihn, aber zugleich erkannte er auch, daß der Schwingkörper überall sonst stecken konnte, unsichtbar irgendwo unter der Einlage, in einem kleinen Riß oder einem der vielen Reifchen, und daß er ihn deshalb auch überall entfernen konnte, ohne es freilich gleich zu wissen; dazu müßte er erst wieder die Violine zusammenbauen, aber er mußte zugleich weitersuchen: Er konnte nicht nach jeder Kleinigkeit die Geige zumachen, anstreichen und dann, wenn das Geräusch doch woanders steckte, sie wieder öffnen; das würde viel zu lange dauern – aber mußte er nun wirklich nach etwas weiterspüren, das es womöglich schon gar nicht mehr gab?

Er starrte hinaus, runzelte die Stirn, zuerst mit einem Gefühl, als beginne ihm etwas zu dämmern, dann als begreife er im Gegenteil gar nichts mehr, etwa wie einer, der am Himmel ein Sternbild entdeckt und dann zwischen den Sternen durchschaut.

EIN WENIG SPÄTER, aber noch am selben Tag, klingelte er im Hasselaerssteeg. Im selben Moment kam Rossaert heraus, in seinem schwarzen Kellneranzug und den enormen, roten Schnurrbart hochgezwirbelt, so daß es aussah, als hätte er zwei Pfeifen unter der Nase, deren Mahagoniköpfe rechts und links in die Luft stachen.

»Gut, daß ich dich noch treffe, Rossaert, es geht um Theo! Bald hat er Geburtstag, und dann sollst du ihn doch über seine wahre Herkunft als Stadtwaise und Pflegekind aufklären, weißt du noch, daß wir darüber gesprochen haben? Aber laß uns lieber noch ein Jahr zuwarten, er wird erst sechzehn und um dann so etwas hören zu müssen… der arme Junge! Was meinst du? Oder hast du es ihm schon gesagt? Deine Frau auch nicht?«

Theo wußte noch nichts; Rossaert war einverstanden; Vedder atmete auf.

»Schön, Rossaert, wir tun es für den Jungen. Zur Zeit ist er manchmal so still, daß ich ab und zu denke… du bist doch ganz sicher, auch von deiner Frau? Oh, zum Glück, sieh an… vielleicht seid ihr auch selbst davor zurückgeschreckt… ich bin davon überzeugt, daß es für jeden… nun gut dann, Rossaert, ich will dich nicht länger… vorläufig wissen wir… du mußt zur Arbeit…«

Wie ungewohnt ein Händedruck zwischen guten Nachbarn auch war, nach diesem Thema wollte Vedder nicht ohne Abschied nehmen, aber nun hob Rossaert einen Finger: Es gab doch ein Problem; nach dem sechzehnten Geburtstag bezahlte die Waisenkasse kein Pflegegeld mehr, dann wurde von den Stadtwaisen erwartet, selbst für Kost und Logis zu zahlen, wie gewöhnliche Kostgänger, die sie ja schließlich waren – aber wenn sie die Wahrheit noch ein Jahr hinausschoben, wäre es doch sehr unangenehm, von Theo jetzt schon das volle Entgelt zu fordern – soviel bezahlte kein Junge seinen Eltern, sein Lohn war auch kaum höher als das

Pflegegeld, ihm würde fast nichts bleiben; zugleich erlaubte ihnen der Kellnerverdienst leider keine Wohltätigkeit, obwohl sie jetzt schon oft genug zuschossen …

»Genug, genug, Rossaert, ich verstehe …«, sagte Vedder, all die Zeit schon vergeblich gestikulierend, um das Klagen abzubrechen; rundheraus fragte er nach dem Betrag, genauso rundheraus erklärte er, die volle Summe übernehmen zu wollen, und lehnte jede Erklärung seinerseits, jeden Dank Rossaerts ab. »Kein Wort mehr darüber, ich bin froh, auch etwas tun zu können, das ist viel wichtiger, vor allem, wo ich jetzt merke, wie schwer es Theo manchmal hat. Ja, Rossaert, ich sehe es wohl, er wendet sich von uns ab, er verschließt sich und sucht lieber den Umgang mit Freunden als mit einem, der wie ein Vater für ihn ist …«

Irgendwo gackerte ein Huhn, ansonsten war es still in der Gasse. Rossaert schniefte und scharrte mit dem Schuh auf dem Gehsteig, verlegen wie ein Schuljunge, da ihn nun einer in seinem Kummer durchschaute, und ein so rührender Anblick, daß ihm Vedder aufmunternd und verständnisvoll zulachte: Vor wenigen Tagen hatte er sich Martha gegenüber nicht anders gefühlt!

»Aber auch das ist das Alter, Rossaert, das Alter, das gibt sich später wieder, und dann wird er doch irgendwie in deine Fußstapfen treten wollen … und noch später, wenn er die Wahrheit nicht nur kennengelernt, sondern auch anzunehmen gelernt hat, vielleicht wird er dann alle von euch erfahrene Liebe noch höher schätzen als jetzt, denn die Elternliebe ist etwas Angeborenes, eine Selbstverständlichkeit, ein Reflex und ein Instinkt, während ihr ihm frei und ungezwungen geholfen und ihn geliebt habt … Eines Tages wird es so kommen, Rossaert, aber rechne nicht zu schnell damit, und lassen wir ihn doch noch einmal ein Jahr lang Kind sein … Auf Wiedersehen!«

Ohne Rossaert noch zu sehen, streckte er ihm erneut die

Hand entgegen, ihm ging plötzlich das Herz über, und erst als er sich brüsk umgedreht hatte und aus der Gasse eilte, fühlte er, wie stark ihn Marthas Kinderkunde stützte, wie stark das Allgemeingültige von Theos Distanziertheit ihn tröstete.

AM NACHMITTAG saß er wieder mit der Geige an der Werkbank. Er wollte sie doch nicht schließen, ohne mehr zu versuchen, als nur zu blasen und zu klopfen. Ein alter Riß in der Decke, stümperhaft mit Knochenleim ausgebessert, bot sich als erstes zur Untersuchung an. Äußerst vorsichtig entfernte er das Reifchen, das einst nach der Verleimung zur Verstärkung auf den Riß gesetzt worden war, um die beiden Seiten zusammenzuhalten, worauf er den Riß wieder aufbrechen konnte: Er kniff die Augen halb zu, eine kurze, klinische Bewegung seiner Hände, ein Knacken – und auf einmal ermattet, starrte er philosophisch stirnrunzelnd aus dem Fenster. Falls je irgendwo in oder unter den wegbröckelnden Leimresten ein Hohlraum gewesen war, dann konnte man nun schon unmöglich mehr sagen, wo, und außerdem, wie schon früher erkannt: Wenn demnächst die Resonanz verschwunden wäre, konnte das auch vom Klopfen oder vom Blasen kommen. Abermals dämmerte ihm allmählich eine Erkenntnis, und wiederum verwandelte sie sich, sobald er sie wirklich zu fassen suchte, in Verwirrung und Beklemmung, und er tappte danach noch mehr im dunkeln als vor dem Lichtblick.

Das Auswaschen des Spalts verlief dann in aller Ruhe, und ganz penibel wurde der Riß wieder gedichtet, diesmal natürlich mit zähem Hautleim und außerdem durch das Anleimen provisorischer Holzklötzchen zu beiden Seiten, die beim Trocknen mit einer speziellen kleinen Klemme zueinandergezogen wurden. In der Zwischenzeit sägte Vedder ein neues

Reifchen in Form eines Parallelogramms für die Arbeit nach dem Trocknen aus.

Am dritten Tag war er um neun Uhr abends soweit, daß er die Geige wieder schließen konnte. Er erwärmte den Leim im Wasserbad, erhitzte über einer Spiritusflamme auch das Holz der Haftfläche, um den Leim warmzuhalten, und preßte anschließend, mit angehaltenem Atem, die Decke auf den Korpus, worauf er fieberhaft das Ganze rundherum mit zwanzig Spannhaken fixierte. Er hörte die Turmuhr schlagen, begriff, daß er sich noch eine Nacht gedulden mußte, bevor er Gewißheit hätte, da der Leim erst am nächsten Morgen ausreichend ausgehärtet war, um den Stimmstock setzen und die Saiten aufspannen zu können – und hielt es mit einem Mal nicht mehr aus im Haus.

WIE LANGE SCHIEN, durch das schreckliche Warten, Eberts Besuch nicht schon zurückzuliegen – aber jetzt, wo er ihn tatsächlich suchte, war es, als sei er erst eben um die Ecke verschwunden, und er *liefe* ihm *hinterher.* Ob Theo wohl bei ihm war?

Es war vollkommen dunkel, aber am Bahnhof wurde im Licht der Bogenlampen durchgearbeitet. Er bog um die Ecke, sprang ohne Nachdenken auf die Pferdetram und merkte nun erst, als er es zuließ, wie stark schon den ganzen Tag sein Drang zum American Hotel gewesen war und auch, wie sehr er sich beeilt hatte, die Geige heute noch schließen zu können, damit er es Ebert berichten könnte, falls er demnächst vielleicht auf ihn stieße: Es war Donnerstag abend, die Baumeister von Architectura tagten wie jede Woche im neuen Billardsaal, vielleicht war sogar Henkenhaf dabei!

Um nicht aufzufallen, stieg er eine Haltestelle früher aus. In der Marnixstraat war es hektisch, aber voller gedämpfter, einzelner Geräusche, wie in einem Innenraum, ohne ständiges Dröhnen. Bei der Kerzenfabrik kam gerade eine Gruppe Wachszelterinnen aus dem Tor, sie schwenkten ihre Röcke einer Nachtschicht aus der benachbarten Zuckerraffinerie zu, danach trat kurz völlige Stille ein. In dem Strom schlängelnd, ließ er sich nach hinten mitziehen, an qualmenden Asphaltkesseln vorbei, durch Gesprächsfetzen, süße Düfte in der Luft oder den Gestank der Beinschwarzbrennerei. Ein Stück weiter schaukelte ein Reiter hoch über allen Köpfen, und es waren auch Herren im Frack dabei, vielleicht unterwegs ins Konzerthaus oder zum Stadttheater links dahinter oder vielleicht auch zum American Hotel an der Ecke gegenüber – schon zeichneten sich die Lichter seines Ziels wie ein Triglyph aus glühenden Ausrufezeichen in der dunklen Fassade ab, mit jedem Schritt weiter immer breiter und am Ende auch immer höher, zu hoch, um vom unten vorbeiführenden Bürgersteig aus noch hineinsehen zu können. Automatisch postierte sich Vedder auf der anderen Straßenseite, mit dem Rücken am Theater lehnend.

Der Billardsaal hatte drei große Bogenfenster, wie sie derzeit überall Mode waren, und lag anderthalb Meter über dem Straßenniveau auf einem Sockel mit Fensterblenden. Wenn nun ein Herr ans Fenster träte, könnte er ihn fast auf Augenhöhe betrachten. Von den Herren drinnen im Saal kannte er genügend, namentlich und vom Sehen, wie umgekehrt eine Reihe von ihnen auch ihn kennen mußte, jedoch nur unter seinem Pseudonym: Er konnte jeden direkt mustern, ohne erkannt zu werden; sollte er demnächst beim Auseinandergehen womöglich mit der Schulter an einen der Herrn stoßen, würde der ihn nicht als Veritas kennen – nicht einmal Ebert, obwohl der ihn natürlich erkennen und begrüßen würde! Und wenn ein anderer Herr neben ihm ginge, konnte das sehr wohl Henkenhaf sein, zu entlarven mit einer ebenso dreisten wie simplen Bemerkung: »Guten Abend … ich bin Vedder … aus Nummer 46!«

Von hier aus so hineinzusehen, während er selbst völlig anonym draußen stand und sich das vorbeiströmende Publikum an ihm vorbeidrückte – allmählich verlor er sich in dem Schauen, herrlich zu einer reglosen Schildwache erstarrend.

Mächtig ragte das Hotel vor dem schwarzen Himmel empor, und bei dem Gedanken, daß sich hinter einem der Fenster dort oben sein amerikanischer Vetter aufhielt, fühlte er sich auch selbst hinaufgehoben; welchen Beruf Al wohl ausübte, daß er sich diese Unterbringung leisten konnte?

Verzückt ließ er den Blick wieder nach unten zum Billardsaal schweifen, die Fenster waren so schön, das herausgleißende Licht so hell, und als ein Herr ans Fenster trat, wirkte alles an ihm gleich grell, das Weiß des Plastrons, der Glanz der Pomade, die Zeichnung des Schnurrbarts in seinem Gesicht. Anschließend tauchten gleich zwei in ein Gespräch vertiefte Herren auf, danach wieder ein einzelner – aber noch hatte er niemand gesehen, den er kannte: Mußte er das Unmögliche tun und versuchen, den Portier an der Ecke mit einem Trinkgeld zu erweichen? Sollte er es nicht wagen, wie ein verspäteter Geladener der Gesellschaft einfach durchzugehen, ohne stehenzubleiben, nur seine Visitenkarte schwenkend als universelles Visum?

Ihn schauderte, er rang die Hände und schloß kurz die Augen. Als er wieder vor sich sah, blieb gerade jemand mit einem Handkarren direkt unter dem mittleren Fenster stehen, ein alter Mann, der die Räder noch ein wenig verschob, dann seelenruhig auf den Kasten kletterte und sich an der Mauer stützend weiter nach oben arbeitete. Willenlos, wie im Traum, überquerte Vedder die Straße, ohne Säumen oder Bedenken, und noch bevor der Greis nach der Fensterbank griff, um sich ganz hochzuziehen, stand er bereits neben ihm. Eine durchdringende, nasale Stimme prallte von der Scheibe ins Dunkel unten an der Wand zurück.

»Ja, richtig, da sitzen sie wieder, die feinen Herrn, noch sind sie beim Trinken, aber bald kommt ein Souper...«

Emporblickend sah Vedder nichts als die Unterkante der gewaltigen Fensterbank, für ihn über Griffhöhe, aber der Alte konnte vermutlich gerade sein Kinn darauf ruhen lassen. Sprach er eigentlich zu sich oder zu ihm?

»Und nach dem Essen... ja... da fangen sie wieder zu trinken an... Das erfordert die Symmetrie! Die feinen Herrn erkennen nicht nur in ihrer Arbeit das Grundprinzip der Architektur, sie leben es auch! Sie sind klassisch und zugleich auch romantisch, genau wie Goethe oder die Gotik! Ihr Trinken entspricht den Seitenschiffen einer Kathedrale... Was? Die Brücke ist ein noch höherer Bautyp? Nichts für ungut, meine Herren, natürlich, wie Sie möchten, aber was ist eine Brücke ohne zwei Ufer? Prost!«

Der Alte ging so in seinem simulierten Dialog auf, daß sich der Eindruck eines Selbstgesprächs wie auch der einer Darbietung für Dritte aufdrängte – Vedder war sich noch immer nicht sicher, sicher war nur, daß kein einziges Wort von Architectura von drinnen zu ihnen herausdringen konnte.

»Sieh an, jawohl, da kommt der erste Gang! Hab ich es nicht gesagt? Ach ja, ich kenne Sie doch, ich kenne Sie schon so lange, und Sie kennen mich, auch wenn Sie nicht wissen, wer ich bin... Nigma, E Punkt Nigma, E. Nigma... Angenehm!«

Vedder erstarrte mit dem Kopf im Nacken: Es war E. Nigma, er stand hier neben E. Nigma, eben hatte sich ihm der große E. Nigma vorgestellt – oder nicht, ob dieses Vorstellen noch zu dem gespielten Dialog mit Architectura gehörte? Aber dann wurde es allein noch für seine Ohren aufgeführt, wodurch die letzten Worte überhaupt an ihn gerichtet waren – oder wähnte sich E. Nigma etwa wirklich mit drinnen im Gespräch? Nichts deutete darauf hin, daß er ihn auch nur bemerkt hätte – und dennoch – in der erneuten

Abwägung war kein Zweifel mehr möglich – konnte dieser letzte Satz nicht anders als an ihn gerichtet sein: »Sie kennen mich, auch wenn Sie nicht wissen, wer ich bin … Nigma, E Punkt Nigma, E. Nigma … Angenehm!« – ging es noch deutlicher?

»Veritas!« eilte er sich endlich zurückzurufen. »Ve-ri-tas … Veritas … Sie kennen mich ebenfalls, auch wenn Sie ebenfalls nicht wissen, wer ich bin! Angenehm!«

Selbst aus der Tiefe, schräg von hinten, war noch zu sehen, wie sich E. Nigmas Wange, vermutlich zu einem angedeuteten Lächeln des Erkennens, kurz rundete, aber noch würdigte er ihn keines Blickes. Es störte Vedder nicht, die offenkundig zwischen ihnen gehegte Distanz wurde mehr als wettgemacht durch die Tatsache, daß er zufällig, unerwartet, überwältigt und entwaffnet durch den Ruhm des anderen, jenem das eigene Pseudonym eingestanden hatte …

»Ich kenne Sie nicht, weiß aber wohl, wer Sie sind …«

Befangen konnte Vedder den Blick nicht abwenden: Hatte E. Nigma nun seinen Satz durch Umstellen korrigiert oder war er, ohne auch nur im geringsten auf ihn zu reagieren, einfach dort, wo er aufgehört hatte, mit der definitiven Bestimmung des wechselseitigen Verhältnisses zwischen ihm und Architectura fortgefahren? So unbedacht und unbeirrbar klang seine Stimme, daß er tatsächlich bloß einen Gedankengang ausgesprochen zu haben schien, in dem Falle also noch immer zu den Herren dort drinnen gewandt: »Sie kennen mich, auch wenn Sie nicht wissen, wer ich bin; ich dagegen kenne Sie nicht, weiß aber wohl, wer Sie sind« – und so war es ja auch! Jeder von Architectura mußte E. Nigma kennen, und dennoch wußte keiner, wer er wirklich war; umgekehrt wußte E. Nigma sehr gut, wer die Herren dort drinnen waren, selbst wenn er sie vielleicht nicht persönlich kannte – aber falls sich E. Nigma nun doch an ihn gerichtet hatte, wären seine Worte ebenso wahr, eine Lesart wäre also auch: E. Nigma kannte ihn in der Tat nicht, aber wußte durchaus, wer er war… nämlich Veritas, das hatte er ihm gerade selbst gesagt – was war eigentlich so seltsam an dem Gedanken, daß E. Nigma ganz einfach auf die Enthüllung seines Pseudonyms reagiert hatte? Obwohl: Was bedeutete diese Enthüllung, solange nicht auch er seine wahre Identität preisgab? E. Nigma wußte jetzt zwar, daß er Veritas war, aber vorläufig besagte dieses Wissen nicht mehr, als daß Veritas ein Mann war – und das hatte er auch schon zuvor gewußt! Konnte man annehmen, daß ein Mann wie E. Nigma auf so etwas reagieren würde?

Vedder mußte den Kopf senken, ihm tat der Hals weh, und mit zitternden Knien hielt er sich an dem Karren fest. Hatte ihm erst die immense Vertraulichkeit seiner Enthüllung schon das Blut in den Kopf schießen lassen, nun bewirkte dessen völlige Bedeutungslosigkeit dasselbe; er konnte ruhig jedem erzählen, daß er Veritas war, solange es sich um Fremde handelte; er hatte sich soeben zwar vorgestellt, aber auch wieder nicht! Plötzlich kamen alle Rätsel E. Nigmas über ihn, der Mann schien sie noch vermehren zu wollen, anstatt sie zu lösen, und mit einer quälenden Grimasse kniff Vedder die Augen zu, schwindelnd von dem, was er in einem Aufblitzen alles begriffen hatte, und jetzt schon nicht mehr…

»Natürlich, es ist doch immer dasselbe, Architekt Springer bringt einen Toast auf seinen Nachbarn Krasnapolsky aus, sehr gut, und da kommt der Direktor des American Hotel höchstselbst hereinspaziert, unser guter August Volmer, natürlich – hat August nicht im Hotelgewerbe bei Krasnapolsky als Kellner angefangen? Ach, wie lange ist das jetzt schon her, Springer hatte damals noch keinen Schimmer, daß er eines Tages in London für Krasnapolsky eine Bodega würde entwerfen dürfen…«

Allein schon die Stimme holte ihn in die Gegenwart zurück. Direkt vor seinem Gesicht sah er zwei gestreckte

Füße sowie eine Eisenkette im Gefängnis, aber unverzüglich schob er seinen Blick wieder nach oben. Nun stand E. Nigma auf den Zehenspitzen, sein Kopf war fast nicht mehr zu sehen, und er schien fast hineinsteigen zu wollen – wie ernüchternd, aber zugleich auch geradezu berauschend und erregend war es doch, ihn all diese illustren Namen nennen zu hören; Vedder konnte sich kaum bezwingen, ihn am Hosenbein zu zupfen, und lüstern, begierig, eins mit ihm, fragte er: »Ist Ebert auch dabei?«

Wie unsichtbar hoch sich E. Nigma auch ins Fenster bückte, sein höhnisches Schnauben war doch noch unten auf der Straße zu hören. »Seltsam übrigens, daß Henkenhaf nicht auf der anderen Seite von Krasnapolsky sitzt«, fuhr er, nun wieder in sich gekehrt, fort, als denke er laut nach und habe die Frage gar nicht gehört, »denn er hat doch ebenfalls für Krasnapolsky gearbeitet: die große Hotelerweiterung für die Weltausstellung von 1883, viel zu spät ausgeschrieben, aber dennoch rechtzeitig fertig geworden, was keiner für möglich hielt– ein sehr schneller Bauunternehmer, dieser Henkenhaf, deshalb auch ein mächtiger Baulöwe, ein Gigant, ein Intrigant, absolut aus der Kategorie eines Mezger, Agostini, ja eines Winsor, und genau wie bei diesen Männern gibt es nur wenige, die ihn kennen. Nein, auch heute abend ist er wieder nicht dabei, und seinen jungen Sozius sehe ich auch nicht… oder sollten wir Ebert nicht besser seinen Adjutanten nennen? Von all seinem Tun und Lassen in Geschäften hat er für Henkenhaf ein Protokoll zu erstellen, damit dieser ihm neue Anweisungen geben kann… Wer nach Ebert fragt, ohne Henkenhaf zu suchen, ist ein Lieferant, der an die Küchentür klopft, aber nie den Salon zu sehen bekommt!«

Ebert war nicht da, also Theo auch nicht – Vedder fühlte sich, als hätte ihn diese Tatsache angestochen, und während die schlimmste Spannung von ihm wegströmte, verlagerte sich seine Aufmerksamkeit von dem, was E. Nigma drinnen sah, auf den Mann selbst, der erneut höhnisch durch die Nase schnaubte. Obwohl er das Spiel durchhielt, gab es keinen Zweifel mehr, daß er ihn durchaus bemerkt hatte, ihn dort droben hören konnte und sogar auf ihn reagierte: der Hohn, auch schon beim ersten Mal, galt ja nicht Ebert oder Henkenhaf, sondern seiner Frage, vielleicht gar seiner Person…!

»Nichts für ungut«, versuchte er eine Revanche, »aber ich muß Henkenhaf gar nicht suchen, denn er sucht mich, er will etwas von mir, aber ich brauche nichts von ihm – ja, verflixt und zugenäht, ich sitze da in Ihrem Salon, während Henkenhaf an die Küchentür klopft! Wie gut ich ihn kenne? Ach, ich sage Ihnen nur dies: Er kennt mich besser als ich ihn, er hat mich katastermäßig durchleuchtet…!

Wieder schnaubte E. Nigma durch die Nase, nun nicht mehr höhnisch, sondern müde, es war ein Seufzer. »Leute beim Trinken zu beobachten, geht noch, aber wenn sie zu essen anfangen, ist meine Zeit gekommen«, sagte er, und im nächsten Augenblick ging er in die Knie, ließ die Fensterbank los und stieg vom Karren.

Der Mann war kleiner als gedacht, Vedder schrak kurz vor ihm zurück, kam aber gleich wieder vor, plötzlich in höchster Eile, denn E. Nigma griff nach der Deichsel, und mit einem Male war es wieder, als hätte er ihn noch gar nicht bemerkt.

»E. Nigma, bitte, noch einen Augenblick! Henkenhaf will ein neues Hotel bauen, Ecke Prins Hendrikkade und Damrak! Mit Einzelheiten kann ich im Moment noch nicht dienen, die Verhandlungen laufen noch, aber ich denke, daß ich genug gesagt habe!«

»Schnee von gestern, Veritas, mit Verlaub – die erste Entwurfszeichnung wurde letztes Jahr veröffentlicht, obwohl die AG Victoria Hotel satzungsgemäß bereits 1883 gegründet wurde.«

So befremdlich es gewesen war, ständig ignoriert zu werden, jetzt, wo sich E. Nigma, mit funkelnden Augen schräg von unten, plötzlich direkt an ihn richtete, befremdete es Vedder noch mehr.

»Sie verstehen nicht!« rief er verzweifelt aus, »ich bin Veritas, aber auch Vedder, aus der Prins Hendrikkade 46… sehen Sie jetzt, was ich mit Henkenhaf zu tun habe? Vielleicht können Sie zu gegebener Zeit darüber schreiben, Sie könnten sogar einfach zu Architectura hineingehen, um die Sache mit Henkenhaf zu besprechen, ich bin sicher, er wird Sie vorlassen – warum sind Sie heute abend nicht hineingegangen?«

E. Nigma hatte den Blick wieder gesenkt, er wendete seinen Karren und sagte, während er wie ein Dienstmann vorbeiging, ohne noch einen Blick zur Seite: »Genau das ist es, was die Herren am liebsten hätten – einen Pseudonymisten, der sich selbst aufdeckt… hahaha!«

Der Mann bog um die Ecke, flüchtig war sein Lachen noch zu hören, dann schien er nie dagewesen zu sein. Scheu spähte Vedder um sich, der vom Hotel fallende Schlagschatten, der sie bisher verdeckt hatte, schien sich aufzulösen, nachdem er E. Nigma nicht mehr verhüllen mußte, und nackt im Licht, bemerkt von den Menschen, konnte er hier nicht länger stehenbleiben.

KAPITEL 9

Allgemeine Behandlung

Nachdem es sich als unmöglich herausstellte, die »Allgemeine Behandlung« noch vor dem Winter stattfinden zu lassen, wurde sie aufs kommende Frühjahr verschoben und schließlich auf den 11. März festgelegt, den Tag vor dem Beginn der neuen Kampagne, damit man mit neuer Kraft das zwölfwöchige Torfstechen beginnen könnte. Seit der Engroslieferung vor zwei Wochen genoß die Initiative namentlich auch im Ortskern allgemeine Bekanntheit und Zustimmung.

Randvoll mit Arzneimitteln war der Wagen von Brocades & Stheeman aus Meppel herangeschaukelt, voller sogar als zu der Zeit, in der die »Zwölf Apostel« und »Das Einhorn« noch gemeinsam einkauften, mit einer großen, rot-weiß bedruckten Schachtel Holloway-Pastillen, oben aufs Dach gebunden, und der hintere Ladekasten von Seife überquellend. Der Großteil der Ladung bestand freilich aus Ingredienzien, die erst noch zu Heilmitteln zusammengestellt werden mußten, und so sah man Anijs dann Abend für Abend bei offener Tür die Arzneien im Labor zubereiten, nicht wie früher, als er auch ein bißchen Theater spielte oder Reden hielt, am liebsten im grellen Licht der Karbidlampe zwei Kolben zugleich neben seinem Kopf schüttelnd, sondern im Gegenteil sehr ernst und maßvoll, sogar ohne zu bemerken, wenn ein Abendspaziergänger am Fenster stehenblieb und einen Daumen zu ihm hochreckte.

Es war der letzte Abend, Anijs drehte gerade einen Kork in eine weitere Flasche Theriac, als vorn in der Apotheke die Tür klingelte. Es war Johanna Bennemin, und mit weichen Knien hetzte er aus dem Labor herbei, die Flasche noch in der Hand. Hatte sie ihn gesehen, als sie mit dem Kalten Freier tanzte und er aus dem Dunkel zusah?

»Johanna ... Womit kann ich dienen?«

»Mit Siebenbaum.«

Mit gesenktem Blick und hängendem Kopf stand das Mädchen vor ihm. Draußen hämmerte Lubber mit dem Kopf gegen die Scheibe, weiter hörte man keinerlei Geräusch, es war sogar, als hielte Martha im Kabinett den Atem an.

»Siebenbaum?«

»Es ist für die Ziege.«

In der beklemmenden Verlegenheit meinte Anijs einen Moment, sie frage wieder nach Fruchtbarkeitsmedizin, genau wie beim ersten Mal, aber bei der üblichen Ausrede schoß ihm jäh die fruchtabtreibende Wirkung des Siebenbaums in den Kopf – dann mußte sie also doch, obwohl verstoßen, geschwängert sein! Je mehr ihm einiges klar wurde, um so tiefer errötete er, und auch über Johannas Gesicht zog ein dunkler Hauch von Scham, unmöglich, die betriebene Geschlechtsgemeinschaft anzusprechen, den Wunsch, die Frucht abzutreiben, oder die Notlüge mit der Ziege ... Aber was machte das alles jetzt noch aus?

»Du bist also doch in andere Umstände gekommen!« brachte er endlich heraus, aufrichtig froh für Johanna, aber zugleich auch so verhalten, daß Martha es nicht hören sollte. »Wie wunderbar für dich, meinen Glückwunsch! Wie lange schon?«

»Ich kann es nicht behalten.«

Aus dem Nebengelaß hörte man ein räusperndes Hüsteln, mit dämpfenden Gesten mahnte Anijs, leiser zu sprechen, und erklärte flüsternd, das Gewünschte nicht geben zu dürfen: »Liebes Kind, über das Leben ist kein Mensch gestellt, aber sprich doch keinen Unsinn! Sieger will es nicht anerkennen, ist es das? Keine Bange, ich werde schon mit ihm reden! Schon morgen! Dann komme ich ja doch zum Feld!«

Johanna sagte nichts, rührte sich nicht, und doch war es, als wiederhole sie ihre Bitte, vielleicht nur, weil sie stehenblieb und nicht ging. Ihr ganzer Körper bat nun um Siebenbaum, so hartnäckig tapfer, zugleich auch so wehrlos (er könnte sie ja einfach fortschicken), oder war es womöglich gerade aus Rachsucht, um Sieger in dieser verzweifelten Weise zu treffen? Aber das würde dann doch, zumindest in Johannas Denken, unterstellen, daß dem jungen Mann durchaus an seinem ungeborenen Kind gelegen war …

»Sei unbesorgt, liebes Kind, Sieger wird schon kommen«, versuchte er die erstickende Spannung zu brechen, und er goß gewohnheitsmäßig ein wenig Theriac auf einen Löffel. »So, schau her, das wird dich beruhigen«, fuhr er in väterlichem Ton fort, während er den Löffel mit einem Lächeln hob, »jetzt freu dich doch, ich werde mit Sieger reden … aber dann darfst auch du nicht mehr im Gram verharren … keine Bitterkeit mehr, auch wenn dich Sieger wahrlich schlecht behandelt hat, vor allem damals mit dem Kalten Freier … Ja, und nun fragst du dich sicher, wieso ich das alles weiß? Haha … Mund auf … dein Vater hat es mir erzählt … schlucken, nur zu …!«

Sekundenlang wiegte sich Johanna noch geistesabwesend hin und her, nun beinah durchsichtig, dann schlug sie unverhofft den Blick zu ihm auf, und gleich war ihm, als höre er ihre stählernen Augen wieder wie Kugeln in der Waagschale rollen.

»Sie haben es selbst gesehen. Von draußen vor dem Fenster.«

ES WAR NOCH so früh am Morgen, daß es ein klarblauer Tag zu werden schien. Nirgendwo waren Menschen im Freien, nur vor der »Zwölf Apostel« herrschte nervöses Treiben. Nachbar Thomas stieg auf das Trittbrett und zog zuletzt noch einen Riemen straff über die Schachtel Holloway-Pastillen auf dem Dach; Anijs saß schon in der überhängenden Kutsche.

Der gute Thomas hatte schon vor zwei Wochen den Transport angeboten und bestand einfach darauf, daß Anijs dort in dem Windschutz Platz nehmen solle und nicht neben ihm auf dem Bock: Es sei viel zu rauh, der Tag würde für ihn noch schwer genug werden; eine allgemeine Behandlung! Wie der Mann auf die Idee gekommen war, wollte er nicht sagen, aber er hatte auf beide Türen ein Plakat geklebt, wie sie auf dem Feld angeschlagen waren:

Allgemeine Behandlung
Am 11. März kostenlose Medikation
für alle Feldler, jung wie alt,
im Hause von Bennemin, am Ende von Elim,
Beginn neun Uhr.

»Ja, fahr zu! Allons-y, on y va!«
»Hü, los!«
Die Peitsche knallte, das Zaumzeug knarrte, und während sich der Wagen schon in Bewegung setzte, steckte Martha noch schnell für Klein Pet eine Handvoll Naschzeug durch das kleine Vorderfenster. Tief weggeduckt in seinen Kragen und durch einen Schleier von Wohltätigkeit sah Anijs zuerst, wie sie und die Magd ihm nachwinkten, danach auch die aufgehenden Vorhänge und winkenden Hände in den anderen Häusern, während die Kutsche unter lautem Rattern über die ausgestorbene Uferstraße fuhr und alles um ihn herum klapperte. Apathisch und abwesend bewegte er seine Hand

einmal zum linken, dann wieder zum rechten Fenster. »Das Einhorn« flog vorbei, ohne daß dort schon jemand wach war, und im nächsten Moment bogen sie links ab. Durch das Fenster auf der anderen Seite kam der Trupp der drei weggleitenden Frauen auf der Brücke in Sicht.

So weit sich die Ortschaft erstreckte, blieb die Straße befestigt, danach begann der Feldweg mit den Schlaglöchern und ging das Rattern in Schwanken über. Das Fahrzeug, meist für den Transport der Hotelgäste von und zum Bahnhof genutzt, war luxuriös gepolstert mit violettem Velours mit Goldnägeln, im Gehäuse wurde es rasch wärmer, und in den weichen Kissen auf und ab federnd, war Anijs, als werde er nach all dem vorangegangenen Schütteln, Auflösen und Verpacken der Medikamente nun selbst von den ihn umgebenden Arzneien durchgeschüttelt und löse er sich oder emulgiere auch allmählich in den Tränken, der Karbolwatte und den Säcken voller Salbenröhrchen neben, unter und über ihm – nie zuvor hatte er sich so eins gefühlt mit seinen Heilmitteln, sie umhüllten ihn als ihren beseelenden Kern, er wurde von ihnen *verpackt*.

Das Schilf am Kanal war im Winter geschnitten; die ersten grünen Triebe spitzten gerade erst aus den Stoppeln hervor. Im Schrittempo krochen die Katen am anderen Ufer vorüber, manchmal begleitet von einem schläfrigen Wachhund, manchmal auch nur von Parzellen Weideland und Schlagwald. Die Nacht war kurz gewesen, Anijs fröstelte von der gleichzeitigen Wärme und Kälte in der Kutsche, und träge vom Schaukeln, schloß er die Augen. Wie brüsk Johanna gestern abend wortlos weggelaufen war, sobald er den Löffel mit Theriac zu ihr erhob: Was fehlte ihr eigentlich? Wie hatte sie es nur wagen können, ohne jeden gebilligten Zusammenhang mit den Probenächten, doch noch das nächtliche Fensterln fortzusetzen, und dann: wieso jetzt mit Folgen und zuvor nicht? War sie vor einem halben Jahr, als sie bei ihm kein Gehör gefunden hatte, doch zu Halink weitergelaufen und hatte sie von ihm eine Fruchtbarkeitsmedizin bekommen, die so gut wirkte? Hatte sie sich womöglich auch wegen dieses Weiterlaufens ihm gegenüber die ganze Zeit so scheu verhalten? Aber warum war sie dann nicht gleich zu Halink zurückgekehrt, er hätte ihr bestimmt auch den Siebenbaum nicht verweigert!

Um die Zeit, als sie das Dorf erreichten, war es ganz hell geworden; der Tag würde grau bleiben. Thomas beschleunigte gleichsam als Anlauf, die Kutsche bekam durch die scharfe Krümmung Schlagseite, und plötzlich polterten die Räder über die hohe, hölzerne Brücke. Um die Kirche herum hatte inzwischen der Alltag begonnen, Kinder schrieen, und ein paar Leute standen in den Läden der Groninger und der Holländischen. Auch für diese Kampagne hatte sich das Feldvolk wieder eingeschrieben, und auch diesmal war es, erst vor wenigen Tagen, dabei wieder zu ein paar Tumulten gekommen, für besseren Lohn und gegen das Trucksystem, aber angeblich war es viel weniger heftig zugegangen als in den letzten Jahren, als sähen die Feldgänger schon von allein die Sinnlosigkeit all dessen ein; dieses Jahr sollte noch weniger Moor angeschnitten werden als letztes Jahr, Vetter Walter hatte sicher recht: Mit dem Torf ging es ganz und gar zu Ende, die Leute wohnten dort verkehrt. Beim Zurückblicken sah Anijs gerade noch den vergoldeten Torfspaten auf dem Kirchturm, und zum ersten Mal begriff er, warum Windfahnen gewöhnlich die Form eines Hahns hatten: Wie dieser das Licht verkündete und aus dem Schlaf weckte, so erweckte Christus doch auch zum Licht eines neuen Tages und eines neuen Glaubens …

Der Weg wurde wieder weich, bald sah er das erste Plakat an einem Baum, und so bekannt ihm durch seine Kontakte zur Hebamme Kiestra, auch die vereinzelten Feiern des VfV dort und seine regelmäßigen Ansprachen an die Feuerwehrkolonne, die Landschaft bis zum Dorf gewesen war, so fremd erschien seinen Augen der aufrückende Torfabstich wieder, bei Tageslicht jetzt noch fremder. Die Kutsche schwankte und schaukelte weiter, als würden sie quer über die Moorbänke fahren, in seiner Jackentasche mit der noch immer nicht ausgehändigten Quittung klapperten ein paar Löffel, und händeringend zählte er die Wieken. Bei Elim wurden sie von einem Mann mit einer Blechtrommel vor dem Bauch erwartet, und nun mit ihm als Vorhut ging es hinter dem Knick weiter.

»Me-di-ka-tion! Me-di-ka-tion!«

Auf jeden Schlag eine Silbe, so wurde das Volk zusammengetrommelt, und während die Menschen aus den Katen und über die Stege herbeiströmten und in einem stets anwachsenden Schwarm sich der Kutsche anschlossen, kämpfte Anijs mit den Tränen, heftig bewegt wegen der fürstlichen Huldigung eines Vorläufers, und er wußte nicht, wovon mehr, vom Niedergang des Torfs, der Sackgasse, in der das Volk hier gefangen war, und dann noch von den Plakaten überall …

Wieder ein Schlagloch, danach steil nach oben, dann kam die Kutsche mit einem letzten Schwanken zum Stehen und verstummte mit einem Mal auch der betäubende Trommelschlag. Von außen wurde die Tür geöffnet; steif und geblendet vom Licht, stieg Anijs das Trittbrett herab zu Bennemin; dennoch streckte er ihm begeistert gleich die Quittung entgegen, obwohl er, weil er schon fast ein halbes Jahr nichts mehr von Vedder gehört hatte, die Geige in all der Zeit offenbar noch immer nicht verkauft war, das Papier auch für die Zukunft keinerlei Garantie für einen Verkauf bot, es am Ende gar nicht mehr hatte aushändigen wollen.

»Aus Amsterdam, von meinem Vetter! Bennemin, deine Geige ist in Kommission genommen, lies hier, hundert Gulden!«

Lesend, jedenfalls das Gesicht hinter dem Papier verborgen, beugte sich Bennemin vor. Hinter ihm kamen nun Frau Bennemin und Klein Pet mit einem sehr großen, weißen Hund ins Blickfeld, wie ein Empfangskomitee an der Tür. Völlig getrennt von ihnen, an der Kartoffelscheune rechts neben dem Haus, stand schon eine große Gruppe Kätner und wartete. Die hinter der Kutsche hergelaufen waren, ergossen sich nun langsam und grußlos, ohne auch nur ein Zeichen des Erkennens, dorthinein, als eine gelassene Meute, deren zerlumpte Kleider und dumpfe Erwartung Anijs einen Moment die Kehle zuschnürte. Es waren auch junge Burschen und Pfadjungen dabei, aber niemand, der etwas sagte, niemand, der sich mehr bewegte, auch niemand, der noch auf einen anderen schaute als auf ihn. Wie jämmerlich war das Bild ihres jüngsten Protests gegen das Trucksystem, auch der Gedanke, daß sie morgen, so geschwächt, zum Torfstechen gingen – man meinte, sie hätten den ganzen Winter nichts als Heu gegessen.

»Aber kommen Sie doch weiter!« erholte sich Bennemin endlich von der Quittung. »Nur zu, erst eine Stärkung, die Frau hat gedeckt... Nein, nein, die dort können gut noch ein wenig warten, schließlich warten wir schon seit Jahren auf einen, der sich unserer erbarmte...«

Schon mit gesenktem Kopf wegen der niedrigen Tür, hob er noch kurz die Hand zum Gruß. Hinter ihm begann Thomas die Kutsche auszuladen; beim Eintreten, nahe an Klein Pet vorbei, legte jener die Arme um den Hals des großen Hundes. Der Hund war Anijs ganz neu, das Tier hatte ebenso weißes Haar wie Klein Pet und war zweifellos als Wachhund angeschafft, was bestätigte, daß der unzüchtige Terror auch nach der Hochzeit mit dem Kalten Freier noch weitergegangen war – natürlich, wie könnte Johanna sonst denn geschwängert worden sein? Er durfte nicht vergessen, gleich bei Sieger Fürsprache für sie einzulegen!

So dankbar sahen Bennemin und seine Frau zu, daß ihm beinahe das Brot im Hals steckenblieb. Es war dämmrig im Zimmer, vier Feldler drückten ihre Gesichter an das Seitenfenster, genau wie er letzthin auch. Klein Pet und der weiße Hund waren mit hineingegangen, Johanna ließ sich noch nicht blicken.

»Kein Regen, ein sehr geeigneter Tag!« gelang es Bennemin endlich, ein wenig Konversation zu machen. »Die Plakate haben Sie bestimmt überall hängen sehen? Aber trinken Sie doch ruhig Ihren Kaffee aus... Wir sind so froh, jeder von uns, und es scheint mir am besten, draußen einen Tisch hinzustellen, vielleicht vor die Kartoffelscheune, was halten Sie davon? Dann sitzen Sie geschützt, und es ist doch genug Platz... Aber verflixt, was machst du da?« richtete er sich plötzlich an seinen Sohn, jedes barsche Wort ein voller Schöpfbecher aus seinem überströmenden Gemüt. »Hilf rasch beim Ausladen! Alles muß zur Kartoffelscheune! Und der Hund gehört nicht ins Haus!«

Erst als Klein Pet nun an ihm vorbeischoß, dachte Anijs an das Naschzeug, das Martha für ihn mitgegeben hatte. »Komm kurz zu mir«, streckte er ihm gerade noch die Hand hin, »vier Lakritzen von... von der Frau vom Apotheker... für dich! Aber was hast du da für einen großen, starken Hund... wie heißt er denn? Wie heißt der Hund?«

Mit niedergeschlagenen Augen, vielleicht, weil er das Wort »Apotheker« nicht kannte, nahm Klein Pet die Lakritze entgegen. Die Antwort darauf klang so ungeheuer verlegen, zart zitternd auf der Schamröte, die auch von oben fast durch das schneeweiße Haar hindurchschimmerte, daß Anijs am liebsten die schwierige Bezeichnung seines Berufs nie genannt hätte.

»Joop.«

»Ach ja... Josephus!« Beifällig nickte Anijs erst zu Klein Pet, danach zum Hund. »Angenehm!«

Die beiden schlüpften davon, niemand sagte noch etwas, und in der Stille war es kaum noch vorstellbar, daß draußen hundert Menschen warteten. Plötzlich erinnerte sich Anijs, auch für Bennemin etwas mitgebracht zu haben, ein winzigkleines Fläschchen in seiner Jackentasche, das ebenfalls eine Fontäne von Dankesbezeigungen auslöste.

»Aber sieh doch nur, Frau, ein Fläschchen Johanniskrautöl, für den Bienenkorb... für das Flugloch! Aber das ist eine gute Wahl... bald blüht der Buchweizen, und dann kommt das Volk wieder heraus...!«

Anijs hielt es in der erstickenden Dankbarkeit nicht mehr aus, plötzlich mußte er auch dringend pinkeln. Schlürfend trank er den Kaffee aus, stellte mit einem Knall und einem tiefen Seufzer den Becher auf den Tisch, und matt von all der aufgebrachten Fröhlichkeit, vermochte er nur noch mühsam einen letzten, munteren Satz von sich zu geben, schon halb im Stehen, um in den Gang zu flüchten: »So, noch kurz nach hinten, und dann geht es los... *hora est*!«

Nach entleertem Körper, aber noch mit übervollem Herzen kam er endlich aus dem angebauten Abort heraus. Erst jetzt, durch seine innere Ruhe, fiel ihm das Treppchen zur Hochstube auf, volkskundlich für das Schlafgemach der heiratsfähigen Tochter, und in einem trägen Reflex öffnete er die Tür. Johanna war auch nicht da. Das Einstiegsfenster stand angelehnt, das frisch beschlafene Bett darunter war noch ungemacht, ein fader Körpergeruch mischte sich mit dem matten Murmeln draußen. Ohne nachzudenken, bückte sich Anijs, schnüffelte am Laken und ließ sich noch tiefer sinken, bis er voll Ehrerbietung auf den Knien vor Johannas Lagerstatt und dem darauf erduldeten Leid lag, schluchzend, schnaubend wie ein Schwimmer, das Gesicht in den Strohsack gepreßt, während seine Hände weiter in Brustlage herumruderten; unter dem Kissen fand er ein Nachthemd, hinter dem Bett klammerten sich seine Finger in wieder ein anderes Kleidungsstück, einen Stoffball, der, aus dem Spalt gezogen, sich nicht als Unterwäsche erwies, sondern als Kittel, ein bestürzend weißer Baumwollkittel, ein Arztkittel, mit der Markierung »Korremorre« im Kragen. Amshoffs Kittel war also tatsächlich für den Kalten Freier aus dem Krankensaal gestohlen, und selbst nach allem Vorgefallenen hatte Johanna es noch nicht gewagt, ihn wegzuwerfen…

Es war eine ernste Gestalt, die kurz darauf vom Haus auf den Hof trat, den schwarzen Wintermantel bis zum Kinn zugeknöpft. Bei der Kartoffelscheune stand schon alles in Bereitschaft, im Scheunentor stand ein weißgedeckter Tisch mit einem Küchenstuhl dahinter, und noch ein Stück dahinter die Fracht aus der Kutsche, während Klein Pet und Thomas zu beiden Seiten Wache hielten. Schnurgerade, mit Bennemin dicht hinter sich, schritt Anijs durch die auseinanderweichende Menge nach vorn. Alles hier war gleich bräunlich grau, die Jacken und die Bärte wirkten wie aus halbverrosteter Eisenwolle, und in der allgemeinen Fahlheit erkannte er Sieger erst, nachdem er schon fast an ihm vorüber war, von nahem dennoch eine auffallende Gestalt in seinem Augenwinkel, nicht groß, aber mit kräftiger Statur, feurigen Augen, glattrasierten Wangen und einem roten Halstuch, überdeutlich der Gockel im Kreis seiner Freunde, der einzige Eitle. Heiter schritt er an ihm vorbei, ohne auch nur mit der Braue zu zucken, wohl blieb er ein wenig weiter zu einem kurzen Schwatz bei einem fröstelnden Greis stehen. »März trocken, viel Roggen«, sagte er einfach, in der Sprache und Manier des Volks – aber hatte er nicht genauso eben schon schlürfend seinen Kaffee ausgetrunken und den Becher mit einem Knall abgesetzt, sich demütig gezeigt, damit sich ihm keiner unterlegen fühlte, als Beruhigung für die anderen? Plötzlich verlegen ging er weiter, schneller, er rutschte hinter den Tisch und begann ihn sofort mit den ersten Utensilien vollzustellen, nach vorn gebeugt und schon wieder abgewandt, im Vorrat grabend, als wolle er eine Kuhle ausheben, um sich darin zu verkriechen – bis er sich schließlich langsam aufrichtete, in Positur stellte und sich dann auf den Fersen umdrehte. Als lege sich der Wind, so senkte sich eine tiefe Stille auf den Hof.

Nie zuvor hatte Anijs die Leute so frontal angesehen, zugleich war es aber auch das erste Mal, daß er sich, umgekehrt, so voll und ganz dem Volke zeigte, und mit offenem Mund wurde zurückgestarrt, sah man zu, wie der Apotheker, abgehoben vor dem Dunkel und eingerahmt von den Seitenpfosten und dem Türsturz, ganz langsam, Knopf für Knopf und ohne auf seine Finger zu schauen, noch immer mit starrem Blick, seinen Mantel zu öffnen begann. Als er sich im nächsten Augenblick wirklich setzte, sprang das Schwarz der an seinen Schenkeln wegrutschenden Vorderteile auf, und darunter wurde der Arztkittel sichtbar wie eine Schärpe aus reinem Licht, so herrlich weiß, daß es mehr war, als man an diesem Ort zu fassen vermochte: Ein paar schluckten trocken, andere zwinkerten mit den Augen oder schüttelten ungläubig den Kopf – eine Lilie blühte auf im Moor. Höchst konzentriert verschob Anijs noch etwas auf dem Tisch, rutschte noch ein Stückchen mit dem Stuhl, bis er urplötzlich hochsah, als säße er hier schon die ganze Zeit so und bemerke nun erst die Feldler ihm gegenüber, wobei sich seine straffen Züge prompt lockerten, er freundlich und beruhigend nickte und auch sein Gesicht nun wie eine Blume aufblühte.

»Der erste Patient… Nur zu, Leute, es ist bezahlt!«

Selbst jetzt bei geöffnetem Gatter mußten die durstigen Schafe noch zur Tränke getrieben werden, bevor sie ans Trinken dachten: Nur durch Bennemins Anweisungen formte sich langsam eine Reihe, kurz noch stockte der Fortgang, als der fröstelnde Greis als erster vortrat und Anijs nicht richtig zu ihm kam; aber wieder brachte Bennemin Rettung, nun mit einem Armvoll Soden, die er als Kniebank vor dem Tisch aufstapelte. Voller Hingabe sank nun ein Feldler nach dem anderen darauf nieder, wobei rasch die Routine entstand, daß nach der Untersuchung der Kopfhaut jedem in Mund und unter die Lider gesehen wurde, mit der anschließenden Frage, ob es noch besondere Beschwerden gebe. Wer rissige Finger hatte, durfte aus einem Brotkorb eine Handvoll Fingerlinge nehmen, für jeden Gichtleidenden gab es ein Fläschchen Kolchizinextrakt, und die Rheumatiker bekamen Spiköl mit. Ausschlag und Hautjucken wurden an Ort und Stelle mit Sublimatsalbe eingeschmiert, tropfende und entzündete Augen mit Augentrost betupft, und so weiter. Am Ende bekam jeder eine Holloway-Pastille, alle Kinder dazu noch einen Löffel Lakritzwasser für einen köstlich süßen Mund, und dann gab es noch Zahntinktur, Theriac, ein Glas mit Blutegeln und weiter alles, was die Hygiene erforderte, blitzsaubere Servietten zum Löffelabwischen, einen Krug voll weißer Salbenstäbchen und immer mehr Bausche und Bällchen Karbolwatte, ebenfalls blütenweiß auf dem blütenweißen Tischtuch – ja wirklich, es war ein kleines Hospital.

»Hinknien ... Mütze ab ... Kopf nach unten ... *bene bene.* Mund auf ... Zunge hoch ... gut so! Beschwerden?«

Allmählich kam Anijs in den richtigen Takt, die Routine bekam Rhythmus, und allmählich schien die allgemeine Stimmung ein bißchen lockerer, leichter und luftiger zu werden, als würde er sie mit seinen ständig wiederholten Handlungen wie Teig kneten, dem er dann noch die Hefe des Theriac hinzufügte. Die gutmütig-barsche Wiederholung stets derselben Anweisungen hatte fast eine ebenso vertrauenerweckende, betäubende Wirkung wie der Theriac, auf die Dauer sogar auf Anijs. Um nicht zu erlahmen, ließ er zwischen zwei Patienten immer wieder den Blick kurz frei über den Hof schweifen, über dem sich eine Wolke aus gedämpftem Raunen zusammengeballt hatte: Die bereits Behandelten gingen nicht weg, sondern standen herum und warteten; Thomas, als Aufpasser nicht mehr vonnöten, hatte sich dort hinten auf den Bock gesetzt, und auch Klein Pet stand nicht mehr neben dem Tisch.

»Zunge hoch!« befahl er wieder, über den Tisch gebeugt, und wiederum, er wußte nicht, zum wievielten Male, blickte er in der violetten fleischigen Höhle auf die dicke, steif aufragende Zunge; es waren träge Zungen, weder von Wissen noch Weisheit zum Sprechen bewegt, faule Zungen ohne Ziel, unfreie Zungen mit straffen Zügeln, mit der dünnen Sehne an den Unterkiefer gefesselt. Sah er Weiß, dann ließ er einen Löffel mit medizinischem Sirup abschlecken; war Fäule im Gebiß, dann ließ er mit Zahntinktur spülen.

»Hinknien… Mütze ab… Kopf nach unten… *bene bene*. Jetzt wieder hochsehen… hochsehen!«

Etwas stockte. Erst nach dem zweiten Anspornen, und dann erst ganz langsam, hob der wie im Gebet vor dem Tisch kniende junge Mann den Kopf. Es war Sieger. Allerfrechst richtete er prompt sein funkelndes Auge auf Anijs, mit unterdrücktem Grinsen, so schien es, jedenfalls hatte er den Kopf sicher nicht aus Verzückung so pomadig gehoben, sondern im Gegenteil aus Abwehr, vielleicht auch zum Spott, wegen einer Wette mit seinen Freunden, die nun beobachteten, ob sie die versprochenen Faxen tatsächlich vorgeführt bekämen. Erfüllt von aufrechter Empörung im Namen Johannas, hatte Anijs ihn seit dem vierten Platz in der Schlange aufrücken sehen, aber jetzt, wo er hier so auf den Knien lag, empfand er trotz der provozierenden Frechheiten eigentlich vor allem Mitleid mit ihm: Als Obergockel verkörperte er die Zukunft des Felds, mußte er aller Augen auf sich gerichtet wissen, nicht nur die seiner Freunde wie jetzt, sondern auch der Älteren und der Kinder, erwartungsvoll, um Schutz bittend, um eine Richtung und einen Fingerzeig: dorthin. Aber wohin konnte er zeigen, über welche weiteren Waffen verfügte er als diese armselige Frechheit, was entging ihm wohl nicht alles, verglichen mit, beispielsweise, einem wie Theo, dem Jungen von Walter? Gut, sicher träumte auch er von Amerika, aber von Ned Buntlines Groschenromanen mit Lucky Luke hatte er noch nie gehört, er wußte nicht einmal, was Whiskey war…

»Mund auf«, fuhr Anijs scheinbar unbeirrt fort.

Wieder folgte Sieger aufreizend langsam, wobei er aber zuerst seine grimmig verzerrten Mundwinkel so frei hochkräuselte, daß er einen Moment lang dem anderen direkt ins Gesicht zu lachen schien.

»Sehr gut… und nun noch kurz die Zunge hoch.«

So gesund wie Kopfhaut und Gebiß, so kerngesund war Sieger auch unter der Zunge. »*Bene bene,* alles in Ordnung«, sagte Anijs, während er den Zeigefinger von der Unterlippe loshakte und mit einer der Servietten abzutrocknen begann. »Noch Beschwerden?«

»Keine Beschwerden!« antwortete Sieger rasendschnell und übertrieben laut und warf wegen seiner Aufsässigkeit grinsend triumphierende Blicke um sich. Als er wieder vor sich hinsah, erstarb ihm die Grimasse im Gesicht.

»Es gibt aber eine Beschwerde über dich«, sprach Anijs, auf einmal drohend nach vorn gekommen, und erklärte in gemessenem Ton, völlig informiert zu sein über das Fensterln, den Hausfriedensbruch, den Kalten Freier und jetzt zuletzt auch über Johannas Zustand, worauf er Sieger rundheraus befahl, seine Beziehung zu ihr so rasch wie möglich zu legitimieren, und eine fristgerechte Hochzeit von ihm forderte. So zwingend war die Handbewegung, mit der er ihn darauf wegschickte, daß der völlig überrumpelte junge Mann sich schon umwandte, noch bevor er eine Antwort oder auch nur ein Anzeichen von Zustimmung oder Verstehen hatte geben können, und auf einmal bezweifelte Anijs, ob er denn überhaupt über die Schwangerschaft im Bilde gewesen war.

Kopfschüttelnd schaute er ihm nach, wie er im Kreis seiner Freunde verschwand, und auch danach noch, bis ein tierisches Brüllen aus dem Haus ihn aus seinem Grübeln aufschrecken ließ.

Es war Lubber. Gerade als Anijs mit wehenden Rockschößen hereinkam, lag er noch brüllend wie ein Stier auf der Schwelle zum Gang, er hatte seinen Daumen in die Tür eingeklemmt. Frau und Mann Bennemin zogen ihn auf die Beine, blitzartig sah Anijs, daß Johanna jetzt auch da war, und während es rasch dunkler wurde im Zimmer durch alle Gesichter, die sich erneut von draußen an die Scheiben drückten, gab er schnell und entschieden seine Anweisungen: » Kerze, Feuer, Nadel … eine Stopfnadel!«

Lubbers Daumennagel war feuerrot, der Druck des offenen Bluts aus den geplatzten Adern mußte unerträglich sein, knurrend und gekrümmt starrte der Blöde seinen Finger an.

»Mehr Licht! Schickt die Leute dort weg!« rief Anijs und wußte schon, was zu tun, schon erhitzte er das stumpfe Ende der Nadel über der Flamme, schon ließ er sich breitbeinig auf einem Küchenstuhl nieder.

Genau da, als man Lubber vor ihn brachte, scheuchte Johanna draußen die Leute vom Fenster; kurz schoß ihm durch den Kopf, daß sie nun vom selben Standpunkt aus sein Tun mit Lubber beobachtete wie er zuvor ihr Tun mit dem Kalten Freier, dann drang nichts mehr zu ihm durch als die Nähe in dem stärkeren Licht.

»Komm, knie dich hin, gib mir deine Hand …«, lächelte er Lubber an.

Bebend vor Schmerz, kauerte sich der Blöde zwischen seine Beine. Anijs nahm die verwundete Hand in die seine, sah den Daumen wie flüssiges Fleisch über den jetzt noch roten, bald blauen und dann schwarzen Nagel schwellen und preßte dann sehr bedachtsam die Nadel in seiner anderen Hand mit dem rotglühenden Öhr darauf. Gleich bei der ersten Berührung schmolz schon das Horn, mühelos drang der Stahl bis zum Fleisch durch, und ja: zugleich mit dem Zurückziehen quoll schon ein großer, roter Blutstropfen aus der Stichstelle empor...

Lubber, beim Eindringen des glühenden, gewölbten Kopfes in seinen Körper ganz gewiß sterbensbang vor noch mehr Schmerz, spürte gerade im Gegenteil, wie der Schmerz mit dem nun frei herausströmenden Blut und dem entsprechend abnehmenden Druck drastisch zurückging. Sprachlos starrte er auf seinen klatschnassen, glänzenden Daumen, dann schlug er endlich die Augen auf, schon nicht mehr verwundert, sondern froh jetzt, stumm lachend, während er seine dicke, steife Zunge blöde herausstreckte. In dem Moment war Anijs zumute, als werde er aus der Zeit gepreßt und falle in ein anderes Kontinuum.

»Kannst du nicht sprechen?« flüsterte er heiser in das leere Gesicht. »Ist deine Zunge zu steif, voller Blut?«

Er ließ die Hand los, zog die Wange weiter zur Seite und drehte die Nadel in der anderen Hand mit der Spitze nach vorn – ein geschwinder Stich: So schnell zog Lubber die Zunge zurück, daß die Nadel noch darin steckte, und sogleich begann sein ganzes Gesicht zu mahlen und zu kauen, einmal mit dichtgekniffenen Lippen, dann wieder mit weit offenem Mund und rollenden Augen, immer gieriger und begieriger, wie jemand, der nie wirklich hat sprechen können und jetzt, zum ersten Mal, den Geschmack eines Wortes kostet, im Blut glucksend wie eine geöffnete Auster: Ja, aus seiner tiefsten Seele quoll ein Klang empor, und in dem seligen Genuß seiner befreiten und endlich gängig gemachten Zunge konnte er nicht anders, als ihn auszustoßen, voller Verzückung und weit über das Verstehbare hinaus; zurücklachend schaute Anijs auf sein immer strahlenderes Gesicht, in dem manchmal, wenn sich der Mund wieder kurz öffnete, ganz klar die in dem Fleisch und dem Blut rotierende Nadel zu sehen war, und auch er selbst brach nun in Sprachen aus, leise und froh, tausendmal glücklicher noch als der andere: Er hatte einen Menschen geöffnet, zwei neue Öffnungen in ihn gemacht, und aller Schmerz und alle Verhärtung flossen daraus nun als Blut hervor...

»Welch ein Wunder, auf einmal war es vorbei! Was haben Sie nur getan?«

Es war Bennemins Stimme, die ihn wieder in die Wirklichkeit zurückholte. Eine kühle Stille hing im Zimmer, und die schnell erlöschende Nachglut einer Verzückung, die ebenso kurz wie ungestüm in ihm gewütet haben mußte, ließ ihn zittern vor Kälte. Er hatte noch die Nadel in der Hand, aber Lubber war nicht mehr da.

»Was war es genau?« fragte Bennemin weiter.

Noch zu verdutzt, um antworten zu können, erhob sich Anijs, abwehrend mit den Armen gestikulierend. So vermessen er von der Medikation zur Operation übergegangen war, so diensteifrig wünschte er nun nur noch, sein erstes Amt wiederaufzunehmen, und mit Bennemin dicht hinter ihm, aber tausendmal ernster noch als am frühen Morgen, ging er heute zum zweiten Mal hinaus, ohne eine Spur von Triumph, sondern umgekehrt, als sei dieser tief in ihm in sein Gegenteil implodiert, gekrümmt vor Bescheidenheit, gebogen unter der vollen Einsicht seiner Ohnmacht gegenüber noch so vielen Krankheiten, für die keine Arznei, keine Behandlung vorhanden war.

Auf sein Erscheinen hin drehten sich ihm alle wie ein Mann zu, bis zum Bersten voll Neugier, aber zugleich auch viel zu verlegen, um sich direkt an ihn zu wenden, und so geschah es, daß sich die Luft zischelnd füllte mit unpersönlich gen Himmel gerichteten Fragen, wieder denselben wie zuvor Bennemins und so unschuldig-menschlich, daß es arrogant wäre, weiterhin zu schweigen: »Was war es? Was ist passiert?«

»Es war ein Hämatom... ein Bluterguß«, erklärte Anijs, sich unverzüglich in seiner Sprache erniedrigend, während er, ohne jemand anzusehen, um die Ecke zum Tisch weiterging. »Eine einfache Punktierung genügte... eine kleine Operation...«

Die Reihe ordnete sich wieder, der Rhythmus wurde wieder zum Takt, ein Rausch von fast fanatischer Wohltätigkeit und gleichmütiger Beschwichtigung, und immer leichter fand Anijs in der Vielfalt um ihn herum, was er brauchte, stets besser nutzte er die gesamte Breite des mitgebrachten Sortiments, er arbeitete auch immer beidhändiger, mehr gleichzeitig als nacheinander, schnell und sicher wie ein Zapfer an der Theke: Blindlings griff er in die Holloway-Schachtel hinter sich, und während der eine noch am Siruplöffel leckte, legte er einem anderen die Pastille auf die Zunge oder kontrollierte er noch einen weiteren, der, auf Schwindelanfälle diagnostiziert, mit einem Blutsauger an jeder Schläfe dastand und wartete – wenn beide glänzten, nahm er sie ab, drückte sie über der Erde aus und steckte sie zurück in die Flasche mit Wasser und Torfmull, bereit für den nächsten, dem er inzwischen schon ein wenig Rahm auf die Schläfen gestrichen hatte, dann bissen die Tierchen besser zu! Zum Abschluß bekam jetzt jeder auch ein Stückchen Arnikaseife zugeschoben: »Hier, nimm nur... es ist bezahlt« – nie vergaß er, Letzteres hinzuzufügen, zur Beruhigung, wie auch der Theriac beruhigte, und wenn gelegentlich eine Frau oder ein Pfadjunge ein wenig vor dem bitteren Geruch zurückzuckte, nahm er selbst zuerst ein kleines, demonstrativ geschlürftes Schlückchen, um sie zu beruhigen...

»Ja, doch, der nächste... kommen Sie ruhig... knien...«

Eine dunkle Gestalt, größer als der durchschnittliche Feldgänger, trat vor und blieb reglos vor dem Tisch stehen. Anijs hatte ihn noch nicht bemerkt, wischte sich gerade sorgfältig und routiniert die Hände ab – bis sich seine Bewegungen auf einmal verlangsamten, er den Blick über die schwarze Jacke nach oben schob und Amshoff ins Gesicht sah. Hinter ihm stand Halink. Kein Ton war mehr zu hören. So folgsam wie die Feldler den hohen Herren Besuchern den Vortritt gelassen hatten, ohne es zu wagen, einen Mucks von sich zu geben, so folgsam wichen nun die vordersten vom Tisch zurück.

»Müssen diese Leute nicht untersucht werden?« brach der alte Junker ohne Schöntuerei die Stille.

Seitlich, auf dem Weg, dicht hinter Thomas' Kutsche, sah Anijs nun auch den Arztlandauer, mit dem die beiden gekommen waren; von Anfang an hatte er gewußt, daß sie kommen würden, und jetzt, wo es wirklich soweit war, erfüllte es ihn nicht mit Schrecken, sondern mit einer unerschütterlichen Ruhe. Lächelnd wandte er den Blick zu Amshoff zurück.

»Weil es arme Leute sind, ist keine Diagnose oder ärztliche Verordnung mehr nötig?« fuhr jener fort, kaum noch imstande, seine Wut im Zaum zu halten.

Nun konnte Anijs den Kampf nicht länger vermeiden, die Konfrontation hatte begonnen, die Feldler selbst hatten den Halbkreis um den Tisch als Kampfplatz frei gemacht. »Weil es arme Menschen sind, hat der Arzt nie Verordnungen geschrieben«, konterte er, sehr ruhig und ungerührt, wie er auch zurückgelehnt auf dem Stuhl sitzenblieb und nicht aufstand, versunken in sein eigenes Gewicht und so Amshoff nicht den Vorteil des größeren Wuchses gönnend.

Als verkleistere ihm die Empörung die Kehle, so versuchte Amshoff zu schlucken, und ganz schnell, verzweifelt den Kopf schüttelnd, warf er Halink einen Blick zu, der soviel bedeutete wie: Da siehst du es selbst. Dann blickte er Anijs tief in die Augen und begann schwer und verständnisvoll zu nicken wie einer, der einen schweren Verdacht bestätigt sieht. »Ja, potzblitz, Sie teilen hier also wirklich eigenmächtig Medikamente aus, und zwar nicht nur harmlose Droguen, wie ich anfangs noch geneigt war anzunehmen … Was ist das hier, Theriac? Ist dafür keine Diagnose erforderlich? Und das sind Holloway-Pastillen? Herr Anijs, das ist Pfusch!«

»In der Tat, ich habe einfach etwas getan, Sie sagen es – weil Sie seit Jahren nichts tun«, gab Anijs ohne Zögern zurück, gerade um mit dieser nachgebenden, dann abgebogenen Judobewegung seinen Angreifer doch noch aus dem Gleichgewicht zu bringen. »Aber warum fragen Sie die Leute nicht selbst, was sie wollen, Ihre Diagnose oder meine Medizin? Morgen fängt das Torfstechen an …«

Entnervt, ratlos beugte sich Amshoff vor, als wolle er ihn packen, dann zwang er sich mit äußerster Willensanstrengung zu Gelassenheit, gar Freundlichkeit, auf jeden Fall zu gesittetem Benehmen. »Bester Anijs, ein großes Lob für diese, Ihre philantropische Initiative … aber verflixt, was Sie tun, ist doch *de facto* … Warum haben Sie mich nur ganz außen vor gehalten, ich sitze doch auch in der Gesundheitskommission? Im Prinzip sollte ich nun … Aber lassen wir es als *homines medici* nun nicht gleich in der Öffentlichkeit …«

Das Hinunterschlucken der allzu ernsten Beschuldigungen und Schlußfolgerungen hatte Amshoff sichtlich erschöpft, er transpirierte heftig und hatte einfach keine Kraft mehr, noch länger höflich zu bleiben, wünschte aber auch keinen öffentlichen Streit, so daß ihm nichts anderes übrigblieb, als zu schweigen – aber selbst dafür reichte seine Selbstbeherrschung nicht. Drohend bewegte er den Finger, er schien noch etwas sagen zu wollen, aber nun öffnete sich der Kreis der Zuschauer, und Sieger betrat mit seinen Kameraden den Kampfplatz, sehr gelassen, fast schleppend, aber Amshoff wurde schon von hinten gepackt. Ohne den Blick von Anijs zu wenden, ohne jegliche Furcht oder auch nur Aufmerksamkeit für die Burschen ließ sich der alte Doktor ein paar

Schritte wegziehen, bis er sich mit äußerster Anstrengung plötzlich losriß, wieder vorlief und, bereits über Anijs gebückt, schnell und kräftig den Kragen des Arztkittels aus dem steifen, schwarzen Pelerinenkragen herauszog.

»Korremorre...!« stieß er aus, nun puterrot angelaufen. Zuerst war es, als imitiere er einen Vogel, aber dann schüttelte er so mitleidig und voller Verachtung den Kopf, daß es mehr einem Fluch glich: »Korremorre!«

Der Moment, in dem Amshoff zum zweiten Mal gepackt werden sollte, war jetzt unausweichlich, brach aber wegen der dicken Luft nur unter größtem Mühen an. In endloser Verzögerung sah Anijs, wie sich die Hände ausstreckten, die Lippen öffneten, das Schimmern der Zähne, er sah Halinks Bestürzung, der in seiner Furcht keinen Schritt von dem alten Doktor zu weichen wagte, aber auch fühlte, daß gerade dort die Gefahr am größten war, und dann erst breitete er, noch mehr als rechtzeitig, selbst geschützt durch die Gewalt Siegers, seinen Schutz über die beiden aus und verlieh Amshoff mit beschwörend erhobenem Arm Immunität vor derselben Gewalt, die ja zuvorderst ihm und der Medikation dienen sollte, so daß deren Einsatz nun doch in seiner Hand liegen mußte – oder galten hier solche Gesetze nicht und blieb die Gewalt ebenso unveränderlich bei den Burschen wie eine Beute bei den Hunden? Beim ersten dumpfen Schlag schloß Anijs ergeben die Augen, bei jedem Ächzen sank sein Kopf einen Schlag tiefer, und er schaute erst wieder auf, als er nichts mehr hörte. Thomas war dabei, die Kutsche zu wenden. Der Landauer hatte nie dort gestanden.

Die Behandlung ging zu Ende, vor dem Tisch stand so gut wie keiner mehr, es war, als hätte Anijs die ganze Schlange *verspeist*. Die Bennemins kamen ganz am Schluß, zuerst Klein Pet, danach gleichzeitig Herr und Frau Bennemin, wie bei einer Trauung, und schließlich war Johanna als allerletzte an der Reihe. Niemand hatte so oft die Abfolge am Tisch beobachten können wie sie, aber aus freien Stücken kniete sie nicht.

Anijs hüstelte, wartete diskret, bis die beiden Eltern außer Hörabstand waren, und äugte inzwischen heimlich nach oben. Kerzengerade stand Johanna mit gesenkten Augen vor ihm, stolz in ihrer Schande, viel zu hoheitsvoll, um den Kopf zu beugen, unberührbar.

»Beschwerden?« fragte er leise.

Johanna schüttelte den Kopf. Sie hatte keine Beschwerden. Dennoch war sie schwanger unter ihren Röcken. Vermutlich war er wohl der einzige, der es wußte, mit Ausnahme von Sieger, seit heute – oder war sie noch wegen Siebenbaum zu Halink gegangen und wußte er es ebenfalls, wußte er womöglich als einziger, daß sie nicht mehr schwanger war?

»Hast du es noch?«

Johanna nickte; schon legte Anijs ihr die Handfläche untersuchend auf den Bauch, scheinbar automatisch, aber es war ein Eintreten in eine Welt, die er nicht kannte, eine Wolke, durch die er selig hindurchschwebte, während er das Unberührbare weiterhin berührte und Johannas Bauch besetzte. Noch nie zuvor hatte er etwas so wehrlos gefühlt, nie zuvor war er einer vollen Frau so nahe gewesen, er selbst voll und ganz Mann... war sie deshalb stehengeblieben, um ihm in höchster Harmonie ihren Bauch zu schenken? Er drückte etwas fester, und kurz war ihm, als fühle er in seiner Hand ein neues Leben für das Feld klopfen, eine Zukunft und eine Befreiung...

»Es ist gut«, flüsterte er, »knie dich hin...«

»Es ist nicht gut«, sagte Johanna.

»Sieger wird dich schon nehmen, ich habe mit ihm gesprochen...«, lächelte er beruhigend, und wiederum hob er das Antlitz zu ihr empor – aber nun hatte Johanna die Augen nicht mehr geschlossen, sie blickte ihn unbeteiligt und wissend an, und während Anijs anfing, verneinend und mit weit aufgerissenem Mund den Kopf zu schütteln, drehte sie sich bereits um und lief wortlos weg, so überstürzt, daß es ihr um etwas ganz anderes zu gehen schien, als wisse sie tatsächlich mehr, als habe sie womöglich bestimmte Erwartungen gehegt und sehe sich nun darin enttäuscht – war sie darüber informiert, was er ihrem Vater seinerzeit gesagt und versprochen hatte, litt sie am meisten darunter, daß das Feldvolk in der Falle saß, wogegen letzten Endes keine Medizin etwas ausrichten konnte, hatte sie deshalb die beseligende Vertrautheit zwischen ihnen beiden mit einem Ruck von seiner Seele losgerissen?

Als habe sich ein Vorhang geöffnet, so drängte sich ihm mit dem Ende der Schlange die Umgebung auf. Überall standen kleine Grüppchen beisammen, durch nichts mehr vom Tisch getrennt als eine halbrunde Leere. Das Warten wurde jetzt nachdrücklicher, das dumpfe Murmeln lauter, das alles beherrschende Grau noch beklemmender. Das Mitleid, mit dem Anijs das alles ansah, vereinte sich mit seinem weiterbrennenden Seelenschmerz; er fühlte, wie ein mächtiger Appell über ihn kam, und bewegt von einer neuen Kraft, stand er auf und trat kurzatmig hinter dem Tisch hervor.

»Herr Anijs, bitte gehen Sie nicht einfach…«, stürzte Bennemin eilends flehend hinzu, »die Leute hier sind Ihnen zutiefst dankbar, auch wenn sie es nur schwer zeigen können… sprechen Sie doch ein Wort zum Abschied, zur Ermutigung… sehen Sie, sie warten darauf!«

Keine Bitte hätte überflüssiger sein können: Schon schob Anijs den guten Mann beiseite; schon stand er auf der einstigen Kniebank vor dem Tisch und schaute über die Versammelten. Die prompt eintretende Stille ließ ihn schlucken, und unter Tränen lächelnd ließ er seinen Blick nochmals über die Häupter schweifen, vom Pfad ganz links aus langsam nach rechts, am Haus und dem schlafenden Bienenkorb entlang zum Gemüsegarten hinter dem Haus. Aber was nun, zuerst nahm hier einer die Mütze ab, dann dort, und danach sah er alle das Haupt entblößen, als wären sie im Haus…

»Liebe Feldfreunde…!« begann er endlich, und nie zuvor hatte er auf einem schöneren Katheder gestanden als auf ihren Soden, nie zuvor hatte sich beim Sprechen eine herrlichere Kuppel über ihm gewölbt als hier Gottes eigener Himmel, »… liebe Feldfreunde, heute habe ich euren Körper versorgt, aber seid ihr nicht mehr als Körper?«

Ein Herr, der sprach, die Zuhörer das Torfvolk, die Worte in den Himmel geworfen, die Linie, die sich darin abzeichnete, die Bewegung, die zur Umarmung wurde, ein Lasso in der Luft, sich wie Rauch über den Menschen kräuselnd, ungreifbar und doch körperlich konkret: zuerst die unverstandenen, schmerzhaft intensiven Entschuldigungen für das womöglich unabsichtlich skizzierte Bild des Arbeiters als Realkapital, als lebende Maschine, die der Pflege beziehungsweise Behandlung bedürfe; danach die Annahme eines Geistes in jedem Menschen, ein Bekenntnis der Ehrfurcht vor dem Geistwesen Mensch, dem folglich zur Kultur aufgestiegenen Menschen, als sei Kultur nichts anderes als eine Geistesübung, ohne die der Geist verkümmern würde wie ein ungenutzter Muskel; dann vom Appell zur Kultur heraus das Angebot, die Verkündigung eines Kunstabends, eines Spectacle Coupé, wie alljährlich vom Verein für Volksvergnügen im Ort organisiert, diesmal jedoch auf dem Felde, in einem gemieteten Zirkuszelt, mit Tableaux Vivants, unter allgemeiner Beteiligung, mit Gymnastikvorführungen der Pfadjungen und noch vieles mehr, alles unter dem Namen Cabaret du Champ und abgeschlossen mit einem Feuerwerk, wie es noch nicht einmal der Ort gesehen hatte – dann Senken der Stimme, Ende der begeisterten Ankündigung, abschließende Überlegung: Die Falle, trotz alldem saß man noch immer in der Falle, und was war mit der Seele, denn was kam nach dem Körper und dem Geist über die Seele?

»Liebe Feldfreunde, der Augenblick des Abschieds ist gekommen, aber auch dort hinten werde ich mich eurer weiter erbarmen, eure Not Verantwortlichen, Unternehmern, vortragen, die hier vielleicht Möglichkeiten sehen für eine neue Industrie, neue Arbeit und neue Wohlfahrt; denn ich habe euch gesehen. Aber sorgt ihr dann inzwischen für eure Seele, ja, laßt dies den Bund zwischen euch und mir sein: Ich werde mich nun um euretwillen in der Welt stark machen, um Arbeit hierher zu bekommen, und in der Zwischenzeit stärkt ihr eure Seele... Aber wie denn, wollt ihr wissen, und: Was ist die Seele? Liebe Feldfreunde, ich bin nur Laie auf diesem Gebiet, kann nichts weiter als in sehr einfachen Worten darüber sprechen... ›Habe ich denn überhaupt eine Seele?‹ fragt sich dort jemand. ›Wenn ich nach meiner Seele lausche, höre ich nichts‹... Hört meine Worte, liebe Freunde, denn das ist die Seele: Nichts als eine Leere, eine hohle Röhre... Aber was, ist das alles? Wartet ab, ich fahre fort: Ja, eine leere, hohle Röhre ist die Seele, und ein jeder besitzt diese Röhre, und dennoch hat der eine eine Seele, und der andere hat nichts als Leere an dieser Stelle... Was ist der Unterschied? Eine Ungereimtheit, sagt ihr, ein Rätsel? Nicht zu schnell, Freunde, denn nun kommt es: Jeder besitzt dieselbe hohle Röhre, aber das sagt noch nichts, der Unterschied zwischen einer Orgelpfeife und einem Abwasserrohr liegt ja nicht in der Röhre oder dem Rohr an sich, sondern in dem, was hindurchfließt... so wird die Seele erst wahrlich zur Seele: Nachdem sie sich etwas Höherem öffnet, einem Ideal oder Gott, denn unter diesem Hauch Gottes, in der Hitze dieses Ideals, ist diese Röhre mit einem Mal zur herrlichen Trompete geworden, zum mächtig ziehenden Rauchloch eines Feuers, klingt der prasselnde Trommelwirbel der Zukunft, dort singen die Saiten des Aufruhrs, spricht die Fanfare mit klarem Klang... Geht also in euch: Ist es still in eurer Brust, dann putzt die verstopfte Röhre, es ist eine

Schalmei, laßt Jesus auf eurer Flöte eine Liedchen pfeifen, spielt mit in dem großen Orchester der Hoffnung… kehrt also zu eurem Glauben zurück, eurem Ideal, ohne das keine Flöte klingen kann… dann liegt die Seele in den Ketten der Materie!«

WIE EINST VEDDER auf dem Bahnsteig aus einer sich lichtenden Rußwolke erschienen war, so kam Anijs nun aus seiner Ansprache zum Vorschein. Völlig erschöpft mußte er sich von Bennemin zur Kutsche helfen lassen, verwirrt, ohne noch zu wissen, was er gesagt hatte, obwohl ihm war, als hingen noch Fetzen davon über dem Hof. Langsam wurde ihm wieder bewußt, wo er sich befand, er hob eine Hand nach links und rechts und zwang ein Lächeln auf seine Lippen.

Alle Reststücke waren bereits eingeladen. Thomas saß auf dem Bock, Klein Pet stand mit den Armen um den großen, weißen Hund neben dem offenen Wagenschlag. Um die allzu feierliche Stimmung ein wenig zu entspannen, bückte sich Anijs wohlwollend zu ihm, und in der Gewißheit, daß seine demonstrierte Verbindung mit dem Hause Bennemin es fortan vor weiteren Angriffen bewahren würde, sagte er: »Nun müßt ihr vor den Jungen keine Angst mehr haben… der Hund kann wieder weg!«

Klein Pet riß den Mund auf, blieb aber vor Entsetzen stumm. Anijs lachte erst dem Jungen zu, daß es ein Scherz sei, dann dem Vater, als wolle er ihm zu einem solchen Sohn gratulieren. Bennemin selbst bekam in diesem letzten Moment ebenfalls keinen Laut mehr über die Lippen, zumindest nicht zu Anijs, als schnüre ihm Dankbarkeit die Kehle zu, aber über Klein Pet wußte er seine Gefühle doch auszudrücken.

»Nur zu, Junge«, sprach er rauh, »sag: Vielen Dank, Herr Apotheker.«

Wieder war das Wort zu schwierig, wiederum stand der Knabe mit offenem Mund, da schleuderte Anijs schon die Rockschöße zur Seite, schon kniete er demütig vor dem Knaben und sagte ihm helfend, verbessernd, vereinfachend, vor: »Vielen Dank, Herr Doktor…«

KAPITEL 10

Konzert

Am Donnerstagabend, kurz vor seiner Begegnung mit E. Nigma, hatte Vedder die Syde-Violine zugeleimt; gleich am nächsten Morgen überprüfte er, ob das Geräusch verschwunden wäre. Er setzte den Stimmstock, spannte die Saiten, nahm den Bogen: Das Rauschen war noch da. Unverzüglich löste er wieder die Saiten und schob das Messer in die frische Leimnaht, dann erst verlangsamten sich seine Bewegungen, verdickte sich der Gedanke, den er schon beim ersten Öffnen gedacht hatte, zu einer zähflüssigen Erkenntnis, die ihn schließlich völlig handlungsunfähig machte: Die Resonanz konnte in jeder winzigen Höhlung stecken, in jeder alten Reparatur oder jedem harmlosen Riß, an viel zu vielen Stellen, als daß er sie alle gleichzeitig reinigen konnte – nach jedem Eingriff müßte er die Geige schließen, ohne zu wissen, ob das Übel tatsächlich behoben war; wenn nicht, wie jetzt, blieb ihm nichts übrig, als die sorgfältig angeleimte Decke wieder aufzuschneiden und so weiter, so lange, bis ihn der Zufall erlöste und der mühselig nach oben gewälzte Felsblock auf dem Gipfel liegenbliebe, ohne wieder hinunterzurollen.

THEOS GEBURTSTAG war ohne Besonderheiten vorübergegangen. Wie vereinbart, hatte ihm Rossaert dieses Jahr noch die Wahrheit über seine Herkunft erspart; Vedder hatte dem Jungen bei seinem traditionellen Besuch am Vorabend einen Malkasten geschenkt und bezahlte nun im stillen das Kostgeld.

Diesen Winter verließ Mezger endgültig das Amstel Hotel, um seine Praxis in Wiesbaden weiterzuführen. Das Wetter blieb mild, der Bau des Hauptbahnhofs ging zügig voran, und mit dem Frühjahr trat eine befremdliche Stille ein. Die stampfenden Dampflokomobile verschwanden, ebenso die Arbeitermassen: Es wurde nur noch, innen wie außen, an der Ausgestaltung des Gebäudes gearbeitet, was noch mehr Reklameschilder an den Bauzäunen als zuvor mit sich brachte, emaillierte Schilder von Unternehmern und Bauunternehmern, Lieferanten und Spediteuren, Fabriken und Trafiken, Versicherern und Rückversicherern, benannt nach allen Provinzen. Wie unerträglich scharf kontrastierte all diese, teilweise gar unsichtbare Betriebsamkeit inzwischen doch mit der unendlichen Geduld der AG Hotelunternehmen Victoria Hotel: Natürlich war Ebert bald nach dem ersten Verhandlungsversuch wieder aufgetaucht, um nachträglich zu einem Vergleich zu kommen, und kurz vor Jahreswechsel noch einmal, aber weil Vedder, aufgrund der Vollmacht auch für Carstens, starrsinnig bei seiner Forderung von fünfzigtausend Gulden blieb, kamen sie sich nicht näher und blieb der Abstand zu den gebotenen zwanzigtausend viel zu groß, als daß es sinnvoll gewesen wäre, diesen durch eine Aufstockung des Angebots auch nur verringern zu wollen.

Dennoch hatte Ebert etwas in petto, als er im Februar des folgenden Jahres erneut seine Aufwartung machte: Der Herr Henkenhaf hatte ihn ausdrücklich gebeten, den verehrten Eigentümern der zu erwerbenden Grundstücke jegliche Unterstützung, Sachverstand und Verbindungen in Sachen eventuell gewünschter Investitionen des Erlöses anzubieten, die der Hotelgesellschaft zur Verfügung standen, da doch nicht jedermann auf diesem Gebiet gleichermaßen versiert sei, denn: eine Kapitalanlage in Öl, ausgezeichnet, aber wie weiter, denn obwohl der sensationelle Ölfund vom 15. Juni 1885 auf Sumatra, Bohrloch 1, Telaga Tungal, noch ziemlich bekannt war, wußten vermutlich nur wenige, daß diese Konzession, derzeit noch im Besitz der Vorläufigen Sumatra Petroleum Gesellschaft, wahrscheinlich schon im nächsten Jahr in eine neu zu gründende Ölgesellschaft eingebracht würde. Das bereits jetzt mündlich geäußerte Vorhaben Seiner Majestät Willem III., dieser das Prädikat »Königliche« zu verleihen, übrigens höchst ungewöhnlich, weil das Unternehmen seine Solidität erst noch zu beweisen hatte, mußte diesbezüglich zweifelsohne als exklusive Information, auch in ihrer Bedeutung für die weitere Kursentwicklung, gerechnet werden. Ebenso stand nun bereits fest, daß diese Ausgabe überzeichnet werden würde, aber was hielte Herr Vedder davon, wenn der Herr Henkenhaf über Möglichkeiten verfügte, ihm eine Portion Aktien jeden gewünschten Umfangs zum Ausgabekurs zu reservieren?

»Lassen Sie uns doch auch einmal über solche Fragen sprechen und nicht nur über Ihre Forderung«, seufzte Ebert schließlich, »denn was ist für einen Anleger am Ende wichtiger: die Größe seines Kapitals oder die Rendite, die es abwirft? Übrigens läßt der Herr Henkenhaf Sie grüßen …«

Nie zuvor hatte Ebert so lange und mit soviel Verve gesprochen, es hatte etwas Verzweifeltes, und Vedder belohnte es mit einem breiten Lächeln. »Meine besten Grüße zurück«, sagte er, bis zum Erröten durchglüht von allem, was ihm eben zuteil geworden war, die heftig erhoffte Wiederkehr Eberts und die direkte Antwort Henkenhafs, »und gewiß, sehr gern werde ich mich einmal mit dem Herrn Henkenhaf über Börsenfragen unterhalten … aber das heißt doch nicht, daß wir nicht zuerst verhandeln müssen? Kommen Sie, machen Sie doch ein Angebot!«

Als craqueliere es ganz rätselhaft und sei plötzlich gealtert, verlor Eberts Gesicht schlagartig jeden Glanz. Ergeben senkte er das Haupt, schüttelte es seufzend in einer Weise, die keinen Zweifel an der Nichtigkeit des menschlichen Einflusses auf den Lauf der Dinge ließ, und verließ unter Kopfschütteln den Laden, jedoch nicht ohne Vedder innig die Hand gedrückt zu haben – aber er kam doch nicht mehr zurück, auch nicht wegen seiner Violine, in der noch immer der Wolf steckte.

SEIT DEM ANBRINGEN der Überdachung hatte Vedder von seinem Haus aus nicht mehr den Wind über das Y streichen sehen, aber seit kurzem konnte er die Windrichtung von einem Zifferblatt am westlichen Turm des Bahnhofs ablesen. Unablässig wurde inzwischen das vielsagende Fassadenprogramm ergänzt, in allerlei Veröffentlichungen erklärt und beschrieben als der niederländische Staat, verkörpert durch das Staatswappen im Giebel; darunter prangte das Wappen von Amsterdam, umgeben von den Wappen der vierzehn Städte, mit denen der Bahnhof in Verbindung stehen würde; in den Giebelfeldern über den drei Fenstern des Sitzungssaals huldigten verschiedene Völker mit ihren Erzeugnissen Amsterdam in Gestalt einer Jungfrau, im mittleren Tympanon zwischen der Personifikation des Y und der Amstel thronend; in den Reliefs am Fuße des östlichen Turms wurden von links nach rechts der »Ackerbau«, die »Viehzucht« und der »Handel« dargestellt, darunter auch noch die »Elektrizität« in Gestalt einer geflügelten Frau mit Kind – während die Elektrizitätsgesellschaft Electra zu der Zeit gerade die ersten Kabel in den Straßen zu legen begann; während Carstens mit dem Hinweis auf das sich verschlechternde Bein seiner Frau auf eine baldige Einigung zu drängen begann; während es Frühling wurde und der erste Butt aus der Gouwzee eintraf.

SO WANDELTE SICH ALLES mit dem Verstreichen der Zeit, nur Vedders Angelegenheit mit dem Victoria stockte. Wo blieb Ebert? Von den vier Besuchen erinnerte er sich nur noch an den zweiten, als sie zum ersten Mal wirklich über den Preis verhandelten und sich am Ende wie erschöpfte, zerschlagene Boxer stumpf angestarrt hatten: Ob er sich damals womöglich zu sehr hatte gehen lassen und Ebert noch wütend war? So schmerzlich ihm dieser Gedanke ins Herz schnitt, so resolut verwarf er ihn auch gleich wieder zugunsten der gegenteiligen Vorstellung, daß sich Ebert gerade über sein selbstbewußtes Auferstehen aus seiner anfänglichen Bescheidenheit gefreut haben mußte, durch die sie sich ja nur nähergekommen waren, die Ungleichheit zwischen ihnen verringert und die Kraft des einen mit der des anderen gemessen wurde – aber natürlich, hätte Ebert sein freimütiges Auftreten wirklich mißfallen, dann würde er ihm beim Abschied doch nie die Parabel erzählt haben? Außerdem hatte er ihm noch eine Violine zum Reparieren gegeben… die Syde-Violine.

Aber mit dem Anhalten der Stille wandelte sich die Erinnerung an den sportiv abgeschlossenen Schlagabtausch nach und nach zum Bild einer kraftvoll begonnenen, noch andauernden, aber vorläufig gleich nach der Eröffnung unterbrochenen Schachpartie, in der beide Farben gerade erst ihre Figuren aufgestellt hatten, und zwar so, daß jede Figur und jedes Schußfeld auf die beiden zentralen Felder ausgerichtet waren, um die sich alles drehte: die Prins Hendrikkade 46 und 47. Zwischen den beiden spiegelbildlich bezogenen Stellungen befand sich ein leeres Glacis ohne jede Deckung, auf das man sich nur unter Lebensgefahr wagen konnte, man rüstete sich zu einem langen Kräftemessen vor allem ballistischer Art – aber welcher Kampf auch gekämpft wurde, er ging völlig an Vedder vorbei, wie er auch kaum noch bemerkte, ob am Bahnhof gebaut wurde oder was die AG Victoria tat, es machte ihn schreckhaft und unsicher, seine gereizten Nerven versorgten ihn mit überschüssiger Energie, obwohl er zu fast nichts mehr kam, und so geschah es dann, daß der Mann, der immer beschäftigt war, sich nun während unendlich viel Zeit langweilte, die er nicht für das einzige nutzen konnte, was er tun wollte, nämlich verhandeln – kurzum, Vedder befand sich in einem Wartezustand, keinem gelangweilten Warten, sondern einem nervösen, unvermögenden Warten; er wartete auf Ebert, er wartete auf Theo, aber seltsam: Der Gedanke, beide könnten gleichzeitig auftauchen, erfüllte ihn nicht mit Freude, sondern mit Furcht.

ES WURDE FRÜH HEISS in diesem Jahr, Vedder hatte in der Lutherie wieder seine selbsterfundenen, aus Löschpapier gebauten Fliegenfallen aufgestellt. Er hatte die Syde-Violine nun vier- oder fünfmal geöffnet, und ebensooft hatte er eine alte Reparatur rückgängig gemacht und erneut ausgeführt, was bisher jedesmal auf das Ersetzen eines Reifchens hinausgelaufen war. Zwar waren diese Bemühungen noch fruchtlos geblieben, aber dem stand gegenüber, daß die Geige bei all der Gewalt noch keinen Schaden genommen hatte, womit jederzeit, auch bei den einfachsten Eingriffen, zu rechnen war. Die Möglichkeit einer Beschädigung schien aber mit jedem Mal ein wenig größer zu werden, bis sich Vedder plötzlich an eine einst bei Meisterbauer Smolenaars gesehene Technik erinnerte, die er zur Minderung jeglichen Risikos prompt selbst anwenden wollte. Es begann damit, daß er zwei flache Verschalungen baute, etwas größer als das Instrument; dann deckte er sie wasserdicht mit Segeltuch ab und goß sie halb mit Kalk aus; nachdem er anschließend auch den Kalk mit Segeltuch abgedeckt hatte, drückte er in den einen Behälter die Decke mit der Wölbung nach außen und den Boden gleichermaßen in den anderen. Nach dem Aushärten des Kalks standen ihm nun zwei perfekt passende Unterlagen zur Verfügung, auf denen fortan Decke und Boden während der nächsten Arbeiten maximale Stütze und Halt fanden.

Gaben diese bauchigen Geigenabdrücke auf der Werkbank der Lutherie schon einen Hauch gesteigerter fachmännischer Meisterschaft, so schien auch Vedder durch den Umgang mit der Syde-Violine Schliff, Geschmack und Selbstbewußtsein zu bekommen. Wenn er sich in manchen Momenten trotz seiner ständigen Erregung doch zu konzentrieren vermochte, kümmerte er sich nicht nur um die verborgene Resonanz, sondern hatte auch wieder einen Neubau angefangen. Einst hatte er, ebenfalls bei Smolenaars, auf die allgemein bekannte Regel »Arbeite von grob nach fein«, in casu, vom Hohleisen über den Beitel zur Ziehklinge, die viel weniger bekannte Ergänzung gehört »Arbeite so lange wie möglich mit dem gröberen Gerät«, und nun lernte er zum erstenmal diesen Lehrsatz wirklich zu schätzen: Wo er früher schon zum Beitel gegriffen hätte, blieb er nun noch beim Hohleisen; als er schließlich die Ziehklinge ansetzte, war die Arbeit schon fast vollständig mit dem Beitel ausgeführt. Nie zuvor hatte er eine so markante, charaktervolle Schnecke geschnitzt; mit der treffsicheren Hand eines Künstlers brachte er die Hohlkehle für die Ader an, mit dem Stechbeitel statt eines feinen Meißels, er setzte seine volle Kraft ein, während er das Blatt mit dem Knie festhielt. Dieser von der Syde-Violine geweckte erwachende Kunstsinn bezog sich in einer durchgehenden Kettenreaktion auch weiterhin auf sie, er empfand eine tiefe Ehrfurcht vor dem alten Etikett mit der Paraphe des Meisters, und auf das authentische, durch das Alter entstandene und nicht durch Kunstkniffe imitierte Craquelé starrend, wie er es selbst auch oft genug mit seinen Lacken hergestellt hatte, begriff er, daß nichts den gegenwärtige Zeitenlauf so klar kennzeichnete wie das Aufkommen der Imitation, die

Maskerade der allerorts üblich gewordenen Materialtravestie, das Silberdoublé, das Talmigold, das Furnier, der Alabaster aus Gips, das Rosenholz aus Pappmaché, der Marmor aus Holz, die getünchten Backsteinwände mit Natursteinfugen.

In dieser gänzlichen Geschmacksverfeinerung lernte er auch die Bennemin-Geige immer mehr zu schätzen: Wie einfach sie auch ihrer Herkunft nach war, das Instrument besaß einen tiefen, reichen, sämigen Klang, wenn auch zu schwach für die heutige Aufführungspraxis. Da Vedder keine Provision in Rechnung stellen wollte, hatte er keinerlei finanzielles Interesse an einem Verkauf, egal zu welchem Preis, aber dennoch, aus reiner Liebe zum Fach, konnte er es nicht lassen, die Geige für ein neues Leben flottzumachen. Zuerst schnitt er ein wenig Holz aus dem Steg, was den Klang sogleich ein wenig größer machte, darauf versetzte er den Hals gegenüber dem Korpus so, daß die Saitenspannung durch den neuen Winkel erheblich wuchs und damit, tatsächlich, auch das Tonvolumen. Nun würde die Geige dank der geänderten Mensur in jedem Saal und Orchester einen vortrefflichen Eindruck hinterlassen und war de facto jetzt noch mehr wert als den Ausgangspreis von hundert Gulden, nur kamen in sein Geschäft nie Kunden, die mehr als diesen Betrag ausgeben konnten, bei ihm war es der Höchstpreis – eigentlich müßte er einmal damit zum Konzerthausorchester.

VEDDER KONNTE ES kaum noch ertragen, so wenig war noch von den Arbeiten am Bahnhof zu merken, obwohl die Zeit drängte und die Arbeit hinter den Mauern und Bauzäunen zweifellos in vollem Gange war; aber stand es um die Sache zwischen ihm und dem Victoria nicht eigentlich ebenso? Auch hier drängte die Zeit, auch hier mußte es hinter den Kulissen vor Emsigkeit summen, aber er wurde zu nichts mehr befragt – wo blieb Ebert, er war doch am Zug? Mattgesetzt in machtlosem Abwarten, glaubte Vedder anfangs, daß man so seine Nerven zerrütten und seinen Widerstand brechen wollte, später durchfuhr ihn immer öfter die panische Frage, ob er womöglich nicht selbst irgendwo einen Fehler gemacht und dadurch die Partie vorzeitig zum Stillstand gebracht hatte – konnte er nicht einfach einen Zug machen, war es nicht das, worauf Henkenhaf und Ebert warteten? Eine heiße Freude beschleunigte in solchen Augenblicken seinen Atem, bis er einsah, daß er sich keineswegs eigenmächtig mit dem Victoria in Verbindung setzen konnte, denn auf seine Frage, wo Ebert wohne, war die Antwort ein ausweichendes »Ich wohne bei einem Freund« gewesen, und übrigens, je länger er darüber nachdachte, um so klarer wurde ihm, daß es nicht daran liegen konnte: Ebert hatte mit »zwanzig« eröffnet, darauf hatte er »fünfzig« gespielt, zweifellos war jetzt Ebert wieder am Zug – oder war diese Parabel über den umstrittenen Leichnam sein nächster Zug gewesen, in dem Fall ein äußerst bedeckter Zug, gleichsam blanko abgegeben?

Das endlose Auf und Zu der Syde-Violine, die Bennemin-Geige verkaufsfertig im Schaufenster, ohne daß ein Käufer kam, der Neubau in Arbeit, während noch einige unverkaufte Exemplare an der Leine hingen: Vedders Nerven lagen allmählich blank, wie ein Alpdruck, eine Stille, eine Sackgasse, die am 10. Juni plötzlich durch eine Zeitungsmeldung in der *Amsterdamsche Courant* unterbrochen wurde: Die Hotelgesellschaft Victoria habe fünf Häuser am Damrak und drei an der Prins Hendrikkade angekauft; mit zwei Eigentümern sei man noch im Gespräch.

Unendlich stumpf, als hätte ihn der Bericht wie ein Kokon eingesponnen, brach er aus seiner Erstarrung, hielt sich dann nicht mehr zurück und eilte mit der Zeitung zum Nachbarn in Nummer 45, dem Wirt, mit dem er seit ewig in Unfrieden lebte: aber jetzt ging es nicht anders, ohne Bestätigung des

Berichts und Kenntnis des Preises konnte er einfach nicht mehr atmen.

Es saßen kaum Gäste an der dämmrigen Theke, trotzdem ließ ihn der Nachbar erst gehörig warten. War sein höchst überraschtes Stirnrunzeln schon ungeheuer ärgerlich, es wurde noch schlimmer, als sich der Kerl auf die kräftig geflüsterte Frage erlaubte, erst einmal amüsiert um sich zu sehen, bevor er endlich seine Hand dem Mund näherte und sich mit überheblicher Geheimniskrämerei vorbeugte: »Zwanzig ...!«

Vedder schluckte, viel weniger wegen der beinahe bizarren Vertrautheit des trotz allem gewaltigen Betrags, sondern eher, weil er exakt mit dem von Ebert avisierten Endpreis übereinstimmte: Die preistreibende Wirkung des Bahnhofs, angesetzt mit fünftausend, der Spekulant, der für fünfzehn eines der Damrak-Häuser gekauft hatte; Vedder erinnerte sich plötzlich wieder glasklar an Eberts Ausführungen, er zweifelte auch nicht, daß die anderen, bereits ausgezahlten Eigentümer von dem unbestechlichen und unparteiisch auftretenden Ebert denselben Preis von zwanzig, fünfzehn plus fünf, bekommen hatten – die Präzision von Eberts Kalkulation ließ ihn frösteln, er wurde wichtig unter der Macht der jetzt bestätigten, aber schon mehr als acht Monate alten Prophezeiung, die sich wie eine Faust um ihn schloß ...

Im nächsten Moment war er wieder völlig gefaßt und trat aufgeregt beim Nachbarn daneben ein. »Carstens, wir stehen in der Zeitung!« rief er dem alten Schneider auf dem Tisch zu und schlug die Zeitung mit heftigen Klapsen unter dessen Nase auf. »Schau nur, die zwei Eigentümer, mit denen die Besprechungen noch andauern, das sind wir! Aber tausendmal wichtiger ist der Bericht, daß die anderen acht Häuser schon verkauft sind, jedes für zwanzigtausend, wie ich gerade herausgefunden habe ... Carstens, begreifst du nicht, was das bedeutet?«

Als habe sich seine Sehkraft erneut verschlechtert, so mühsam fand Carstens den einzigen Abstand, aus dem er die Zeitung noch lesen konnte. Die Nadeln und Stecknadeln in seinem Mund sahen aus wie stählerne Stoppeln, die auf seinen Lippen sprossen; als er wieder aufsah, spiegelten seine Brillengläser, und er lächelte freundlich fragend wie ein Blinder – nein, er hatte noch nichts begriffen.

»Das bedeutet«, hämmerte Vedder weiter, »... das bedeutet, daß die Gesellschaft nun mit hundertsechzigtausend Gulden im Spiel ist... sie können nicht mehr zurück, sie können nicht mehr ohne uns... Verstehst du es jetzt? Der Verkauf unserer Häuser kann nicht mehr schiefgehen, er wird jetzt garantiert klappen! Haha!«

Wenn Carstens soeben irgend etwas begriffen zu haben meinte, dann hatte er diese geringe Erkenntnis jetzt wieder verloren: »Aber... aber, das war doch schon so? Das haben wir doch schon gewußt?«

Ganz kurz gefror das Lachen in Vedders Gesicht, ganz kurz herrschte in der Schneiderei vollkommene Stille, nur von oben hörte man nun ein Knarren, von jemandem, der sich im Bett umdreht: Es kam von Frau Carstens, die jedes Wort hatte hören können und atemlos auf die Fortsetzung wartete – Frau Carstens mit dem Bein, das jetzt noch versorgt, alsbald aber gepflegt und am Ende behandelt werden mußte.

»Stimmt, Carstens, sicher... aber jetzt wissen wir es ganz sicher! Freu dich doch, auch für deine Frau... Warum konsultiert sie nicht einmal Doktor Mezger? Gut, der praktiziert nun in Wiesbaden, aber was spricht gegen eine herrliche Zugreise am Rhein entlang? Das ist jetzt alles drin!«

DIE ERREGUNG ließ nicht mehr nach, wurde zur Qual; am nächsten Donnerstagabend machte sich Vedder auf zum American Hotel; der Wunsch, Ebert zu treffen, war unbezwingbar geworden, ein Verlangen, aber auch seinen amerikanischen Vetter wollte er gern noch einmal sprechen, oder E. Nigma, und vor allem natürlich Chris Anijs aus Hoogeveen – unter all seinen Bekannten und Kunden war keiner, mit dem er auf gleichem Fuße stand; verkaufte er doch endlich die Bennemin-Geige, dann könnte er mit dem Geld nach Hoogeveen…

Kam er zu früh? Es dämmerte kaum, als er sich mit dem Rücken an das Stadttheater drückte; dennoch erstrahlten die Bogenfenster des Billardsaals schon im Lichterglanz. Wieder gingen die Menschen ruhig durch die Marnixstraat, genau wie letztes Mal, als er Ebert hier auch nicht angetroffen hatte – war er soeben, beim Aussteigen aus dem Omnibus, vor Scham schon ein wenig in die Knie gegangen, weil er nun offen nach Ebert suchte, machte ihn nun die Aussichtslosigkeit der Suche noch kraftloser – und auf einmal, einen Atemzug lang, schossen ihm bei der Erkenntnis der eigenen Einsamkeit die Tränen in die Augen, wie er dastand, mit seinen fast sechzig Jahren, wie ein verschmähter Abendfreier: Auch er lungerte ungeladen vor einem beleuchteten Fenster herum, unwiderstehlich davon angezogen, auch für ihn hing alles davon ab, wer sich dort drinnen befand, aber auch er konnte nicht mehr sehen, als daß dort Licht brannte: War die Geliebte eigentlich gekommen, und wenn sie seiner lästigen Anwesenheit gewahr wurde, was hinderte sie dann, wie es überall geschah, sich ihm mit einem einzigen Ruck am Vorhang, einem Schritt weg vom Fenster zu entledigen? E würde ebenso ziellos in der Dunkelheit zurückbleiben wie eine Motte nach dem Löschen des Lichts.

Er schnaubte durch die Nase, der Nebel vor seinen Augen lichtete sich, und zugleich sah er hinter dem sonst leeren Fenster des Billardsaals ein paar dicke Rauchkringel zu den Kronleuchtern aufsteigen – dann waren also doch schon einige Mitglieder gekommen! Was, wenn er nun ein bißchen weiter vorginge? Er löste sich von der Wand, wollte eben vor zwei heranspazierenden Herren über die Straße hasten, blieb jedoch wie gelähmt stehen: Im Bruchteil einer Sekunde hatte er Ebert erkannt, er war im Frack, ebenso wie der distinguierte, etwas ältere Herr neben ihm. Schleppend und willenlos wandte er sich den beiden zu, und erst als Ebert in allerletzter Sekunde ein wenig auswich, wurde er umgekehrt auch von ihm erkannt.

»Ach, Herr Vedder, guten Abend …«

Völlig überwältigt hörte Vedder einen Moment gar nichts, auch nicht, ob Ebert eine Höflichkeitsfloskel gelungen war; dennoch zerbrach er sich augenblicklich den Kopf über eine Antwort, eine Erklärung für seine Anwesenheit: Die Begegnung war eine einzige große Bitte um Rechenschaft, ein unermeßlich tiefes Loch, in dem er taumelnd versank …

»Ich bin gerade bei meinem amerikanischen Vetter gewesen … er wohnt hier im American Hotel …«

Ebert lächelte freundlich.

»Und jetzt war ich gerade auf dem Weg zum Konzerthaus«, fuhr er fort, weil die Glaubwürdigkeit einer Geschichte doch auf einer Fortsetzung der vorigen beruhte. »Gehen Sie auch ins Konzerthaus?«

»Heute abend leider nicht«, sagte Ebert.

»So spricht der wahre Musikliebhaber!« rief Vedder beifällig; nach dem ersten Schock hatte er seine Gewandtheit wiedergefunden, er fühlte sich jetzt tatsächlich schon besser als seit langem, und befriedigt verbuchte er, wie das wohlerzogene Lächeln Eberts einen unbehaglichen Anflug bekam: Aus den Höflichkeitsfloskeln war schon ein Schwatz geworden, Ebert konnte nicht mehr einfach weitergehen, möglicherweise würden ihn seine vortrefflichen Manieren sogar gleich veranlassen, ihn seiner Begleitung vorzustellen. »Aber natürlich, Sie spielen ja selbst, die Syde-Violine, übrigens ein wirklich famoses Instrument, auch wenn der Ton ein wenig zu klein für den Einsatz im Konzerthaus ist. Wenn Sie möchten, kann ich den Hals ein wenig verstellen ...«

»O nein, ich bin nur ein Amateur!«

»Aber das sind gerade häufig die größten Liebhaber!« blieb er bei dem lobend-beharrlichen Ton. »Und wissen Sie, woher das kommt? Die wahren Liebhaber zieht es zueinander, so daß es mich nicht wundern würde, wenn auch der Herr dort ...«

Ein Vorstellen war nun unvermeidlich geworden, befriedigt sah Vedder, wie sich Ebert seufzend dazu anschickte, und auch, daß der fremde Herr nicht mehr verhehlen konnte, sich angesprochen zu fühlen, und ihm langsam das Gesicht zuwandte; schäumend wie Champagner perlte eine kalte, klare Freude in ihm auf.

»Sind Sie Henkenhaf?« fragte er freiweg, als ihrer beider Blicke aufeinanderschlugen; aufmerksam fixierte er den Unbekannten, sah ihn eine Braue heben und begriff nicht nur schlagartig, daß es nicht Henkenhaf war, sondern zugleich auch, trunken, die unglaubliche Unverschämtheit seiner Frage: Hin- und hergeschüttelt von beiden Erkenntnissen, verband sich der Luftwein seines Gemüts mit rasendschnellen Spritzern Erwartung, Enttäuschung und Erleichterung zu einem flüchtigen Cocktail ...

Aber nichts geschah, die Frage blieb unbeantwortet und schien gleich darauf nicht einmal gestellt zu sein. »Oh, tut mir leid, daß ich Sie noch nicht vorgestellt habe«, tat Ebert unbeirrt, als schließe er einfach bei ein paar Sekunden davor an, und die Frage war schon in einer Falte der gesmokten Zeit verschwunden, »das hier ist Herr Vedder, Geigenbauer ... und dieser Herr ... dieser Herr ist ein Freund ...«

Seltsamerweise verschaffte es Vedder ungeheure Befriedigung, daß ihn Ebert offenbar für zu unwichtig hielt, um ihm seinen Freund namentlich vorzustellen. Händeschütteln war nun unmöglich gemacht, statt dessen machte Vedder einen tiefen Bückling, worauf er glänzend wie eine neue Münze wieder hochkam: Wenn dieser Herr nicht Henkenhaf war, konnte er doch noch die andere Person sein, über die Ebert einmal gesprochen hatte? »Genau, ein Freund, angenehm«, wandte er sich erneut direkt an den Unbekannten – so wurde es ein richtiges Gespräch, während die beiden im Gegenteil nichts lieber wollten als Abstand wahren und weitergehen! – »und darf ich auch fragen, ob der Herr Ebert bei Ihnen wohnt?«

Der Unbekannte schnaubte verblüfft durch die Nase, suchte Eberts Blick, aber Vedder ging schon wieder weiter, verwegen und ausgelassen, ohne noch zu wissen, worauf er hinauswollte, Hauptsache, es ging nach unten, in die Tiefe, und zwar solange, bis er ganz unten wäre und die anderen nur noch auf ihn herabsehen könnten – das gefiel jedem, und ihm war es einerlei, ihn störte es nicht! »Nein, sagen Sie bloß nichts, es geht mich nichts an, und vielleicht wohnt der Herr Ebert ja auch bei einem anderen Freund, ich meinte nur sagen zu müssen, daß Sie entschieden den Eindruck eines wahren Musikliebhabers machen ...«

Wo Ebert ständig unbehaglich lächelte, da zeigte der fremde Herr nun offen ein spöttisches Lächeln. Er murmelte etwas von sehr freundlich und zuviel der Ehre, drehte sich mit angehaltenem Atem seinem Freund zu und schien nun jeden Augenblick in schallendes Lachen ausbrechen zu müssen – aber bevor es dazu kam, gab Ebert ihm die Erlaubnis, womöglich gar den Befehl, sich einstweilen zu entfernen, worauf sich der Mann, mit einem letzten Murmeln, liebenswert verneigend abwandte.

»Falls der Herr noch Interesse an einer schönen Geige hat«, rief ihm Vedder ausgelassen nach, »ich habe noch etwas ganz Besonderes im Laden, eine Manufaktur, sehr schön angepaßt an das neueste Repertoire, die größten Säle, das Konzerthausorchester ... für hundert Gulden!«

Nach dieser Ouvertüre blieb es still, das eigentliche Thema mußte noch einsetzen, aber da sich Vedder nun mit Ebert allein sah, wußte er auf einmal nicht mehr weiter, und ihn verließ jedes Flair: Was ihm soeben noch wie Champagner in den Kopf gestiegen war, schlug sich nun in ihm nieder wie Bier in einem fettigen Glas. »Warum sind Sie denn nicht mehr gekommen?« fragte er schließlich ganz schüchtern. »Ich habe Sie überall gesucht, um zu verhandeln... warum haben Sie mit den Nachbarn verhandelt und nicht mit mir? Ich las es in der Zeitung...«

Ebert blickte ihn ernst an, ohne Groll wegen seines schlechten Benehmens, sondern vielmehr besorgt. »Sie verhandeln nicht, Sie fordern immer fünfzig, obwohl zwanzig reell sind, wie ich Ihnen schon bei der ersten Besprechung am Fall des Spekulanten erläutert habe, der für fünfzehntausend eines der Häuser am Damrak aufkaufte in Erwartung einer erhofften Preissteigerung von fünftausend durch die Hotelplanungen; kurzum, ich habe Ihnen vom allerersten Anfang an die Karten auf den Tisch gelegt und Ihnen sofort einen guten Preis geboten, denselben Preis, der inzwischen von all Ihren Nachbarn akzeptiert wurde, einschließlich des Spekulanten. Aus diesem Grund bin ich nicht mehr zu Ihnen gekommen, mir schien es besser zu warten, bis Sie sich von der Redlichkeit unseres Angebots überzeugen könnten, als noch tiefer in den heillosen Weg des Zwanzig-fünfzig-Widerspruchs hineinzulaufen.«

Eberts neutrale, sachliche Stimme wirkte derart ernüchternd auf Vedder, daß er sich fühlte wie ein Kind, das nach dem Weinen zur Ruhe kommt, aber noch immer ein wenig unsicher an Leib und Stimme bleibt. »Aber warum haben Sie nicht zuerst fünfzehntausend geboten... dann hätten wir verhandeln können!«

»Ich habe befürchtet, Sie könnten annehmen – denn sowenig wir einen absurd hohen Preis zu zahlen wünschen, sowenig ist es unser Wunsch, von der eventuellen Unerfahrenheit der Gegenpartei zu profitieren durch einen Ankauf unter Wert, wie ich Ihnen übrigens auch schon zu Beginn mitgeteilt habe.«

Noch kindlicher fühlte sich Vedder durch diese Antwort, die ihn mehr wie eine Ohrfeige traf denn ein Kinnhaken. Vor Scham konnte er kein Wort mehr herausbringen.

»Das würde nicht nur die Ehre des Herrn Henkenhaf verbieten«, fuhr Ebert ungerührt fort, »wir können es uns als öffentliches Unternehmen auch nicht erlauben, derart die öffentliche Meinung gegen uns aufzubringen.«

»Also ... also hat der Herr Henkenhaf wohl Respekt vor der öffentlichen Meinung?« wußte Vedder nur noch stammelnd vorzubringen, bei allem Gêne nun auch noch aufs äußerste gehemmt, so freimütig über eine Person vom Rang eines Agostini, eines Mezger zu reden – aber schon verwandelte sich die Hemmung in Aufregung, eben wegen desselben Gegenstandes!

»Natürlich! Der beste Freund eines jeden Hotels ist die öffentliche Meinung! Würde Herrn Henkenhaff guter Geschmack ihn nicht daran hindern, dann hätte er den Zeitungsbericht über die angekauften Häuser zweifellos auch um die tatsächlich bezahlten Preise ergänzt – damit nicht nur Sie, sondern auch die Amsterdamer Bürger im allgemeinen sich unserer völlig korrekten Vorgehensweise hätten vergewissern können.«

»Aber ... hat Henkenhaf denn die Presse in der Hand?«

Ebert zuckte mit den Schultern, verglich den Journalismus mit einem Pferd, das, egal wie edel, dennoch sehr wohl zu lenken sei, wenn man nur gut im Sattel sitze. Was sich Poet schimpfe, sollte doch Pegasus' Zügel bedienen können, und zu einem Unternehmen von der Größenordnung eines Victoria gehöre es nun einmal, daß es über gewisse Verbindungen verfüge – aber bei alldem klang jetzt ein gewisser

Unwillen mit, als habe er Angst zu prahlen, vielleicht auch, um seine allzu gierige Fixierung auf seinen Herrn Henkenhaf ein wenig zurückzunehmen.

»Ich verstehe! Ich verstehe!« rief Vedder erregt aus. »Kein Wort mehr über Henkenhaf, nur noch dies: Ich habe keinen Zweifel mehr, daß er mit E. Nigma in Verbindung steht...!« Während es ihm kalt über den Rücken lief, blickte er weg zu dem Hotel jenseits der Straße. Der Abend brach mit schwarzen Mauern herein; die beiden Bogenfenster zeichneten sich noch heller davor ab, und in einem der Medaillons war Eberts Freund aufgetaucht, mit einem Glas Champagner in der einen und in der anderen Hand einem Billardqueue.

»E. Nigma?«

Langsam drehte Vedder den Kopf zurück, und im Bewußtsein, mehr über E. Nigma zu wissen als Ebert, dessen Züge plötzlich durchaus gespannt wirkten, fand er hinter dem Frösteln seine Erregung von vorher wieder, die rasch zu einem Gefühl der Freude und Unverwundbarkeit vergor.

»Ja, E. Nigma«, sagte er, und seine Augen begannen zu glitzern, »... wie der gegen die neuen Gebäude schreibt, vehement und kompetent, bei Architectura würden sie ihn bestimmt sehr gern hereinspazieren sehen, aber er wählt die Anonymität... die Ungreifbarkeit! Wieso ich das weiß? Ach, lassen Sie mich dies sagen: Vielleicht sind Sie nicht der einzige, der über gewisse Verbindungen verfügt... aber dennoch müssen wir wieder weiterverhandeln, die Zeit drängt...«

»Gewiß, sehr gern... aber vielleicht sind wir nach allem Gesagten auch wieder soweit, daß wir versuchen können, nun gleich zu einer Übereinstimmung zu kommen?«

»Ausgezeichnet... lassen Sie Ihr Angebot hören!«

»Zwanzig.«

»Fünfzig!«

INZWISCHEN ARBEITETE MAN immer fiebriger weiter an der Dekoration des nagelneuen, blendend rosa Bahnhofsgebäudes; aus allen Werkstätten des Landes trafen nun Reliefs ein mit Motiven wie »Dampf« und »Wohlstand«, »Die Verbrüderung der Völker« oder auch »Die Zivilisation«, natürlich alles per Bahn, da auch die Gleise und die Bahnsteige schon längst bereitstanden; seit dem 20. Mai hieß der Kunstboden vor dem Gebäude offiziell »Bahnhofsplatz« – aber dennoch mußte das festgesetzte Einweihungsdatum wieder verschoben werden.

Wenige Tage nach dem Vorfall in der Marnixstraat berichtete die Zeitung über die Ankunft des Schahs von Persien im Amstel Hotel und wie sich die Zäune in tiefer Ehrfurcht verneigt hätten unter dem Ansturm des herbeigeströmten Publikums. Voll Wehmut und Sehnsucht dachte Vedder daran, daß er früher mit Theo aus Neugier hingegangen wäre, sie waren doch auch zusammen bei der Serenade für Sarah Bernhardt im Doelen Hotel gewesen, zur selben Zeit, als er den Jungen mit einem alten Schilling für seine Münzsammlung noch überglücklich machen konnte – heute verlangte er nur noch gängige Währung, die wenigen Male, die er noch vorbeikam, um Geld zu leihen, so trotzig und stur, daß Vedder nicht zu fragen wagte, wofür. Der Sommer begann mit Hering und einer Unmenge fetter Aale, Ende August gab es auch Silberaal, aber Vedder freute nichts mehr, er lebte in Erwartung des Geldes wie ein Chiliast in Erwartung des Jüngsten Gerichts und aß nie mehr Fisch, nur noch Fleisch, in einem der beiden Hotels, wo man ihn jeden zweiten Tag sah, wie er sich um sechs Uhr an den Table d'hôte neben die anderen setzte, ihm unbekannte Herren – bis ihn seine eigene Unmäßigkeit beängstigte und er sich wochenlang der Kost von Eierhaus Spekman in der Kalverstraat aussetzte, wo nur saure Eier und ein Kaiserwecken serviert wurde, nebst einer Flasche Bier. Stets und ständig spürte er nun, wie ihn das

Kapital von hinten anschlich, schon so nah und greifbar, als könne er es greifen und ausgeben, ein Darlehen oder eine Schuldverschreibung aufnehmen, aber wenn er sich umblickte, sah er nichts. Es zermürbte seine Nerven, wenn er nachts wegen der in immer größerer Zahl vorbeidonnernden Güterzüge aufschreckte; er konnte keinen Schlaf mehr finden, und am Ende spiegelten seine tiefliegenden Augen nichts anderes als eine unbestimmte Leere seines Inneren: Wo er früher immer ein Mann aus einem Guß gewesen war, in der Gewißheit mehr zu wissen, mehr zu können, als man von einem zum Geigenbauer aufgestiegenen Schreiner verlangen konnte, da verunsicherte ihn nun gerade der Kontakt mit den besseren Kreisen: Sein früherer Überschuß war zum Fehlbetrag geworden, er fand seine Person für seine Stellung zu groß oder zu klein, kurzum, er litt an Standesverwirrung, und inzwischen sah er mit machtloser Verbitterung eine Frauenfigur nach der anderen an der Fassade des Bahnhofs auftauchen, je nachdem, was sie symbolisierten, mit einem Rad, einer Fackel oder einer Kette versehen, eine auch beim Händedruck mit einer Männerfigur: »Die Verbrüderung der Völker«! – aber was vermochte all der Zierat gegen den grundsätzlich falschen Entwurf, geschweige denn die Lage des Gebäudes, das ein Bahnhof war, aber wie ein Kloster aussah? Auch diese Unechtheit war ihm wieder unerträglich, er rang die Hände, bis sie weiß wurden, aber seltsam: Nach und nach vergingen seine Tobsuchtsanfälle immer schneller, direkt danach fühlte er sich niedergeschlagen und erschöpft, und er dachte mit Befremden an Veritas – tief in ihm dahinsiechend.

Eines Tages hielt ein Umzugswagen vor der Haustür eines der Nachbarn. In Anbetracht des Vorgeschichte war nichts unvermeidlicher und vorhersehbarer als das, dennoch flammte in Vedder beim Anblick des leeren Wagens eine unbezwingbare Erregung auf, ihm war, als bekäme alles Geschehene nun erst eine unleugbare, faßbare Wirklichkeit, wodurch auf einmal auch die Fortsetzung völlig vorhersehbar und unvermeidlich geworden war: Aus dem dunkelbraunen, bis zum Ersticken schwülen Sommerhimmel war dann endlich der erste dicke Tropfen gefallen, der unsichtbare Dunst war unter dem drohenden Druck schließlich kondensiert und zu Trinkwasser geworden, mein Gott, hatte er einen Durst; aber in Bälde würde alles triefnaß sein und vollaufen und unter Wasser stehen, nichts war unvermeidlicher, wenn sich solch ein Schauer dann entlud, und wer zweifelte bei all dem Wasser noch an der Echtheit des Dunstes?

Mit der Zeit zogen auch die anderen Nachbarn weg, einige ins neue Weesperzijde-Viertel, einer hatte sogar etwas im vornehmen Gooiland gekauft, und gegen Ende des Sommers kam Ebert und berichtete, daß die großen Abrißarbeiten wegen der beiden letzten Häuser nicht aufgeschoben würden: Die offizielle Einweihung des Hauptbahnhofs war nun auf den 15. Oktober festgelegt, und die Baugrube für das Victoria sollte so schnell wie möglich nach den Feierlichkeiten vorbereitet werden. Vedders Lächeln war während der Mitteilung immer verzückter geworden. »Ich weiß, daß Sie ein Herr sind, und Sie werden es nicht als Drohung auffassen!« antwortete er strahlend, »... bitte das auch dem Herrn Henkenhaf mitzuteilen, daß er sich meiner bleibenden Hochachtung versichert wissen kann und sich deswegen keine Sorgen machen muß: Eine Warnung, klarer Fall, aber sicher keine Drohung, so sehe ich es! Übrigens, wenn Sie verhandeln möchten ...?«

ES WURDE OKTOBER, Vedder schlug das Kalenderblatt um und sah die wichtigsten Ereignisse des vergangenen Jahres im Zeitraum nur weniger Wochen gehäuft: zuerst der Zeitungsbericht über die Hotelpläne, natürlich, kurz darauf die Reise nach Hoogeveen und noch ein paar Tage später, am fünfzehnten, Theos Geburtstag, der damals noch ohne große Vorfälle vorbeigegangen war. Das würde nun ganz anders sein, das aufgeschobene Erblassen von Vater Rossaert als Pflegevater – aber zuerst sollte der Junge, nach bewährtem Brauch und noch ohne von seinem Findelkindsein zu wissen, den Vorabend seines Geburtstags in der Lutherie verbringen. Vedder hatte seinen Bart gekämmt, ein Prachtumschlag lag hinten im Laden auf dem Rauchtisch bereit, auf dem Kanonenofen brodelte der Kaffee.

Theo klingelte erst um neun Uhr, und was sich noch mehr von den vorigen Malen unterschied: Er wartete wie ein Fremder vor der Tür, obwohl sie natürlich nicht abgeschlossen war und er zudem, als einziger, sogar einen Schlüssel hatte. Hastig begab sich Vedder nach vorn.

»Komm herein, geh weiter und schon meinen herzlichen Glückwunsch zu deinem siebzehnten Geburtstag morgen!« rief er, während er Theo zugleich die Hand schüttelte und ihm auf die Schulter klopfte. Draußen regnete es, aber nicht stark; Theos Mantel war viel nasser, als wenn er geradewegs vom Hasselaerssteeg gekommen wäre. Kurz darauf saßen sie am Rauchtisch.

»So, da sitzen wir dann, beim Kaffee, haha!« lachte Vedder fidel vor Erleichterung, daß Theo doch noch gekommen war, aber zugleich auch ein wenig besorgt, denn er wußte nicht, von woher. »Vielleicht wundert es dich, und du denkst: Droben hat er einen Fisch, warum gehen wir nicht hinauf? Aber, lieber Junge, ich esse nur noch Fleisch, und meist außer Haus, und weißt du, was ich mir für heute abend ausgedacht habe? Zusammen essen zu gehen, du und ich … du hast jetzt das Alter dazu! Was hältst du davon? Mal auf die Uhr sehen … neun Uhr … nein, für einen Table d'hôte ist es jetzt zu spät … Aber dann nehmen wir doch einen Tisch für uns beide, in einem Restaurant? Dann essen wir doch à la carte?

Du wirst nur einmal siebzehn! Und vielleicht anschließend noch irgendwo ein Bierchen trinken... Aber was schaust du so betreten, natürlich bekommst du auch ein Geschenk! Dieses Jahr habe ich etwas ganz Besonderes, etwas, das wirklich zu deinem Alter paßt, denn siebzehn Jahre, das ist schon was, deshalb dachte ich auch, komm, wir gehen einfach essen, wie zwei Herren, zwei Freunde, das geht nun allmählich! Natürlich hängt es auch von der bevorstehenden Abfindung ab, aber dürfen wir nicht auch einmal über die Stränge schlagen?«

Trotz der vielen an ihn gerichteten Worte hatte Theo noch nicht einmal genickt, gelacht oder auch nur aufgesehen, er war völlig mit der Wiederherstellung seines ziemlich ramponierten Äußeren beschäftigt und saß noch immer da und soignierte sich. Erst hatte er sich mit einem weißen Taschentuch den Regen vom Gesicht gewischt, dann hatte er mit einem Putzlappen seine Schuhe gewienert, danach hatte er, gegen das Ausleiern, seine überschmalen, fast spitzen Hosenbeine sorgfältig an den Knien hochgezogen, und nun saß er da und modellierte mit beiden Händen sein schwarzes Haar. Ohne es zu wagen, seinen Redefluß zu unterbrechen, um so mehr da es nun, nach der Schließung der benachbarten Schenke, abends in der Werkstatt totenstill war, so still, daß es Theo womöglich vertreiben würde – während er also ununterbrochen weiterredete, sah Vedder mit einem Schock, wie sehr der Junge Ebert zu gleichen begann, den er jetzt so oft gesehen hatte, daß sein Bild für den Vergleich zur Verfügung stand – aber es war eine Ähnlichkeit durch Kontrast: Beide ließen ihrer Frisur eine gewisse Freiheit, aber wo Ebert, nachdem der Wind mit seinen Haaren gespielt hatte, zweifellos etwas von einem Dichter oder Künstler bekam, da ähnelte Theo mit seiner Locke auf der Stirn doch eher einem Tanzlehrer; beide trugen enganliegende Kleidung, aber wo der knappe Schnitt bei Ebert die Schlankheit seines Körpers betonte, da waren Theos Kleider, meist aus zweiter Hand, aber mit unendlicher Sorgfalt ausgesucht, einfach eine Nummer zu klein und bewirkten vor allem, daß sein Körper dadurch gerade völlig verkleidet wirkte, kurzum, sie verhielten sich zueinander wie ein Versprechen zu seiner Erfüllung, wie das Negativ zum Photo, das Tonmodell zur Bronze: Ebert war hell, Theo vielmehr bleich; kam Eberts Teint von einem Zuviel an verfeinertem Kunstgenuß, war Theos eindeutig das Ergebnis gerade eines Mangels an Freude und Genuß, ein Hautausschlag – plötzlich sah Vedder das Leid in Theos Gesicht, aber es war ein Leid, das nicht Mitleid weckte, was es noch anrührender machte, denn welcher Knabe wollte mit so jemandem befreundet sein, welches Mädchen wollte sich bei seinem Anblick vorstellen, daß in dieser engen Jacke ein verdauender Körper steckte und in dieser Hose ein Hintern mit Pobacken? Aber wenn er tatsächlich keine Freunde hatte, woher kam er dann um diese Zeit, und wofür borgte er dann immer das Geld? Vedder schluckte, seine Liebe hatte beim Denken und Verstehen einen Moment gestockt, aber er faßte sich schon wieder, bestärkt gerade durch das Begreifen, das ihm schmerzlich durchs Herz schnitt.

»Übrigens, dein Vater hat morgen auch etwas ganz Besonderes für dich«, fuhr er fort, »letztes Jahr warst du noch zu jung dafür, deshalb bekommst du es erst jetzt… Ich möchte sehr gern wissen, was du davon hältst… Schau doch morgen kurz herein, nur auf eine Stunde! Wenn du Lust hast, gehen wir danach noch kurz zum Hauptbahnhof; du weißt doch auch, daß er morgen offiziell eingeweiht wird, und mir dünkt, daß es uns ziemlich viel angeht, ich meine, ohne den Hauptbahnhof auch kein Victoria, der Standort ist alles! Früher hätten wir bei so einer Gelegenheit ein Spruchband mit einem gereimten Protest mitgenommen, ach ja, weißt du noch? *Nicht jede Nadel zeigt wie ein Finger / auf die Unsterblichkeit von Springer*… Die Schleuse Hogesluis! Aber ich rede zuviel, jetzt kommt dein Geschenk!«

Erst als Vedder den Umschlag vom Tisch nahm, hörte Theo auf, sich den Straßenschmutz vom Hosenbein zu kratzen, und schlug die Augen zu ihm auf. Sekundenlang schien er erblindet zu sein, dann begriff Vedder, daß der Junge die Fähigkeit entwickelt hatte, selbst dann noch einem Blick auszuweichen, wenn ihn jemand ansah.

»Bitte schön«, überreichte er das Papier mit einem schmerzlichen Lächeln, »und wie ich schon sagte, es ist etwas ganz anderes als die letzten Jahre, kein Malkasten oder Atlas, sondern etwas, das richtig zu deinem Alter paßt, wie es auch dazu paßt, daß du ein bißchen später gekommen bist – dein gutes Recht am Vorabend deines Geburtstags, würde ich auch machen, vielleicht bist du bei Freunden gewesen, recht hast du, was mußt du auch mit einem alten Mann wie mir – nein, betrachte mich auch als einen Freund … schon mal ein Bierchen? Hier, mach auf …«

Theo riß den Umschlag auf, holte ein kunstvoll kalligraphiertes Pergament heraus und drehte es so, daß er es lesen konnte – aber seine Stimme erhob er nicht.

»Über die Büste von Prinz Hendrik dem Seefahrer«, las Vedder laut vor; er neigte sich mit den Ellbogen auf den Knien so weit nach vorn, daß er ebenfalls auf das Papier sehen konnte, »von J. Accuse …« Strahlend schaute er Theo an. »Begreifst du es?«

Theo schüttelte den Kopf.

»Es ist ein Titel!« erklärte Vedder strahlend. »Stell dir vor, in einer Zeitung, schon gleich bei der Inhaltsangabe, ›J. Accuse, Über die Büste von Prinz Hendrik dem Seefahrer‹ – ich habe dir ein Pseudonym geschenkt und ein erstes Thema, zum darüber Schreiben! Begreifst du es jetzt? Du bist jetzt siebzehn Jahre, alt genug, um unter einem eigenen Pseudonym etwas anzuprangern! Aber, wirst du dich fragen, warum ausgerechnet die Büste von Prinz Hendrik hier vor der Tür, was weißt du eigentlich über Bildhauerei, und was ist daran nicht in Ordnung? Nun, schau, wie er dort in der Anlage steht... Warum hat die Stadtverwaltung diesen Platz ausgesucht? Weil er, dessen Hand soviel Gutes und Großartiges für den Amsterdamer Handel und die Schiffahrt, insbesondere die Gründung der Gesellschaft ›Niederlande‹, zustande gebracht hat, dort noch viele Jahre deren Dampfschiffe beobachten kann, wie sie beim Flaggensalut aus dem Y ihrem Gründer zuwinken – aber sieht er sie denn noch? Nein und dreimal nein, der Hauptbahnhof steht davor, er sieht nur noch das Dach... Verstehst du, worauf ich hinauswill? Die falsche Lage! Deine Glosse bezieht sich vielleicht noch nicht so sehr auf die Verkehrsführung, aber durchaus schon auf den Standort! Du wirst sofort gegen die Stadtverwaltung schreiben...! Hast du Angst davor beim ersten Mal? Ich werde dir helfen! Wir haben schon so viel zusammen unternommen, früher, als ich wie ein Vater für dich war... Ich dachte, du bist der einzige, der weiß, daß ich Veritas bin, vielleicht möchtest du in meine Fußstapfen treten...«

Reglos starrte Theo auf das Papier in seinem Schoß; aufgewühlt den Hals reckend, schaute Vedder mit ihm auf »J. Accuse, ›Über die Büste von Prinz Hendrik dem Seefahrer‹«.

»Du hast die Zügel der öffentlichen Meinung in deiner Hand...« fuhr er heiser fort, »laß nur die Peitsche knallen... Henkenhaf wird dich dafür achten... Wieso ich das weiß? Ach, laß es mich so sagen: Henkenhaf respektiert die öffentliche Meinung...«

Endlich brach Theo aus seiner Versteinerung und seinem Schweigen und begann begreifend zu nicken. »Ein Pseudonym«, sagte er, zuerst mehr zu sich als zu dem anderen, aber dann schaute er Vedder mit einem, nacheinander, verwunderten, ablehnenden und schließlich schlicht amüsierten Ausdruck im Gesicht an. »Ein Deckname... aber weshalb sollte ich mich hinter einem Pseudonym verstecken, wenn mir auch mein eigener Name vollkommene Deckung bietet? Wenn ich mit Theo Rossaert unterzeichne, gibt es doch niemand, der sagt: Alle Achtung, das Stück hat Theo Rossaert geschrieben? Ein Anonymus bleibt doch auch unter seinem eigenen Namen noch anonym? Das wäre doch wirklich zu komisch, ein Zeitungsleser, der zu seiner Frau sagt: Miep, schau mal her, was da steht, dieser Theo Rossaert, das ist mir einer!«

Es war lange her, daß Theo ihn so vieler Wörter am Stück gewürdigt hatte, und dann noch in scherzendem Ton, aber nun verschob sich etwas in Vedder, als hätte sich ein Segel gelöst und finge an, wild im Wind zu flappen. »Doch, schon, beim ersten Mal…«, versuchte er die Schot wieder einzuholen, »aber auf Dauer… ich meine, wenn ich jedes Mal unter dem eigenen Namen publiziert hätte, dann…« Kurz stockte er, Theo hatte das Papier auf den Tisch fallen lassen. »Aber gut, ich überfalle dich damit, wir reden beim Abendessen noch einmal darüber!« fuhr er plötzlich hastig fort. »Dieser Bestandteil meines Geburtstagsgeschenks bleibt davon unberührt, und, hör gut zu: à la carte! Was hältst du von Hotel Polen?«

Theo ging nicht auf sein Lachen ein, blieb auch noch sitzen, als Vedder bereits aufgestanden war, und starrte durch die Werkstatt nach vorn, als sinne er auf eine Möglichkeit, zur Tür zu kommen, ohne aufzustehen. Kaum bemerkte Vedder die Unwilligkeit, mitzugehen, als sich das Flappen in seinem Kopf mit einem Schlag legte, das Segel war plötzlich so gespannt, daß es nicht mehr aus Tuch schien, sondern aus Eisen, ein dreikantiges Stück funkelnden Stahls, ein Messer; war ihm Theos reine Anwesenheit bisher wie ein strahlendblauer Himmel gewesen, in den er nur mit zusammengekniffenen Augen hochsehen konnte, beim Anblick des schwarzen Glanzes dort droben fiel alle mühsam forcierte Fröhlichkeit, mit der Theos Kommen hätte belohnt, sein vorzeitiges Gehen verhindert werden sollen, ebenso schnell von Vedder ab, wie sich das doppelschneidige Fallbeil aus Mißtrauen, Wut und Eifersucht nun auf ihn herabsenkte.

»Ist es nicht in Ordnung?« fragte er mit dünner Stimme. »Muß es Ebert sein? Aber dann gehen wir doch zu Ebert? Ins Konzerthaus...! Ich weiß zufällig, daß er sich dort sehr regelmäßig aufhält, das hat er mir selbst erzählt. Wundert dich das? Sein Freund ist auch ein aufrichtiger Musikliebhaber!«

Der Wechsel war völlig symmetrisch. Wie Vedder bisher durch Schmeicheln nur Theos Befriedigung gesucht hatte, so begann er sich nun in aller Eile stadtfein zu machen; umgekehrt zeigte Theo nichts mehr von seiner vorherigen Widerspenstigkeit, als er jetzt abwehrend und unterwürfig die Hände hob – aber Vedder sah es nicht mehr; ohne dem Jungen noch Beachtung zu schenken, machte er mit großem Aufheben an dem kleinen Hahn neben der Treppe Toilette.

»Nein, im Gegenteil, ich möchte gern ins Hotel Polen... Aber ich bin nicht im Frack!«

»Kinder brauchen keinen Frack!« Durch einen Vorhang hörte man leere Bügel klappern; gleich darauf kam Vedder mit nassem Kopf und im weißen Waffelmusterhemd von dort hervor, in der einen Hand den flatternden Frack, während er mit der anderen Theo am Genick aus dem Sessel hochzog und vor sich her zur Tür schob. Draußen kramte er nach seinen Schlüsseln, um abzuschließen, als ihm plötzlich etwas einfiel und er noch einmal ins Haus zurückkehrte. Beim Herauskommen trug er einen Geigenkasten mit der Bennemin-Geige in der Hand, und ohne anzuhalten marschierte er Richtung Damrak, Theo wie von selbst im Kielwasser seines Kollers mitziehend und so hastig, daß er die wild aufgerissene Ladentür erst hinter sich zufallen hörte, als er schon fast an der Ecke war.

»Aber warum nehmen Sie eine Geige mit?« fragte Theo im nächsten Moment beklommen neben ihm.

»Warum ich eine Geige mitnehme? Weil der Saal längst geschlossen ist, denke ich, müssen wir den Künstlereingang nehmen, meinst du nicht? Oder hast du vielleicht zwei Abonnements in der Tasche?«

Mit angespanntem Tempo ging es durch die dunklen Straßen und das Abendpublikum; ebenso angespannt starrte Vedder vor sich hin, und Theo konnte ihm kaum noch folgen – aber seine Bitterkeit blies ihm, noch stärker als all die Anspannung, wie ein Winterwind ins Gesicht und ließ sein Herz unablässig flappen, rillen und killen, so daß er einfach nicht schweigen konnte. In gemessenen Worten erinnerte er Theo an alles, was zu seiner Bildung beigetragen hatte, die Besuche der Weltausstellung von 1883, das gemeinsame Lesen und Kommentieren der Zeitung, das ausschließlich auf sein Drängen hin ermöglichte halbe Jahr auf der Höheren Bürgerschule, wo der Junge jedoch die Erwartungen nicht erfüllt hatte, jetzt wieder die Einführung in die Musik mit dem Gang zum Konzerthaus, in das ein Jugendlicher wie er normaliter nie und nimmer käme, und so weiter und so fort – aber was hatte es am Ende gebracht? »Es gibt nichts, wofür du noch das geringste Interesse zeigst, nicht einmal für deine eigene Zukunft! Wie glaubst du denn im Büro weiterzukommen, ohne Abendstudium, ohne Zeugnisse, ohne Kenntnis der Betriebswirtschaft, Fremdsprachen und Handelskorrespondenz? Aber dich interessiert das alles nicht! Warum eigentlich nicht? Das Leben ist so wichtig!«

Derart sprach Vedder immer weiter, immer wieder einzelne Sätze mit Pausen, ohne ihm die Gelegenheit zu einer Antwort zu lassen, manchmal auch ohne Theo neben sich, wenn dieser ausweichen mußte, so daß er sich in lauten Selbstgesprächen zu ergehen schien, obwohl es nur um den Jungen ging – aber auf der Höhe vom Spui wechselte er das Thema: »Du magst vielleicht denken: Wer ist der Kerl, der mir da die Leviten liest, was stellt der denn vor in der Welt, bei einem

Mann wie E. Nigma, oder noch mehr: einem Ebert? Aber da läßt du dich von Äußerlichkeiten täuschen! Nimm doch nur die laufenden Verhandlungen: Ich bin dort mit vollem Mandat vertreten, auch im Namen von Carstens, was man von Ebert keineswegs sagen kann! Er ist ein Laufbursche, ein Briefbote, der über alles, was zwischen mir und ihm vorfällt, ein Protokoll aufsetzen muß, für Henkenhaf, den einzigen, mit dem ich im Grunde zu tun habe, dem einzigen auch, der auf der Gegenseite zu mir spricht; denn Ebert mag sein Mäulchen noch so naturgetreu bewegen, es kommt doch nichts anderes heraus als die Worte des großen Bauchredners, auf dessen Schoß er wie eine Puppe sitzt, ich meine: Wer nach Ebert fragt, ohne Henkenhaf zu suchen, ist ein Lieferant, der an die Küchentür klopft, aber nie den Salon zu sehen bekommt! Wieso ich das alles weiß? Von E. Nigma persönlich …«

Über die Looiersgracht durchquerten sie den Jordaan, bogen links in die Marnixstraat ein und waren nach dem Volksviertel wieder von Kutschen und Zylindern umgeben.

Es war ein kühler Abend, Vedder hatte im Laufen den Mantel übergezogen und ignorierte Theo jetzt fast gänzlich, wies im Vorübergehen nur schräg nach oben zu der dunklen Zimmerstapelung des American Hotels, nicht mit dem ausgestreckten Finger, sondern mit der flachen Hand, wie man über ein weites Gelände zeigt oder in die Zukunft. »Das American Hotel«, sagte er, ohne anzuhalten oder einen Blick neben sich, ohne eine Antwort zu verlangen oder sie auch nur zu erlauben, »dort wohnt mein Vetter aus Amerika.«

Hinter dem Leidseplein wurde die Straße rasch ruhiger, die Stadt begann an ihren Rändern auszufransen, und hinter der Unterführung des ebenfalls erst vier Jahre alten Reichsmuseums, wie der Hauptbahnhof von Cuypers in der Gestalt eines Klosters erbaut, kam dennoch unerwartet, schon nicht mehr innerhalb des Stadtkerns, das umwerfend weiße, funkelnagelneue Konzerthaus ins Blickfeld, wie eine Insel, wie ein schroffer Kreidefelsen aus der gewaltigen leeren Fläche vor sich aufragend, das Glacis der neuesten Kunstveste, das Proszenium eines erhöhten Podiums, alles eingerahmt von der Nacht und der unergründlichen Tiefe des Bauernlands dahinter. Um diesen Standort hatte es natürlich viel Wirbel gegeben, Veritas hatte drohend prophezeit, das musikliebende Publikum werde das abgelegene Gebäude meiden, aber bisher war jedes Konzert ausverkauft gewesen. Nun gingen sie nicht mehr auf einem Gehsteig, sondern auf einem Fußpfad. Irgendwo in der Nähe schnatterte eine Ente.

Das letzte Stück schien sich auf einmal schwerer zu gehen, als ginge es bergauf – aber so war es ja auch, sie stiegen doch in höhere Sphären auf? Wälzten sie nicht mit jedem Schritt auf das Konzerthaus zu die vergangene, altehrwürdige Konzertpraxis noch weiter von sich weg, in der sie zu Hause gewesen waren, der aber das Konzerthaus den Glanz und die Kraft genommen und sie der Lächerlichkeit preisgegeben hatte – als erstes natürlich den gemütlichen Parksaal in der Plantage, bereits abgerissen, das Orchester aufgelöst, aber auch die Varietés in der Amstelstraat, die Liedertafeln mit Violinbegleitung und den guten, alten Girlitz-Saal? Nach dem Wechsel eines Teils der Musiker zum Konzerthausorchester war die Amsterdamer Orchestervereinigung zu einer siechen Gesellschaft mit Mitgliederschwund geworden, die Gesellschaft Felix Meritis hatte den Musen ade gesagt – unter grimmigem Schweigen schritt Vedder aus, als würde ihm die Luft abgeschnitten von dem anhaltenden Gegenwind, der nun direkt von jener Polarkappe zu wehen schien, dem eisblauen Dach der musikalischen Welt, auf der die Expedition zwar keine Flagge gehißt hatte, wo aber plötzlich eine Lyra aus Stein aufschien, von unten beleuchtet wie der Atlas, der das Victoria Hotel krönen sollte, oder auch wie die Fama auf dem Palast für Handel und Gewerbe, eine weitere musikalische Institution, die heutzutage als zweitrangig galt …

Zahllos waren die Kutschen, die bereits neben dem riesigen Gebäude warteten. Wie befürchtet, war der Haupteingang geschlossen, aber der seitliche Künstlereingang ließ sich mühelos öffnen. In der Portierloge saß ein Mann mit kupferbeschlagener Mütze und gähnte, Vedder hob die Geige zum achtlosen Gruß und bog um die nächstbeste Ecke: Sie hatten es geschafft! Den Koffer beklopfend, strahlte er Theo an, der scheue Blicke um sich warf. »Mein unfehlbares Abonnement!« lachte er – aber sofort erstarrte sein Gesicht auch wieder. »Ich denke, daß er unten im Saal sitzt, was meinst du? Aber wir gehen nach oben, vom Rang aus werden wir das Publikum einmal unter die Lupe nehmen!«

Nie zuvor war Vedder tatsächlich im Innern dieses Bollwerks gewesen, nach der zweiten Ecke hatte er völlig die Orientierung verloren, aber das war schon nicht mehr wichtig, es gab zuviel zu sehen, um sich auch noch orientieren zu wollen, überall Porträts und Dutzende älterer und neuerer Plakate an den Wänden, und nach einer weiteren Ecke ertönte urplötzlich Musik! Linksherum und rechtsherum ging es weiter durch Gänge, mitten durch Gruppen lebhaft konversierender Herren, und dann wieder über ganze Strecken leerer Läufer, während das Orchester Versteck spielte, indem es einmal ganz nah mächtig anschwoll, um dann wieder unter dem Rauschen der Gaslampen zu verebben. Ohne noch zu wissen, ob er sie schon vorher gesehen hatte oder ob es wieder neue waren, konnte sich Vedder nicht satt sehen an all den Balkonen und Salons, an denen sie vorbeikamen, den Rauchzimmern und Korridoren, bis ein gerahmtes Plakat vom vorletzten 5. Juni ihn plötzlich zum Stehen brachte: In luxuriösen Sibons wurde eine Aufführung des Konzerthausorchesters unter Leitung von Willem Kes im Kurhaus zu Scheveningen angekündigt.

»Das Kurhaus...«, murmelte er, mit dem Zeigefinger auf dem Glas, »...das Kurhaus von Henkenhaf... Henkenhaf, der gegenüber dem Hauptbahnhof von Cuypers bauen wird... Cuypers vom Reichsmuseum... dem gegenüber wieder dieses Konzerthaus gebaut ist... das Konzerthaus mit dem Konzerthausorchester... das also schon im Sommer bei Henkenhaf im Kurhaus gewesen ist!« Wie benommen starrte er auf die Erkenntnis, die sich ihm wie eine kreisförmige Vision offenbarte – es war ein durchscheinendes, schwindelerregendes Panorama, das sich um ihn drehte, eine blendendes Diorama, ein Zyklorama mit einer einzigen, unumstößlichen Achse: Es konnte nicht anders sein, Henkenhaf mußte einfach im Saal sitzen...

Von fern ertönte Applaus, gedämpft, aber zugleich auch plätschernd wie ein laufender Wasserhahn. Theo stand schräg neben ihm und nickte zu einer Treppe in der Ecke, wo er sitzen könnte, aber kaum löste er sich von der Wand, da stand er wieder kraftvoll auf festen Füßen.

»Ja, jetzt nach oben, rasch... an die Arbeit!«

Eilends bewegte er sich zum Fuß der Treppe, er schnellte die Stufen hinauf, öffnete eine Tür und schreckte zunächst zurück, so laut schlug ihm jählings der Applaus, wie Wasser, ins Gesicht, mit dem der Saal bis zum Bersten gefüllt war und der sich nun mit unaufhaltsamer Kraft durch das Leck der Türöffnung auf den Gang hinauspreßte. Theo mit sich winkend, drängelte er hinein, sah noch nichts vom eigentlichen Saal, weil alle standen, aber mit kräftigen Stößen arbeitete er sich durch das Gedränge schwarzbefrackter Rücken und nackter Damenschultern bis ganz nach vorn zur Balustrade durch.

Offenbar war er in der Mitte der Galerie an einer der Längsseiten herausgekommen; das Podium befand sich linkerhand schräg unter ihm, unmittelbar zu seinen Füßen lag der eigentliche Saal. Überwältigt von soviel Glanz, wußte er sekundenlang nicht, wo hinsehen, dann begann er gierig die

Aussicht abzugrasen, als sei sie ein Buffet und er selbst ausgehungert, einmal aufs Geratewohl zu sich nehmend, was ihm vor die Augen kam, dann wieder gezielt nach einer Delikatesse weiter hinten greifend, der enormen Draperie, die in fließenden Falten violetten Samts hinter dem Podium von der Decke herabhing, dort, wo zu gegebener Zeit die jetzt noch fehlende Orgel hinsollte, dem Publikum, das unten noch vornehmer war als hier oben, aber genauso stehende Ovationen brachte, dem bordeauxroten Plüsch der hochgeklappten Sitze, dem Schimmern des Flügels, und unter der Galerie gegenüber wieder überall diese Kreise von Herren mit Zigarre und Champagnerglas. Auf der Höhe des Podiums fielen die Wände, wie der Bug eines Schiffes in einer fließenden Kurve zur Draperie in der Mitte ab, aber auch die gewölbten Wangen waren noch mit vollen Tribünen besetzt, pockennarbig von den dort nur von vorn erkennbaren Gesichtern, bleichen Schädeln, glatten Knöpfen wie ebenso vielen Nietnägeln...

Dort bewegte sich etwas, über eine breite, in der Menge ausgesparte Treppe stieg ein lebhaftes, schwarzbefracktes Figürchen nach oben, um nach kurzem Verschwinden und unter einer neuen Beifallswoge wieder aufzutauchen und zum Orchester hinabzusteigen. Schon hatte Vedder seine Augen genügend scharf gestellt, um in dieser Person, nach einem Photo, den Dirigenten Kes zu erkennen, aber jetzt entdeckte er mitten in einem Grüppchen trinkender Herren auch seinen prominenten Kollegen Smolenaars... natürlich, der gehörte hierhin!

Der Applaus hatte sich gelegt, Kes blieb unten am Pult stehen, aber nun verschwand ein Teil des Orchesters über die Dirigententreppe nach oben. Vedder begriff, daß dort irgendwo, auf gleicher Höhe mit der Galerie, die Garderobe sein mußte, und auch, daß der Abend noch mit einer letzten Musette in kleiner Besetzung abgeschlossen werden sollte, vergleichbar dem beliebten Usus damals im Park. Schon hob Kes den Taktstock, aber genau da meinte er einen Lidschlag lang Ebert zu sehen, einen schwarzen Pomadekopf, unweit von Smolenaars; er wollte Theo anstupsen und merkte nun erst, daß der Junge nicht mehr neben ihm stand...

Während das Orchester in einen wild herumwirbelnden Walzer ausbrach, drängelte er sich unpäßlich zum Gang zurück, er sah Theos schmalen Rücken, der keine zehn Meter von ihm entfernt weglief, und zuckte zusammen, erst vor Erleichterung, dann unter einem rasenden, stechenden Herzeleid. Mit dem Geigenkasten winkend, holte er ihn ein, keuchend klemmte er ihn gegen die Wand.

»Wolltest du türmen? Wolltest du heimlich allein zu Ebert? Keine Rede, zuerst die Arbeit...«

»Die Arbeit?«

»Ja, die Arbeit! Erinnerst du dich noch? Ich kann gut verstehen, daß du dort unten mit Ebert ein Glas Champagner trinken möchtest, aber begreife dann auch, daß du ohne mich nie so jemanden kennengelernt hättest und auch nie hier gelandet wärst... Auch wenn du von Ebert berührt wurdest, das ändert dich nicht... und außerdem... Ebert... mich würde es nicht wundern, wenn Henkenhaf höchstpersönlich auch hier wäre! Aber glaubst du vielleicht, daß ich nach ihm suche? Haha... An die Arbeit!«

Ohne zu wissen, ob er Theo noch am Handgelenk mitzog oder nicht, bewegte er sich durch die dicke Luft zum Ende des Gangs, bog um die Ecke und sah gerade, wie die ausgesteuerten Orchestermitglieder von der anderen Seite her in vergnügter Stimmung herangeschlendert kamen und schwatzend, ohne ihn zu bemerken, in ein Nebengelaß verschwanden. Ihm schien es endlos zu dauern, bis er dort angelangt war, aber die Tür stand noch offen.

Die meisten Musiker saßen bereits auf den niedrigen Turnbänken an den Wänden. Einige hatten schon ihre Konzertschuhe von den Füßen geschleudert, andere wischten sich mit ihrem vom Haken gezogenen Werktagshemd das Gesicht, es herrschte eine richtig gemütliche Stimmung wie nach einem Wettkampf, mit müde von sich gestreckten Beinen und überall Lachen – bis der zuletzt Eintretende endlich bemerkt war und man sich gegenseitig mit verstohlenen Blicken warnte.

Wie betäubt von der Störung durch sein Eindringen, stand Vedder massiv mitten in der Garderobe, schwarzbefrackt und den Geigenkasten locker in der Hand, wie soeben die Musiker, und doch völlig anders; gierig atmete er den penetranten Schweißgeruch ein, den er als einzig Unbeteiligter riechen konnte, und als das Gemurmel kurz abflaute, reichte ihm das zum Anspringen. Einige der Musiker hatte er bereits erkannt, einen Houbraken aus dem Ensemble vom Palast für Handel und Gewerbe, Adolf Dopper vom früheren Park, den alten Herrn Freyer und noch andere.

»Meine Herrn, meine Herrn, fabelhaft! Hervorragende Musikantici, das sind Sie allesamt!« rief er den Männern lachend zu, da blieb sein Blick an einem von ihnen hängen, und es schien ihm kurz die Sprache zu verschlagen. »Aber nein… ja doch! Houbraken, also du auch einer der Gebenedeiten, nach oben getragen im Aufwind des Fortschritts, herzlichen Glückwunsch! Du kennst mich doch noch? Du hast früher gelegentlich bei mir eine Geige gekauft… Vedder, Geigenbau Vedder… Nein, natürlich, jetzt bist du mir komplett über den Kopf gewachsen, aber trotzdem solltest du jetzt einen Blick auf das riskieren, was ich mitgebracht habe… zweite Hand, ein prachtvoller Klang, eine starke Inklination… Moment…«

Wo er stand, ging er in die Hocke, inmitten der Notenblätter, Lackschuhe, offenen Geigenkästen, mit denen der Boden übersät war, und klickte seinen eigenen auf. Liebevoll holte er die Bennemin-Geige aus dem Samt, und zum Spaß wiegte er sie ein bißchen wie ein Baby, schelmisch über die Schulter spähend, ob man ihm auch zusah, um so strahlender, weil er wußte, daß jeder seinen alten Scherz schon kannte und wohl oder übel darüber lachen müßte.

»Und wen haben wir denn da, Dopper, Adolf Dopper... das ist lange her... Brauchst du eine Geige? Eine schöne Geige, wirklich... für hundert Gulden!«

Von fern drang die verrückte Fröhlichkeit des Walzers bis hier herein, aber noch viel hinreißender klang Vedder die in normaler Lautstärke ringsum wiederaufgenommene Unterhaltung in den Ohren. So ignoriert zu werden, aus Desinteresse oder Verlegenheit, das war ihm einerlei, während er doch aus aller Macht prahlerisch anpries und Aufmerksamkeit forderte, es erregte ihn immer mehr, er konnte nicht mehr aufhören, wollte das Gefühl des seligen Versinkens noch weiter steigern, er kannte den Rausch des nahenden Schlußpunkts, die schließliche Entäußerung seiner selbst nur allzu gut: Wenn man sich selbst nur schnell genug herabwürdigte, wurde man ganz von selbst schwerelos, dann begann man zu schweben, fing an zu fliegen... das Gesetz des freien Falls!

»Ach, der Herr Freyer auch... Herr Freyer! Kleine Probe gefällig? Zugegeben, es ist keine Syde-Violine, die habe ich im Geschäft, aber die ist nicht zum Verkauf... eine Reparatur, Sie verstehen? Aber nicht weitersagen, wenn ich bitten darf, denn bei einem Wert von bestimmt dreitausend Gulden, und das ohne Versicherung, nackt und bloß im Schaufenster... Zum Glück versteht nicht jeder etwas von Geigen! Aber wie ich schon sagte, das hier ist eine sehr hübsche Manufaktur... Theo, gib Herrn Freyer einmal den Bogen!«

Als nichts geschah, sah er zuerst über seine linke Schulter, dann über die rechte. Theo war verschwunden.

Verkrampft vor Ernüchterung, klappte er ganz, ganz langsam den Koffer zu und richtete sich auf. In diesem Augenblick, nach einem weiteren kolossalen Schlußtakt, endete der ferne Walzer und begann eine sanfte Brandung befreienden Beifalls zu erklingen, erfrischend und kühlend. Wie befallen von einer allzu großen Antriebskraft, starrte er noch kurz reglos zur leeren Tür, dann, während ihm einer gutmütig auf den Rücken klopfte, jagte er los, unaufhaltsam vorwärts: Der Junge konnte noch nicht weit sein.

Diesmal war der schmale Rücken nirgendwo zu sehen. Ohne weiter nachzudenken, hastete Vedder durch den leeren Gang zurück, aber dann hinter der Ecke sah er schon das erste Galeriepublikum hinausstülpen. Blindlings eilte er weiter zum Ausgang, aus dem sie soeben gekommen waren; mit aller Macht kämpfte er sich gegen den Strom hinein, mit dem Kasten rudernd, in wildem Brustschlag quer durch die Flut wieder bis ganz vor zur Balustrade. Theo war nicht da – warum sollte er auch?

Der Applaus erstarb bereits, nur eine kleine Zugabe zur bereits gegebenen Ovation, wie auch die Musette nicht mehr hatte sein wollen als ein leichter Nachtisch zum seriösen Programm, ein abschließendes Amuse, nach dem es nur noch darum ging, schnell, vor dem großen Ansturm, die Garderobe zu erreichen – auch unten drängte man bereits nach draußen, schon wurden überall volle Tabletts herumgereicht und waren die Herren gegenüber ganz gemächlich beim Konferieren – aber wo Vedder zuvor Ebert gesehen zu haben meinte, entdeckte er ihn nicht mehr – dennoch konnte Theo nun jeden Moment sehr wohl genau dort auftauchen, falls auch er Ebert womöglich dort gesehen hatte … und was konnte er dann tun, von diesem ohnmächtigen Hochsitz aus? Es war ein Zweikampf zum Irrsinnigwerden, zwischen zwei gleich starken Impulsen; einerseits, den leuchtenden Brennpunkt ängstlich im Auge zu behalten, andererseits, unverweilt dorthin zu eilen, und jedesmal, wenn er zum einen neigte, schien aus dem Metallrohr der Brüstung, das seine

Knöchel bis zum Weißwerden umklammerten, ein Stromstoß zu kommen, der ihn zur anderen Seite zwang, bis er endlich die verbrannte Hand loszureißen vermochte und sich erneut einen Weg hinausbahnte.

Der übervolle Korridor, die Treppe nach unten, die siedende Hast, das fieberhafte Denken: Unmöglich, Theo noch einzuholen, ihn in dem Gedränge dort unten wiederzufinden; ihm blieb nichts anderes übrig, als ihm den Weg abzuschneiden und ihn dort zu erwarten, wo jeder vorbeikommen mußte, am Ausgang – das wäre überhaupt das beste... wenn er noch rechtzeitig hinkäme! Das blinde Suchen nach dem Künstlereingang... er mußte ums Haus, das Gedränge meiden...

Die ersten Konzertbesucher kamen gerade heraus, den Mantel über dem Arm, noch erhitzt vom Kunstgenuß, die Damen fächelten sich mit dem Programmheft Kühle zu, die Kutschen standen in einer langen Schlange bereit. Auch Vedder hatte den Hauptausgang erreicht, jedoch von der anderen Seite her, durch die kalte Luft. Gleich an der Seite, postiert zwischen den Pferden und der Stirnseite, direkt hinter einem Livrierten, sah er, wie die *haute volée* des Bürgertums und die *fine fleur* der Jugend die flachen Stufen herabstiegen und unter dem gestreiften Architrav von der stoßweise vorrückenden Kutschenschlange verschlungen wurden: Niemand konnte ihm so entgehen, er stand in nächster Nähe, reglos, mit hämmerndem Hirn und dem Geigenkasten in der Hand, noch schwitzend wie ein Solist, bis ihn ein wiederholter Ruf zur Seite blicken ließ.

»Bravo! Il maestro! Bravo!«

Ein Herr neben der bereitstehenden Kutsche klatschte, reckte jovial den Daumen zu ihm hoch und klatschte wieder weiter; auf der Treppe wandten ihm alle die Köpfe zu, einige fielen in den Applaus ein, ein schüchterner, offener Beifall stieg auf, unendlich verlegen im Freien, und als im nächsten Moment zwei kleine Mädchen zur Kutsche kamen, ließ sie der joviale Herr nicht gleich einstiegen, sondern deutete zuerst auf den vermeintlichen Künstler. »Bravo!«

Trieb das Publikum ein Spiel mit ihm oder handelte es sich um ein echtes Mißverständnis? Vedder fehlte die Kraft, darüber nachzudenken, er konnte kaum mehr sein eigenes Gewicht tragen, aber als er die kleinen Gesichter der ernsthaft mitklatschenden Mädchen sah, überwand er ihretwegen einen Augenblick seinen eigenen Ernst. Er verneigte sich, schlug ein altmodisch anmutiges Manuale in der Luft, und als er sich nach einem weiteren kurzen Aufleben des Beifalls wieder aufrichtete, winkte ihm ein zartes, weißes Händchen aus der sich quietschend entfernenden Kutsche zu. In diesem Moment senkte sich eine ganz andere Hand schwer auf seine Schulter.

»Bravo, il maestro ...!«

In weniger als einer Handbreit Abstand grinste ihn Houbraken schief an, der Mann schlug ihm noch einmal kräftig auf den Rücken und wandte sich ab.

Die Viertelstunden vergingen, es regnete inzwischen, und die Menschen, die nun noch auf der Treppe standen, gehörten eher zum Personal als zum Publikum. Smolenaars war vorbeigekommen, alle waren vorbeigekommen, nur Theo nicht, nicht Ebert. Als so gut wie keiner mehr herauskam, folgte auch er dem Strom Richtung Stadt – doch noch zu früh? Ein leichtfüßiger Hufschlag kam schnell näher, Vedder sprang an den Straßenrand, und während sein Herz aussetzte, sauste ein Cabriolet mit geschlossenem Dach unter lautem Getöse auf funkelnden Rädern an ihm vorüber, schon sah er das einsame, rote Licht der hinteren Laterne verschwimmen, er wußte nicht, von seinen Tränen oder vom Regen. Durchaus denkbar, daß Ebert in dem Wagen saß, mit Theo – aber vielleicht auch nicht.

ES WAR WEIT nach Mitternacht, als Vedder durchweicht und schwer bezecht nach Hause kam. Er hatte sich irgendwo in einer Bierkneipe mit weiblicher Bedienung die Nase begossen, die Damenkapelle walzerte in seinem Kopf noch weiter, stundenlang hatte er an das große Kneipenfenster gelehnt gestanden, die dirigierende Geigerin angestiert und derweil von seinem eigenen Durchbruch geträumt. Mit dem Erlös seines Hauses hatte er zwei mit den Hintergärten aneinandergrenzende Häuser aufgekauft und abreißen lassen, mit den beiden zwischen ihnen verlaufenden Pfaden war eine neue Verbindung entstanden, ein Weg, nicht mehr als eine Gasse, die Veddergasse, aber welch eine Überführung von Privatem ins Öffentliche, das höchste Geschenk einer Person für das erlauchte Publikum, in dem er sich mehr denn je schaudernd verlor – ihm war, als liefen die Menschen nun wirklich durch ihn hindurch, ein prickelndes Trippeln ganz tief in seinem Innersten, und das, während einer nach dem anderen auf dem Weg zur Theke oder zum Abort von vorn an ihm entlangstreifte und er gleichzeitig auch von hinten gesehen werden konnte, von den Fußgängern draußen …

Grummelnd steckte er den Schlüssel ins Schloß, er sah hin und blieb dann wie angewurzelt stehen: Mit bestürzender Klarheit hörte er wieder, wie die Tür beim Weggehen hinter ihm zugefallen war, wie in einer Nahaufnahme sah er sich im gleichen Moment schon mit Theo an Carstens' Haus vorbeirasen – er hatte nicht abgeschlossen, die Tür war gar nicht abgeschlossen, wegen der Kunden waren die Ladentüren eigens so eingerichtet, daß sie nie von selbst ins Schloß fielen. Sein Schädel juckte, seine gelähmten Muskeln prickelten vor Angst, die Syde-Violine könnte gestohlen sein, dann stieg eine animalische Kraft in ihm auf, immer näher an die Oberfläche seiner äußerlichen Ruhe.

Er drehte am Türknopf und stieß mit der anderen Hand dagegen: nichts. Ganz sorgfältig versuchte er es mit Ziehen, wieder ohne Erfolg. Aber das war doch … sie würden es doch nicht gewagt haben, nur um ihn zu triezen …? Mit seiner ganzen Kraft schiebend und ziehend, begann er nun ungestüm an der Türfüllung zu rütteln – bis er plötzlich seine Gelassenheit wiederfand, den Schlüssel doch ins Schloß steckte und die Tür mühelos öffnete. Die Syde-Violine lag noch am gewohnten Platz und schimmerte matt im Schein der Straßenlaterne.

Stumpf stierte Vedder um sich. Jemand hatte ihn beschützen wollen und nachträglich für ihn abgeschlossen, jemand, der wußte, daß er in diesem Punkt nachlässig gewesen war, und der irgendwie einen eigenen Schlüssel hatte … Das konnte nur Theo sein! Aber hieß das nicht auch, daß er nach dem Konzert einfach nach Hause gegangen war und nun doch nicht irgendwo beim Soupé saß?

Lachend, weinend fiel Vedder auf das alte Kanapee, er konnte nicht mehr, nur noch auf morgen warten, auf die Einweihung des Hauptbahnhofs, auf Theos Geburtstag, der alles zu hören bekäme von Sohn und Waise, Vater und Pflegevater, aber auch von der Vermittlung eines gewissen Nachbarn, wodurch er als Stadtwaise doch Eltern gehabt hatte … Morgen, nach der Wahrheit, würde er zurückkommen – und wissen, was er für ihn getan hatte, uneigennützig; er war doch wie ein Vater für ihn …

KAPITEL 11

Cabaret du Champ

Schließlich war es dann doch geschehen: Halink hatte in seiner Beiküche ein Photostudio eingerichtet. Anijs hörte es von Bürgermeister Pottinga, als er ihn an einem sommerlichen Tag um einen Gemeindezuschuß für das geplante Volksfest im Moor gebeten hatte. Die Nachricht traf ihn unerwartet, denn eben noch hatte er absichtlich einen Umweg an der »Einhorn«-Apotheke vorbei genommen und nichts dergleichen im Schaufenster gesehen, keine Werbung für Porträts, keine Preistafel, wohl stand nun ein Gipskopf auf dem Samt neben der antiken Camera obscura.

»Sie haben es also noch nicht gewußt?« fragte Pottinga noch einmal, schmunzelnd, während Anijs mit hämmernden Schläfen seine Tasche packte. Der erbetene Beitrag war schnell genehmigt, die Sonne schien ins Zimmer, durch das offene Fenster hörte man Kinder spielen – aber plötzlich wirkte das Bürgermeisterzimmer doch dunkler, das Stimmengeplätscher gedämpfter, als wäre ein Vorhang zugezogen worden.

Lächelnd, teils aus schwärmerischer Bewunderung für Halink, teils aus Schadenfreude über den, der so jämmerlich von ihm zerschmettert wurde, kurzum: mit einem wonniglichen Lächeln um die Lippen berichtete Pottinga von Halinks unerschrockener Photographie. »Wenn ich Ihnen jetzt auch noch erzähle, daß er chemisch verstärkte Platten benutzt!

Letztes Mal war er übrigens mit wieder etwas ganz anderem beschäftigt, ich glaube, mit Nitratfilm… aber er verstärkt auch die Negative! Kurz ins Chlorquecksilber, höchstens zwei Minuten, dann sofort heraus… fertig! Und natürlich alles vergrößern…«

Dieses Lachen, ob Pottinga es auch schon von innen kribbeln fühlte, wenn er nur an Halinks Medizin gegenüber der seinen dachte, das mitleidige Lachen eines Menschen, der sich den Starken angeschlossen hat und einem Mitglied der schwachen Seite eine Probe ihres Könnens vorhält?

»Aber er macht keine Porträts, unser Halink«, fuhr Pottinga in bestimmtem Ton fort, »er macht nur wissenschaftliche Aufnahmen, Photogramme, Serien von Bewegungsphasen einer sich öffnenden Blüte… und dann natürlich die Analyse, die mathematische Analyse… ist es eine gleichförmige Bewegung? Solche Fragen… Ganz genau weiß ich es natürlich auch nicht, ich bin bloß Jurist, aber ich glaube, daß heutzutage in der Wissenschaft die reine Beobachtung nicht mehr reicht, es geht darum, die Wahrnehmung zu systematisieren, danach zu quantifizieren und dann zu analysieren… Etwas in der Art… O ja, denn ohne Zahlen kann man nicht rechnen, sagt er! Nun, in der Tat, dem können wir auch noch folgen!«

Eine kleine Weile hatte Anijs seine aufrichtige Bewunderung noch mit einer Miene übertriebener Bewunderung tarnen können, aber das Loblied auf Halink war zu einer schmerzlichen Aberkennung seiner eigenen Kunst geworden. »Allmählich beginne ich zu begreifen, daß die ganze Wissenschaft eines Aristoteles, eines Hippokrates, eines Avicenna wertlos geworden ist, nur weil Halink in seiner Beiküche Photos macht…«, höhnte er.

Ein dunkler Schimmer legte sich auf Pottingas Lächeln, als wehe die elegische Einsicht, wie vergeblich es doch sei, über all dies mit einem anderen als mit Halink zu sprechen; in träumerisch-abwesendem Ton erbat er, sich als Bürgermeister an allem, auch an der neuesten Wissenschaft am Platze, erfreuen zu dürfen, und machte sich nicht einmal die Mühe, seinen abwesenden Freund gegen den ebenso ohnmächtigen wie unverkennbaren, wie auch unanständigen Versuch der Ehrabschneiderei zu schützen – Anijs konnte nicht mehr aufhören. Während sein von oben abgewiesenes Herz einsam und heftig für die Niedrigsten zu schlagen begann, wollte er, um ihretwillen, nur noch tiefer in diesen schwindelerregenden Mahlstrom nach unten eintauchen.

»Selbstverständlich, freuen Sie sich als Bürgermeister, worüber Sie möchten, aber gestehen Sie mir dann zu, daß ich es, als Mensch überaus bedauere, daß diese höchst exklusive Photographie Halinks doch wieder auf Kosten des einfachen Mannes geht, des Arbeiterstandes, für den zwar ein gemaltes Porträt eines teuren Menschen immer unerschwinglich war, der heute aber in Städten wie Groningen, Amsterdam oder Paris, wo man an jeder Straßenecke ein Photoporträt bekommt, ebenfalls das Konterfei eines teuren Menschen zu Hause haben kann… Drogistenarbeit, wird Halink sagen, solche Kunden brauche er nicht, und er sieht auf sie herab, aber darf man denn auf all die einfachen Familien in den genannten Städten herabsehen, wenn sie sich abends, vor dem Schlafengehen, noch kurz betend vor dem gerahmten Photoporträt eines abwesenden Verwandten, eines Sohns auf See, eines verstorbenen Vaters, versammeln? Ich selbst bin zu alt, um diesen allgemein menschlichen Bedarf noch zu decken, einmal muß man die Fackel weitergeben, aber wie schade, daß sich Halink für das einfache Porträtieren zu gut ist – neben dem wissenschaftlichen hätte sein Studio dann auch einen sozialen Wert… oder sind Sie etwa dagegen, wenn auch die Niedrigsten zu geistigem Leben angeleitet werden, erachten Sie das womöglich als Bedrohung der gesellschaftlichen Ordnung?«

Leicht zerstreut kehrte Pottinga in die Gegenwart zurück. »Nur ruhig Blut, was höre ich denn da… gesellschaftliche Ordnung? Exklusive Photographie? Dabei ist unserem jungen Freund jedermann willkommen, um sich die Photographie vorführen zu lassen! Die Kinder gehen ein und aus, auch meine eigenen… Wenn man manchmal unseren Jüngsten darüber hört… Wußten Sie übrigens, daß Halink jetzt auch hinter einer Bunsenbatterie her ist, irgendwo in Deutschland? Stellen Sie sich vor, wenn das klappt: das erste elektrische Licht in Hoogeveen!«

Anijs spürte seine Haut prickeln, nicht nur vor Verlegenheit wegen seiner eigenen, unverschämten Angriffe auf einen Abwesenden, sondern auch äußerst geniert, weil Pottinga so locker darüber hinwegging, vielleicht aus Höflichkeit, teils auch aus Mitleid, jedenfalls auch seinerseits aus purer Verlegenheit. »Ach ja, natürlich, elektrisches Licht!« stürzte er sich erneut willenlos, mit dumpfer Überzeugung, in denselben Strudel. »Nichts ist einfacher, als durch allerlei geheimnisvolle Neuheiten das unwissende Publikum für sich einzunehmen, und *a fortiori* gilt das natürlich für die Kinder… Aber jetzt verstehe ich auch den bleichen Schädel im Schaufenster, der trägt für sich noch einmal das Nötige dazu bei… Van der Wal hatte einen ausgestopftes Äffchen, nun sehen wir Äskulap zu Ehren wieder einen Totenkopf in der Apotheke…!«

Mit noch größerer Gemütsruhe, rundweg fröhlich, überhörte Pottinga auch jetzt wieder den höhnischen Unterton. »Sie meinen den Gips in der Auslage des ›Einhorn‹? Aber das ist Minerva! Wußten Sie das nicht? Als Studenten hatten wir alle eine, ich benutze sie noch heute als Krawattenständer… Haha! Aber nun reicht es, nur noch kurz dies, etwas völlig anderes…«

Wie durch einen Schleier sah Anijs, wie sich Pottingas Gesicht verdüsterte; wie durch Watte hörte er ihn einen ernsteren Ton anschlagen; benommen in eigene Fragen vertieft, spürte er dessen Darlegung wie eine Brise über sich streifen. Es hatte einen Kampf gegeben, er erinnerte sich seiner ohnmächtigen Ausfälle und mißlungenen Abwehr und an ein Streicheln des Rückens. Wurde er zu alt zum Kämpfen? Ein verstoßener Wolf – hatte er irgendwo eine entscheidende Schlacht verloren? Und dann, was sagte es, daß Halink dort photographierte, wo bei dem guten van der Wal eine Voliere gestanden hatte? Mürbe und matt setzte er sich auf seinen Stuhl, wie in einem geschlossenen, totenstillen Krankenzimmer, aber als sich Pottinga, noch immer redend, ihm gegenüber erhob, schien sich ein Fenster zu öffnen, und er hörte plötzlich auch wieder die Kinderstimmen.

»Also kurz und gut«, schloß Pottinga, »ich unterstütze Ihre soziale Tätigkeit von Herzen, und es ist der Gemeinde ein Vergnügen, dazu beitragen zu dürfen, wie wir übrigens auch Ihre ›Allgemeine Behandlung‹ im vergangenen Frühling von ganzem Herzen begrüßt haben, obwohl ich auch anmerken muß, daß die Kompetenzen von Dokter Amshoff jederzeit respektiert werden müssen. Aber nochmals, wie bewundernswert Sie sich auch jetzt wieder, als Vorsitzender des VfV, für das Feld einsetzen wollen und wie miserabel die Bewohner dort in der Tat dran sind, wenn dadurch eine bestimmte Erwartung der Aussiedlung geweckt wird, wie es einige Berichte wollen, dann ist dies unzulässig. Als Bürgermeister bin ich auch am Wohlbefinden dieser Einwohner interessiert, und Irreführung ist für keinen gut. Ich meine: Ohne Plutos Hilfe, wer sollte so etwas finanzieren können, und auch, wohin und was dann? Nun, ich glaube, ich habe mich klar ausgedrückt, und wünsche Ihnen bei Ihren weiteren Vorbereitungen viel Erfolg!«

AM NÄCHSTEN SONNTAG hatte sich Pastor Festenhout nach der Kirche geschwind neben der Tür postiert, um nach gutem Brauch jedem beim Verlassen des Gotteshauses persönlich die Hand schütteln zu können.

»Noch einen gesunden Sonntag, Beurskens.«

»Vielen Dank, gleichfalls, Pastor.«

»Einen guten Sonntag, Frau Seinen – kommen die Kinder?«

»Ich hoffe es, vielen Dank, eine schöne Predigt.«

Es war noch immer ein prächtiger Sonnenschein. Anijs stand bereits draußen, mit Martha am Arm. Während hinter ihm weiterhin gemächlich gute Wünsche ausgetauscht wurden, füllte sich jetzt auch der Kirchplatz allmählich mit Stimmen. Rosenzüchter Gratama war da, van Velzel von der Schweinezucht und Thomas, jeder stand noch ein bißchen herum, auch die vornehmsten Einwohner, wie Bürgermeister Pottinga und Amtsrichter Wessels Boer Junior, es war wirklich einer der Tage, an dem jemand etwas vorschlagen könnte.

Heimlich versuchte Martha, ihn mitzuziehen, nach dem Bericht von seinem Besuch beim Bürgermeister schien sie sich in der noch immer größer werdenden Runde nicht mehr richtig wohl zu fühlen – aber ein unbestimmter Wunsch hielt ihn auf dem Platz fest. Das Sonnenlicht war weiß und heiß, einige Damen öffneten ihren Parasol, während der ein oder andere Herr mit dem Hut unter dem Arm eine Zigarre anzündete. Wegen noch mangelnder Ansprache trommelte Anijs ein wenig mit den Fingern auf seinem Bauch, abwesend lächelnd, versunken in seine Leibesfülle und anscheinend mit ruhigem Gemüt, obwohl ihm nichts entging und Martha immer ungeduldiger wurde...

Das Gewirr der guten Wünsche hinter ihm hatte aufgehört, aus der Kirche kam niemand mehr. Auch Amshoff spazierte nun zwischen den Grüppchen umher, aber Halink und seine junge Ehefrau, die Anijs während der Messe noch gesehen hatte, waren nun offenbar verschwunden. Eine große

Unruhe bemächtigte sich seiner, bänglich blickte er um sich und sah, daß man sich da und dort auch schon zu verabschieden begann. Da wurde ihm von hinten auf die Schulter geklopft.

»Gut, daß ich Sie noch treffe«, sagte Pastor Festenhout und machte eine Bewegung, als wolle er ihn extra beiseite nehmen, was in dem Gedränge so gut wie ausgeschlossen war. »Es geht um Ihre Fürsorge für das Feld...«

Über dem runden Pastorenhut wölbte sich die leere Kirchentür ebenso gerundet und ebenso schwarz empor. Aus dem Augenwinkel sah Anijs, wie sich Amshoff und Pottinga anstießen und das Zurseitenehmen bereits bemerkt hatten. Martha umklammerte nun noch viel fester seinen Arm, und Festenhout sprach unablässig weiter. Aus seinem Lob für die große Medikation im Vorfrühling habe er damals kein Hehl gemacht, und noch immer betrachte er die Maßnahme an sich als Musterbild reiner Mitmenschlichkeit – aber was nun, erreichten ihn doch in letzter Zeit immer häufiger Berichte über allerlei »Befindlichkeit«, die dort angeblich auflebe? So etwas beginnt dann mit einem unschuldigen rhythmischen Halleluja, aber eh man sich versieht, ist man umgeben von Glossolalie, und um dann den Geist wieder in die Flasche zurückzubringen...

»Glossolalie?« fragte Anijs unwillkürlich. Unerschütterlich gähnte ihn die hohe, leere Tür an. Was hatten Halink und seine Frau wohl zu beten, daß sie noch immer drinnen saßen, oder waren sie schon längst durch einen Seitenausgang...?

»Ja, Glossolalie! Zungenreden, in der Nachfolge der Apostelgeschichte 2,4: Vom Geist erfüllt, reden sie in Zungen, aber eben wie Bauerntölpel. Hier ist die geistige Verzückung nichts weiter als kollektive Selbstbetäubung, das Prophezeien ist zum Dreschen von leerem Stroh geworden, zum Faseln, zum Sich-gegenseitig-verrückt-Machen. Das Pfingstgeschenk war immer das Patent der Quäker, aber die Apostoliker können davon ebenfalls ein Lied singen und natürlich auch die Baptisten, in Schottland wurde sogar eine eigene Pfingstgemeinde gegründet!«

Gerade kam Festenhout auf den Zustand im Feld zurück, als in der hohen Türöffnung das Ehepaar Halink auftauchte, erst noch tief verschattet, danach schärfer, als stiegen sie aus schwarzem Wasser langsam zur Oberfläche herauf. Im vollen Sonnenschein kamen sie mit abgewendetem Blick ganz behutsam die niedrigen Stufen herab und schritten ebenso um die Versammlung herum, ohne sich noch dazuzugesellen.

»Natürlich will ich Sie keineswegs bezichtigen, aber wo die Erde lange brachgelegen hat, schießt ein erstes Samenkorn natürlich allzu keck auf, nicht wahr... Sie verstehen, was ich meine? Nun gut, ich berichte es Ihnen nur, wie es mir zu Ohren gekommen ist, als ergebener Dienstknecht des Wortes hat mein Hirtenamt auch den verirrten Schafen zu gelten, wobei mir Ihre mildtätige Medikation im letzten Frühjahr ein leuchtendes Beispiel gewesen ist, und wenn davon ein Weckruf zu einem geistigen Leben ausgegangen ist, kann ich das nur begrüßen – aber wozu all diese Schwärmereien, warum gehen die Menschen nicht einfach im Dorf zur Kirche, wo sie wie alle anderen willkommen sind?«

Auf einmal hatte sich Amshoff zu den beiden gesellt, ganz unauffällig, aber dadurch gerade wie zuvor verabredet, und ebenso langsam wie vorher zu zweit ging es nun zu dritt weiter am Kanal entlang, schon in weitem Abstand zu dem Gewimmel, die junge Frau in der Mitte, sorgsam von Halink am Ellenbogen gestützt, während Amshoff an ihrer anderen Seite ständig eine Armbewegung machte, als wolle er ihr den Vortritt lassen. Erst jetzt ging Anijs, mit einem Schock, die wirkliche Bedeutung dessen, was er sah, auf. Dieses stille Gehen, die Fülle flankierender Aufmerksamkeiten, es konnte nicht anders sein, als daß Frau Halink schwanger war...

Martha hatte es auch gesehen, er spürte sie an seinem Arm erstarren, und obwohl sich sein Blick langsam trübte, konnte er doch nicht wegsehen, wie sich die drei über die Uferstraße entfernten, Richtung »Einhorn«, von dort vielleicht auch, mit Amshoffs Kutsche, weiter nach Dalwijk.

»Natürlich, auch hier in der Gemeinde haben wir in der Vergangenheit allerlei Erweckungsbewegungen gehabt, van Raaltes ›Abscheidung‹ natürlich, danach die Rijnsburger Kollegianten, dann die Remonstranten und jetzt wieder die Doleanz – aber für die war doch immer einer zuständig, ein Laienprediger, Vorsteher oder Missionar… Aber die Leute dort… der eine hat dies aufgeschnappt, ein anderer jenes… Laienpredigten… Fußwaschung… Herr Anijs, die Leute machen einfach etwas!«

DIE KAMPAGNE war vorüber, einige der Feldgänger hatten sich mit Eichelnschälen noch einen Nebenverdienst besorgt, andere waren nach Deutschland ins Moor gegangen, es wurde August. Anijs hatte noch nicht mit dem alten Torfstecher Wessels Boer sprechen können; der Mann, der einst die Initiative zu der Holzwarenfabrik im Dorf ergriffen hatte, war angeblich bis Mitte September verreist. Wohl befand sich das Cabaret du Champ jetzt mitten in den Vorbereitungen. Anijs erwartete Bennemin am Nachmittag zu genaueren Beratungen; er kam mit Klein Pet, setzte sich auf die Wartebank und senkte den Kopf bei der Frage, wie dort nun alles stünde.

»Lassen Sie mich zuerst voll Dankbarkeit sagen: Seit Ihrer großen Medikation ist bei uns unzweifelhaft ein geistiger Aufschwung zu spüren«, antwortete er bedächtig.

»So etwas hatte ich schon gehört, und es wundert mich auch nicht, denn wie schon die Alten sagten: *Mens sana in corpore sano*, ein gesunder Geist in einem gesunden Körper!

Aber paß auf, daß es nicht zu toll wird, guter Freund, mir sitzt schon jetzt der Pastor im Nacken …«

Bennemin lächelte höflich, erklärte daraufhin, daß es sich um nicht mehr als ein paar Bibelvereine handle, einen Sängerchor mit frommen Liedern und einen alten Torfstecher, der an ständig wechselnden Orten, in einer Kartoffelscheune oder einfach hinter den Büschen, in strengste Bußpredigten losbrechen konnte, aber auch wieder glückselig die gerettete Seele verkündete. »Es ist alles harmlos, nur ein Ausfluß unserer Freude, daß Sie damals auf uns geschaut haben, und um Ihrer mehr als berechtigten Ermunterung zum Glauben nachzukommen … Was das bedeutet, weiß ich nicht, aber es gibt nun jedenfalls, und das wird Ihre Absicht gewesen sein, neben der Abstumpfung auch Freude im Feld und Hoffnung auf ein anderes Leben, nicht länger in der Falle …«

»Ja richtig, sehr gut, aber bitte keine übertriebenen Erwartungen!« sprach Anijs gutmütig-barsch, während Martha aus dem Kabinett kam und Klein Pet mit zum Naschtisch zog. »Ich habe bei dem alten Wessels Boer baldmöglichst um eine Unterredung gebeten, dem Mann, der etwa die Holzwarenfabrik ins Dorf gebracht hat, aber Mund halten, laß mich im stillen tätig sein, und wenn ich einmal gesagt habe, daß ihr aus dieser Sackgasse herausmüßt, dann habe ich damit nichts anderes gemeint als ein besseres Leben am selben Ort, ich meine, wenn das gelänge, wenn wir damit einen Anfang machen könnten, eine neue Perspektive zu bieten, etwa in der Holzverarbeitung, mit Torfstreu, einer Torfbrikettfabrik – dann sitzt ihr doch eigentlich nicht mehr in der Falle?«

Bennemin senkte den Kopf. »Ich weiß das schon, aber einige …«

Es war still in der Apotheke, schon den ganzen Tag, manchmal bildete sich Anijs ein, daß man heute schneller zum »Einhorn« ging, wo Halink inzwischen wohl seine moderne Kodak neben die antike Camera obscura ins Schaufenster gestellt hatte. Die Geschäftsflaute gab Martha Anlaß, erneut für eine Police zu plädieren, bei den derzeitigen Einkünften war ihre Zukunft ja noch nicht gesichert, aber wegen ebenderselben niedrigen Einkünfte hielt Anijs die Prämie nun für eine noch größere Belastung. Anders als früher führte diese Uneinigkeit in letzter Zeit häufiger zu Unfrieden und ständig bitterer Stimmung, und es war ihm ein süßes Befremden, daß nun für Klein Pet das alte, mädchenhafte Lächeln, das er nicht mehr auf ihr Gesicht zaubern konnte, in vollem Glanz erstrahlte. Der Knabe saß mit dem Mund voll Naschzeug auf ihrem Schoß, und einen Moment war sein Schmatzen das einzige Geräusch.

»Und hier?« brach Bennemin plötzlich sehr schüchtern das Schweigen. »Gibt es hier noch Neuigkeiten?«

Mit vollem Herzen schrak Anijs aus seinem wehmütigen Sinnen, und als Bennemins Frage zu ihm durchdrang, wurde ihm noch weher ums Herz: Der gute Mann wollte wissen, wie es ihm erginge, hatte nach aller erwiesenen Aufmerksamkeit eine Gegenfrage gestellt, wie es unter Freunden üblich ist – Freunden, die er nicht hatte, außer nun dem braven Bennemin, der sich aus Ehrfurcht vor dem Standesunterschied kaum die Rückfrage erlaubte und gleichbleibend leise, fast flüsternd, gesprochen hatte, noch immer mit gesenktem Kopf, viel eher betreten als verlegen.

»Hast du es noch nicht gehört?« ermannte er sich, über seine Melancholie, ja über sich selbst hinauswachsend. »Halink hat ein Photostudio eingerichtet!« – und um Bennemin jede Verlegenheit zu nehmen und ihn wieder zu beruhigen, vertraute er ihm an, daß er dem neuen Kollegen schon bei der ersten Begegnung ein solches Zukunftsbild gezeichnet hatte, nicht wegen der Porträtphotos, die man heute überall machen lassen konnte, sondern wegen der Bewegungsstudien in der Art des Amerikaners Muybridge, genau das, womit Halink jetzt auch tatsächlich angefangen hatte, selbst wenn damals unmöglich vorherzusehen war, daß sich diese Prophezeiung sich so schnell erfüllen würde. »Nun, ich fühle mich geehrt, auch wenn so ein junger Apotheker lernen muß, eines Tages nach eigenem Kompaß zu fahren, denn in Bälde werde ich die Fackel doch weitergeben… Haha! Aber nun voran, zuerst ein Gläschen Vino und dann weiter mit den Geschäften… Der VfV hat schon ein schönes Zirkuszelt bestellt; was hältst du von Mitte Oktober? Für die Kleinen darf es natürlich nicht allzu spät werden, aber für eine echte Theaterstimmung muß es doch draußen gut dunkel sein, dann kommt natürlich auch das anschließende Feuerwerk am besten zur Geltung…!«

Sie tranken, stießen an und gingen das Programm durch, auf das Bennemin schon manche Stunde aufgewandt zu haben schien. Damit möglichst viele mitmachen könnten, schlug er Tableaux vivants vor wie »Hannibal zieht über die Alpen«, »Der Auszug aus Ägypten« oder »Die Übergabe von Breda« nach dem berühmten Gemälde von Velázquez, kurzum belehrende Szenen, wo jedesmal viele Soldaten und Volkscharaktere beteiligt sein konnten. Die ältere Jugend würde zweifellos etwas in Richtung von Buffalo Bill und Turnvorführungen tun wollen, während man für die ganz Kleinen vielleicht an einen Bootsausflug denken könnte, noch bei Tageslicht, in einem geschmückten Kahn aus dem Dorf, wobei dann ein paar einstudierte Lieder zu Gehör gebracht werden könnten…

»Fabelhaft, *bene bene*«, sprach Anijs, einmal mehr beeindruckt von Bennemins Bildung, »und diese Schiffahrt, die heißt dann… die heißt dann…« – er schmatzte ein wenig wie ein Weinkenner bei einer blinden Verkostung, zweifelnd, suchend, mit zupfenden Handbewegungen neben seinem Kopf – »die heißt dann… Tour de Chant!«

Ein paar Gläser später war alles vorläufig abgehandelt, und Bennemin erhob sich. Anijs hatte ihn, ohne Rücksicht auf seine eigene Erfahrung bei der Laienbühne Mimesis, mit der gesamten Regie betraut, und für die Herstellung der Kostüme würde der VfV-Vorstand eine Wohltätigkeitssammlung für abgelegte Kleider und Lumpen im Ort durchführen. Klein Pet rutschte beim ersten Zeichen des Aufbruchs von Marthas Schoß, und noch weiterschwatzend, immer gemütlicher, schloß Anijs den kurzen Aufzug zur Tür ab, hinter der sich ein paar neugierige Gesichter hurtig zurückzogen.

»Übrigens, wie steht es daheim?« fragte er zum Abschied, in dem unbeschwerten, fast nachlässigen Ton von Freunden untereinander. »Gab es noch Probleme?«

Seltsam: Als kippe die entstandene Leichtigkeit ins Gegenteil um, so ließ Bennemin wieder den Kopf hängen. Auch Klein Pet blickte zu Boden, während er nach der Hand seines Vaters griff, der verneinend den Scheitel nach links und nach rechts rollen ließ.

»Nein, keine Probleme mehr...«, murmelte er endlich, »aber jetzt finden wir Strohhäcksel vor dem Haus... aber sie kommen nicht mehr herein... wer es auch ist, sie kommen jedenfalls nicht mehr herein...«

»Wegen Joop!« erklärte Klein Pet laut und entschieden.

»Wegen des Hundes, aber noch viel mehr wegen Ihrer Protektion...«, ergänzte Bennemin, und ganz langsam hob er sein Antlitz zu Anijs. »Denn wenn Sie uns damals nicht in Ihr Kommen einbezogen hätten, dann weiß ich nicht, ob wir... denn sehen Sie, unsere Tochter... Johanna ist schwanger!«

Im selben Moment, als die letzten Worte herausflogen, wie ein Haarpropf aus einem Rohr, im selben Moment auch, in dem ihn Bennemin mit lila geflecktem Gesicht direkt anblickte, in genau demselben Moment fand Anijs, fieberhaft in seinem Gedächtnis grabend, was Pottinga ihm einst Volkskundliches über Häcksel berichtet hatte: Nachts vor einem Haus ausgestreut, bedeutet es, daß dort eine ledige

Frau schwanger ist, und ihren Verstoß aus der Gemeinschaft. Entsetzt klammerte er sich an den Türpfosten, nicht nur wegen aller Gleichzeitigkeiten, sondern noch unendlich mehr wegen seines eigenen Versagens: Natürlich, Johanna war schwanger, er wußte es schon seit kurz vor der »Allgemeinen Behandlung« im März, sie mußte jetzt im sechsten oder siebten Monat sein, für jeden sichtbar – aber ihm war es völlig entfallen! Eine Woge der Scham flog über seine Wangen, dann, ebenso unerwartet und ungewollt, schoß ihm sein kritischer Verstand rettend zu Hilfe: Wie beschämend war es eigentlich, nicht gleich an etwas zu denken, von dem man seit fünf Monaten weiß?

Bennemin hatte ihm noch nichts Befremdliches angesehen, seine sprachlose Verwirrung, einschließlich seiner Schamesröte, paßte ja gut zu der soeben erhaltenen Nachricht, als hätte er es nun zum ersten Mal gehört! Seine Erleichterung währte nur kurz, denn als er sah, wie Bennemin erneut das Kinn auf die Brust sinken ließ, mit mahlenden, nervös kauenden Kiefern, bedrückte ihn der klägliche Anblick des kleinen Mannes schwerer als alles andere, er konnte es kaum noch ertragen, aber es mußte sein, er wollte es, er war doch sein Freund!

»Beruhige dich doch, Bennemin!« rief er mit überschlagender Stimme, während sich Bennemins Schulter seltsam aufpluderte, wie ein Buckel, ein pulsierender Schwellkörper, für niemandes Auge bestimmt, geschweige denn, daß er darauf klopfen dürfte, obwohl es das einzige war, was er noch wollte, jetzt, während draußen wieder die Gesichter hinter dem Glas auftauchten und er ohnmächtig die Hände rang, mit derselben verzweifelten Kraft, mit der Klein Pet sein Händchen um die Faust seines immer krummer stehenden, nun lautlos zuckenden Vaters weiß klammerte – nur half der Kleine mit seinem Klammern dem Vater, sich zu beherrschen, während sein Händeringen nur seinem eigenen, fast zerbrechenden Anstand diente. »Zum Donnerwetter, Bennemin, hör doch einmal kurz zu, den Erzeuger, den werden wir schon finden... Aber nicht doch, nicht weinen... bitte, lieber Freund... ich flehe dich an... vor dem Kind, Klein Pet steht neben dir!«

DER SOMMER ging vorbei, der Torf war in den Ringen getrocknet und zum großen Teil nach Holland verschifft; es wurde Herbst. Das Ödland, feurig erglühend mit roten und rosa Streifen Kuckucksnelken und Weidenröschen, die wie farbige Windstöße über die weiten Ebenen fegten, erloschen langsam, der Purpur der blühenden Glockenheide wurde fuchsrot und rostig, und auch die Ortschaft lag nach dem geballten Hochbetrieb der Torfschiffe entkräftet unter dem sich verfärbenden Lindenlaub auf der Uferstraße danieder. In dieser allerorten niedergesunkenen Stille war es, daß der Abend in der »Zwölf Apostel« vor fieberhafter Betriebsamkeit schwirrte. Durch die offene Tür des Labors sah man regelmäßig den vollzähligen VfV-Vorstand um die Karbidlampe auf dem großen Rezeptiertisch beraten; an den Wänden schimmerten die bauchigen Behälter, in denen Anijs einen speziellen Festmost bereitete; den üblichen Chemikaliengeruch hatte der penetrante, herbe Duft noch nicht ganz reifer, aber schon gärender Paradiesäpfel überlagert, der die ganze Apotheke durchzog.

Ende September wußte jeder im Ort von der bevorstehenden Aktion, und trotz des nun öffentlichen Händels mit Amshoff gab es wieder manchen Abendspaziergänger, der, genau wie zuvor bei der »Allgemeinen Behandlung«, seine Schritte zu dem ehrwürdigen Gebäude im Norden lenkte, wo man den alten Apotheker manchmal bis Mitternacht fürs Allgemeinwohl chemistrieren sehen konnte, einsam im Gaslicht, sich der Zuschauer nicht bewußt, manchmal minutenlang reglos über die Feuerwerksrezepturen, die Gasflammen und die Fläschchen gebeugt. In dieser Zeit begann er durch den wachsenden Druck unter Schlaflosigkeit zu leiden und Chloral einzunehmen. Neben allem anderen mußte er tätig werden, Sieger zu Johanna zu bringen, aber wie konnte er in Gottes Namen dieses jüngste Versprechen gegenüber Bennemin einhalten?

Eines Nachmittags begab er sich zum Pastor des Dorfes, mit der Bitte um ein Kanzelwort; der Mann versprach umgehend den öffentlichen Appell an den Erzeuger von Johannas Leibesfrucht für den nächsten Sonntag nach dem Gottesdienst, aber er glaubte nicht, daß die damit einhergehende Drohung des Ausschlusses aus der Glaubensgemeinschaft großen Eindruck auf den gesuchten Übeltäter machen werde, wenn dieser vom Feld stamme: »Diese Leute, mit Verlaub, haben sich schon vor Jahr und Tag aus unserer Gemeinde ausgeschlossen.« Anijs verstand, sah jedoch kein anderes Mittel und verabschiedete sich mit Dank für die Zusage.

Unverhoffter war Wessels Boers negative Reaktion, dem er ein paar Tage später seine Aufwartung machen konnte.

»Eine Holzwarenfabrik im Moor? Herr Anijs! Es wäre schon schön, wenn die im Dorf erhalten bliebe ... mit all den Waldkulturen ringsherum, auf den abgegrabenen Leegmooren: Der Markt wird mit Besenstielen überschwemmt! Kein roter Heller ist da mehr drin! Aus und vorbei!«

»Dann vielleicht doch etwas mit Torf?« hielt er erneut dem tosenden Sturmwind des sonnengebräunten Unternehmers entgegen. »Eine Torfstreufabrik ... um den Torf im Geist der modernen Zeit weiter zu rationalisieren?«

»Guter Mann! Genau dasselbe! Weil es mit dem Brennstoff überall zurückgeht, verlegt man sich eben überall auf Torfstreu! Was meinen Sie, was das für die Gewinnspannen bedeutet? Ich fürchte schon das Schlimmste für ›Die Industrie‹! Nein, nein, es gibt nur eine vernünftige Haltung zum

Torf in dieser wahrhaftig höchst modernen Zeit, und die ist sich möglichst davon fernhalten, und wenn man schon drinsteckt, dann, koste es, was es wolle, nichts wie raus!«

Es war dunkel, als er nach Hause kam, Martha schlief bereits. Unstillbar dröhnte Wessels Boers Stimme noch in ihm nach, donnernd wie die strengste Gerichtspredigt der »Abscheidung«: »Brüder und Schwestern, das Wort des Herrn für diesen Morgen ist Jesaja 33,11: Mit Stroh geht ihr schwanger, Stoppeln sollt ihr gebären« – er nahm eine doppelte Portion Chloral, stieg die Treppe hinauf und legte sich ohne Licht zu machen neben seiner Frau zur Ruhe.

BENNEMIN UND KLEIN PET waren in die Apotheke gekommen. Sie ließen die Tür offen; draußen standen Pottinga, Amshoff, Festenhout und Halink, alle in Schwarz und mit Hut.

Bennemin begann, ein Loblied auf Anijs zu singen. Er nannte ihn eine Zierde der örtlichen Gesundheitsfürsorge, ein unerreichbares Vorbild für das jüngere Geschlecht, einen unersetzlichen Vereinsmann, einen hochgeschätzten Brandmeister. Das alles war sehr schön; hätte Bennemin bloß dort aufgehört! Aber er sprach weiter. Wenn nun die Herren auf der Freitreppe (er nickte kurz zum Fenster), diese vortrefflichen Männer, dennoch jeder in eigener Weise für die Gesundheitssorge verantwortlich, beschlossen hätten, Anijs zur Schließung seiner Praxis aufzufordern, dann müsse er doch den Ernst der Motive einsehen, die sie dazu zwängen.

Es sei den Herren draußen auf der Treppe zu Ohren gekommen, daß hier an der Wand kein Apothekerzeugnis mehr hinge, sondern das Brandmeisterzeugnis. Vielleicht hätte es ohne Anijs' außerordentliche und höchstlöbliche Bemühungen um das Feld nicht einmal so weit kommen müssen, aber gerade diese Bemühungen hätten die Aufmerksamkeit der Herren wie auch der amtlichen Stellen besonders auf ihn gelenkt; nun stehe er im vollen Rampenlicht und müsse noch mehr auf seinen guten Namen achten als zuvor. Und nun hatte dieses Auswechseln der Zeugnisse stattgefunden, weshalb die Herren keinen anderen Ausweg sähen, und er, Bennemin, habe als Freund die schwere Aufgabe übernommen, diese Nachricht zu überbringen. Anijs solle es ihm nicht noch schwerer machen.

Wie froh Bennemin war, dies hinter sich gebracht zu haben; durch die Sicherheit, die es ihm schenkte, hatte er keine übertriebenen Skrupel mehr, er zeigte auf das Zeugnis an der Wand und winkte mit dem Finger. Anijs nickte und wollte es abhängen, konnte es aber mit seinen zitternden Händen nicht vom Haken nehmen; Klein Pet stieg auf einen Stuhl und half ihm. Dann deutete Bennemin zur Labortür. Wieder zeigte sich Klein Pet behilflich, nun im Halbdunkel das andere Zeugnis zu finden. Und von da an war alles vorbei; Anijs nahm die Zeugnisse nicht einmal mehr aus dem Rahmen, sondern übergab Bennemin alles, wie es war. Dann setzte er sich in eine Ecke, bewegte sich nicht und sprach mit niemandem mehr.

Schwitzend schrak er auf. Fahl fiel das erste Tageslicht durch die Vorhänge, neben ihm ertönte Marthas regelmäßiger Atem, in der Vertrautheit ebenso befremdlich wie der langsam verebbende Traum. Mit einem Schluck Wasser löschte er die feurige Chloralglut in seiner Kehle, er wagte nicht mehr, die Augen zu schließen, und begann aufmerksam Marthas halb abgewandtes Gesicht zu studieren. Wie vornehm ihre Züge waren, überlegte er, während er sich den schnell kalt gewordenen Schweiß abwischte, ihre bessere Herkunft war ihr selbst im Schlaf noch anzusehen ... Sie ließ sich nichts davon anmerken, stand immer an seiner Seite, wenn es darauf ankam, viel stolzer und standhafter als er selbst – aber wie sehr bedauerte sie den Verlust der früher unstrittig führenden Rolle, welche die Apotheke noch unter ihrem Vater gespielt hatte? In gewissem Sinne war sie mit dem Niedergang mit abgestiegen, sozial; wo ihre Mutter noch mit den Damen der Notabeln auf gleichem Fuße verkehrt hatte, da versank sie immer tiefer in der Kluft zwischen jenen und den Frauen aus dem Volk in die Isolation, ohne daß sich die junge Ehefrau Halinks noch die Mühe gemacht hätte, sich vorzustellen, geschweige denn, daß bald das Kleine für einen einzigen, glücklichen Moment auf ihrem alten, dürren Schoß zappeln würde… Mit tränenden Augen neigte er sich zu ihr hinüber, ganz behutsam, um sie nicht zu wecken, lautlos weinend und lachend, spitzte er seine Lippen zum Kuß, und noch tiefer neigte er sich, als er plötzlich erstarrte: Wie Martha dalag, das Gesicht so unbewegt, der Atem so unhörbar, die Lider so reglos einen Spaltbreit geöffnet – mit einem Male fühlte er die gewaltige, brodelnde Willensanspannung und Selbstbeherrschung, die ihr all dieses scheinbare Verstummen abverlangte, wie Hitze von ihr abstrahlen, fühlte, daß sie nicht schlief, sondern *tat als ob* und ihn durch ihre Wimpern betrachtete…

ANIJS SCHICKTE einen Brief an die Steinfabrik »Noordsche Schut«, am nächsten Tag brach der für das Feld festgelegte Festtag mit Windstille und einer weißen Sonne hinter den Nebelschwaden an; es würde ein prächtiger Herbsttag werden.

In aller Frühe waren drei Wagen, beladen mit Bänken und Böcken aus dem Lager der VfV, zum Feld aufgebrochen; das Mietzelt mußte von der anderen Seite her, aus Coevorden, unterwegs sein; gegen elf kam Thomas mit einem offenen Gepäckkarren vorgefahren; er wurde mit den Apfelweinfässern beladen, dem Spalier für das Feuerwerk und dem Feuerwerk selbst. Gerade noch rechtzeitig fiel Anijs ein, daß er etwas vergessen hatte: Er eilte ins Labor, kam mit der

Karbidlampe zurück und kletterte damit neben Thomas auf den Bock: »Ja... dann los!«

Bis zur Armensiedlung fuhr er mit, wegen der Tour de Chant, und als er danach zu Fuß zum Ort revertierte, brannten die Augen noch vor Rührung, so stolz und mit Bravour hatten die Kleinen vom Feld, wie Nachtigallen, die brandneuen Festlieder zu Gehör gebracht, strahlend vor Stolz, in dem reich mit Fahnen und Kränzen geschmückten Kahn, mit einem Auge zu den Kindern aus den Steinhäusern an der Uferstraße schielend, die sie jetzt einmal übertrumpften, das andere fest auf den dirigierenden Komponisten, Bennemin, gerichtet, der die Melodien zudem noch mit einer geliehenen Geige unterstützte. Der Kontakt zwischen den beiden Männern war nur kurz gewesen, auch Bennemin mußte schnell nach Hause zurück, zur Generalprobe, der ersten Zeltprobe vor der Vorstellung heute abend. Anijs hatte ihm in aller Eile noch eine schriftliche Gebrauchsanweisung für das Abbrennen des Feuerwerks zum Ausklang überreicht; er selbst würde um diese Zeit schon in aller Stille gegangen sein, wie er, umgekehrt, auch erst im allerletzten Moment käme, alles aus demselben Grund, weshalb er Bennemin erneut beschwor, es doch vor allem zu unterlassen, in Kürze als Stallmeister von einem eigens an ihn gerichteten Willkommenswort zu Beginn, einem Dankeswort am Ende, von Geschenken, Gedichten oder was da mehr sei abzusehen: Keinesfalls wollte er einer eventuell schlummernden Personenverherrlichung Vorschub leisten, würde sich am liebsten gar nicht in das doch ausschließlich für das Feld gedachte Ereignis einmischen, wenn dann nicht unvermeidlich der Eindruck entstünde, es sei ihm nicht wichtig oder gar er sei sich zu gut, und deshalb sah er auch davon ab, das Feuerwerk eigenhändig abzubrennen.

»Gut, dann bis heute abend...«, schloß er und streckte Bennemin in dem Trubel ernst die Hand hin. »Und du willst noch immer nicht den Bürgermeister dabeihaben oder den Gendarm, in festlicher Galauniform, mit Schärpe und Kalpak, nur für den festlichen Eindruck? Ich kann sie noch immer fragen …«

Lächelnd, aber bestimmt schüttelte Bennemin den Kopf: »Nein, nein, ich bin sicher, daß wir diesen Abend am liebsten unter uns feiern, nur mit Ihnen …«

Es ging auf fünf, als sich Anijs zum zweiten Mal an diesem Nachmittag von seiner Frau verabschiedete. Nun würde er sowohl hin- wie zurücklaufen; die Aussicht, die letzten Augenblicke vor der großen Aktion in einem Wagen mit dem VfV-Vorstand sitzen zu müssen, der natürlich dem Abend beiwohnen würde, war ihm unsagbar zuwider, er hatte ein Bedürfnis nach Ruhe, Besinnung, und womöglich könnte dann die Beklommenheit der nun fast unerträglich gestiegenen Spannung doch aus seinem Körper wegströmen, der ganz knollig und stramm war und aufgebläht zu sein schien. In seiner Jackentasche hatte er eine Handvoll Theriac-Pillen, in aller Eile noch in dieser handlichen Form angefertigt, falls er es nicht mehr ertrüge.

»Es ist schade, daß ich nicht mit kann, aber ich wünsche dir viel Vergnügen; und sei vorsichtig«, sagte Martha, während sie noch einen eingebildeten Fussel von seiner Schulter zupfte. Sie wirkte besorgt, blickte auch noch einmal mißbilligend auf den Arztkittel, den er, bis zum Kinn zugeknöpft, gleichsam als Beffchen unter seinem Wintermantel trug, verlor aber kein Wort mehr darüber – er tat es doch für die Leute, sollte er etwa im Cut gehen?

Vor der »Einhorn«-Apotheke stand ein Leiterwagen, drinnen schien Hochbetrieb zu herrschen, aber ohne auch nur einen Blick zur Seite oder auch zu den drei alten Frauen auf der Brücke bog er um die Ecke. Auf dem Feldweg am Kanal entlang war kein Verkehr. Vom Wolfsbos her schien die Sonne nicht mehr, er kam im ersten Dämmerlicht am

»Einhorn« vorbei, und als er am Ende des Zuideropgaande zum letzten Quergraben kam, dämmerte es schon. Da hörte er hinter sich fröhlichen Gesang näher kommen und schlug sich unverzüglich ins Unterholz.

Knarrend, mit Karren und Geschirr, aber ohne Hufgetrappel oder ratternde Räder bog der Zweispänner des VfV-Vorstands direkt neben ihm ins eigentliche Feld ab, und schaukelnd wie ein Schiff ging es über den weichen Grasboden weiter an Elim vorbei. Schatzmeister Mezger van Os hatte sogar die Hand am Hut, es waren auch Damen dabei, und es wurde gelacht wie bei einem Bootsausflug.

Während der Break langsam in der Dämmerung verschwand, setzte Anijs seinen Weg in dieselbe Richtung fort, bis er plötzlich zwei kleine Kinder mitten auf dem Weg kauern sah. Waren es dieselben, die damals, beim Kalten Freier, für das Huhn nach Schnecken und Würmern gewühlt hatten? Sie hörten ihn auf dem sumpfigen Grund nicht näher kommen, und selbst als er sich freundlich zu ihnen bückte, sahen sie noch nicht auf.

»Wirklich schön habt ihr heute mittag gesungen, Leutchen!«

Der linke Knirps schaute mit einem krankhaft kugeligen, glasigen Auge zu ihm auf, steckte etwas Kleines, einen Kern oder Samen, in den Mund und wühlte wieder weiter. Ja, es waren dieselben beiden, aber waren sie denn so abgestumpft, daß sie ihn nicht mehr erkannten? Oder waren sie noch abgestumpfter, und sie erkannten ihn, aber es interessierte sie überhaupt nicht mehr? Beim Suchen nach einer Münze für sie tastete er nur die Theriac-Pillen, er flüsterte, daß er bald zurückkäme, und sah dann erst, geführt von einem starken Mistgeruch, den glänzend frischen Haufen Pferdeäpfel, zum Teil schon zwischen den beiden ausgebreitet, und im Begreifen befangen, blieb er noch einen Moment melancholisch lächelnd stehen – was der Linke soeben in den Mund gesteckt hatte, war ein unverdautes Haferkorn, natürlich, welch ein Luxus, es mußte lange her sein, daß hier so viele Pferde vorbeigekommen waren, soeben die zwei vor dem Vorstandswagen, heute nachmittag schon der dreimalige Transport von Bänken und der Stützböcken sowie der Gepäckkarren von Thomas und dann noch der Wagen mit dem Zirkuszelt!

Mit einer Theriac-Pille unter der Zunge hastete er weiter an Elim entlang. Alle Katen waren dunkel und verlassen, nur im letzten Haus, dem Bennemins, brannte Licht. Tatsächlich lag Strohhäcksel vor der Tür, in der Abenddämmerung nicht mehr erkennbar, ob alt oder frisch. Johanna drinnen mußte hochschwanger, fast ausgetragen sein, vielleicht schon im neunten Monat – ohne einen Blick zur Seite zu wagen, schritt er weiter, der Zirkus sollte hinter dem Torfstich auf dem Ödland stattfinden, und auf einmal sah er, als schiene die Sonne wieder, vor dem türkisfarbenen Himmel die Spitze des Zirkuszeltes, der grell rot-weiß gestreifte Stoff mit zwei Zipfeln an den beiden Ständern aufgehängt, wo sich die vaterländische Trikolore leise im Abendwind bewegte. Im nächsten Augenblick fühlte er die bereits versammelte Menge wie einen Schock, sah aber gleichzeitig auch im Augenwinkel einen weißen Schemen, der zwischen zwei Zweigen hin- und herschwang, und er faßte sich wieder. Zuerst schien er nur auf Sieger zu deuten, der im Turnanzug seine Gymnastikvorführung übte, dann aber drehte sich seine Handfläche nach oben und richtete sich sein Zeigefinger auf, winkend …

So muskulös und feurig der junge Mann wirkte, so gehorsam ließ er die Zweige fahren und kam herbei – aber nicht fügsam, eher selbstbewußt, mit jedem Schritt herausfordernder.

Kurz angebunden erklärte ihm Anijs, den Volksbrauch zu achten, selbst wenn das bedeutete, daß ein unfruchtbar bleibendes Mädchen von dem einsteigenden Freier und seinen

Kumpanen gequält und gedemütigt zu werden hatte, aber jetzt, wo das Mädchen nachträglich doch schwanger geworden sei, müsse man seine Pflicht kennen.

»Die Kanzelrede war eine Warnung«, schloß er sachlich. »Täusch dich nicht, sobald du in Verzug gerätst, werde ich nicht zögern, einen Prozeß anzustrengen ...« Noch hatte ihn die Menge nicht erblickt, aber vorsorglich trat er, den Kopf noch zum Zelt gedreht, ein paar Schritte vor, tiefer ins Gebüsch, als wäre Sieger, der im Gleichschritt zurückwich, gar nicht mehr da. Als er ihn wieder ansah, erwartete er nur ein einfaches Nicken, daß es gut sei, daß er Mutter und Kind annehmen werde, aber statt dessen starrte ihn Sieger unbewegt an.

»Ich bin schuld an Johannas Schwangerschaft, aber ich habe sie nicht geschwängert – sie seit dem Kalten Freier nicht mehr angefaßt«, erklärte er ernst und gemessen.

Diese verblüffend kompakte Formulierung, ohne jede Spur von Schuldbewußtsein oder auch nur Unsicherheit, offensichtlich viele Male präpariert – kurz brachte sie Anijs aus der Fassung. Der Kalte Freier, das war bestimmt schon vor einem Jahr, während Johanna doch höchstens neun Monate – fieberhaft stand er da und rechnete und zählte, dann ärgerte er sich nur noch über das selbstgefällige, vorgefertigte Paradox; und warum sollte Sieger nicht lügen? »Eine Woche gebe ich dir ... eine einzige Woche!«

Wortlos war er weitergegangen, bis die Gefahr, vorzeitig bemerkt zu werden, zu groß wurde und er sich erneut im Buschwerk versteckte. Von hier aus konnte er die Stimmen vor dem Zelt schon deutlich hören, und abwartend, bis alle im Zelt wären, freute er sich mit wachsender Rührung am Anblick des Publikums. Alle waren im Sonntagsstaat, nicht mehr grau, sondern die Frauen mit blitzsauberen Schürzen und die Männer im dunklen Anzug mit dito Mütze, alles im nüchternen, ordentlichen Schwarzweiß einer Schale Roggenbrotscheiben mit Rahm, die farbenfroh geschmückten, teils bereits kostümierten Kinder wie festliches Naschzeug dazwischen gestreut. Eine erwartungsvolle Spannung hing über dem Gelände, der Zauber des Theaters war bereits jetzt spürbar an den hier und da abgestellten Wagen, mit denen das Benötigte herbeigeschafft worden war, und plötzlich sah er auch, ein wenig mehr seitwärts, das große Feuerwerk, wie es in großer Aufmachung aufgebaut war und von einem tapferen Ritter mit gekreuzten Speeren geschützt wurde – mit all den ganz gleichmäßig ans Spalier gehängten Feuerpfeilen, zudem noch nach Größe angeordnet, erinnerte es durchaus an eine Orgel oder ein Abwehrgeschütz, das selbst den Teufel noch aufhalten würde, wenn er in Gestalt eines schwarzen Raben auf dieses arme, frohe Volk niedersinken wollte. Sehr zögernd begann nun, zum Zeichen, daß man eintreten dürfe, neben den Eingang eine Kapelle zu blasen, anfangs noch krächzend und ungeübt auf den lange vergessenen Instrumenten, aber zunehmend kräftiger und sauberer im Ton, am Ende ein klarer, stolzer Marsch: die Hymne über die Volkskraft, ein Lied, *das erwachte und sich erhob* – erst als es in seiner getroffenen Seele gänzlich verklungen war und auch die Musikanten und der römische Soldat nirgendwo mehr auf dem verlassenen Gelände zu sehen waren, schlüpfte Anijs als allerletzter ins Zelt.

AUF EINEM TISCHCHEN in der Mitte der Manege strahlte die Karbidlampe. Zusammen mit den rundherum flackernden Pechfackeln schenkte es ein zauberhaftes Licht, das von den Bänken her vom verzückten Publikum mit hundert glänzenden Gesichtern zur Quelle zurückgestrahlt wurde. Es roch stark nach Rinde; die Zeltplane mußte frisch gegerbt sein, dennoch wirkte sie in all dem Licht sogar hell, weiß wie eine Haut.

Mit jeder Nummer wurde es wärmer im sicheren Zelt. Es war der echte Kirchentrommler vom Feld, der nach jeder Ankündigung von Stallmeister Bennemin einen kräftigen Wirbel schlug, dann bekam auch die nächste Nummer wieder prasselnden Applaus. Wegen des Publikums, aber auch, um das Gefühl der Bedeutsamkeit für die Teilnehmer zu erhöhen, war selbst für ein gedrucktes Programm gesorgt, das als letzte Nummer meldete: »Foyer – gratis Limonade und Apfelwein«. Hinter diesem Blatt verbarg sich Anijs in der achten Reihe, auf einmal erschöpft, jetzt, wo der Zirkus tatsächlich seinen Lauf nahm, und nunmehr ohne Widerstand gegen die wonniglich beruhigende Wirkung des Theriac. Während ihm die ständige Veränderung der Geräusche immer mehr wie eine ferne Brandung in den Ohren rauschte, folgten die historischen Szenen, die Darstellung von Sprichwörtern und die Turnübungen in schnellem Tempo aufeinander, es gab Cowboys, Indianer, Lassos, die über einer arglosen Ziege in der Luft kreisten, und so betäubt sah er manchmal einen Moment lang nichts als das Licht seiner eigenen Lampe, das stärkste, das hier je geleuchtet hatte.

»Leere Tonnen geben großen Schall!«

Bennemin hatte seinen Zylinder abgenommen und deutete mit seinem Spazierstock auf den Spalt im Rundprospekt, durch den soeben die vorige Gruppe abgetreten war. Unter dem drohenden Wirbel des Trommelschlägers rollte ein Dutzend Knaben mit Stöcken ein großes Bierfaß in die Manege und richtete es auf. Darauf war ein Gesicht mit einem ausgesägten Loch als offenem Mund gemalt, der Kopf bekam noch einen großen Pastorenhut aus Pappmaché auf, dann brach erneut ein tausendmal lauteres Trommeln los; bis zum Stoppzeichen zerklopften die Knaben ihre Stöcke auf den Dauben, ermuntert von Bennemin, der einmal die Fäuste ballte, dann wieder tat, als höre er nicht. Anijs, aus seinem Nickerchen aufgeschreckt, beobachtete es mit zustimmendem Lächeln: Dem guten Mann war die Freude der Kinder wichtiger als eine allzu straffe Ausrichtung auf ein Endergebnis, das Spiel hatte zwar Priorität, und doch gab es immer auch Raum für Gesellschaftskritik, genau wie sie auch hier vorhanden war – nun, einmal durfte es sein!

»Hannibal zieht über die Alpen!«

Wieder der Wirbel, dann Stille. Es sollte die letzte Nummer sein, las Anijs, aber hinter den Kulissen schien etwas zu stocken, so daß er ein wenig aufmerksamer um sich blickte. Wegen der Wärme hatten alle angefangen, sich rundum mit dem Programm Kühle zuzufächeln. Inzwischen hatte man ihn überall bemerkt, im Dunkeln doch am weißen Kragen seines Arztkittels erkannt, und wie man ihn von links und rechts über den Rand des Papiers anschaute, während das restliche Gesicht wie hinter einem Fächer verborgen blieb, fühlte er sich kurz wie auf einem historischen Fest... ja, einem *bal masqué*... in Venedig!

Ein jäher, kräftiger Windstoß fuhr wie ein Schauer durch das Zelt, wiederum gefolgt von dem Wirbel, worauf, sehr zart, anders als alles Vorherige, ein Mädchen in Schwesterntracht aus dem Spalt im Rundprospekt hervortrat. Am Zügel hielt es ein hüfthohes Haustier, vielleicht ein Schaf oder eine Ziege, mit einem Rüssel am Maul und einem geräumig herabhängenden Sattelzeug als Elefant verkleidet. Neben ihm marschierte ein kleiner, behelmter römischer Soldat, der zwar halb über dem Tierrücken hing, es aber doch nicht wagte, richtig aufzusitzen. Sofort in einen anderen Gemütszustand verfallen, konnte Anijs es kaum über sich bekommen, zu klatschen, der ganze Begrüßungsapplaus kam schon mit einer gedämpften Scheu, und dennoch zog das Tier beim ersten Beifallsprasseln die beiden Kinder mit in die Kulissen zurück. Ein befreites Lachen ertönte, dann wurde ins Foyer eingeladen, und es war zu Ende. Anijs stand als erster auf und wankte, blind durch die Falten des Ausgangs rudernd, hinaus. Es war kalt und inzwischen völlig dunkel. Ohne die Hand vor Augen zu sehen, hielt er sich am erstbesten Karren fest, auf den er stieß, tief bewegt, auf der Netzhaut flimmerte noch das rote Kreuz, wie es ganz am Ende auf dem kleinen weißen Rücken zu sehen gewesen war: Daß sich dieses Mädchen offenbar so fest in den Kopf gesetzt hatte, heute abend Krankenschwester zu sein, vielleicht, weil sie irgendwann einmal etwas von Florence Nightingale aufgeschnappt hatte, und daß der brave Bennemin auch das wieder gutgeheißen hatte, selbst wenn diese Rolle eigentlich in keine der Nummern paßte, und es dann einfach, ganz zuletzt, sein mußte; wie bitter war das alles, um so bitterer, weil das Kind wahrscheinlich nicht wußte, daß es nie Krankenschwester oder irgendeinen anderen Beruf erlernen könnte, und am bittersten vielleicht für die Eltern, sie in diesem unerreichbaren Traum so glücklich sehen zu müssen?

Das Zelt erzitterte unter einem neuen, heftigen Windstoß. Die hohen Schnäbel an den Pfählen zeichneten sich jetzt wie schwarze Minarette vor einem fremden, tiefvioletten, sternlosen Himmel ab, und über den hohen Rand hinaus schauend, erkannte Anijs allmählich auch weitere Umrisse um sich herum. Er nahm eine weitere Theriac-Pille, löste sich von dem Wagen, um heimzukehren, und da stand ein riesiger, weißer Hund vor ihm. Er erschrak und sah erst dann Klein Pets blonden Schopf hinter dem Hund.

»Was für einen starken Hund du hast«, sagte er, freundlich vor Erleichterung.

»Heute nachmittag bei der Generalprobe hat es Joop noch richtig gemacht!«

Die hohe, aber verbitterte Knabenstimme war nichts als Verteidigung; mit einem Schlag begriff Anijs nicht nur, daß Joop der Elefant von soeben war und Klein Pet der römische Soldat, sondern auch, daß der Junge noch so überströmte von dem vorzeitig abgebrochenen Auftritt, daß die rein freundlich gemeinte Bemerkung ihm wie eine Anspielung in den Ohren klingen mußte – wie schade, wie unerträglich bedauerlich nach einem solchen Abend.

»Er ist es noch nicht gewöhnt, die vielen Leute…«, fuhr der Junge tapfer fort, um, trotz seiner eigenen Enttäuschung, den Hund gegen den vermeintlichen Spott zu verteidigen. »Joop ist manchmal sehr verlegen!«

Beseelt von inniger Milde, während nun das Theriac auch die Abendluft um ihn herum aufheizte und flimmernd eindickte wie Gelatine, räusperte sich Anijs. »Nun ja, verlegen ist besser als frech«, sprach er unendlich beschwichtigend. »Es gibt auch freche Hunde, denen alles egal ist…«

Der Junge nickte, schniefte, und um ihn noch weiter zu beruhigen, ließ sich Anijs noch mehr erzählen: Die Mutter hatte den Rüssel aus einem ausgestopften Hosenbein gemacht, die Satteldecke war ihr eigenes Plüschtischtuch; es war nicht gut, sich ganz auf den Rücken eines Hundes zu setzen. Dabei schüttelte Joop einen dicken Stock, er wollte spielen.

Während die Kinderstimme immer weiter sprach, überwölbte sie das Dunkel wie eine Kuppel; Anijs sah nur noch den Jungen und den Hund, beide blond wie Bier, und immer leichter fühlte er sich, sie standen auch so ernst zusammen; echte Männer, auch der Kleine: Wie ein Mann stand er mit nach außen gedrehten Holzschuhen im Sand. Nachdem alles erzählt war, knöpfte Anijs seinen Wintermantel auf und hockte sich nieder, um den Stock am Ende zu packen. Ihm war, als trete er in die beiden ein und käme so dem Jungen noch näher. Wild zerrte Joop am anderen Ende.

»So ein großer, starker Hund, und doch so verlegen«, sagte er gerührt.

»Er war schon vor der Vorstellung nervös«, stimmte Klein Pet zu.

»Nervöser als sonst?« fragte Anijs genau nach.

»Oh, viel mehr!« tönte es entschieden.

Ein wenig tat er noch, als denke er nach. »Lampenfieber«, sprach er dann im Ton eines Arztes, der genug weiß. Er konnte den Stock nicht mehr halten, ließ los und erhob sich keuchend. Sofort stellte sich der Hund noch mit dem Stock im Maul an ihm auf; sie waren gleich groß. »Die meisten Künstler haben Lampenfieber«, fuhr er fort, »aber einen Elefanten zu spielen, das ist gar nicht so einfach für einen Hund.«

»Sonst kann Joop es wirklich gut!« beschwor ihn Klein Pet stolz. »Heute nachmittag bei der Generalprobe hat er seinen Rüssel noch hin- und hergeschwenkt!«

»Ach wirklich, wie ein echter Elefant!« rief Anijs überrascht, und zum Hund, während er ihn am langen Arm von sich schob: »Echte Elefanten schwenken auch ihren Rüssel, was Joop? In Afrika!«

Wieder ein Windstoß, dann der erste Blitz. Im Wetterleuchten sah Klein Pet lachend zu dem Hund hinunter, der sich wieder auf den Boden gelegt hatte. Anijs freute sich, aber beim nächsten zitternden Flimmern schien, während der Donner über den Himmel rollte, etwas zu kippen, und er sah, daß der Knabe weniger über seinen Scherz lachte als vielmehr für ihn, wie um ihm zu danken, oder sogar, um ihm die Peinlichkeit eines Scherzes ohne Lachen zu ersparen – ja wahrhaftig, wie der Junge noch immer mit einem Lächeln um die Lippen nun ins Dunkel wegsah, lachte er wie ein Erwachsener, ältlich, leutselig, aus purer Höflichkeit, um nicht zu sagen geniert...

Die Kuppel riß auf, sekundenlang verlor Anijs das Gleichgewicht, und vor Scham zerbröselte er in seiner Manteltasche eine Pille zu Pulver, aber schon hatte er sich wieder in der Gewalt, schon spähte er scheu um sich. Unvermindert tönte das Stimmengewirr aus dem Zelt, aber noch war keiner herausgekommen. Schweifwedelnd lag der Hund da und kaute auf dem Stock.

»Joop freut sich«, bemerkte er mit einem Kopfnicken. »Für einen, der gerade in aller Öffentlichkeit auf den Bauch gefallen ist, ist er sehr fröhlich, aber die Krankenschwester weint jetzt, weil sie ihre Nummer nicht zeigen konnte ... alle haben sie ausgelacht, als Joop sie aus der Manege weggezerrt hat! Du behauptest, daß er verlegen ist, aber mir scheint er mehr einer dieser frechen Hunde zu sein, denen alles egal ist ... Welche Medizin gibst du ihm eigentlich?«

Der Junge lachte nicht mehr. »Medizin?«

»Ja, Medizin!« artikulierte Anijs scharf, während er seinen mächtigen, blütenweißen Bauch mit beiden Händen in den Seiten zwischen den Rockschößen durch vorschob. »Er muß doch gesund werden?«

In dem unbekümmerten kleinen Abendplauderer war nicht mehr viel Aufschneiderei, schlagartig war er in sein eigentliches Wesen des Einzelgängers zurückgefallen, mit dem keines der anderen Kinder hatte auftreten wollen, nur ein Mädchen, und der allein schon durch sein Aussehen, trotz Helm und Schild, die seltsame Stille hervorgerufen hatte. Fast weinend sagte er jetzt, Joop sei nicht krank.

»Nicht krank?« wiederholte Anijs höchst erstaunt. »Aber wenn Joop nicht krank ist, warum kommt er dann mit einer Krankenschwester auf die Bühne? Er hat doch Lampenfieber? Wer Fieber hat, muß Medizin haben. Medizin ist gesund! Schau nur, sogar ich nehme Theriac ...«

Hastig holte er die letzten Pillen aus seiner Tasche. Es waren noch drei. Er selbst nahm eine und legte eine andere auf Klein Pets unwillkürlich ausgestreckte Hand.

»Die ist für Joop, die krümelst du morgen in sein Fressen«, sagte er und hielt die letzte Pille zwischen Daumen und Zeigefinger dem Jungen vor die Augen. »Und die ist für dich ... die mußt du jetzt gleich schlucken, genau wie ich ... davon wirst du besser, ein besserer Junge ... Komm, du wirst doch dem Doktor glauben? Komm, streck deine Zunge heraus ... laß mich mal deine Zunge sehen ...«

Er beugte sich vor, aber da erhob sich der Hund, kehlig knurrend, mit bebender Lefze, plötzlich mit funkelnden Zähnen. Anijs wich zurück, faßte den Jungen wieder ins Auge und erschrak noch mehr: Unkenntlich verändert schaute Klein Pet strahlend neben ihn, als wäre er gar nicht mehr da. Unwillkürlich folgte Anijs seinem Blick und sah zwischen zwei Wagen einen Mann: ein schwarzer Schattenriß in einer Scheibe Licht, Bennemin. In dem Augenblick rief der Junge seinen Vater an: »Hier, Pa, hier!«

Bennemin beschleunigte seinen Schritt und winkte; laut lachend winkte Anijs zurück, sich schon zur anderen Seite entfernend, zuerst noch rückwärts, dann so schnell er konnte vorwärts: So war es ja auch vereinbart, daß er heimlich gehen und das Feuerwerk Bennemin überlassen würde? Er wußte sich schon gleich nach dem Umdrehen unsichtbar, nun ohne das Weiß seines Gesichts und des Arztkittels, aber dennoch hastete er davon bis zum Rand des Ödlands. Während der erste, dicke Regentropfen auf sein Gesicht fiel, drehte er sich zum Abschied noch einmal um.

Auf dem Vorplatz des Zeltes war ein lebhaftes Hin und Her mit Fackeln. Als kleine Pünktchen drängte das Volk in hellen Scharen heraus, winzig im Windlicht, winzig durch den Abstand, winziger noch durch die ungeheure Dunkelheit über allem. Wegen des drohenden Gewitterschauers schien große Konsternation zu herrschen, das Feuerwerk mußte vorzeitig gezündet werden, und zugleich mit der ersten Rakete, die in den Himmel flog, explodierte dort droben schon das nächste Blitzlicht, schimmernd wie das Weiße im Auge; ein Zwinkern als Willkommen für das menschliche Feuer am Firmament. In immer schnellerer Abfolge entfaltete sich ein sprühender Federbusch nach dem anderen, die brennende Girandole wirbelte wie toll im Kreis, und das ganze

Gelände stand jetzt durch die bengalischen Feuer in lodernder Glut, und dabei hörte der sich schlängelnde, zischende, lispelnde Blitz nicht auf, wie eine wachsame Frau unablässig hinunterzuschauen – ja, Himmel und Chemie erkannten sich im Gegenpol des Geschlechts, es war ein Flirt, ein liebestolles Sichumschleichen, ein gottvergessenes Augenspiel, ein Lauern, Lugen und Luchsen, mit ständig wechselnder Blende: Dann fielen die Lider wieder zu, der Nachthimmel wurde schwarz wie eine einzige gigantische falsche Wimper...

Anijs schauderte: Etwas geschaffen zu haben, das ausgelassen, lustvoll und als Gleiches mit dem Himmelslicht spielte, war das nicht zuviel? Wurde er nicht von seinem eigenen Feuerwerk betört, wie Faust geblendet von einem Versprechen höheren Heils? Wie hatte er das nur je denken können... Hochmut, furchterregender, verwirrter Hochmut! Er mußte jetzt heimwärts, ins Bett, seine Beine prickelten. Erschöpft blickte er noch einen kurzen Moment zu dem fernen Gewimmel, das nun in der roten und blauen Glut des bengalischen Feuers badete, dann kehrte er ihm den Rücken und begann zu laufen.

Mit schnellem Flüstern fuhr der Wind durch die dürren Kronen, aber zwischen den Böen war es noch immer blattstill, so daß es schien, als rüttle einer einmal hier, dann wieder dort an einem Baum. In eine dieser Pausen drang, am Anfang des ausgestorbenen Elim, ein leises Geräusch bis zu ihm. Es war ein Fuhrzeug, das sich langsam näherte, und den Blicken entzogen hinter einen Strauch geduckt, sah er gleich darauf einen Leiterwagen mit einem kleinen Pferd davor neben sich vorbeifahren; es war der Wagen, den er am frühen Abend vorm »Einhorn« hatte stehen sehen, Halink selbst saß auf dem Bock, er hatte ein paar Jungen bei sich, und das ganz einfache Fuhrwerk war in eine Wolke fröhlicher und dennoch ruhiger Stimmen gehüllt...

»Der Weg geht nicht mehr weiter!«

»Doch, dort, auf der Heide!«

»Da, schaut, ich sehe schon etwas, da hinten, eine Glut!«

»Und dort... am Himmel... eine Rakete!«

»Wir sind richtig!«

Wieder ein Blitzstrahl, die aufleuchtenden Jungengesichter strahlten wegen der Überraschung, die sie in petto hatten. Der Wagenkasten war nicht leer, und als es schon wieder dunkel wurde, sah Anijs darin gerade noch ein eisernes Dreibein schimmern... ein Stativ! Aber dann mußten die zwei Zylinder die lange erwarteten Bunsenbatterien aus Deutschland sein, mit der entsprechenden Bogenlampe... Die Apparatur war genau rechtzeitig eingetroffen, und jetzt würde Halink ein Photo machen, bei elektrischem Licht, vom Feldvolk... umsonst, als seinen Beitrag zum Fest, zu seinem Fest... er fühlte sein Herz hüpfen: Dann war Halink doch endlich zu ihm gekommen, um mit ihm das Spiel vom Licht zu spielen – oder wollte er ihn bloß übertrumpfen, das Feuerwerk mit seiner Photographie in den Schatten stellen, wie die Karbidlampe binnen kurzem unvermeidlich neben der Bunsenlampe verblassen würde?

Dann hatte der Himmel endlich alle Schleusen geöffnet. Einsam sah Anijs noch dem Wagen nach, über den eine Plane gebreitet wurde, und er wußte nicht mehr, ob das plötzliche Zischeln um ihn herum nun vom Wind durch das Schilf kam oder vom Regnen auf die Blätter.

Später, zu Hause, unter Chloral, wurde er zum Bildschnitzer. Die Kirche im nächsten Dorf wollte eine Figur verschönern lassen. Mit all seinen Schnitzmessern ging er los, aber unterwegs begann es zu schneien. Alles wurde weiß; er verirrte sich; bei einem Bauernhof mußte er nach dem Weg fragen.

Bang vor dem Hund, betrat er den Hof. Es gab keinen Hund, nur Stille. Mit seinem schärfsten Messer in der Handfläche lief er weiter. Alle Türen waren verschlossen, außer der zum Schweinestall auf der Rückseite. Er steckte den Kopf in den lauwarmen, dämmrigen Gestank und sah sofort den Jungen sitzen, schmutzig und zerzaust, in einer Schubkarre voll Stroh. Erleichtert, kein Eindringling mehr zu sein, fragte er ihn nach dem Weg, aber die Antwort, auch die wiederholte Antwort, war zu tierisch, um sie zu verstehen, tierisch wie das Grunzen rundum: War der Junge zurückgeblieben? Aber seine Augen waren so klar!

Er nahm ihn mit nach draußen; noch immer stieß er bloß kehlige Laute hervor; er sah ihm in den Mund. Da entdeckte er sein Manko, das viel zu straffe, viel zu kurze Zungenbändchen, das ihn am Sprechen hinderte; da setzte er sein Messer an: ein schneller Schlag – vor Schmerz biß ihn der Junge auf die Finger! Lachend sah er auf seine rote Hand, wußte nicht, rot vom eigenen Blut oder vom anderen.

Kurz darauf, wieder auf dem Weg, ließ er sich im Schnee aufzeichnen, wie er zu gehen hatte. Der Junge lachte jetzt auch, er hatte ihm erzählt, daß er sprechen lernen wolle, seine Zunge befreit sei und man merken würde, daß er nicht zurückgeblieben war und er nun ins Haus dürfe. Schon jetzt wirkte er erwachsener, das Blut am Kinn gleichsam ein roter Bart! Dankbar setzte er seinen Weg fort: Bald würde er ein Bildwerk verbessern, schon jetzt hatte er einen Jungen verbessert!

KAPITEL 12

Wie ein Vater

Von den 14000 zur Verfügung gestellten Bahnsteigkarten war schon am Vormittag keine mehr zu ergattern. Genau um 8.15 Uhr, auf das Pfeifsignal von Bürgermeister van Tienhoven, fuhr der erste Zug vollbesetzt nach Rotterdam ab. Ankunft dort: 9.32 Uhr – der von Bahndirektor Munzebrock verlesene Telexbericht löste auf den Amsterdamer Bahnsteigen stürmischen Jubel aus, auf dem Bahnhofsplatz entfalteten die ersten Gegner ihr Transparent.

So ging die offizielle Eröffnung des Hauptbahnhofs dahin, an Theos siebzehntem Geburtstag, dem Tag vor allem, an dem er vernehmen sollte, daß Rossaert und Frau nicht seine Eltern, sondern seine Pflegeeltern waren. Aus diesem Grund hatte ihn Vedder am Tag zuvor gebeten, doch unbedingt noch kurz vorbeizuschauen. Aber seit dem Nachmittag hatte er eine Vorahnung, daß Theo nicht mehr kommen würde – war er gestern abend zu weit gegangen, im Konzerthaus? Lag es an dem Pseudonym, das falsch angekommen war? Oder an seiner aufflammenden Wut? Aber danach, letzte Nacht, als er sich in einer Bierschwemme vergaß, hatte Theo für ihn noch den Laden abgeschlossen! Verwirrt, erregt und besorgt beobachtete er von seinem Schlafzimmerfenster aus das Gewimmel auf dem Bahnhofsplatz, konnte sich kaum überwinden, allein daheim zu bleiben, denn Theo könnte womöglich noch kommen. Der Alkohol vom vergangenen Abend trieb ihm den Schweiß heraus, er hatte Kopfweh und zog ruhelos den Vorhang zu.

Auch am Tag danach kam Theo nicht. Vedder hielt es nicht mehr aus im Haus, klingelte bei Rossaert, wo nicht geöffnet wurde, und stand kurz darauf an der Rezeption des American Hotel. Herr Al Vedder aus Amerika wohnte dort offenbar nicht mehr. So unwirklich erschien ihm nun der kurze Besuch im letzten Jahr in der Werkstatt, daß er um Einsicht ins Gästeregister bat. Auch dort kam der Name seines Vetters nicht vor. Wieder zu Hause, wollte er einen Brief an Anijs schreiben – aber die Geige war noch nicht verkauft!

Und dann war Theo plötzlich doch da, schon am nächsten Abend. Wortlos bewegte er sich durch die dunkle Werkstatt auf Vedder zu, der sich hinten im Büro mit beiden Händen auf dem Kassenbuch mechanisch hochstemmte.

»Junge, da bist du ja... endlich... nochmals herzlichen Glückwunsch zum Geburtstag... erst zu früh, jetzt wieder zu spät... aber im Schnitt in Ordnung... Ha! Setz dich! Ein Bier?«

Theo schien ihn gar nicht zu hören und blieb am Rand des Lichtkreises stehen. Er brauchte Geld.

Nichts änderte sich an Vedders Lächeln, aber schon hatte sich in seine erste Freude Mitleid gemischt, denn noch ehe ein Wort gefallen war, fühlte er die Leere, welche die Wahrheit, ein Stadtwaise zu sein, in Theos Herz geschlagen haben mußte. Wie immer sorgfältig geschniegelt und gebügelt, trug der Junge nun zum ersten Mal auch Glacéhandschuhe – je älter er wurde, um so mehr löste sich sein Körper in derselben Mode auf, die bei den anderen gerade im Schwunge war, je mehr der Körper verschwand, ersetzte er ihn durch Kleider, unterschlug ihn mit fest zusammengekniffenen oder übereinandergeschlagenen Beinen, und dann diese unablässige, penible Hygiene, mit der er seinen Körper nicht pflegte, sondern bekämpfte – er hatte auch wieder Mundwasser benutzt.

»Natürlich, du brauchst Geld, wer nicht?« versuchte er, sobald er das Begehr begriffen hatte, seine anfängliche Begeisterung beizubehalten, die Erwartung einer Dankbarkeit, die er nicht einmal verlangte, er hatte ja bloß seine Pflicht getan. »Aber so oft... ich hoffe doch, du hast keine Schulden?«

»Nein, nein, eine Verabredung... und Eile.« Nun lächelte Theo zum ersten Mal, aber über sich selbst, nach vorn wegsehend.

»Na, dann in Ordnung, mit Freunden, das macht immer Spaß... Wieviel?«

»Vielleicht fünf Gulden, oder nein, sechs, für alle Fälle... Es ist lästig, wenn man pumpen muß...!«

Vedder sah Theos Lächeln noch breiter werden, aber noch immer, ohne ihn anzusehen, wie eine Kluft zwischen ihnen. »Nur zu, sechs Gulden... Wiedersehn macht Freude!« verbarg er sein Erstaunen über die Höhe des Betrags in einem Scherz. Er ließ die Kasse aufspringen, nahm laut zählend die Münzen aus der Lade und händigte sie aus. »Dann viel Vergnügen... schade übrigens wegen vorgestern, es war ziemlich viel los auf dem Bahnhof, sie hätten uns prima brauchen können, aber ich verstehe, daß du keine Zeit hattest, an deinem Geburtstag...« Mit der Erwähnung des vorgestrigen Tags war das große Thema noch nicht einmal gestreift, er hatte bloß darauf gedeutet, aber es war gleich lebendig geworden und kroch aus der geborstenen Worthülse heraus, worauf es fast greifbar in der Luft hängenblieb, sich ständig ausdehnend, wie ein geruchloses Gas, so hitzig und erstickend, daß Vedder unwillkürlich davor zurückwich. »Hast du übrigens noch über die Büste von Prinz Hendrik nachgedacht?«

»Prinz Hendrik?«

Verblüfft wegen des unerwartet abwesenden Tons, musterte Vedder den Jungen noch einmal und sah erst da, wie völlig Theo verwandelt war, nicht mehr Kind bei Rossaert, sondern ein Kostgänger, und durch die gespielte Nonchalance hindurch bemerkte er jetzt auch seine Erstarrung, wie er das Geld in der Hand hielt, aber doch nicht wegging, nicht weg wollte, wie sehr er sich auch den Anschein gab: Im Gegenteil, er stand da und *wartete* auf etwas, innerlich siedend und plötzlich erschrocken, spürte Vedder die Glut – was dort brodelte, war keine Dankbarkeit; *schämte* sich Theo nicht vor allem, daß er bei denen als Sohn ausgedient hatte, die ihn sechzehn Jahre lang als den ihren versorgt hatten; *warf* Theo ihm etwa seine Vermittlung *vor,* dank derer er, von Geburt an Waise, all die Zeit doch Eltern gehabt hatte; *haßte* er ihn deshalb, daß er sie nun doch noch verlor? Aber seine gute Erziehung durfte er doch behalten, und alles, was er selbst, völlig uneigennützig, ohne Vaterpflicht, ebenfalls dazugegeben hatte? Sein Herz krampfte sich zusammen, seine Kehle schwoll zu, und aus Achtung vor Theos Schmerz und Scham, schlagartig erschreckend sichtbar an seiner erstarrten Gestalt, schlug er einen Moment die Augen nieder.

»Die Büste von Prinz Hendrik?« wiederholte Theo wie blöde die Frage.

»Dein Geburtstagsgeschenk!« half ihm Vedder mit verzweifeltem Lachen auf die Sprünge. »Ich habe dir doch ein Pseudonym geschenkt, mit einem Thema? Es muß nicht schwierig sein, wirklich, noch nichts mit Verkehrsfaktor, belaß es einfach beim Standort… daß der Prinz die Schiffe nicht mehr sehen kann, wegen des Bahnhofs, daß der Standort verkehrt ist… das ist doch auch so?«

»Jaja, ach ja… Nein, das Thema ist in Ordnung…«

»Gefällt dir das Pseudonym etwa nicht? Ich kann dir auch einen anderen Namen geben… D. Profundis? Ad Fundum!«

Theo, immer noch unzufrieden, verzog das Gesicht. »Warum nicht … Vedder?«

»Vedder … Als Pseudonym?«

»Warum als Pseudonym? Ich lebe schon mein ganzes Leben unter Pseudonym … ich will jetzt endlich meinen richtigen Namen …«

Es blieb still, Vedder riß den Mund auf, konnte aber keinen Ton herausbringen. Langsam begann in ihm etwas zu sausen, und der Druck auf seine Ohren wurde größer, als sei er durch eine Wake in die Stille eingebrochen und befinde sich nun in der Tiefe darunter. Hilflos versuchte er sich an der unerreichbaren Gestalt jenseits der Glaswand festzuhalten, noch ohne die Unterstellung zu begreifen, bis sich das ungeheuerliche Mißverständnis dann endlich krachend und in immer mehr Facetten in ihm Bahn brach: Theo glaubte, er sei sein richtiger Vater; sein Findlingsstatus, die Verlegung vom Waisenhaus in die Pflegefamilie, die uneigennützige Vermittlung eines Dritten und jetzt die Auflösung der Pflegefamilie, wonach er zu diesem Dritten entboten worden war, demselben Dritten, der immer wie ein Vater für ihn gewesen war, der wünschte, daß er in seine Fußspuren trat, und ihm dazu einen anderen Namen geschenkt hatte – all diese einzelnen, auf den Schwingen der Mildtätigkeit hervorgegangenen Elemente: In Theos Wahnbild bekamen sie einen überzeugenderen Zusammenhang als in der Wirklichkeit, sie klinkten sich wie Karabinerhaken ineinander, sie bildeten nicht mehr eine Perlenkette zufälliger Mildtuerei, sondern eine unzerbrechliche Kette der Logik und des Opportunismus: Er habe Theo irgendwo in Schande gezeugt, sich als Alleinstehender dennoch an den Bastard klammern wollen, ihn deshalb vom sündigen Mutterpfuhl über das Waisenhaus in die Pflegefamilie überführt, um dann, als Krönung des schnöden Plans, ihm ganz nah wie ein Vater sein zu können …

»Nein... nein...«, schüttelte er mühsam den Kopf, war sich nicht sicher, ob er einen Ton hervorbrachte, und zum ersten Mal sah ihm Theo nun ins Gesicht. Ihm war, als würden ihm zwei kalte, harte Kiesel in die Augen geworfen, vor Schmerz füllten sie sich mit Tränen, und erst nach wiederholtem Zwinkern wurde sein Blick wieder klar.

Theos Lächeln war noch gezwungener, eine glitzernde Eisschicht auf einem Pfuhl voll Scham, und so starrte er ihn abwesend grinsend an, nein: starrte durch die Augen auf sich, einen Waisenjungen, vorgestern von seinen Pflegeeltern abgelegt und nun von seinem wahren Vater vorgeladen, begutachtet... und ebenfalls verschmäht: Das »Nein, nein« stand als neue, noch heftigere Scham in seinen Augen, in ausgemachtem Selbsthaß spiegelte er nun, ebenso langsam, das Kopfschütteln, mit dem er doch soeben abgewiesen worden war, und aus der aufrichtigsten Zustimmung, sich ganz und gar mit jenen gleichsetzend, die ihn zurückwiesen, nichts mehr ersehnend, als zu deren Freude noch verworfener zu sein, hob er, sein kupfernes Gesicht zu einer letzten Grimasse verzerrend, zum Dank und Abschied die Münzen hoch und machte kehrt.

Längst war die Tür klingelnd zugefallen, als sich Vedder endlich wieder bewegen konnte. Woran war er nun? Aus seiner Lähmung erwachend, breitete sich ein brennendes Mitleid in seinem Herzen aus, denn erst jetzt verstand er in Gänze, daß sich Theo ihm mit seinem Besuch als Sohn angeboten hatte, er deshalb nicht früher gekommen war und es schließlich nur unter dem Deckmantel der ungebührlichen Geldbettelei gewagt hatte, dem selbstgewählten grotesken Mummenschanz, dem kläglichen Versuch, um sich, im Falle einer Zurückweisung, dennoch weismachen zu können, daß nicht er, sondern seine abstoßende Maske abgewiesen und nicht seine Ehre angegriffen worden war. Im nächsten Moment fühlte auch er in seiner Seele den uralten, aber von

Theos Wahnidee wieder aufgerissenen Wundschmerz seiner Unfruchtbarkeit brennen, genauso brennend wie damals, als seine Frau den Nachweis erbrachte, indem sie von einem anderen wohl schwanger wurde.

Nein, er fühlte sich bestimmt nicht gut, alles, was er sich zu Herzen nahm, war wahr… aber trotzdem… eine heiße Woge ergoß sich in sein durchkältetes, einsames Gemüt… ein aufkommendes Lachen strich über seinen Mund wie ein Frühlingslüftchen… und doch, etwas anderes war auch wahr… ja, war er doch nicht auch immer wie ein Vater für Theo gewesen? Und war es dann so seltsam, wenn ihm die vermeintlichen Blutsbande nun realer erschienen, jetzt wo sie zumindest von einer Seite wirklich dafür gehalten wurden?

AM NÄCHSTEN TAG stand in der Zeitung, daß durch Gemeinderatsbeschluß vom 16. Oktober die Rozengracht wegen eines neuen Verkehrswegs vom Zentrum zur neuen Stadterweiterung aufgeschüttet werden solle. Es würde genau die Westradiale werden, für die Veritas als erster plädiert hatte, unter der Voraussetzung, daß nun auch die Warmoesgracht nach der Rozengracht aufgefüllt würde und man dann zur Enteignung und zum Abriß der Häuser, die noch ein letztes Hindernis darstellten, übergehen wollte, damit dann erst durch diesen Durchbruch der Anschluß zum Dam und die optimale Verkehrszirkulation vollendet würde.

Unverzüglich begab sich Vedder zur Rozengracht. Die Sonne schien; überall war geflaggt; die Freude der Bewohner über die neue Bedeutung ihrer Gracht war groß – und niemand wußte, daß er Veritas war! Sich insgeheim ergötzend, streifte er weiter durch die Stadt, ließ sich willenlos von einer magnetischen Kraft mitziehen. Noch eine Straße, noch eine Ecke, dann war er mittendrin: am Pferdemarkt. Ein Radau von Lachen und Rufen vernebelte das Gewimmel, und auch

Vedder, noch abseits stehend, fühlte die Wirkung: Leichtsinnig begab er sich in den Trubel; wie alle kaufte er ein Tütchen Rosinen.

Kurz darauf lehnte er am Zaun der Ponykoppel. Die Pferdchen liefen hier zügellos, in der Ecke stand eine Tränke, auf dem Pflaster lag Stroh … keine Torfstreu! Ach, um sich mit Vetter Anijs darüber zu unterhalten, daß in Amsterdam für ihn auf diesem Gebiet noch ziemlich viel zu holen wäre, oder um mit Theo zu reden … Kurz versank er in der Wonne seiner vermeintlichen Vaterschaft und Fruchtbarkeit, dann kehrte er mit erhöhter Aufmerksamkeit wieder in die Gegenwart zurück.

Außer dem Handel diente die Ponykoppel auch dem Kindervergnügen. Rund um das Gatter sah er die lachenden Gesichter von jung und alt; lachend ließ er eine Rosine von seiner Hand holen. Plötzlich schwoll das Lachen noch an, feister, man deutete in die Mitte, wo ein Shetlandpony von einem anderen besprungen wurde – sie *paarten sich*, und niemand verhinderte es …

»Was machen die?« war ganz nah eine hohe, klare Stimme zu hören.

Beim Umsehen erblickte Vedder erst zwei zarte Hände, wie sie die Schultern des kleinen Jungen gleich neben ihm festhielten, und mit noch mehr verdrehtem Hals sah er direkt in die Augen der jungen Frau hinter dem Kind. Sie trug einen breitrandigen Hut, aber ihr Erröten strahlte durch den Schatten.

»Was machen die denn?« rief das Kind wieder. Inzwischen ging die Paarung munter weiter.

Wie hilflos die junge Frau den Knaben an den Schultern schüttelte, ohne daß ein Mann ihn zurechtwies: Offenbar war sie ohne Begleitung, wahrscheinlich Witwe. Vedder starrte wieder vor sich, aber je mehr sich das Bespringen beschleunigte, spürte er ihre Nähe schärfer, heißer auf der

Haut als die jenseitige tiefstehende Herbstsonne. Das belustigte Gelächter über die Pferde galt jetzt bestimmt auch dem fragenden Kind, aber unendlich mehr noch der jungen Frau in ihrer Verlegenheit: Jedermann sah, daß sie voller Verständnis das Decken beobachtete, jedermann wußte, woran sie dabei dachte, welche Bewegungen, von ihr einst in verliebter Verzückung ausgeführt, ihr wieder klar vor Augen standen und was sie nun dabei empfand, so unverhofft auf dem Markt, in aller Öffentlichkeit, während jedermann es sehen konnte, damit ein jeder es sehen könnte – ja wahrlich, es war ein Schauspiel, von ihr einsam und unbeabsichtigt vorgeführt, von einer Frau, versunken in ihre eigene Geschlechtlichkeit, ihre wirkende Geschlechtlichkeit, als deren Beweis sie das Kind vor sich wie ein Zeugnis festhielt, ja es war eine richtige Vorstellung, jetzt, wie sie ja stehenblieb und nicht wegging, gefangen im Licht aller Augen, sich damit anstößig wie mit Federn streichelnd, so unendlich obszön, längst nicht mehr zum Lachen: Der verborgene, eigenmächtige Körper brach aus dieser Frau wie Schweiß; der Geist erlosch, der Körper ging an, zuerst wie eine Lampe, dann wie eine Maschine – bewegte sie sich schon, unruhig unter ihren Röcken, stierig wie eine Kuh? – Schwang ihre Pflaume schon unter ihren Hüften hin und her wie ein Klöppel in der Glocke?

Ihn schwindelte, er konnte nicht mehr schlucken. Auch das Lachen rundum verschmorte nun zu verhaltenem Abwarten, und in diese Stille hinein stellte das Kind erneut seine Frage zu den Pferden, jetzt fast weinend: »Was machen die denn?«

Die Unschuld in der Stimme brachte Vedder wieder zu sich, und während die beklemmende Ekstase schon von ihm fiel, kniete er ganz gelassen neben den Jungen: Niemand hatte ihm bisher die bekannte Erklärung gegeben, die man in einem solchen Fall geben muß, nicht die Leute, weil sie nicht wollten, nicht die junge Frau, weil sie es, unter all den Blicken, nicht mehr wagte: die Witze wären zu grob, die Lächerlichkeit sengend …

»Was sie machen?« wiederholte er freundlich. »Nun schau, das untere Pferdchen ist blind geworden, und jetzt stupst es das obere zur Tränke dort in der Ecke.«

So leise hatte er gesprochen, damit der Kleine nicht erschrecken sollte, aber laut genug für die Frau, um es zu hören – und während es still blieb und er sich nun ihr gegenüber in voller Positur aufrichtete, wußte er, daß er beide befreit hatte, den Jungen von seiner Frage und die Frau von ihrer Scham, und um sie dann auch noch von ihrer Dankbarkeit zu befreien, sah er sie gutmütig lachend an – diese rauhe Ritterlichkeit besaß er doch auch?

»Bester Herr, im Namen meines Söhnchens danke ich Ihnen für die fachkundige Erläuterung«, sprach die junge Frau endlich, schüchtern unter ihrem Hut hervorlächelnd.

»Wenn es zu Ihrer Zufriedenheit war … gern würde ich Sie und Ihren Sohn noch ein wenig weiter herumführen!«

Mit einem kaum sichtbaren Neigen des Kopfes stimmte die junge Mutter zu; schon führte Vedder sie und das Kind aus dem Gedränge nach hinten; schon stellte er sich mit Namen und Beruf vor, und während er ihr den Arm bot, sich wie ein Fenster öffnend, fragte er: »Und Sie?«

Wiederum senkte die Frau den Kopf, nun tiefer, scheu, aber auch so strahlend! »Witwe«, flüsterte sie, »… seit fast zwei Jahren …«

ALLES WAR VERWANDELT, und zwar so plötzlich und komplett, auch er war verwandelt. Die späte Sonne auf seinem Gesicht: So ruhig! Die Zeit: Viel später … Die Hand der Witwe auf seinem Unterarm: So leicht fühlte er sich, ihm war, als ob er tanze, und bei allem spürte er, während ihm der Gang zwischen den Pferden an den Raufen vorbei wie ein Spazierweg vorkam, nicht nur die junge Mutter an seinem Arm, sondern auch das Kind, das sie an der anderen Hand führte. Es war ein unendlich männliches Gehen, und voll Ehrerbietung, ganz selbstverständlich gaben die Menschen eine Gasse frei: Er war zu einer Familie geworden.

KAPITEL 13

Von der Medikation zur Operation

Es war völlig dunkel. Schlaftrunken fuhr Anijs senkrecht im Bett auf. Hatte ihn ein Pferd von Thomas aufschrecken lassen, das im Stall stampfte? Er lauschte: Nichts, nur ganz leise das Rauschen des Regens auf dem Dach, die Nachwehen des Wolkenbruchs vom vorigen Abend. Ihn fröstelte, er spürte noch die Kälte in seinem durchweichten Körper, den Geschmack von Wasser im Mund. Eben wollte er wieder unter die Decken rutschen, als er Marthas weit offene Augen im Licht der Straßenlaterne, die durch den Vorhang schien, glänzen sah.

»Es hat geklingelt…«, sagte sie tonlos.

Da schrillte die Türklingel erneut durchs Haus, anhaltend, mit heftigen Zügen, in Not. Unwillkürlich stand Anijs auf und tastete sich durch die Dunkelheit die Treppe hinunter. Unten in der Apotheke sah er eine kleine Gestalt unter der Hoflampe vor der Tür hin- und herzappeln: Es war Klein Pet. Mit einem Schub Kälte stürzte der Junge herein, er hob das verstörte Gesicht zu ihm und stieß nur zwei Worte hervor, die einzigen, die er noch hatte, die er den ganzen Weg lang bewahrt und wiederholt hatte: »Doktor… Johanna!« Mit einem letzten Seufzen brach er daraufhin auf der Stelle zusammen.

In kürzester Zeit war das Haus in heller Aufregung. Martha und die Magd, im Nachtgewand nach unten gestolpert, gaben beim ersten Anblick des völlig erschöpften Kindes entsetzte Töne von sich; es wurde Licht gemacht; Anijs sah, daß es drei Uhr war.

»Laß ein Pferd satteln ... schick die Magd zu Thomas!« rief er, einen Moment genauso entsetzt, aber in der Apotheke war keiner mehr, die Frauen hatten Klein Pet mit in die Küche genommen, wo eilig der Herd angeschürt wurde. Überfallen von Entschlußlosigkeit, wußte er sekundenlang nicht weiter, dann stürmte er nach oben zurück, um sich anzukleiden: Er mußte zum Feld!

Die Regenschauer nach dem Cabaret hatten sogar seinen Wintermantel durchweicht: Kaum gelang es, sich die klamme Leibwäsche überzuziehen, der Arztkittel schien eingeschnurrt, Schuhe, Socken und Hosenbeine waren noch durchnäßt, aber es war keine Zeit, im Dunkeln andere Kleider zu suchen.

»Ist die Magd schon bei Thomas gewesen?« fragte er barsch, während er, sich dabei den Kragen zuknöpfend, wieder in die Diele hinunterkam. Mit schwerem Schritt, voll unentwegter Geschäftigkeit ging er weiter zur Küche, aber die Szene dort ließ ihn auf der Schwelle innehalten.

Splitternackt lag Klein Pet auf dem mit einem Handtuch bedeckten Tisch. Mit dem Rücken zur Tür standen die Frauen über ihn gebeugt, die Magd mit einem in heißem Wasser getränkten Tuch, von dem Dampf aufstieg, Martha mit beiden Händen auf dem Körper, der weiß und weich wie Rührteig war. Aus der heruntergelassenen Ofenklappe strömte die Hitze und rote Glut eines guten Feuers; auf der Kochplatte stand ein Milchtopf; die Laute der Frauen klangen nicht mehr entsetzt, sondern tröstend, beruhigend, mit milden Ausschlägen nach oben und unten.

»Seine Schwester muß niederkommen«, erklärte Anijs leise. »Seit dem Feld ist er den ganzen Weg gerannt, er ist erschöpft ...«

»Ich bringe sein Blut wieder zum Fließen«, sagte Martha, ohne sich umzusehen.

Eine seltsame Rührung schnürte Anijs die Kehle zu, er konnte nichts mehr sagen, nur noch nicken, tief und zustimmend, für Martha unsichtbar, aber sie hatte seine Anwesenheit soeben doch auch gefühlt, ohne sich umzusehen? Lautlos näher tretend, blickte er von ihrem langen weißen Nachthemd zu ihren Händen auf Klein Pet: Als würde sie Teig kneten, einen noch immer so weißen Teig, daß er fast aus ihr zu sein schien; ein langsam aufgehendes und zum Leben erwachendes Bild, auch das unbeschnittene Pimmelchen; als Martha es kurz zwischen die Finger nahm, schien sie einen Teigstreifen aus der Masse zu ziehen – ein lebendiges Ebenbild, viel größer als ein Brot oder ein Baby –, aber sie war ja auch viel älter als eine Mutter? Dennoch war sie dabei, ihm Milch zu geben, warme Milch ...

Einen Moment noch stand Anijs reglos am Rand der Innigkeit, die ihn gleichermaßen hineinzog wie ausschloß, dann brach er den Bann, und die ganze Not bemächtigte sich wieder seiner.

«Reib ihn trocken, zieh ihn an!« rief er, auf Klein Pets Kleider an der Ofenstange zeigend. »Ich hole die Medikamente!«

In der Apotheke wollte er sich dann eilends zum Labor sputen, als ihn eine weitere Gestalt vor der Tür zum Stehen brachte, diesmal ein erwachsener Mann, Schlafmütze auf dem Kopf, eine Stück Nachthemd unter dem Mantel vorblitzend und mit der Hand über den Augen am Fenster, um hineinzuspähen. Mit einem Ruck öffnete Anijs; es war Thomas; ohne jegliche Erklärung für den Lärm in der Nacht trug er ihm kurz angebunden auf, ein Pferd zu satteln.

»Ein Notfall!« trieb er den aufgelösten Mann noch mehr an.

Alles lief nun gleichzeitig durcheinander: Während Klein Pet mit rauhen Tüchern trockengerieben wurde, ging im

Labor eine gehetzte Suche nach Watte, Zangen, Nabeltüchern und Nabelbinden, einem Thermometer, Fieberpuder, Pflaster, Trychnin und Chinin vor sich; als Anijs endlich mit der vollen Tasche in die Küche zurückkam, fand er den Knaben angezogen, aber noch sehr schwach. Er hieß ihn Zuckerwasser trinken, an Alkalisalz riechen, er benetzte seine Schläfen mit Essig – da ertönte draußen ein helles Klappern: Thomas hatte das Pferd gezäumt und führte es am Zügel vor; alle standen schon herum: Schnaubend biß es auf die Kandare; ein Steigbügel und ein Schubs: Anijs saß im Sattel; während hinter ihm die Tasche mit den Heilmitteln festgezurrt wurde, reichte ihm Martha Klein Pet, eine Gliederpuppe, gewickelt in eine Decke; ein Klaps auf den Pferdehintern: Ein Ruck nach vorn, er ritt!

Mit dem Ton schwerer, eiserner Regentropfen klapperten die Hufe auf der Uferstraße unwirklich laut in der nächtlichen Stille. Hoogeveen schlief, aber wo er vorbeitrabte, lag man wach. Beim »Einhorn« dann um die Ecke gebogen, ließ er die Straßenbeleuchtung hinter sich, und es war, als falle vor ihm ein schwarzer Vorhang. Unmöglich, hier vom Trab in Galopp zu wechseln, obwohl der Boden jetzt weich war: Er mußte in den Schritt zurück. Wie in tiefem Schlaf war Klein Pet vor ihm im Sattel an seine Brust gesunken; er krümmte sich schützend um ihn, senkte seine Nase auf das Kinderköpfchen und atmete einen Duft aus dem Haar, viel würziger, als man es bei einem so blonden und so kleinen Kind erwarten würde.

Manchmal schlug in der Ferne ein Hund an, sonst hörte man nichts als den leise saugenden Hufschlag auf dem Feldweg. Vor Nervosität mußte er ständig gähnen, das Gähnen machte ihn richtig schläfrig, aber dann schnellte ihm wieder ganz nah ein nasser Zweig ins Gesicht, und er schreckte auf. Die Augen hatten sich jetzt so gut an die Dunkelheit gewöhnt, daß er wieder ein Stück auf dem Wegrain traben konnte; wie große Geldstücke glänzten die Pfützen und Kuhlen auf dem Weg. In regelmäßigem Wogen ging es am Wolfsbos vorbei, durch das Dorf und weiter am Wasser des Zuideropgaande entlang. Die Luft roch nach Ozon, alle miasmatischen Dämpfe, die der vorangegangene Platzregen aus dem Morastboden gedroschen haben mußte, mußten von einem starken antiseptischen Dunst vertrieben worden sein, der die Nacht durchperlte. Penibel zählte Anijs die Wieken, und gerade, als er bei der zwölften nach links abbog, ins Feld, brach der Mond kurz durch die Wolken.

Wie ein funkelndes Schwert zeigte Elim nach hinten, und noch einmal setzte er zum Trab an. Rechts am Rand des Hochmoors zeichneten sich die Katen ebenso schwarz und blind ab wie die einzelnen, noch nicht abgefahrenen Torfhaufen zwischen ihnen, aber plötzlich sah er ein erleuchtetes Fenster, und noch eines, die letzten zehn, fünfzehn Hütten hatten alle Licht, und als er endlich vor Bennemins Haus hielt, schienen alle Bewohner auf den Hof zu strömen. Wie schwer mußten Johannas Geburtswehen sein, daß nicht nur die nächsten Nachbarn wach geworden und herbeigeeilt waren, sondern auch die von nebenan und so weiter?

»Der Doktor!« schrie jemand.

»Da in der Decke ... das ist Klein Pet!« sah ein anderer.

Das Rufen mußte drinnen deutlich zu hören sein, und dennoch kam ihn Bennemin nicht begrüßen. Nun höchst beunruhigt ließ Anijs den Jungen am Sattel herab in die ausgestreckten Hände gleiten, er stieg ab und konnte nur mit Mühe seine Tasche lösen. Auf Beinen ebenso kraftlos wie soeben seine nervösen Finger, trat er ins überfüllte Haus ein, wo alle durcheinanderredeten, Frauen, Männer, aus dem Bett entwischte kleine, barfüßige Kinder, Pfadjungen und junge Burschen – nur Sieger schien auch in dieser Stunde nicht gekommen zu sein. Dankbar fand er eine allerletzte Theriac-Pille in seiner Manteltasche.

Bereits sein Eintreten ließ den Lärm verstummen, man wich zur Seite, und am Ende des schmalen Durchgangs bekam er eine Bettstatt zu Gesicht, die als Wochenbett ins Zimmer gestellt war. Beim Näherkommen sah Anijs zuerst die beiden Bennemins rechts und links am Kopfende, dahinter dann den blöden Lubber und sonst nur noch den ehrfurchtgebietenden Fluchtpunkt in der Mitte.

Umgeben von einem Kranz aus Kerzen und Öldochten, lag Johanna auf dem hohen Bett, bekleidet mit einem weißen Hemd, gestützt von weißen Kissen und bedeckt mit einem weißen Laken, unwirklich friedlich, wie aufgebahrt. Der Eindruck völliger Erstarrung währte nur einen trügerischen Augenblick, dann drang der erste Schmerzensschrei zu Anijs vor, sah er die Krämpfe unter dem Laken, die schweißnassen Haarsträhnen im Gesicht, die wild entrückten Augen, die nichts mehr zu sehen schienen. Sich ermannend fegte er die vordersten Leute zur Seite, er machte eine wütende, wegjagende Gebärde zu den gaffenden Gesichtern hinter dem Seitenfenster und trat ans frei gemachte Fußende.

Bennemin hatte ihn bereits erblickt, gab aber keinerlei Zeichen des Erkennens, wischte unablässig Johanna den Schweiß vom Gesicht. »Acht Monate …!« teilte er ohne wegzusehen mit.

Mißbilligend schüttelte Anijs den Kopf. »Acht Monate … nicht gut!« sprach er. »Es müssen neun sein!«

Eine neue Wehe wogte durch Johanna, Anijs mußte sich am Bettrand festhalten, um der grausamen Gewalt standzuhalten, und in der Zwischenzeit zischelte ihm ein altes Weibchen etwas von Eröffnung ins Ohr und daß das schon seit Stunden so ginge – aber er bekam keine Gelegenheit mehr, sich noch darüber zu beraten.

Unversehens hatte Johanna mit beiden Händen die Stäbe hinter ihrem Kopf umklammert. So verankert schien sie, während ihr Wimmern einen tieferen Ton annahm, einen

Augenblick Ruhe gefunden zu haben, dann begann sie am ganzen Körper zu zittern und reckte ihre Hüften in die Höhe, sich spannend, als wäre sie ein Geschütz und bringe sich in Stellung, um endlich die glühende Kugel abzufeuern, die schon all die Zeit marternd durch sie rollte. In dem Moment wurde das Laken weggezogen und faßten Mutter Bennemin und die alte Frau sie jede an einem Bein.

Eine schwindelnde Ohnmacht senkte sich auf Anijs herab wie eine luftdichte Glocke. Der euterweiße Bauch, von ihm noch nie zuvor so gesehen, schwoll ihm wollüstig entgegen, schien ihn dann nach unten ziehen zu wollen zu den süßen, teigweichen Tiefen des verschlingenden Fleisches und verwandelte sich dann, spottend, vor seinen verzauberten Augen in eine Schaluppe auf hoher See, rollend und schlingernd auf den wilden Wogen, kaum noch von den zwei Frauen an den Riemen unter Kontrolle zu halten, die sich zuschrieen wie echte Seeleute im Sturm, mit weit aufgerissenen Mündern, aus denen kein Ton kam – er hörte nichts mehr, die Luft war zu dick, er konnte sich kaum mehr bewegen und nur noch ganz schleppend denken...

»Ach, die Arme...!«

»Sie stirbt...!«

Immer mehr füllte sich der Raum mit Jammern, das Wehklagen wurde zu Verzweiflungsschreien, und wer eben noch die Hände betend faltete, streckte sie nun flehend Anijs entgegen.

Aber er bemerkte es nicht. Das Boot vor seinen Augen war wieder zum Bauch geworden, und reglos konnte er den Blick nicht mehr davon abwenden. Er wußte nur eins, daß dieser Bauch viel zu groß war, und während er jetzt von allen Seiten laut angefleht wurde, einzugreifen, suchte sein betäubtes Hirn aufreizend träge nach einer Lösung. Was konnte er tun? Medikamente halfen nicht mehr, der Bauch schwoll nur noch höher auf, konnte jede Sekunde platzen; er würde wieder von der Medikation zur Operation übergehen müssen, genau wie damals bei Lubbers geschwollenem Daumen…

»Ein Messer!« stieß er schließlich heraus, die offene Hand fordernd noch oben gedreht, aber ohne den Blick noch von der unerträglichen Wölbung lösen zu können.

Bennemin eilte weg in den Gang und kehrte im nächsten Moment mit einem antiken Kästchen aus Mahagoniholz zurück. Reglos verharrte Anijs in derselben Haltung und wartete, bis ihm etwas in die Hand gedrückt wurde. Es war eine kleine, hübsch bearbeitete Lanzette, und schlagartig begriff er, daß es das Mohelmesser von Großvater selig war und deshalb ein richtiges Operationsmesser. Seine Finger um den Griff schließend, hob er die Faust, er heftete seinen Blick erneut auf die bläuliche Fleischtrommel unter sich, und dann stach er zu…

In traumhafter Verzögerung senkte sich das Messer, friedlich wie eine Taube, und während dieses unwirklich langen Gleitflugs überlegte er allerlei in aller Ruhe. Ob es wohl richtig war, zu stechen, man konnte ja auch schneiden? Ein Kaiserschnitt erforderte zweifellos einen Schnitt, aber er wußte beim besten Willen nicht, wo genau, und überhaupt, in Lubbers Fall hatte eine einfache Punktierung doch auch gereicht, um den Druck zu beseitigen? Er lächelte, brachte das leicht abgetriebene Messer wieder in die richtige Bahn zurück und blickte noch kurz beruhigend zu der Patientin auf, lange genug, um zu sehen, daß Johanna ihn in Extase anstarrte, schaukelnd, pressend, während sich alles an ihr nun noch weiter öffnete, ihr Mund, ihre Augen – da wurde seine Bewegung erstickt, und er blickte wieder nach unten.

Ohne ein Geräusch oder ein Kräuseln zu verursachen, sank die Klinge ins Fleisch, weich wie ein Löffel in den Brei. So verzögert wie das Sinken des Messers, so vergrößert zeigte sich jetzt auch das Ergebnis: In Johanna war eine neue

Öffnung angebracht, ein Schnitt, der sich zugleich mit dem Herausziehen des Messers schloß, ohne zu tropfen, wie es schien, bis auf einen einzigen Blutstropfen, der nun doch herausquoll. In dem Augenblick öffnete sich, tiefer, Johanna erneut...

Die Geburt ging in der Abgeschlossenheit der Frauen vor sich. Das alte Weibchen, offenbar die diensttuende Hebamme für das Feld, kauerte am Fußende, eine andere brachte einen Eimer warmes Wasser und weichte darin ein Handtuch ein. Anijs merkte nichts mehr von alldem, einen Schritt zurück fühlte er nur noch Schwindel und eine lastende Stille, als befinde er sich in einer losgeschlagenen und auf die Küste geworfenen Taucherglocke, die in der Brandung der Geburt zwar hin- und herrollte, aber ohne auch nur das Geringste davon zuzulassen – bis sich dann endlich die Hebamme mit dem Neugeborenen auf dem Arm erhob. Noch ein letzter Schwindel, dann war ihm, als würde irgendwo in der Tiefe ein Bullauge eingedrückt und ströme die Wirklichkeit wie eine schäumende See in den entleerten Schiffsraum seiner Sinne und Vorstellungskraft.

Ein kläglicher Schrei, rundherum nur glühende Gesichter, dann der durchdringende Geruch nach frischem Stuhl. Während eine der Frauen Johanna wusch, klopfte das alte Weibchen dem Neugeborenen auf den Hintern, und genau wie alle wartete Anijs mit angehaltenem Atem auf den ersten, befreienden Schrei. Langsam wurde er gewahr, daß etwas nicht in Ordnung war, die Beinchen blieben reglos und waren so mager, daß die Haut wie eine Hose faltig um sie herumhing. Noch ein paar Klapse, jetzt rundheraus hart in der beklommenen Stille, aber das Kind bewegte sich nicht – es war tot. Die Alte übergab es Bennemin, der damit hinausging.

Man faltete die Hände, ließ das Kinn murmelnd auf die Brust sinken, aber Anijs hielt seine halb zugekniffenen Augen starr dorthin gerichtet, wo er das Neugeborene zuletzt gesehen hatte, nur kurz, im Bruchteil einer Sekunde, gleich über den Gitterstäben, an die sich Johanna in den Wehen geklammert hatte; wie ein allzu starkes Licht flimmerte das Bild des Köpfchens noch auf seiner Netzhaut, wie auch das Gesicht Lubbers, der dicht daneben gestanden hatte, hinter dem Kopfende: Die beiden Gesichter zeigten eine bestürzende Ähnlichkeit, das Kind war nicht nur ausgezehrt zur Welt gekommen, es stimmte auch sonst etwas nicht mit ihm: Lubber war der Vater…

Die Erkenntnis war zu ungeheuerlich, um sie mit einem Mal zu fassen, aber sie verklammerte sich gleichzeitig mit einem Beweis nach dem anderen in ihm, fortwährend bröckelten wieder neue Erkenntnisse davon ab, die wie blendende Blitze vor dem Schwarz seiner vorherigen Blindheit aufzuckten und ihn unter ebenso vielen Schmerzstichen den Kopf senken ließen. Nun erst verstand er wirklich, warum Johanna gleich am Anfang um Siebenbaum gekommen war; natürlich war Sieger erstarrt bei der Nachricht ihrer Schwangerschaft, die ihn ja zum Träger der Unfruchtbarkeit machte, für die er Johanna so schwer hatte büßen lassen; ja, selbst das Paradox der geleugneten Vaterschaft war nun gelöst, und Anijs begriff nun vor allem, daß Johanna selbst ihm das Geheimnis ihres Unglücks anvertraut hatte, damals, als er bei der »Allgemeinen Behandlung« seine Hand auf ihren Bauch legte und sie seinen beruhigenden Worten so ernst widersprach: »Nein, es ist nicht gut…«

Aber noch andere hatten einen Blick auf das verformte Köpfchen werfen können. Schon ging das Wort von Mund zu Mund, es erhob sich ein Raunen, das sich zischend wie ein Gas im Raum ausbreitete: Mit dem Kind stimmte etwas nicht… Aber wie segensreich dann das Ergebnis, daß die Mutter wohlbehalten war und die Mißgeburt tot… Die Hände, soeben noch im Gebet gefaltet, wurden nun in Verehrung zu Anijs erhoben, jemand lachte kurz auf wie nach einem Entsetzen, einer zog die Nase hoch und räusperte sich.

»Halleluja!«

»Preiset den Herrn!«

Verwirrt schrak Anijs auf; in der flüchtigen Stille hörte man draußen ein leises Graben; wie ein kalter Schatten legte sich die Gegenwart wiederum auf ihn.

»Ehre sei dem Doktor!«

»Wascht ihm die Füße!«

»Laßt uns in Zungen sprechen!«

Nun völlig sprachlos, blickte Anijs um sich. Von links und rechts strahlten ihn die verzückten Gesichter an, dürstend, freudig und voller Hingabe, während ein Kind in der Nacht begraben wurde, der Winter nahte und auch für später keinerlei Aussicht war als die unklare Möglichkeit einer neuen Niederlassung der Steinfabrik »Noordsche Schut«. Aber was, wenn auch die abwinkte, wie Wessels Boer? Was erwartete man eigentlich von ihm? Er geriet in Atemnot, wie in einer erstickenden Umarmung, und mit einem Mal erschienen ihm all die rollenden Augen und offenen Münder wie die Saugnäpfe eines Fabeltiers, das sich lachend an ihn klammerte, obwohl er in dem steigenden Wasser kaum noch auf den Beinen bleiben konnte ...

»Ruhig! Schweigt!« erhob er sich mit einer weiten Geste mächtig über alle empor.

Sofort verstummte der Lärm; niemand wagte es noch, direkt diesem Zorn zu trotzen; geschlagen und gefügig wich das Volk nach links und rechts, wie das Rote Meer, als Moses seine Hand darüber ausstreckte.

»Wie das, so plötzlich diese große Freude?« fuhr er in drohendem, beschuldigendem Ton fort. »Hattet ihr etwa vorhin Angst? Zweifel? Wenn ich nun eure Aufregung sehe, denke ich bei mir: So werden die Pharisäer und Schriftgelehrten geschaut haben, als ihnen der Herr Jesus tatsächlich das Zeichen gegeben hatte, um das sie ihn in ihrem Unglauben zu fragen gewagt hatten… aber nein! Matthäus sagt 12,39: ›Das böse und ehebrecherische Geschlecht begehrt ein Zeichen, und kein Zeichen wird ihm gegeben werden‹, und da steht ihr nun: Die Medikation war nicht genug, ihr habt mir nicht geglaubt; das Cabaret mit dem Feuerwerk war nicht genug, ihr habt euch photographieren lassen – und wiederum bedurftet ihr heute nacht eines Zeichens…«

Es blieb still, der Peitschenschlag des Hohns hatte das Volk in die Ecke zurückgetrieben. Mit einem Mal heftig schwitzend, wandte sich Anijs ab, den Kittel aufknöpfend warf er einen Blick auf Johanna, die wieder zugedeckt unter dem Laken lag, und erst als er wieder vor sich blickte, sah er die unbeabsichtigt starke Wirkung seiner Worte. Wie beschämt stand man vor ihm, scheu wie ein mißhandelter, verwahrloster Hund, der sich beim ersten Heben der Stimme dessen duckt, der sich seiner erbarmt hat, als bedeute eine erhobene Hand Schläge, eine abwehrende Geste Verjagen: Seine Wut legte sich, sein Herz füllte sich mit zärtlichem Mitleid, so einsam und vergeudet kam ihm das kindliche Volk plötzlich vor… nun gut, auch wenn man sich doch sehr leicht auf ihn verließ, auf wen konnten sie denn sonst bauen? Und wenn ihm das Tragen auch schwerfiel, der gute Christopherus konnte das Jesuskind doch auch nur mit knapper Not halten, als er ihm über den Fluß helfen wollte?

»Aber welches Wunderzeichen soll ich nun vor euren Augen verrichtet haben?« fuhr er, milder, fort, während sich der Arztkittel wie ein weißes Wappenschild vorn über seinem Bauch bauschte. »Es war nur eine Punktierung, eine einfache Punktion, um den Druck zu vermindern, und es würde mich nicht wundern, wenn eher die Schreckreaktion auf den Schmerz als die Punktion an sich die Geburt so heilsam ausgelöst, das Leiden verkürzt hat. Aber sprecht mit keinem darüber, die von draußen werden mich deshalb verfolgen! Sie hassen mich schon jetzt, weil ich auf euch geschaut habe … der Bürgermeister! Der Armenarzt! Der Pastor! Laßt also ab von Schwärmereien wie Glossolalie und Fußwaschung, dankt dem Herrn und sucht seine Liebe in der einfachen Weise, die ihm am wohlgefälligsten ist, durch ehrliches Bibellesen und Psalmensingen, und wisset, daß ich mein Schicksal auf euch geworfen habe …«

Die Stille wurde zur Weihe, vertiefte sich so noch mehr.

Bennemin war wieder eingetreten, Johanna lag still unter dem Laken. Ohne Aufsehen stellte sich der Vater zu Frau und Sohn an die Bettstatt, Anijs folgte mit ruhigem, schwerem Schritt. Seltsam: Noch immer hielt er das Beschneidungsmesser in der Hand.

»Es war nur eine Punktierung«, wiederholte er eigens für Bennemin, während er ihm das Messer reichte. Im nächsten Moment hatte er Pflaster und Karbolwatte aus seiner Tasche genommen und schlug das Laken von den Füßen bis über den Bauch zurück. »Eigentlich eher noch ein Stich«, sagte er, und nachdem er mit der Watte die kleine Wunde saubergewischt hatte, preßte er mit beiden Händen ein Pflaster darauf.

Es war vorbei; dumpf schlurften die Holzschuhe über den Boden; man ging nach Hause. Blank wie ein abgeleckter Teller blieb Johanna zurück, immer abwesender, je mehr sich das Zimmer leerte: Ein Buch mit losen Seiten war sie, und beim Weggehen nahm jeder sich ein Blättchen von ihr mit. Als auch der letzte hinausging, war von ihr nur noch der leere Buchdeckel übrig, sie selbst bis in ihr intimstes Wesen verteilt, verweht über alle Ohren, aufgesaugt von allen Augen, *öffentlicher Besitz geworden*, ein Bild im Allgemeingedächtnis – wie man sie nun gesehen hatte, würde man in Zukunft an sie denken, und damit gehörte sie in diesem Augenblick gleichsam schon zur Vergangenheit …

Anijs war als einziger geblieben. Mit der Familie stand er zwischen Bennemin und Klein Pet am Rand des Bettes.

»Der Junge ist ungeheuer schnell gerannt, um ja nicht unnötig Zeit zu verlieren«, sagte er lobend zum Vater, während er dem Knaben den Kopf streichelte, und beim Aussprechen wußte er nicht mehr, ob Klein Pet nun aus eigenem Antrieb zu ihm gekommen war, vom Vater geschickt oder vielleicht hätte Doktor Amshoff holen sollen.

KAPITEL 14

Der Anfang vom Abriß

Bis auf Carstens waren alle Nachbarn weggezogen. In der Werkstatt war es still und kühl, noch früher Morgen. In seiner Hausjacke aus Filz und mit einem Scheitelkäppchen auf dem Kopf hatte Vedder den Boden der Syde-Violine senkrecht auf seine Knie gestellt, die Vertiefung zu sich gedreht. Er lachte.

So oft war das Instrument inzwischen auf und zu gewesen, daß er, wenn beim Anstreichen wieder dieses unaustilgbare Nebengeräusch ertönte, gelegentlich fürchtete, es sei nicht mehr das alte Geräusch, sondern ein neues, von ihm bei seinen inzwischen unzähligen Eingriffen verursacht – eine Katastrophe! Denn welch ein vollkommeneres Versteck für das neue Schwingkörnchen als dort, wo er bereits gewesen war und nie mehr suchen würde, ein mit warmem Harz aufgefüllter Wurmgang, ein ausgebürsteter Fadenriß im alten, offenen Holz? Alles müßte wieder von vorn anfangen, er war noch nicht weitergekommen, hatte im Gegenteil das Gefühl, sich nur ständig weiter von seinem Ziel zu entfernen, denn noch immer konnte der Wolf überall stecken, nun durch eigenes Zutun gar schon auf verschiedene Stellen verteilt – aber daran hatte sich heute früh etwas geändert.

Beim allerersten Zerlegen der Geige, am Morgen nach Eberts zweitem Besuch, hatte er aufmerksam alle losen Teile abgeklopft. Hätte in einem davon das Geräusch gesteckt, dann hätte er auf der Stelle die übrigen, also freigesprochenen Teile außen vor lassen können. Leider schien das Geräusch nur beim Anstreichen einer Saite aufzutreten, wodurch er nicht nur dazu verurteilt war, die Geige nach jedem Reinigungsvorgang wieder zusammenzubauen, bevor er die Probe aufs Exempel machen konnte, sondern sich das Suchfeld auch nicht eingrenzen ließ. Dennoch hatte er auch später, schon schnell viel zu versessen auf das Suchen, um es noch lassen zu können, weiterhin nach jedem Auseinandernehmen die losen Teile abgeklopft, gegen besseres Wissen fieberhaft lauschend – und nun hatte er heute früh, in der Stille mit den Knöcheln klopfend, im Boden etwas gehört, das in der Decke nicht zu hören war, wenn er es genauso abklopfte, dicht am Ohr, mit angehaltenem Atem, auch noch im Rand...

Mit halb zugekniffenen Augen studierte er die weiße Innenseite des plötzlich unter Anklage gestellten Bodens. Mit dem Rücken zum Schaufenster sitzend, ließ er das Tageslicht einmal voll darauffallen, dann wieder nur entlangstreifen, beherrscht wie ein Kater auf dem Sprung, neigte er sich noch weiter vor zu dem, was soeben geraschelt hatte, sich jetzt aber ängstlich totstellte. Die winzigen Risse in der weißen, unlackierten Innenseite von Boden und Decke waren fein und oft dünn wie Haare, freilich ohne daß einer von ihnen seinen Verdacht weiter erhärtet hätte. Ganz unwillkürlich verstärkte er ein wenig den Druck seiner Finger auf den Boden, die biegsame Decke ließ sich von der Seite leicht ein bißchen eindrücken, wodurch sich die Fugen und Fasern an dieser Seite im Licht entsprechend weiteten, er blies, spähte – nichts. Einen Moment lang entspannte er sich im Zurücklehnen, dann durchzuckte ihn noch stärker erneut die Erregung über seinen ersten Erfolg auf der Jagd nach dem Schwingkörper, denn wenn er soeben wirklich den Wolf gehört hatte, dann hatte sich so die mögliche Tarnoberfläche mit einem Mal um mehr als die Hälfte reduziert – aber wie einfach, diese nun noch einmal zu halbieren; der Boden bestand ja aus zwei verleimten Hälften; wenn er die auseinanderbrach, müßte sich dann nicht zwangsläufig das Geräusch in einem der beiden Teile befinden? Und dann wäre er mit dem anderen Teil doch genauso fertig wie jetzt schon mit der Decke und der Zarge, und hatte er den Wolf doch noch mehr in die Ecke getrieben, um nicht zu sagen *lokalisiert*? Das Etikett, das originale Syde-Etikett war links unten aufgeklebt und überhaupt nicht im Weg…

Er lehnte sich zurück und erhöhte nun, mit ausgestreckten Armen, zunehmend den Druck. Sein Grinsen wurde zur Grimasse, sein ganzes schwitzendes Gesicht verzerrte sich, als füge er jemandem Schmerzen zu, und dabei starräugte er ständig auf das stehende Blatt auf seinen Knien, während er ausdauernd mit den Fingerspitzen die gewölbte Mitte der Rückseite weiter zu sich herandrückte und sich seine Daumen genau entgegengesetzt um den Rand bewegten; als *öffne* er etwas. Es war erstaunlich, wie stark sich das Blatt biegen ließ, aber dann brach es doch, sehr schön in der Fuge, in zwei Teile, und er hielt in jeder Hand eine Hälfte. Brösel staubtrockenen Knochenleims fielen zu Boden, aber das Holz selbst war unversehrt geblieben, natürlich, ein Mann wie Syde arbeitete ausschließlich mit altem Holz, das im fertigen Instrument nicht mehr arbeitete, er würde die beiden Teile hernach, ohne schaben zu müssen, wieder verleimen können, mit neuem Leim – aber nun zuerst die Probe…

Er beklopfte die linke Hälfte, lauschte und hörte nichts. Dann beklopfte er die rechte Hälfte: wieder nichts. Verblüfft starrte er auf die Leimbröckchen. Hatte das Geräusch etwa genau dort irgendwo in der Bruchfläche gesessen, in einem Hohlraum im eingetrockneten Leim, und lag seine Beute denn endlich mitsamt ihrem Lager auf dem Boden zwischen seinen Füßen? Oder waren die separaten Hälften des Bodens, im Gegensatz zum Ganzen, einfach zu klein, um unter seinem Klopfen noch mit genügend Ausschlag so kräftig zu vibrieren, daß das Schwingkörnchen darauf resonieren konnte? Er würde die Geige erst wieder zusammensetzen müssen …

NOCH AM NACHMITTAG desselben Tages legte er in der Dämmerung die zugemachte Syde-Violine, geschient mit all seinen Spannhaken, neben die Bennemin-Geige in die Auslage. Um das Trocknen zu beschleunigen, entzündete er die Gaslampe darüber; der Leim würde vor heute abend zehn Uhr nicht hart zum Saitenaufziehen sein. Plötzlich erschöpft schnappte er die Zeitung von der Matte und nahm sie durch das Halbdunkel mit zum Büro hinten. Nach einer Weile machte er auch dort Licht und beugte sich über die Titelseite auf dem Rauchtisch. Der Leitartikel enthielt einen Bericht über die derzeitige Weltausstellung in Paris, illustriert mit dem Eiffelturm als Höhepunkt, und wehmütig wunderte er sich, wie kurz es doch erst her schien, daß er mit Theo zur Eröffnung der Amsterdamer Weltausstellung im Jahr 1883 gewesen war …

Was hatten sie damals nicht alles gesehen! Als erstes hatten sie natürlich die königliche Tribüne in Augenschein genommen, mit dem Corps diplomatique in Gala, mit Parlamentsmitgliedern, der geheimnisvollen chinesischen Delegation und um ein Uhr dann auch Ihrer Majestäten König Willem III. und Königin Emma, in aller Seelenruhe an ihre Plätze geleitet von dem großen Veranstalter der ganzen Exposition Universelle Coloniale et d'Exportation Générale: Edouard Agostini, ein Name, den E. Nigma noch als Vergleich verwendet hatte, um damit das Format Henkenhafs anzudeuten. Später waren sie wie alle über das brechend volle Ausstellungsgelände geschlendert, gleich hinter dem jüngst vollendeten Reichsmuseum, am Übergang von Stadt zu Polderland, und zwar, weil es das Konzerthaus damals noch nicht gab. Als Veritas hatte er die Entscheidung für diesen abgelegenen, ungeschützten Standort strengstens kritisiert, und als er dann feststand, auch verurteilt; aber welche Bedeutung hatte das noch, jetzt, wo er sah, wie verzückt Theo, mit seinen zehn Jahren, an alldem seine helle Freude hatte? Sie besuchten die Maschinengalerie, wo eine Rotationspresse in Höchstgeschwindigkeit die erste Ausgabe der Ausstellungszeitung ausspuckte; sie passierten den Pressepavillon; im Gebäude der Bell-Telefon-Gesellschaft hörte Theo zum ersten Mal in seinem Leben Töne aus einem Telefonhörer; sie bewunderten die belgischen Klöppelspitzen, staunten über die Bilder, die der französische Photograph Nadar von seinem Ballon aus von der Erde gemacht hatte, und noch später wanderten sie durch den geheimnisvollen Kampong, wo sie, müde von all den verblüffenden Einrichtungen und Belustigungen, ein Glas Kokosmilch tranken, während in der Ferne das Gamelan der javanischen Tänzerinnen erklang…

Das Heulen einer kräftigen, aber fernen Schiffssirene ließ Vedder von der Zeitung aufblicken. Hinter dem Bahnhof überragte der riesige Schornstein eines Ozeandampfers das Hallendach; er erkannte die Farben der Niederländisch-Amerikanischen Dampfschiffahrts-Gesellschaft; das Schiff mußte gerade aus New York eingetroffen sein. Es müßte bestimmt Spaß machen, sich das Anlegen anzuschauen, aber schlagartig fiel ihm nun wieder die Hartnäckigkeit ein, mit der Theo, gleichsam als seine Einsendung, seinen Maikäfer mit in die Ausstellung genommen hatte, von dem er unzertrennlich war, und zugleich fühlte er seine Wehmut über die Vergangenheit noch zunehmen, vor Rührung. Als er gleich darauf an Theos Wahnidee dachte, stiegen ihm Tränen in die Augen.

Ach, wäre es nur wahr, was Theo dachte… hätte es nur wahr sein können… sein Vater zu sein, wirklich sein Vater sein zu können, oder auch nur: hätte sein *können*…

Aber waren seine väterlichen Gefühle nicht trotzdem echt, auch wenn bei ihm nur trockene Krümel zu Boden fielen, wenn er die Pfeife ausklopfte? Ach Theo, armer Junge, suchende Seele... konnte er ihm nicht etwas Besonderes schenken, ein Zeichen oder Gegenstand, zum Beweis seiner wahrhaft väterlichen Liebe? Aber was war dem noch hinzuzufügen, all dem, was er Theo bereits an Väterlichkeit erwiesen hatte, den Faden, den er durch den Körper des Maikäfers gefädelt hatte, all die Sommernachmittage lang im Schilf des Sumpflands gemeinsam nach Salamandern suchen, die Besichtigungen der öffentlichen Bauarbeiten, als sie zum erstenmal seinen Protest in der Zeitung abgedruckt sahen... *Nicht jede Nadel zeigt wie ein Finger/auf die Unsterblichkeit von Springer...*

Immer tiefer versank Vedder im Mahlstrom des vergangenen Guten, eine Szene nach der anderen aus dieser Zeit der Selbstverständlichkeit schoß ihm durch den Sinn, bis ihn ein jäher Gedanke schmerzlich in die Wirklichkeit zurückholte: Da saß er nun und verlor sich in süßer Wonne, aber was, wenn nur er das ganz allein so sähe; wenn das alles für Theo plötzlich nichts mehr wert wäre; was, wenn alles, was er für ihn getan hatte, in seiner getrübten Wahrnehmung nun völlig belanglos wäre und wegfiele gegenüber dem einen, was er nicht getan hatte – ihm wirklich voll und ganz ein Vater zu sein?

Ein Stein war in den Teich seines Nachsinnens gefallen, die Erkenntnis, daß alles Gute von früher in dem Loch von Theos Wahnidee verschwunden war, erhob sich wie ein langer Mann in ihm, warf einen eisigen Schatten über ihn, und er suchte fieberhaft nach einem Plan, einem Gedanken, den er wie eine Decke um sich wickeln könnte, eine Gabe oder Geste so groß, daß sie einfach nicht in den Brunnen fallen könnte, sondern wie ein Deckel auf ihm liegenbliebe. Ihn fröstelte, mit kalten Fingern drückte ihn der Verlust desjenigen, dessen er soeben noch in Dankbarkeit gedacht hatte …

Er hatte keine Ruhe mehr, blätterte wütend die Seite um, und die nächste, immer ungeduldiger, bis sein Blick an dem Namen hängenblieb, der ihm soeben erst in den Sinn gekommen war: Als hätte der Teufel die Hand im Spiel, ausgerechnet jetzt fand er einen Brief von E. Nigma in der Zeitung! Wovon handelte er? Schon beim Vorbeugen sah er, daß es um die Kardinalfrage ging …

> Sehr geehrter Magistrat!
>
> Alsbald nimmt der Bau des neuen Victoria-Hotels, Damrak Ecke Prins Hendrikkade, seinen Anfang. Gewiß handelt es sich dabei um ein privates Gebäude, aber besteht nicht bei einem solchen Volumen, an einem so prominenten Standort in unserer Stadt, auch ein öffentliches Interesse an der Fassadengestaltung? Wenn ein verdächtiges Subjekt, frontal gegenüber dem neuen Bahnhof postiert, den Reisenden belästigen würde, dann würde das öffentliche Interesse doch auch ein Einschreiten der Obrigkeit gegen diese Privatperson erfordern, gegen sie Ermittlungen beginnen und bei erwiesenem ungehörigem Betragen zur Zurechtweisung oder aber Entfernung übergehen? Sehr geehrter Magistrat, werfen Sie doch einen Blick auf die Entwurfsskizze und überlegen Sie, ob der Koloß, der sich anschickt, fortan den Bahnhofsplatz zu beherrschen, Ihre Duldung verdient.

Gefolgt von einer Charakterisierung des Entwurfs; mit beschleunigtem Atem las Vedder »deutscher Renaissancestil« und »Renaissancemotive im Stil des Barock«, architektonische Begriffe, die ihm nichts sagten, deren höhnischer Unterton aber allzu deutlich war. Der überladene Fassadenschmuck wurde angeprangert, der Klassizismus der symmetrischen Flügel »unecht« genannt, der elektrisch zu beleuchtende Atlas auf dem Eckturm verspottet, aber Vedder stieg das Blut erst richtig in den Kopf, als er zur vermessensten, untergrabendsten Bezichtigung kam, die einen neuen Entwurf nur treffen konnte: Im lakonischen Ton des wahren Kenners enthüllte E. Nigma, daß es sich bei alldem sogar um nichts anderes als eine Kopie eines bestehenden Hotels zu Koblenz handelte, worauf er, zum Ausgangspunkt zurückkehrend, die Personifikation des Gebäudes meisterhaft vollendete, mit einem beißenden Aufruf an den Magistrat als Abschluß:

> Und wo der Besucher unserer Stadt, sei es per Schiff oder Zug ankommend, heute noch von einer Reihe charmanter, historischer Häuschen gleich gegenüber dem Bahnhofsplatz willkommen geheißen wird, gleichsam von ein paar ehrlichen Handwerkern, in typisch holländischer traditioneller Tracht, dort wird ihn in absehbarer Zeit ein selbstzufrieden grinsender unrasierter Zirkusdirektor erwarten, mit elektrischer Melone, in einer Brokatweste nach italienischem Geschmack und mit schwarzen Stoppeln in seiner Visage, denn wie uns die Renovierung des Krasnapolsky gelehrt hat, ist eines gewiß: Auf keinem anderen Material wird sich der Ruß von Bahn und Dampfschiff so schnell festsetzen und wie ein Bart weiterwachsen wie auf dem vorgesehenen weichen, cremefarbenen und landfremden Tuffstein. Und noch immer sehen Sie untätig zu, verehrte Mitglieder des Magistrats? Ich bin mir bewußt, daß Ihnen die Frage der Architektur gleichgültig ist – aber die öffentliche Ordnung! Noch ist es Zeit, oder soll etwa in Bälde jeder Besucher unserer Stadt, von der Hand mit goldenen Ringen hereingewinkt, beschämt die Augen

niederschlagen, den Schritt beschleunigen und voll Bedauern an die nunmehr bedrohten, anmutigen Häuschen zurückdenken, die ihn einst mit ihrer Schlichtheit und Historie erfreuten? Übrigens, zwei der Eigentümer haben noch nicht kapituliert.

E. Nigma

Mit klopfendem Herzen starrte Vedder auf den Artikel. Letzten Endes hatte E. Nigma sich doch in den Streit eingemischt und sich nachdrücklich, wohlbewußt, auf seine Seite geschlagen: Er wußte ja alles, wie er hieß, er kannte sein Pseudonym, war informiert über seine Sache mit dem Victoria, das alles hatte er ihm selbst mitgeteilt; und so stur und unwillig der Mann damals, unter dem Fenster des American Hotel, all das zur Kenntnis genommen hatte, so großzügig gab er ihm nun Nachricht und trat ihm zur Seite – *in aller Öffentlichkeit!* Sein Gemüt floß über, er konnte nichts anderes tun als seufzen und den Kopf schütteln, Momente völliger Einsicht und absolutem Nichtbegreifen wechselten in rascher Folge, bis es plötzlich schellte. Mit einem Ruck blickte er nach vorn, erkannte sofort den großen, eleganten Herrn draußen vor dem Fenster und winkte ihn herein.

Die Tür fiel bimmelnd zu, aus dem verklingenden Ton erhob sich zuerst das Klappern der Absätze auf dem Boden, dann tauchte Ebert aus dem Halbdunkel der Werkstatt auf. Heftig erregt sah ihn Vedder näher kommen, er erhob sich zwar, wollte den Besucher auch gern willkommen heißen, brachte es aber nicht über sich, sich von der Zeitung zu entfernen.

»Haben Sie E. Nigma gelesen?« rief er ihm schon von weitem entgegen; die Anwesenheit der angegriffenen Partei verlieh dem überwältigenden Artikel noch größeres Gewicht und steigerte dementsprechend seine Aufregung.

Noch schweigend trat Ebert ins Licht. Er gab ihm die Hand, ließ sich auf dem angewiesenen Sessel auf der anderen Seite des Rauchtisches nieder und lächelte ernst.

»Und, was sagen Sie dazu?« fuhr Vedder strahlend fort. So weit hatte er sich jetzt mit den Armen auf den Knien nach vorn gebeugt, daß die Zeitung direkt unter seinem Kinn lag.

Ebert zuckte mit den Schultern, sagte noch immer nichts.

»Sie haben keine Meinung?« tat Vedder höchst erstaunt. Auf sein übervolles Gemüt sprach seine Stimme genauso kräftig an wie eine Orgelpfeife auf den Blasebalg. »Letztes Mal beliebte es Ihnen, den Journalismus mit einem zahmen Pferd zu vergleichen; Henkenhaf habe die Zügel gut im Griff und die Presse völlig in der Hand, aber sehen Sie jetzt: Pegasus hat sich aufgebäumt, und Henkenhaf liegt im Staub – und Sie haben keine Meinung? Aber Sie respektieren doch die öffentliche Meinung? Das letzte Mal sagten Sie, daß Henkenhaf die öffentliche Meinung ganz entschieden respektiere!«

»Ja schon, natürlich …«

»Aber Herr Ebert, das hier … ›Sehr geehrter Magistrat‹ … das ist die öffentliche Meinung!« rief Vedder und stach triumphierend mit den Zeigefinger auf den Artikel. »So hat es auch gegen den Bahnhof angefangen, ich weiß nicht mehr, wer der erste war, aber danach kamen Vitruvius, Flavius, Taciturne und wie sie alle heißen – die öffentliche Meinung kehrte sich gegen den Bahnhof, und nun frage ich Sie nur dies: Was würden Sie davon halten, wenn etwas Vergleichbares mit dem Victoria geschähe und E. Nigma Beifall bekäme von … ich greife nur einen heraus … von einem Veritas oder von J. Accuse? Dann wäre man doch gegen das Hotel oder etwa nicht? Dazu würde ich zu gern Ihre Meinung hören!«

Hoffnungslos hob Ebert die Hände, als wolle er zwar alles zugeben, wisse aber nicht mehr, ob es nun ja oder nein sein mußte. »Natürlich... natürlich... in diesem Fall wäre man gegen das Hotel... Aber das heißt doch nichts weiter, als daß man gegen das Hotel ist? Übrigens, mit Verlaub, würde ich gern etwas anderes mit Ihnen besprechen wollen...«

So gierig Vedder seine begehrte Bestätigung zu sich genommen hatte, heftig nickend, mit hochgezogenen Brauen, so hart traf ihn deren prompt folgende Herabsetzung; noch verblüfft von dem Schlag, hörte er Ebert nicht mehr weitersprechen, bloß noch die Luftblasen in seinem Kopf zerplatzen, die dort unaufhörlich hochstiegen wie aus einem Sumpf, aus dem man einen soeben erst eingeschlagenen Pfahl saugend wieder herausgezogen hat, unter Hinterlassung von nichts weiter als einem kleinen, feucht furzenden Loch, jeder Furz ein Wort: »Nun gut, wenn sich Pegasus aufbäumt, dann gehört dazu doch auch ein bißchen Wiehern? Und ach, die Radikalität dieser Leutchen... wenn es darauf ankommt, finden sie doch einen spießbürgerlichen Ziergiebel mit Halbsäulen, Friesen und Frontispiz am schönsten« – immer tiefer stürzte er in sich zusammen, betäubt von dem Gas, das in seinem Schädel ausgeströmt war...

»Herr Vedder? Haben Sie mich verstanden? Der Abriß beginnt!«

Endlich drang Eberts Stimme wieder zu ihm durch; mit äußerster Anstrengung lenkte er seinen Blick wieder auf den Herrn gegenüber, der ihn besorgt anblickte, schmerzlich lächelnd wie einer, der einem anderen Gewalt hat antun müssen, ohne es zu wollen, und dann, um seine Ohnmacht und sein Bedauern darüber zu unterstreichen, noch einmal erklärte, was bereits gesagt war: Der Abriß der bereits angekauften Nachbargrundstücke konnte nun jeden Moment beginnen; ein Aufenthalt hier würde unerträglich; sie mußten sich jetzt einfach über den Preis einig werden.

»Fünfundzwanzig darf ich Ihnen bieten«, schloß Ebert, »fünf mehr als die Summe, die Ihre Nachbarn bekommen haben, und das ist, in unseren Augen, noch immer ein überaus angemessener Preis. Herr Vedder, schlagen Sie ein, auch für Ihren alten Nachbarn, und ziehen Sie noch heute aus, in ein Hotel oder eine Pension, ich flehe Sie an, um Ihretwillen.«

»Also … der Abriß beginnt?« wiederholte Vedder, noch ein wenig benommen und ohne etwas anderes zu fühlen als den Beginn einer ungreifbaren, unverstandenen Freude.

»Zuerst die Wasserleitungen und die Gasrohre, diese Vorarbeiten sind per morgen früh an eine Abrißfirma vergeben, danach folgt der eigentliche Abriß, und binnen zwei Wochen ist Baubeginn.

In ein paar Tagen steht alles hinter einem Bauzaun, dann ist es hier nicht mehr auszuhalten. Der Herr Henkenhaf hat immer schnell gebaut, aber diesmal wird es, erzwungen durch alle Verzögerungen, eine wahre Schwemme von Arbeitern, Maschinen, Kränen, Rammgerüsten sein. Zudem wird nachts durchgearbeitet, bei elektrischem Licht.«

Die ungerührte Skizzierung der nächsten Zukunft, so unerwartet konkret aus dem diplomatischen Mund Eberts, der üblicherweise allen möglichen Empfindlichkeiten peinlich aus dem Weg ging, schien nun im Gegenteil absichtlich reizen zu wollen, als meine er, die angestrebte Vereinbarung nur noch mit der Macht der Fakten erzwingen zu können. Vedder spürte sein Rückenmark unter dem Hammerschlag der Einzelheiten kribbeln, und bei jedem Schlag erschaudernd, spürte er nun zum ersten Mal die ungeheure Macht des Victoria, die nun zu guter Letzt zu wirken begann und den Arm nach ihm ausstreckte. Er fühlte mit dem Nachlassen der letzten Betäubung seine schwelende Freude zu warmer Glut auflodern, die etwas, bisher hart Gewesenes, in ihm zum Schmelzen brachte, eine seltsame Rührung ließ ihn erbeben, er war zum Kleinkind geworden und hätte am liebsten geheult.

»Aber… wann muß das Hotel denn fertig sein?« fragte er mit gepreßter Stimme.

Ebert lächelte kurz, wieder entschuldigend, als fürchte er, daß die Antwort zu schmerzlich, oder vielleicht auch schlicht unglaubwürdig, wäre. Aber als sie dann kam, hatte sie wieder diese zwingende, durch nichts gemilderte Härte: »Ende nächsten Sommers, also binnen eines Jahres, in zehn Monaten.«

»Weniger als ein Jahr…«, flüsterte Vedder, zu bestürzt, um noch etwas fragen zu können, »…zehn Monate, für ein Grandhotel…«

»Der Herr Henkenhaf wird eine völlig neue Baumethode anwenden. Das Victoria wird sich dann noch schneller als das Kurhaus aus dem Nichts erheben, obwohl, aus dem Nichts? De facto ist der Bau schon geraume Zeit in Gang, das Hotel existiert gewissermaßen sogar schon.«

»Das Hotel… existiert schon?«

»In der Tat, aber dann verteilt auf Dutzende von Fabrikhallen und Schuppen im In- und Ausland. Um ein paar Beispiele zu nennen: Die Säulen im Speisesaal aus gelbem Marmor, die sechs Meter breiten Treppenstufen aus Granit, die Wände des Restaurants aus Belloque-Marmor, der hydraulische Lift, alle Blendrahmen, Türen und Fenster, das Dach, komplette Garderoben, der Ecksalon aus Mahagoni – das alles wurde schon letztes Jahr ausgeschrieben. In gewissem Sinne ist es jetzt mehr ein Problem, das Hotel hierherzuschaffen, per Schiff, und natürlich auch per Bahn, als eines der Vormontage. Mit diesem revolutionären Montagebau wird die spezifische Lage an Wasser und Bahn voll und ganz genutzt – aber haben nicht Sie selbst mich einmal auf die eminente Bedeutung des Standorts hingewiesen?«

Vedder sagte nichts mehr, fühlte nur noch die Kraft Henkenhafs, die ihn wie eine riesige Hand packte, hochhob und streichelnd seine Nerven überreizte und ihnen zugleich die lang ersehnte Ruhe brachte. Wieder fuhr ihm ein Schauder über den Rücken, so lange hatte ihn niemand mehr gestreichelt, daß er jetzt fast geweint hätte, und noch mehr, als er sich überlegte, ob Theo wohl je einmal gestreichelt worden war. In seinem Kopf begann es zu heulen, es war ein Wind, der das Feuer seiner Freude auf ein neues Feld überspringen ließ, auf den Jungen, den er liebte, und auf einmal wußte er, was er ihm zugestehen könnte, das groß genug war, um seine Vatergefühle zu beweisen – vorausgesetzt, daß er es jetzt nicht abwerten ließ!

»Herr Vedder! Hören Sie mich? Ich habe das Angebot nachgebessert, und ich flehe Sie an: Lehnen Sie nicht ab, denn ich kann wirklich nicht höher gehen. Mein Mandat ist strikt begrenzt, ich habe gegenüber Herrn Henkenhaf das äußerst Mögliche für Sie getan, bleibe jedoch bloß sein Vertreter…«

Wiederum zu sich kommend, sah Vedder mit gesteigerter Klarsicht den Besucher stocksteif in seinem Sessel sitzen, nur sein säuerlicher, deutscher Akzent hatte der Bitte genügend Schärfe gegeben, um seine Entrückung zu durchdringen, und ohne den Blick von ihm zu wenden, begann er abwesend den Kopf zu schütteln.

»Auch ich vertrete noch jemanden, neben der Vollmacht…«, erläuterte er verträumt, »ich bin nicht allein…«

Ohne die Beunruhigung auf Eberts Gesicht noch wahrzunehmen, schaute er in seiner Seele nach Theo aus, der am Ende eines herrlichen Horizonts glühend auftauchte, einer Heerstraße, die unter den heißen Sonnenstrahlen eines neuen Bundes flimmerte: Ja, ihm ein ungeteiltes Kindsteil zu vererben, und zwar die vollen fünfzig, das war das große Gut, mit dem er ihn zurückgewinnen konnte, Gabe und Geste in einem, und was gab es nicht zu gewinnen, nach all der verlorenen Vergangenheit, viel mehr als das; und stand er nun nicht schon viel stärker da, jetzt, wo er nicht mehr für sich allein kämpfte, sondern für Theo mit, um dessen Zukunft zu sichern; ihm selbst hätte das gemachte Angebot genügt... Nach dem früheren Verlust erhob sich in ihm nun die Hoffnung auf Wiederherstellung – abermals ein langer Mann, der freilich nicht Kälte verströmte, sondern ihn im Gegenteil davor bewahrte, ein ruhiger, riesiger Mann, der eine Fahne mit einer Zahl aufrichtete auf einer just entdeckten Insel irgendwo im Ozean seiner Seele...

»Fünfundzwanzig, Herr Vedder! So antworten Sie doch!«

Entrückt brachte Vedder seinen Blick auf Ebert zurück, der kerzengerade in seinem Sessel saß. »Fünfzig«, sagte er schlicht, und er schien den Betrag nicht zu fordern, sondern anzubieten, wie einer Braut das Jawort.

Ebert hatte sich mit einem tiefen Seufzen zurücksinken lassen und drängte nicht länger. Nach einigen Sekunden zog er einen Umschlag aus der Brusttasche und beugte sich damit weit über den Tisch. »Herr Vedder«, sprach er sachlich und vertraulich zugleich, »Hier habe ich einen Wechsel, in Höhe von ein paar tausend Gulden und per heute bei jeder Bank gültig. Wie Sie auch über mich denken mögen, ich habe ein Gewissen, und der Gedanke, Sie in der Gewalt von Abriß und Neubau zurückzulassen, ist mir unerträglich – weil ich weiß, wie es sein wird. Nehmen Sie doch wenigstens dieses Papier, betrachten Sie es als Vorschuß auf die Kaufsumme, über die wir uns später schon noch einigen werden, und ziehen Sie woanders hin, in ein Hotel oder eine Pension: Glauben Sie mir, die Zeit ist abgelaufen!«

Aber Vedder fühlte sich nun viel zu stark, um noch etwas annehmen zu können. Die abgebrochene Schachpartie zwischen ihm und Ebert, die nach der Wiederaufnahme durch Wiederholung von Zügen fast ein Remis geworden war, hatte ein völlig neue Wendung genommen, obwohl keine Figur versetzt war: Ein weiterer Spieler war ans Brett gekommen, einer, der um einen anderen Einsatz spielte!

»Kein Vorschuß«, wehrte er frohgemut ab, »wer sagt denn, daß ich verkaufen werde?«

Ohne ein weiteres Wort war Ebert aufgestanden. Vedder folgte ihm zur Tür, wollte öffnen, bekam dann aber, zum ersten Mal in all der Zeit, eine Visitenkarte zugesteckt. Unter dem Namen las er im Schein der Schaufensterlampe: »p. A. Notar RA J. L. H. Biederlack, Herengracht 58, Büroadresse«. Eindringlich bat ihn Ebert, solle er es sich, wegen des Wechsels oder wegen der Kaufsumme, doch anders überlegen, schleunigst über diesen Freund Verbindung aufzunehmen, aber noch ehe er ausgesprochen hatte, schüttelte Vedder erneut lächelnd den Kopf.

»Das wird nicht passieren«, wehrte er auch dieses wieder ab, »ich erwarte, den Herrn Henkenhaf in persona in Kürze hier zu sehen… Übrigens, werden Sie jetzt wieder ein Protokoll für ihn erstellen, damit er den Verlauf unserer Verhandlung genau verfolgen kann? Sie erstellen doch von all unseren Besprechungen ein Protokoll für ihn? E. Nigma hat es mir erzählt… Eigentlich ist Henkenhaf ständig dabeigewesen, aber erst hinterher, beim Lesen… und auch jetzt ist er wieder dabei, denn alles, was ich Ihnen sage, bekommt er zu hören… Ja, vergessen Sie vor allem nicht aufzunehmen: Vedder geht es ausgezeichnet… es ist nicht nur wegen ihm allein, daß er an den fünfzig festhält…«

Es gab nichts mehr zu sagen, dennoch blieb Ebert noch stehen, zaudernd, als wolle er nicht gehen. Mit glänzenden Augen starrte Vedder an ihm vorbei nach draußen. Es war nahezu dunkel. Ein eiliger Schreiber lief vorbei, ein wenig weiter badete der Schornstein des Ozeandampfers jetzt wie eine riesige Reklamesäule in einem Meer von Licht.

»Ich sehe, daß Sie sich noch mit meiner Geige beschäftigen?« fragte Ebert plötzlich, merkwürdig munter, mit einem Nicken seitwärts zum Schaufenster. »Mit all den Klemmen macht es den Eindruck, als hätten Sie sie ganz aufgemacht…

Wenn ich Ihnen, ungewollt, eine zu vertrackte Pusselarbeit aufgehalst habe, kann ich sie auch gleich mitnehmen… Die Rechnung schicken Sie an Biederlack…«

Nach einem kurzen Moment der Ablenkung wehrte Vetter auch diesen Vorschlag ab, noch viel generöser als die anderen vorher: »Nein, nein, das wäre schade! Vielleicht ist das Rauschen jetzt schon abgestellt, das wird sich zeigen, sobald die Klemmen abgenommen werden können, aber ich muß jetzt zumindest nicht mehr blind danach suchen…. Heute früh habe ich festgestellt, daß es im Boden steckt… Richtig, auch hier steht und fällt alles mit der richtigen Lokalisierung!«

Ebert nickte unablässig, als könne er ihm folgen, und streckte ihm schließlich die Hand entgegen. »Es tut mir leid… ich kann nichts mehr für Sie tun.«

DER ABEND zog sich in Stille hin. Kam von Carstens schon nie ein Ton, seit dem Auszug der übrigen Nachbarn kam auch aus der geschlossenen Schenke auf der anderen Seite keinerlei Geräusch mehr. Mit den Händen um einen Becher Tee wartete Vedder auf das Verstreichen der Zeit, innerlich zitternd vor Nervosität wegen allem Vorgefallenen und seinem Verlangen, es mit jemand zu teilen: Theo, wenn er ihn nur nicht endgültig mied; Vetter Chris in Hoogeveen, zumindest, wenn er endlich die Manufaktur-Geige verkaufen und das Geld überbringen könnte.

Es wurde zehn Uhr. Unter der Wärme der Schaufensterlampe sollte der Leim der Syde-Violine nun genügend durchgetrocknet sein, um die Saitenspannung auszuhalten. Vedder ging nach vorn, nahm das Instrument auf und wollte den ersten Spannhaken abnehmen. Da dröhnte ein donnernder Schlag aus der einstigen Schenke, gefolgt von knallenden Absätzen auf der kahlen Treppe nach oben, und danach, irgendwo droben, knallte eine Tür zu, daß seine eigene Tür davon in der Zarge erzitterte. Dann war es wieder einen Moment totenstill.

So langsam sein erster Schreck vorbeiging, so schnell folgte die Fortsetzung. Eine kurze Überprüfung erbrachte, daß es sich nicht um Einbrecher handelte, sondern um einen Trupp Vorverschrotter, übermütige junge Leute, die ihren Kameraden, die morgen anfangen sollten, die Butter vom Brot nehmen wollten. Sie hatten Brecheisen dabei, Bier und ein paar Brenner mit Gasstrümpfen. Wenig später war Nachbar Carstens, völlig außer sich, hereingekommen: »Reißen sie unsere Häuser auch ab? Haben Sie endlich eine Übereinkunft erzielt? Aber warum hat man uns denn nicht informiert?« Der Alte ließ sich nur mit größter Mühe beruhigen, und nur aus Sorge um seine Frau ging er schließlich doch wieder. Wieder allein in der Lutherie, hörte Vedder, wie jetzt jenseits der Wand etwas gewaltsam losgerissen wurde, und obwohl es ihn nicht mehr erschreckte, wirkte es noch lähmender auf seine Nerven als der erste Schlag: Dort wurde etwas sehr gezielt zertrümmert, unersetzlich, unumkehrbar, unfaßbar. Ohne sich noch bewegen zu können, losgelöst im Raum, lauschte er einfach, ganz gebannt, dem Abriß, bis die Erkenntnis, daß es Henkenhafs Leute waren, seine lähmende Erregung in heiße Freude verwandelte: Ja, alles, was da geschah, war Henkenhafs Wille, wie nie zuvor fühlte er nun Henkenhafs Nähe, ihm war, als sei ihm Henkenhaf nun leibhaftig nahe gekommen und ergreife mit den Händen die Außenmauern seines Hauses. Wieder fuhr ein dumpfes Beben durch die Wand, noch stärker, und schaudernd fühlte er die Berührung…

Gegen Viertel vor elf schien sich das Getöse zu legen, und Vedder nahm die geschiente Syde-Violine zur letzten Probe erneut in die Hand. Sollte der Wolf nun wirklich verschwunden sein? Er hatte nicht nur den alten Riß im Boden ausgewaschen und anschließend die beiden Hälften wieder sorgfältig verleimt, er hatte, um die Erfolgsaussicht noch zu vergrößern, vor dem Wiederzusammenbauen der Geige auch noch ein paar winzige Wurmlöcher mit warmem Harz ausgegossen …

Ein Spannhaken nach dem anderen fiel in der plötzlichen Stille mit einem trockenen Klacken auf die Werkbank, routiniert vermochte er selbst im Schein der Schaufensterlampe den Stimmstock zu befestigen, dann konnte er die Saiten aufziehen. Mit der Geige unter dem Kinn und dem Bogen in der Hand holte er tief Luft – aber da brach die Gewalt in der leeren Schenke doch wieder los, und er mußte auf das Zurückkommen der Stille warten: Selbst bei völliger Stille war das Geräusch bisher immer nahezu unhörbar gewesen, und es wäre noch schwerer zu erkennen, falls es jetzt verschwunden war, sei es wegen der neuen Verleimung, sei es wegen der aufgefüllten Wurmlöcher …

Den abwechselnd knirschenden und krachenden Geräuschen nach wurde nun ein Brett aus dem Boden gestemmt, danach gingen die Männer lachend in ein anderes Zimmer, und man hörte keinen Laut mehr. Heftig transpirierend, atemlos und mit bebender Hand ließ Vedder den Bogen sinken, er strich eine Saite an, hörte einen tiefen, reinen Ton, und dann den Wolf. In dem Moment ging die Klingel.

Lethargisch, noch betäubt vor Enttäuschung, blickte Vedder durchs Schaufenster nach draußen. Auf dem Gehsteig stand ein Mann mit einem merkwürdigen Hutmodell in einer gestreiften Weste. Er war schon entdeckt, der Besucher winkte ihm lachend zu: Es war sein amerikanischer Vetter Al.

Die Tür fiel zu, Al kam wie beim ersten Besuch lachend auf ihn zu, und kopflos suchte Vedder einen Platz für die Geige, um die Hände frei zu haben. Auf der Werkbank ging es mit all den Spannhaken nicht, sie mußte wieder neben die Bennemin-Geige in die Auslage. Als er sich dann seinem

Vetter zuwandte, durchströmte ihn ein warmes Glücksgefühl: Er war nicht mehr allein.

Ausgiebig und unter unablässigem, dröhnendem Lachen schüttelte ihm Al die Hand, wobei die Seidenbahnen seiner Weste im Licht der Auslage rot und weiß aufleuchteten.

»Haha! Na, das hatte ich dir doch gesagt, daß ich noch einmal zu Besuch käme?« begann er endlich zu sprechen. »Und... siehe da... Versprochen ist versprochen!«

Diese holländische Redensart, mit einem so starken Akzent, es war entwaffnend, und wieder, wie beim ersten Besuch letztes Jahr, hatte Vedder das Gefühl, als habe Al etwas Seimiges im Mund, eine Auster. Der Unterschied zum Besuch von vorhin war überdeutlich: So sauer, sparsam und scharf Eberts Stimme aus dem kalten Osten klang, so herzlich, salzig und warm klang nun dieser Mann aus dem Westen. Schon wirkte sich die Gesellschaft wohltätig auf Vedders schwache Nerven aus; eine prickelnde Betriebsamkeit bemächtigte sich seiner; er bat, nach hinten durchzugehen, zauberte ein Lachen auf sein Gesicht, bot etwas zu trinken an.

Al hob abwehrend eine Hand, wollte sich erklären, aber jetzt wurde jenseits der Wand wieder mit Gewalt ein Stück Rohr herausgerissen. »Mäuse?« fragte er dann. »My God, big mice... Haha!«

In Vedder brodelten die Worte herauf und verstopften seine Kehle, er wollte vom Abriß und seiner Sache mit dem Victoria erzählen, aber vor Aufregung brachte er keinen Ton mehr heraus. Hin- und hergerissen zwischen dem Wunsch, die Unterhaltung fortsetzen zu wollen, und dem unwiderstehlichen Drang, Al den Artikel von E. Nigma vorzuführen, ihm zu zeigen, wo er darin als einer der *zwei dieser Eigentümer* vorkam und ihm anhand dessen alles zu erklären, wippte er unentschlossen von einem Bein aufs andere, lief dann plötzlich weg nach hinten, aber als er merkte, daß ihm keiner folgte, kehrte er halb in der Werkstatt wieder zu Al um.

»Vielleicht doch ein Bierchen?« drängte er. »Komm, wir setzen uns ins Büro ... ich will dir was zeigen!«

Aber Al hatte keine Zeit, seine Abreise nach Amerika stand bevor, er wollte sich nur kurz verabschieden. »Dort, das ist mein Schiff!« deutete er zu dem beleuchteten Schiffsschornstein hinter dem Bahnhof. Er mußte vor elf Uhr an Bord sein, am nächsten Morgen um sechs war die Abfahrt nach New York.

»Dann schon? Aber das Schiff ist erst heute nachmittag angekommen! Das kann doch nicht sein, es muß Steinkohle geladen werden, Proviant in unvorstellbaren Mengen ... wie kann das alles so schnell gehen?«

»Durch die Bahn!« rief Al strahlend aus. »Den ganzen Abend haben lange Güterzüge direkt neben dem Schiff gehalten, beladen mit Steinkohle aus Deutschland, mit Lebensmitteln aus ganz Europa, Leinzeug, Kerzen und was nicht alles ... und es geht noch die ganze Nacht weiter, sie müssen es nur auf dem Kai abstellen, die Kräne heben dann alles weiter in den Schiffsraum ... einen Abend, eine Nacht, eine Schicht mit hundert Schauerleuten, und natürlich eine gute Vorbereitung – mehr braucht man nicht mehr ... durch den neuen Bahnhof! Excellent location: Wenn man bedenkt, was es kostet, so ein Schiff untätig im Hafen liegen zu lassen ...«

Baff schüttelte Vedder den Kopf: Diese seinen eigenen Vorstellungen völlig entgegengesetzte Auffassung war zu einfach, um nicht wahr zu sein, und unwillkürlich lachte er auf. »Verflixt, du hast recht ... aber darum geht es ja immer, um den richtigen Standort! Jammerschade übrigens, daß wir uns nicht noch ein bißchen unterhalten können ... Du hast deine Arbeit hier in Holland hinter dir? Was arbeitest du eigentlich?«

»Immigrations, emigrations ... es kommt darauf an, von wo aus man es betrachtet: Wenn ich es hier mache, ist es emigrations, in New York ist es wieder immigrations ... aber es ist ein und dasselbe! Haha! Aber jetzt muß ich gehen, mein Gepäck ist schon an Bord!«

Die Lässigkeit in Als Reden, ob es nun um den Bahnhof ging oder um seine Arbeit, das völlige Fehlen jeglichen Verlangens, sich wichtig zu machen oder auch aufzudrängen, die Leichtigkeit, mit der er ihn auf seinem eigenen Gebiet ausgestochen hatte: Immer mehr beeindruckte Vedder die schillernde Figur, die sich schon beim Eintreten wieder verabschiedete. Es mußte fast elf Uhr sein, der Gedanke, in wenigen Minuten wieder allein zu sein, beängstigte ihn plötzlich ungemein, und gehetzt versuchte er die Unterhaltung gegen die Zeit in Gang zu halten: »Aber worin besteht denn genau deine Arbeit? Was hat dich nach Holland getrieben?«

Al öffnete den Mund, mußte aber kurz innehalten, weil erneut ein Dröhnen das Haus erschütterte, nun ferner und gedämpfter, unmöglich zu sagen, woher, vielleicht noch vom Haus hinter Carstens. In der darauffolgenden kurzen Stille hörten sie sekundenlang, ganz nah, *drinnen*, einen dünnen Strahl Kalk auf den Boden rieseln. »Was wir genau machen?« kam nun die unbeirrbare Antwort. »Well, wir helfen Leuten, nach Amerika zu kommen, wenn sie das möchten … auch hier wieder, der richtige Standort … haha! Aber jetzt muß ich wirklich gehen … Supper at eleven!«

In der Schenke machte man sich mit verdoppelter Kraft daran, den Fußboden aufzustemmen. Dennoch gelang es Vedder, Al durch fieberhaftes Weiterfragen noch zu ein paar Informationen zu bewegen, über die amerikanische Agentur, die ihn geschickt hatte, eine Art Maklergeschäft für Auswanderer, wie es schien: Die meist mittellosen Menschen verfügten nicht über eigene Quellen zur Bezahlung der Überfahrt, sondern könnten, falls sie, unterstützt von irgendwem, doch dorthin kämen, dann in Amerika genug verdienen, um dem Geldgeber den vorgeschossenen Betrag mit gutem Zins zurückzuzahlen, etwa fünfhundert Gulden pro Familie.

»Diese beiden Parteien zu suchen und in Verbindung zu bringen, das ist meine Arbeit«, schloß Al, »... allgemeine Zufriedenheit! Haha! Hier, meine Karte! Willst du sie? Nicht mehr nötig!«

Zum zweiten Mal an diesem Tag nahm Vedder eine Visitenkarte entgegen, und zu seinem Erstaunen las er, daß auch Al Notar Biederlacks Büro an der Herengracht unter seinem Namen stehen hatte. Er schluckte, während sein Kopf zu glühen begann, wollte etwas sagen, aber ihm wurde bereits eine Hand entgegengestreckt.

»Leb wohl«, sagte Al, nun beinahe betrübt. Dann, während der Krach jenseits der Wand noch ohrenbetäubender wurde, brach ein neues, mehr verhaltenes Lachen auf seinem Gesicht durch, und er begann tadelnd mit dem Zeigefinger vor seinem Kopf zu wackeln. »Aber das mit den Mäusen glaube ich wirklich nicht mehr ... ich glaube, du hast Kinder ... Haha!«

Vedder lachte unwillkürlich mit, konnte endlich herausbringen, es handle sich um Bauarbeiter, und wollte noch in aller Eile E. Nigmas Artikel vorzeigen, aber Al drehte sich schon unversehens zur Auslage, plötzlich ganz ernst, als habe er etwas vergessen.

»Bitte eine Geige«, sagte er. Seine Hand bewegte sich zweifelnd hin und her, dann deutete er auf die Syde-Violine.

»Das geht nicht«, sagte Vedder.

»Dann nehme ich diese«, beschloß Al und hob die Bennemin-Geige am Hals hoch. »Was kostet sie?«

»Hundert Gulden ...«

»Ich habe nur noch Dollars, hier ... hundert Dollar ... auch in Ordnung? Das will ich meinen! Haha!«

Verdattert starrte Vedder auf das Bündel Geldscheine in seiner Hand, deren Wert den Verhandlungspreis bestimmt dreimal übertraf. Ihm wurde auf die Schulter geklopft, er blickte wieder auf und sah gerade noch Al, winkend, rückwärts aus dem Laden treten und dann kehrtmachen. Da brach sich eine letzte Frage in ihm Bahn.

»Warte, Al, noch eine Frage!« rief er ihm vom Eingang her aufgewühlt nach. »Warum hast du mir gesagt, daß du im American Hotel wohnst? Ich habe dort nach dir gesucht, aber du warst nicht gemeldet …!«

Schon auf der anderen Straßenseite, drehte sich Al noch einmal zu ihm um. »Aber sicher!« rief er lachend, »… nur nicht unter meinem Namen!«

»Also … also bist du auch Pseudonymist?«

Vedder wußte nicht, ob er die Frage noch gerufen oder nur gedacht hatte, in höchster Verwirrung sah er, wie Al die Geige, ohne Kasten oder Bogen, zum Abschied noch flüchtig zu ihm hochschwenkte, unbegreiflich lakonisch, dann drehte er sich wieder um, diesmal endgültig; mit wehenden Rockschößen verschwand er hinter dem Limonadenausschank im Dunkel, und schlagartig war es, als sei er nie dagewesen. Dennoch ragte das Schornsteinrohr des Ozeandampfers noch grell angestrahlt über dem Bahnhof empor.

Irgendwo begann eine Turmuhr zu schlagen. Regungslos stand Vedder noch in der Tür. Mit jedem Schlag versank er tiefer in seine Einsamkeit, wie er sich auch an die Dollars und die Visitenkarte klammerte. Dann endlich konnte er weinen, alles trübte sich von alten und neuen Tränen, aber als sich sein Mund bebend öffnete, hörte plötzlich das Heulen auf, und die Geldscheine wurden wieder hell und grün: Die Bennemin-Geige war verkauft, er konnte Anijs einen Brief schreiben, das Geld bringen, ihm alles erzählen …

KAPITEL 15

Den können wir erlösen

Aus Amsterdam war ein Brief gekommen; die Bennemin-Geige war für hundert Dollar an den amerikanischen Vetter verkauft; Vedder würde nächsten Sonntag das Geld bringen. Seit der wunderbaren Niederkunft waren inzwischen anderthalb Wochen vergangen. Niemand hatte Anijs noch etwas gefragt, nichts war bisher in die Ortschaft durchgesickert, die erbetene Geheimhaltung wurde strikt gewahrt, in erster Linie von den Feldlern, die dabeigewesen waren, dann von anderen, denen der Hergang von anderen bezeugt wurde, und schließlich auch seinerseits, denn als er Martha berichtete, hielt ihn etwas zurück, auch von seiner Punktion Johannas zu erzählen.

So festigte sich mit jedem Tag das Schweigen, verbreitete sich über das ganze Feld, ohne sich aufzulösen, und wurde allmählich zu einer spiegelbildlichen Parole, einem Zeichen des Bundes zwischen ihm und dem Volk – aber gründete sich nicht jeder Bund auf ein Versprechen, dem Versprechen gegenseitiger Zuwendung, Hingabe und Hilfe? Dasselbe Schweigen, an dem er sich schon seit zehn Tagen ergötzte, beklemmte ihn plötzlich unbändig, die stille Parole war zum noch stilleren Appell geworden, das Volk schwieg nicht, es wartete… Worauf? Er hatte doch nicht wirklich von einem Auszug gesprochen und auch keine unerfüllbaren Versprechungen gemacht, wie es ihm Pottinga schon früher einmal vorgeworfen hatte?

Ruhelos überdachte er seine Rede nach der »Allgemeinen Behandlung«, allerdings ohne sich an irgendeine konkrete Zusage erinnern zu können, nur an seinen guten Willen, die Menschen aus der Falle herauszuholen, nicht durch Wegführen, sondern einfach durch eine Verbesserung der Lebensbedingungen dort durch neue Arbeit – dann steckte man doch eigentlich auch nicht mehr in der Falle, und so hatte er es Bennemin doch auch klar erklärt? Oder war er nach der Niederkunft Johannas doch noch weitergegangen? Seine Stirn schwoll an, mit geschlossenen Augen versetze er sich zurück in die Entbindungsnacht, aber die war ihm schon zu einem tiefen, dunklen Traumbild geworden, aus dem nichts mehr aufklang als ein Nachhall, wortlos, nicht mehr auf das Gesagte zurückführbar, aber als dessen Echo dennoch von unverkennbarer Realität – nein, je mehr er sich das Hirn zermarterte, um so weniger konnte er sich noch das Versprechen verhehlen, das sich für die Feldler unwillkürlich mit seinem Namen verband, ausgesprochen oder auch unausgesprochen. Ganz klar sah er nun auch wieder den Anblick Johannas vor sich, wie sie nach der Totgeburt zurückblieb, während sich einer nach dem anderen mit ihrem Bildnis davonmachte. So still, so völlig ausgelaugt lag sie unter dem Laken, sie schien glücklich, daß sie nie mehr etwas sagen mußte …

DAS PHOTO DES FELDVOLKS prangte inzwischen vergrößert und verstärkt im Schaufenster des »Einhorn«. Anijs hörte es von einem Patienten, ausgerechnet, als die ganze Wartebank voll saß. Er fühlte einen Stich mitten durchs Herz, dennoch gelang ihm ein Lächeln, und er erlaubte sich dann, laut genug für alle Ohren, die Bemerkung, daß es nicht dieser Apotheker sei, der sich am meisten für das Cabaret eingesetzt hatte, der sich aber nun doch offenbar mit den Federn schmücke. Mit aller Macht bezwang er sich, hinzugehen und nachzusehen, aber nach ein paar Tagen war es nicht mehr nötig: Ein Junge vom Kreuz brachte einen in Papier gewickelten Gegenstand; Anijs packte ihn aus; es war das vergrößerte Photo, mit den Komplimenten Halinks anbei: »Für den, der es möglich gemacht hat«.

Als der Knabe mit einer Lakritze weggeschickt war, war weiter niemand mehr in der Apotheke, ertönte kein Laut außer dem Klappern von Marthas Stricknadeln im Kabinett. Ohne sie erst einzuweihen, setzte sich Anijs mit dem Photo auf dem Schoß, eine heiße Flut ergoß sich in ihm, und völlig von Halinks Zeilen erfüllt, heftete er seinen Blick auf die Feldgänger, wie sie in dem großen Zelt posierten, während draußen sein Feuerwerk im Platzregen erlosch. Alle blickten starr geradeaus zum Photoapparat, um sich während der gesamten Belichtungszeit nur nicht zu bewegen, aber die heruntergezogenen Mundwinkel verrieten doch deutlich genug die allgemeine Anspannung. Nur Klein Pet neben Bennemin in der Mitte hatte keinen Mund, der etwas erzählte – ein Weilchen verlor er sich noch in dem Photo, dann traf ihn auch, wie geschmackvoll Halink es ihm hatte zukommen lassen: in ein rund ausgeschnittenes Passepartout gefaßt, um dem Auge den unscharfen Verlauf in den Ecken zu entziehen, mit einem Kartonboden und vier Lättchen rundum, so daß das Ganze wie *gerahmt* wirkte ...

Mit diesem Wort verfiel Anijs in eine andere Stimmung. Schnell und scheu auf einmal, blickte er um sich; auch draußen war niemand: Was, wenn er nun, vielleicht der Wohltätigkeit zu Ehren, das Photo an die Wand hängte, anstelle seines Brandmeisterzeugnisses, das dort ja gar nicht hingehörte und gleichsam ständig die Frage nach dem Verbleib seines Apothekerzeugnisses provozierte? Kein Mensch würde es sehen oder den Unterschied bemerken, letztes Mal hatte er es doch auch so gemacht?

Er stellte das Photo neben sich, stand lautlos auf und

streckte die Hände nach dem beanstandeten Zeugnis aus. Genau da schellte es an der Tür, und Bürgermeister Pottinga trat mit viel Trara ein; wie angenagelt warf ihm Anijs über die Schulter einen Blick zu.

»Bester Anijs, ich muß Ihnen noch zu dem VfV-Fest auf dem Feld gratulieren, ich habe gehört, daß es ein großer Erfolg war!« begann Pottinga aufgeräumt, sah aber dann Halinks Photo auf dem Boden stehen und runzelte die Stirn. »Welch ein Zufall, da steht ja das Photo, das unser guter Halink zur Steigerung der Festfreude gemacht hat... Sehe ich recht, daß Sie es gerade aufhängen und damit Ihr eigenes Apothekerzeugnis ersetzen wollten? Bravo! Aber warten Sie... das ist kein Apothekerzeugnis... das ist ein Feuerwehrzeugnis! Ha! Nun, was macht es schon aus? Die Spritzmeister werden es bestimmt mit Vergnügen hier an der Wand haben hängen sehen, und jetzt sind wieder die Feldler an der Reihe, oder irre ich mich? Aber übertreiben Sie nicht Ihre Fürsorge jenen gegenüber ein wenig... ich höre, daß Sie kürzlich einmal nachts dort waren... Was damals genau vorgefallen ist, weiß ich nicht, aber Sie scheinen Amshoffs Kittel getragen und etwas in dem Sinne geäußert zu haben, ›sprecht mit keinem darüber‹ und ›in aller Stille arbeite ich für euch weiter‹... Das sind doch eigenartige Berichte, Herr Anijs! Aber hüten Sie sich, falsche Erwartungen zu wecken, dann bleiben wir weiterhin gute Freunde!«

Anijs fühlte seinen Kopf glühen, aber noch bevor er antworten konnte, lüftete Pottinga den Hut, und die Tür fiel wieder klingelnd zu. Also war es doch durchgesickert... aber nicht zuviel! Schlimmer war, daß ihn Pottinga mit seinem Brandmeisterzeugnis erwischt hatte! Bebend vor Beschämung, nahm er es nachträglich vom Haken, lehnte es an die Wand, griff nach dem Photo daneben und fühlte dann, daß er beobachtet wurde. Mit den Händen den Holzrand umklammernd, richtete er sich langsam auf. In der Tür zum

Kabinett stand Martha, schweigend, groß und streng, mit verschränkten Armen.

»Sieh nur... ein Geschenk von Halink!« gibbelte er, während er das Photo mit dem Bild zu ihr hindrehte.

Ganz kurz ließ Martha ihren Blick sinken, dann sah sie ihn wieder unbewegt an.

»Halink hat es mir geschickt, schon eingerahmt... er bemüht sich, vielleicht möchte er auch zu Besuch kommen... und, na ja, dann wäre es natürlich nett... also deshalb habe ich gedacht...«

Martha kniff die Augen ein wenig zusammen und schüttelte kaum sichtbar den Kopf. »Chris, was ist los?« fragte sie endlich.

Noch stärker errötend brach Anijs über das Feld los, über die elenden Bedingungen dort und den immer weiteren Rückgang des Torfs, auch nächstes Jahr wieder...

»Jaja, sehr schön, aber das meine ich nicht«, fiel ihm Martha einfach ins Wort. »Ich wüßte gern, was diese Sätze von Pottinga zu bedeuten haben: ›In aller Stille arbeite ich für euch weiter‹ und ›sagt keinem etwas davon‹... hast du das wirklich zu den Leuten gesagt, Chris? Und woran arbeitest du denn?«

Seine Kehle war zugeschnürt, seine Stimme tröpfelte dünn und zittrig wie ein Rinnsal Wasser aus einem verstopften Hahn. »Nun, ich habe doch an die ›Noordsche Schut‹ geschrieben, wegen einer neuen Steinfabrik auf dem Feld.«

»Aber warum darf keiner darüber reden?«

Kurz verschlug es ihm die Sprache, dann wurde der innere Druck zu groß, und der Propf schoß in einer Flut von Worten heraus: »Sie wollen nicht, daß ich mich ihrer erbarme... Pottinga, Amshoff, Pastor Festenhout!«

»Aber du kannst doch eigentlich auch nichts für diese Leute tun!« sagte Martha. »Wir haben nicht einmal für uns eine Lebensversicherung! Fürsorge ist gut, aber übertreibst du es nicht, jetzt wieder mit dem Photo? Weckst du so nicht tatsächlich falsche Erwartungen? Oder hast du den Leuten etwa schon etwas versprochen? Und dann Amshoffs Kittel, wie kommst du eigentlich dazu?«

»Aus dem Korremorre … Amshoff kommt nie dorthin!«

»Nun, wie auch immer, ich will nicht, daß du ihn noch einmal trägst, auch nicht für diese Leute! Es ist lächerlich, ein Apotheker in einem Arztkittel …«

»Aber ich habe doch Johanna bei der Geburt geholfen!« wehrte sich Anijs im gekränkten Ton dessen, der den Tränen nahe ist.

»Ach was … vielleicht eine Tablette gegeben, einen Trank verschrieben …«

Anijs beherrschte sich nicht mehr; so heftig seine Tränen in ihm aufstiegen, so unaufhaltbar wurde sein Verlangen, alles zu gestehen, was er bisher verschwiegen hatte. »Nein, mehr … mehr …«

Martha sprach nicht gleich weiter; forschend sah sie ihm direkt in die Augen. »Mehr?« wiederholte sie endlich. »Chris, was ist in dieser Nacht genau vorgefallen? Was hast du denn noch mehr getan?«

»Eine Punktierung …«

Noch länger dauerte die Stille als davor, bevor erneut der Hammerschlag der Wiederholung fiel: »Eine Punktierung. Und womit hast du die Punktierung ausgeführt?«

»Mit einem Operationsmesser … mit Bennemins Beschneidungsmesser!«

Es war das Detail, das überzeugte, den Hohn erstickte, Marthas Gesicht erstarren und sie nun völlig verstummen ließ.

»Es war nur eine kleine Punktierung … um den Druck zu vermindern!« fuhr Anijs gehetzt fort. »Ich mußte etwas tun, sonst wäre sie vielleicht gestorben … Der Bauch! Die Wehen …!«

»Chris … hast du Johanna in den Bauch gestochen?« Langsam, während sie das Unglaubliche begriff, schüttelte Martha den Kopf, legte dann die Hände um die Nase und begann laut zu schniefen. »Mein Gott, es ist wahr, oder?« brachte sie keuchend heraus. » Du hast sie in den Bauch gestochen … daraufhin ist das Kind tot zur Welt gekommen … und ist dann gleich begraben worden … ohne Leichenschau, ohne, daß ein Arzt dabeigewesen wäre … oder nein: Die Leute denken, daß du einer bist. Es war das erste Wort, das Klein Pet ausstieß, als er in der Nacht hier hereinstürzte! Aber jetzt verstehe ich auch, warum sie nichts von dir sagen dürfen … Wenn das Amshoff zu Ohren kommt … das gibt eine Autopsie, eine Obduktion, was sage ich: der Disziplinarrat … Was, glaubst du, passiert mit deiner Zulassung, wenn sie die Narbe auf Johannas Bauch gefunden haben? Chris, was hast du um Himmels willen getan?«

Anijs konnte nichts mehr sagen, nicht mehr schlucken, und während ihm die Tränen in die Augen schossen, sah er gerade noch, wie Martha höhnisch kehrtmachte und die Tür mit Macht hinter sich zuzog.

In der Apotheke hörte man keinerlei Geräusch mehr. Noch immer hielt er das Photo in den Händen, umklammerten seine Finger den Rahmen, als könne er sich nur mit diesem Schild noch weiterer Hammerschläge erwehren, nur mit diesem Spiegel noch die heraufbeschworene Vision des Untergangs zurückweisen.

AUCH IN DEN NÄCHSTEN TAGEN hielt sich Martha weiterhin von ihm fern. Jeden Abend las sie im Lieblingsbuch ihres verstorbenen, angebeteten Vaters, während sich Anijs, wohl fühlend, daß sie ihn kaum noch ertragen konnte, rezeptierend ins Labor zurückzog. Als er einmal dabei war, Eutersalbe zu bereiten, meinte er, sie würde inzwischen gewählter sprechen: Ein Versuch, so wieder bei ihrer besseren Abstammung und Vergangenheit Anschluß zu finden wie zu der Zeit, als alle Chemie am Ort noch bei der »Zwölf Apostel« lag und der Apotheker zu den vornehmsten Bürgern zählte? Die Mischung auf dem Gaskocher rauchte, und routiniert fügte er zuletzt noch einen Hauch Zinksulfat hinzu – aber warum nur, außer, daß es so sein *mußte*? Er wußte es nicht mehr; seine Kenntnis war Kunde geworden, seine Kunst eine Fertigkeit.

Reglos lauschte er dem Regen. Ihn fröstelte, er drückte seine Kalotte fester auf den Kopf und fragte sich, ob Halink seinen Dankesbrief für das Photo, mit einer erneuten Einladung, einmal zu Besuch zu kommen, wohl beantworten würde. Martha fände es sicher wunderbar und würde aufleben, aber die Möglichkeit erschien ihm plötzlich nicht mehr allzu wahrscheinlich. Sekundenlang starrte er noch in die Finsternis hinter dem Fenster, dann schloß er die Augen. Gedämpft trommelten die Regentropfen aufs Blätterdach, das die Akazie auf dem Flachdach aufgehäuft hatte, es war Spätherbst. Gerade wollte er sich der Wehmut hingeben, als ein allmählich anschwellender Gedanke in seinem Hirn wieder das Licht entfachte: Halinks Geschenk... der muntere Besuch Pottingas soeben, als er damit beschäftigt war... konnte es nicht sein, daß die beiden womöglich sehr wohl wußten, daß er vergangenes Jahr sein Apothekerzeugnis beseitigt hatte, indem er statt dessen heimlich sein Brandmeisterzeugnis aufgehängt hatte... daß sie sich regelmäßig darüber lustig machten... nun spaßeshalber einmal hatten ausprobieren wollen, ob er dieses quasi-gerahmte Photo annähme, um so das doch sehr deplazierte Brandmeisterzeugnis wieder loszuwerden... mit demselben Wechseltrick, mit dem er zuvor sein Apothekerzeugnis auf die Seite geschafft hatte? Aber dann war Pottingas Kommen kein Zufall gewesen!

Während sein Herz aussetzte, stellte sich Anijs vor, wie der Mann sich anschließend über den Uferweg zu Halink gesputet hatte, gebeugt, ohne auf- oder sich umzusehen, gelegentlich prustend, kaum imstande, das inwendig wütende Gelächter bis ins Photostudio zurückzuhalten… *Ja, er hat es gemacht… es hängt!* Das Gelächter der Herren mußte ohrenbetäubend gewesen sein, aber das Photo konnte er nun nicht mehr abnehmen… nicht, nachdem ihn Pottinga damit gesehen hatte!

Verbittert verbrachte Anijs auch den nächsten Abend wieder verbissen rezeptierend im Labor. Den ganzen Nachmittag war er auf Visite gewesen; in der stillen Apotheke hielt es ihn nicht mehr; er selbst war auch still geworden, keine Scherze mehr, kein Latinisieren – seinen üblichen, gemütlichen Schwung: Er hatte ihn verloren. Es war der Vorabend von Vedders Besuch, aber wie sollte er ablaufen? Wie sehr er sich gerade jetzt nach Freundschaft sehnte, in seinem Zustand fühlte er sich dazu nicht mehr in der Lage. Plötzlich klopfte es; scheu reichte ihm die Magd einen Brief.

»Jetzt noch… so spät?« fragte er.

»Er ist schon heute mittag gekommen… aber ich hatte es vergessen!«

Wieder allein, riß er den Umschlag auf. Es war die Antwort der »Noordsche Schut«. Ohne Umschweife teilte der Direktor mit, daß die Fabrik in Nöten sei und der Vorschlag völlig undenkbar: »Unser Backstein, aus Lehm statt Ton gefertigt, war schon immer von schlechterer Qualität; und nun wollen Sie, daß wir Torf brennen?«

Trocken schluckend blickte er hin zur spiegelnden Schwärze des Fensters. Morgen kam Vedder. Er sah dem Tag mit Schrecken entgegen, aber tausendmal mehr noch bedrückte ihn der Gedanke, daß er danach zum Feld mußte, mit den Dollars, und nichts weiter…

VEDDER HATTE GESCHRIEBEN, er brauche nicht vom Bahnhof abgeholt zu werden. Aus Freundschaft hatte Anijs es dennoch tun wollen, aber die Laune, mit der Martha aufgestanden war, nahm ihm die letzte Kraft: Noch gestern abend hatte sie nach dem Brief gefragt, den die Magd plötzlich gefunden hatte; auf seine Auskunft hatte sie nicht mehr geantwortet, nur noch schnaubend eine Seite umgeblättert.

Zur gewohnten Stille, die sich über die Apotheke gesenkt hatte, kam nun noch die Sonntagsruhe. Breitbeinig stand er hinter der Haustür, während Martha in der Küche scharf Anweisungen erteilte und die Magd ab und zu mit einer Schüssel hinter ihm vorbei zum Eßzimmer lief.

Schlag halb zwei sah er ihn kommen, mit Melone, Zigarre im Mund, ganz in Schwarz, genau wie beim ersten Mal. Von jenseits des Wassers winkte ihm Vedder schon zu, lachend bog er auf die kleine Brücke ab, blieb aber in der Mitte jählings stehen, deutete nach links zum Kreuz, danach mit einer Geste, als streichle er über einen Kopf, die Brauen fragend hochgezogen, worauf er sich mit einem noch breiteren Lachen wieder in Bewegung setzte, die Zähne weiß im dunklen Bart, die Augen funkelnd im feuerroten Gesicht.

Tat schon das Zurücklachen Anijs weh, das Raten nach dem Sinn der ganzen Gebärden schien seinen Schädel zu sprengen. Plötzlich, während das Stampfen über die Bohlen lauter wurde, begriff er: Vedder hatte auf die Stelle gezeigt, wo seiner Ansicht nach eine weitere Brücke hinmußte, sie anschließend dargestellt und dann gefragt, warum es sie noch nicht gab – sie hatten ja letztes Mal darüber gesprochen, Vedder spielte nur auf die alte Freundschaft an!

»Er ist da!« rief er über die Schulter, öffnete dann die Tür und wurde (wieder, auch wieder wie damals!) in ein aufragendes Schwarz aufgenommen. Nach der Umarmung hielt ihn Vedder noch mit ausgestreckten Armen an den Schultern fest.

»Wo ist denn die Brücke?« dröhnte er. »Du hast doch im Gemeinderat gesessen? Du mußt ihnen im Nacken sitzen, wirklich, der Verwaltung! Haha!«

Wie ein dürrer Baum stand Anijs im Sturm von Vedders ausgelassener Laune. Zäh kam ihm die Frage nach dem Victoria Hotel wieder in den Kopf; es konnte nicht anders sein, als daß bedeutende Fortschritte gemacht waren, aber wenn die gleich zur Sprache kämen, hätte er dem seinerseits nichts entgegenzusetzen, seine Äste waren leer, sein Stamm war hohl. Als kurz darauf auch Martha den Besuch willkommen geheißen hatte, ging er ihm steifbeinig zum Speisezimmer voran: Die Wärme der Berührung war bereits von ihm gewichen, er konnte die Freundschaft nicht mehr erwidern.

Es war befremdlich zu sehen, wie reich der Tisch trotz aller ehelichen Vorbehalte doch wieder gedeckt war, mit einer Flasche Wein, polierten Gläsern, gefalteten Servietten und dem großen Wasserfilter in der Mitte. Sie nahmen dieselben Plätze ein wie letztes Mal; die Magd brachte die Kartoffeln und das Fleisch; mit großartiger Geste legte Vedder einen Stapel grüner Banknoten auf den Tisch.

»Hundert Dollar... von unserem Vetter Al!« strahlte er. »Ein sehr netter Kerl, aber wirklich, eine echte Type... Wie er an seinem letzten Abend die Geige gekauft hat, ganz nebenbei, ohne Kasten oder sonstwas... ich glaube, er kann nicht einmal spielen! Und dann trotzdem noch hundert Dollar bezahlen... Die Verhandlungsbasis war hundert Gulden, aber er hatte keine mehr, war schon auf dem Weg nach Amerika! Um so besser, denn was wir jetzt haben, beläuft sich sicher auf das Drei- oder Vierfache der geforderten Summe! Nein, der Mann ist wirklich reich, für ihn ist das eins, er hat ein Jahr lang im American Hotel gewohnt! Aber seine Geschäfte hat er über die Adresse eines Notarbüros geführt! Warte, sieh nur...«

Wie aufgeregt Vedder auch sprach und wie eifrig er nun auch wieder in seinen Taschen wühlte, das alles drang nur wie durch Watte zu Anijs durch. Über seinen Teller gebeugt starrte er auf das Geld, bis ihm plötzlich das anhaltende Schweigen auffiel. »Was für Geschäfte sind das denn?« brachte er mühsam heraus.

Endlich hatte Vedder Als Visitenkare gefunden, er zeigte sie und drückte sie dann fest mit dem Daumen auf die Dollars. »Welche Geschäfte das sind?« grinste er, während er sich den Schweiß von der Stirn wischte.

Ergeben hörte Anijs den Bericht über die Agentur an. Er schenkte ein, ließ dann den Blick wieder auf den Dollars ruhen.

»Etwas in der Art, nun ja, ist doch egal!« schloß Vedder seine Erläuterung. »Am wichtigsten ist, daß die Geige verkauft ist. Es hat zwar ein bißchen gedauert, aber jetzt kannst du das Geld doch hinbringen! Leben die Leute übrigens immer noch dort in dem Moor?«

Auch ohne sie anzusehen, fühlte Anijs Marthas kühlen Blick zugleich mit der Hitze, die Vedder ausstrahlte. Ihn fröstelte, er hüstelte und konnte wegen seiner zugeschnürten Kehle nur noch nicken.

»Fürchterlich ...!« Bewegt schüttelte Vedder den Kopf. »Man liest immer öfter über die erbärmlichen Bedingungen hier in den Drenther Torfgebieten, und das Elend wird nur noch größer ... der Torf geht ganz zu Ende ... Aber die Obrigkeit bleibt untätig! Gerade weil der Liberalismus von links durch den Sozialismus und von rechts durch den Konservatismus bedroht wird, ist Interventionismus mehr denn je geboten! Erinnerst du dich, daß wir darüber gesprochen haben? Die soziale Frage!«

So tief hing Anijs nun über seinem Teller, daß er erst in letzter Sekunde den schwarzen Schatten bemerkte, der auf ihn gefallen war. Die Stimme, die weiter in sein Ohr sprach, klang jetzt leiser, verschleiert.

»Übrigens, Vetter, apropos Verhandlungspreise, das war ein guter Rat von dir … Ich habe ihn befolgt …«

»Rat?«

Aus nächster Nähe sah ihn Vedder an, strahlend, voll flimmernden Einvernehmens, mit Augenbrauen, die ständig bedeutungsvoll nach oben zuckten. »Selbst keinen Betrag zu nennen, ein Angebot abwarten, es verdoppeln … Verhandlungspreis! Fällt es dir wieder ein? Eigentlich ganz einfach … sie kamen mit zwanzig … Zweimal zwanzig ist vierzig … nach oben aufgerundet fünfzig!«

Es dauerte einen Herzschlag, bis Anijs begriff, wovon die Rede war, daß Vedder zum Verkauf seines Hauses an das Victoria Hotel übergegangen war und von Tausendern sprach. Es war das erste Mal, daß der Verhandlungspreis genannt wurde, und dessen astronomische Höhe verblüffte ihn bis zum Erschrecken. »Mein Gott, Walter … fünfzigtausend Gulden? Wollen sie das denn bezahlen?«

Gemächlich, befriedigt und gewichtig lehnte sich Vedder wieder zurück, und dabei brach nun das unterdrückte Lachen frei auf seinen Lippen hervor. »Wollen weiß ich nicht … aber müssen sie wohl!«

Im prompt wiedergefundenen vollen Volumen, gehetzt, aber zugleich auch mit der fehlerfreien Regelmäßigkeit einer bereits unzählige Male abgespielten Musikdose, gab Vedder die Einzelheiten zum Stand der Dinge wieder: Um seine Sache stand es besser denn je; alle anderen Häuser waren inzwischen angekauft und so gut wie abgerissen; der ganze Block stand jetzt hinter Bauzäunen, außer seinem eigenen und dem Nachbarhaus; der Baubeginn stand bevor, jetzt konnten sie nicht mehr ohne ihn …

»Ja, schon, nein, aber trotzdem, Walter … fünfzigtausend Gulden!«

»Warum nicht? Es ist das Victoria-Projekt, das den Wert meines Hauses unvorstellbar vermehrt hat, also werden sie die Folgen akzeptieren müssen. Sonst verkaufe ich doch nicht? Es ist ihr Problem, sie haben schon ein Vermögen für die Lage ausgegeben, die einzelnen Bauteile sind längst ausgeschrieben und hergestellt, in gewissem Sinne existiert das Hotel schon! Aber in anderer Hinsicht existiert es ebenfalls schon ... in Koblenz! Einen Augenblick!«

Während Vedder erneut seine Kleider abtastete, wechselte Anijs einen heimlichen Blick mit Martha. Auch sie schien den Betrag nicht fassen zu können.

»Sieh nur, da ist es schon!« Vedder holte eine Zeitungsseite aus seiner Innentasche und entfaltete sie auf dem Tisch. In ihr steckte ein weiteres Papier. »Das ist die Vollmacht ... auch ein Rat von dir, den ich befolgt habe ... wollte ich doch kurz zeigen ... aber es geht um dies hier, lies nur ... ›Imitation Hotel in Koblenz‹ ... Haha! Unechtheit, das ist der Fluch unserer Tage! Und hier, das mußt du lesen: ›Zwei dieser Eigentümer halten noch stand‹ ... das bin ich! Ha! Du hättest Eberts Gesicht sehen müssen! Weißt du übrigens, daß er dieselbe Geschäftsadresse hat wie Al? Wieder dieser Notar Biederlack an der Herengracht, ein vornehmer Herr ohne jeden Zweifel, warte, wo habe ich nur die Karte ...«

Unruhig, als scheuche er vier Wespen zugleich von sich, suchte er von neuem. Anijs zweifelte nicht mehr, daß die ganze Aufregung tatsächlich nicht dem Verkauf der Geige, sondern ausschließlich dem Victoria geschuldet war – und völlig zu Recht, denn obwohl er sich den Betrag noch immer nicht vorstellen konnte, konnte er sich ebensowenig vorstellen, wie dieser dem Vetter noch entgehen könnte.

»Hier, Eberts Visitenkarte!« Beim Herausziehen aus der Hosentasche rutschten zwei weitere Zeitungsartikel mit heraus. Der erste stammte vom letzten Jahr und handelte von der Aufschüttung der Rozengracht, der andere, noch viel älter, war ein Artikel von Veritas über die Notwendigkeit einer Westradialen. »O ja, habe ich euch nicht erzählt, daß ich, als Veritas, als erster für die Westradiale plädiert habe? Und, seht nur, sie haben damit angefangen... Die Stadtverwaltung! Wenn sie jetzt noch die Warmoesgracht zuschütten, dann müssen anschließend nur noch ein paar Häuser enteignet und abgerissen werden, und der Anschluß zum Dam ist ein Faktum! Verflixt, bald bin ich in der Lage, den Durchbruch selbst zu finanzieren... ein alter Traum von mir, ja, so ging er: Ich hatte zwei angrenzende Häuser gekauft, die Hintergärten stießen aneinander... ich riß sie ab und machte eine Straße daraus, mit Gehsteigen und einem Laternenmast, die ›Vedderstraat‹... Die Leute sollten durch mich durchlaufen... damit, was privat war, öffentlich gemacht würde... so würde ich selbst öffentlich werden...«

Anijs nahm einen großen Schluck Wein, weil es ihm wahrhaftig die Sprache verschlagen hatte. Lächelnd faltete Vedder die gezeigten Zeitungsartikel wieder zusammen, er legte sie mit Eberts Karte auf die anderen und nahm vergnügt einen Bissen. Die Stille schwoll an, es war Not an einem anderen Thema, aber Anijs wagte es nicht, Martha anzusehen. Dennoch war sie es, die schließlich das Schweigen brach.

»Und der Junge?« ertönte zum ersten Mal bei Tisch ihre Stimme. »Er ist siebzehn geworden?«

Anijs atmete erleichtert auf und wunderte sich, wie ruhig und stilvoll sie, ohne merkliche Anstrengung, das Gespräch vom Geld auf einen Menschen verlagert hatte. In die Wirklichkeit zurückkehrend, folgte ihr Vedder wie von selbst.

»Ja sicher, Martha, und auch dein Rat wurde befolgt. Theo hat erst dieses und nicht schon letztes Jahr erfahren, daß seine Eltern in Wirklichkeit nur Pflegeeltern sind... aber nun glaubt er, ich wäre sein echter Vater... bestimmt, weil ich immer alles für ihn getan habe! Aber meine väterlichen Gefühle für ihn sind auch echt! Deshalb möchte ich ihn erben lassen... ihn zu meinem Alleinerben machen... er weiß es noch nicht, ich habe es erst vor kurzem beschlossen, werde aber in Kürze mit ihm zu dem Notar gehen … Zu Biederlack! Warum nicht? Wenn es um ein solches Vermögen geht, fünfzigtausend … oder nein, noch viel mehr, denn ich lebe noch ein Weilchen, und so ein Betrag muß natürlich angelegt werden!«

Martha blickte sehr bedenklich, sagte aber nichts mehr; sofort fragte Anijs, welche Wertpapiere denn in Frage kämen; sich breitmachend wie ein Bankier, berichtete Vedder, was Ebert ihm angeboten hatte: In Kürze werde die Sumatra Petroleum in einer neu zu gründenden Ölgesellschaft aufgehen, der Seine Majestät König Willem III. angeblich bereits jetzt das Prädikat »Königlich« verliehen habe – Direktor Henkenhaf selbst könne eine Portion Aktien zum Ausgabekurs für ihn reservieren, obwohl schon jetzt feststand, daß die Emission um viele Male überzeichnet sein würde. »Interessant, aber noch sind alle Optionen offen … Standard Oil ginge auch!«

Anijs hörte nicht mehr zu, hörte nur noch das plötzliche Rauschen seines Blutes. Die zuvor erläuterte Agentur, die riesige Geldsumme und nun wieder die Notwendigkeit der Anlage: Diese drei Elemente begannen allerheftigst in ihm zu reagieren, wobei währenddessen ein Gas freigesetzt zu werden schien, denn je länger Vedders Antwort ausblieb, um so mehr federte er aus seiner hängenden Haltung auf, als werde er aufgepumpt.

»Vortrefflich … sehr gut … nur, Walter … paßt eine solche Investition denn zu deinem Charakter … zu deinem sozialen Gewissen … zu deinen Idealen?«

»Was denn sonst? Ich muß nun wie ein Anleger denken!«

»Natürlich! Aber was du soeben erzählt hast, von Vetter Als Agentur: Die Geldgeber, dank derer die mittellosen Auswanderer die Überfahrt nach Amerika dennoch machen können, die lassen sich doch mit Zinsen ausbezahlen? Verstehst du, was ich meine? Daß sie im Prinzip auch Anleger sind, nur investieren sie in Menschen… in arme Menschen, die jetzt noch am falschen Standort sind, aber dann in Amerika angekommen, können sie sich dort eine bessere Existenz aufbauen und werden die Tilgung und Zinszahlungen voll Dankbarkeit gegenüber diesem Geldgeber erfüllen…«

Während Vedder unwillig nickte, konnte Anijs seine Aufregung kaum noch zügeln: Die reagierenden Elemente hatten in ihm einen Niederschlag von klarstem Kristall ausgeworfen; mit photographischer Schärfe überblickte er nun seinen Plan; es schien, als habe er die ganze Zeit nicht Wein, sondern Entwickler getrunken.

»Meinst du etwa…?« fragte Vedder, ohne den Satz abzuschließen.

»Warum nicht?« ließ Anijs so achtlos wie möglich fallen. Er griff nach seinem Glas und zwang sich zum Schweigen. Massig und krumm wie ein Buckliger saß Vedder über seinen Teller gebeugt. Unverkennbar hatte die Reaktion nun auch in ihm eingesetzt, aber noch sehr zögernd – er mußte sich vorsehen, sie nicht vorzeitig mit zuviel Katalysator auf einmal zu löschen. Martha hatte ihn indessen sehr wohl durchschaut und warf ihm von der Seite einen strengen Blick zu; aus Furcht, etwas zu stören, wagte er jedoch nicht, den Blick zu erwidern, kaum noch zu atmen – wie sehr es auch gegen seine Natur war, er mußte warten, er mußte jetzt abwarten, bis Vedder selbst, von sich aus, um die Ecke bog. Das Klirren des Bestecks auf den Tellern hatte aufgehört, es herrschte völlige Stille.

»Du meinst also, daß ich auch in die Auswanderung investieren könnte?« fragte Vedder endlich, noch ohne aufzusehen.

Jetzt nicht ja sagen, hielt sich Anijs vor, ein Weilchen nichts mehr hinzufügen, nur rühren. »Es wäre eine soziale Anlage…«

»Aber die Rendite?«

»Die Rendite, die legst du selbst fest«, sagte Anijs und zuckte mit den Schultern: Müsse nicht jedem Haushalt ein Vertrag angeboten werden, auf dem der Geldgeber zuvor die Bedingungen festgelegt und eingetragen hatte, wie Tilgungstermine und auch den Zinsaufschlag.

»Angenommen, du möchtest von der Sumatra Petroleum ausgehen, um einmal bei etwas anzufangen. Wenn diese im Lauf der Jahre eine Rendite, auf Dividenden und Kurssteigerung, von beispielsweise acht Prozent erreicht hat, dann schreibst du in das Fach ›Zins‹: acht Prozent. Ich sehe gar keinen Unterschied, außer daß deine Rendite ohne Risiko ist...«

Vedder nickte, rang mit sich, gab sich jedoch noch nicht geschlagen: »Aber Al ist weg... und dann, mit welchen Auswanderern?«

Nun kerzengerade sitzend, blickte Anijs auf seinen Vetter herab. Seine alte Rednergabe arbeitete in ihm, seine angeborene Überlegenheit: Er hatte sie wieder! Dennoch mußte er vorsichtshalber noch den beiläufigen Ton beibehalten. »Das wäre nicht das Problem... denke beispielsweise nur an die Leute von der Geige, die würden zweifellos liebend gern diese Überfahrt machen... und alle anderen, die dort im Moor sitzen, genauso... Gerade haben wir noch von ihnen gesprochen. Hat Al auch gesagt, wieviel die Überfahrt pro Familie kostet?«

»Ich glaube, fünfhundert Gulden...«

»Dort sind ungefähr hundert Haushalte... Hundert mal fünfhundert... das sind fünfzigtausend...«

Das vollkommene Ergebnis, so perfekt dem anzulegenden Betrag entsprechend: Kurz fürchtete er, den Druck zu sehr erhöht zu haben, aber als der andere nickend über seinem Teller sitzenblieb, wußte er, daß die Reaktion noch anhielt. Jetzt aber Vorsicht, er mußte sie jetzt nur erhalten, bis sich die drei Elemente unausweichlich auch in Vedder zu einem neuen Stoff absetzten, mit stärkeren Verbindungen als zuvor – nun, mit den Molekülen machte er es doch genauso?

»Gut, was das betrifft, ginge es…«, sagte Vedder. »Aber das ändert nichts daran, daß Al nicht mehr da ist… ich kann die Leute doch nicht auf gut Glück nach Amerika verschiffen? Und was, wenn sie dann nicht zurückzahlen?«

»Stimmt genau!« pflichtete ihm Anijs bei. »Du solltest nichts ohne den Agenten unternehmen. Manche Leute denken: Warum einen Makler einschalten, wenn sich zwei Parteien doch schon gefunden haben, aber für die maximale gegenseitige Sicherheit ist das unabdingbar. Der Agent wird für die erste Betreuung sorgen müssen, für Unterkunft, Arbeit, später für die Abzahlungen… das alles muß im Vertrag festgelegt werden!«

»Aber wie kommen wir ohne Al an diese Verträge?«

»Biederlack.« Anijs sprach das Wort mit einer abgemessenen Präzision aus, als sei er beim Pipettieren.

»Biederlack…«, wiederholte Vedder träumerisch, während er sich über seinen Bauch neigte; man sah ihm an, daß der Tropfen Reagenz, der soeben in ihn gefallen war, etwas löste, das eben noch hart gewesen war. »Ja, vielleicht sollte ich doch etwas tun, das mir mehr am Herzen liegt…«

Statt einen neuen Einwand vorzubringen, spielte Vedder nun zum ersten Mal mit dem Gedanken. Anijs hatte das Gefühl, daß er nicht mehr bergauf schleppen mußte, sondern allmählich absteigen konnte. »Weißt du noch, daß du mir von der Verkehrsführung erzählt hast?« pipettierte er sorgfältig weiter. »Du würdest einen eigenen Verkehrsstrom in Gang setzen… über Interventionismus gesprochen!«

Ein spielerisches Lächeln zeigte sich auf Vedders Gesicht. »Es wäre in der Tat eine soziale Investition«, überlegte er gönnerhaft.

Schon wieder wußte Anijs darauf eine Antwort. Aus dem Augenwinkel sah er Marthas Gesicht vor Spannung mit einem roten Hauch überziehen, und als sie, was seit Pottingas Besuch nicht mehr geschehen war, ihn berührte, ihm ihre Hand auf den Unterarm legte, war es, als wolle sie beim Schieben helfen. Beruhigend schloß er kurz die Augen, dann tropfte er wieder weiter, äußerst konzentriert, wobei er die Wirkung seiner Worte weiterhin mit dem scharfen Blick des experimentierenden Chemikers beobachtete.

»Eine soziale Anlage, aber auch eine lukrative… Hundert Mann, die für dich arbeiten… stell dir das einmal vor… das ist eine Fabrik! Eine amerikanische Fabrik, Walter, in vollem Betrieb… für dich!«

»Und für Theo…«, mischte sich nun auch Martha ins Spiel ein.

Es war eine Hinzufügung, die schlagartig die Reaktion verstärkte. Vedder preßte die Lippen zusammen, krümmte sich noch tiefer über seinen Teller und sagte dann, kurz den Hals verdrehend: »Vielleicht ist das gar keine schlechte Idee…«

Eine große Erregung sprühte Anijs durchs Herz, aber gerade jetzt mußte er sich zurückhalten, durfte er die Sache nicht für gewonnen erachten; gerade jetzt würde er Vedder durch allzu vorschnellen Beifall noch abschrecken; wenn nicht aus Mißtrauen, dann doch zum Beweis, dass er sich nichts hatte aufschwatzen lassen. »Eine solche Tat, ist das nicht die moderne, geschäftliche Philanthropie *in optima forma*?« fragte er philosophisch, aber nach einem allgemeinen Blick in die Runde richtete er sich doch wieder schmeichelnd genüßlich besonders an Vedder: »Aber das Wichtigste ist, daß es völlig zu dir paßt… hast du nicht soeben selbst von einer Westradialen gesprochen, hast du nicht von einem eigenen Durchbruch geträumt? Aber das ist ein Durchbruch *ad extremum*, eine Westradiale bis ganz nach Amerika!«

Vedder schien ihn kaum noch zu hören; völlig reglos starrte er an Martha vorbei durchs Fenster hinaus auf den atlantischen Horizont einer Investition in den Agenten, dann begann er ganz leise den Kopf zu schütteln, nicht leugnend, sondern im Gegenteil, als begreife er nicht mehr, warum er noch länger widerstreben solle. Er atmete tief ein, schien etwas sagen zu wollen – ließ sich dann aber doch wieder auf die eingeschlossene Luft in seinem Rumpf zurücksinken.

War der Druck zu hoch geworden, stagnierte der Prozeß? Um seine plötzliche Beunruhigung zu bezwingen, griff Anijs zur Weinflasche, er mußte jetzt einfach nachschenken, wie er es sonst auch getan hätte, kurz die Aufmerksamkeit ablenken, kurz nicht auf Vedder schauen und dann ruhig weitermachen, die Stille währte nur kurz, es war nichts geschehen. Schwerelos schwebte sein Arm mit dem Wein über dem Tisch, und während Martha ihn krampfhaft in den anderen Arm kniff, sprach er wieder weiter, ständig weiter, wieder ganz bedächtig, fast salbend: Es war kein Beschwören mehr, sondern ein Beglückwünschen; kein Tröpfeln, sondern das Ausgießen all der Erwägungen, die eben noch zu nötigend gewesen wären…

»Ich kenne auch niemand, der die Bedeutung der richtigen Lage besser durchschaut als du – aber bei einer Auswanderung ist es doch nicht anders? Dort zu investieren und so etwas zu ermöglichen: Das ist nichts weniger als eine *Verlagerung*… das Bauen einer Brücke… und zwar nicht hier über den Kanal, was du schon beim ersten Mal gefordert hast, sondern über den Ozean, von Kontinent zu Kontinent… einer Brücke, für und von den Feldgängern… Wie oft hast du nicht kämpferisch gegen die öffentlichen Bauten geschrieben? Die Brücke, Walter, das werden deine eigenen öffentlichen Bauten… noch ein bißchen Vinum? Ein bißchen Aqua dazu?«

Vedder hielt es nicht mehr. Während die Gläser vollströmten und Anijs Flasche und Filter zurückstellte, erhob er sich schnaufend, violett verfärbt, und nach ein paar Schmatzbewegungen erklärte er dann endlich mit gespitztem Mund: »Freunde, ich werde es tun.«

Ein Propf war herausgezogen, nun könnte die zusammengepreßte Atmosphäre ausströmen, aber noch ließ die Entladung auf sich warten: Der Druck war zu hoch, die Luft zu dick, noch steckte ihm der Moment im Hals. Das einzige, was geschah, war, daß Martha, ohne Anijs loszulassen, sich nach vorn über den Tisch neigte und mit der anderen Hand nun auch Vedders Unterarm berührte.

Das erstickte Schweigen währte fort, aber langsam, mitten in seiner berauschenden Erleichterung, gewahrte Anijs auch eine andere Bewegung, eine, die er lange verloren hatte und nun wiederfand: Es war seine Zuneigung zu Vedder, mit dem er nun, durch Marthas Hände auf ihrer beider Unterarm, gewissermaßen physisch verbunden war. Während er ihm ohne Scheu in die Augen sah, fühlte er schaudernd die Freundschaft durch sich fließen, elektrolytisch – ja, Pole in einem Fluidum waren sie, Anode und Kathode, verbunden nun durch Frau und Volk…

Martha war die erste, die zu sprechen begann. In wohlklingendem Ton lobte sie den Umschwung von Vedders Ausrichtung, vom abstrakten finanziellen Gewinn zur irdischen, sozialen Tat zugunsten der Torfstecher; sie erzählte, daß auch Faust, nachdem er zunächst das Papiergeld erfunden hatte, sich später der wohltätigen Urbarmachung widmete; sie fand Worte für ihre Freude für die Feldgänger, die doch immer hart gearbeitet hätten, aber beinahe verlorengegangen wären, sie verknüpfte das eine oder andere mit dem in einsamer Selbstsucht zu sich genommenen Leib- und Magenbuch ihres Vaters, aus dem sie nun mit vollen Händen Zitate wie Blumen durchs Zimmer streute.

Wer immer strebend sich bemüht, den können wir erlösen …

Mitnichten! dieser Erdenkreis
Gewährt noch Raum zu großen Taten.
Erstaunenswürdiges soll geraten!
Ich fühle Kraft zu kühnem Fleiß.

Solch ein Gewimmel möcht' ich sehn
Auf freiem Grund mit freiem Volk zu stehn.
Was soll uns denn das ewge Schaffen?
Geschaffenes zu Nichts hinwegzuraffen?

Langsam kehrte man in die Gegenwart zurück, und dann erst brach sich die Freude volle Bahn und erhoben sie das Glas.

»Auf den Agenten!«

»Auf das Feldvolk!«

»Auf Walter Vedder!« rief Anijs als letztes; immerfort noch blickte er ihn überwältigt von Freundschaft an, von einer Freundschaft, die währen sollte, auch nach diesen süßen Augenblicken: Die Weiche war ja gestellt, der Anschluß geschafft, ihre Leben waren wie zwei Bahnlinien zusammengekommen und hatten sich vereinigt; die nächste Strecke würden sie gemeinsam zurücklegen, mit einem Koffer und einem Ziel – die Augen brannten trotz seines frohen Gemüts …

Sie prosteten und tranken, sie aßen und sprachen, und während die Magd abräumte, neigte sich Martha plötzlich zu Vedder.

»Du, Walter, daß die Geige verkauft ist, für diesen Betrag … Wie herrlich für die Bennemins! Und wir haben dir dafür noch nicht einmal gedankt!«

»Was meinst du«, wandte sich nun auch Anijs an Vedder, »sollen wir vielleicht das Geld gleich zusammen vorbeibringen? Dann kann auch gleich die große Neuigkeit angekündigt werden … Da mußt du dabeisein!«

Vedder war einverstanden und steckte alle Papiere wieder in seine Brusttasche zurück; die Magd wurde zu Thomas geschickt, um einspannen zu lassen; Martha zog sich ins Kabinett zurück; auf die Kutsche wartend, ging Anijs nach einem Weilchen nach vorn in die Apotheke.

»Schau, um diese Leute geht es …«, zeigte er Vedder auf dem Photo an der Wand. »Für sie, Walter, wirst du kein Geldgeber sein, sondern ein Wohltäter … Wie dankbar werden sie bei ihren monatlichen Abzahlungen mit Zinsaufschlag deiner gedenken als des Mannes, der ihnen ein neues Leben beschert hat? Wirklich, *bene bene,* das *nec plus ultra* der sozialen Anlage … und dies hier, das sind Vater und Sohn Bennemin, die wirst du bald auch kennenlernen. Siehst du übrigens, daß der kleine Junge im Moment der Aufnahme den Mund bewegt hat? Wo man, *normaliter,* durch Reden die Aufmerksamkeit auf den Mund lenkt, da kann man sie, wenn ein Photo gemacht wird, im Gegenteil gerade dadurch verbergen … Sieh nur … ein Fleck! Haha … Zigarre?«

Er bot eine an, rauchend standen sie nebeneinander, und erst jetzt erkannte er, daß er auch wieder mit dem Latinisieren begonnen hatte, aus heiterem Himmel – wie lange war das nicht her? Nur kurz erfreute er sich an dem letzten Teil seines wiedergefundenen Esprits, dann gewann der Ernst wieder die Vorherrschaft. Schweigend, seufzend, unter dem Gewaltigen des Vorhabens, wartete er, daß Thomas vorgefahren käme. In seiner Brust reifte eine Rede; völlig vortragsbereit stieg er schließlich ein.

KAPITEL 16

Ex cathedra

Es war schon ein aufsehenerregender Anblick, wie die verhangene Kutsche mit Thomas höchstpersönlich auf dem Bock durch die sonntägliche Ruhe Hoogeveens ratterte. Erst weit hinter der scharfen Linkskurve, beim »Einhorn«, wagte es Anijs, den Vorhang auf seiner Seite aufzuziehen: Niemand durfte ihn von nun an noch zum Feld gehen sehen. Ganz erfüllt von dem, was vor ihnen lag, konnte er sich seine alten Grillen schon kaum mehr vorstellen: Was bedeutete es noch, daß Halink Serienaufnahmen von einer erblühenden Knospe machte? Er selbst nahm, ohne Kamera, ein ganzes Volk auf! Was machte es aus, daß Halink die Feldler auf der empfindlichen Platte festgehalten hatte? Er selbst würde sie in Bewegung bringen!

Draußen war es kalt, aber in dem kleinen Gehäuse wurde es rasch warm von ihren Körpern, ihren Seufzern, ihren Zigarren. Rauchend saßen sie nebeneinander, beide mit dem Hut auf den Knien, durchgeschüttelt bei jedem Schlagloch. Vedder sprach am meisten, alle in ihn eingebrachten Worte und Überlegungen kamen jetzt wieder heraus, mit erneuertem Animo, aber ständig entstanden auch Pausen; mit vollem Gemüt lauschten sie dem Knarren der Zügel, dem Knirschen der Federn, dem sumpfigen Tritt des Pferdes im Feldweg, während die Landschaft in allen Grünschattierungen vorüberflog, hier eine

Flur Winterroggen, dort eine Weide umgeben von einer Hecke.

»Aber eine solche Anlage man könnte doch auch ruhig als Intervention bezeichnen?« tönte Vedder wieder. »Durch diese Umsiedlung wird das Leben dieser Menschen nie mehr wie zuvor sein... es darf nur nicht allzu schnell gehen, denn zuerst muß der Verkauf an das Victoria noch abgeschlossen werden, denn mein Verhandlungsspielraum ist jetzt natürlich nicht mehr so groß!«

»Selbstredend, natürlich, wir müssen nächstes Frühjahr ins Auge fassen, frühestens Ostern oder Pfingsten«, sagte Anijs beruhigend. »Aber vielleicht wollen auch nicht alle mit, vielleicht hat der Vertrag auch eine Altersbeschränkung oder eine Gesundheitsanforderung, und einige dürfen nicht einmal mit... Dann wird die Investition niedriger, und du kannst den Preis doch noch ein wenig senken... Es wird sich schon alles zeigen, wir sind noch ganz am Anfang...«

Schuckelnd und schaukelnd ging es so weiter, am Wolfsbos vorbei und anschließend mit dumpfem Hufschlag über die Brücke des Dorfes. Wieder hinter dem Vorhang versteckt, wartete Anijs, bis das Klappern auf dem Pflaster aufgehört hatte, dann sah er wieder sinnend aus dem Fenster. Noch immer konnte er die volle Bedeutung des Auszugs nicht begreifen, mit dem Heben und Senken seiner Brust verblaßte das Bild, fühlte er sich dankbar, begeistert und besorgt, nur stand ihm der Unterschied zum letzten Mal, als er sich per Kutsche zum Feld hatte bringen lassen, klar vor Augen: Diesmal hatte er Vedder bei sich, damals war er zwischen den Schachteln mit Medikamenten für die »Allgemeine Behandlung« eingeklemmt – aber wie palliativ war das im Grunde nicht gewesen, ohne jegliche Aussicht auf echte Gesundung der Volkskraft, genau wie das Cabaret und letzten Endes auch Johannas Niederkunft?

Es war nicht mehr weit, sie befanden sich schon in den Moorbänken, das Abzählen der Wieken hatte begonnen. Während Vedder Ausschau hielt, ob er schon eine Plaggenhütte sähe, versuchte Anijs sich erneut ein Bild von dem Auszug zu machen und von allem, was neben den Geldmitteln dafür benötigt würde: Reisepässe, Transport nach Amsterdam, Telegraphieren mit New York und vor allem tiefe Geheimhaltung. Seine Brust hob sich wieder, und auf einmal beklommen, starrte er auf das Vorbeiziehen der blinkenden Querwieken, die mit dem Vorankommen der Kutsche wie silberne Speichen eines riesigen Glücksrads hinter ihm wegrollten...

»Ich verlange keinen Wucherzins, aber drauflegen möchte ich auch nicht, wie erschütternd die Zeitungsartikel über das Torfleben auch sein mögen«, erklärte Vedder plötzlich störrisch.

»Aber das muß doch nicht sein?« beschwichtigte ihn Anijs unverzüglich. »Du nimmst einfach die mittlere Rendite der Sumatra Petroleum aus den vergangenen Jahren; Biederlack kann dir bestimmt den Prozentsatz nennen...«

Vedder nickte, saugte tief Luft ein und verstummte; auch er schien noch von der Zukunft befangen zu sein, und so wurde dann, schweigend, das letzte Stück am Zuideropgaande entlang zurückgelegt, jeder in eigene Gedanken versunken, aber dann plötzlich, als sich bei einem Schaukeln ihre Schultern berührten, sprang das gemeinsame Ideal auch wieder wie ein Funke zwischen ihnen über – wie ein Mann in zwei tätigen Gestalten waren sie, verbunden im Blut, in der Freundschaft und im Streben.

Nach einem kurzen Zwischenhalt bog die Kutsche nach links ab; danach ging es im Schritt weiter an Elim vorbei, schaukelnd auf dem weichen Boden. Auch hier hing die Sonntagsruhe, aber zäher, noch schwerer durch die Ruhe der Arbeitslosigkeit und des Mangels. Dennoch dauerte es nicht lange, bis sie ein paar mitspringende Kinder vom Feld umringten.

»Alle sollen zu Bennemin kommen!« rief Anijs ihnen durch den offenen Schlag zu. »Sagt nur, der Doktor will etwas mitteilen!«

Vedder, der soeben rechterhand auf dem Hochmoor die ersten dunklen, verlassenen Plaggenhütten entdeckte, unterließ es, sich über den Doktortitel zu wundern, wollte nur wissen, warum er nirgendwo Erwachsene sah, und als er hörte, sie säßen vermutlich hinten in der Kate, würden sich am Schwein und dem lauwarmen Mistgeruch wärmen, schüttelte er mitleidig den Kopf.

Erneut, jetzt zum letzten Mal, zog Thomas die Zügel an. Wieder mit der Melone auf dem Kopf, stiegen die Herren aus, und schlagartig verstummte das Kindergeschrei, mit dem ihre Ankunft begleitet und angekündigt worden war. Bennemin und Klein Pet standen schon auf dem Hof, der Junge mit den Armen um den Hals des weißen Hundes.

»Keine Sorge, wir haben gute Nachrichten«, beruhigte Anijs sogleich den wortlosen Mann. Er stellte ihm Vedder vor und wiederholte, daß sich alle hier auf dem Hof für eine wichtige Mitteilung einfinden sollten. Prompt wurde Klein Pet von seinem Vater losgeschickt, um die Leute von den Trockenfeldern zu holen, seine Holzschuhe trommelten über den Bohlensteg, und Anijs sah ihm nach, bis er jenseits des Wassers in den kahlen Sträuchern verschwunden war. Kurz wirkte es vollkommen still, aber gerade als er Bennemin zur Tür folgen wollte, fing er ein völlig anderes Geräusch auf, von dort, wo sie gerade hergekommen waren, vom Anfang von Elim, noch ganz schwach, aber doch unverkennbar: Es war das blecherne Trommeln des offenbar schon von den Kindern alarmierten Ausrufers, er hatte sofort gehandelt …

Drinnen erwartete sie Frau Bennemin und trocknete sich dabei die Hände an ihrer Schürze ab. Im Rauchfang hingen ein paar schwarze Würste, rußgeschwärzt vom darunter schwelenden Torf, ansonsten war alles unverändert in dem dämmerigen Raum. Erneut stellte Anijs seinen Begleiter vor und fragte wegen Johannas Abwesenheit, wie es ihr ginge. Die Frau, ebenso verblüfft wie soeben ihr Mann, antwortete, es ginge bergauf, aber sie müsse mittags noch ruhen, worauf Anijs, nach einem scheuen Blickwechsel mit Vedder und mit einem Finger auf den Lippen andeutend, daß er noch nichts ausplaudern dürfe, in den Gang trat, um nach ihr zu sehen.

Es war sehr hell in der Hochstube. Reglos, rücklings und mit geschlossenen Augen lag Johanna im Bett, die Decke bis ans Kinn gezogen – schlief sie? Auf Zehenspitzen, ohne das geringste Geräusch, bewegte sich Anijs auf sie zu; um wenigstens ihren Atem zu hören, bückte er sich vor, immer tiefer, bis er plötzlich erstarrte: Übergangslos hatte Johanna ihre stahlgrauen Augen geöffnet und sah ihn direkt an. Anijs hüstelte, grüßte, und schon wieder gefaßt, ging er zum Fenster, um es zu öffnen.

»Sehr wichtig, frische Luft«, ordnete er aufgeweckt an, während er die Riegelstange ins erste Loch einhängte. Lachend wollte er sich zu Johanna umdrehen, da fiel sein Auge auf etwas, das ihn erneut erstarren ließ: Draußen, neben der Kartoffelscheune, schräg unter dem Bienenkorb am Vorsprung, steckte ein Holzkreuz in der Erde. Das kleine Grab war mit Feldsteinen eingefaßt.

Mit zugeschnürter Kehle saß er gleich darauf wieder neben Johanna. Er legte ihr die Hand auf die Stirn, um die Temperatur zu fühlen, sah ihr unter die Zunge, tastete zählend und mit dem Blick auf seine Uhr den Puls. Vom Hof her ertönte das Stimmengewirr der ersten Feldler.

»Vierundachtzig, es geht langsam aufwärts«, sprach er endlich mit beruhigendem Nicken, dann hielt er es nicht mehr aus und verließ eilends die kleine Kammer: Das Kreuz – es war doch ein Mensch gewesen!

Auf dem Ofen siedete der Kessel; Vedder erzählte von Amsterdam; Anijs erklärte, von einer Erhöhung aus sprechen zu wollen, und blickte, ohne noch dem Gespräch zu folgen, durchs Seitenfenster hinaus.

Die Menge wuchs ständig an, Bennemin und Thomas zerrten eine große Kartoffelkiste aus der Scheune und stellten einen geradlehnigen Stuhl als Stütze auf den Deckel. Als sie wieder hereinkamen, hatten sie Klein Pet bei sich. Der monotone Schlag des Trommlers erklang nun aus nächster Nähe, hörte mit einem Mal auf. Nachdem er sich unbemerkt den Stapel Dollars hatte zustecken lassen, stellte Anijs seinen Kaffeebecher ab und stand auf, befangen, sprechbereit.

Es war eine ernste Gesellschaft, die aus dem Haus trat, in der Mitte zwei in Schwarz gekleidete Herren mit Melone, flankiert von den anderen, die drinnen gewesen waren, wie von einem Gefolge. Gravitätisch, den Blick unverwandt nach vorn, schritt Anijs durch das prompt verstummte Volk zur Scheune. Von Thomas auf der einen und Vedder auf der anderen Seite gestützt, ließ er sich auf die Kiste helfen. Beim Aufrichten erfaßte ihn ein kurzer Schwindel, aber dann mit der Hand auf der Stuhllehne fand er sein Gleichgewicht wieder und ließ seinen Blick frei über das versammelte Volk schweifen.

Im Halbkreis stand man ihm gegenüber, ahnungslos, abwartend, auch die bescheidenen Bennemins – nur Vedder hatte er noch neben sich. So unbedingt und unverzüglich waren sie herbeigeströmt, einige Frauen hatten noch den Spüllappen in der Hand. Er sah Sieger mit seinen Kameraden, das alte Weibchen von der Niederkunft und Lubber, weiter erkannte er noch einige Gesichter von Pfadjungen und auch eine Anzahl älterer Männer, zerlumpte, hagere Gestalten mit langen Armen vom Karrenschieben. Alle schwiegen, nichts war zu hören außer der Stille, einer Stille gleichwohl, die sich nicht senkte, sondern im Gegenteil nach oben zu entfalten schien und wie ein Baldachin, wie ein Gewölbe über der Versammlung hing – aber als er schließlich die Stimme erhob, war es nicht so, als spreche er nicht von einer Kiste, sondern *ex cathedra*?

»Liebe Feldfreunde! Neben mir steht jemand, den ich euch mit großer Freude vorstellen möchte, mein Verwandter Herr Vedder, Geigenbauer zu Amsterdam ...!«

Es hatte etwas Unwirkliches, dieser Ortsname hier im Moordunst; unverständlich blieb auch noch, worauf Anijs hinauswollte, und die Verwirrung wurde noch größer, als Anijs, nun weniger laut, als ginge er jetzt schon auf ein völlig anderes Thema über, Bennemin zu sich rief.

Verlegen, mit den Händen auf dem Rücken, trat der Mann in die Leere des Halbkreises.

»Bester Bennemin, stimmt es, daß du mir letztes Jahr deine Geige gegeben hast, damit mein Vetter hier sie verkaufen sollte?«

Bennemin konnte nur nicken.

»Und als mein Vetter einverstanden war, die Geige in Kommission zu nehmen, hat er dir damals nicht eine Quittung zukommen lassen?« ging die Befragung weiter.

Wieder nickte Bennemin.

»Hol die Quittung!«

Bennemin sputete sich ins Haus; da und dort zog man nun offen die Brauen hoch; in der dennoch andauernden Stille ließ Anijs die Augen zu dem Bienenkorb abschweifen, der winterfertig wieder unter dem Vorsprung am Ende der Seitenwand hing, zu einem Fleck rostroter Heide, zu dem angelehnten Einstiegsfensterchen ihm genau gegenüber, hinter dem Johanna jedes Wort mithören konnte, so lange, bis Bennemin mit dem Papier zurück war. Er ließ es sich reichen, überprüfte es und nickte zustimmend.

»Dann bekommst du jetzt diese Quittung zurück, werter Vetter«, sprach er feierlich. Sich seitwärts beugend, reichte er Vedder das Papier, umklammerte dann mit der Hand die Scheine in seiner Jackentasche und zückte sie mit einem Ruck. »Und das hier, Bennemin«, richtete er sich wieder an den Mann vor ihm, mit der Handvoll Dollars winkend, »das hier ist für dich … hundert Dollar … deine Geige ist verkauft! Für bestimmt das Dreifache der geforderten Summe … an einen Amerikaner!«

Atemlos nahm Bennemin das Geld an, ging mit gesenktem Haupt zu seiner Frau zurück und zeigte es ihr. Inzwischen wurde die allgemeine Verwunderung noch größer: Warum war man so dringend zusammengetrommelt worden, wenn nur eine Transaktion zwischen zwei Personen abgewickelt wurde? Wo blieb die Mitteilung?

Ein Weilchen noch betrachtete Anijs lächelnd die Bennemins, warf sich dann in Positur und sprach zum ersten Mal voll zum Volk: »Liebe Feldfreunde! Ihr werdet euch fragen: Warum mußten wir hier dabeisein? Was haben wir damit zu tun, wenn zwei Parteien miteinander ihre Geschäfte regeln? Wohlan, ich will es euch sagen: Auch euch wird die Gelegenheit geboten, eine Vereinbarung zu schließen; auch ihr werdet ein Papier unterzeichnen können, genau wie es mein Vetter mit der Quittung getan hat, ein Papier, das in gewissem Sinne ein Schuldschein ist, aber nach Begleichung des Betrags keinen Wert mehr hat … so ist es doch, werter Vetter?«

Nachdem Vedder dies bestätigt hatte, indem er die Quittung über seinem Kopf zerriß, vollbrachte Anijs das kunstvollste Gleichnis, das er je in seinem Rednerleben zustande gebracht hatte: Von der Quittung kam er auf Verträge, in klaren, sachlichen Worten skizzierte er das Unternehmen des Agenten, der aufgrund der genannten Verträge und dank der Beteiligung eines Geldgebers mittellose Gruppen in die Lage versetzte, in Amerika eine neue Existenz aufzubauen; er deutete an, daß die Vereinbarung mit dem Geldgeber, genau wie die Quittung soeben, nach Erfüllung der letzten

Verpflichtung null und nichtig sei; er betonte, daß der Auswanderer von dem Moment an ein völlig freier Mann in einem freien Land sein würde, und er erklärte zum Schluß, daß der Finanzier einer solchen Auswanderung neben ihm stehe: »Ja wahrlich, meine Freunde, mein Cousin, der Herr Vedder hier, ist bereit, mit jedem von euch, der dies wünscht, zu gelegener Zeit einen Vertrag abzuschließen wie soeben beschrieben, mit anderen Worten: Er macht euch den Vorschlag, er bietet euch die Möglichkeit, das Moor zu verlassen und nach Amerika zu gehen …!«

Die anfängliche Verwunderung, dann das völlige Unverständnis wuchsen nun allmählich zum Beginn eines Begreifens, aber einem Begreifen von etwas so Ehrfurchtgebietendem, daß es prompt wieder zerplatzte und in Splittern der Erschütterung in Unverständnis zurückfiel: Amerika?

Auch Anijs selbst empfand wieder das Ungeheure dieses Auszugs. Um jedem, der es noch nicht begriff, die Gelegenheit zu geben, bei anderen nachzufragen, welche die Zielrichtung des Vorschlags ihrerseits schon überblickten, schwieg er eine Weile. In seiner Seele seufzend, lauschte er dem anschwellenden Stimmengewirr; blickte zu Bennemin, der von einem Dutzend Feldbewohnern gleichzeitig um Rat gefragt wurde; wechselte einen dankbaren Blick mit Vedder schräg unter sich, bis ihm plötzlich etwas einfiel. Er hob den Finger und ergriff in der unverzüglichen Stille erneut das Wort, jetzt mit kaum verhohlenem Lächeln.

»Eines habe ich noch zu fragen vergessen. Gibt es unter euch denn jemand, der die Überfahrt nach Amerika machen möchte?«

Der erste, der antwortete, tat es schüchtern, ein zweiter schloß sich ihm heiser an, aber das danach aufklingende gemeinsame »Ja«, wie krächzend es auch herauskam, übertraf jedes »Bravo« im Theater: Es war der erste Jubel, der je auf dem Feld erklungen war.

Nachdem alles klar war, vor allem, daß das pro Familie benötigte Geld für die Überfahrt nicht geschenkt, sondern als Darlehen gegeben würde, rückzahlbar mit dem in Amerika verdienten Lohn – nun, da nichts mehr erklärt werden mußte, konnte die echte Rede erst beginnen, nicht mehr erläuternd, sondern ausdrucksvoll, die Übersetzung des gemeinsamen Gefühls, wofür Anijs nichts weiter tun mußte, als sein eigenes Gemüt auszuschütten.

»Ja, Freunde!« erhob er sich wieder über das Raunen, und seine Worte quollen so tief aus seinem heißen Herzen empor, daß sie als weißer Schleier in der Luft zu sehen waren. »Unter dem Fluch des Rauchhaltens seid ihr damals hier angekommen, aber als Befreite des Herrn werdet ihr in Kürze die Pflöcke herausziehen, das Zelt abbauen und aufbrechen: Dann ist bezahlt! Wer hätte sich je einen solchen Auszug ohne Plutos Hilfe erträumen können? Aber seht, die Götter haben auf euch herabgesehen und als Werkzeug ihrer Hände meinen Vetter gesandt: Nach Amerika, summt es in uns, nach Amerika!«

Wie ein einziger wogender Busen stand man ihm gegenüber, eine wogende Stauung hing in der Luft, die Stimmung hob und senkte sich, wie etwa das Sich-auf-der-Stelle-Wiegen eines äußerst gesammelten Pferdes, das mit den Fersen angespornt und gleichzeitig mit den Zügeln gegengehalten wird, das nicht vorwärts, aber auch nicht stehenbleiben kann – sie hob und senkte sich zur Abwechslung von Begreifen und dann doch auch wieder auf einmal einem Anflug von Ungläubigkeit, so daß Anijs eben weitersprach, die Stille wie eine weiße, leere Leinwand zumalte, mit breiten Pinselstrichen deckender Farbe, in allen Schattierungen von Grün und Braun, Rot und Schwarz, Darstellungen von Felsen und Ebenen, Städten und Wäldern: Es war Amerika, Amerika! Und allmählich, durch pure Wiederholung, kam der Busen zur Ruhe, gewann das Begreifen endgültig die Oberhand, wurde das Unfaßbare faßbar, wie auch genaugenommen niemand den Satz des Pythagoras begreift, sondern man sich höchstens, durch häufiges Hören, an dessen Richtigkeit gewöhnen kann …

»Wie lange und stürmisch haben wir nicht auf diese Schicksalswende gehofft? Ja, Freunde, auch ich! Als ich mit den Medikamenten zu euch kam, sah ich euch bedrückt, als ich eure frohen Gesichter beim Cabaret sah, wußte ich, daß euch das Lachen schnell wieder vergehen würde – ihr mußtet hier heraus, die ganze Zeit sann ich auf Abhilfe, in der Entbindungsnacht noch habe ich euch gesagt, daß ich in aller Stille für euch weiter arbeite, damals mit der ausdrücklichen Bitte um Geheimhaltung … Aber einer der euren hat mich verraten, Bürgermeister Pottinga hat einen Verdacht, erst letzte Woche ist er bei mir gewesen! Achtet doch auf eure Worte, fortan kann die kleinste Fahrlässigkeit fatal sein: Ließ der Pharao etwa das unterdrückte Volk aus Ägypten ausziehen? Nun denn, bringt eure Reisepässe in Ordnung, sagt auf dem Amt, es sei für die deutschen Gruben, für das Torfstechen in Belgien, und laßt das Schweigen über euer Weggehen ein Zeichen des Bundes zwischen euch und mir sein … Bis zum Tag des Aufbruchs werdet ihr mich hier nicht mehr sehen … zu gefährlich … schon diesmal sind wir mit einer verhängten Kutsche gekommen … die Verträge und weiteren Instruktionen bekommt ihr über Benemin … Aber wann werden wir dann noch einmal zusammenkommen, bei Regen, Blitz oder Donner? Wenn das Schuften vorbei und der Kampf hier auf immer verloren ist, und gewonnen … Das wird sein, bevor die Sonne ihre Sommerhöhe erreicht hat, an Ostern oder Pfingsten … und wo? Auf dem Bahnsteig des Bahnhofs Hoogeveen … Aber meinen Vetter werdet ihr nach heute überhaupt nicht mehr wiedersehen; vielleicht wollt ihr ihm noch die Hand drücken …?«

In ihm blockierte etwas, schon grämte ihn die Vorstellung des Aufbruchs wie ein Abschied, und während die ersten Feldler auf Vedder zugingen, warf er noch einen letzten Blick ringsumher. Herrenbauern gab es weit und breit nicht, aber dennoch standen die Münder weit offen wie Scheunentore, für die Ernte seiner Worte, das goldene Korn, das auf Karren eingefahren wurde…

Bauch an Rücken drängte man sich nach vorn. Die Holzschuhe schlurften über den Boden, ferner herrschte die Stille des erstickten Gemüts, aus dem nichts entfahren konnte als ein Seufzer und ab und zu eine flüchtige, verzückte Frauenstimme in geistlichen Sprachen, einmal da, dann wieder dort – ganz hell, stets hoch und vorübergehend, ohne Anstoß zu erregen, ein Trillern feuriger Zungen, jählings zum Himmel aufsteigend wie die Lerche im Lenz.

Nachdem er sich von der Kiste hatte herunterhelfen lassen, stellte sich Anijs ein wenig abgeschieden an den Rand, weg von der Reihe, unweit vom Holzkreuz. Bewegt beobachtete er, wie eine Hand nach der anderen in der viel größeren des alle überragenden Vedder verschwand, rhythmisch und melodisch wie ein Gedicht –

Weiße Hände und Winterhände,
graue Hände und Rheumahände,
runzlige Hände und Kinderhände,
schlaffe Hände und beide Hände,
Frauenhände und Arbeitshände.

–, ein Gedicht, das nun auch in ihm einen Vers aufstaute, er wußte nicht, wie oder woher:

Friede, Friede, ohne Gefahr
Wir stellen unseren Stuhl nach Amerika.

Als er kurz darauf sah, daß Vedder bei all dem Danksagen die Augen übergingen, spürte auch er Tränen, er mußte den Blick von den Händen lösen, starrte steif weg zum Haus und zwinkerte – erst da sah er das Gesicht, das hinter dem Fenster der Hochstube aufgetaucht war. Reglos, verdeckt von der Spiegelung, blickte ihn Johanna an, wie er direkt neben dem kleinen Grab stand und verhinderte, daß jemand darauf trat.

KAPITEL 17

Fünfzig sicher, fünfzig weg

Herengracht 58 war ein stattliches Haus mit einer doppelten Freitreppe und einem kupfernen Namensschild neben der Tür. Vedder zeigte dem Hausmeister Als wie Eberts Visitenkarte, deutete auf beiden auf den Namen Biederlack und konnte sofort zum Notariat nach oben weitergehen, wo er auf sein erstes Klopfen hin hereingerufen wurde. Im Gegenlicht saß als Umriß ein älterer Herr über einen Schreibtisch gebeugt, mit dem Rücken zu den hohen Fenstern zur Gracht. Der Teppich war dick, die Vertäfelung glänzte dunkel, hinter einer der Türen, die er gesehen hatte, war womöglich gar Eberts Büro; als er näher kam, sah Biederlack nicht auf – aber wieso sollte er sich noch beeindrucken lassen? Es war der Morgen gleich nach seinem Besuch in Hoogeveen; er kam, um Geld anzulegen!

»Guten Morgen, Herr Biederlack!« sagte er mit lauter Stimme, und erneut präsentierte er die Visitenkarten, nun auch seine eigene, diesmal, indem er sie dem Notar über die lederne Schreibunterlage bis unter die Nase schob. Als dieser, nach eingehender Prüfung derselben, endlich das bebrillte Gesicht zu ihm hob, erklärte er ihm strahlend: »Der eine, Al Vedder, Ihnen wohlbekannt, ist mein Vetter, und mit dem anderen habe ich eine gewisse Angelegenheit… mit dem Herrn Ebert, Ihnen ebenfalls wohlbekannt… Aber das ist nicht der Grund für mein Kommen!«

Biederlack zog eine Braue hoch, deutete auf den Stuhl vor dem Schreibtisch und fragte, was ihn dann wohl hergeführt habe, worauf er sich, solange die Antwort dauerte, in eine unbewegte Lauschpose zurückzog.

»Es läuft darauf hinaus, daß ich bereit bin, über den Agenten, einer Gruppe Torfstecher aus Drenthe zu helfen, nach Amerika auszuwandern«, beendete Vedder seine Ausführung. »Habe ich Vetter Al richtig verstanden, daß eine Überfahrt pro Haushalt fünfhundert Gulden kostet?«

»Das ist richtig«, pflichtete Biederlack bei. »Und um wie viele Haushalte handelt es sich?«

»Rund hundert… es sollen etwa fünfzigtausend Gulden angelegt werden…!«

Biederlack zuckte nicht mit der Wimper. »Eine hübsche Anlage«, sagte er schlicht.

»Auch eine soziale Anlage«, unterstrich Vedder seinen persönlichen Beweggrund, »aber das heißt nicht, daß ich nicht bestimmte Sicherheiten verlange!«

Biederlack nickte, und als Vedder dargelegt hatte, wie sein anderer Vetter, der Apotheker Anijs zu Hoogeveen, die künftige Kontaktperson, sich die vertragliche Ausgestaltung vorstellte, nickte er noch einmal. »Nahezu einwandfrei, sehr verdienstvoll für einen juristischen Laien«, sagte er, »aber ich muß eine Korrektur anbringen: In der Praxis werden Sie nicht mit den einzelnen Auswanderern einen Vertrag abschließen, sondern, pro Aussiedler, einen mit dem Agenten, in Ihrem Fall also insgesamt etwa hundert Verträge. Momentchen, ich zeige es Ihnen.«

Es war, als sei die anfängliche Reserve von Biederlack abgefallen; er suchte in den Schubladen, legte ein Formblatt auf den Schreibtisch, noch ein kleineres daneben und drehte sie zu Vedder hin. Alles war in Englisch aufgesetzt.

»Sehen Sie hier, ein Exemplar der verwendeten Verträge«, fuhr Biederlack fort, nun mit einer Feder in der Hand. »Wenn ich Ihnen die Aufstellung Punkt für Punkt erläutere, wissen Sie, wie alles ablaufen wird. Doch, doch, es geht schon von dieser Seite… auf dem Kopf lesen zu können, ist eine Grundvoraussetzung für einen Notar, und überhaupt, ich habe die Verträge schon so oft gesehen…«

Vedder sprach kein Wort Englisch, aber Biederlacks Ausführungen waren so klar, daß er, nachdem auch der letzte Artikel mit der Federspitze angedeutet und erläutert worden war, ein ganz deutliches Bild von der Abmachung und dem einzuhaltenden Verfahren bekommen hatte: Pro Familie sollte zwischen ihm und dem Agenten sozusagen ein Ausfuhrvertrag abgeschlossen werden,

– in dem er, Komparent 1, sich verpflichtete, für jeden mit Personalien und Reisepaßnummern beschriebenen Haushalt eine Einlage von fünfhundert Gulden auf das Bankkonto des Agenten zu überweisen;

– in dem der Agent, Komparent 2, sich zur Aufnahme, Unterbringung und Beschäftigung der betreffenden Familie verpflichtete, wie auch zu Inkasso und Rückerstattung der Einlage an Komparent 1, in Raten und mit Zinsaufschlag wie von diesem festgelegt.

Natürlich würde alles erst mit Überweisung des Geldes, seiner ersten Verpflichtung, rechtskräftig werden, die Verpflichtungen des Agenten sowie, kraft der Anlage, die des Auswanderers.

»Für Ihre Einlage werde ich ein Depositenkonto einrichten«, fuhr Biederlack fort, während er den besprochenen Vertrag ein wenig wegschob und das kleinere Papier statt dessen hinlegte. »Sobald dieser Betrag auf der Bank des Agenten eingegangen ist, reserviert er eine entsprechende Anzahl Passagen bei der Niederländisch-Amerikanischen Dampfschiffahrts-Gesellschaft, Abfahrt Amsterdam, Ankunft New York, und erledigt alles Erforderliche hinsichtlich der Visa… simpel, nicht wahr? Es ist im Grunde, als würde ein Kapitalgut nach Amerika verschifft, und Sie würden sich von demjenigen, der es wirtschaftlich nutzen wird, die Kosten plus Zinsen zurückzahlen lassen. Nur handelt es sich hier nicht um eine Maschine oder ein Werkzeug, sondern um freie Menschen. Deshalb muß jedem Vertrag eine unterzeichnete Anlage beigeheftet werden« – nun tippte Biederlack mit der Spitze der Feder auf das kleinere Papier –, »in dem sich die betreffenden Haushalte mit folgenden Punkten einverstanden erklären, bitte lesen Sie wieder kurz mit: a der Überfahrt, b den an den Agenten zu leistenden Raten plus Zinsaufschlag, wie vertraglich vereinbart und für den Investor bestimmt, und c darauf noch einem weiteren Aufschlag, diesmal für den Agenten, der ja auch etwas verdienen muß und zur Zeit eine Provision von vier Prozent rechnet, wieder über fünfhundert Gulden und mit derselben Laufzeit wie die Kapitalanlage… Wissen Sie bereits, welchen Zinssatz Sie einsetzen möchten, und welche Rückzahlungsraten schweben Ihnen vor?«

Vor Aufregung verschlug es Vedder einen Augenblick die Sprache: Amerika, das Englische, Ankunft New York, die Rechtsgültigkeit! »Ich dachte an eine Rendite, entsprechend der von Sumatra Petroleum… und Jahresraten über eine Laufzeit von fünf Jahren…«, faßte er sich wieder. »Ich muß es auch geschäftlich sehen!«

»Natürlich, versteht sich, sehr vernünftig«, sagte Biederlack, während er einen Schmierzettel aus einem Lederfutteral entnahm. »Sumatra Petroleum liegt um fast bei acht Prozent, sind wir uns da einig? Ausgezeichnet, dann können wir jetzt kurz nachsehen, was da genau im einzelnen auf den Auswanderer zukommt…«

Durchdrungen von seiner Bedeutsamkeit, starrte Vedder durch das hohe Fenster über die Herengracht, und sekundenlang hörte man nur die Feder auf dem Papier kratzen, begleitet von Biederlacks ruhig mitrechnender Stimme.

»Investition pro Haushalt fünfhundert Gulden, rückzahlbar in fünf Jahresraten, macht hundert Gulden pro Jahr, plus acht Prozent für Sie und vier Prozent für den Agenten, dann kommt man auf einen Gesamtbetrag der Rückzahlung von hundertachtundzwanzig Gulden pro Haushalt per annum, über einen Zeitraum von fünf Jahren … Sehen Sie, ich fülle die Anlage schon einmal für Sie aus, dann können Sie es den Leuten zeigen, und sie wissen, zu welchen Kosten sie sich mit Unterzeichnung der Bereitschaftserklärung verpflichten … Übrigens gewiß kein übertriebener Betrag, jetzt kommt es den Leuten viel vor, weil sie vermutlich wenig Wohlstand kennen, aber dann in Amerika … An welchen Zeitpunkt der Abreise haben Sie eigentlich gedacht?«

»Nächstes Jahr, um Ostern, vielleicht an Pfingsten … «

»Oh, aber dann bleibt uns noch genügend Zeit! Nun gut, ich gebe Ihnen jetzt die Unterlagen mit, lesen Sie sich zu Hause alles noch einmal aufmerksam durch, und in der Zwischenzeit eröffne ich für Sie ein Depositenkonto und lasse die benötigten Verträge nachdrucken.«

Es war getan, sie erhoben sich. Jetzt erst fühlte Vedder, wie Biederlack seine unerschütterliche, tatkräftige Autorität fürsorglich über ihn ausbreitete, und plötzlich gerührt steckte er die Visitenkarten, außer seiner eigenen, wieder ein und faltete die Formulare herum.

»Machen Sie sich keine Sorgen, Herr Vedder«, sprach Biederlack. »Alles wird sich zeigen, und was für Sie völlig neu ist, ist für uns eine Routineangelegenheit … Für Ihren amerikanischen Vetter habe ich viele Hunderte, vielleicht gar mehr als tausend Verträge beurkundet.«

»Das dachte ich mir schon!« rief Vedder, lachend, trotz seiner noch zunehmenden Ergriffenheit: Biederlack versuchte ihn zu beruhigen, verwechselte sein ersticktes Gemüt fälschlich mit Besorgnis! »Vetter Al hat im American Hotel gewohnt, aber Ihr Büro war seine Geschäftsadresse – natürlich waren Sie sein Notar! Übrigens würde ich es sehr zu schätzen wissen, wenn Sie gegenüber Herrn Ebert über diese Unterredung Stillschweigen wahrten ... ich habe mit ihm ein gewisse Angelegenheit zu erledigen, Sie sind darüber sicher im Bilde ...«

Kaum hatte er die letzte Bitte ausgesprochen, da bereute er sie schon wieder: Käme Henkenhaf zu Ohren, für wieviel er sich festgelegt hatte, dann müßte er doch endlich einsehen, daß es keinen Sinn mehr hatte, sich noch länger gegen die fünfzig zu wehren? Aber Biederlack streckte ihm bereits die Hand entgegen und erklärte, wieder knapp und zugeknöpft wie zu Beginn der Unterredung, daß er nie Dritten Auskünfte über Klienten gebe; sein Eid verbiete es ihm ebenso wie sein Anstand.

»Selbstverständlich!« zeigte Vedder Verständnis, wieder hell begeistert. »Und hat Ebert hier auch ein Arbeitszimmer oder ist es für ihn eher eine Postadresse? Kommt er oft hierher? Vielleicht haben Sie ihn gelegentlich in Begleitung eines siebzehnjährigen Jungen gesehen, der ihm ein wenig ähnelt?«

Ohne zu antworten, begleitete ihn Biederlack zur Tür.

»Sie lassen sich nicht aus der Reserve locken!« lobte Vedder und hielt unwillkürlich mit ihm Schritt. »Fabelhaft, Diskretion steht bei Ihnen an erster Stelle! Aber es ist auch nicht mehr wichtig ... In Kürze wird Henkenhaf wohl selbst die Verhandlungen übernehmen, denn mit Ebert komme ich nicht voran ... Sie verstehen doch sicher, was ich meine? Ach ja, dieser Sozius ist natürlich auch nur beauftragt und nicht frei wie ich ... Aber nur noch freie Verhandlungen können Henkenhaf jetzt aus der Patsche helfen ... er hat schon mit dem Abriß angefangen, der Baubeginn steht bevor, er kann einfach nicht mehr ohne mich ... haha! Sie werden Henkenhaf sicher auch kennen? Nein, nein, sagen Sie nichts: Ihr Eid! Noch eine Frage, bevor ich gehe: Setzen Sie auch Testamente auf?«

WIE EBERT es prophezeit hatte, so geschah es auch. Bis auf die Lutherie und die Schneiderei stand nun der ganze Block hinter Bauzäunen, und nun verschwanden diese ihrerseits allmählich unter emaillierten Reklameschildern aller Abrißunternehmen und Baufirmen, die einen Teil der Gewerke übernommen hatten. Als dann auch noch die letzten freien Stellen mit allerhand Anschlagzetteln vollgeklebt waren, sah der Bauzaun so zeitlos-verwittert aus, als habe er seit eh und je dort gestanden.

Aber so schnell das Einzäunen vor sich gegangen war, so schnell vollzog sich auch der Abriß, pausenlos, Tag und Nacht, genau wie es Ebert vorhergesagt hatte, nur noch mit viel rabiaterer Gewalt, als es sich Vedder damals hätte träumen lassen. Binnen einer Woche nach seiner Rückkehr aus Hoogeveen konnte er die Fortschritte von der Straße aus schon nicht mehr sehen: In atemberaubendem Tempo verloren die Nachbarhäuser an Höhe, zuerst ihre Giebelspitzen, danach die Dienstbotenzimmer und so weiter nach unten, schon bis unter den Bauzaunrand. Nur sein eigenes, sehr schmales, hohes Haus sowie Carstens' niedrigeres Haus ragten noch darüber hinaus, von nichts mehr umgeben als lauter Leere, als wären sie aus dem früheren Block *herausgemeißelt*; und als er es einmal von der Anlage aus betrachtete, sah er darin wahrhaftig ein Bildnis, das Bild eines hochgewachsenen Vaters mit seinem Sohn neben sich.

Um den weiteren Abriß dennoch verfolgen zu können, stieg er regelmäßig aus seiner Küche im obersten Stock durch die Dachluke hinaus. Vom seitlichen Rand seines Flachdachs aus beobachtete er dann den unaufhaltsamen Abriß tief drunten, schaudernd, nunmehr ohne jeglichen Widerstand seiner ausgelaugten, doch ruhelosen Nerven – er schlief nicht mehr, der nie nachlassende Krach von splitterndem Holz und herabstürzendem Schutt ließ ihn bis zum Morgengrauen keinen Schlaf finden. Als mit der Zerrüttung seines Nervenkostüms auch seine Selbstbeherrschung schwand, begann er immer häufiger auch nachts hinauszuklettern. Sein Haus war zwar hoch, hatte aber keine große Grundfläche, und in der Dunkelheit wirkte es wie ein Turm ohne Abzäunung. Auf dem Bauch liegend, um nicht abzurutschen, reckte er den Kopf über die Dachrinne und blieb dann atemlos so liegen, eingeklemmt zwischen der immensen, glitzernden Schwinge der Frostnacht über und dem in elektrischem Licht badenden Werk Henkenhafs unter ihm, unendlich tiefer als tagsüber. Hunderte wimmelnder Werkleute stemmten die letzten Reste der vorherigen Bebauung weg und schafften sie in einem unablässigen Strom von Schubkarren und Kippwagen durch eine Öffnung im Bauzaun auf den Damrak, über die Straße bis zur Flotte der dort liegenden Schuten; nun sogar schon die unteren Stockwerke, die Keller, ja, es ging noch tiefer, auch Erdreich wurde weggeschafft, es war nun kein Abreißen mehr, sondern das Ausheben einer Baugrube… Verschwunden in der eigenen Nichtigkeit, sich verlierend in der unermeßlichen Nacht ringsumher, ahnte er nicht mehr, wie die Zeit verstrich, kam aber dann doch wieder zu sich und kroch, erstarrt bis ins Mark, über die Dachpappe und die Kiesel wieder zurück zu dem erleuchteten Rechteck der offenen Luke.

EINES NACHMITTAGS, als er inmitten all der Gewalt doch wieder an der Syde-Violine arbeitete, den Baßbalken losweichte, tauchte Theo im Laden auf, zum ersten Mal seit dem Tag nach seinem Geburtstag, wie oft er bei Rossaert auch um sein Kommen gebeten hatte, um ihn über seine Entscheidung hinsichtlich des Erbes unterrichten zu können – aber nun, während ihm beim Anblick des rauchenden Jungen das Herz hüpfte und er ihm eilends entgegenlief, drängte sich ihm ein anderes Thema auf.

»Guten Tag, Junge, komm mit, ich will dir etwas zeigen!« begrüßte er ihn entzückt und zog ihn gleich mit sich hinaus, über die Straße und in die Anlage, wo er ihn mit kräftiger Hand wieder dorthin drehte, wo sie hergekommen waren. Mit vagen, flachen Gebärden wie ein Museumsbesucher zeigte er auf die beiden letzten übriggebliebenen Häuser über dem Bauzaun, und während Theo an seiner Zigarette zog, begann er ihm aufgeregt zu erklären, was es zu sehen gab.

»Sieh doch, wie nur noch mein Haus und das von Carstens ausgespart sind, Schulter an Schulter im offenen Raum, gleicht das nicht täuschend dem, wie wir hier stehen und es betrachten? Es ist ein treffendes Bild, finde ich, das Bild von einem Vater und einem Sohn… aber ist es nicht ebenso zwischen uns? Nicht Ebert, sondern Henkenhaf hat es sichtbar gemacht, er will es so, er weiß es auch, er weiß alles, denn von jedem Wort, das ich mit Ebert wechsle, wird ein Protokoll erstellt, das er dann liest… Aber sieh dich vor, nimm es nicht allzu wörtlich… Der Große, das ist natürlich nicht wirklich der Vater, sondern mein Haus, und der Kleine, das bist auch nicht du, sondern das Haus von Carstens… Aber das macht die Ähnlichkeit eigentlich nur noch größer, denn ich bin ja auch nicht dein richtiger Vater, aber wohl wie ein Vater für dich, wie du auch nicht mein Sohn bist, aber wohl wie ein Sohn… Verstehst du es jetzt? Was nach dem Wörtchen ›wie‹ kommt, das ist ein Vergleich!«

Theo hustete, trat seine Zigarette aus und sagte: »Jaja, sehr interessant, aber eigentlich komme ich wegen etwas anderem… ich möchte gern ein bißchen Geld leihen, fünf Gulden, mehr muß es nicht sein…«

»Geld! Ja, darüber muß ich auch noch mit dir reden«, rief Vedder. »Angesichts des bevorstehenden Verkaufs meines Hauses und meines zunehmenden Alters und der Tatsache, daß ich keine gesetzlichen Erben besitze, habe ich beschlossen, dich zu meinem Alleinerben zu ernennen, per Testament…«

»Alleinerben?«

»Alleinerbe des ungeteilten Besitzes – ja, wie mein einziger Sohn! Aber paß auf, da hast du das Wörtchen ›wie‹ wieder…«

»Alleinerben…«

»Es geht um ein reines Gelderbe, sobald das Haus erst einmal verkauft ist… das wirst du schon merken, wenn wir beizeiten zusammen zum Notar gehen… zu Biederlack! Vielleicht bist du schon einmal bei ihm gewesen, auf der Herengracht? Dort ist Eberts Geschäftsadresse… womöglich gar sein Arbeitszimmer!«

Theo reagierte überhaupt nicht mehr, stierte abwesend auf die zwei Häuser hinter dem Bauzaun.

»Ja, mein Junge, jetzt kannst du deinen Ohren noch nicht trauen, aber das wird bald anders werden, wenn wir bei Biederlack sitzen… ich habe uns schon angekündigt! Aber erst das Haus verkaufen… Weißt du noch, um welche Größenordnung es geht?« Nun schwieg Vedder einen Moment und beugte sich seitlich zu Theo. »Fünfzigtausend…«, flüsterte er ihm ins Ohr, worauf er seine Stimme sofort wieder anschwellen ließ: »Jawohl, der Preis bleibt, um den geht es, und es wird in Amerika angelegt… Bei meinem vorzeitigen Ableben werden dort hundert Mann für dich arbeiten! Aber jetzt genug davon, wir haben es noch längst nicht geschafft… zuerst weiter verhandeln…!«

Ganz langsam wandte sich Theo nun ihm zu. Er war feuerrot angelaufen, die Augen schimmerten naß, aber in seltsamem Gegensatz dazu waren seine Lippen schmaler denn je. »Sie sagen immer dasselbe… fünfzig, fünfzig, fünfzig… nennen Sie das verhandeln?«

ES WURDE DEZEMBER, die Gewalt des Abbruchs schien allmählich ein wenig abzunehmen, und während der kurzen, vorübergehenden Momente vollkommener Stille in der Werkstatt würde er sogar die Geige wieder auskultieren können. Vedder hatte nicht nur den Baßbalken losgeweicht, sondern auch durch einen neuen Eigenbau ersetzt – ihn zu schnitzen und in die Wölbung einzupassen war weniger aufwendig, als alle Wurmlöcher in dem alten Baßbalken auszubohren und mit warmem Harz aufzufüllen. Geschlossen und wieder mit allen Spannhaken geschient, wartete die Geige in der Auslage auf die endgültige Hörprobe; sollte dem Übel noch nicht abgeholfen sein, dann könnte es nur noch unter dem antiken Etikett stecken, alle anderen Stellen waren untersucht.

Es war fast vier Uhr, noch wenige Minuten, und der Leim mußte hart genug sein, um die kahle Geige wieder bespielbar zu machen. In seiner Hausjacke aus Filz und mit einer Wollmütze auf lag Vedder auf dem Kanapee, immerzu zitternd, wegen der Nerven, der Kälte in der Werkstatt und der Entbehrung gestern nacht auf dem Dach. Den ganzen Tag schon hatte die Lampe brennen müssen, aber jetzt, wo der Abend sank, wurde es drinnen noch dunkler. Von weitem schallte das dumpfe Rumoren des Abbruchs, ab und zu von einem plötzlichen Einschlag in nächster Nähe unterbrochen.

Oben begann die Uhr zu schlagen. Er nahm die Klemmen ab, setzte den Stimmstock und spannte die Saiten. Mit dem spielfertigen Instrument unter dem Kinn und einem Bogen in der Hand wartete er auf einen Moment der Stille. Dann endlich konnte er anstreichen, erst bebend, dann mit fester Hand, während er den Atem anhielt, um noch besser zu hören. Die Geige klang jetzt unverkennbar anders, nicht mehr so rein, vor allem weniger kräftig – nur der Wolf war noch unverändert.

Völlig ausgelaugt hatte er sich wieder aufs Kanapee fallen lassen. Wild und wirr flitzten seine Gedanken kreuz und quer, zu Theo, zum letzten Eingriff, der ihm noch blieb, unter dem Etikett, zum Stand der Dinge in Hoogeveen, und schließlich auch wieder, ohne sich davon lösen zu können, zu seiner Angelegenheit mit dem Victoria: Hatte sich Biederlack etwa schon verplappert, und Ebert wußte nun, daß er sich zu einer Investition von fünfzigtausend verpflichtet hatte? In machtloser Wut rang er die Hände, bis ihn ein plötzlicher Gedanke in Gelächter ausbrechen ließ: Wenn das tatsächlich geschehen war, mußte Ebert doch jetzt begreifen, daß es keinen Sinn mehr hatte, sich noch länger gegen die fünfzig zu wehren! Sein Lachen ging in einen Hustenanfall über, aber als er die Tür dennoch hörte, riß er sich sofort zusammen. Im Nachhall der Glocke ertönten ein paar bedächtige Schritte; eine Gestalt tauchte mitten im Laden auf, blickte suchend um sich – er war es, es war Ebert...

»Hier... auf dem Kanapee...!« machte er sich im Dämmer bemerkbar.

Ebert eilte herbei, zog einen Stuhl heran und betrachtete ihn aus nächster Nähe, ernst, wortlos.

»Respektieren Sie mich?« fragte Vedder mit rauher Stimme.

Ebert nickte, noch immer schweigend.

»Ich Sie auch... obwohl wir uns gegenüberstehen...«, flüsterte Vedder und ließ sich mit einem verzückten Lächeln noch tiefer in die Kissen sinken. Zum ersten Mal in all der Zeit empfand er es auch so; mit einem Male war ihm, als seien sie zwei Feldherren, er der Kommandant einer schwer und lange belagerten Festung, die trotzdem noch immer standhielt; Ebert der General des belagernden Heeres, der nun mit einer weißen Fahne hereingekommen war, um Friedensverhandlungen zu führen und nun mit Scheu und Abscheu die Verwüstung sah, die Beschießungen und Aushungerungstaktik angerichtet hatten – ja, Gegenspieler waren sie, aber zugleich auch ebenbürtig, wenn nicht Ebenbilder, dann doch Spiegelbilder, allein durch die Umstände zur

Feindschaft gezwungen, aber im Herzen Freunde, und kannten sie sich auch noch nicht, sie erkannten sich schon …

»Herr Vedder, Sie können nicht hierbleiben«, ermannte sich Ebert nun, sich zwingend, dem Älteren gegenüber, zudem noch in dessen Haus, das Wort zu ergreifen. »Aber täuschen Sie sich nicht, jetzt ist es nur ruhig, weil der Abriß auf sein Ende zugeht. Bald beginnt der Rohbau, und dann wird der Aufenthalt hier noch viel unerträglicher, als er in der vergangenen Zeit schon war … Wir fangen mit den Ramm-arbeiten an, Herr Vedder, und deshalb bin ich zu Ihnen gekommen, zwar wieder mit demselben Angebot von fünf-undzwanzigtausend wie letztes Mal und mit demselben Wechsel als Vorschuß darauf, aber bitte lehnen Sie jetzt nicht ab … Es wird mit vier Gerüsten gleichzeitig gerammt, Ihr Haus wird in den Grundfesten wanken …«

Vedders Lächeln wurde zum Seufzen. Ja, Ebert wollte wahrlich den Frieden, aber obwohl er General war, durfte er ihn nur zu den Kapitulationsbedingungen anbieten, die ihm sein König Henkenhaf vorgegeben hatte, und ihm war anzusehen, wie sehr es ihn schmerzte, für den Fall der Ablehnung mit dem letzten, endgültigen Beschuß, der totalen Zerstörung drohen zu müssen – aber nichtsdestotrotz konnte er, Vedder, die genannten Bedingungen nicht akzeptieren, er hatte seine eigenen Interessen und seine Leute zu berücksichtigen, und zudem mußte er sie auch nicht akzeptieren, denn wenn er gleich nach Eberts Weggehen die Brücke wieder hochzog und das Tor schloß, war sein Haus wieder eine uneinnehmbare Festung, gesichert und geschützt vom Gesetz selbst, das doch besagte, daß keiner sein Eigentum verkaufen müßte, solange es das Gemeinwohl nicht verlangte – das Enteignungsgesetz von … tja, aus welchem Jahr nur wieder?

»Herr Vedder, so antworten Sie doch!«

Mit einem Kopfdrehen kehrte er in die Wirklichkeit zurück,

Eberts ungemein beunruhigtes Gesicht brachte ihn zum Lächeln, und in einfältigem Ton fragte er: »Warum verhandeln Sie nicht weiter mit mir? Auf, bieten Sie einmal fünfzig. Sie wissen doch auch, daß ich jetzt nicht mehr tiefer kann? Von Biederlack!«

Der Name fiel wie ein Backstein in den Tümpel der Stille – verursachte aber nicht das geringste Kräuseln; Eberts dunkle Gestalt blieb reglos im Zwielicht, es kam weder Antwort noch Frage, nur draußen wurde ein Steinbrocken in Stücke gehackt.

»Ja, ich bin bei Biederlack gewesen«, fuhr Vedder in hingegebener Verzückung fort, heiser, aber mit noch strahlenderem Lächeln, nun lag er fast flach auf dem Kanapee, »… wegen einer gewissen Investition … Sie schauen drein, als hörten Sie das zum ersten Mal! Aber natürlich, das gehört ja zum Spiel! Biederlack darf gegenüber Dritten ja nichts über seine Klienten mitteilen, und Sie wollen ihn nicht verraten … Aber Sie wissen sehr wohl, was ich vorhabe … Henkenhaf weiß es auch …«

Ebert seufzte, stand auf und wollte grußlos gehen, aber nun bemächtigte sich plötzlich ein Ungestüm Vedders, und er rief mit überschlagender Stimme: »Halt … noch eins … Sie bekommen noch ein Reçu von mir … für Ihre Geige!«

Mit abwehrender Geste fragte Ebert, wozu das denn nötig sei; Vedder erklärte, daß, sollte etwas mit der Geige passieren, ohne Quittung keinerlei Regreßanspruch bestehe; unter Hinweis auf sein völliges Vertrauen in Vedders Können antwortete Ebert, ein derartiges Papier absolut nicht zu wollen – und wieder wollte er sich entfernen, und wieder brachte ihn Vedder vom Kanapee aus zum Stehen.

»Vertrauen? Vertrauen?« fragte er in anmaßendem Ton.

»Ich will nicht, daß Sie mir vertrauen, ich will, daß Sie als Geschäftsmann mit mir umgehen, als Ebenbürtigem, wir sind doch beide Geschäftsleute? – mein Ehrgefühl verlangt es … Sie nehmen mir doch mein Ehrgefühl nicht übel«, fuhr er fort, »oder ist das ein Privileg der Herren?«

Seit dem Umschlag vom Ansinnen zur Anschuldigung deutete Ebert bereitwillig und mit entschuldigenden Armbewegungen an, nichts von dem Unterstellten gemeint zu haben und daher völlig zur Annahme der Quittung bereit zu sein, aber in seiner Schwäche hatte Vedder nicht mehr die Kraft, seinen Wortschwall noch zu unterdrücken.

»Ich dachte, daß Sie Respekt vor mir hätten, eben hatten Sie noch gesagt, daß Sie mich respektierten …«, fuhr er kurzatmig fort. »Nun, dann respektieren Sie mich auch als Geschäftsmann … und lassen Sie uns ein Geschäftspapier unterzeichnen …«

»Ja, nein, natürlich, wie Sie wünschen …!«

Unverzüglich, ohne Grollen oder Zögern, nahm Vedder die gezeigte Bereitwilligkeit an, wie er auch prompt, während er sich aus den Polstern aufrichtete, sein frohgemutes Lächeln wiederfand. »Sehr schön, kommen Sie dann noch kurz mit ins Büro?«

Sie standen an dem hohen Pult neben der Kasse; Vedder riß einen Bon aus dem Quittungsbuch, legte ihn in den Lichtkreis der Lampe über der Schreibfläche und spürte, wie ihm Ebert über die Schulter zusah.

»Ihre Geige ist dreitausend Gulden wert, sehen Sie, das notiere ich hier«, sprach er und ergänzte, während er routiniert weiterschrieb, leiser, nun in vertraulichem Ton: »Langsam werde ich Henkenhaf richtig lästig, nicht wahr? Der Abriß ist schwer, wenn man zwei Häuser stehenlassen muß, und demnächst beim Bauen, dann müssen sie doch abgerissen werden! Spricht er ab und zu über mich, Henkenhaf? Eine harte, aber konsequente Gegenpartei, aber das wird er vermutlich auch von mir denken … ich begreife nur nicht, warum er nicht fünfzig bietet, jetzt, wo er doch weiß, daß ich sie brauche … So, hier ist meine Unterschrift, und wenn

Sie nun auch noch kurz gegenzeichnen möchten, ist die Quittung fertig... Wenn Sie später die Geige abholen, geben Sie es mir zurück... so geht es bei jeder Geige, die ich in den Laden nehme ... Die letzte habe ich nach Amerika verkauft!«

ES ZEIGTE SICH, daß Ebert tatsächlich in der Nippflut zwischen den Gezeiten ohrenbetäubender Gewalt erschienen war und nicht übertrieben hatte: am Tag nach seinem Besuch wurden in der Baugrube vier Freifallgerüste aufgestellt; ein Teil der Arbeiter wurde weggeschickt, die Dampfmaschinen stießen die ersten Rußwolken aus; die bleischweren Blöcke, knirschend zwischen den Führungen hochgehievt, fielen von der Spitze des riesigen Balkens mit einem dumpfen Dröhnen auf die Pfähle herab – das Rammen hatte begonnen, der Bombenhagel von Einschlägen ging Tag und Nacht weiter und lockte Gaffer aus der ganzen Stadt an.

In seinem wankenden Haus fürchtete Vedder anfangs, es werde einstürzen, später waren seine Sinne, durch das ebenso endlose wie ohrenbetäubende Kalandern, zunehmend noch durch die ständige Schlaflosigkeit, so abgestumpft, daß es nicht einmal mehr zu ihm durchdrang, wenn ein Kalkstrahl an der Wand herabrieselte oder sich ein weiterer Riß auftat.

Schon am dritten Tag des Rammens kam Nachbar Carstens mit verstörtem Blick in die Werkstatt, um sich zu verabschieden: Sie hielten es nicht mehr aus, wegen der fehlenden Ruhe verschlechterte sich das Bein seiner Frau von Tag zu Tag, sie hatten in aller Eile eine bescheidene Stockwohnung im YY-Viertel gemietet und würden noch heute nachmittag umziehen. Zwischen den Schlägen konnte der Nachbar gerade noch klarmachen, daß er keine neue Schneiderei mehr eröffnen werde; die Augen wurden zu schlecht, und nach dem Verkauf des Hauses würden sie es prima bis zum Ende schaffen. In der Dämmerung, kurz nach drei, kam der Umzugswagen. Kurz darauf winkte Vedder, erfüllt von einer vagen Unruhe, dem untrennbar miteinander verwachsenen Ehepaar nach; es war ein merkwürdiger Anblick, wie Carstens neben dem Fuhrmann auf dem Bock saß und Frau Carstens, keine zwei Meter entfernt und ihm dennoch unbegreiflich fern, auf der Ladefläche auf dem Berg von Hausrat. Von nun an war er der einzige verbliebene Bewohner.

ANFANG JANUAR wurde eine schwere, versiegelte Schatulle gebracht. Unter dem Deckel fand Vedder ein Schreiben Biederlacks: »Als Anlage, sicherheitshalber ausgehend von hundertzehn Auswanderungen, dreihundertunddreißig Kopien Agentenvertrag (in triplo, ein Ex. für Sie, ein Ex. für den Agenten, ein Ex. pro Auswandererfamilie) wie auch zweihundertzwanzig Anlagen für die Auswanderer (in duplo, Exx. idem).« Völlig aus dem Häuschen nahm sich Vedder von beiden Dokumenten ein Exemplar. Es war gestochen auf Velin – wertvolle Druckschriften. Als erstes hatte er nun die Rendite und andere Bedingungen einzutragen und sie nach Hoogeveen zu schicken; kamen sie unterschrieben retour, dann bestand der nächste Schritt im Versand der ebenfalls ausgefüllten Verträge in duplo, mit den beigehefteten Einverständniserklärungen, wieder in duplo, zum Agenten nach Amerika – es war, nun schon, Eile geboten, denn mit dessen paraphierter Retoursendung konnte die Auswanderung vonstatten gehen, alle Papiere mussten aber zuvor noch über den Ozean und wieder zurück! Wie lange dauerte die Schiffsreise? Einen Monat? Am selben Abend noch setzte er sich zum Ausfüllen an seinen wackligen Tisch. Er war sicher schon bei der vierzigsten Anlage, als ihm erst einfiel, daß er auch das von Biederlack ausgefüllte Musterblatt nach Hoogeveen mitschicken mußte, damit die Auswanderer wüßten, wozu sie sich verpflichteten, fast hätte er es vergessen … Als er gegen Mitternacht den dreihundertdreißigsten Vertrag unterschrieb und die Schatulle zum Versand vorbereitete, legte er schließlich noch einen Brief bei, in dem er Anijs den ganzen Ablauf erklärte, wie er es von Biederlack verstanden hatte. Er schloß mit »Nun weißt Du, was Du weiter zu tun hast, Dein Amsterdamer Vetter, Freund und Bundesgenosse, Walter« und konnte sich nicht erinnern, wann er zum letzten Mal einen Freundschaftsbrief geschrieben hatte.

KNALL AUF FALL hatte das Rammen an einem Nachmittag, nach dem letzten Schlag, urplötzlich aufgehört – aber die nervenzerreißende Gewalt hielt an, nunmehr in Form einer permanenten Anfuhr von Material, einer Verdopplung der Lokomobile und einer Verzehnfachung der Arbeiterzahl: Der Bau hatte begonnen. Verglichen mit dem hallenden Kalandern der Freifallhämmer, hatte der Krach merklich an Kraft verloren, aber es klang jetzt viel enervierender, die ständigen Befehle, die schweren Backsteine, die einmal da, dann wieder dort polternd aus den Kippkarren rollten, so unbeständig, unabsehbar und eigentümlich, daß sich Vedder dem noch weniger verschließen konnte als dem letztlich doch monotonen Einrammen.

BEREITS MITTE JANUAR kam die begeisterte Rückmeldung von Anijs: Er habe die Anlagen und den Mustervertrag zum Feld gebracht und werde die ausgefüllten Exemplare mit separater Post zurücksenden; die Freude bei den Leuten sei sehr groß, jeder untersuche, ob er mitgehen könne, aber eine endgültige Zahl könne noch immer nicht genannt werden, viel mehr als hundert würden es jedoch nicht werden.

»Ich sehe ein Volk von Unterdrückten über eine hohe Brücke der Hoffnung aus der Knechtschaft ins neue Land ausziehen, an Ostern! Laß bei den Verhandlungen nicht locker, falls Du noch keine Übereinkunft erreicht hast: *perficit, qui persequitur!* In tiefer Dankbarkeit und Freundschaft, Chris.« – Ostern, es würde also nicht an Pfingsten, sondern schon an Ostern sein … obwohl, »schon« … dieses Jahr fiel es erst auf den 21. April!

Die Schachtel mit den manchmal mit einer Unterschrift, manchmal mit einem Kreuz unterzeichneten Einverständniserklärungen der Auswanderer kam am nächsten Tag. Vorläufig waren es achtundachtzig, aber man mußte Nachmeldungen mitberücksichtigen. Bebend, befangen durch die Greifbarkeit dieser wenn auch zeitlich noch so unendlich fernen Standortverlegung, ließ Vedder die Papiere durch seine Finger gleiten: Wenn er nun diese Unterlagen mit den korrespondierenden, von ihm bereits ausgefüllten und unterzeichneten Verträgen nach Amerika schickte, gab es für den Agenten keinen Anlaß mehr, die in triplo empfangenen Verträge nicht auch seinerseits zu signieren und in duplo wieder nach Holland zurückzusenden, mit einer Kopie für ihn und einer weiteren, wiederum nach Hoogeveen weiterzuschickenden, die den Auswanderern als Fahrkarte für die Überfahrt dienen sollte. Für die Verschiffung nach Amerika legte er alles, einschließlich eines kurzen Briefs an Al, in der er um eine Überfahrt um Ostern herum bat, in eine nagelneue, mit Seidenpapier gefütterte Schachtel – aber als er sich damit bei Biederlack meldete, schickte ihn dieser weiter zum Postamt …

NOCH BEVOR ER seine alten Nachbarn in ihrer neuen Behausung besucht hatte, schrieb Carstens, seine Frau sei ins Spital an der Prinsengracht aufgenommen.

»Also wird das Bein, das zuerst versorgt, dann gepflegt wurde, nun endlich behandelt«, flüsterte er, und er wußte nicht, ob seine Beklemmung nun dem Bein galt oder dem wegen der Arztkosten für die alten Leute nun noch wichtiger gewordenen Verhandlungsergebnis.

DER WINTER BLIEB weiterhin mild, die Lutherie brachte wenig Umsatz, matt trödelten die Tage heran – aber mit dem Verstreichen der Tage wuchs Vedders Ungeduld: Henkenhaf kam nicht, wo blieb Ebert? Sie mußten verhandeln! Bald kamen sie doch noch in Zeitnot! Das erzwungene Abwarten, während die Verträge auf dem Weg nach Amerika waren und nur noch der Unterschrift des Agenten bedurften, rieb ihn auf, und toll und ratlos wegen seiner noch immer anhaltenden Schlaflosigkeit, begann er wieder regelmäßig durch die Luke auf sein Flachdach zu steigen. Unter dem schweren, lastenden Nachthimmel liegend, manchmal auch im Nieselregen oder nassen Schnee, starrte er dann schaudernd über die Dachrinne hinab auf das wirre Gewimmel im grellen Licht der Bogenlampen, lauschte den fortwährenden Weisungen, dazwischen dem schleifenden Geräusch der Mörtelmischer oder dem Knarren der Holzroste unter den Karrenrädern. Die Köpfe der Rammpfähle, jüngst erst unter der Schlagramme zu weißen Kronen zerfasert, zu schaumigen Bierblumen, waren schon nicht mehr zu sehen, die Keller lagen schon unter den Dielen des Erdgeschosses verdeckt, und immerzu weiter wuchs links und rechts das Mauerwerk empor; unaufhaltsam kamen sie höher, auf Gerüsten, mit Leitern – sie kamen zu ihm …

ALLMÄHLICH wurden auch die Fenster der verlassenen Schneiderei mit allerhand Werbezetteln beklebt. Kam es durch diese Verwahrlosung, daß es noch stiller wurde in der Lutherie? Ratlos vom Nichtstun nahm er doch wieder die Geige zur Hand. Die antike, blaßviolette Unterschrift Sydes flößte ihm doch noch zu viel Respekt ein, als daß er es wagte, unter dem Etikett zu sondieren, aber statt dessen könnte er doch etwas an der Mensur verändern, um so das durch den neuen Baßbalken verringerte Volumen zu kompensieren. Aber nach einer Woche war der Hals noch nicht fern, vor Ungeduld ging er ständig aus dem Haus, und als er an einem Spielzeugladen vorbeikam, kaufte er in einer Aufwallung eine Art Maske, bestehend aus nicht mehr als einem Gummiband für den Kopf, befestigt an einem roten Bart mit Schnauzer und Koteletten, und darüber einer schweren, schwarzen Brillenfassung mit Fensterglas. Über seinem eigenen Bart war das ausnehmend warm, aber bei der Inspektion im Spiegel sah er sich völlig vermummt, und als er die Probe aufs Exempel machte und auch von Rossaert nicht erkannt wurde, fühlte er sich befreit wie ein Gefangener … Nun konnte er zu Biederlack, vor dessen Büro solange er wollte Stellung beziehen und herausfinden, ob Ebert dort hineinginge … möglicherweise in Begleitung eines anderen, wahrscheinlich schon etwas älteren Herrn … Henkenhaf! – und dann, wenn sie wieder herauskämen, dicht an ihnen vorbeigehen … sie mußten verhandeln … achtundachtzig Verträge waren nach Amerika unterwegs … achtundachtzig Auswanderer, jeder fünfhundert Gulden … wenn es dabei blieb, könnte er bis auf vierundvierzigtausend Gulden heruntergehen! Er brannte darauf, den Verhandlungsspielraum nun auch tatsächlich zu nutzen, aber dann dachte er auch wieder an die Nachmeldungen, die womöglich noch bis über hundert auflaufen konnten … dann wären fünfzig noch zuwenig …

DER WINTER ging zu Ende, der Vorfrühling sproß beunruhigend schnell mit weißen und rosa Blüten. Der Zeitdruck wurde Vedder allmählich zum Alpdruck, obwohl er sich doch für das unvermeidliche Durchhauen des Knotens wegen seiner Abfindung nicht anders als zu seinem Vorteil auswirken konnte. Das Hotel nahm Gestalt an, die Ausgaben pro Tag mußten gewaltig sein, die bereits gemachten Ausgaben noch ein Vielfaches mehr – und nun sollten die beiden noch verbliebenen Häuschen die Vollendung behindern können? Unablässig kreisend um diesen einen Gedanken, lag er immer öfter auf dem Kanapee: Wenn er sich vorstellte, wie Henkenhaf mit Ebert einen Ausweg aus dem Patt besprach, federte er mit fiebrigem Lächeln von den Polstern hoch; erwog er im nächsten Moment, daß sie der Sache womöglich vorsätzlich ihren Lauf ließen, um seinen Widerstand zu brechen, sank er wieder erschöpft auf sie zurück.

DIE ERSTEN MALE, als er sich vor Biederlacks Haus aufhielt, brach ihm prompt der Schweiß aus, nicht nur wegen des doppelten Bartes, sondern vor allem vor Aufregung. Später, als es zum täglichen Tun geworden war, wurde das Bänkchen, von dem aus er das Notariat observierte, die einzige Stelle, wo er noch Ruhe fand. Über den Rand einer aufgeschlagenen Zeitung äugte er unausgesetzt zur Tür und zu den hohen, spiegelnden Fenstern von Nummer 58, und von einem gewissen Zeitpunkt an nahm er auch regelmäßig eine Angel mit, wodurch er noch länger sitzen konnte, ohne Argwohn zu erregen. Einmal hatte er Ebert hineingehen sehen; ihm hüpfte das Herz, aber was das zu bedeuten hatte, konnte er nicht begreifen. Dennoch ließ dieser Vorfall seine Gewohnheit, hier zu sitzen, zu einem Bedürfnis werden; die Angst, etwas zu versäumen, ließ ihn manchmal grundlos aus der Werkstatt hetzen, mit der Angel oder der Zeitung in der einen Hand und in der anderen die Maske, bis zur letzten Straßenecke am Gummiband baumelnd.

WO DIE VERTRÄGE jetzt wohl waren? Irgendwo auf dem Ozean, in New York, schon auf dem Rückweg nach Amsterdam? Es war einerlei, der Prozeß war nicht mehr aufzuhalten, die Trossen waren gelöst, und das Schiff glitt ungehindert davon, mit schlaffen Segeln, aber doch mit merklicher Geschwindigkeit; es waren die Gezeiten, die es schnell machten, es fuhr nicht aus eigener Kraft, es trieb lediglich fort, wurde willenlos von der Strömung mitgerissen, und die Küste war so, trotz ihrer Nähe, schon unerreichbar geworden …

ENDE MÄRZ kam Nachricht von Biederlack. Er hatte ein Depositenkonto eröffnet, das Drittengeld konnte nunmehr überwiesen werden. Bestürzt starrte Vedder auf die Kontonummer, irgendwie stöberte es sein Bewußtsein noch mehr auf, daß es nicht mehr als drei Wochen bis Ostern waren. Er zog die Jacke an und eilte, diesmal ohne Maske, zur Herengracht. Just als er um die Ecke bog, sah er Ebert herauskommen. Die Maske am Gummiband schlenkernd, setzte er ihm nach, packte ihn an der Schulter und keuchte: »Wir müssen verhandeln!«

Weniger erstaunt als forschend blickte Ebert ihn an. Der Frühlingstag war schon so mild, daß er seine Glacéhandschuhe lässig in der Hand trug. »Was ist Ihr Preis?« fragte er ganz gelassen.

Vedder öffnete mehrmals den Mund, stieß einen heiseren, tonlosen Laut aus und fühlte dann, wie ihn alle Kraft verließ.

»Ich habe mit Ihnen eine klare Vereinbarung getroffen«, riß Ebert nun beherzt das Gespräch an sich. »Sie können über Biederlack Kontakt aufnehmen, wenn Sie bereit sind, mit

Ihrem Preis herunterzugehen oder wenn Sie auf unser Angebot mit dem vorläufigen Wechsel eingehen wollen… weiter haben wir nichts zu besprechen, also, wenn Sie erlauben… Guten Tag!«

NACH EINIGEN TAGEN wurde ein Brief von Anijs gebracht, der die ernsthaften Vorbereitungen der Auswanderer in den höchsten Tönen lobte, sich aber zugleich fragte, wo denn die Verträge blieben. Wurde es nicht Zeit, Vetter Al telegraphisch um Bestätigung zu bitten? Vedder schrieb nicht zurück, wie er es nicht wagte, das Ehepaar Carstens im Krankenhaus zu besuchen, geschweige denn ohne Überweisung des Geldes nach Amerika zu telegraphieren.

AM 6. APRIL bekam Vedder eine Rechnung des Druckers. Der Betrag jagte ihm nicht nur einen Schreck ein, er hatte auch ein mulmiges Gefühl, sich lächerlich gemacht zu haben, als hätte er für sich eine akademische Urkunde drucken lassen, völlig glaubwürdig, aber ohne die Unterschrift eines Professors ebenso wertlos wie seine Verträge ohne die Einlage.

BEI DER VIOLINE gab es inzwischen kaum Fortschritte, weil Vedder sich kaum noch dazu aufraffen konnte. Seine Hände waren unsicher geworden, sein Blick unscharf, und es kam regelmäßig vor, daß er mitten in der Arbeit plötzlich erstarrte und fern von Zeit und Raum nach draußen spähte, nach dem unsichtbaren Nahen von Ebert, von Henkenhaf, von Ostern. Die stickige Luft in der Werkstatt, die er so gut wie nie mehr verließ, umhüllte ihn wie ein durch die verstreichende Zeit elektrisch aufgeladenes Fluidum, das sein Nervensystem durcheinanderbrachte. Einmal war Theo noch vorbeigekommen, und als er ihn so, wie gelähmt, mit der Geige auf dem Schoß vorfand, riet er ihm, doch die Suche nach dem Wolf aufzugeben: »Lassen Sie Ebert seine Probleme selbst lösen!« – der Junge sagte es mit einem ebenso unverkennbaren wie unerwarteten Mitgefühl, er hatte ihm die Hand auf die Schulter gelegt und war, ohne nach Geld zu fragen, wieder verschwunden.

AUF DEM FISCHMARKT ging der Stint zu Ende, und der erste Lachs wurde geliefert. Vedder, der nie mehr in Hotels aß, beließ es beim letzten Stint, aß aber seine Spitztüte nicht mehr auf der Bank gegenüber von Biederlack leer. Er hatte dort nichts mehr zu suchen, blieb deshalb wieder öfter in der Werkstatt und vollendete die Änderung der Mensur doch noch mit gutem Erfolg. In der Leere seiner Tage ging er dann mit äußerster Willensanstrengung dazu über, noch einmal, zum allerletzten Mal, die Syde-Violine zu öffnen: Wenn es ihm tatsächlich gelänge, unter dem Etikett den Auslöser für den Wolf zu beseitigen, dem einzigen Platz, wo er noch stecken konnte, böte sich ihm doch wieder eine Möglichkeit, mit Ebert Verbindung aufzunehmen.

Geplagt von heftigen Kopfschmerzen, kam er zur letzten Phase des letzten Eingriffs. Auf dem Kanapee lag die Geige in ihren Einzelteilen um ihn ausgebreitet, nur den Boden mit dem Etikett stemmte er gegen den Bauch. Mit einem Mal begann er, ganz gedankenlos, ohne Werkzeug, mit dem Daumennagel ein bißchen an einer Ecke zu kratzen. Da klingelte es. Es war der Postbote mit einem Paket. Die Verträge aus Amerika, jetzt in duplo und vom Agenten unterschrieben, der die Einverständniserklärungen nicht mit zurückgeschickt hatte. Vetter Al hatte eine Nachricht beigelegt, daß nun alle Formalitäten erledigt seien. Auf dem Dampfschiff Orion waren achtundachtzig Familienpassagen reserviert, Abfahrt 20. April, mittags, hinter dem Hauptbahnhof, Einschiffen ab zehn Uhr, mit Ziel New York. Die Auswanderer würden Plätze auf dem zweiten Zwischendeck haben und müßten selbst für Proviant sorgen; Reisedauer etwa ein Monat.

Heftig durch die Nase schnaufend, blickte Vedder auf die amerikanischen Briefmarken, auf die Unterschriften des Agenten auf den Verträgen, auf den Brief Als mit dem nun definitiv festgesetzten Abfahrtsdatum und schließlich auf den Kalender an der Wand. Es war der 11. April, nur noch neun Tage bis zur Abfahrt – selbst wenn der gesamte Betrag auf der Stelle telegraphisch nach Amerika überwiesen würde, wäre es noch fraglich, ob die Reservierungen für die Überfahrt bei der Reederei rechtzeitig bestätigt werden konnten. In dumpfer Gelassenheit begann er von jedem Vertrag in duplo ein Exemplar wegzunehmen, die übrigen legte er, zusammen mit Als Brief, in die Schachtel zurück und schickte sie noch am selben Nachmittag vom Postamt aus nach Hoogeveen, als Reisebillett für die Auswanderer – doch ohne Geldüberweisung waren sie nicht gültig …

WIEDER war eine Woche vergangen. Vedder konnte nicht mehr denken, er konnte nur noch arbeiten, soweit es sein bebender Körper zuließ. Das Etikett hatte das Entfernen nicht überlebt und lag in Form einiger aufgerollter Papierschnipsel auf irgendeiner Untertasse, aber er hatte darunter einen Wurmgang entdeckt, der ihm größer vorkam als andere. Nach dem Ausgießen des Hohlraums mit warmem Leim hatte er das Instrument zum allerletzten Mal wieder zusammengebaut und wollte eben die Spannhaken wieder anbringen, da fiel ein Brief auf die Fußmatte. Es war ein Schreiben von Anijs.

Werter Vetter, guter Freund Walter,
du lieber Himmel, was haben uns die Amerikaner warten lassen! Bin nach Als Nachricht schnurstracks nach Assen gereist, Gespräch mit der Staatlichen Eisenbahn, sie koppeln an dem großen Tag zwei extra Viehwaggons an den frühesten Zug aus Assen, diese werden in Amersfoort von der Holländischen Eisenbahngesellschaft übernommen – aber zur Sache, zur Sache: Die Auswanderer treffen am 20. April um 9.40 Uhr am Hbf Amsterdam ein ... das ist, wenn Du diese Zeilen liest, bester Vetter ... morgen! Bist Du meiner Ansicht, daß diese Kosten Teil Deiner Investition sind? Dank, Dank wieder namens der Auswanderer! Die letzte Nacht werden sie wohl in Schuhen schlafen, wie einst das alte Volk ... Nächstes Jahr in Amerika! Übrigens haben sich vier weitere Haushalte angemeldet. Glückliche Reise, Orion!
Für wieviel hast du am Ende Dein Haus verkauft? Du Glückspilz!

Herzliche Grüße, auch namens Martha,
Dein Dir ergebener Chris

Es war soweit: Morgen kamen die Auswanderer, und es war nicht bezahlt. Mit Herzbeklemmungen blickte Vedder reglos auf den Brief in seinen zitternden Händen, bis sein benommenes Hirn quälend langsam zu rechnen begann: Vier Familien extra, zu den achtundachtzig, jetzt insgesamt zweiundneunzig, mal fünfhundert ... das machte sechsundvierzig ... Er mußte nicht mehr an den fünfzig kleben, er konnte bis auf sechsundvierzig heruntergehen!

Angetrieben von einem flackernden Hoffnungsflämmchen, stolperte er hinaus, ohne zu merken, daß er links und rechts Menschen anrempelte, bog um die Ecke in die Herengracht und ging die Freitreppe zu Biederlack hinauf, der allerdings nicht da war. In äußerster Verzweiflung hinterließ er beim Hausmeister einen Zettel für den Herrn Ebert, in dem er um dessen sofortiges Kommen bat – er sei bereit, herunterzugehen.

Wieder zu Hause spannte er die Klemmen um die Geige, legte sie in die Auslage und konnte dann nur noch abwarten. Nichts geschah, bis eine Schiffssirene ertönte und der riesige Schornstein eines Ozeandampfers über dem Bahnhof auftauchte – er erkannte die Farbbahnen nicht, zweifelte aber nicht, daß es die Orion war…

Vor Nervosität gähnend, legte er sich aufs Kanapee, während ihn seine wie eine kaputte Schraube durchdrehenden Gedanken im Innern der Schädels kribbelten. Vielleicht war Ebert gerade da, wenn er demnächst mit der Geige die allerletzte Probe machte! Auf jeden Fall mußte er heute noch dem Agenten telegraphieren lassen, damit auch den vier weiteren Familien nicht der Zugang zum Schiff verweigert würde, und auch wenn die Verträge noch nicht über den Ozean gewesen waren und nur seine Unterschrift trugen und nicht die des Agenten – eigentlich war das einzige, worauf es morgen ankam, das An-Bord-Kommen, danach war, dank der Telegraphie, faktisch noch jede Menge Zeit, mindestens ein Monat: Wenn das Geld bei Ankunft in New York nur da war! Wenn dann nur bezahlt war! Und arbeitete die Zeit nicht schon in aller Stille für ihn? Das Hotel nahm nun richtig Gestalt an; die Ausgaben pro Tag mußten enorm sein, die bereits gemachten Unkosten noch um ein vielfaches höher…

Es dämmerte bereits, als sein fieberhaftes Brüten grob von der Türklingel gestört wurde. Ein Zittern durchfuhr ihn, Ebert trat ein und kam mit scheinbar kräftigerem Schritt als sonst über den Dielenboden auf ihn zu; ohne sich vom Kanapee zu erheben, drückte ihm Vedder die Hand, plötzlich wieder ganz ruhig, lächelnd, geheimnisvoll schweigend, wie ein Kranker vom Bett aus.

»Herr Vedder, stimmt es, daß Sie bereit sind, herunterzugehen?« fragte Ebert.

Er nickte, spürte seine Wangen herrlich glühen und blieb stumm.

»Und darf ich auch fragen, auf welchen Betrag Sie heruntergehen wollen?«

Sein Lächeln wurde noch breiter, und strahlend sagte er, den anderen mit glitzernden Augen starr ansehend: »Sechsundvierzig... das ist auch meine Hausnummer...!«

Mit völlig ungerührtem Ausdruck schüttelte Ebert den Kopf. »Dann kann mein Besuch kurz bleiben. Über Beträge höher als dreißig darf ich nicht mit Ihnen sprechen.«

In dem Moment wurde mit einem gleitenden Geräusch ein Brief durchgeschoben. Vedder achtete nicht darauf, durchglüht von dem so lang erhofften Verhandeln, sah er Ebert strahlend an – war es Einbildung, daß er die letzten Male weniger höflich, weniger geduldig und hilfsbereit gewesen war? Er schien auch heute das Spiel noch härter spielen zu wollen, logisch: Er wollte einen Durchbruch erzwingen...

»Nein, nein... aber darf ich Sie jetzt auch etwas fragen?« stieß er heiser hervor, während ihn weiter ein Schauder nach dem anderen durchzitterte und er sich genießerisch an der Rückenlehne rieb. »Was kostet es das Hotelunternehmen zusätzlich pro Tag, daß wegen der zwei verbliebenen Häuser nicht ganz so effizient gearbeitet werden kann? Ich frage Sie, weil Sie das Spiel heute anscheinend sehr hart spielen möchten...«

Wieder schüttelte Ebert den Kopf. »Es tut mir leid... es ist mein voller Ernst... und wenn es bei Ihnen auch so ist, höre ich gern von Ihnen... Auf Wiedersehen!«

Noch bevor es Vedder begriff, hatte Ebert kehrtgemacht und verließ den Laden. Erst als das Glöckchen verstummt war, vermochte er auf die Beine zu kommen und wankte Ebert hinterher. Dieser war nirgendwo mehr zu sehen, nur der eben zugestellte Brief lag noch auf der Matte. Er riß den Umschlag auf und hielt den Brief unters Licht der Straßenlaterne. Es war eine Liquidation von Biederlack. Während ihn eine eisige Einsamkeit umfing, starrte er auf den schauerlichen Betrag, »den ich Ihnen gern zur Begleichung vorlege«.

IN DIESER NACHT kam Vedder betrunken um die Ecke. Ohne die Geige noch auszuprobieren, war er gleich zu Ebert gegangen, zuerst zum American Hotel, danach zum Kirschbaum, dann zum Café Polen. Tüchtig ausschreitend zum eins rechts, eins links der mächtigen Märsche und gewaltigen Walzer, die gespielt worden waren, zum Impetuoso seiner Scham und dem Takt, mit dem er jedesmal zum Nachschenken mit dem Krug auf den Tresen gehämmert hatte, erreichte er die Haustür. Er drehte den Schlüssel um, zündete drinnen das Stockwerklicht an, und erst, als er die Arme zu einer letzten Probe nach der Geige ausstreckte, sah er, daß sie verschwunden war – die Auslage war leer.

Mit einer Geneverflasche ließ er sich stumpf aufs Kanapee fallen, aber wieviel er auch trank, die Rückkehr seines Denkvermögens, selbst seine Nüchternheit war nicht lahmzulegen. Unerträglich scharf sah er die geschiente Geige noch vor sich in der Auslage, wie er sie zurückgelassen hatte; suchen war zwecklos, es gab keinen Zweifel, jemand hatte die Geige entwendet, allerdings ohne einzubrechen, daher unter Zuhilfenahme eines Schlüssels... Theo! In Eberts Auftrag! Nach einer Krisensitzung mit Henkenhaf! Sie konnten ihn jetzt in den Konkurs treiben! Die Quittung! Wenn sie morgen die Geige zurückforderten, und dann, bei Nichtvorhandensein, die dreitausend Gulden, auf die er sie selbst taxiert hatte, welchen Betrag er bei weitem nicht bezahlen konnte, dann könnte Ebert seinen Konkurs verlangen, mit anderen Worten: die öffentliche Versteigerung seines Hauses… und wer anders als Henkenhaf würde dann bieten? Ausgeschlossen, daß er dann noch sechsundvierzig bekäme, übrigens, das wäre schon nicht mehr genug, wenn er zu Schadenersatz verurteilt würde, könnte er nur noch bis auf neunundvierzig gehen…! Aber von Heruntergehen wäre dann längst keine Rede mehr, die Verhandlungen waren vorbei, bei einer Versteigerung würde schon ein Drittel des benötigten Betrags als Höchstgebot reichen…

Eine eiserne Hand zwang ihn aus seiner liegenden Stellung hoch, er war nicht mehr allein, und heftig bewegt erduldete er die Gewalt. Am Ende hatte Henkenhaf dann doch selbst den Kampf mit ihm aufgenommen und aus einer völlig unerwarteten Ecke vernichtend zugeschlagen, unter ausgeklügeltem Einsatz der Quittung, die er Ebert, gegen dessen höfliche Weigerung, notabene selbst aufgedrängt hatte… oder war die Planung noch viel genialer gewesen und hatten sie ihm die kostbare Syde-Violine schon von Anfang an mit dem Gedanken zur Reparatur anvertraut, um ihn im Notfall so zum Verkauf seines Hauses zwingen zu können… Einerlei, kein einziger von all den hundert von ihm unterschriebenen Verträgen würde je rechtskräftig werden, das einzige von ihm signierte Papier, das Rechtskraft besaß, war die Quittung, mit der er seinen eigenen Bankrott vorbereitet hatte, und morgen früh kamen die Leute… um 9.40 Uhr… mit Sack und Pack… Die Auswanderer aus Drenthe…

Er stieß ein irres Kichern aus, nahm noch einen Schluck und stierte abwesend aus dem Fenster. Hinter dem Bahnhof zeichnete sich der Schornstein der Orion vor dem nächtlichen Himmel badend im Licht ab; die Bevorratung mußte in vollem Gang sein.

KAPITEL 18

Ein Volk

Still und silbern schimmerte das Morgenlicht auf den hohen Fenstern der Apotheke. Draußen regte sich nichts, drinnen zog Anijs seinen Mantel an, zum letzten Mal über den Arztkittel – Martha war einverstanden, unter der Bedingung, ihn gleich nach dem Abschied in den Korremorre zurückzubringen. Sie reichte ihm Hut und Stock. Ein Kuß, eine allerletzte Lakritze für Klein Pet, während er unwillkürlich noch einen Blick auf das gerahmte Photo an der Wand warf. Wie scharf Halink das Volk auch abgezogen hatte, mit der Zeit war all das Weiß und Schwarz doch zu den gängigeren, an sich schon unbestimmteren Strichen Sepia verschwommen … würde es seinen Erinnerungen ebenso ergehen? Ein Kälteschwall, die Tür, die klingelnd hinter ihm zufiel, danach nichts mehr als das Geräusch seiner Absätze auf der ausgestorbenen Uferstraße.

Es war fünf nach sechs, Schlag sieben fuhr der Zug ab, das Volk sollte um halb sieben auf dem Bahnsteig versammelt sein: Er konnte es noch immer nicht ganz fassen, das genaue Datum war ihm erst vor einer Woche bekannt geworden, aus Als Schreiben; in aller Eile hatte er im letzten Augenblick die zusätzlichen Viehwaggons bei der Eisenbahn organisieren müssen; wie sehr hatten die Amerikaner seine Geduld auf die Probe gestellt! Aber da nun alsbald das letzte Blatt umgeschlagen werden sollte, senkte sich eine ätherische Gelassenheit auf ihn und kehrten seine Gedanken wie von selbst zu den früheren Kapiteln aus demselben Liebeswerk zurück wie das eine Mal, kurz nach dem Jahreswechsel, als Amshoff unverhofft in die Apotheke getreten war und in arrogantem Ton um Aufklärung über die Tatsache ersuchte, daß er bei seinem Besuch am Morgen im Feld im Hause der Bennemins kein Baby vorgefunden hatte, »... was mich überaus überrascht, werter Anijs, da die Tochter Johanna vor etwa einem Jahr bei Ihrem Kollegen Halink um Siebenbaum gekommen war, zwar vergeblich, aber dennoch muß das Mädchen schwanger gewesen sein... Was ist aus dieser Schwangerschaft geworden, wo ist das Kleine geblieben? Man wollte es mir nicht sagen, wechselte sonderbare Blicke, schwieg, als wäre es verabredet. Ich weiß nur, daß Sie vor ein paar Monaten nachts zum Feld gefahren sind...!« Sich über den offenbar strikt eingehaltenen Bund des Schweigens freuend, hatte er die Verdächtigung mühelos mit der naiven Mutmaßung einer Fehlgeburt abgebogen, worauf sich der alte Doktor noch mehr zu erregen schien: »Geb's der Himmel, daß Sie recht haben, aber falls sich je herausstellen sollte, daß damals eine ausgetragene Frucht zur Welt gebracht wurde, wonach Sie sich die Feststellung des Todes angemaßt haben... dann sind Sie doch wirklich zu weit gegangen... dann schwöre ich hiermit, daß ich daraus eine Disziplinarsache machen werde... Die Diagnose ist Sache des Arztes, Herr Anijs, auch wenn es sich um arme Menschen handelt...«

Mit vollem Herzen, unablässig seufzend unter dem Gewicht der vergangenen und bevorstehenden Ereignisse, wanderte er weiter an den stillen Fassaden entlang, bis er auf der Höhe von Haus Gratama plötzlich stehenblieb und befreit Atem holte: Ganz am Anfang, als er Vedder beim ersten Besuch vom Bahnhof abholte, hatte er auch hier angehalten und befreit Atem geholt, erfüllt von einer neuen Freundschaft – warum sollte er, ihr zu Ehren, nun nicht dieselbe

Strecke nehmen wie damals, statt dem Steinweg zu folgen? Er ging zwischen zwei Häusern durch, hörte hinter sich noch kurz die ersten Anzeichen von Betriebsamkeit in der Torfstreufabrik »Die Industrie« und ging dann zwischen den Weiden durch auf den Nutzwald dahinter zu.

Oder jenes Mal, erst neulich, als ihn Pottinga in der Apotheke fragte, warum die Feldgänger in so großer Zahl zur Gemeindeverwaltung kämen, um sich Reisepässe zu holen, und er ihm noch aalglatter als zuvor Amshoff gegenüber zu erwägen gab, vielleicht gebe es anderswo Saisonarbeit, zum Beispiel in Deutschland im Moor oder in den belgischen Gruben, weil es mit dem Torfstechen im Feld doch zu Ende ging und sich keiner darum kümmere! »Ja schon, alles richtig, bester Anijs, aber sie verkaufen auch ihr Hab und Gut… Stühle, Tische, alles… auf allen Wochenmärkten hier in der Gegend! Und wenn man sie danach fragt, ziehen sie die Brauen in die Höhe und antworten nicht… sie schweigen, auch Amshoff gegenüber, gerade, wo er mit neuem Eifer seine medizinische Fürsorge über sie ausdehnen wollte und wir von der Gemeinde aus an eine besondere Armenfürsorge denken? Dort braut sich etwas zusammen, zweifellos von jemand aus dem Ort angestiftet, auch wenn es sich nicht beweisen läßt, aber um mich klar auszudrücken: Ich werde nicht zulassen, daß der ärmste Teil unserer Bevölkerung der notwendigen Hilfe, die wir für sie vorbereiten, entzogen wird! Verstehen Sie mich? Wir behalten Sie im Auge, ich warne Sie als guter Freund: Gehen Sie nicht zu weit!« Er hatte nicht einmal geantwortet, nur unwissend mit den Schultern gezuckt, genau wie das Volk: Pottinga war für ihn kein Rivale mehr. Ebensowenig wie Amshoff – das heilige Feuer des Auszugs umglühte ihn wie eine goldene Rüstung.

Der noch schiefergraue Himmel über dem Waldrand im Westen verfloß gleichmäßig in ein flaumiges Weiß senkrecht nach oben und in das noch hellere Violett im Osten hinter ihm: Ein strahlender Tag stand bevor, aber vorläufig war das Gras noch klatschnaß vom Tau. Mit sumpfigen Geräuschen kam er auf dem Feldweg voran, während ihm unablässig willkürliche Ereignisse aus dem vergangenen Halbjahr wie Nebelfetzen durch den Geist zogen, die unerwartete Auflösung der »Noordsche Schut«, der Einsatz der letzten Kampagne, zu der die Feldler auf seinen Rat hin doch wieder in hellen Scharen gegen die Torfbarone zusammengeströmt waren, nicht, weil es noch viel ausmachte, sondern im Gegenteil, um das gerade zu bemänteln.

Vorsichtshalber war er nur noch einmal zum Feld gegangen, mit dem Blankovertrag, um ihn zu erklären, aber über Klein Pet, der jede Woche unbemerkt über die Schleichwege am Küchenfenster auftauchte, war er mit Bennemin in Verbindung geblieben, hatte ihm einmal ein englisches Lehrbuch zukommen lassen, dann wieder einen Zeitungsartikel über die Freiheitsstatue oder ein Bild des amerikanischen Präsidenten und letzte Woche dann, endlich, die sehnsüchtig erwarteten, nun auch vom Agenten unterschriebenen Verträge wie auch das erlösende Schreiben Vetters mit dem Abreisedatum. Wie blindlings hatte das Volk all die Zeit darauf vertraut, daß es schon noch soweit käme, während er selbst in Ungeduld die Hände rang; wie gänzlich hatten sie sich auf ihn verlassen und ohne Zögern ihr Hab und Gut verkauft; wie geduldig hatten sie die Entbehrungen des vergangenen Winters auf sich genommen in der Hoffnung auf ein besseres Leben; und vor allem, wie treu hatten sie Stillschweigen über alles, was vor sich ging, gewahrt, jeden Tag aufs neue, selbst unter Druck, so daß das Lassen allmählich zum Tun geworden war, zur Tat, seine eigene Arbeit zur Zusammenarbeit …

Er ließ die offene Gemarkung hinter sich und setzte seinen Weg über den Pfad durch den Holzwald fort. Unter den Bäumen war es dämmrig, und wie von selbst bekamen auch seine Gedanken einen dunkleren Ton, denn wie glücklich die Abfahrt hernach auch war, es würde auch Kummer geben: Nur die Familien mit mehreren arbeitsfähigen jungen Männern wagten die zusätzliche Belastung, die Großeltern mitzunehmen. Der Gedanke an die zurückbleibenden Greise, die sich gleich noch einmal an ihre Kinder und Enkel klammern würden, drückte ihm sehr aufs Gemüt, er dachte an Lubber, an den Hund Joop und dann auch an Martha zu Hause, die sich zwar freute, daß mit Johanna auch die Narbe der strafbaren Punktion definitiv verschwinden würde, aber jetzt zweifellos um ihren lieben kleinen Pet Tränen vergoß, wie zuletzt vor ein paar Tagen, als sie ihn durchs Küchenfenster noch auf den Kopf zu küssen versuchte, während er schon mit dem Zettel mit der Abfahrtszeit des Zuges davonlief und der Hund um ihn herumtollte. Und dann Walter, würden sie ohne die Verbindung ihres Vorhabens noch Freunde bleiben, der gute Walter Vedder, vor dem er sich beim ersten Treffen so ungeheuer geschämt hatte für den auch jetzt plötzlich wieder riechbaren Güllegestank der Ferkelzucht und dessen wohltätige Investition ihn jetzt vor Stolz strahlen ließ? Wie gern würde er nach Amsterdam mitreisen, um dann mit ihm zusammen am Kai zu stehen, aber etwas sagte ihm, daß er hierbleiben mußte – war nicht auch Moses nach dem Auszug ins Gelobte Land in der Wüste zurückgeblieben?

Abseits, zwischen den Stämmen, bewegten sich van Velzels Ställe langsam hinter ihm vorbei; schon leuchtete das volle Licht am Ende des Pfads; gekrümmt überquerte er den Bahnhofsvorplatz, stieg die Treppe hinauf. Mehr als eine Tüte Medizin, einen Bleistift und Papier und die Lakritze für Klein Pet hatte er nicht bei sich, aber angesichts des Abschieds konnte er es kaum noch tragen.

Sie waren schon da, natürlich, er hatte sie sofort aus dem Augenwinkel entdeckt, aber erst jetzt, auf gleicher Höhe, war er wirklich *mit ihnen zusammen*. Trotzdem lag sicher noch eine Strecke von hundert Meter Leere zwischen ihm und den anderen; sie waren ganz bis zum Ende des ansonsten völlig verlassenen Bahnsteigs gelaufen, wo die angehängten Viehwaggons halten sollten. Man hatte ihn bereits bemerkt. Er zog die Mütze, und inmitten einer Unmenge von Koffern und Henkeltaschen, Körben und Ballen beobachtete man unbewegt, wie er unter der Bahnhofsuhr durchging und noch näher kam. Die Bennemins standen vornan; Johanna erkannte er zuerst, schlank und weiß wie eine Birke, danach erst die anderen; aber ihrer hatte er sich auch zuerst erbarmt, erst dann all der anderen, die sich, wie ein Bienenvolk der Königin blind folgend, eine Einheit in Vielheit, auf seinem Kopf niedergelassen hatten – ja, einen Helm aus Honig trug er, süß und weich; bei jedem Schritt, den er tat, fächerte sich der Schwarm wie ein herrlicher Federbusch über ihm aus, und dann, so bekrönt mit höherem Segen, aber zugleich überaus scheu, gesellte er sich zu der zerlumpten Gesellschaft.

»Einen guten Morgen!« rief er so ungezwungen wie möglich.

»Good morning, Sir!«

Er verstand die Antwort nicht gleich, sah auch nicht, wer sie gegeben hatte, bis er hinter den Bennemins das strahlende Gesicht eines Pfadjungen gewahrte, und er begriff: Der brave Bennemin hatte das englische Lehrbuch nicht nur selbst studiert, er hatte auch daraus unterrichtet! Nun trat jener einen Schritt vor, und nach einem innigen Händedruck und einem Armschwenken in die Runde, fragte ihn Anijs gedämpft, wie alles stehe.

»Gut, ausgezeichnet…«, erklärte der Mann heiser, »ganz Elim ist jetzt leer… aufgelöst… es existiert nicht mehr… niemand wird je dorthin zurückkehren… Die Zurückbleibenden sind schon in den letzten Tagen weggezogen…«

»Sie sind nicht hier, um Abschied zu nehmen?«

Bennemin lächelte wehmütig, erklärte, daß es vor allem die Großeltern betreffe, die man bei anderen Verwandten hatte unterbringen müssen, doch Trennungen fürs Leben seien eben besonders schwer. »Aber heute morgen wollen wir Ihnen unsere Freude zeigen, nicht unseren Kummer – deshalb haben wir schon vorher von unseren Lieben Abschied genommen. Gestern, zum Beispiel, hat eine ferne Tante von Lubber ihn abgeholt…«

Unwillkürlich warf Anijs einen Blick auf Johanna, die vor sich auf den Boden starrte. Außer Lubber hatte sie auch das kleine Grab zurücklassen müssen…

»…und dann haben wir auch gleich unseren Hund mitgegeben…«

Anijs wußte nicht mehr, was ihn nach seiner flüchtigen Erleichterung am meisten bewegte, Bennemins Feinfühligkeit, ihm den Kummer des großen Abschieds ersparen zu wollen, der unverkennbar darin enthaltene Kummer Johannas oder auch der von Klein Pet, der bei der Erwähnung seines Hundes gleichfalls auf seine Schuhe starrte. In seiner Tasche nach der Lakritze suchend, bückte sich Anijs zu ihm. »Hier, für dich… von… der Frau vom Doktor… willst du noch einmal an sie denken, später?«

Um seine brennenden Augen zu verbergen, wandte er sich ab, starrte mit krummem Rücken zur Bahnhofsuhr. Es war genau acht nach halb sieben. Ein wenig mehr links, in der Ferne über den Baumwipfeln, stieß die Fabrik die ersten Rauchwolken aus. Sekundenlang geschah nichts mehr, bis er sich plötzlich erinnerte, was er zu tun hatte, sich in Positur warf und umwandte. Zum ersten Mal richtete er sich jetzt direkt an die Menschen hinter Bennemin mit der unerwarteten, vor Rührung ohne Höflichkeiten eingekleideten Frage, wer noch Schulden bei den Läden der Groninger oder Holländer offen hätte. »Gern eine ehrliche Antwort… Finger!«

Vor seinen funkelnden Augen wich die Menge ein wenig zurück, aber seine Autorität war zu groß, als daß man ihr auch nur das Geringste vorenthalten konnte. Zögernd hoben sich die ersten Hände, natürlich, die Entbehrungen des letzten Winters waren groß gewesen, und man hätte erst am Ende der Kampagne die angeschriebenen Rechnungen ablösen können – um anschließend erneut auf Pump kaufen zu müssen! Anijs wußte das alles sehr gut, und dennoch schüttelte er den Kopf.

»Jaja, das muß notiert werden, und zwar folgendermaßen...«, fuhr er fort, während er Bleistift und Papier aus seiner Brusttasche zog. »Ich zeige immer auf einen gehobenen Finger, und dann höre ich den Familiennamen und die Summe...«

Nach einigem Durcheinander kam Schwung in die Aufstellung. Bennemin hatte sich vor ihn gestellt, gebückt, die schmalen Schultern waren ihm ein kleines, aber genügend großes Schreibpult. Betreten klangen die Stimmen durch den Morgen, die Liste wurde länger und länger, bis schließlich auch der letzte erhobene Arm verschwunden war und Anijs erneut die Menge ins Auge faßte. Wie ängstlich man ihn ansah, fürchtete man eine Nachforderung, womöglich Ausschluß von der Reise? Erst jetzt bedachte er, wie barsch er geklungen hatte, aber noch wollte er nicht gleich den unbeabsichtigten Effekt seines Auftritts zunichte machen, wie sehr er sich innerlich auch auf die Entladung zu freuen begann.

»Nun gut, das ist erledigt... aber weshalb jetzt all die offenen Münder?« fragte er, noch unverändert streng, während er das Papier zusammenfaltete und einsteckte. »Ihr hättet euch doch denken können, daß ich diese Liste schreiben würde? Wie sonst könnte ich hernach die Rechnungen begleichen, damit euch niemand etwas vorwerfen kann? Oder hattet ihr vielleicht gedacht, ich ließe euch an diesem gesegneten Morgen als Schuldner abfahren? Nein, nein, undenkbar! Als wahrlich Befreite des Herrn sollt ihr das neue Land betreten!«

Es dauerte einen Moment, bis die Absicht des Gesagten begriffen wurde, bevor man erkannte, daß man durch die anscheinende Barschheit zum Narren gehalten worden war – aber wie konnte ein allzu aufgeladener Moment auch besser leicht gemacht werden als durch einen Scherz? –, als gestandener Redner wußte Anijs das wie kein zweiter! Nach einem kurzen Moment der Erstarrung brach in seinem Gesicht zuerst ein Lachen durch, dann erst begannen, allmählich durch ihre Ungläubigkeit hindurch, auch die Gesichter ihm gegenüber zu strahlen, und auf einmal stieg auch ein merkwürdiger, leiser Ton aus der Meute auf, ein Klatschen von Händen, so trocken und schüchtern unter freiem Himmel, so verlegen, zart wie das Rauschen von Röcken in der Oper – und dennoch klang ihm dieses Froufrou lauter in den Ohren als der donnerndste Applaus, der ihm je zuteil geworden war, die stehende Ovation für seinen Falstaff…!

Wieder mußte er sich vor Rührung abwenden. Es war zehn vor sieben: noch zehn Minuten. Wie eine feurige Zunge leckte der Schlot der Fabrik mit kräftigen Rauchstößen an dem noch immer verschleierten Himmel. Hinter ihm summte es von unterdrückten Stimmen, irgendwo im Holzwald krähte ein Hahn. Händeringend versuchte er, sich in all den Tönen zu verlieren, darin seine Gesetztheit wiederzufinden, bis ihn eine plötzliche Hast überfiel und seine ganze selbstsüchtige Rührung mit einem Schlag wegfegte. Seine Ansprache! Wie konnte er sich nur in diesen letzten Augenblicken, in der höchsten Spannung ihres Lebens, von seinen Leuten fernhalten? Sprechen mußte er, nicht aus Eigenliebe, sondern um ihretwillen, noch einmal das Volk um seinen Schoß scharen…

Sich die Lungen vollsaugend, drehte er sich auf dem Absatz um, schlagartig verstummte alles Stimmengewirr, und wie

Venus aus dem Meer, der Vogel Phönix aus dem Sonnenfeuer oder die »Industrie« aus dem Torf, so stieg sein Bariton denn zum allerletzten Mal aus der Ersticktheit seines Gemüts auf.

»Liebe Feldfreunde…!«

Um die Auswanderer in ihrer Entscheidung zu stärken, memorierte er die elenden Zustände des vergangenen Winters wie auch die miserablen Aussichten, da auch in diesem Jahr wieder weniger Moor zum Abstich käme; er hielt ihnen vor, daß sie nach der Überfahrt zwar als Fremde in einem fremden Land an Land gehen würden, aber daß diese Bedingung schon nach fünf Jahren Arbeit und Abzahlung in die von freien Menschen in einem freien Land verwandelt wäre; er rühmte die amerikanischen »railways«, deren Gesamtlänge schon heute die aller anderen Länder zusammen übertraf; erklärte die »Homestead Act« als eine staatlich organisierte Zuweisung von Boden an Einwanderer, manchmal in Form eines »aid« oder Sturmlaufs, bei dem die Hausväter auf ein Startsignal hin losrannten, um als erste einen »claim« auf ein verfügbares Stück Land zu legen; er hielt seinen Zuhörern lobend vor, daß sie schon jetzt keine Torfstecher mehr seien, sondern Kolonisten, faktisch Unternehmer, da sie ja eine Hypothek auf ihren künftigen Lohn aufgenommen hatten und so gleichsam die eigene Überfahrt finanzierten; er bedankte sich für die Zusammenarbeit, sprach von der Völkerwelt, holte erneut Atem – und schwieg, konnte plötzlich kein Wort mehr herausbringen, nur noch auf die Leute schauen, wie sie in wehrloser Abwartung vor ihm standen, mit verständnisloser Miene, aufgerissenem Mund, die Körper durch den Mangel immer klein und mager geblieben, aber mit langen Armen vom Karrenschieben…

Jemand hüstelte, ein anderer scharrte mit dem Holzschuh auf dem Pflaster, weiter war keinerlei Geräusch zu hören und bewegte sich nichts. Alle Bärte waren frisch gestutzt, die

Wämser frisch gewaschen, die Hemden weiß gebleicht, aber dennoch war der vorherrschende Eindruck nicht anders als die grauen Ballen ringsum, die Staubablagerung der Gesellschaft, die sie immer gewesen waren, verworfen und verschwendet. Die Liebe, die mit der Zeit zum Mitleid reift, legte in Anijs' Herzen rasendschnell den umgekehrten Weg zurück, denn erst jetzt fühlte er, daß das innige Mitleid, das ihm die Kehle zugeschnürt hatte, wahrlich aus Liebe kam und nun zur Liebe zurückkehrte, nicht zu einem Menschen insbesondere, sondern unterschiedslos zu allen – sie waren doch sein Volk gewesen, nicht Familie oder Verwandte, sondern sein eigenes Volk...

Ein leise fauchendes Geräusch störte die Stille, noch kaum hörbar, flüchtig wie entweichendes Gas. Ein Pfadjunge lief zum Bahnsteigrand, schaute zur Seite und schrie: »Der Zug!«

Der Ausruf wirkte wie ein Peitschenknall über einem Pferdegespann. Einen Moment lang standen alle wie angenagelt, dann durchfuhr ein Schauder die Menge, und die Gemüter brachen in alle Richtungen aus: Da faltete man die Hände, dort beugte man sich wie der Pfadjunge über das Gleis, schräg vorn begann eine Frau in Zungen zu reden, worauf ein anderer das Stammeln mit ebenso feuriger Zunge übersetzte: »Zahlt den Zehnten!« und wieder eine andere den religiösen Wahnsinn erstickte, indem sie eine Decke darüberwarf.

Mit abwesendem Lächeln starrte Anijs über das zusammengedrängte Volk, starrte mit ihnen auf die Schienen. Ganz weit hinten zeichnete sich eine weiße Rauchfahne ab, aber die Lokomotive war noch unsichtbar, genau wie damals, als er zum ersten Mal Vedder abholte, nur kam der Zug diesmal aus der entgegengesetzten Richtung und ging es nicht um eine Ankunft, sondern um einen Abschied, ein Ende und keinen Anfang. Er seufzte, drehte sich zur Seite und wischte die Tränen aus den Augen. Die große Uhr zeigte zwei vor sieben, noch immer warteten keine weiteren Reisenden, nicht einmal der Bahnhofsvorsteher war da. Dort, wo der Schlot der »Industrie« am Himmel geleckt hatte, brach ein erster Sonnenstrahl durch den Nebel, so klar, daß Anijs den Blick gleich wieder abwandte und über den leeren Bahnsteig zum anderen Ende schaute, nunmehr ohne Bewußtsein, sich selbst vergessend, bis Bennemin ihn mit einer Frage in die Gegenwart zurückholte.

»Sie reisen Erster Klasse?«

Die unrichtige Annahme wurde ihm erst nach einem kurzen Moment der Verwirrung bewußt. »Nein, nein, ich bleibe zurück, wie Moses in der Wüste!« erklärte er bestimmt. »Einer muß doch die Fackel weitergeben… Von nun an geleitest du diese unwissenden, wehrlosen Menschen, Bennemin, steh ihnen jetzt bei, auf dem Meer und später in Amerika… warte, fast hätte ich es noch vergessen…!« Mit einem Male erinnerte er sich der Medizin in seiner Brusttasche, zuletzt noch hinter verschlossener Tür für das Volk nach »Abrahamy's Rezepturen« bereitet, und nachdem er seinen Überzieher aufgeknöpft hatte, überreichte er Bennemin die volle Tüte. »Hier, für unterwegs… Tabletten gegen Seekrankheit…!«

Automatisch nahm der gute Mann die Tüte entgegen, dankbar, aber zugleich schien ihn nun auch etwas zu bedrücken. »Sie kommen also nicht mit… aber ich dachte… wir wollten so gern… aber jetzt weiß ich nicht…«

Aus dem verlegenen Stammeln schloß Anijs, daß man auf dem Feld eine Kollekte gehalten hatte und in Amsterdam Vedder einen versilberten Teelöffel mit Inschrift überreichen wollte. »Aber das geht doch auch ohne mich?« beruhigte er den arg verstörten Mann mit einem gutmütigen Lachen. »Gut, du weißt nicht, wo er wohnt, aber das weiß ich auch nicht, er wird ja sicher schon umgezogen sein. Aber keine Sorge, bester Bennemin, vermutlich erwartet er euch gleichwohl auf dem Hauptbahnhof, und andernfalls gehst du doch, um das Geschenk abzugeben, einfach kurz zu der Baustelle des neuen, großen Hotels dort direkt gegenüber? Zeit genug! Abfahrt gleich Punkt sieben, Umkoppeln in Amersfoort um 8.36 Uhr, Ankunft in Amsterdam um 9.40 Uhr … Einschiffen auf der Orion ab 10.00 Uhr … Abfahrt um 12.00 Uhr …! Und dann ausschwärmen, bester Bennemin, wie ein Bienenvolk im Frühjahr! Aber das weißt du doch alles, das habe ich dir doch geschrieben?«

Das Fauchen war in ein rhythmisches Stampfen übergegangen, aber Anijs sprach jetzt nicht nur mit erhobener Stimme, um das Geräusch zu übertönen, sondern auch, um seine Tränen zurückzudrängen, die bei dem so hörbaren Nahen des Zugs erneut in ihm aufwallten, mit jedem Stampfen des Schwimmkörpers in ihm höher gepumpt wurden. Bennemin stand noch da und nickte, er verstehe, aber jetzt zog ihn Klein Pet nach unten, er ließ sich etwas ins Ohr sagen und kam mit einem Ruck wieder hoch. »Der Junge … in der Tat … der Bienenkorb!« begann er wieder zu stammeln. »An alles haben wir gedacht, nur nicht an den Bienenkorb … in der Scheune steht noch ein Topf Stampfhonig … das Volk wird zugrunde gehen, wenn …«

»Kein Problem, Bennemin!« rief Anijs, noch lauter und aufgeräumter. »Was ist dort zu tun? Noch einmal beifüttern bis zur ersten Blüte? Und dann später den Korb aufs Feld tragen? Ich wandere anschließend sofort dorthin, ich muß ja doch zu den Geschäften im Dorf? Laß nur den Doktor sorgen!«

Mit dem anschwellenden Ton nahm die allgemeine Aufregung noch weiter zu – war es ein Wunder? Viele hatten noch nie im Zug gesessen, und dann, in Kürze, Amsterdam, das Meer … Amerika!

Abfahrtbereit setzten alle Männer wieder ihre Mützen auf. Nun liefen alle ziellos hin und her, auf das Heulen der

Dampfpfeife hin brach einfach einer zusammen, und als die Lokomotive dann endlich mächtig vorbeizog, warf man sich in einer Bewegung auf das Gepäck. Auch Bennemins Frau griff nach dem Juteballen, aber statt ihn aufzuheben, holte sie etwas heraus, einen rechteckigen Gegenstand, den sie heimlich ihrem Mann zusteckte.

Wie mit unermeßlichem Abstand beobachtete Anijs die Aufregung, obwohl er sich mittendrin befand. Immer langsamer rollten die Waggons vorbei, immer lauter kreischten die Bremsen, bis das ohrenbetäubende Knirschen jäh verstummte und der Zug stillstand. Befangen von der befremdlichen Ruhe, starrte er die glänzende Wand entlang nach vorn. Nichts geschah, niemand stieg aus, alle Türen blieben geschlossen. Er drehte den Kopf zurück und sah jetzt erst den Unterschied zwischen den beiden letzten Zuggarnituren direkt vor sich und den anderen. Sie waren aus Holz, farblose Bretterhütten, mit einem schmalen Luftschlitz in Augenhöhe über die volle Länge – es waren die bestellten Viehwaggons. Die bestürzende Wirklichkeit verschlug ihm kurz den Atem, kein Ton drang noch zu ihm durch, dann hörte er wieder das Wühlen im Gepäck und sah plötzlich auch Bennemin vor sich stehen, noch barhäuptig, der ihm den soeben hervorgezogenen Gegenstand mit den Worten in die Hand drückte: »Für uns werden Sie immer der Doktor bleiben, daher dieses Geschenk, in der Hoffnung, daß Sie es noch viele Male werden benutzen können…«

Es war das antike Mohelkästchen aus Mahagoni, mit dem silbernen Beschneidegerät, der einzig kostbare Besitz der Bennemins; völlig überwältigt nahm es Anijs an, nicht einmal mehr zu einem Wort des Dankes imstande – aber dazu war jetzt auch keine Gelegenheit mehr, mit einem Mal geriet alles in eine Stromschnelle.

Es war jemand ausgestiegen. Ein Mann in Uniform kam von der Spitze des Zuges über den leeren Bahnsteig herbei.

Der vordere Viehwaggon wurde entriegelt, die Tür aufgeschoben; Anijs mußte etwas unterschreiben, der Schaffner lief wieder nach vorn zurück. Die schwarz gähnende Öffnung war breit genug für drei Kühe, drinnen auf dem Stroh lag eine ebenso breite Laufplanke mit Querlatten.

Das Einsteigen ging in Ordnung und Chaos zugleich vor sich. Unter dumpfem Schlurfen der Holzschuhe auf der Laufplanke stieg man nach oben, beladen wie Packesel, auch die Kinder, außer dem Nachwuchs, der selbst auf dem Arm getragen werden mußte. Psalmengesang ertönte, es wurde gejubelt, aber es gab auch Männer, die sich im letzten Moment weinend zu Boden warfen, auf den Boden, auf dem sie gegraben und gelitten, aber doch auch gelebt hatten, während wiederum andere in einem Zustand totaler Betäubung in den dunklen Raum gingen, mit maskenhaft starren Gesichtern. Das starrste Gesicht hatte womöglich Anijs, der unten an der Laufplanke stand und jedem die Hand reichte. »*Ubi bene, ibi patria*«, sagte er dann, sich mit aller Macht ermannend, um nicht am Ende noch die Beherrschung zu verlieren – wo es mir gutgeht, dort ist mein Vaterland.

Der Maschinist hatte schon zweimal ungeduldig die Pfeife aufheulen lassen, als der erste Wagen voll war und Anijs sich mit der übrigen Hälfte des Volkes zu dem zweiten dahinter begab. Nun mußte er die Tür selbst entriegeln und, nachdem er alsbald dem letzten Auswanderer die Hand gedrückt hatte, auch wieder verriegeln. Wieder schlurften die Holzschuhe über den Holzsteg; wieder gab es weinende Frauen, die von ihren Männern nach oben geschoben werden mußten; dann kam auch Sieger vorbei, als einziger den Koffer nicht in der Hand, sondern auf der Schulter, stolz, mit gestreiftem Hemd, kantigem Gesicht, brennender Zigarette im Mund – undenkbar, daß er auch in Amerika unfruchtbar bleiben sollte.

Das Schlurfen auf der Laufplanke erstarb. Die Bennemins gingen als letzte hinein. Anijs küßte Johanna auf die Wange, streichelte Klein Pet über den Kopf, erzählte der Mutter, wie vernarrt seine Frau Martha immer in ihn gewesen sei – und stand dann nur noch mit Bennemin draußen.

»Wie geht es jetzt?« fragte er.

Bennemin preßte die Lippen zusammen. »Auf Amerika werfe ich meinen Schuh!« sagte er energisch, aber Anijs sah wohl, daß auch er sich ermannen mußte. Der Abschied bestand aus nichts als diesen Worten; auch Bennemin setzte nun seine Kopfbedeckung wieder auf, aber es war keine Mütze, sondern ein altmodischer schwarzer Zylinder. Als er dann zuallerletzt die Planke hinaufging, erkannte ihn Anijs kaum noch, er war völlig verwandelt, ein Sproß geworden am Stamm seiner Väter.

Die Laufplanke wurde von innen her eingeholt, mit aller Kraft schob Anijs die klemmende Tür zu und legte den Hebel um. Ganz vorn hing eine kleine Figur aus dem Fenster; er gab ein Zeichen, das Figürchen verschwand, die Lokomotive stieß eine schwarze Rauchwolke aus – aber noch bevor sich der Zug in Bewegung setzte, sah Anijs vor seinen Augen sich etwas verändern. Zuerst war es ein Arm, der sich durch einen der schmalen Luftschlitze nach draußen wand, dann, vor allem beim Anblick seines Zurückbleibens, folgten immer mehr, aus beiden Viehwaggons winkte man ihm zum Abschied zu, aber was nun? – all diese Hände hielten etwas Weißes… nein, es waren keine Taschentücher, sondern Blätter… die Verträge!

Schluckend wich er einen Schritt zurück. Ja, man winkte ihm mit dem Wertvollsten zu, das man je besessen hatte, mit den von ihm erhaltenen Eintrittskarten in ein besseres Leben; es war der schönste Abschied, aber zugleich auch ergoß sich in ihm eine neue Welle des Mitleids, heiß wie Tränen; wie wichtig diese Verträge für seine Leute auch waren, sie selbst waren noch immer zu unwichtig, als daß sie diese persönlich hätten unterschreiben dürfen – nur die Unterschriften des Agenten und Vedders kamen darauf vor, nicht die Namen derer, die nun so stolz damit winkten, allein Bennemins Name in der Unterschrift; nicht als Partei im Vertrag, sondern als Umschreibung der betreffenden Ware…

Die Weichen quietschten, die Pfeife schrillte. Mit weichen Knien, aber unaufhaltsam lief Anijs neben dem langsam anziehenden Zug her, schwankend, mitten durch die Rußschwaden, den Blick auf die weißen, blinkenden Blättchen vor sich geheftet; immer schneller ging es, im Laufschritt, unter der großen Uhr durch, an der Treppe vorbei und weiter an den Pfeilern der Überdachung entlang; wie eine Biene tanzte er dem weichenden Blumenmeer hinterher, bis der Rückstand zu groß wurde, die Anstrengung zu schwer für seine alte Konstitution und er nichts weiter tun konnte, als nur noch bis ans Ende des Bahnsteigs zu laufen.

Das anfangs anschwellende Getöse ebbte mit zunehmendem Abstand allmählich auch wieder ab, bis zum Zischen eines entweichenden Gases, danach Stille. Reglos, das Mohelkästchen an die Brust gepreßt, sah Anijs dem Zug hinterher. Er wurde zum Punkt, verschwand, und auch als das auratische Nachbild eines Holzhäuschens unter einem rauchenden Schornstein sich auflöste, starrte er immer noch über das leere Gleis, das in flacher Kurve in die Landschaft abbog, wie ein kolossales Komma, das Satzzeichen, hinter dem der Satz noch immer weitergeht, Symbol für die Fortsetzung – aber geborgen in diesem Holzhäuschen, würde das Volk dann doch von Zukunft zu Zukunft steigen? Ihn fröstelte, er sah in der seitlich mitlaufenden Reihe der Telegraphenmasten plötzlich auch das Notensystem einer Partitur: Die gleichmäßig verteilten Masten waren die Taktstriche, die kugelförmigen Isolatoren oben die Noten, nur ganze Noten, immer auf derselben Höhe und bis ins Unendliche durch die Glissandi der Leitung miteinander verbunden, die in weiten Bögen durchhing – ja, es war die Notation eines einzigen, immer wieder neu angeschlagenen Tons … die Partitur des Glockengeläuts … des großen Abschieds …

Unbemerkt hatte sich die Einsamkeit auf ihn gesenkt, hatte ihn eingewickelt wie ein straffer, nasser Streckverband. Unbeweglich geworden blickte er noch kurz über die Schienen, deren Lauffläche im Morgenlicht zu glänzen begonnen hatte, vielleicht auch durch den Nebel vor seinen Augen, dann drehte er sich um und ging mit steifen Schritten zur Treppe zurück. Erst im Vorübergehen bemerkte er den Stationsvorsteher neben einem der Pfeiler. Der Mann grinste ihn, einen dicken Alkoholkegel ausrülpsend, so aufdringlich an, daß kein Zweifel möglich war, daß er alles gesehen hatte, aber was machte das nun noch aus? Das Volk war nicht mehr einzufangen …

KAPITEL 19

Lob und Abfahrt

Er mußte doch noch geschlafen haben. Vor dem Fenster hing blaues Licht. Gekrümmt vor Kopfschmerzen, wankte er durch die dämmergraue Werkstatt nach vorn. Das leere Schaufenster verhöhnte ihn mit der gestohlenen Syde-Geige. Draußen war noch niemand, der Bahnhofsplatz schimmerte vom Tau, die große Uhr zeigte sechs – für alles zu früh. Kraftlos sank er zurück aufs Kanapee.

Als er wieder erwachte, regte sich schon das öffentliche Leben. Plötzlich in Eile fuhr er in seine Jacke, ergriff die Maske mit dem roten Bart und der schwarzen Brille und begab sich zur Herengracht: Bald kamen die Auswanderer, es war noch nicht bezahlt, er mußte Ebert ein Ultimatum setzen: Wenn jetzt die fünfzig nicht auf der Stelle akzeptiert wurden, würde er endgültig die Verhandlungen abbrechen!

Übermütig, unmaskiert, stieg er die Vortreppe des stattlichen Grachtenhauses hinauf, versessen auf Verhandeln, ergriff er die Klinke – und fand die Tür verschlossen. Jählings verließ ihn jegliche aufgeflammte Tatkraft, er sah wieder vor sich, wie Ebert seine Pression parieren würde, ganz mühelos, selbst ohne zu antworten, einfach durch freundlich lächelndes Fragen nach der Syde-Violine. Wie, sie war verschwunden? Aber dann sah er sich doch gezwungen, aufgrund dieser Quittung hier per sofort Anspruch auf den eingetragenen Gegenwert von dreitausend Gulden zu erheben. Aber wie das denn, der Herr mußte auch hier in Verzug bleiben? Eberts Gesicht bewölkte sich, er sprach von Konkurs, sah noch einen letzten Ausweg in der Versteigerung des Hauses – und rief dann Biederlack herbei, damit dieser gleich damit anfangen könnte…

Tausendmal war ihm dieses Bild in der vergangenen Nacht durch den Kopf gegangen, wie hatte er sich nur kurz davon befreien können? Geistesabwesend ging er mit verlangsamten Bewegungen die Stufen wieder hinab und machte sich auf den Heimweg, körperlich zerschlagen von Schlaflosigkeit und vom Alkohol, geistig zermürbt vom Wühlen und Grübeln, mit bleischwerem Herzen wegen der aufziehenden, unabwendbaren Katastrophe: die Auswanderer, die sogleich mit ihren Duplikatverträgen in der Hand das Fallreep betreten würden, durchglüht von einer neuen Zukunft wie von flimmerndem Sonnenlicht, in Richtung des Offiziers oben an Deck mit der unnachsichtigen Passagierliste – oder könnten sie doch dort eingetragen sein, daß noch in der Nacht ein Telegramm aus Amerika für den Kapitän eingetroffen war, von Vetter Al, mit der Anweisung, alle Verträge zwischen ihm und den Auswanderern als Passagenbillett anzuerkennen? Ein Telegramm mit umgekehrter Tendenz war natürlich ebenfalls denkbar, noch später versandt, erst heute früh, nachdem man im Kontor des Agenten definitiv festgestellt hatte: Die Verträge besaßen keinerlei Gültigkeit, *es war nicht bezahlt*…

Taumelnd suchte er Halt an einem Laternenpfahl, und als er wieder weiterging, krumm und lahm, als könne er den langen, kahlen Schwanz seiner Scham kaum noch hinter sich herschleppen, wußte er nicht mehr, welches der unaufhörlich vorgestellten Angstbilder ihn zum Stehen gebracht hatte, wollte er nur noch auf dem Sofa liegen.

Die Prozession schien unendlich, obwohl die Uhr erst zehn Uhr zeigte, als er um die Ecke des Victoria Hotels bog. Die

Sonne schien jetzt voll, aber im Schatten des Bauzauns, hinter dem die gewohnten Baustellengeräusche ertönten, schien es noch dunkler als sonst. Nur wenige Meter noch, er griff zum Hausschlüssel – und erstarrte. Eine magere Gestalt mit schwarzem Hut überquerte von der Anlage her die Straße, er erkannte ihn sofort: Es war Bennemin, der Vormann der Auswanderer, dessen Geige er Al verkauft hatte. Instinktiv wandte er sich ab und schmiegte sich an Carstens' Tür. Aber was nun? Sein Haus war zur Falle geworden, schnell weglaufen ging auch nicht, seine Beine waren zu kraftlos, vielleicht hatte man ihn auch schon erkannt und würde ihm der Mann rufend nachlaufen …

Als Bennemin erneut, diesmal ganz nah, in seinem Augenwinkel auftauchte, zog Vedder gerade das Gummi seiner Maske über den Hinterkopf. Er bettete den roten Bart auf seinen eigenen, drückte sich das schwarze Brillengestell auf die Nase und setzte den Hut wieder auf. Unauffällig ließ er die Hände sinken, gab rasch vor, den Werbesprospekt auf Carstens' Fenster zu studieren, dann, als seine eigene Türglocke gedämpft bis auf die Straße drang, blickte er zögernd zur Seite und sah, wie auch Bennemin sich von der Auslage zurückbeugte, den Kopf drehte – und ihn direkt ansah. Ihm stockte der Atem, der Baulärm drang nicht mehr zu ihm durch: Hielt seine Vermummung stand?

»Entschuldigen Sie, darf ich Sie fragen, wohnt der Herr Vedder nicht mehr hier?« fragte der schmächtige Mann überaus höflich.

Sprühend fiel die Spannung ein wenig von ihm ab, aber seine Stimme wagte er noch nicht hören zu lassen, obwohl er sie, soweit er sich erinnerte, in Hoogeveen den Feldlern gegenüber gar nicht gebraucht hatte; statt dessen schüttelte er den Kopf, und die leere Auslage kam nun selbst ihm, trotz der gekreuzten Bogen, aber ohne die Syde-Violine oder die Manufaktur, verödet vor.

»Das dachte ich schon, aber es ist sein Haus, nicht wahr?« fuhr Bennemin fort, nicht im geringsten geniert wegen seines fruchtlosen Klingelns. »Hinten hängen noch ein paar Violinen, aber er ist vermutlich erst kürzlich umgezogen… er hatte einen famosen Geigenhandel, mit Kunden bis nach Amerika! Aber auch ein Mensch mit edler Gesinnung…«

Vedder zuckte mit den Schultern, und bevor er sich versah, fragte er mit verstellter Stimme: »Wieso?«

Ein goldenes Lächeln erstrahlte auf Bennemins Gesicht, kurz noch gelang es ihm, diskret zu schweigen, aber bald lief ihm der Mund über, wovon sein Herz voll war: eine wohltätige Investition, die einer ganzen Gemeinde verlorener Torfgräber die Chance auf ein neues Leben in Amerika eröffnete. »Natürlich müssen wir die Kosten für unsere Emigration am Ende mit vernünftigen Zinsen zurückzahlen, und es wird uns eine Ehre sein, all unseren Verpflichtungen bis auf den letzten Cent nachzukommen, aber das mindert nicht die Wohltat, die uns der Herr Vedder erwiesen hat… er hätte auch in Öl anlegen können!«

Der Schweiß brach Vedder aus, das Gespräch nahm eine unerträgliche Wendung, jetzt gab es keinerlei Möglichkeit mehr, sich dem noch zu entziehen.

»Ach, werter Herr, wissen Sie, dies ist der glücklichste Tag unseres Lebens, wir sind gerade mit der Bahn aus Drenthe eingetroffen, und sehen Sie, dort liegt das Schiff… Abfahrt 12.00 Uhr… Zielhafen New York!« fuhr Bennemin, noch strahlender, fort, während er über seine Schulter auf den Schornstein der Orion deutete. »Die anderen stehen schon am Kai, aber ich wollte dem Herrn Vedder noch ein Geschenk zukommen lassen… das muß jetzt bestimmt über die Leute vom Hotel… Es sei denn, Sie…«

Unmöglich der freudvollen, in Kombination mit einer diensteifrigen Dankbarkeit vor allem auch nötigenden Höflichkeit zu widerstreben; willenlos, mit gleichgültig gespitzten Lippen, nickte Vedder, es sei schon in Ordnung, er könne durchaus ein Päckchen übergeben.

»Aber dann kennen Sie den Herrn Vedder also persönlich!« begriff Bennemin überrascht. »Moment, Sie sind natürlich der Nachbar, Sie wollten soeben ins Haus gehen! Aber dann gehört es sich gar nicht, daß ich so freimütig über ihn rede … Nehmen Sie es mir nicht übel, aber es war aus Dankbarkeit … Sie kennen den Herrn Vedder gut?«

Wieder zuckte Vedder mit den Schultern, wieder schüttelte er den Kopf.

»Ach, sogar als Nachbar wird man aus ihm wenig klug …«, begriff Bennemin, zugleich schwärmerisch und begehrlich. »Aber so haben wir ihn auch kennengelernt, als Mann von wenigen Worten … einmal hat er uns im Moor besucht und damals kein Wort gesagt … aber seine Taten sprechen um so lauter … Ach, werter Herr, als wir damals in Drenthe ankamen, waren wir rechtlos, wurden nur geduldet, aber bald in New York wird es anders sein … dann werden wir richtig empfangen, untergebracht, eingestellt … dann ist bezahlt! Von Herrn Vedder … Sehen Sie, für jeden von uns hat er einen Vertrag abgeschlossen … mit Amerika …!«

Welcher Lichtstrahl erleuchtet die finsteren Verliese der Selbsterkenntnis heller und erbarmungsloser als das des unverdienten Lobs? Was reizt mehr zum Weinen? Ein Mann von wenig Worten und großen Taten: Er war justament das Gegenteil! Wie endlos hatte er nicht schon über die Investition geredet, ohne auch nur einen Gulden auf das Treuhandkonto zu überweisen? Oder Veritas, was war Veritas anders als ein Haufen Wörter? Ihm glühte der Kopf; seine Kehle war zugeschnürt; durch die beschlagenen Brillengläser sah er, wie Bennemin mit kleinen Rucken den wertlosen Vertrag aus der Brusttasche zog, ihn auffaltete und wie ein Seidenpochet sorgfältig sofort wieder in sein braunes, verschlissenes Kamisol zurücksteckte.

»Ja, ein Mann von wenig Worten, aber großen Taten und mit einem enormen Vertrauen in den Mitmenschen…«, folgerte der Mann mit einem tiefen Seufzer. »Ach, würden Sie ihn nur besser kennen, ich würde so gern mehr über ihn hören… um es den anderen zu erzählen! Wenn ich fragen darf… hat er Kinder?«

Vor Beklemmung schüttelte Vedder den Kopf, wie jemand, der eine zu enge Krawatte lockert.

»Ach, keine Kinder…! Wie oft bleibt nicht ausgerechnet den Menschen mit dem größten Herzen der Kindersegen versagt? Aber ich rede zuviel, ich sehe wohl, daß auch Sie ein Mann von wenigen Worten sind und außerdem, es wird Zeit für mich… ich muß zurück… ich darf meine Leute nicht länger warten lassen… Das Einschiffen hat schon um zehn Uhr angefangen, Sie können sich vorstellen, wie ungeduldig… sie wollen selbst auch… sie brennen darauf, halten es nicht mehr aus, vor Aufregung, vor reiner Freude… und vielleicht, daß der Herr Vedder gleich doch noch kurz, bei der Abfahrt… in dem Fall würde ich das Geschenk noch selbst… aber davon darf ich nicht ausgehen, das Risiko ist zu groß… Wenn es Ihnen also wirklich nichts ausmacht…«

Tatkräftig auf einmal holte Bennemin nun ein schmales, in Königsblau gewickeltes Päckchen hervor. Er überreichte es Vedder, und sich zu ihm hinbeugend, enthüllte er, mit der Hand am Mund, daß es ein silberner Teelöffel mit Gravur sei – nein, nicht nur von ihm, jeder hatte zugeschossen, allesamt bettelarme Leute, auch die Kinder, sie wollten nicht zurückstehen, bettelten, etwas beisteuern zu dürfen, Knirpse von drei, vier Jahren!

»Ich muß Ihnen also nicht erklären, wie außerordentlich froh ich bin, daß Sie es persönlich übergeben wollen… aber vielleicht, wenn es nicht zuviel verlangt ist… könnten Sie unserem Wohltäter dann auch noch eine letzte Nachricht überbringen?«

Einen Moment noch, mit dem Kinn auf der Brust, starrte Vedder auf das Schächtelchen in seinen Händen. Als er wieder die Augen aufschlug, blickte ihn der andere so erwartungsvoll an, daß er sich automatisch räusperte, um nun doch etwas zu sagen.

»Gut«, stieß er rauh heraus, »und was soll ich denn sagen… zu Nachbar Vedder?«

»Sagen Sie ihm, ja, sagen Sie dem Herrn Vedder, daß der Text der Inschrift, daß der nicht nur in den Löffel graviert, sondern auch jedem von uns unauslöschlich ins Herz eingegraben ist…«

Ein Händedruck, Bennemin machte kehrt, und verwaist sah ihn Vedder die Straße überqueren. Als er ein wenig später das ausgepackte Löffelchen in seine Tasche gleiten ließ, war der Mann nur noch ein Punkt auf dem Bahnhofsplatz. Unsicher setzte er ihm nach, zu schwach, um sich noch gegen den Hang zum Unerträglichen zu wehren – bis ihm ein plötzlicher Schreck in die Knochen fuhr: Was, wenn Anijs ebenfalls dort wäre? Die übelkeiterregende Furcht, von ihm zur Verantwortung gezogen zu werden, dauerte jedoch nur einen Moment: Anijs würde ihn niemals erkennen, er war ja vermummt! Heftig schwitzend wankte er wieder weiter über den Platz, ohne die Menschen, die er anrempelte, zu sehen oder auch nur zu spüren. Die Inschrift lautete: »In ewigem Dank für das Vertrauen – Bewohner von Elim.«

Die Stadt hörte bei der dunklen Unterführung unter dem Bahndamm auf; der schmale, verschattete Streifen Land dahinter, zwischen Bahnhof und dem Wasser, war Teil einer völlig anderen, der Welt des Meeres. Plötzlich roch es nach Fisch, es wimmelte von offenkundigem Landvolk, und über dem ganzen Getümmel ragte, wie eine Mauer, die schwarze Schiffswand der Orion empor, so hoch, daß die obere Hälfte in der Sonne glänzte. Voll unter Dampf lag das Schiff am Kai, äußerlich völlig unberührt von all der Aufregung, deren

Ursache und Ziel es war, aber innerlich hämmerten und glühten die Kessel wie feurige Herzen, preßten aus dem wogenden Busen eine nicht abreißende Spur weißen Rauchs durch den riesigen Schornstein. Das Einschiffen war in vollem Gang: Zwei Fallreeps hingen vom Deck bis zum Boden: über die vordere gingen Damen und Herren an Bord, die offenbar erster, zweiter oder dritter Klasse reisten; die hintere bog sich unter der Menschenmenge für die Zwischendecks durch. In dem Gewimmel war Bennemin nirgends zu erspähen.

Suchend, spähend, aber auch scheu, als könne er jeden Moment entdeckt werden, bewegte sich Vedder an dem Gedränge entlang. Noch immer sah er neue Gruppen von Auswanderern aus dem Bahnhof auf den Kai strömen, erkennbar an dem abgerissenen Aufzug, dem ständigen Winken und Hinweisen ihrer Anführer, dem aufgeregten Reden in vielerlei Dialekten, auch in Sprachen, die ihm wie Polnisch, Deutsch oder Jiddisch vorkamen. Auf der Höhe des hinteren Fallreeps blieb er stehen und wartete, an einem Laternenmast Halt suchend. Das Möwengekreische über ihm, das Fauchen der Züge weiter weg, das Geschrei der Gepäckträger, das gleichbleibende Stimmengewirr, das Stampfen der Kolben – allmählich vereinten sich all die Geräusche zu einem einzigen, am Ende kaum noch hörbaren Summen, einem flüchtigen Fluidum, das sich unter der blauen Himmelskuppel einmal auszudehnen schien, dann wieder in einer unablässigen, ihm Übelkeit verursachenden Wellenbewegung zusammengepreßt wurde. Um sein Gleichgewicht wiederzufinden, betrachtete er alles mit doppelter Konzentration, die Deckkräne, die träge flatternden Fahnen, den Offizier in weißer Uniform, der am Ende des Armen-Fallreeps die Fahrscheine kontrollierte, die Auswanderer, in denen sich nach dem Passieren des letzten Durchgangs etwas löste: Einige blickten ekstatisch lachend noch einmal über Amsterdam, mit der Sonne im Gesicht; andere, von Gefühlen überwältigt, schlugen die Hände vor die Augen – und in der Zwischenzeit bückte sich der weiße Offizier schon wieder mit dem nächsten Billett zu dem Pult neben sich, auf dem zweifellos die Passagierliste lag.

Selbst die Orion schien nun langsam ungeduldig zu werden. Vedder sah, wie sich der Rauch aus dem Schornstein verdichtete, oben im Ruderhaus wurde eine Karte aufgeschlagen, von der Seite her kamen ein paar Dampfer angefahren, die das Schiff von der Anlegestelle wegschleppen sollten. Wo blieb Bennemin mit seinen Leuten, er hatte sie doch nicht etwa übersehen? Wieder wollte er seinen Blick kreisen lassen, aber genau da setzte ein hoher Gesang ein, und zugleich mit dem Aussetzen seines Herzschlags sah er sie auch, ganz nah, durch eine plötzlich entstandene Öffnung in dem Gedränge: Bestürzend unverwechselbar trippelten sie Schrittchen für Schrittchen hinter Bennemin drein, die Frauen mit Klapphüten, die frisch rasierten Männer mit Mützen und großen Ohren, allesamt mager und kleinwüchsig, eine versunkene Spur im Rübenacker der Köpfe ringsumher – fieberhaft spähte er die ganze Reihe ab, aber, ein Glück, Anijs war nicht dabei, er hatte sich bestimmt schon in Hoogeveen verabschiedet…

Die Menge hatte sich wieder geschlossen, aber es dauerte nicht lange, bis das Volk von Elim erneut ins Blickfeld kam, nun alle überragend, schaukelnd auf dem Fallreep: Der letzte, langsame Aufstieg hatte begonnen, Bennemin mit schwarzem Hut voran, gefolgt von seiner Familie, und dahinter ein immer längerer Zug von winzigen Fischlein, schleppenden Habenichtsen, die sogar hier noch ziemliches Aufsehen erregten. Nunmehr ohne die Barriere anderer, größerer Körper, verströmte ihr Jubel noch lauter über den Kai; wie ein betäubendes Parfüm verbreitete sich ihre Aufbruchsfreude durch den Äther.

Schon zeichnete sich Bennemin vor den sonnenbeschienenen obersten Streifen der Schiffswand ab, nur noch zehn andere zwischen ihm und der Passagierliste, nur noch zehn Kontrollen, bevor er seinen Vertrag präsentieren mußte – die Vorstellung, wie der weiße Offizier diesen beanstanden würde, trübte Vedders Blick, er sah nur noch vor sich, wie sich die fatale Erkenntnis ganz langsam in Bennemin Bahn bräche, er sich zu seiner Frau umdrehen, das Wort der Abweisung von Mund zu Mund ginge, von oben nach unten, die ganze Schlange entlang, wie man sich schließlich umdrehen würde und mit allem Gepäck wieder das Fallreep hinabstiege, nichts begreifend – und daß er dann, unverhofft, aus seiner Deckung hervortreten, sich den roten Bart und die Brille abreißen und ihnen laut lachend die Begründung zuschreien würde: Es ist nicht bezahlt! – wie ein wildes Kichern durchzuckte ihn die Vorstellung, loderte das Verlangen, seine Schande öffentlich zu krönen, wie eine verzehrende Flamme in ihm auf.

Bennemin hatte seinen Vertrag in die Hand genommen, und während der letzte Siedler vor ihm an der Reihe war, ein Mann im schwarzen Overall, hielt er ihn wie einen Schirm über die Augen und schaute suchend über den Kai – er suchte den Wohltäter, ob er vielleicht doch noch gekommen wäre! Matt bis ins Mark, stahl sich Vedder hinter den Laternenpfahl. Noch eine Kontrolle: Der ausbrechende Schweiß sickerte durch seinen Bart in den Kunstbart, aber er spürte kein Jucken mehr, konnte auch nicht mehr nachdenken, ohne auch nur das Geringste noch von dem wahrzunehmen, was als wahrscheinlich oder just als ausgeschlossen vorausgesetzt werden mußte, und ohne sich auch noch an die sich vergangene Nacht endlos wiederholenden Zwangsvorstellungen über wohl oder nicht erhaltene telegraphische Reservierungsbestätigungen beziehungweise -annullierungen erinnern zu können, rang er die Hände und beobachtete sodann, während ihm jedes Bewußtsein versagte, die letzten Augenblicke.

Der Mann in dem Overall war verschwunden; Bennemin marschierte an Deck und händigte den Vertrag aus. Der Offizier bückte sich zum Pult, fuhr mit dem Finger die Passagierliste entlang – und trat zur Seite. Nach einem kurzen Schwatz, wobei Bennemin mit einer Armbewegung nach hinten anzudeuten schien, wer alles zu seiner Begleitung gehörte, nickte der Offizier und winkte auch die anderen an Bord.

Seine Beklemmung hatte ihn beinahe erstickt, und selbst als sich der Zug wieder in Bewegung setzte und nach dem Vorzeigen der Verträge ungehindert durchgehen konnte, dauerte es noch geraume Zeit, bis sich seine Kehle wieder öffnete und die gähnende Leere in seinem Herzen vor Erleichterung vollströmte: Sie waren zugelassen, sie mußten nicht zurück, sie gingen irgendwie nach Amerika ... in einem Monat würden sie in New York stehen ... wenn dann nur bezahlt war ... telegraphisch natürlich ... wenn dann nur der Betrag auf dem Konto des Agenten stand ... ihm blieb noch ein Monat!

Mit der Rückkehr seines Denkvermögens fiel nicht nur die gerade überstandene Anspannung von ihm ab, sondern selbst die, die ihn heute früh wie ein Alp beklemmt hatte, die Angst vor einem Konkurs und der öffentlichen Versteigerung seines Hauses. Denn selbst wenn Ebert in Kürze die Syde-Violine einforderte, so schoß es ihm zu seiner Erleichterung rasendschnell durch den Kopf, und bei deren Verlust die dreitausend Gulden von der Quittung, dann mußte er dennoch mit der Bezahlung nicht in Verzug sein, wenn er eine solche Summe nicht als Bargeld flüssig hatte, dann konnte er über diesen Betrag doch einfach eine Hypothek aufnehmen? Welche Bank würde nicht ein Darlehen geben wollen, mit einem Haus wie dem seinen als Pfand, dessen Wert, wenn er es wirklich darauf ankommen ließ, gerade wegen des Interesses der Victoria ... aber warum sollte er die Sache auf die Spitze treiben, die Verhandlungen forcieren und Ebert ein Ultimatum stellen? Er hatte nichts zu befürchten, die Zeit arbeitete für ihn, und er hatte mehr Zeit denn je!

Bennemin war oben an der Reling aufgetaucht und blickte wieder mit dem Vertrag als Sonnenblende suchend über den Kai, die anderen links und rechts von ihm taten das gleiche – aber nun sollte es nicht vergeblich sein! Schwerelos vor Freude löste sich Vedder von dem Laternenpfahl, trat rückwärts aus der Menge heraus, und umgeben von nichts als offenem Raum, nahm er den Hut ab und zog den roten Bart mit der schwarzen Brille von seinem Gesicht, wartete mit ausgebreiteten Armen, erkannt zu werden, das Antlitz strahlend zu jenen erhoben, die für ihn in Übersee arbeiten gingen … sein Personal!

Der Sohn Bennemins sah ihn zuerst, deutend stupste er seinen Vater an, und dann ging es schnell.

»Vedder!« schallte es von oben.

Wie schade, daß Anijs nicht dabei war!

»Good bye!« rief ein anderer.

Zuerst war es nichts als ein Weisen, dann wurde es ein Winken, von der Reling her winkten ihm alle mit ihren Verträgen zu. Auch wer noch auf dem Fallreep stand, entdeckte ihn und tat desgleichen, und all die Wärme wie die Sonne genießend, sah Vedder, obwohl ihm die Tränen ungehindert über die Wangen rannen, nichts weiter als zwei Linien weißer, flackernder Pünktchen, die sich in dem Pult mit der Passagierliste schnitten, zusammen einen Pfeil bildeten, der nach Westen zeigte, nach Amerika – und nun herzlich mit dem hochgereckten silbernen Teelöffelchen über seinem Kopf zurückgrüßend, während er mit der anderen Hand hinter seinem Rücken den Schweiß aus dem Kunstbart wrang, winkte er so lange, bis auch der letzte von Elim an Bord war und sie, um anderen Platz zu machen, von dem Offizier nach unten geschickt wurden, ins zweite Zwischendeck, das sie als Frachtgut während der ganzen Reise nicht verlassen durften.

KAPITEL 20

Ein Helm aus Honig

Beklommen vor Einsamkeit schritt Anijs die Bahnsteigtreppe hinab und machte sich auf den Rückweg, den verschlafenen Bahnhofsvorsteher hatte er bereits vergessen, von nichts anderem erfüllt als dem vergangenen Abschied und dem, was er heute noch zu tun hatte: den Arztkittel in den Korremorre zurückhängen, die Schulden bei den Läden der Torfgesellschaft im Dorf tilgen und dann weiter zum Feld wegen Bennemins Bienenkorb – es sollten die letzten Sätze einer bereits abgeschlossenen Geschichte werden, und er preßte das Mohelkästchen an seine Brust, als enthielte es teure Schwüre.

Nach dem Holzwald riß blau der Himmel über dem Grünland auf. Wie eine riesige Fahne, in neue Erde gesteckt, hing der Rauch am Schornstein der »Industrie«. Beim Haus der Gratamas angekommen, nahm er quer die Abkürzung, um erst hinter der Rosenschule rechts abzubiegen. So, erneut im Grünen, aber nun jenseits des Ortes, konnte ihn niemand sehen, wie er seinen Weg fortsetzte, schwermütig, aber auch hochgestimmt, nur in Gedanken an das, was das Schauen in ihm weckte: Ihm war, als lese er.

Nachdem die Kirche umrundet war, kam die Dampfmühle Robaard in Sicht. Direkt dahinter, jenseits eines Grabens, stand in seiner ganzen Überflüssigkeit das frühere Arbeiterdoppelhaus, der Krankensaal Korremorre. Der Steg bog sich durch, die Tür ging knirschend auf. Drinnen war nichts außer der Stille von vier Jahren Nichtnutzung und einem hellen Licht auf den Kalkwänden. Demütig hing er den Arztkittel an einen Haken; nur für das Volk hatte er sich erkühnt, ihn mehrmals zu tragen, damit sie sich dieser Würde würdig wüßten, nicht, um sich damit zu schmücken – aber nun war das alles vorbei, fortan würde er wieder Apotheker ordinaris sein, mit seinem alten Zeugnis in Ehren an der Wand. Von der Schwelle her warf er noch einen letzten Blick durch den kahlen Raum. In all dem Weiß war der Kittel fast nicht mehr zu sehen.

Wieder ging es weiter, auf dem Pfad hinter den Gärten entlang. In einigen Häusern waren die Vorhänge noch geschlossen; jenseits strich die Sonne tief über die glitzernden Weiden; kein Laut war zu hören, dann und wann ein Kinderplappern: Merkwürdig, wie früh es nach all dem Geschehenen doch noch war. Beim Passieren seines eigenen Gartens meinte er kurz, Martha hinter dem Küchenfenster zu sehen, demselben Fenster, durch das sie gestern Klein Pet zum letzten Mal gestreichelt hatte, erst gestern, unvorstellbar: gestern. Sie war jetzt sicher traurig, aber bald, wenn er vom Feld zurückkäme, würde sie auch mit enormer Erleichterung vernehmen, daß das Volk endgültig fort war: Wie oft hatte sie ihm zuletzt mit seiner unerlaubten Punktion gedroht, der unterlassenen Autopsie, mit gerichtlichen Konsequenzen, einer noch bevorstehenden Leichenöffnung, gefolgt vom Verlust seiner Lizenz (»Und dann Chris? Wir haben keine Police! Gott bewahre, allein schon die Schande!«), aber ohne Johanna, ohne die Narbe auf ihrem Bauch und ohne Zeugen entfiel jeder Verfolgungsgrund, blieb von der Entbindungsnacht nichts als ein Holzkreuz auf dem Feld, wo vermutlich nie mehr einer hinkäme – eine kleine Leiche, die sich unaufhaltsam zersetzte.

Sooft Klein Pet in den vergangenen Wochen hier immer als Kurier gelaufen war, so neu war es für Anijs; so in- und auswendig er die Häuserzeile vom Kanal an auch kannte, so wenig erkannte er die Rückfronten – aber schon sah er das Ende des Kanaldorfs, schon konnte er auszählen, welcher Dachstuhl, der dritte nach der Ecke, dem »Einhorn« gehörte. Im Vorübergehen spähte er achtlos durch ein Loch in der Hecke, worauf er freilich betroffen stehenblieb, sich zurückbeugte und noch einmal schaute. Die Wäscheleine hing in ihrer gesamten Länge voll großer, weißer Lappen; Frau Halink mußte niedergekommen sein; es waren Windeln!

Sein Herz setzte einen Schlag aus, hüpfte dann in die Höhe: Nein, die Halinks waren nicht mehr zu Besuch gekommen, aber wenn sie nun eine Geburtsanzeige bekamen, konnten sie zu ihnen gehen, die Wöchnerin besuchen, und dann noch einmal zum besseren Kennenlernen, es gab genug zu besprechen, die örtliche Wohltätigkeit mußte ungeschwächt fortgeführt werden, womöglich konnte er Halink noch für den Verein gegen Bettelei, das Armenarbeitshaus oder für Dorcas gewinnen – die Jahre begannen ihn zu drücken, einmal mußte er die Fackel doch übergeben –, und würde der Kleine dann nicht einmal auf Marthas Schoß zappeln dürfen und sie mit der Zeit mit einem Lachen erkennen? Mit brennenden Augen kam er gleich darauf auf dem Feldweg am Opgaande-Kanal heraus. Drei Frauen auf der Brücke über dem Kanal stießen sich bei seinem Auftauchen an, aber ohne nur einen Blick Richtung Kreuz bog er links um die Ecke, in die andere Richtung zur Armensiedlung: Ja, ein neues Kindchen für Martha …

ERST ETLICHE STUNDEN, nachdem der Zug mit dem Feldvolk abgefahren war, ging dem verkaterten Hirn des Stationsvorstehers auf, daß sich das, was er mit seinen Augen gesehen hatte, vielleicht durch seinen Mund in ein Trinkgeld verwandeln ließe: Ging nicht das Gerücht, Doktor Amshoff und Bürgermeister Pottinga hegten aufgrund bestimmter Aktivitäten von Apotheker Anijs mit dem Feld einen starken Verdacht? Er rieb noch einmal über sein rotes Gesicht und machte sich eilends auf den Weg.

Ohne es zu wagen, beim Bürgermeister zu schellen, bog er rechts ab nach Dalwijk mit dem Maison de Santé. Ein paar Damen liefen gerade, in Jutekleidern, barfuß über das taunasse Gras auf dem Rasen auf und ab; vom Kiesweg aus beobachtete Amshoff die Reformübungen; auf der Rampe war ein Knecht dabei, den Arztlandauer zu schmieren. Wie lautlos-demütig er sich auch zu nähern versuchte, bei jedem Schritt knirschte der Kies unter seinen Sohlen. Dennoch würdigte ihn der alte Junker selbst noch keines Blicks, als er mit einem Bückling ersuchte, sprechen zu dürfen – aber der Bericht über das Vorgefallene war deshalb nicht minder farbig.

»Natürlich liegt es mir fern, einen Herrn wie Apotheker Anijs Dingen zu bezichtigen, die das Tageslicht scheuen müßten«, badete sich der Bahnhofsvorsteher zum Schluß wie ein abgefeimter Zubläser in Unschuld, »aber wenn er nichts zu verbergen hat, wird er ja gern über sein Auftreten Rechenschaft ablegen? Da sich Euer Wohlgeboren, wie verlautet, in diesem Zusammenhang gelegentlich Sorgen gemacht haben, meinte ich, Ihnen meine Beobachtungen nicht vorenthalten zu dürfen. Amersfoort, der Zug ist Richtung Amersfoort gefahren. Übrigens, hat nicht auch der Bürgermeister ein Auge auf den Herr Anijs?«

Gerade da kam, als hätte der Teufel die Hand mit im Spiel, Pottinga zur wöchentlichen Kaffeevisite den Kiesweg herauf, lachend, eine Zigarre im Mund. Hatte Amshoff bisher noch keinerlei Reaktion gezeigt und nur inwendig gestampft wie eine Lokomotive unter Dampf, beim Erscheinen seines Freundes brach seine unterdrückte Wut sich voll Bahn, und er berichtete ihm kurz und knapp, was er soeben vernommen hatte.

Das Lachen erstarb auf Pottingas Gesicht: »Allmächtiger, es wird doch nicht wahr sein…«, stieß er verstört aus.

»Es ist doch verdammt so, als ob er es absichtlich machte… aber diesmal kriegen wir ihn!« knurrte Amshoff grimmig, drehte sich auf dem Absatz um und befahl dem Knecht mit dröhnender Stimme, unverzüglich einzuspannen.

Sich die Hände reibend, strahlend vor Diensteifer, verbeugte sich der Bahnhofsvorsteher noch einmal und riet den Herren, da er gerade mitangehört hätte, daß sie von dem Herrn Anijs eine Erklärung wünschten, ihn auf dem Feld zu suchen. »Er wollte für jemand dort gleich noch etwas erledigen, sich um einen Bienenkorb kümmern.«

Amshoff sagte nichts mehr, und auch Pottinga enthielt sich eines Kommentars. Wollüstig sonnte sich der Stationsmeister einige Augenblicke in seiner ignorierten und mißachteten Position, bis er erneut in Höflichkeiten ausbrach, die er aus seinem sich windenden Körper wrang wie die letzten Wassertropfen aus einem Lappen.

»Aus den Gründen, die ich soeben bereits erklärt habe, meinte ich gut daran zu tun, mein Wissen verständigeren Menschen, als ich es bin, zur Verfügung zu stellen«, kam der Mann schmeichelnd zum Schlußakt seines Werks, sich falsch wie Jago an der von ihm selbst ausgelösten Unruhe weidend, sei es, daß er wohl gesehen hatte, was er bezeugte. »Ich mußte dafür zwar meinen Dienst vernachlässigen und werde heute abend die verlorenen Stunden noch nachholen müssen, aber der Wert, den Sie, werte Herren, meinen Informationen zuerkennen werden, schenkt mir mehr Befriedigung, als sie eine Belohnung in klingender Münze hätte geben können…«

Der Hinweis war ebenso eindeutig wie auffordernd; Amshoff grub in seiner Hosentasche, und noch immer ohne den Mann anzusehen, streckte er ihm seinen Silberling entgegen, während er den Knecht, der mit dem Pferd angerannt kam, zu größerer Eile antrieb und das Ende der Reformübung verkündete.

Wieder über den Kies knirschend, nahm der Bahnhofsvorsteher die Beine, wie leicht ihm trotz seiner Demütigung auch ums Herz war, und um seinen Genuß noch zu steigern, wartete er am Kreuz lauernd ab, um mit eigenen Augen zu sehen, wie Amshoffs Landauer kurz darauf über die Brücke ratterte und schnurstracks Richtung Feld verschwand. Die drei Weibchen drückten sich verschreckt an das Geländer; eine halbaufgerauchte Zigarre flog durch das Wagenfenster.

DAS DORF war schon voller Leben, als Anijs in den Laden der Groninger trat. Aus Pietätgründen wollte er nicht fragen, ob das Volk schon vermißt werde, es nicht einmal wissen. Ohne sich zu erklären, bezahlte er die Rechnungen auf seiner Liste, im Laden der Holländischen tilgte er ebenso die Schulden und setzte seinen Weg am Zuideropgaande fort.

Je mehr das Dorf hinter ihm verschwand, um so stärker drängte sich der Frühling in all seine Sinne. Die ersten Blätter hingen wie hellgrüne Gaze über den Bäumen, die Weide blühte bereits, und rechterhand waren die Wiesen gelb gesprenkelt von Butterblumen. In der Ferne rief unablässig der Kuckuck, mehr in der Nähe plumpste ein Frosch ins Wasser oder raschelte plötzlich eine Schnepfe im geschnittenen Schilf – bis er die zwölfte Querwieke erreichte und sich jeder Ton, jede Farbe beim Anblick des verlassenen Felds zu verlieren schien.

Wie ein Nebel hing der Aufbruch von heute morgen noch sichtbar zwischen den Hütten. Sie mußten einfach weggegangen sein, bei einigen Katen stand noch die Tür offen. Aber warum sollte man seine Wohnung auch noch abschließen, wenn doch nichts zurückgelassen wurde, man doch nie mehr zurückkehrte? Alles, was nicht mit konnte, war in den vergangenen Wochen in der Umgebung auf den Wochenmärkten verhökert worden, von einigen Katen sogar die Tür oder das Fenster – offene Höhlen jetzt, die Augenhöhlen, durch die ihn die buckligen Bauten auf dem Hochmoor wie Totenschädel anstarrten, während er am ölschwarzen Wasser Elims entlangwanderte. Aber warum jetzt so traurig *in morte,* hatte er seinen Leuten nicht gerade ein neues Leben geschenkt?

Er passierte die Stelle, wo er einst die zwei Knirpse gesprochen hatte, sah dahinter das Birkenwäldchen, in dem er sich einmal verstecken mußte, erinnerte sich, kurzum, immer mehr an seine früheren Besuche hier, an das erste Mal, mit dem Kalten Freier im Arztkittel, dann das nächste Mal, vor der »Allgemeinen Behandlung«, als er die Jacke in der Hochstube gefunden hatte, auch an den Besuch beim Cabaret, in der Nacht darauf noch einmal zu Pferd, mit Klein Pet vor sich nach der Niederkunft Johannas, und bei der Erinnerung an den Besuch zusammen mit Vedder schienen sich all die Male plötzlich wie ebenso viele Episoden aneinanderzureihen zu einer durchgängigen Geschichte, der Erzählung seines heute morgen vollendeten Bemühens – ja, wahrlich, er las, er ging durch ein soeben gelesenes Buch und überflog es in seinen Gedanken nach dem Verzeichnis der Kapitelüberschriften. Nur der Schluß fehlte noch, er ging nun dorthin…

Es war windstill, man hörte keinen Ton außer seinen Schritten im Gras, bis er stehenblieb, um das Kästchen unter den anderen Arm zu nehmen. Dann, inmitten einer kristallinen Stille, begann irgendwo im Unterholz ein Vogel zu singen, so rein und erhaben, daß er unwillkürlich lauschte. Aber was war das? Das Vögelchen sang nicht nur, wie ihm der Schnabel gewachsen war, sehr klar erkannte er nun auch in allen Trillern eine bekannte Melodie, ja, es war Psalm 23, das Lied des Reisenden, er konnte die Worte beinah verstehen: *Der Herr ist mein Hirte* – aber dann mußte der Vogel bei den Menschen gewohnt haben; den ganzen Winter über, bis zu seiner Freilassung heute früh, mußte man ihm die Worte durch die Gitterstäbe vorgesungen haben, mit einer Geduld, so groß wie der Glaube an den Auszug, wie das Vertrauen in den Doktor. Anijs erschauerte, erlebte den frommen, frohen Gesang erst wie ein Zeugnis, dann wie ein Gleichnis, erst wie einen Schatten, dann wie den Körper selbst, die vollendete Verkörperung – denn genau wie der Vogel war doch auch das Volk heute morgen befreit und frohgemut in Gott fortgeflogen aus der Gefangenschaft?

Rechterhand reihte sich auf dem Hochmoor eine Hütte an die andere, während er weiterging und sich vorzustellen suchte, wie man sich dort, bis gestern, Abend für Abend in stiller Zuversicht gegenseitig zu allen möglichen *Americana* eingeladen hatte, zur Höhe der Freiheitsstatue, zur Anzahl der Kugeln in einem Revolver, zum dicken Sirup, den man einfach aus dem Stamm des *maple* zapfen konnte, und hätte man nur die Melodie gekannt, wäre all das Abendplauschen gewißlich auch mit der amerikanischen Nationalhymne abgeschlossen worden. Das Ufer jenseits des Pfades prangte jetzt in allerlei Lila- und Gelbtönen; andauernd bückte er sich, um eine Blume zu pflücken; mit einem dicken Strauß in der Hand hatte er schließlich das silbrig-schwarz gestreifte Birkenwäldchen hinter sich und betrat zaghaft Bennemins Hof, von nichts als dem Wunsch erfüllt, die letzten, elegischen Seiten des Epilogs zu schreiben und seinen Verpflichtungen, wegen der er hier war, achtsam nachzukommen, am Bienenkorb, aber auch am Grab von Johannas Kind – auch ihrer erinnerte er sich nun haargenau, er hörte ihre eisernen Augen in einer Waagschale rollen …

Alles war unverändert, nur das Haus stand jetzt leer. Das sah Anijs durchs Fenster, wollte es aus Pietät nicht betreten. Er stellte das Mohelkästchen ab, legte die Blumen darauf und kam kurz danach mit einem Spatel und dem Topf Stampfhonig, von dem Bennemin gesprochen hatte, aus der Kartoffelscheune. Langsam ging er damit zum Bienenkorb unter dem Vorsprung; in dem verschatteten Durchgang zwischen Haus und Scheune zeichnete sich dieser pechschwarz vor dem Lichtschwall dahinter ab; er konnte den Abstand nicht richtig schätzen, stand plötzlich dicht davor und erschrak – er mußte sich vorsehen, der letzte Bienenstich hatte bei ihm eine heftige, lang anhaltende Schwellung verursacht, womöglich war er inzwischen noch empfänglicher für das Gift.

Das Flugloch befand sich auf Augenhöhe. Er schaute hinein, sah nichts – ob sie wohl schliefen? Er nahm einen Klecks Honig auf den Spatel, wollte ihn am Futternapf unter der Öffnung abstreifen und zögerte: Um ein Pendeln des Eisendrahts und die entsprechende Unruhe im Korb zu vermeiden, müßte er zuerst den Korb richtig in die Hand nehmen, fürchtete aber zugleich, durch diese erste Berührung die Unruhe auszulösen. Sich selbst überwindend, stellte er den Topf zwischen seine Füße und näherte seine freie Hand dem Korb, immer näher, bis auf einmal eine dicke Biene herausgekrochen kam, lahm, beinah schon tot, oder vielleicht auch eben erst erwacht. Kurz saß das Insekt ganz still da, dann flog es zu dem Spatel in seiner anderen Hand und ließ sich auf dem Honig nieder. Verblüfft merkte Anijs, wie ihn dieses minimale Geschehen völlig in die Enge trieb: Abstreichen ging nicht mehr, wenn er die eine reizte, konnte er die Wut des ganzen Schwarms auf sich ziehen – was tun? Das kleine Grab, ja, natürlich, zuerst das Grab – behutsam legte er den Spatel auf dem Topf ab, holte die Blumen und das Beschneidungskästchen und ging nun, sich bückend, am Korb vorbei, aus dem Durchgang ans Licht.

Der hintere Hofraum war ein Gemüsegarten. Die Heide dahinter wogte wie eine endlose Decke aus rostiger Stahlwolle fort bis zum Horizont. Hier und da duckten sich krumme Kiefern, ansonsten war dort nichts als Weite und Sonnenschein. Das Einstiegsfensterchen in der Seitenfront war angelehnt, aber Anijs hatte sich bereits abgewandt und ging zu dem Holzkreuz hinter der Scheune. Bei jedem Schritt bewegten sich die Birkenstämme auf und ab wie Besteck in den Händen von Menschen bei einem Festmahl.

Das Grab war mit Feldsteinen eingefaßt. Er stellte das Kästchen auf den Boden und legte seinen Hut daneben. Im Knien legte er die Blumen um den Kreuzfuß. Es nannte keinen Namen, aber in den Querbalken war ein Datum gekerbt. Er schluckte, drehte das Gesicht weg und blickte über die Schulter in die blendende Sonne hinauf, dieselbe Sonne, unter der sich Johanna und alle anderen nun in Amsterdam einschifften. Würde Vetter Walter ihnen nachwinken und dabei vielleicht auch an ihn denken? Ob er ihn wohl je wiedersah? Er konnte ihm schreiben, würde sich auf jeden Fall die Eröffnung des Victoria Hotels ansehen – und dann später am Abend ein gemeinsamer Theaterbesuch, wie Freunde…

Er fegte ein paar dürre Blätter vom Grab, zupfte ein bißchen an den Blumen und bemerkte, wie vollkommen still es war, vom Leerstand, von der Wehrlosigkeit des Hauses. Auf einmal ertönte wieder dieser Vogelgesang, diesmal vom Birkenwäldchen her, noch höher und frommer; der Fink hatte ihn begleitet, aber nicht, um noch mehr zu bezeugen, nun wollte er ihn beten lehren, mit *Du salbest mein Haupt mit Öl,* einer Zeile, die alle Vernunft seiner Philosophie, Pharmazie und Philantropie zu Liebe verschmelzen ließ, bloß eine Zeile – und während er mit gefalteten Händen dakniete, war ihm, als werde die Stille nun noch tiefer: Er hörte aus ihr ein Schweigen, Bennemins Schweigen gegenüber Amshoff, als dieser nach dem Grab gesucht, es aber nicht zu Gesicht bekommen hatte, und auch das große Schweigen des ganzen Volks, anfangs ergeben, dann immer eifriger, das Schweigen, mit dem man sein Tun vor der Außenwelt verborgen gehalten hatte, die Stille, die sich allmählich wie eine undurchdringliche Kuppel über dem Feld entfaltet hatte, ja, als das Zeichen des Bundes, um das er ersucht hatte – aber wenn sie ihrerseits so lange durchgehalten hatten, mußte er dann nicht auch jetzt an sich ein bleibendes Zeichen setzen?

Eine flimmernde Hitze durchflirrte die Flaute und brannte auf seinen kahlen Schädel, der Schweiß brach ihm aus, und er knöpfte den Kragen auf, ließ dann auch die Hose herunter. Abwesend ließ er, während ihm das Blut in den Schläfen hämmerte, die Hand zu dem Kästchen schweben, den Deckel öffnen, über dem Beschneidungsgerät zaudern. Alles war von Silber, das Licht funkelte auf dem Messer, auf einem verzierten Döschen, einem Becher, einer Fachklemme und einer Schere, entflammte das samtrote Futter. Ohne weiter nachzudenken, nahm er sein schlaffes Glied, zog die Vorhaut weg und befestigte sie mit der Klemme hinter der Eichel. Seine Hand ging zurück, entnahm dem Kästchen das Messer und blieb dann reglos in der Luft hängen – er war nicht allein, er hatte ein Geräusch aufgefangen, eine tonlos dumpfes Beben …

Mit einem Ruck drehte er den Kopf zu dem Einstiegsfenster hinter sich, von wo aus ihn Johanna einst beobachtet hatte – aber die Drehung war zu weit, irgendwo auf der Heide blitzte nun ein weißer Fleck in seinem Augenwinkel auf, gar nicht so fern, aber als er dorthin blickte, sah er nichts mehr. War es ein Schaf? Sich aufrichtend spähte er alle Kieferngruppen ab, hinter denen das Tier verschwunden sein könnte, dann ertönte, wieder von einer anderen Seite, von dort, wo er selbst hergekommen war, ein neues Geräusch, nun unverkennbar: Hinter dem Birkenwäldchen schnaubte ein Pferd. Zwischen den Stämmen durch sah er eine Kutsche halten, die Türen flogen auf, zwei Herren in Schwarz sprangen heraus. Amshoff und Pottinga, sie hatten ihn bereits gesichtet und kamen, ohne jeden Umweg, mit wehenden Rockschößen quer durch das Wäldchen direkt auf ihn zu.

Der Schweiß floß ihm in Strömen in den Nacken, aber er konnte sich kaum mehr bewegen, der Druck war zu groß, die Luft zu dick, die Erkenntnis zu plötzlich: Er mußte das Grab unsichtbar machen! Unendlich verzögert ergriff er das Kreuz, suchte es völlig entkräftet aus dem Boden zu ziehen, alsdann an ihm zu rütteln, dann es nur noch abzubrechen, an dem Holz hängend – aber er hatte auch kein Gewicht mehr, sein Fleisch war entkräftet, und zu Schaum geworden.

Pottinga erreichte zuerst den Gemüsegarten. »Wo sind nur alle?«

Verwirrt stierte Anijs den Bürgermeister an. Er hatte das Kreuz fahrenlassen, zog sich krummbeinig die Hose hoch und bemerkte nicht, daß sein Pimmel mit der silbernen Klemme heraushing.

Nun kam Amshoff zwischen den Stämmen hervor. Augenblicklich wies er Pottinga auf das Kreuz mit den Blumen hin.

»Also doch ... ein Grab!« stellte er bitter fest.

»Aber ... so klein!« wunderte sich Pottinga.

»Für ein Neugeborenes ... das sagte ich doch!« erklärte ihm Amshoff, und sich nun zum ersten Mal an Anijs richtend, sprach er in gemessenem Ton: »Das gibt eine Autopsie. Diesmal werden Sie für Ihr Tun zur Rechenschaft gezogen. Sie haben soeben versucht, das Kreuz aus dem Boden zu ziehen? Bereiten Sie sich auf ein Disziplinarverfahren vor.«

Schulter an Schulter, wie ein zweiköpfiger Ankläger, traten die beiden Herren einen Schritt vor.

»Ein Disziplinarverfahren ... mindestens!« legte Pottinga nun nach. »Ich meine, ich kann doch nicht hinnehmen, daß eine ganze Gruppe unwissender Einwohner mir nichts, dir nichts irgendwohin abtransportiert wird ... Amersfoort, nicht wahr? Ich bitte Sie – und für wen sollen sie dort arbeiten? Ist das *bona fide*, frage ich mich, mußten keine Antezedenzien untersucht werden? Gerade für eine so wehrlose Gruppe ist größte Sorgfalt geboten, bester Anijs! Gut, vielleicht sind sie dort besser dran, als sie es hier waren, aber warum denn alles klammheimlich, warum haben Sie mich in nichts eingeweiht? Die Gemeinde hätte gern ...«

Der erste Steigerung von Amersfoort war Amsterdam, die höchste Steigerung Amerika – aber das A blieb Anijs im Hals stecken, so daß er mit weit aufgerissenem Mund die Ansprache erduldete, bis sie jählings abbrach und seine Aufmerksamkeit von den rollenden Augen ihm gegenüber nach unten gelenkt wurde. Mit dem Kinn auf der Brust erkannte er seine Nacktheit – aber was blieb ihm anders? In der einen Hand hatte er das Messer, mit der anderen hielt er die Hose hoch ...

Kurz noch starrte Pottinga auf das Glied in der Klemme, dann, ohne ein weiteres Wort zu Anijs, wandte er sich zurück an den alten Arzt: »Gott bewahre, was treibt er nun wieder?«

»Er ist dabei, sich zu beschneiden«, antwortete Amshoff, der bereits einen Blick in das Mohelkästchen geworfen hatte. »Jetzt, wo hier keiner mehr zum Operieren da ist, fängt er bei sich selbst an.«

In seiner Ernüchterung noch verwirrter als in der Entrückung von eben, sah Anijs die beiden Herren drohend näher kommen. Während ihm die Scham wie Säure im Gesicht zu brennen begann, wich er zurück, er wollte etwas erwidern, sah dann aber erneut den weißen Fleck in seinem Augenwinkel. Es war der Hund Joop, jetzt ganz nah, mit Lubber hinter sich; die beiden mußten heute in aller Frühe der fernen Tante entwischt sein; reglos standen sie am Rand des Gemüsegartens, an der Schwelle ihrer Entdeckung, daß im Haus keiner mehr war.

»Nichts als Schneiden ...«, drang Amshoffs höhnende Stimme nach einem kurzen Kopfsausen wieder zu ihm durch, »er kann es einfach nicht lassen ...«

Die beiden vorwärtstreibenden Doctores vor sich, das vernunftlose, keuchende Pärchen schräg seitlich: Unwillkürlich wich Anijs immerfort rückwärts, mit dem Messer in der Hand und der Klemme am Glied, in den verschatteten Durchgang zwischen Haus und Scheune. Der erste seiner Verfolger erschien im Gegenlicht, er wollte umkehren, seine Flucht beschleunigen, da trat er auf etwas, das unter seinem Schuh wegkippte. Im Fallen schlug er seitlich mit der Wange voll gegen einen schweren Gegenstand, der dennoch leicht nachgab. Er lag auf dem Boden, sah über sich den schwarzen Bienenkorb vor dem blauen Himmel wild hin- und herbaumeln und hörte dann ein tiefes Summen. Als wäre ein Wasserhahn aufgedreht, so preßte sich das Bienenvolk heraus, zuerst in einzelnen Tropfen sprühend, dann in einem ununterbrochenen, dichten Strahl.

Sich aufrappelnd hetzte er weiter, am Haus vorbei, aber die honigfarbene Schlange, die ihn verfolgte, war schneller, schon hatte ihr Kopf seinen Kopf erreicht, leckte an seinem Jochbein, und als er sie wegstieß, spürte er das brennende Gift, nicht mehr nur an der Wange, sondern nun überall – der ganze Schwarm ließ sich auf ihm nieder, als trüge er plötzlich einen Helm, vom Scheitel bis tief in den Hals bedeckte ihn eine dicke Schicht Bienen, die ihn stachen, wo er sie von sich wegzuschlagen suchte – aber das Schlagen währte nur kurz, dann brauchte er beide mit Bienen bedeckten Hände, um die Augen abzuschirmen, und wankte dann weiter, wie ein Weinender, während das Summen immerfort anschwoll, während sie nun auch in seine Ohren stachen, während seine losgelassene Hose wieder rutschte und seine Schritte immer kleiner wurden, so lange, bis er strauchelte, vielleicht über die Hose, vielleicht über das steile Ufer, auf jeden Fall kopfüber ins kalte Wasser von Elim – aber er spürte es nicht, sein Kopf blieb in kochendes Öl getaucht, er schwamm in Salzsäure.

KAPITEL 21

Wendepunkt

Die Orion war ausgelaufen. Ohne jede Spur seiner flüchtigen Freude auf dem Kai kehrte Vedder in seine Werkstatt zurück. Ein anhaltendes Hämmern dröhnte durch die Rückwand, unverzüglich fiel sein Blick auf die Untertasse neben dem Kanapee mit den Resten des Etiketts, dem einzigen, was von der Syde-Violine noch übrig war. Als zitterndes Nervenbündel sank er auf die Polster, er konnte nichts tun als warten, nur worauf? Ebert kam heute nicht; er war gestern noch dagewesen und wollte erst wiederkommen, wenn der Preis unter dreißig läge – aber in einem Monat, beim Einlaufen des Schiffes, mußte er sechsundvierzigtausend Gulden telegraphisch auf das Konto des Agenten überwiesen haben. Wie Ebert noch auf seine Seite ziehen, wenn er doch nicht unter diesen Betrag gehen konnte? Und das hatte er gestern schon getan – eigentlich müßte er jetzt gerade wieder mit dem Preis hochgehen, wenn er an die Rechnung des Druckers dachte, an die Liquidation Biederlacks und an die Quittung, mit der Ebert dreitausend Gulden für die entwendete Geige fordern konnte, vielleicht sogar noch über fünfzig…

Der Nachmittag verstrich, es begann zu dämmern, noch immer lag Vedder wartend auf dem Kanapee – aber er wartete auf etwas, das nicht geschehen konnte, auf jemanden, der nicht kommen würde. Dennoch war ihm irgendwann zumute, als befinde sich Ebert in gasförmiger Gestalt ihm gegenüber, und eine unwiderstehliche Lust wallte wie heiseres Flüstern in ihm auf, in diese durchscheinende Gleichgültigkeit einzudringen.

»Wo Ihre Geige ist? Ich habe sie repariert und dann verramscht… weit unter Preis, denn echte Kenner finden nicht hierher…«

Ebert lächelte wie ein Spiegel, völlig unbewegt, ohne ein Wort von dem zu glauben, was er sagte, er wußte ja noch besser als er, daß Theo die Geige entwendet hatte – aber was machte das schon? Er würde es doch sicher schätzen, wenn er sich so vor ihm gehenließ, das ließ sich doch nicht mehr ignorieren?

»Nun gut, die Quittung… ich kann nicht zahlen… ich bin Ihr Schuldner… machen Sie mit mir, was Sie wollen…«

Der Schemen war verschwunden, wie auch der Tag vergangen war, der erste Tag des Monats, der ihm blieb. Morgen und übermorgen würden ebenso verstreichen, und auch wenn Biederlacks Büro am Dienstag nach Ostern wieder geöffnet wäre, es machte keinerlei Unterschied mehr: Die Zukunft war eine öde Fläche, eine spiegelglatte See, aus der nichts aufsteigen konnte, nicht einmal die Verwerfung eines möglichen Bankrotts, denn nötigenfalls würde er einfach eine Hypothek aufnehmen. Stumpf stierte Vedder vor sich hin, aber dann wurde ihm das Hämmern wieder bewußt, und er federte mit neuer Kraft auf, während sein Herz in dem altbewährten Scharnier der unumstößlichen Fakten aufschwang: Der Bau des Hotels ging unverdrossen weiter, Victoria brauchte sein Haus, sie dachten genauso an ihn wie er an sie, die Auflösung stahl sich immer näher heran – und er glaubte, ihm könne nichts mehr passieren? Er nahm seinen Hut, und von derselben Begeisterung erfüllt wie morgens am Kai, verließ er das Haus: Er mußte nur abwarten, sie würden ihn von allein wieder aufsuchen, die Zeit arbeitete für ihn, und er hatte mehr Zeit denn je, einen vollen Monat!

Um Mitternacht kam er aus der Kneipe zurück, wo er Cobbler und Whiskey getrunken hatte. Es war totenstill in der Werkstatt, der Bau mußte wegen Ostern unterbrochen sein. Er holte Zündhölzer heraus, machte Licht – und bemerkte dann erst die Geige im Schaufenster; sein Herzschlag stockte, als er die Hände danach ausstreckte, aber er wußte es bereits: Es war die Syde-Violine, sehr sorgfältig an den Ort des Diebstahls zurückgelegt, als sei der nie geschehen – nur fehlten jetzt die Spannhaken, und das Instrument war mit Saiten schon spielfertig gemacht.

Schlagartig nüchtern, aber zu aufgeregt, um sich noch über irgend etwas zu wundern, nahm Vedder einen Bogen. Sollte sein letzter Eingriff wirklich erfolgreich gewesen sein und der Schwingkörper tatsächlich in dem Wurmloch unter dem Etikett gesteckt haben? Er holte tief Luft, horchte in die völlige Stille und strich an, zunehmend kräftiger, zuerst die D-Saite, dann auch alle übrigen, er drückte die Finger seiner linken Hand nieder und spielte einen Walzer in die Nacht, sich hin- und herbewegend auf das Eins-Zwei-Drei seiner hellen Freude: Der Wolf war weg! Keiner hatte ihn fallieren lassen wollen! Nun konnte er Ebert doch kommen lassen!

Sich schüttelnd vor Lachen, beugte er sich kurz darauf über den Rauchtisch hinten im Büro. Es stand fest, daß Theo den Schlüssel benutzt hatte, um Ebert zu Willen zu sein, aber es war nur ein neckender Puff gewesen! Beiden Herrn mußte er eine Notiz schreiben, Ebert mit einem Termin, an dem er die reparierte Geige abholen konnte, und Theo, daß er umgehend in die Werkstatt kommen mußte – ja, Dienstag mittag fünf Uhr, am ersten Werktag nach Ostern.

DIE HERRENRUNDE war vorbereitet, mit dem silbernen Likörservice, drei Kelchgläsern und der Syde-Violine im geschlossenen Kasten in der Mitte. Draußen schien die

Sonne, im Büro brannte die Lampe, durch die Wand drang kaum nennenswertes Poltern. Alles wartete auf den Empfang, alles glänzte, Viertel vor fünf, noch ein Viertelstündchen. Hochgestimmt staubte Vedder noch ein wenig ab, den Ofen und die Kasse.

Wie ungemein erfreulich die Übergabe der Violine alsbald auch war, genaugenommen war das doch nichts, verglichen mit der anderen Angelegenheit, die er mit Ebert hatte, die noch stets stagnierenden Verhandlungen, obwohl die Zeit drängte und die Gegenpartei nun auch schon zu einem sehr dreisten Druckmittel gegriffen hatte – was lag näher, als daß Ebert, nach Erhalt der Geige, doch wieder reden wollte? Einmal mußten sie doch eins werden – warum nicht gleich, wenn Theo dabei war? Und dann anschließend würden sie zu Biederlack gehen, um Theo zum Erben des Vermögens zu machen ... Wenn Ebert mitkäme, wäre es umgehend möglich ... und dann, danach, noch immer mit Ebert und Theo, zu Henkenhaf, um die frohe Kunde mitzuteilen und Bekanntschaft zu machen ... bei einem Festessen für vier, in einem Restaurant ... *Mein Kompliment, ein vortrefflicher Standort ...!*

Die Ladenglocke bimmelte. Aufgeschreckt aus seinen Träumen, räumte er rasch das Staubtuch weg, verschob noch etwas auf dem Tisch und ging dann feierlichen Schritts nach vorn. Er sah Theo durch das Türfenster, aber als er öffnete, war auch Ebert da. Er trug eine dunkelgraue Anzugweste, Theo war ganz ähnlich gekleidet, wenn auch in seiner Dienstkleidung.

»Meine Herrn, treten Sie ein, kommen Sie weiter!«

Man setzte sich. Vedder schenkte ein, erklärte jedoch, erst anstoßen zu wollen, wenn die Geige für gut befunden wäre. Feierlich öffnete er den Kasten, er reichte Ebert Geige und Bogen, die verlegen zurückgewiesen wurden, und stand dann auf, zur Vorführung des Probespiels, zuerst sehr sorgfältig, Saite für Saite, zwischen dem Poltern von nebenan, dann immer lebendiger, strahlend, walzernd, genauso beweglich wie beim ersten Mal, nur ging er jetzt auch noch ab und zu wie ein waschechter Stehgeiger neben Ebert in die Knie, um ihn noch besser hören zu lassen, wie rein nun der Ton war, ohne jegliches Nebengeräusch: Auch bei vollkommener Stille war keinerlei Resonanz mehr zu merken!

»Der Wolf ist weg, aber fragt mich nicht, wo er geblieben ist!« scherzte er, als er Bogen und Instrument in den Kasten zurücklegte. Er zwinkerte Theo zu, erhob sein Glas und fuhr in allerbester Laune zu Ebert gewandt fort: »Nun denn, Reparatur gelungen! Aber in aller Bescheidenheit, es gibt natürlich Wichtigeres auf der Welt, also wenn wir trinken, dann möchte ich vorschlagen, mit Ihrer Erlaubnis: Auf eine baldige Einigung! Sie kennen meinen Preis! Prosit!«

Sie prosteten und tranken. Vedder stellte als erster sein Glas ab, atmete aus und richtete sich wieder an Ebert, der mit unbewegtem Lächeln seine Schuhe musterte.

»Aber verhandeln, das kommt gleich, meinetwegen mit Theo dabei, ich meine, Sie sind wegen der Geige hier… Mein Gott, habe ich geschwitzt, als sie weg war! Ich will Ihnen ehrlich gestehen, ich fürchtete ein Falliment… die Quittung, Sie verstehen? Selbst wenn ich eine Hypothek aufgenommen hätte! Aber was macht das noch aus? Sie waren gar nicht auf meinen Bankrott aus, ich bin zu mißtrauisch gewesen, es war nur freundschaftlicher Puff! Ach ja, wenn die Zeit knapp wird, greift man zu Druckmitteln, nicht wahr?«

Mit einem Glitzern in den Augen blickte er von Ebert zu Theo und wieder zurück, aber sie verrieten nichts, wechselten bloß einen verstohlenen Blick und starrten wieder reglos zu Boden.

»Ausgezeichnet, ganz recht, die Karten bleiben im Ärmel!« rief er voll fröhlicher Streitlust, sich schon ebensosehr an seiner Überlegenheit weidend wie an der Betretenheit der Gegenpartei. »Das Spiel ist ja noch nicht aus, der letzte Zug steht noch bevor! Aber einerlei« – nun senkte er seine Stimme, beugte sich vor und legte die Hand auf den Geigenkasten –, »das Ding hier können Sie gleich mitnehmen… Kann ich noch mit etwas dienen? Haha! O nein, Moment!«

Plötzlich schien ihm etwas einzufallen, und so ausgezeichnet wie seine Laune, so geschäftig lief er in die Werkstatt. Er kam mit einer Untertasse in der Hand zurück.

»Das gehört auch noch dazu!« erklärte er, während er sie auf den Geigenkasten stellte. »Denn wissen Sie, wo es am Ende steckte? Wissen Sie, was das für Schnipsel sind? Das ist das Etikett! Ja, als ich an allen anderen Stellen gesucht hatte, wußte ich, daß der Wolf nur noch darunterstecken konnte, ich habe es abgeweicht, und tatsächlich: ein Wurmgang wie ein offenes Grab! Ich glaube, daß die Grube erst mit drei Litern warmen Leims ganz gedichtet war! Was darin all die Zeit mitgeschwungen hat, werden wir nie erfahren, aber es ist auf jeden Fall endgültig zum Schweigen gebracht! Können Sie sich meine Erleichterung vorstellen, nach anderthalb Jahren Suche? Noch nie zuvor habe ich in meiner Praxis so etwas erlebt, es scheint, als hätte jemand ganz bewußt diesen Schwingkörper, was es auch gewesen sein mag…«

In ihm verschob sich etwas, das Bild verdichtete sich beim Aussprechen zu einer Tatsache, einem harten, runden Ding, einem Stein, der auf dem Gipfel seiner Heiterkeit noch liegenblieb und dann langsam hinabzurollen begann, und jeder Funken, der davon abspritzte, ließ sein Begreifen heller aufleuchten.

»…noch stärker: Es ist völlig eindeutig, daß jemand mutwillig ein Sandkorn oder einen Glassplitter unter dem Etikett angebracht hat«, fuhr er nach einem kurzen Stocken fort, in dem sein Mund plötzlich staubtrocken war. »Ich meine, Herr Ebert, wenn dieses Etikett hier« (sein Finger hämmerte über den Schnipseln auf der Untertasse auf und ab), »wenn Syde dieses Etikett im siebzehnten Jahrhundert hier aufgeklebt hat, wie kann dann soviel später noch ein Glassplitter darunter geraten sein? Ist er vielleicht durchs Papier geflogen?«

Es kam keine Antwort. Vedder musterte Ebert mit düsterem Blick, sah aber nur, wie der herabrollende Stein stets neue Steine mit sich in die Tiefe riß.

»Gut, jemand muß nachgeholfen haben ...«, dachte er laut weiter. »Aber warum wollte wohl dieser jemand den Splitter partout unter dem empfindlichen Etikett verstecken, bei Gefahr einer Beschädigung? Vermutlich hat er nie in diesem letzten Wurmgang gesteckt, sondern in einem ganz anderen, noch viel findigeren Versteck, wo er von Meisterhand angebracht und auch wieder entfernt wurde ... ja, in dem Etmal des Verschwindens! ... mein letzter Eingriff war ebenfalls vergebens ... Kollege Smolenaars war es! Sie kennen doch Smolenaars? Ich habe Sie mit Smolenaars im Konzerthaus gesehen! Theo! Weißt du noch, seinerzeit, als wir zum Konzerthaus gingen und ich versuchte, die Geige zu verkaufen? Smolenaars war damals auch da! Aber auch der große Smolenaars wollte sich noch kurz vergewissern, deshalb wurde die Geige, die kahl weggenommen wurde, noch rundherum in den Spannhaken, fertig besaitet wieder zurückgebracht ...«

Jede Einzelheit, die in seiner sich bahnbrechenden Erkenntnis einen Sinn bekam, bekräftigte dies und wurde Gewißheit; ihre Zahl wuchs explosiv an, es war nun eine Lawine flottierender Fakten, die in seinem Geist in die Tiefe rasten und auf dem Grund neu geordnet liegenblieben, nicht als ein zufälliger Scherbenhaufen, sondern im Gegenteil als unumstößliches Gefüge der wahren Geschichte, so gruppiert und ineinandergeschoben, daß sie das kleinstmögliche Volumen einnahmen, wie gutgerüttelte Kartoffeln in einem Korb, wie perfekt verpacktes und dadurch passendes Gepäck, wie lose Lettern, die schließlich einen Satz bildeten: Ihn zu betrachten war lesen, lesen war begreifen, und beim Lesen schon alles begreifend, sprach Vedder immerzu weiter, abwechselnd zum einen und zum anderen, während er sich steif an die Lehne seines Stuhls preßte.

»Und jetzt verstehe ich plötzlich auch, warum die Geige überhaupt gestohlen werden mußte: Das war kein freundschaftlicher Puff, solch ein Necken hätte viel länger gedauert, nein, im Gegenteil, es war, um mich aus meinem Leiden zu erlösen! Die Geige war von Anfang an von Smolenaars mit einem unfindbaren Schwingkörnchen vergiftet; als Sie ihm erzählten, daß Sie den Geigenbauer von der Prins Hendrikkade herauskaufen müßten, hat er Ihnen dieses Täuschungsmanöver vorgeschlagen… um meine Nerven zu zerrütten, meinen Widerstand zu brechen… zum Totlachen! Und tatsächlich, in meinem Eifer und um einen guten Eindruck zu machen, habe ich mich wie ein Verrückter auf die Suche gemacht… so lange, bis Theo es nicht mehr mitansehen konnte und die Geige zu Smolenaars zurückgebracht hat… So ist es doch, Theo? Das letzte Mal, als du hierherkamst und ich am Ende mit meiner Kunst wieder mit der Geige auf dem Schoß dasaß, da hast du mir doch geraten, es sein zu lassen? ›Laß Ebert sein Problem selbst lösen‹, hast du gesagt – und das meinte er keineswegs unfreundlich Ihnen gegenüber, Herr Ebert, er hat auch nichts verraten, er sagte es bloß aus Mitleid mit seinem Vater… ja, denn sehen Sie, er glaubt, daß ich sein Vater bin, weil ich mich immer väterlich seiner angenommen habe… nicht wahr, mein Junge? Ja, du hattest Mitleid mit deinem alten Vater… und deshalb hast du Herrn Ebert gefragt, ob es aufhören dürfte mit der Geige…«

Ein Fuß scharrte auf dem Boden, jemand räusperte sich, danach war vollkommene Stille. Bebend trank Vedder einen Schluck, aber ihm wurde immer kälter, wie heftig ihn auch die Beschämung durchglühte und wie zärtlich auch das Lächeln war, das er Theo schenkte. Aber der Junge sah es nicht, gekrümmt starrte er in sein Glas, wie auch Ebert, kopfschüttelnd, das Kinn auf die Brust drückte.

»Herr Ebert, Sie leugnen?« ereiferte sich Vedder erneut. »Aber wenn es anders war, wenn der Wolf tatsächlich auf natürlichem Wege, allmählich irgendwo im Holz entstanden wäre, dann hätten Sie Ihre Geige doch nie zu mir, einem ehemaligen Tischler, sondern einfach zu Ihrem Freund Smolenaars gebracht? Eine Syde-Violine! Ein antikes Instrument! Mein Gott, war ich stolz, daß ich die Reparatur ausführen durfte, ich wollte mich Ihnen gegenüber als Luthier beweisen ... und nun, und nun ... Sagen Sie doch ehrlich, was hat Smolenaars erwartet? Daß ich den Wolf finden würde?«

Wieder schüttelte Ebert den Kopf, aber nicht mehr, um zu leugnen, mehr wie einer, der weiß, daß er durchschaut ist und nichts anderes will, als daß es ein Ende hat.

»Oder hat er erwartet, daß ich die Geige ruiniere?« fuhr Vedder mit gierigem Grinsen beschleunigt fort. »Aber das habe ich auch getan! Der Baßbalken ist erneuert, die Mensur vergrößert, das Etikett zerstört – in Smolenaars' Augen ist nicht mehr viel Originales übrig! Aber Augenblick ... die Geige ist nie original gewesen, es ist auch gar nicht Ihre Geige, Sie spielen nicht einmal Geige ... es ist irgendein Nachbau, natürlich, es mußte ein Scherz bleiben, Smolenaars würde nie ein so wertvolles Instrument einem Tischler preisgeben ... Wenn Sie ihm demnächst erzählen, wie ich auf die Manufaktur hereingefallen bin, dann kriegt er sich nicht mehr ein! Und wissen Sie, warum Sie sagen sollten, daß es eine Syde wäre? Weil sich Smolenaars erinnert hat, daß ich früher einmal versucht habe, damit zu handeln ... aber solche Kunden fanden schon damals nicht hierher ... ich habe das Instrument schließlich an Smolenaars verkaufen müssen ... Haha! Wie komisch ...! Aber ... Sie müssen schon gehen?«

Ebert hatte sich lautlos erhoben, mit Lippen wie ein Strich, mit gesenktem Blick; Theo tat es ihm gleich.

»Da gibt' s gleich wieder was zu lachen …«, feixte Vedder empor. »Sie gehen zu Smolenaars?«

Ebert nickte ihm ernst zu, hinter der Wand stürzte etwas um, dann war das Geräusch von Absätzen auf dem Boden zu hören. Der Geigenkasten mit Untertasse blieb unberührt hinter dem Tisch.

»Und das falsche Etikett zu machen!« rief Vedder den sich im Dunkel auflösenden Gestalten nach. »Die violette Tinte, die verschnörkelten Buchstaben, die Jahreszahl … sechzehn soundsoviel … Das war bestimmt auch komisch … ob er wohl drauf reinfiele?«

Er begann nun auch selbst zu lachen, er konnte nicht mehr aufhören und lachte noch immer, als die Tür hinter den beiden schon klingelnd zugefallen war.

DIE BAUWELT war verblüfft. Neben der Montagetechnik wartete Henkenhaf mit einer zweiten Neuheit von Format auf. Ohne das Ende des Rohbaus abzuwarten, ließ er das ebenso teure wie empfindliche Kraftwerk anliefern, das später die Aufzüge, das Telefon und die Beleuchtung mit Strom versorgen sollte. Mit allem Zubehör an Akkumulatoren, Generatoren und Elektromotoren wurde es im Keller des Hotels installiert, nicht, um dort bis zu ruhigeren Zeiten verpackt zu stehen, sondern zum sofortigen Betrieb eines Baulifts, eines Transportbandes und der himmelhohen Kräne.

Man konnte zusehen, wie der so noch stärker mechanisierte Bau wuchs. Das Hotel war schon so hoch wie Vedders Haus, überragte es sogar noch um ein Geschoß. Wie lange schien es nun her, daß er nachts, auf dem Flachdach liegend, auf das Gewimmel in der Tiefe gestarrt hatte, auf die andauernde Anfuhr von Materialien, das unermüdliche Auf und Ab der Handlanger auf den Leitern, mit Lederschurz auf den Schultern, darauf ein Stapel Steine oder ein Kübel Speis, alles badete im Licht der Bogenlampen – wenn er nun durch die Luke stieg, ragten ringsherum drei nagelneue Wände empor, in der rückwärtigen Wand war ein Fenster ausgespart; man konnte nicht mehr auf das Hotel hinabsehen, aber war es nicht viel erregender, vom eigenen Dach aus einzudringen, heimlich, nicht durch die dazu bestimmte Tür, sondern durch die andere Öffnung, noch roh, ohne Fensterbrett, in dem, was einst eine Innenwand sein würde – es war, als dringe er in Henkenhafs Gekröse ein, voll Zugluft und Baulärm aus dem Bauch.

Mit dem Verstreichen der Wochen nahm Vedders Unruhe noch weiter zu: Es blieb nicht mehr viel Zeit, bis die Siedler in New York ankommen sollten; ebensowenig Zeit blieb ihm, dafür zu sorgen, daß dann das Geld auf dem Konto des Agenten war – es drängte ihn unerträglich zu Ebert, manchmal stand er schon in der Jacke, bevor ihm wieder einfiel, daß jener bloß über einen Betrag unter dreißig verhandeln durfte, während seine Leute sechsundvierzig für ihr Fortkommen brauchten; ratlos sank er dann wieder aufs Kanapee zurück, worauf das endlose Hin und Her zwischen Wollen und Weigern erneut einsetzte, unentrinnbar, wie sehr er auch kämpfte, sich aus dem Mahlstrom zu befreien, äußerlich untätig wie ein Stein in der Brandung, innerlich flirrend vor Widerstand, gegen sich selbst, gegen Henkenhaf, gegen die Herren der Macht: Sein Weigern war ein Wollen, sein Wille eine Weigerung! Der Anlaß, der ihn zu Ebert trieb, war derselbe, der es ihm verbot! Derart kämpfend überfiel ihn auch gelegentlich unerwartet der Schlaf, und wenn er dann verwirrt wieder aufschreckte, wußte er nicht mehr, ob er auf seinem Standpunkt beharrt oder klein beigegeben hatte.

KEINE DER RECHNUNGEN war bisher bezahlt. Biederlack schickte als erster eine Mahnung, der Drucker folgte am Tag darauf. Als auch die Rechnung der Staatlichen Eisenbahn kam, für die Miete der Viehwaggons bis Amersfoort, gefolgt von der der Holländischen Eisenbahngesellschaft für das letzte Stück nach Amsterdam, machte Vedder daraus einen Stapel, den er auf die Schachtel mit Verträgen unter die Kassette legte. Noch hundertmal schwerer als all das Papier zusammen drückte ihn jedoch der Bericht, den er kurz darauf erhielt: Das Bein der alten Nachbarin war amputiert – »abgenommen« schrieb Carstens voller Ehrfurcht, so ehrfürchtig sogar, daß er, über das Bein schreibend, es nicht über sich bekam, vielleicht auch nicht ganz die Aufmerksamkeit hatte, auf eine schnelle Einigung mit Victoria zu drängen oder auch nur nach dem Stand der Gespräche zu fragen. Er teilte durchaus noch mit, wie lange der Spitalaufenthalt noch dauern sollte und wie die Besuchszeiten waren.

KURIOS: Nachdem ein Monat seit Abfahrt der Orion vergangen war, geschah nichts, und auch nach fünf oder sechs Wochen hatte Vedder das Telegramm noch nicht erhalten, das er so sehr fürchtete: *Es ist nicht bezahlt.* Hatte der Agent die Siedler womöglich doch angenommen und eingestellt? Oder saßen sie in Schuldhaft und konnten so nicht einmal ein Telegramm schicken? Er wußte es nicht, alles war gleichermaßen ungreifbar, leer und unbegreiflich geworden wie das Depositenkonto, das Biederlack für ihn eröffnet hatte und auf das der Agent später die Tilgungsraten plus Zins überweisen sollte.

MIT DEM VORANSCHREITEN des Frühjahrs kamen die Fliegen wieder in die Violinhandlung, die Störche in die Fischhalle. Grübelnd blickte Vedder, sobald er einen Fisch ausgesucht hatte und für sich ausnehmen ließ, auf das Flügelschlagen der Vögel unter dem Dachstuhl; irgendwie erinnerte ihn das Schauspiel an die Parabel, die Ebert ihm schon beim ersten Verhandeln erzählt hatte, vom aufgebahrten Leichnam, den der angeschwollene Fluß mit sich geführt und ein Stück weiter stromabwärts wieder abgelegt hatte, dem anschließenden Rechtsstreit über den Preis für die Rückgabe durch den Finder an die Angehörigen und von dem um Rat gefragten Weisen, der beiden Parteien gleichermaßen recht gab. Beim Warten, die Augen dachwärts, kam er dem Kern des Rätsels immer näher, bis ihm der Fisch in eine Zeitung gewickelt gereicht wurde und jede Erkenntnis durch diesen kurzen Moment des Erdkontakts wie Elektrizität aus ihm wegströmte. Noch immer durcheinander, wankte er dann hinaus, nun ohne den Schatten einer Ahnung, weshalb ihn das Bild der Vögel an die Parabel erinnert hatte, ohne auch nur im geringsten eines der beiden auf sich beziehen zu können – sie boten ihm keinen neuen Blick mehr auf die Wirklichkeit, sondern verformten und verschleierten sie nur noch mehr, in Koppelwirkung, so daß ihm schwindelte, als habe er in einem Zerrspiegel den Widerschein eines anderen Zerrspiegels gesehen.

ALS ER EINES MORGENS nach unten kam, war auch bei ihm, wie zuvor bei Carstens, ein Werbeplakat an die Schaufensterscheibe geklebt, als wohne er schon nicht mehr hier. Auf der Fußmatte lag ein Umschlag. Es war ein Schreiben von Anijs, aus dem Asser Hospital. Aufmerksam las er den Bericht über dessen Unfall, ebenso aufmerksam faltete er den Brief wieder zusammen, steckte ihn in den Umschlag zurück und legte ihn zu den unbezahlten Rechnungen unter die Kasse, ohne daß auch nur der Gedanke an Zurückschreiben in ihm aufgekommen wäre. Später erschien ein Fahnder in der Werkstatt, um sich nach Vetter Al zu erkundigen. Zu geschwächt schon, um gegen- oder umgekehrt mitzuarbeiten oder auch nur noch diese Wahlmöglichkeit zu erkennen, sagte Vedder etwas von einem Pseudonym, worauf er den Mann zu Biederlack weiterschickte und nie wieder etwas von ihm hörte.

EINFÖRMIG gingen die Tage vorbei. Das Werbeplakat hing noch immer am Fenster, der Mann, der früher so leidenschaftlich die Öffentlichkeit gesucht hatte, schien sich nun hinter dem Plakat fast vor ihr zu verstecken. Er wurde immer einsilbiger, ein Einzelgänger, ohne Interesse mehr für das öffentliche Leben draußen, nicht einmal für die jüngst begonnene Aufschüttung der Rozengracht, die er als Veritas und Befürworter der Westradialen so feurig gefordert hatte, und ging kaum noch aus, nur noch zum Fischkauf, Donnerstag abend auch gelegentlich zum American Hotel, in der eitlen Hoffnung auf eine erneute Begegnung mit E. Nigma, und einmal auch zum Konzerthaus, wo er sich in seinem unablässigen Kampf gegen die höheren Stände völlig vergaß.

In vollendeter Lauschhaltung, reglos wie eine Katze auf dem Sprung, wartete er die delikateste Passage des Programms ab. Als im Saal nichts weiter zu hören war als das Klimpern des Flügels, begleitet von Triangel und einem erstickten Seufzer, stand er unvermutet auf, brach in Beifall aus und feuerte eine Salve kräftiger Bravos über das gereizte Publikum nach vorn; anschließend, noch immer klatschend, aber jetzt gelassener, blickte er mit erstaunter Unschuld um sich, mit fragenden Brauen, als könne er nicht begreifen, warum er als einziger so genoß, worauf er sich ebenso plötzlich wieder auf seinen Sitz fallen ließ, in derselben Pose unerschütterlicher Hingabe, die Hand unterm Kinn oder sogar auch an der Stirn.

Danach ging er im Kirschbaum tanzen, noch hemmungsloser in seinem Drang nach unten. Das Orchester setzte einen Walzer ein, am Rand des Tanzbodens knöpfte er die

Jacke zu, warf sich in Positur und legte die Arme um eine gedachte Dame, worauf er sich abstieß und herumzuwirbeln begann. Allen Hohn, den er so, mit der Luftfrau vor sich, auf sich zu ziehen wußte, während er sich hinten an den anderen Paaren vorbeidrückte, beantwortete er mit strahlendem Lächeln und verstohlenem Zwinkern, fiebrig vor Lust: er unterhielt die Gäste und schonte sich dabei nicht. Ja wahrlich, er war ein Künstler! Diese Ausschweifungen schwächten seine Nerven gänzlich; am nächsten Tag fühlte er sich niedergeschlagen und begann sich zu fragen, ob Henkenhaf ihn nicht vergessen habe, zweifelte auch an seiner Fähigkeit, noch zu einem ausschlaggebenden Veritas-Beitrag gegen das Victoria Hotel imstande zu sein, um so, durch öffentlichen Druck, die Verhandlungen wieder anzustoßen – es war der letzte Trumpf, den er noch im Ärmel hatte.

GEGEN PFINGSTEN war das Hotel äußerlich vollendet. Der Eckturm prunkte mit einer Schieferkuppel, das riesige Dachgebinde war gedeckt, ein rhythmisches Relief von Halbsäulen, Konsolen und Giebelfeldern zierte die Sandsteinfassade. Noch unvollkommen war die Einkerbung um die beiden alten Häuschen in der Nordfassade, nichts weiter als rosa Fleisch, durch die Gerüste wie in Spitze gehüllt, alles jungfräulich wie der Bahnhof gegenüber und nicht nur mit ihm verbunden als Neuheit, sondern auch, die Ausmaße und den Standort betreffend, auf ihn bezogen: Wie der erste Mann und die erste Frau, beide soeben aus einer Grube gekrochen auf einem Gemälde der gottlosen Genesis, genau so hatten sich beide Gebäude unlängst aus ihren Baugruben erhoben, so markierten auch sie ein ganz neues Zeitalter, in dem sie noch die einzigen ihrer Art waren, und so auch sahen sie sich an, verwundert, und sie erkannten sich, zwei Kinder des neuen Geschlechts, Riesenkinder, der rote, gerade

Bahnhof der Junge, das rahmfarbene, runde Hotel das Mädchen, und zahllos viele Nachkömmlinge sollten ihnen beschieden sein.

MIT EINEM FISCH in der Hand bog Vedder um die Ecke. Statt gleich ins Haus zu gehen, lief er zur Anlage hinüber. Es war sechs Uhr abends, wie ein Gletscher erglühte das Hotel orangerot im Streiflicht der tiefstehenden Sonne, die Bedachung ein kahler, schwarzer Bergrücken unter dem türkisfarbenen Himmel. An die Büste Prinz Hendriks gelehnt, betrachtete er sein Haus und das viel niedrigere von Carstens, wie sie Schulter an Schulter in dem an allen Seiten aufragenden Victoria übriggeblieben waren, und wieder sah er darin das Bildnis von Vater und Sohn, nur jetzt noch gesteigert, weil der Mann und der Junge nicht mehr frei im Raum standen, sondern von der steinernen Umarmung des Massivs rundherum aneinandergepreßt wurden, so stark, daß ihn spiegelbildlich das Gefühl überkam, Theo stehe neben ihm und lege ihm einen Arm um die Schulter.

»Ja, Junge, das sind wir... und das Hotel ist Henkenhaf...«, sagte er, ohne den Blick abzuwenden, »siehst du, wie er hinter uns steht, uns an allen Seiten überragt und uns an den Schultern gegeneinanderpreßt? Es sieht aus, als stünden wir zu dritt vor einem Photographen... Henkenhaf sieht uns gewiß auch als Vater und Sohn, er will uns verewigen... Sobald eine Einigung erreicht ist, gehen wir gemeinsam zu Biederlack, wegen des Testaments... dann werde ich noch mehr wie ein Vater für dich sein...«

»Wenn Sie das wirklich wollen, warum halten Sie dann immer am selben Preis fest?«

»Ich kann nicht anders, es ist wegen der Leute in Amerika... Vielleicht arbeiten sie schon für uns... dürfte ich ihr Vertrauen enttäuschen? Aber keine Sorge, sieh nur, wie weit das Hotel schon Hotel ist, sie können wirklich nicht mehr ohne mich … Mit diesen Geldherren gibt es nur ein Problem, daß sie nicht gewohnt sind, dem kleinen Mann gegenüber nachzugeben, aber du siehst: Diesmal haben sie wenig Wahl … Ißt du mit?«

Aber Theo war nicht da, er hatte nur den Fisch bei sich, und nach einem letzten geschwinden Blick rundherum ging er über die Straße zu seinem Haus.

Der große Schatten des Hotels und auch das Plakat am Schaufenster machte die Werkstatt dunkler denn je zuvor. Er hing seinen Hut an die Garderobe und ging gleich weiter, alle Stufen hinauf bis zur Küche unter dem Dach. Er erhitzte Öl, stieß mit dem Pickhaken die Dachluke auf und briet den Fisch mit der Haut. Kurz darauf saß er mit seinem Teller am Tisch und zog die Zeitung zu sich her, in die der Fisch gewickelt gewesen war. Es war der Lokalteil von gestern, und noch eh er sich versah, fuhr ihm der Name E. Nigma mit Titel und Artikel an die Gurgel.

> Profitgier?
> Werte Mitbürger!
> Nach gründlicher Vorbereitung befindet sich das neue Victoria Hotel nunmehr im entscheidenden Bauabschnitt. Schon wirft es einen Hauch internationaler Grandeur über den Bahnhofsplatz, der nichtsahnende Bahnreisende wähnt sich einen Moment in Paris oder Wien – dann aber fällt sein Blick auf die beiden verbliebenen alten Häuschen, und er wundert sich: eine vorübergehende Unregelmäßigkeit beim Bau oder eine bleibende Narbe in der Physiognomie des Gebäudes?

In knappen Worten referierte der Verfasser, welche Kritik von Anfang an gegen das Hotel vorgebracht wurde, dem stellte er gegenüber, der einmal angenommene Entwurf müsse auch gebührend ausgeführt werden, erklärte, daß kein einziges Bauwerk eine Beeinträchtigung der Fassadengliederung vertrüge, und prangerte dann mit heftigen Worten diejenigen an, die angeblich für eine solche Schändung verantwortlich waren:

> Nur einige Hausbesitzer an der Prins Hendrikkade trotzen, getrieben von Geldgier, der AG Hotelgesellschaft noch bei der völligen Ausführung ihrer Pläne, und sie schaffen einen Mißstand, der sehr zu beklagen ist, vor allem Vedder aus Nummer 46, in diesen Spalten auch unter dem Namen Veritas bekannt.
>
> E. Nigma

Mit jeder Zeile riß Vedder die Augen weiter auf, während ihm der Atem in der Kehle stockte. Fassungslos konnte er den Blick nicht von den letzten Worten lösen: E. Nigma hatte sein Pseudonym enthüllt… All seine Gedanken an einen Artikel gegen das Victoria waren müßig geworden; undenkbar, nun noch als Veritas das Hotel unter Druck zu setzen, ohne daß die Öffentlichkeit an Eigennutz dächte… Warum hatte E. Nigma ihn verraten?

Über ihm ertönten Schritte, er blickte nach oben und sah den grinsenden Kopf eines Arbeiters über der Luke, nur ganz kurz, dann zog sich der Mann zurück, und nach einigem Poltern wurde es wieder still. Unwillkürlich stieg Vedder über die Stehleiter hinauf, aber als er den Kopf hinausstreckte, sah er nichts mehr als das leere Dach und die Öffnung in der Wand, die nun mit einem nagelneuen Hotelfenster verschlossen war: Soweit war es nun also schon, daß er nicht mehr ins Hotel konnte, sie aber wohl zu ihm hinein…

An den Tisch zurückgekehrt, neigte er sich erneut über die fettgesättigte Zeitung. Wie konnte ausgerechnet derjenige, der den Hotelentwurf am heftigsten gerügt hatte, nun nur noch den Gegner rügen? Allmählich, während ihm Schauder um Schauder kalt über den Rücken lief, erkannte er, daß sein früherer Mitstreiter nun zum Feind geworden war und er keinen mehr neben sich hatte. Auf welchen Mißstand bezog sich E. Nigma eigentlich? Er versuchte zu denken, rieb sich die Stirn, dann schellte unten die Klingel.

Wie jemand, der aus einem Restaurant weggerufen wird und automatisch seine Serviette mitnimmt, so knüllte er die Zeitung zusammen und stieg mit dem Ball in der Hand wieder alle Stufen hinab in die dämmrige Werkstatt. Vor der Tür stand Ebert.

»Ha! Sie sind es!« begrüßte er ihn atemlos. »Haben Sie E. Nigma gelesen?«

Er ging vor Ebert her zum Büro nach hinten, machte Licht und stellte Wasser auf. Kurz darauf servierte er Tee am Rauchtisch, auf dessen Mitte der geschlossene Kasten mit der Syde-Violine seit dem letzten Besuch noch unberührt lag.

»E. Nigma ist umgefallen«, erklärte er, jetzt ruhiger. Er wischte sich mit dem zerknüllten Zeitungspapier den Schweiß von der Stirn, dann das Fett von den Lippen und strich das Blatt anschließend auf dem Tisch glatt. Auf einmal roch es nach Fisch. »Sie werden sehen … Vitruvius, Flavius und Taciturne werden nun schnell folgen … aber es wird an meiner Position nichts ändern, ich bin es gewohnt, allein zu stehen … und nun wissen Sie auch, daß ich Veritas bin …«

Ebert nickte höflich und sagte, darüber bereits informiert zu sein, von Theo. »Und was die Westradiale angeht, hat Veritas nun doch recht bekommen, nicht wahr?« fuhr er ungewohnt lebhaft fort, mit einem Nicken zu dem eingezeichneten Stadtplan an der Wand. »Ich meine die Dämmung der Rozengracht.«

Nie zuvor hatte sich Ebert so sehr bemüht, Konversation zu machen, es ging ihm auch jetzt noch zäh von der Hand, aber für Vedder war es genug, um sich ohne jede Spur von Überraschung seinem Stolz zu überlassen.

»Sie wußten schon länger, daß ich Veritas bin? Weiß Henkenhaf es auch? Hat Theo Sie den Artikel lesen lassen? Ach ja, der Junge interessiert sich dafür, er wird noch einmal in meine Fußstapfen treten... aber mir sagt es nichts mehr... der Verkehr, der fährt von allein weiter... Übrigens hat E. Nigma diesen Aspekt niemals in seine Überlegungen einbezogen, er schreibt nur über die einzelnen Gebäude, unabhängig vom Standort oder der Verkehrsführung... und dann erweist er sich in seinem Urteil noch unbeständig... Zucker?«

Ebert vermochte seine Munterkeit nicht mehr aufrechtzuerhalten und nickte nur. Auch Vedder war nach seinem flüchtigen Aufleben wieder in den Nebeln seiner allgemeinen Ermüdung versunken. Er schüttelte ein paar Kandisklümpchen aus einer Büchse, ließ in jede Tasse eines fallen und begann gedankenverloren zu rühren. Aber auf einmal funkelten seine Augen wieder, und er beugte sich begierig vor.

»Hat Henkenhaf E. Nigma gekauft?« fragte er heiser. »Als ich mich nach E. Nigmas erstem Artikel so lustig gemacht hatte über ihn... über das Pferd Pegasus, das ihn aufbäumend aus dem Sattel geworfen hat, über den Vergleich des Hotels mit einem zwielichtigen Zirkusdirektor... hat das Henkenhaf mißfallen? War Henkenhaf verstimmt, daß er ausgelacht wurde von... von einem kleinen Mann wie mir? Und hat er dann beschlossen, mich in der Öffentlichkeit zu isolieren und mir die Waffe meiner Feder aus der Hand zu schlagen, indem er E. Nigma auf seine Seite zieht und ihn mein Pseudonym enthüllen läßt? Es sei so, soll Henkenhaf die Presse nur beherrschen, mir tut es nur leid, daß E. Nigma seine Unabhängigkeit für eine Handvoll Geld verschachert hat, oder für die Mitgliedschaft in Architectura, wer weiß das schon, wen wird es interessieren... es gibt keinen E. Nigma mehr, auch keinen Veritas...«

Abwechselnd schüttelte Ebert den Kopf, rang die Hände und schnappte nach Luft, er tat kurzum alles, um den Wortschwall Vedders zu unterbrechen, aber als es soweit war, reihte er sich doch wieder ein: »Womöglich wird Theo doch noch einmal Veritas' Nachfolger …«

Vedder zuckte mit den Schultern. »Gut möglich, er denkt darüber nach, er beschäftigt sich damit … aber es ist nicht ausgeschlossen, daß ich selbst noch ein letztes Stück schreibe, nicht als Veritas, denn das würde einer … wie heißt das … einer Apologie gleichkommen, sondern unter einem neuen Pseudonym, ja: eine direkte Anklage von D. Profundis gegen Henkenhaf … daß er mich nie gefragt hat, ob ich denn verkaufen wollte, und er von Anfang an davon ausgegangen ist, daß die kleinen Gewerbetreibenden zwar zu seinen Bedingungen Platz machen sollten, er uns aber nie mit einem Besuch hat beehren wollen – das ist sein Fehler gewesen, daher hat er es jetzt so schwer mit mir … aber nichts für ungut, um ganz von vorn anzufangen, in der Presse … ich verspreche nichts … ich bin alt … und müde …«

»Sie hätten nicht hierbleiben sollen«, sagte Ebert, der seine Finger hinter den Kragen hakte und noch immer große Beklemmungen zu haben schien, als könne er nicht einatmen, ohne zuerst auszusprechen, wovon er voll war.

Vedder gab keine Antwort mehr, starrte abwesend auf den silbernen Teelöffel auf dem Tisch: »In ewigem Dank für das Vertrauen – Bewohner von Elim.« Jetzt war es fast still, seit das Hotel an der Rückfront eine Brandmauer hochgezogen hatte, drang nur noch das monotone, kaum merkliche Brummen der Kraftzentrale in die Werkstatt, das Geräusch, das sein Warten seit Wochen begleitete und schließlich Klang und Ausdruck dessen geworden war: Das Hören bedeutete Warten, gab vom ersten Wahrnehmen an ein Gefühl von endlosem Stillstand, sogar jetzt noch, wo ihm die lang erwartete Person gegenübersaß, und als Vedder mit einem plötzlichen Kopfschwenken wieder ins Hier und Heute zurückkehrte, war ihm, als sehe er Ebert heute zum ersten Mal. Der Druck im Raum war enorm, alles zuvor Gesagte wurde dadurch nach draußen gepreßt und wölbte sich wie ein Ball um die völlige Leere im Innern, um das Thema, das bisher so ängstlich vermieden worden war.

»Warum sind Sie eigentlich hier?« fragte er, während er Ebert beharrlich betrachtete. »Wollen Sie verhandeln?«

Ebert hüstelte, verzog das Gesicht und räusperte sich. »Sie?«

»Immer... Sie kennen meinen Preis!«

»Sie bleiben dabei?«

»Ich kann nicht anders... Amerika...!«

Noch einmal hüstelte Ebert, dann nahm er sich wieder zusammen und machte seine Mitteilung in flachem, fast achtlosem Ton: »In diesem Fall müssen Sie unsere Verhandlungen als beendet betrachten. Wir bauen um Sie herum.«

Der Ausdruck auf Vedders Gesicht, schon von glückselig zu verblüfft verflossen, bekam einen hilarischen Zug, vereiste dann unter Eberts eisigem Ernst. Er begriff es nicht.

»Ich meine es völlig ernst, Herr Vedder, lachen Sie nicht«, fuhr Ebert fort. »Herr Henkenhaf hat schon zwei Monate diese Notlösung erwogen, und als Sie auch letzte Woche noch keinen Kontakt mit uns aufnahmen, wurde der Knoten durchgehauen. Wir können nicht länger warten, die Eröffnung ist auf den 19. August angesetzt. Weil E. Nigma nun öffentlich auf diese neue Situation angespielt hat, meinte ich, Sie so schnell wie möglich persönlich über die gefällte Entscheidung informieren zu müssen, ungeachtet der Tatsache, daß heute zwischen Ihnen und uns keinerlei Beziehung mehr existiert. Ihr Haus bleibt Ihr Eigentum, wenn auch inkorporiert in das Hotel, was im Grunde auch jetzt schon der Fall ist. Für Sie wird sich faktisch nichts ändern.«

Die Stille war zu dick, um noch durch sie sprechen zu können. Zäh zerbröckelnd brach sich die Erkenntnis des Umschlags in Vedder Bahn, sie schob sich über seine Vorstellungen von der Zukunft und sich selbst als Eisbrecher auf der zugefrorenen Amstel, und wie der Himmel von den Eisschollen gebrochen widergespiegelt wurde, so zersplitterte sein Spiegelbild unter dem Schlag der Mitteilung, er war schon nicht mehr derselbe wie zuvor, er fühlte sich leerlaufen wie ein löchriger Ball, und all seine vortrefflichen Eigenschaften wie das Rollen und Springen, die Rundheit und der Glanz erwiesen sich mit dem Schrumpfen als nicht ihm selbst inhärent, sondern die ganze Zeit nur der Luft entliehen, die in ihn hineingepumpt war und nun zischend aus ihm entwich und ihn zurückließ als wertlosen, formlosen Fetzen, in nichts mehr dem Ball gleichend, außer daß ihrer beider Wesen Luft gewesen war.

»Also baut Henkenhaf um mich herum?« flüsterte er abwesend.

Ebert nickte, preßte die Lippen zusammen und schwieg.

»Und dieses Fenster über meinem Dach, das wird kein Schalter oder Theke, sondern bleibt ein Außenfenster?«

Je klarer die Fakten zu Vedder durchdrangen, um so tiefer fiel er zusammen, es war, als stürze er selbst ein, nun da sein Haus stehenbleiben sollte, und noch mehr Gegensätze brachen wie Scherben von seiner alten Erkenntnis ab: Henkenhaf hatte den Kontakt abgebrochen, aber gerade dadurch sollten sie für alle Zeiten Nachbarn bleiben; Henkenhaf ließ ihn los, mit der Folge einer ewigen Umarmung; durch das Abstoßen des Hauses schloß er es endgültig ein; die definitive Abweisung war die totale Annahme.

»Das Bild des Vaters und des Sohns bleibt nun für alle Zeit in dem Hotel erhalten, ist es das, was Henkenhaf will?« murmelte er weiter. »Und mein Haus, schmal und hoch … eine bleibende Erinnerung an unsere Verhandlungen … eine Gedenknadel! Aber auch ein Grat in dem Entwurf … ist Henkenhaf nicht böse?«

Ebert spielte mit seinen Handschuhen und seufzte. »Denken Sie doch lieber an Ihre Gesundheit und nicht mehr an den Herrn Henkenhaf… Ihre Angelegenheit mit Herrn Henkenhaf ist vorbei!«

»Vorbei… vorbei…«, versuchte Vedder zu begreifen, aber solange ihm all die Paradoxe vor Augen wirbelten, setzte sich nichts, schwebte er in einem schwerelosen Zustand von Einstauchen, von Fallen, ohne aufzukommen, und die Bruchstücke auf dem Boden konnten noch kein Bild von einem neuen Begreifen zusammensetzen.

Ebert war aufgestanden. Die Veränderung brachte Vedder zurück in die Gegenwart, und zugleich mit einer plötzlichen Furcht vor dem Abschied bemächtigte sich seiner eine grelle Klarsicht. »Warten Sie, gehen Sie noch nicht!« rief er, in seinem Sessel vornüber federnd. »Kaufen Sie wenigstens das Haus von Nachbar Carstens… was hatten Sie geboten? Fünfundzwanzig, nicht wahr? Angenommen! Oder nein, besser noch: Bringen Sie es mit ihm selbst in Ordnung, gehen Sie rasch dorthin, seine Frau hat eine ernste Operation hinter sich, sie haben medizinische Kosten… ich gebe Ihnen die neue Adresse!«

Schon beim Aussprechen erstickte Ebert seine Bitte mit düsterem Kopfschütteln, danach wies er sie mit der Erklärung zurück, ihm seien die Hände gebunden, die gebotenen Preise hätten sich immer auf beide Häuser bezogen, denn es habe ja keinen Sinn, eines anzukaufen, wenn dann doch um das andere herumgebaut werden müßte – und anstatt noch nach der Adresse zu suchen, sank Vedder erschöpft gegen die Rückenlehne zurück.

»Bitte, lassen Sie uns noch ein wenig reden«, flehte er atemlos, während er ein dazu verführendes Lächeln zustande brachte und sein Blick einen fiebrig flackernden Flor bekam. »Wie fanden Sie mich als Kontrahenten? In einer gewissen Weise hatten wir beide recht, und doch auch wieder nicht ganz…

eigentlich wie in der Parabel… Übrigens, weiß es Biederlack schon? Und Theo? Das war bestimmt wieder komisch?« Kurz sah er gegenüber noch ein weiteres, dämpfendes Kopfschütteln – eiapopeia, eiapopeia, laß sein –, dann dachte er an seine unbestellten, ahnungslosen Reisenden, und eine flottierende Sorge vereiste zur Sicherheit, das bohrende »Es ist nicht bezahlt« flektierte sich in ein erstarrtes »Es wird nicht bezahlt werden«, und er verfiel in eine Betäubung, aus der er erst aufschreckte, als sich ein schwarzer Schatten über ihn senkte.

Ebert stand über ihn gebeugt und betrachtete ihn. Er zeigte einen Bon, den er auf den Tisch legte, während er zum Geigenkasten griff. »Die Quittung«, sagte er und legte die andere Hand kurz auf seinen Rücken. »Ich erwarte Ihre Rechnung; danke für die Reparatur.«

Es waren seine letzten Worte. Verblüfft, noch bebend unter der Berührung, sah ihn Vedder mit der Geige nach vorn gehen, und erst als die Tür klingelnd zufiel, fand er seine Kräfte wieder, wuchtete sich hoch und lief ihm nach, durch die Werkstatt polternd, über die Schwelle und hinaus, während seine Augen zu brennen begannen, angesteckt von einer plötzlichen Panik.

Aber es war niemand mehr da, nur noch ein einzelner, verspäteter Schreiber sputete sich über die leere Straße nach Hause. Dennoch hörte Vedder nicht auf, abwechselnd von der einen dann wieder zur anderen Ecke zu starren, die Arme über der Brust gekreuzt und mit den Händen auf den Schultern, so daß es von vorn aussah, als würde er frieren, und von hinten, als würde er jemand umarmen.

Später ließ er sich ausgekühlt aufs Kanapee sinken. Er hatte die Tür aufs Nachtschloß gedreht, obwohl es draußen noch beinahe Tag war, aber wer konnte noch kommen, und wo sollte er noch hin? Seltsam: Obwohl er nun auf nichts mehr wartete, brummte die Kraftzentrale noch immer, ebenso leise und monoton wie zuvor.

»Ja, Junge, das meine ich nun mit Standfestigkeit… wir haben es gut gemacht… ich bin wirklich kein Sozialist, aber warum müssen alle immer nur vor den Herren buckeln? Jetzt sind sie einmal dran… Gut, am Ende habe ich mein Ziel nicht erreicht, aber ob ich das nun bedauern soll… ich muß hier doch gar nicht weg? Ich wohne hier doch gut? Für sie ist es viel schlimmer, nun ja, dann hätten sie aber…«

Das schrille Schellen der Ladenglocke zerschnitt die Stille und sein einsilbiges Flüstern. Draußen stand Carstens, er klingelte noch einmal, versuchte die Tür zu öffnen und nahm sich dann die Freiheit, durchs Fenster zu schauen.

Starr vor Schreck sah Vedder, wie der alte Nachbar die Hand über die Augen legte, sich weit nach vorn zur Fensterscheibe bückte, und auch nachdem er entdeckt war und direkt angesehen wurde, starrte er noch ebenso reglos zurück. Nach dem vergeblichen Klingeln hatte Carstens ihn sicher nicht mehr zu Hause erwartet, die Überraschung zauberte trotz der Tragödie mit seiner Frau doch ein Lachen auf sein Gesicht, aber als darauf keinerlei Reaktion kam, erstarb es gleich wieder zu einem Ausdruck völliger Bestürzung. Um noch näher zu kommen, stellte sich der Mann jenseits des Werbeplakats, beugte sich wieder vor, winkte, klopfte noch mehrmals auf die Scheibe – und verschwand.

So vollkommen still hatte sich Vedder gestellt, daß es war, als sei er durchsichtig geworden, als ströme die Luft frei durch ihn hindurch, und nachdem Carstens gegangen war, wußte er wirklich nicht mehr, ob ihn der Mann in der Dämmerung der Werkstatt überhaupt bemerkt hatte.

»Dann hätten sie eben… es ging schließlich nicht einmal um das Geld… verstehst du?«

KAPITEL 22

Weiße Tage

Nach seinem Unfall war Anijs ins Krankenhaus nach Assen gebracht worden. Er bekam ein Zimmer für sich allein, an einen Kleiderständer in der Ecke wurden seine zerknitterten Sachen gehängt, obendrauf die Melone, dann sein Jackett auf einem Bügel, darunter die Hosenbeine und auf dem Boden seine Schuhe – man konnte meinen, er selbst stünde da, aber das sollte er erst später sehen.

Kopf und Hände waren mit Druckverband umwickelt, vom Scheitel bis zur Brust und Finger für Finger. Nur auf der Höhe von Augen und Mund war ein schmaler Spalt ausgespart. Sein Körper konnte das Bienengift nicht abbauen; die Reaktion war mit hohen, anhaltenden Fieberschüben verbunden; die Schwellungen mußten bekämpft, das Blut zurückgedrängt werden. Durch die Bandagen sah er aus wie ein Schneemann, aber darunter brannte der Schmerz, der jeden Morgen grell aufflammte, wenn die durchgeschwitzten Binden gewechselt wurden, der Druck kurz wegfiel und das Blut ungehemmt einschoß. In die neue Gaze schnitt die Krankenschwester dann unter seinen Nasenlöchern und an den Ohren Öffnungen, zum leichteren Atmen und besseren Hören der Geräusche, manchmal ein paar Stimmen im Gang, ein Bett, das vorbeigeschoben wurde. Sehen konnte er noch nicht, denn seine geschwollenen Augenlider lagen wie zwei Walnußhälften aufeinandergepreßt in seinen viel zu kleinen Augenhöhlen.

Das Füttern gehörte ebenfalls zu den Aufgaben der Krankenschwester. Sein Unterkiefer war festgebunden, Kauen war mit geschlossenen Kiefern unmöglich, deshalb ließ sie ihn durch einen Halm trinken, allerlei Milchspeisen, soviel sie nur variieren konnte mit Brotmilch, Buttermilch, süßer Milch und Biest. Nach der Labung las sie ihm gelegentlich einen Artikel vor, der über ihn in der *Asser Courant* gestanden hatte. Er handelte von seinem Unfall, erwähnte des weiteren unbefugte medizinische Eingriffe und endete mit dem mysteriösen Verschwinden einer Anzahl von Armen, man wisse nicht, wohin, möglicherweise nach Amersfoort, sicher war nur, daß er dabei eine gewisse Rolle gespielt hatte, wenn auch die Inanspruchnahme einer *mala fide* Zwischenperson nicht ausgeschlossen war.

»Ich weiß, daß Sie dieser Apotheker sind, da müssen wir nicht mehr um den heißen Brei herumreden… Gut, dann eben Amersfoort… haben Sie die Leute wirklich dorthin geschickt?«

Kaum sichtbar, obgleich mit äußerster Anstrengung, rollte Anijs die weiße, runde Kugel seines Kopfes auf dem Kissen hin und her, während sich seine daumendicken, violetten Lippen noch voller aus dem Spalt stülpten, wie blubbernder Schlamm, und sich zu einem stolzen, halb unterdrückten Lächeln verzogen. »Amsterdam… Amerika!« flüsterte er, so laut er konnte, aber am Ausbleiben jeglicher Antwort merkte er wohl, daß die Krankenschwester kein Wort glaubte, vielleicht dachte, er phantasiere, jedenfalls mitleidig den Kopf schüttelte.

Eines Morgens hatte sie eine Schüssel Eiswasser bei sich. Darin tränkte sie Watte und legte sie auf die Augen. Unter der Kälte zogen sich die Adern zusammen, die Lider wichen ein wenig auseinander, Licht drang durch den Spalt herein. Es war das erste Mal, daß er sie sah. Bis auf seine Kleider war alles weiß im Zimmer, blendend weiß, da er endlich wieder sehen konnte, die Wände, die Vorhänge vor dem geöffneten Fenster, seine Hände auf dem Laken, das Glöckchen über sich, die Milch auf dem Tisch, die sie ihn auch nun wieder trinken ließ. Am Halm saugend, sah er zuerst ins Glas, dann auf ihre Tracht und danach auf ihr Gesicht, und alles wurde noch weißer. Später benetzte sie auch seine Binden, wieder mit derselben wohltuenden Wirkung, und von da an war es eine Gewohnheit, daß sie mit der Milch auch jedesmal Eiswasser brachte; schweigend betupfte sie dann seinen bandagierten Kopf mit einem Schwamm, tauchte seine glühenden Hände in die Schüssel.

Martha war bei ihrer Schwester in Groningen. Er hörte es von der Magd, die mit Nachbar Thomas zu Besuch kam. Sie hatten eine Tasche voll Leibwäsche und einen Brief für ihn mitgebracht. Die ganze Besuchsstunde lang räusperte sich der gute Thomas, ohne jedoch etwas herauszubringen, und inzwischen schaute die Magd immerfort zu seinen Kleidern an der Garderobe – als suche sie ihn in der schwarzen Silhouette, da sie ihn in den weißen Wickeln nicht fand. Nach dem Abschied lag der Brief noch ungeöffnet auf dem Tisch; mit den verbundenen Händen konnte er ihn unmöglich aus dem Umschlag nehmen; er mußte der Schwester läuten, die beim Hereinkommen zwar froh zu sein schien, daß er endlich Besuch bekommen hatte, und zudem noch Post, aber beim Lesen des Absenders auf der Rückseite bewölkte sich ihr Gesicht.

»Vom Ärztlichen Standesgericht«, sagte sie, riß den Umschlag auf, legte den Brief auf seinen Schoß und ließ ihn kopfschüttelnd und ohne ein weiteres Wort allein.

Seine Lider waren noch dick, sein Blickfeld war nicht breiter als eine Zeile, gerade ausreichend zum Lesen, und seine Sicht verschwommen vom ständigen Tränen – es kostete ihn große Mühe, das mit vielen Stempeln und Namenszeichen versehene Schreiben zu ergründen, obwohl er sich sofort offiziell im Status des Beschuldigten wußte: Ein Kind war ohne Totenschein oder Autopsiebericht begraben; von grober Fahrlässigkeit und tadelnswertem Handeln war die Rede, genauere Untersuchung sei geboten, gefolgt womöglich vom Entzug seiner Zulassung. Die unfaßbarsten Worte standen jedoch ganz am Ende: »In Anbetracht Ihres Alters ist das Standesgericht jedoch bereit, die gegen Sie angestrengte Sache nicht weiter zu verfolgen, falls Sie Ihrerseits erklären und zusichern, Ihren Beruf als Apotheker endgültig niederzulegen.« Tonlos keuchend konnte er die Augen nicht von dem Schlußsatz wenden, und als ihm dessen volle Tragweite endlich aufging, stieg ihm soviel Blut in den Kopf, daß er vor Schmerz aufhören mußte, weiter darüber nachzudenken.

Das Frühjahr ging vorbei, er faßte sich in Geduld, gewann allmählich die Ruhe seines Zimmers lieb. Jeden Morgen las er nun die Zeitung, und mit Hilfe der Krankenschwester hatte er Vedder von seinem Unfall geschrieben. Eine Antwort blieb aus, wohl kam die Pflegerin eines Tages mit einem Telegramm aus Amerika ins Zimmer. Die wenigen Worte, die es enthielt, sah sie beim Öffnen mit einem Blick.

»Es ist nicht bezahlt – Brief folgt – Bennemin.«

»Von den Leuten?« fragte sie, und auf sein Nicken fuhr sie, zunächst bewundernd, dann besorgt, womöglich gar tadelnd, fort: »Also sind sie doch in Amerika…! Nur… da stimmt etwas nicht…«

Während sich die Tage eintönig aneinanderreihten, hörte Anijs nicht auf zu grübeln, weshalb Vedders Geld nicht auf dem Konto des Agenten angekommen war. Einmal fürchtete er Unregelmäßigkeiten in New York, dann erwog er wieder, ob womöglich der Fehler bei Vedder zu suchen war. Vielleicht konnte er helfen, es war doch ein einfacher Mann; er sehnte sich überhaupt danach, seinen Vetter wiederzusehen, um sich mit ihm als Freund zu unterhalten, und als er, wieder Monate darauf, in der Zeitung die Eröffnung des Victoria

Hotels angekündigt sah, zog er an jenem Morgen seine Kleider über den frisch gewechselten Verband, verließ ungehindert das Haus und wanderte in aller Frühe zum Bahnhof. Vedders neue Adresse hatte er nicht, aber er würde ihm zweifellos irgendwo bei den Feierlichkeiten begegnen, notfalls beim geschlossenen Bankett – denn daß ihm wegen seiner Verbände niemand ein Strohbreit in den Weg legen würde, das hatte er soeben schon bemerkt.

Die Sonne schien, sein nasser Verband blieb herrlich kühl im Wind, in einer Schaufensterscheibe sah er sich selbst als Mumie mit Melone.

Carpe diem, schoß ihm durch den Kopf, und es war lange her, daß er so fröhlich war.

KAPITEL 23

Eröffnung

Die erste Emission der Königlichen Öl-Gesellschaft war zweimal überzeichnet; am Ende der Woche notierte der Anteil acht Prozent über dem Ausgabekurs; für das Jahresende wurde eine doppelte Dividende erwartet. Entsprechend Eberts Prophezeiung hatte König Willem III. also tatsächlich, als Beweis der moralischen Unterstützung Seiner Majestät, der neuen Petroleumgesellschaft das Prädikat »Königlich« verleihen wollen, und weil ein solches Wohlwollen gegenüber dem gewerbetreibenden Vaterland unterschiedslos sein mußte, hatte das Staatsoberhaupt auch eingewilligt, den Einweihungstag des Victoria Hotels mit einem telephonischen Glückwunsch zu bedenken, um so die allgemeine Festfreude noch zu steigern.

So wollten es zumindest die Zeitungen, die in den letzten Tagen voller Artikel über das bevorstehende Ereignis gewesen waren. Sechs Meter breite Treppenstufen aus Granit, Bleiglasfenster aus dem Atelier von E. Löhrer in Utrecht, der Siemens-Feuermelder, von da der zutreffende Slogan »le seul hôtel incombustible en Hollande«, der spontane Applaus der Umstehenden, als der *divan de milieu* aus Mahagoniholz hineingetragen wurde, der von Palmen umringt in der Mitte der Hotelhalle prangen sollte, das aus Berlin bezogene Mobiliar, *ascenseur hydraulique, lumière électrique dans tous les appartements*, das Tafelsilber von Begeer, die Speisekarte, die Smyrnateppiche und die vielen Gäste aus dem europäischen Hochadel, die bereits reserviert haben sollten – all diese Einzelheiten, Gerüchte und Empfehlungen wurden auf den redaktionellen Seiten gemeldet unter lebhafter Beteiligung auch der Pseudonymisten. Vitruvius schrieb eine satirische Liste illustrer Gäste: »Das Victoria Hotel heißt willkommen den Baron von Münchhausen mit Gefolge, den Grafen von Monte Christo, La princesse de Trébizonde und die Kammerzofe, Sir Gulliver, General Bumm mit Adjutant«, die anderen waren überwiegend positiv, bedauerten ebenfalls einstimmig das geschundene Antlitz der Fassade und griffen in der Nachfolge E. Nigmas den von ihm verantwortlich Gemachten mit Vor- und Nachnamen scharf an. Vedder ließ alles gelassen über sich ergehen, lediglich als ein Schuldbekenntnis mit einer Bekundung des Bedauerns und der Bitte um Vergebung unter seinem eigenen Pseudonym Veritas publiziert wurde, wühlte ihn eine ominöse Angst auf: Er zweifelte nicht mehr daran, daß E. Nigma persönlich hinter diesem vermessenen Kunststückchen steckte; er war vogelfrei.

Nicht früher als eine Woche vor der Eröffnung wurde der Bauzaun entfernt. Es war eine Enthüllung, die einen monumentalen Sockel in Rustika sichtbar machte; die Stadtwerke verlegten in aller Eile noch einen neuen Gehsteig, der das Gebäude ein weiteres Mal wie ein roastbeeffarbener Lorbeerkranz zu krönen schien, danach war die Außengestaltung völlig fertiggestellt, und das Hotel sah aus, als habe es schon immer da gestanden. Kein Mensch wüßte mehr, daß hier früher etwas anderes gewesen war, wenn nicht die beiden ausgesparten Häuser noch daran erinnerten. Ohne die verbleichte, beidseitig beklebte Abzäunung wirkten sie noch älter; in einem kühnen Anfall von Gutwilligkeit weichte Vedder den Werbezettel von seinem Schaufenster und putzte die Scheiben. Fieberhaft entfernte er auch bei Carstens die stark klebende Plakatschicht, und erst ganz zuletzt sah er, daß das mittlere von einem offiziellen Makler war: »Zu verkaufen.«

ER SCHRECKTE HOCH von Stimmen draußen. Zwischen den Schlafzimmervorhängen durch sah er unten auf der Straße eine beträchtliche Menschenansammlung stehen. In der Anlage baute ein Photograph sein Stativ auf. Es war ein sonniger Morgen, schon zehn Uhr. Er zog sich an und stieg die Treppe zur Küche hinauf, überrumpelt, daß der Tag der Eröffnung doch noch unvermittelt angebrochen war, denn zuletzt hatte er auch die Tage durch gewacht.

Er hatte nichts mehr getan, außer abwechselnd auf die Uhr und den Kalender zu schauen, während er sich unablässig von dem Januskopf der Hauptfrage fixiert fühlte, einmal schauernd vor dem Unmut, womöglich gar Zorn, den er bei Henkenhaf ausgelöst haben mußte, dann wieder entzückt über dessen umarmende Geste, ihn endgültig mit in seinen Entwurf hineinzunehmen; es war ein Hin und Her, das seinen Geist verschliß wie einen alten Läufer, ein ständiges An und Aus, das seine Seele versengte wie die Fassung einer Glühbirne – aber am Ende war doch eine Einladung zur Eröffnung ausgeblieben.

Er kochte Kaffee und spähte wieder hinaus, vorsichtig, ohne zu nah ans Fenster zu treten, denn hier gab es keine Vorhänge. Die Menge schwoll immer weiter an, auch mit Menschen aus dem Bahnhof. Der ganze Platz war gesprenkelt, und plötzlich sah er quer durch das ferne Treiben hindurch einen farbenfrohen Fanfarenzug heranmarschieren, dem aufgeregten Tambourmajor hinterherhastend, mit dem Messing unter den Achseln, wie ein verirrtes Regiment zum großen Heer zurückkehrt. Regelmäßig wurde nun unten geklingelt, er hatte inzwischen die erste Neigung zu öffnen abgelegt, und wenn jemand aus der Tiefe nach oben zeigte, wich er unwillkürlich zurück, obwohl er sich hinter dem spiegelnden Glas unsichtbar wußte.

Später saß er vornübergebeugt am Küchentisch. Er preßte die Hände auf die Ohren, und wieder begann das Warten, aber nun wartete er nicht auf etwas, das kommen würde, sondern, daß vorüber wäre, was vor sich ging. Kurz noch versuchte er sich eine Vorstellung von seinem Leben danach zu machen, dann versank er langsam in der Vergangenheit. Er dachte an die Frau, die früher seine Gemahlin gewesen war, verweilte bei den alten Tagen, als er von hier aus noch das Y sehen konnte, die Anlieferung von Fisch, die unzähligen Lichter der Krabbenkähne bei Nacht, die Volendamer Kwakken in der offenen Hafenfront... wieviel war verändert... verschwunden... verlorengegangen...

Es war eine plötzliche Verdunklung des Raums, die ihn aufschrecken ließ. Er sah gerade noch, wie sich ein Laken von der Dachrinne bis knapp über dem Fenster öffnete, schnelle Schritte sputeten sich über das Dach zurück nach hinten, dann wurde alles von einem mächtig aufsteigenden Johlen überstimmt. Erst nachdem diese erstarrende Geräuschwoge über ihn geschwappt war, begriff er, daß das Laken ein Spruchband sein mußte; durch das Tuch las er in faltiger Spiegelschrift:

Veritas = Vedder
Stadtverhunzer

Er stellte die Leiter unter die Luke und kletterte durch den Ausstieg hinaus.

Auf dem Dach war niemand mehr zu sehen, auch nicht hinter dem wieder geschlossenen Fenster, durch das die Störenfriede verschwunden waren. Langsam drehte sich Vedder vom Victoria Hotel zum Licht und dem Himmel vor sich. Einen Augenblick ließ ihn die unbegrenzte Leere schwindeln, dann fiel sein Blick auf die zwei Lakenzipfel, die links und rechts noch über das Dachgesims hinausragten, und er schritt festentschlossen nach vorn. Über den Rand hinweg kam immer mehr von dem ins Blickfeld, was drunten vor sich ging, zuerst die Anlage mit dem Photographen, danach, näher, die brechend volle, wegen des Spruchbands noch weiter vollströmende Straße und schließlich, noch näher, auf dem fleischfarbenen Gehsteig direkt unter ihm, die zusammengeballte Menge. In diesem Moment hatte man ihn ebenfalls bemerkt, und eine neue Woge von Johlen aus allen Kehlen brandete zu ihm empor. Es war ein Sturm, der ihm den Atem verschlug, die Tränen in die Augen trieb und die Züge seines Antlitzes verhärtete. Mit dem Auge des Seemanns blickte er einige Augenblicke über die wütenden Wogen ringsum sein Schiff, dann erinnerte er sich wieder an sein Vorhaben und kniete nacheinander bei den beiden Lakenzipfeln nieder. Er zog die Pfrieme, mit denen sie festgesteckt waren, aus dem Dachgesims und holte das Spruchband ein, als wäre es ein gestrichenes Segel. Während die Blaskapelle in Geschmetter ausbrach, ließ er erneut seinen Blick über die Menschen schweifen. Je länger er stehenblieb, um so mehr Bekannte entdeckte er in der Menge, und er blieb lange so stehen, den Stoff abwesend um sich geschlungen, den Kopf im tosenden Hohn von unten, und ihm war, als blättere er friedlich durch die Seiten des vergangenen Jahres.

Rechts unten, vor dem Eingang, stand ein Rednerpult, auf das Bürgermeister van Tienhoven soeben seine Rede ablegte.

Biederlack hielt sich dort in der Nähe auf, beim Eckturm.

Rossaert und seine Frau winkten ihm von der Anlage aus zu.

Er sah die Witwe und das Kind, mit der er wie eine Familie über den Pferdemarkt spaziert war.

In einer weiten Kurve, den Tumult beim Eckturm umgehend, kam Carstens herbei, der einen Räderwagen mit seiner Frau unter einer karierten Decke vor sich herschob.

Dirigent Kes vom Konzerthausorchester unterhielt sich

mit den Musikern Dopper, Houbraken und Freyer, während sich nun auch Smolenaars diesem Grüppchen anschloß.

Ja, wahrhaftig, alle waren da, noch nie hatte er eine so große und ihm wohlbekannte Menge erblickt, und das Schönste von alldem war: Die Menge blickte auch zu ihm, wußte umgekehrt, wer er war, Veritas und Vedder, Stadtverhunzer, das stand voll ausgeschrieben auf dem Tuch! Wie gewogen man sich ihm zeigte, mit all den zu ihm erhobenen Gesichtern, den offenen Mündern und zeigenden Händen, während die uniformierte Kapelle allein noch für ihn konzertierte, rasendschnell, und ihn begleitete, während er sich zeigte: Sein Gemüt floß über, er hatte sein Podium gefunden, und in seiner Verzückung hob er kurz die Augen gen Himmel, folgte einem Vogel in seinem Flug – aber weil die Bewegung vor dem klarblauen Hintergrund nicht zu erkennen war, schien es fast, als bewege er sich. Nach kurzem Schwanken wandte er den Blick erneut nach unten. Unter ihm hatten zwei Knaben zum Scherz eine Jacke zwischen sich ausgespannt, als eine Art Sprungtuch; er lachte ihnen zu, musterte dann erneut die Menge und begnügte sich nur dankbar mit dem, was er sah.

Eisenbahndirektor Munzebrock stieg aus einer vorfahrenden Kutsche.

Mezger schüttelte Hände.

Neben der Büste Prinz Hendriks stand seine ehemalige Frau in Begleitung eines jungen Mannes, der gut ihr Sohn sein konnte, und beobachtete alles.

Ohne hoch- oder sich umzusehen, bahnte sich E. Nigma durch die Menge einen Weg zum Eingang und streckte dabei einen weißen Umschlag vor sich in die Höhe, zweifellos die Einladung.

Ebert war herausgekommen und stand direkt neben dem Rednerpult zusammen mit dem Freund, der ebenfalls Musik liebte, und mit Theo in seiner Bürouniform. Der Junge winkte.

Von weitem sah man eine sonderbare Gestalt über den Bahnhofsplatz näher kommen. Das Gesicht war mit schneeweißen Binden umwickelt, ansonsten trug er eine schwarze Jacke und eine Melone. Plötzlich blieb der Mann stehen, er hatte ihn über die Menge hinweg erspäht und reckte ihm winkend eine ebenfalls weiße, pummlige Hand entgegen. Erst jetzt begriff Vedder, daß es Anijs sein mußte. Auch ihm winkte er zu, während die Armbewegung seines Vetters immer langsamer wurde, vermutlich je mehr er begriff und sich mehr verwunderte und schließlich gänzlich erstarrte und über seinem Kopf zum Stillstand kam: Seine Bestürzung, das Haus noch zu sehen, mußte vollkommen sein...

Seine Aufmerksamkeit wurde wieder nach vorn gelenkt, als die Kapelle unten mitten im Marsch einfach zu spielen aufhörte. Auf einmal war das massive Stimmengewirr des Publikums zu hören, aus dem sich ein scharf skandiertes »Springen! Springen!« löste, immer lauter und rhythmischer. Der Hammerschlag war jedoch für Vedder völlig vergessen, als er im nächsten Moment von hinten mit Namen angesprochen wurde, von einer Männerstimme, so ruhig, daß er sich sofort von ihr umfangen fühlte und sich unwillkürlich umdrehte. Im offenen Hotelfenster saß, in aller Gemütsruhe, ein Herr in Frack, mit den Beinen draußen, den Füßen auf dem Flachdach und verschränkten Armen.

»Sie... Sie sind... der Herr Henkenhaf?«

Der Herr lächelte. »Wie Ihnen beliebt, es tut nichts zur Sache, wer ich bin«, sprach er, klopfte sich ein Stäubchen von der gestreiften Hose und zog einen Fuß auf sein Knie; man hatte nicht nur den Eindruck, als ob er dort schon eine ganze Weile sitze, er schien auch keine Eile zu haben und drängte zu nichts.

Es war Henkenhaf! Er erkannte ihn, obwohl er ihn nie gekannt hatte und sein beschattetes Antlitz nicht einmal jetzt einen erkennbaren Gesichtszug zeigte – aber wer anders als Henkenhaf würde es aufbringen, sich nicht damit zu brüsten?

»Was wollen Sie?« fragte er.

»Nichts für mich, aber ich habe mich gefragt, ob Sie nicht einen Moment hereinkommen möchten«, ertönte wieder die umflorte Stimme.

Henkenhaf wollte, daß er hereinkäme – aber sie waren schon drinnen, nichts drang noch von draußen her in den Raum hier oben auf dem Dach, kein Laut, nicht einmal die Luft, es war ein Zimmer mit Glaswänden geworden, und erst nachdem er ein paarmal den Mund auf- und zugeklappt hatte, konnte er wieder atmen, wurde sein verblüffter Verstand wieder geschwind, seine Zunge zu stammelndem Sprechen fähig.

»Hinein…«, sagte er versonnen, und dann, auf einmal gehetzt: »Ist es zu einem Verhör? Wollen Sie mich verhören?«

Der Herr ließ ein gemütliches Lachen hören und schüttelte amüsiert den Kopf. »Sie haben doch nichts verbrochen?«

»Also… Sie sind nicht böse?«

»Nicht im geringsten.«

In Vedder verschob sich etwas; seine vorherige Beklommenheit schlug um in Befreiung, und noch freier wurde sein Geist, sein Reden.

»Haben Sie denn womöglich gerade angefangen, mich zu mögen… und haben Sie Respekt bekommen vor meinem Widerstand? Ich meine, die Protokolle, Sie haben die Verhandlungen aus der Ferne verfolgt, Sie hätten mich auskaufen können, statt dessen haben Sie mich behalten… Warum?«

»Nochmals, wie Ihnen beliebt, Herr Vedder, beschäftigen Sie sich doch nicht mit mir! Ich hörte lediglich, daß Sie hier stünden, deshalb bin ich gekommen.«

»Sie wollen mich besser kennenlernen?«

Noch immer mit verschränkten Armen, zuckte der Herr flüchtig mit den Schultern; die Bejahung der Frage schien ihm zu selbstverständlich zum Aussprechen, er erklärte nur mit einer Gegenfrage: »Wir sind doch Nachbarn?«

Henkenhaf verhehlte nicht länger, wer er war, und überdies: Hinter ihm war nichts zu sehen als die Höhlung des Hotelflurs, er war allein gekommen, sie waren ganz und gar zusammen unter seinem Atem – schon diese Gemeinsamkeit brachte Vedders Wangen zum Glühen, ließ die Augen glänzen.

»Finden Sie es auch angenehm, sich jetzt hier mit mir zu unterhalten?«

»Gewiß, gewiß – aber unten haben wir einen Empfang, und wenn Sie mit mir kommen, können wir dort auch ein Gläschen Champagner trinken.«

»Alle sind da, nicht wahr?« griente Vedder vertraulich. »Eben habe ich schon E. Nigma hineinhasten sehen, ich glaube mit seiner Einladung …!«

»Ach ja, ach ja … Sie werden ziemlich viele Leute kennen …«

»Also verläuft alles nach Wunsch? Und … und …?«

Mit einem Mal konnte er nicht mehr reden, nur noch um Antwort flehend die Brauen heben und senken. Der hohe Titel, auf den er anspielte, war ihm im Hals steckengeblieben, aber Henkenhaf verstand ihn und nickte, nicht stolz, um sich zu brüsten, nicht einmal beruhigend, sondern vielmehr entschuldigend, daß er so unbescheiden den Erfolg eingestehen mußte.

»Jaja … der König hat auch angerufen.«

Mit Stummheit geschlagen, starrte Vedder den anderen nur noch an, und eine Weile tat sich nichts mehr, bis sich Henkenhaf plötzlich auf die Schenkel schlug, entschlossen aufstand – und auf dem Dach stand.

»Kommen Sie, lassen Sie uns gehen, ich helfe Ihnen hinein.«

Noch mehr beisammen waren sie, im Einvernehmen, in Ebenbürtigkeit, in dem gläsernen Zimmer, das sich durch das Eintreten von soviel Mensch aufbauschte, eine Masse an sich, und schaudernd zog Vedder das Transparent enger um sich. Wie milde ihm Henkenhaf zulächelte, alles verstehend: Ja, er wußte, daß er sich immer strebend weiter bemüht hatte, und er war gekommen, ihn zu erlösen. Tatsächlich streckte er nun einen Arm nach ihm aus, er griff nach ihm, ging einen Schritt vor, und noch einen …

»Herr Vedder, kommen Sie doch … Hier, ich gebe Ihnen meine Hand …«

Die Geste, das Geschenk Henkenhafs war zu überwältigend, um es einfach anzunehmen; es hatte auch den Anschein, als schiebe er bei der Annäherung eine undurchdringliche Luftblase vor sich her. Demütig, zerfließend vor Dankbarkeit und Hingabe, ließ sich Vedder davon zurückdrängen, jeden Schritt des anderen beantwortete er dienernd und strahlend mit einem spiegelbildlichen Schritt zurück, es war, als seien sie Mann und Frau geworden und tanzten auf dem Dach, wobei Henkenhaf führte und er ihm bei jeder Bewegung folgte, mit noch einem weiteren Schritt zurück.

»Warten Sie … Nein!«

Sein Fuß fand keinen Halt mehr. Gerade noch sah er, wie sich Henkenhafs Gesicht vor Entsetzen verzerrte, dann kippte er stürzend rücklings, mitten durch die gläserne Wand. Sofort schallte wieder das Johlen herauf, noch unendlich mächtiger als vorher, und während sich links und rechts von seinem Körper das Tuch wie zwei weiße Schwingen flatternd entfaltete, war ihm, als wollten ihn all die Menschen mit ihrem Atem wie eine Feder zurückblasen und seinen Fall in eine Himmelfahrt verkehren.

EPILOG

Amerika

Anijs hatte Vedders Begräbnis nicht mehr beiwohnen können. Bei dem Unfall war ihm soviel Blut in den Kopf gestiegen, daß das geschwollene Gewebe davon noch stärker beschädigt wurde, die Adern und Zellen in dem mürben Fleisch geplatzt waren. Blind vor Schmerz war es ihm gerade noch gelungen, einen Träger als Begleitung nach Assen zu mieten. Bei seiner Ankunft war der Verband braun; sie konnten ihn kaum ablösen.

Nach zwei Monaten lag er noch unverändert im Krankenhaus, wieder einbandagiert wie zuvor, im selben weißen Zimmer. Der Herbst kam, er trank Milch, die Apotheke stand zum Verkauf.

Eines Nachmittags kam die Krankenschwester mit einem Brief ins Zimmer.

»Aus Amerika«, sagte sie frostig. Sie zeigte ihm die Briefmarke und schüttelte den Kopf. Dann riß sie den Umschlag auf, entfaltete die Blätter auf seinem Schoß und ließ ihn wortlos allein.

Sein Gesicht glühte unter dem Verband, als er den Brief an den Rändern ergriff. Er atmete tief ein, schloß sekundenlang die Augen und begann dann doch zu lesen.

New York, den 12. September 1890

Sehr geehrter Herr Anijs!
Es ist geraume Zeit her, seit ich Ihnen ein Telegramm zukommen ließ. Damals befanden wir uns in großer Verwirrung; es sei nicht bezahlt, sagte man uns. Seither hat sich sehr vieles geändert. Es wird mir schwerfallen, Sie umfassend über alles in Kenntnis zu setzen, doch wo beginnen, und uns wurde längst nicht alles erläutert. Wir hatten das Glück, nach einer reibungslosen Seereise bei Tageslicht anzukommen, morgens, in aller Frühe, so daß sich das Gelobte Land schon gleich unseren entzückten Augen darbot. Unbeschreiblich, unsere Freude, als die Orion unten an der Freiheitsstatue vorbeifuhr! Danach alles entsprechend dem üblichen Ablauf. Anlegen auf Staten Island, Gesundheitsuntersuchung an Bord (keiner von uns mußte in Quarantäne), dann durch den Zoll, wonach sich die Passagiere der ersten und der zweiten Klasse ausschiffen konnten und wir, die Immigranten vom Zwischendeck, mit Schaluppen zur Registrierung nach Castle Garden übergesetzt wurden, einem alten Fort, wenige Meilen vor der Küste und mit ihr durch einen Damm mit einem Gitter am Ende verbunden. Noch immer hatten wir das Festland nicht erreicht!
Eingerichtet als Auffanglager, bot das Fort die Möglichkeit, Geld zu wechseln, Telegramme zu versenden, Fahrscheine zu kaufen und sich mit Wohltätigkeitsvereinen, Arbeitsvermittlungen oder anderen Organisationen zu treffen, mit denen Vereinbarungen verabredet waren, und hier hätten wir den Agenten treffen sollen. Aber keiner, der sich um uns gekümmert hätte, der Agent war nicht da, beantwortete auch keins unserer Bittschreiben, bei den verstimmten Behörden für

uns zu bürgen, und so fingen unsere Schwierigkeiten an.
Wie alle mußten wir eine Liste Fragen beantworten: Ist die Überfahrt bezahlt, haben Sie mehr oder weniger als dreißig Dollar bei sich, sind für Sie Vereinbarungen hinsichtlich Unterbringung und Arbeit getroffen, etc. Aber ohne den Agenten konnten wir nicht zur Zufriedenheit Auskunft geben, wir mußten auf Castle Garden bleiben. Per Kabel habe ich Sie über unsere Lage in Kenntnis gesetzt, und voller Scham erinnere ich mich des Zweifels, darauf der Bitterkeit, die sich unser in bezug auf Ihren Cousin, Herrn Vedder, bemächtigte: Für uns war doch nicht bezahlt.
Nach einem Monat befanden wir uns noch immer im Entrepot. Täglich sahen wir Hunderte von Auswanderern mit Sack und Pack über den Damm nach Amerika laufen, in die Zukunft und die Freiheit hinter dem Gitter, aber wir konnten nur auf den Agenten verweisen und auf unserem Gepäck sitzen, umgeben von nichts als unglaublichem Gedränge und Geschrei. Anfangs wurden wir noch gelegentlich verhört, unsere Papiere studiert, aber auch das wurde schließlich unterlassen, bis mit einem Male der Inspektor doch wieder vor uns stand. Er kam gerade von der Polizei, hatte zu guter Letzt Nachforschungen nach dem Agenten angestellt, und obwohl auch ich noch immer nicht genau begreife, was er uns alles erzählte, das Wichtigste war klar genug und löste unsere Bestürzung aus: Die Agentur existierte nicht mehr.
Kürzlich hatte man aufgrund von Bezichtigungen der Ausbeutung eine Razzia durchgeführt, in der Vergangenheit sollen Verträge mit offenen Posten in Umlauf gewesen sein, mit denen die Auswanderer endlos zum Abzahlen gezwungen wurden, ohne daß sich dadurch

ihre Schulden verringerten, einfach, indem ihnen jedes Jahr wieder neue Kosten aufgebürdet wurden, für weitere Vermittlung, Mieterhöhung oder irgend etwas anderes – etwas in der Art war es, glaube ich, aber was stellte sich heraus, als man die Bücher beschlagnahmen wollte? Das ganze Kontor war in höchster Eile geräumt worden, der Agent selbst bei Nacht und Nebel verschwunden, so übereilt, daß er nicht einmal mehr sein Konto leeren konnte! Die Behörden sollen schon länger hinter seinen europäischen Agenten her sein; möglicherweise hat er davon ebenfalls gewußt, wie er doch auch im voraus von der Razzia wußte und uns daher nicht abzuholen wagte.

Wie dem auch sei, noch immer standen wir wie bestellt und nicht abgeholt vor dem Direktor. Das überwiesene Kapital Ihres Cousins, des Herrn Vedder, wird im Lauf der Zeit aus dem Guthaben des Agenten restituiert werden, ansonsten hätten wir alle Forderungen an, Vereinbarungen mit oder auch Schulden bei dem Agenten als erloschen zu betrachten – schön, aber was sollte er nun mit uns anfangen? Kurz wurde ein Zurückschicken erwogen, aber Geld für eine erneute Überfahrt besaßen wir nicht, und kein Reeder fände sich dazu bereit. Dann nickte der Inspektor zu der großen Tür hin und sagte das herrlichste Wort, das wir nur wünschen konnten: »Verschwindet!«

Ach, wenn ich noch daran denke, wie wir dann endlich mit unserem Gepäck zum Festland eilten, über den langen Damm, durch das hohe Gitter – wir waren frei, völlig frei! Nachdem Sie uns schon zuvor von unseren Schulden bei den Torfläden befreit hatten, fanden wir uns nun überdies frei von allen Verpflichtungen gegenüber dem Agenten: Ja, als wahrhaft freies Volk in einem freien Land betraten wir New York!

Wie wundersam glücklich fügt sich nun das Ende dieses beängstigenden Abenteuers, glücklicher noch, als wir es zu den Bedingungen Ihres Cousins, des Herrn Vedder, gewesen wären, wenn auch seine Bereitschaft zur wohltätigen Anlage nichts an Bedeutung verloren hat und wir es ihm nie vergessen werden, ebensowenig wie Ihre Mühewaltung, mit der das noch immer unfaßbare Märchen unseres wiedergewonnenen Glücks begann.
Und wie es weiterging? Das Schicksal blieb uns danach nur gewogen, sehr große Unterstützung erfuhren wir von einem niederländischen Pastor, der uns mit hier bereits heimischen Niederländern in Verbindung brachte, wodurch wir Wohnung und Arbeit fanden – denn so geht es doch überall, man sucht sich über Verwandtschaftslinien und hilft sich gegenseitig, wir haben uns nicht satt sehen können an den russischen und armenischen, den italienischen und irischen Blöcken, Straßen, ganzen Vierteln, es ist die reinste Erdkunde!
Als wieder ein wenig Erspartes da war, sind viele von uns nach Michigan weitergezogen, in der Hoffnung auf einen gastfreundlichen Empfang bei den Anhängern des Pastors van Raalte, die sich wunderbare Städte wie Groningen, Zeeland und Grand Rapids gebaut haben, wo zuvor nichts war als Wald, so dicht, daß man beim Fällen nicht einmal mit dem Beil ausholen konnte – welche Mühelosigkeit und welches Glück war uns im Vergleich zu ihnen am Ende doch beschieden!
Aber auch in andere Richtungen ist unsere Gruppe inzwischen zerstreut, das Moor war doch unser einziges Band. Einige sind nach Oklahoma gegangen, wo unter dem Homestead Act das Gebiet der Cherokee-Indianer vergeben wird; andere finden ihr Brot bei der Pennsylvania Railway Cie oder bei U.S. Steel in Massachusetts, während Sieger und seine Kameraden gleich zu Beginn

ihr Glück im trockenen Bergbau von Montana gesucht haben, natürlich unter anglisierten Namen wie John für Jan und Greenfield für Groeneveld.

Und wir, am Ende? Nur wieder, wo beginnen, bei soviel Glück? Welchem Stern ist doch unsere Arche des Bundes gefolgt, daß uns auch nach der endlichen Freilassung nur Gutes widerfahren ist?

Ich glaube, wir sind jetzt als einzige unserer Gruppe in New York geblieben – aber sind wir denn anders als die anderen? Nein, keineswegs, denn auch wir haben bei unseren Verwandten Anschluß gesucht, und auch wir haben unseren Familiennamen geändert – nur nicht, um ihn anzugleichen und zu erneuern, sondern im Gegenteil, um ihn zu »entneuern«. Vor Zeiten habe ich Ihnen erzählt, daß unser Name ursprünglich anders lautete als der, den Sie kennen, daß der Klang mit der Zeit in der allgemeinen Abstumpfung des Moors gleichsam abgeschliffen wurde, genau wie unser Glaube, unsere Bräuche und Torfspaten. Wenn Sie nun hören, daß wir uns wieder in Benjamin zurückbenannt haben, den Namen, wie ihn mein Großvater führte, als dieser noch nach Thora und Tradition lebte, dann werden Sie sicher erraten, welchen Verwandten wir uns anschlossen. Ja, wir sind heimgekehrt zum Volke Abrahams, und eigentlich geschah es, bevor wir uns versahen. Es war am Tag gleich nach unserer Freilassung, sehr heißes Sommerwetter, unsere Freude war noch unbändig, aber wie, in welcher Form und wo sie äußern? Da hörten wir Gesang, wir öffneten eine Tür und standen drinnen, in einer kleinen Synagoge – es war Sabbat! Wir sahen uns an, die Tränen strömten über unsere Wangen, wir waren zu Hause! Es war eine überwältigende Vorstellung, durch Fortgehen kehrten wir zurück, und sogleich dachte ich an die Worte, die mein Opa seinerzeit beim Feuer- und

Rauchhalten auf dem Feld ausgesprochen hatte: »Dann kamen sie nach Elim, und dort waren zwölf Wasserquellen und siebzig Palmbäume; und sie lagerten dort am Wasser.«

Ja, in der Fremde haben wir unseren Stammesgrund gefunden, und so führen wir heute unser Leben, umsorgt und geleitet von den Mitgliedern der Gemeinde, zu der wir einst voll gehören wollen. Klein Pet lernt für seine Bar-Mizwa, Johanna hat eine Stelle als Krankenwärterin im Bethesdaspital, und meine liebe Frau, ach, lassen Sie es mich talmudisch sagen, kurz und bündig. Sie ist das Haus! Ich selbst arbeite bei einem befreundeten Geflügelhändler, ich rupfe und reinige, als hätte ich nie anderes getan, und einmal habe ich in der Synagoge als Ehrenamt das Aufheben und Vorzeigen der Thora bekleiden dürfen. Und dann habe ich Ihnen noch nicht berichtet, daß ich eine neue Geige gekauft habe!

Nun gut, genug von uns, Sie werden jetzt sicher verstehen, wie gut wir es hier haben, uns fehlt nichts als ein Photo von Ihnen und Ihrer Frau in der Apotheke, als Anhaltspunkt für unsere Gebete und zur dankbaren Erinnerung und um, wenn wir Besuch haben, zu zeigen: Seht den Mann, der uns aus der Knechtschaft geführt hat. Ja, all unser neues Glück schulden wir letzten Endes Ihnen, und daher zeichne ich nun mit meinem alten Namen, denn für Sie werde und will ich weiterhin heißen

Pet Bennemin

Gesalbt durch das Lesen, spürte Anijs keinerlei Schmerz mehr. Es war noch stiller im Zimmer. Niemals hatte er begriffen, warum Vedders Haus noch gestanden hatte, auch nie gewußt, ob das Geld nun wohl oder nicht überwiesen war – aber das war nun einerlei, von allem war sein Vetter nun reingewaschen, er war ebenfalls rein, und er konnte geistesabwesend den Blick nicht von der letzten Seite lösen.

In magnis voluisse sat, gedachte er Vedders nach einer Weile (schon genügt's, hat man nur Großes gewollt), dann klingelte er mit dem Glöckchen nach der Krankenschwester.

Noch ebenso mürrisch wie zuvor kam sie herein. Er bedeutete ihr, den Brief zu lesen, half ihr nickend über ihr Zaudern hinweg und ließ sich nach hinten in die Kissen sinken, als sie sich dann doch auf den Hocker neben das Bett setzte.

Bei den ersten Seiten färbte sich ihr Gesicht noch dunkler, mit gekrauster Stirn arbeitete sie sich durch den folgenden formellen Teil, dann verwandelte sich ihre Haltung, und sie begann schneller zu lesen. Ohne jede Bewegung sah Anijs vor sich hin, beobachtete aber wohl aus dem Augenwinkel, wie sie sich immer tiefer über das Papier beugte. Ihre Miene hellte sich auf, nach der Hälfte warf sie einen überraschten, dann erfreuten Blick auf ihn, danach dauerte es nicht mehr lange, bis sie schniefen mußte. Strahlend wartete Anijs, bis sie zu Ende gelesen hatte, und je weniger sie ihre Rührung verbergen konnte, um so breiter wurde sein Lächeln in dem schmalen Spalt des Verbands. Endlich legte sie den Brief zur Seite und wandte sich ihm zu. Die Freude strahlte nun so kräftig durch die Gaze, daß sein bandagierter Kopf wie eine Gaslampe glühte und seine Lippen so steif waren, daß er sie nicht einmal mehr spitzen konnte, als sich die Krankenschwester über ihn beugte und ihn so sanft auf den Mund küßte, daß es nicht schmerzte. Ein perlender Tropfen fiel aus ihrem Auge ins Meer seiner eigenen Tränen.

Die Originalausgabe erschien 1999
bei Em. Querido's Uitgeverij Amsterdam
unter dem Titel »Publieke werken«.

Die Übersetzung folgt der 12. Auflage 2000.

Bibliografische Information Der Deutschen Bibliothek
Die Deutsche Bibliothek verzeichnet diese Publikation
in der Deutschen Nationalbibliografie; detaillierte
bibliografische Daten sind im Internet über
http://dnb.ddb.de abrufbar.

2. Auflage 2004

Gestaltung und Satz: DVA/Brigitte Müller
Gesetzt aus der Berling
Druck und Bindearbeit: Friedrich Pustet, Regensburg
Diese Ausgabe wurde auf chlor- und säurefrei gebleichtem,
alterungsbeständigem Papier gedruckt.
Printed in Germany

ISBN 3-421-05663-3